미야자와 겐지 전집

1

宮沢賢治 全集

미야자와 겐지 전집

1

미야자와 겐지 지음
박정임 옮김

너머

차례

바람의 마타사부로

風の又三郎

9월 1일

휘익 휙휙 휘이익 휙휙
파란 호두도 날려버리고
시디신 모과도 날려버리고
휘익 휙휙 휘이익 휙휙

계곡 물가에 작은 학교가 있었습니다.

교실은 단 하나였지만 학생은 3학년만 없을 뿐, 1학년부터 6학년까지 모두 있었습니다. 운동장도 테니스장만 한 크기였지만 바로 뒤에는 밤나무와 예쁜 풀이 자라있는 산이 있었고, 운동장 구석에는 차가운 물을 콸렁콸렁 뿜어내는 바위굴도 있었습니다.

상쾌한 9월 1일의 아침이었습니다. 파란 하늘에 바람이 후욱 불어왔으며 햇살이 운동장 가득 반짝이고 있었습니다. 검은색 방설 바지를 입은 1학년 학생 두 명이 제방을 돌아 운동장으로 들어왔습니다.

"와아, 우리가 일등이다, 일등."

아직 아무도 없는 것을 보고는 연달아 환호성을 지르며 교실 문을 열고 들어왔습니다. 그러나 교실 안을 본 두 학생은 놀라서 마치 발이 바닥에 붙어버린 듯 멈춰 섰습니다. 그리고 서로의 얼굴을 마주보며 오들오들 떨더니 결국 한 명은 울음을 터뜨리고 말았습니다. 왜

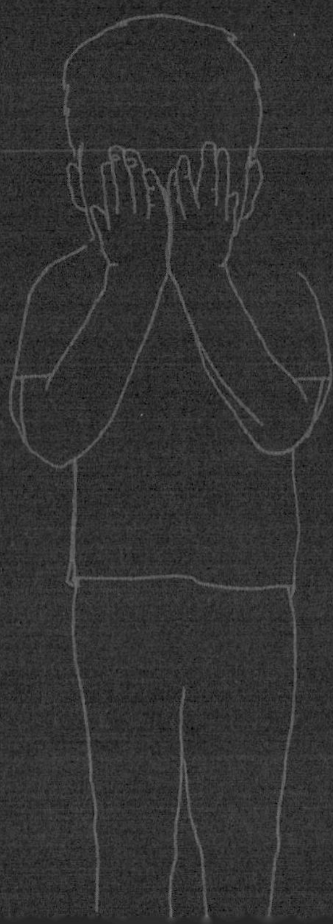

냐하면 조용한 이른 아침의 교실에는 어디서 나타났는지 알 수 없는 빨강 머리의 이상한 아이가 교실 맨 앞자리에 앉아있었기 때문입니다. 게다가 이상한 아이가 앉아있던 자리는 울음을 터뜨린 바로 그 학생의 자리였던 것입니다.

또 한 명의 학생도 거의 울음이 터질 듯했지만, 꾹 참고 눈에 힘을 주며 그 아이를 노려보고 있었습니다. 바로 그때 강 상류에서 '아라차차 쿵차차 아라차차 쿵차차' 하며 장단을 맞추는 요란한 소리가 들렸고, 가스케가 가방을 껴안고 커다란 까마귀처럼 웃으면서 운동장으로 달려왔습니다. 그리고 거의 동시에 뒤를 이어 사타로와 고스케 등이 우르르 나타났습니다.

"왜 울고 있어? 네가 놀렸니?"

가스케가 울지 않고 있는 아이의 어깨를 잡고 말했습니다. 그러자 그 아이도 와앙하고 울음을 터뜨렸습니다. 모두 의아해하며 주위를 둘러보니 교실 안에 그 빨강 머리의 이상한 아이가 똑바른 자세로 앉아있는 것이 보였습니다.

모두 입을 다물고 말았습니다. 여자아이들까지 모두 모여들었지만, 누구도 아무 말 하지 못했습니다.

빨강 머리의 아이는 조금도 두려워하는 기색 없이 여전히 얌전하게 앉아 가만히 칠판을 보고 있습니다. 그러자 6학년생인 이치로가 왔습니다. 이치로는 어른처럼 큰 걸음으로 천천히 다가와 모두를 보고 "무슨 일이야?"라고 물었습니다.

아이들은 그제야 와글와글 떠들며 교실 안의 이상한 아이를 손가락으로 가리켰습니다. 이치로는 한동안 그 아이를 보더니 마침내 가방을 꼭 껴안고 재빨리 창문 아래로 갔습니다.

아이들은 다시 시끄럽게 떠들며 이치로의 뒤를 따라갔습니다.

"누구야, 시간도 되지 않았는데 교실에 들어간 사람은?"

이치로는 창문으로 기어 올라가 교실 안으로 고개를 들이밀며 말했습니다.

"이렇게 좋은 날씨에 교실에 들어가 있으면 선생님께 혼날 텐데."

창문 아래서 고스케가 말했습니다.

"혼나도 몰라."

가스케도 말했습니다.

"빨리 밖으로 나와, 빨리."

이치로도 옆에서 거들었습니다.

그렇지만 그 아이는 교실과 아이들 쪽을 두리번두리번 바라볼 뿐 여전히 무릎에 손을 올린 채 앉아있었습니다.

전체적인 모습부터가 정말로 이상했습니다. 그 아이는 쥐색의 헐렁한 웃옷을 입고 하얀 반바지에다 발목까지 오는 빨강 가죽 부츠를 신고 있었던 것입니다. 게다가 얼굴은 마치 잘 익은 사과 같았고 눈은 동그랗고 새까맸습니다. 전혀 말이 통할 것 같지 않았기 때문에 이치로도 무척 당황했습니다.

"저 녀석은 외국인인가?"

"학교에 입학하려는 건가?"

모두 와글와글 떠들었습니다. 그때 5학년생인 가스케가 갑자기 소리쳤습니다.

"아, 3학년에 들어오는 거야!"

저학년 아이들은 '아, 그렇구나' 하고 생각했습니다만, 이치로는 말없이 고개를 갸웃거렸습니다.

이상한 아이도 역시 힐끔힐끔 아이들을 바라볼 뿐 그대로 앉아있었습니다.

그때 바람이 후욱하고 불어와 교실 유리창이 덜컹덜컹 소리를 냈고, 학교 뒷산의 억새풀과 밤나무도 모두 이상하게 창백해진 모습으로 흔들렸으며, 교실 안에 있던 아이는 왠지 씨익 웃으며 조금 움직인 듯했습니다.

그러자 가스케가 곧바로 소리쳤습니다.

"아, 알았다. 저 녀석은 바람의 마타사부로야."

모두가 그렇다고 생각할 때 갑자기 뒤에 있던 고로가 소리를 버럭 질렀습니다.

"아얏, 아프잖아!"

아이들이 그쪽을 돌아보니 고스케에게 발을 밟혀 화가 난 고로가 고스케를 때리고 있었던 것입니다. 그러자 고스케도 화가 나서 고로를 때리려고 했습니다.

"아얏, 자기가 잘못해놓고 왜 때려!"

고로는 얼굴이 눈물범벅이 되어 고스케에게 달려들려고 했습니다. 그때 이치로가 둘 사이에 끼어들었고 가스케가 고스케를 붙잡았습니다.

"야! 싸우지 마. 선생님이 교무실에 계신단 말이야!"

이치로는 싸움을 말리면서 교실 쪽을 바라보다가 갑자기 멍하니 멈췄습니다.

지금까지 교실에 있던 그 이상한 아이가 그림자조차 사라져버린 것입니다. 모두 간신히 친구가 된 망아지가 멀리 가버린 듯 또는 모처럼 잡은 곤줄박이가 도망쳐버린 듯 아쉬워했습니다.

바람이 다시 후욱 불어와 창문 유리를 덜컹덜컹 흔들고는 뒷산 억새풀을 따라 점점 올라가더니 상류 쪽에 푸르스름한 물결을 일으켰습니다.

"야, 너희가 싸우니까 마타사부로가 사라졌잖아."

사스케가 화를 내며 말했습니다.

모두 정말로 그렇게 생각했습니다. 고로 역시 정말 미안해서 다리의 아픔도 잊고 풀 죽은 채 어깨를 움츠리며 서 있었습니다.

"역시 그 녀석은 바람의 마타사부로였구나."

"9월 1일, 태풍이 오는 날에 왔잖아."

"신발은 신고 있었어."

"옷도 입고 있었고."

"머리카락도 빨갛고 이상한 녀석이야."

"앗! 이것 봐봐! 마타사부로가 내 책상 위에 돌멩이를 올려놨어."

2학년 아이가 말했습니다. 돌아보니 그 아이의 책상 위에 지저분한 돌멩이가 놓여있었습니다.

"그래, 저기 봐. 저기 유리창도 깨졌어."

"아니야, 저건 방학 전에 가스케가 돌멩이를 던져서 깨진 거야."

"아니야, 아니야!"

이런 말들이 오갈 때였습니다. 갑자기 선생님께서 현관으로 들어왔습니다. 선생님은 반짝반짝 빛나는 호루라기를 오른손에 들고 이미 집합준비를 하고 있었습니다. 그런데 이건 어찌 된 일일까요? 선생님 뒤에는 바로 아까의 빨강 머리 아이가 마치 수호신의 시중을 드는 사람처럼 하얀 챙 모자를 쓰고 선생님을 따라 당당하게 걸어왔던 것입니다.

아이들은 모두 입을 다물었습니다. 마침내 이치로가 "선생님 안녕하세요."라고 말하자 아이들도 따라서 "선생님 안녕하세요."라고 말했을 뿐이었습니다.

"여러분, 안녕! 모두 건강해 보이네요. 이제 줄을 서세요."

선생님은 호루라기를 삐익 불었습니다. 호루라기 소리는 곧 계곡 너머의 산으로 울리더니 다시 삐이익하고 낮게 되돌아왔습니다.

아이들은 방학 전과 똑같다고 생각하면서 6학년생 한 명, 5학년생 일곱 명, 4학년생 여섯 명, 1, 2학년생 열두 명은 반별로 해서 일렬로 줄을 섰습니다.

2학년생 여덟 명과 1학년생 네 명은 '앞으로나란히'를 하고 서 있었습니다.

그러는 동안에 이상한 아이는 무엇이 재미있는지 혀를 옆으로 내밀어 어금니로 물고는 아이들을 뚫어지게 보면서 선생님 뒤에 서 있었습니다. 선생님은 "다카다, 이쪽으로 와요"라고 말하면서 4학년생 줄로 데리고 가 가스케와 키를 재보더니 가스케와 뒤에 있던 기요 사이에 세웠습니다.

아이들은 모두 그 모습을 가만히 지켜보고 있었습니다.

선생님은 다시 현관 앞으로 돌아가 '앞으로나란히!' 하고 구령을 붙였습니다.

아이들은 일제히 '앞으로나란히'를 하며 줄을 서면서도, 그 이상한 아이가 어떻게 하고 있는지 보고 싶어서 계속 돌아보기도 하고 곁눈질로 힐끔거리기도 했습니다. 그런데 그 이상한 아이는 '앞으로나란히'도 이미 잘 알고 있는 듯 자연스럽게 두 팔을 앞으로 내밀었습니다. 이상한 아이의 손끝이 가스케의 등에 닿을 듯했기 때문에 가스케는 왠지 등이 가려운 느낌이 들어 움찔움찔했습니다.

"바로!"

선생님이 다시 구령했습니다.

"1학년부터 순서대로 앞으로 가!"

1학년이 걷기 시작했고 뒤를 이어 2학년도 걷기 시작했으며 모두의 앞을 지나 오른쪽 신발장이 있는 입구로 들어갔습니다. 4학년이 걷기 시작하자 이상한 아이도 가스케의 뒤를 따라 당당하게 걸어갔습니다. 앞에 선 아이들은 이따금 뒤를 돌아보았고 뒤에 오던 아이들은 그 모습을 유심히 지켜보고 있었습니다.

아이들은 곧 신발장에 신발을 넣고 교실로 들어가 운동장에서 줄을 섰던 것과 마찬가지로 반별로 해서 일렬로 책상에 앉았습니다. 이상한 아이도 가스케의 뒤에 당당하게 앉았습니다. 아이들은 요란하게 떠들었습니다.

"와아, 내 책상이 바뀌었어."

"아앗, 내 책상에 돌멩이가 들어있어."

"기쓰코, 기쓰고! 생활통지표 가져왔어? 나 깜박했어."

"아앗, 사노, 연필 좀 빌려줘. 연필!"

"안 돼! 왜 남의 공책을 가져가?"

그때 선생님이 들어왔기 때문에 아이들은 떠들면서도 일단 일어섰고, 이치로가 맨 뒤에서 '경례!' 하고 외쳤습니다.

인사를 하는 동안만큼은 잠시 조용해졌지만, 다시 와글와글 떠들어댔습니다.

"여러분! 조용히! 조용히 하세요."

선생님이 말씀했습니다.

"쉿, 에쓰지, 가만히 좀 있어! 가스케, 기쓰코! 야!"

맨 뒤에 있던 이치로는 시끄럽게 떠드는 아이들을 한 명씩 꾸짖었습니다.

아이들은 모두 조용해졌습니다.

선생님이 말씀했습니다.

"여러분, 긴 여름방학 즐거웠죠? 아침부터 수영도 할 수 있었을 것이고, 숲 속에서 매보다 더 크게 소리도 질렀을 것이고, 풀 베러 가는 형을 따라 들판에도 갔었겠죠. 그렇지만 어제로 여름방학은 끝이 났습니다. 이제는 2학기이고 가을입니다. 예부터 가을은 몸도 마음도 긴장이 되어 공부가 잘되는 시기라고 했습니다. 그러니까 모두 오늘부터 열심히 공부합시다. 그리고 방학 동안에 여러분의 친구가 한 명 늘어났어요. 저기에 있는 다카다 군입니다. 다카다 군의 아버지는 이번에 회사 일로 우에노노하라 들판으로 오시게 되었습니다. 다카다 군은 지금까지 홋카이도에 있는 학교에 다녔지만 오늘부터 여러분의 친구입니다. 그러니까 공부를 할 때도 밤을 주우러 가거나 물고기를 잡으러 갈 때도 다카다 군과 함께 가야 합니다. 알았나요? 자, 그렇게 하겠다는 사람은 손을 들어보세요."

아이들은 모두 손을 들었습니다. 다카다라는 아이도 힘차게 손을 들었기 때문에 선생님은 슬며시 웃었습니다.

"잘 알았지요? 그러면 됐어요."

선생님이 말하자 아이들은 불이 꺼지듯 일제히 손을 내렸습니다.

그런데 가스케가 곧 '선생님!' 하고 손을 들었습니다.

"네, 뭐죠?"

선생님은 가스케를 지명했습니다.

"다카다의 이름은 무엇입니까?"

"사부로, 다카다 사부로입니다."

"와아, 맞았어! 역시 마타사부로구나."

가스케는 손뼉을 치며 춤을 추듯 덩실거렸기 때문에 고학년 아이들은 쿡쿡 웃었지만, 저학년 아이들은 왠지 두려운 듯 조용히 사부로를 보고 있었습니다.

선생님이 다시 말했습니다.

"오늘 생활통지표와 숙제를 가져오라고 했죠? 가져온 사람은 책상 위에 꺼내 놓으세요. 걷겠어요."

아이들은 허둥지둥 가방을 열거나 보자기를 풀어 생활통지표와 숙제를 책상 위에 꺼내놓았습니다. 그리고 선생님이 1학년 쪽부터 순서대로 걷기 시작했습니다. 그때 아이들이 흠칫 놀랐습니다. 왜냐하면 언제 왔는지 뒤쪽에 어른 한 명이 서 있었기 때문입니다. 그 사람은 헐렁헐렁한 하얀 삼베옷을 입고 넥타이 대신 번질번질한 검은 손수건을 목에 두르고 있었습니다. 손에 든 하얀 부채로 가볍게 얼굴을 부치며 미소 띤 얼굴로 아이들을 내려다보고 있었습니다. 아이들은 점점 조용해지더니 긴장감으로 몸이 굳었습니다.

그러나 선생님은 그 사람에게 그다지 신경도 쓰지 않는 듯, 순서대로 생활통지표를 걷으며 사부로의 자리까지 갔습니다. 사부로는 생활통지표도 숙제도 없으므로 빈손을 책상 위에 올려놓고 있었습니다. 선생님은 말없이 사부로의 자리를 지나 걷은 과제물을 양손으로 정리하면서 다시 교단으로 돌아갔습니다.

"숙제는 검사해서 다음 주 토요일에 돌려줄 테니까 오늘 가져오지 않은 사람은 내일 잊지 말고 가져오세요. 에쓰지, 유지, 료코 군 알았지요? 자, 오늘은 여기까지입니다. 내일부터는 평상시대로 준비해 오세요. 그리고 4학년과 6학년은 선생님과 함께 교실 청소를 할 겁니다. 자, 여기까지."

이치로가 '차렷' 하고 외치자 아이들은 일제히 일어섰습니다. 뒤에 있던 어른도 부채를 내렸습니다.

"경례!"

선생님도 아이들도 모두 경례를 했습니다. 뒤에 있던 어른도 가볍게 고개를 숙였습니다. 그리고 저학년 아이들은 쏜살같이 교실 밖으로 뛰어나갔지만, 4학년 아이들은 아직 머뭇거리고 있었습니다.

그러자 사부로는 헐렁헐렁한 흰옷을 입은 사람에게 갔습니다. 선생님도 교단에서 내려와 그 사람이 있는 곳으로 갔습니다.

"정말 수고가 많으십니다."

그 어른은 선생님에게 정중하게 인사를 했습니다.

"아이들과는 금방 친해질 거예요."

선생님도 고개를 숙이면서 말했습니다.

"아무쪼록 잘 부탁합니다. 그만 가보겠습니다."

그 사람은 다시 정중하게 인사를 하고 사부로에게 눈짓을 한 뒤 밖으로 나가 기다리고 있었습니다. 사부로는 아이들이 보고 있는 가운데 눈을 동그랗게 뜨고 말없이 문을 나갔으며, 두 사람은 운동장을 지나 강 하류 쪽으로 걸어갔습니다.

운동장을 나설 때 사부로는 아이들 쪽을 돌아보며 학교와 아이들을 노려보듯이 뚫어지게 바라보더니 다시 흰 옷의 어른을 따라 총총걸음으로 걸어갔습니다.

"선생님, 저 사람은 다카다의 아버지예요?"

이치로가 빗자루를 든 채 선생님에게 물었습니다.

"그렇단다."

"무슨 일로 오신 거래요?"

"우에노노하라 들판 초입에 몰리브덴이라는 광석이 나왔는데, 그 광석을 캐기 위해 오셨다고 하시더구나."

"어느 부근이에요?"

"나도 아직 확실히는 모르겠고, 너희가 항상 말을 데리고 가는 길에서 강 아래쪽으로 조금 내려간 곳인 것 같아."

"몰리브덴은 무엇에 쓰는데요?"

"철과 섞기도 하고 약을 만들기도 한다는구나."

"그러면 마타사부로도 광석을 캐는 건가요?"

가스케가 말했습니다.

"마타사부로가 아니야. 다카다 사부로라고 했잖아."

사타로가 말했습니다.

"마타사부로야, 마타사부로!"

가스케가 얼굴이 빨개지도록 열을 내며 우겼습니다.

"가스케, 너도 남아있을 거면 청소해."

이치로가 말했습니다.

"앗, 싫어. 오늘은 4학년과 6학년이잖아."

가스케는 재빨리 교실을 빠져나가 도망갔습니다.

다시 바람이 불어와 창문 유리가 덜컹덜컹 흔들렸으며, 걸레가 담긴 양동이에도 까만 물결이 작게 일렁였습니다.

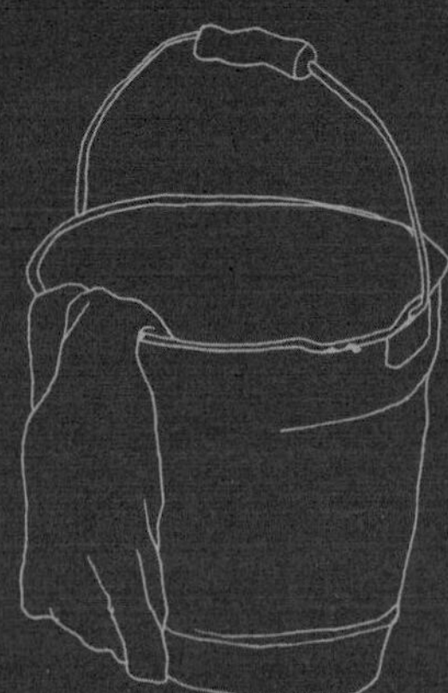

9월 2일

다음날 이치로는 어제의 이상한 아이가 오늘부터 정말로 학교에 와서 공부를 하는지 빨리 보고 싶은 마음에 평상시보다 일찍 가스케에게 갔습니다. 그런데 가스케가 이치로보다 더 궁금했던 듯 이미 밥을 먹고 보자기에 싼 책을 들고 집 앞에 나와 이치로를 기다리고 있었습니다. 두 아이는 학교로 가는 도중에도 그 아이의 이야기를 했습니다. 학교에 도착하니 운동장에는 저학년 아이들이 벌써 일고여덟 명 모여서 막대기 감추기 놀이를 하고 있었습니다. 그러나 그 아이는 보이지 않았습니다. 어제처럼 교실에 있는 것은 아닐까 하고 교실 안을 들여다보았지만, 교실 안은 텅 빈 채 아무도 없었고 칠판에는 어제 걸레로 닦은 자리가 하얀 줄무늬를 이루며 말라있었습니다.

"어제 그 녀석 아직 안 왔네."

이치로가 말했습니다.

"응."

가스케가 대답하면서 주변을 둘러보았습니다.

이치로는 철봉이 있는 곳으로 가서 나무를 타듯 매달리며 힘겹게 철봉 위로 올라가 양손을 짚으며 오른쪽 가로대로 가더니 그곳에 앉아 어제 사부로가 갔던 방향을 가만히 내려다보며 기다렸습니다. 계곡은 사부로가 갔던 방향을 향해 반짝반짝 빛나며 흐르고 있었고, 그 아래에 있는 산 위에는 바람이라도 부는지 이따금 억새풀이 하얗게 일렁였습니다.

가스케도 그 기둥 아래에서 그쪽을 보며 가만히 기다리고 있었습니다. 그렇지만 두 사람은 그리 오래 기다릴 필요가 없었습니다. 갑자기 사부로가 그 하류 쪽에서 회색 가방을 오른손에 들고 달려왔기 때문입니다.

"왔다!"

이치로가 아래에 있는 가스케에게 외치려는 순간 사부로는 둑을 빙 돌아 재빨리 정문으로 들어와 "안녕!"이라고 분명하게 말했습니다. 아이들은 모두 그쪽을 돌아보았지만 대답하는 아이는 한 명도 없었습니다.

일부러 대답을 안 한 것이 아니라 선생님에게 항상 '안녕하세요?'라고 말하도록 배웠기 때문에 아이들은 '안녕!' 하고 말한 적이 없었던 것입니다. 이치로와 가스케에게는 사부로의 '안녕'이라는 인사가 너무 갑작스러웠고, 게다가 사부로가 너무 힘차게 말했기 때문에 주눅이 들어 입속으로만 우물거렸습니다.

그런데 사부로는 그다지 신경 쓰는 기색도 없이 두세 걸음 앞으로 걸어가더니 멈춰 서서 그 새카만 눈동자로 운동장 안을 죽 둘러보았습니다. 그리고 잠시 같이 놀 사람을 찾는 듯했습니다. 그렇지만 아이들은 사부로를 힐끔힐끔 쳐다보고는 바쁘다는 듯이 막대 감추기 놀이를 할 뿐 사부로에게 다가가는 아이는 없었습니다. 사부로는 기분 나쁜 듯 그곳에 우뚝 서서 다시 한번 운동장을 둘러보았습니다.

그러고는 운동장 크기가 얼마나 될까 재보는 듯 정문에서 현관까지 큰 걸음으로 발걸음을 세면서 걷기 시작했습니다. 이치로는 재빨리 철봉에서 뛰어내려 가스케 옆에 서더니 숨을 죽이며 지켜보고 있었습니다.

그러는 동안 사부로는 현관 앞까지 가더니 뒤를 돌아보며 암산을 하는 듯 고개를 살짝 숙이고 잠시 서 있었습니다.

아이들은 역시 사부로를 힐끔힐끔 보고 있었습니다. 사부로는 조금 고민하듯 양손을 뒤로 깍지 끼더니 교무실 앞을 지나 맞은편 둑 쪽을 향해 걷기 시작했습니다.

그때 바람이 휘익 불어와 둑에 있는 풀들이 사르륵 일렁였고, 운동장 한가운데에서 휘익 먼지가 일었으며, 그 먼지는 현관 앞까지 가서 빙그르르 돌며 작은 회오리바람이 되었고, 노란 흙먼지는 병을 거꾸로 세워놓은 듯한 모습으로 지붕보다 높이 올라갔습니다.

갑자기 가스케가 큰 소리로 말했습니다.

"봐봐! 저 녀석은 역시 마타사부로야. 저 녀석이 무엇을 할 때마다 바람이 불어오잖아."

"응."

이치로는 확신이 서지 않았지만 말없이 그쪽을 보고 있었습니다. 사부로는 아무런 거리낌 없이 둑을 향해 총총걸음으로 걸어갑니다.

그때 선생님께서 평상시와 마찬가지로 호루라기를 들고 현관에서 나왔습니다.

"안녕하세요."

작은 아이들이 모두 모여들었습니다.

선생님도 '안녕!' 하고 인사를 했습니다. 그리고 운동장을 힐끔 바라본 후 '자, 줄을 서세요' 하고 말하면서 호루라기를 삐익 불었습니다.

아이들은 모두 모여 어제와 마찬가지로 줄을 섰습니다. 사부로도 어제 섰던 곳에 꼿꼿하게 서 있습니다.

해가 정면에 있었기 때문에 선생님은 살짝 눈살을 찌푸리며 차례대로 구령을 붙였고 아이들은 구령에 맞춰 교실로 들어갔습니다. 그리고 인사가 끝나자 선생님이 말했습니다.

"여러분, 오늘부터 수업을 시작합니다. 준비물은 잘 가져왔지요? 그러면 1학년은 습자 교본과 벼루와 종이를 꺼내고, 2학년과 4학년은 산수책과 연습장과 연필, 5학년과 6학년은 국어책을 꺼내세요."

선생님 말씀이 끝나자 교실 곳곳이 소란스러워졌습니다. 그중에서도 사부로의 바로 옆에 있는 4학년생 사타로가 갑자기 손을 뻗어 2학년생인 가요의 연필을 휙 뺏었습니다. 가요는 사타로의 여동생이었습니다.

"으앙, 오빠! 연필을 뺏으면 어떡해."

가요는 울먹이며 다시 연필을 뺏으려고 했습니다.

"앗, 이건 내 거야."

사타로는 연필을 안주머니에 넣고는 중국 사람이 인사를 할 때처럼 양손을 주머니에 넣더니 책상 위에 가슴을 딱 붙이고 엎드려버렸습니다. 그러자 가요가 일어서서 다가갔습니다.

"오빠, 오빠 연필은 그저께 오두막에서 잃어버렸잖아. 빨리 내놔!"

가요는 필사적으로 연필을 뺏으려고 했지만 사타로는 커다란 게의 화석처럼 책상에 엎드려 딱 붙어 있었기 때문에 마침내 가요는 입을 크게 일그러뜨리며 울음을 터뜨리려고 했습니다.

그러자 사부로는 국어책을 책상 위에 올려놓고 고민스러운 듯 그 모습을 지켜보더니, 가요가 마침내 눈물을 뚝뚝 떨어뜨리는 것을 보고는 말없이 오른손에 들고 있던 반 토막 연필을 사타로의 책상 위에 올려놓았습니다.

그러자 사타로는 갑자기 힘이 난 듯 벌떡 일어났습니다.

"나 주는 거야?"

사타로가 사부로에게 묻자 사부로는 조금 망설이는 듯했지만 결심한 듯 '응' 하고 대답했습니다. 그러자 사타로는 갑자기 웃음을 터뜨리고는 안주머니에 있던 연필을 가요의 작고 빨간 손에 쥐여주었습니다.

선생님은 저쪽에서 1학년 아이의 벼루에 물을 부어주고 있었고 가스케는 사부로의 앞에 있었기 때문에 그 소동을 알지 못했지만, 이치로는 맨 뒷자리에서 전부 지켜보고 있었습니다. 그리고 뭐라고 표현해야 할지 알 수 없는 이상한 기분이 들어 바드득바드득하고 이빨만 갈고 있었습니다.

"자, 2학년 학생은 방학 전에 배웠던 뺄셈을 다시 한번 연습해 봅시다. 이것을 계산해 보세요."

선생님은 칠판에 '25-12='라고 썼습니다. 2학년 학생들은 모두 열심히 문제를 연습장에 옮겨 적었습니다. 가요도 연습장에 머리를 파묻고 있었습니다.

"4학년은 이 문제를 푸세요."

그리고 '17×4=' 하고 적었습니다.

사타로를 비롯한 4학년생 기조와 고스케도 모두 문제를 옮겨 적었습니다.

"5학년은 국어책의 ○○페이지의 ○과를 펴서 소리 내지 말고 읽을 수 있는 만큼 읽으세요. 모르는 글자는 연습장에 적어 두고."

5학년들은 모두 선생님이 시킨 대로 하기 시작했습니다.

"이치로 군은 국어책의 ○○페이지를 조사해서 모르는 글자를 따로 적어두세요."

지시를 마친 선생님은 다시 교단에서 내려와 1학년들이 쓴 붓글씨를 하나하나 보며 돌아다녔습니다.

사부로는 두 손으로 책을 펴고 선생님 말씀대로 숨도 쉬지 않고 조용히 읽고 있었습니다. 그렇지만 연습장에는 한 글자도 쓰여 있지 않았습니다. 정말로 모르는 글자가 하나도 없는 것인지 아니면 하나밖에 없던 연필을 사타로에게 주었기 때문인지 알 수 없었습니다.

그러는 동안 선생님은 교단으로 돌아가 2학년과 4학년의 산수 문제를 풀어주고는 다시 새로운 문제를 내주었습니다. 그리고 5학년 학생들이 연습장에 적어 놓은 글자를 칠판에 쓰고 소리와 뜻을 적었습니다.

"그러면 가스케 군. 이곳을 읽어 보세요."

가스케는 두세 번 머뭇거렸지만 선생님의 도움을 받아 읽었습니다.

사부로도 말없이 듣고 있었습니다.

선생님도 책을 들고 가만히 듣고 있다가 가스케가 열 줄을 읽자 "거기까지"라고 말하고는 선생님이 이어서 읽었습니다.

한 단원을 다 읽고 나서 선생님은 학생들의 준비물을 정리하게 했습니다. 그리고 '자, 여기까지' 하고는 교단에 서자 이치로가 뒤에서 '차렷' 하고 구령을 붙였습니다.

경례가 끝나자 아이들은 순서대로 밖으로 나가더니 이번에는 줄을 서지 않고 각자 놀았습니다.

2교시는 1학년부터 6학년까지 함께 하는 음악이었습니다. 선생님은 만돌린을 들고 왔으며 학생들은 지금까지 배웠던 노래를 선생님의 만돌린에 맞춰 다섯 곡이나 불렀습니다. 사부로도 모두 알고 있는 노래였는지 척척 따라 불렀습니다. 음악시간은 무척 빨리 지나갔습니다.

3교시에는 2학년과 4학년이 국어, 5학년과 6학년이 수학이었습니다. 선생님은 다시 칠판에 문제를 적고 5학년과 6학년에게 계산을 시켰습니다. 잠시 후 이치로가 답을 적고는 사부로를 슬쩍 보았습니다. 그러자 사부로는 어디서 났는지 작은 숯으로 연습장 위에 크게 숫자를 적으며 계산하고 있었습니다.

9월 4일, 일요일

다음 날 아침 하늘은 맑게 개어 있었고 개울은 찰랑찰랑 소리를 내고 있었습니다. 이치로는 가스케와 사타로, 에쓰지를 불러 함께 사부로의 집으로 갔습니다.

학교 조금 아래에 있는 개울을 건너고 개울가의 버드나무를 한 가지씩 꺾어 푸른 껍질을 둘둘 벗겨 내고 지휘봉을 만들어 손으로 휙휙 흔들면서 우에노노하라 들판으로 향하는 길을 계속해서 올라갔습니다. 모두 급하게 올라가느라 숨을 헐떡였습니다.

"마타사부로가 정말로 샘가까지 나와서 기다릴까?"

"기다릴 거야. 마타사부로는 거짓말을 하지 않아."

"아, 더워. 바람이 불면 좋을 텐데."

"앗, 어디선가 바람이 불고 있어."

"마타사부로가 한 걸 거야."

"해가 조금 흐려졌는걸."

고원을 거의 다 올라갔을 즈음 하늘에 하얀 구름이 아주 조금 덮였습니다. 계곡을 따라 있는 집들이 저 아래로 보였고 이치로의 집 창고 지붕이 하얗게 빛나고 있습니다.

질퍽질퍽한 길이 숲 속으로 한동안 이어지면서 주변이 보이지 않게 되었습니다. 그리고 잠시 후 아이들은 약속했던 샘가 근처에 도착했습니다. 그때 사부로가 크게 외치는 소리가 들렸습니다.

"여기야! 모두 왔니?"

아이들은 서둘러 달려 올라갔습니다. 맞은편 모퉁이에서 사부로가 작은 입술을 꼭 다문 채 네 사람이 뛰어 올라오는 것을 보고 있었습니다.

네 사람은 마침내 사부로 앞까지 왔습니다. 그렇지만 너무 숨이 차서 한동안 아무 말도 하지 못했습니다. 가스케는 너무 숨이 막혀서 하늘을 향해 '하아하악' 하고 외치며 빨리 숨을 토해내려고 했습니다. 그러자 사부로가 큰 소리로 웃었습니다.

"한참 기다렸어. 오늘은 비가 올지도 모른대."

"그러면 빨리 가야겠네. 일단 물 좀 마시고."

아이들은 땀을 훔치며 주저앉아 새하얀 바위 사이로 쿨렁쿨렁 솟아나는 차가운 물을 몇 번이고 받아 마셨습니다.

"우리 집은 여기서 금방이야. 바로 저 계곡 위쪽이야. 돌아갈 때 들렀다 갈 거지?"

"응, 먼저 들판으로 가자."

아이들이 다시 걷기 시작했을 때 샘물은 무언가를 알리는 듯 구웅하고 울렸으며, 주변의 나무도 왠지 사라락 울리는 듯했습니다.

다섯 명의 아이들은 숲 기슭에 있는 덤불 사이를 지나기도 하고 자잘한 돌멩이가 있는 곳을 몇 번이나 지나면서 우에노노하라 입구 근처까지 왔습니다.

아이들은 입구에 도착하자 지나온 곳부터 서쪽을 향해 죽 둘러보았습니다. 햇빛이 반짝이는 곳도 있었고 구름으로 흐려진 곳도 있었으며, 여러 갈래의 길로 이어지는 겹겹이 쌓인 언덕 너머로 강을 따라 들판이 푸르게 펼쳐져 있는 것이 희미하게 보였습니다.

"와아, 저건 강이야."

"봄의 신의 허리띠 같아."

사부로가 말했습니다.

"뭐 같다고?"

이치로가 물었습니다.

"봄의 신의 허리띠 같다고."

"너, 신의 허리띠를 본 적이 있어?"

"홋카이도에서 봤어."

아이들은 모두 무슨 말인지 몰라서 가만히 있었습니다.

그곳은 이미 우에노노하라 들판이 시작되는 입구였습니다. 깨끗하게 풀베기가 된 들판에는 한 그루의 커다란 밤나무가 서 있었으며, 기둥의 뿌리 부분이 새까맣게 그을려 커다란 동굴처럼 되어 있었고, 가지에는 낡은 밧줄과 해진 짚신 등이 매달려 있었습니다.

"조금만 더 가면 모두 풀을 베고 있을 거야. 그리고 말이 있는 곳도 있고."

이치로는 앞에 서서 꼴 풀더미 속의 외길을 성큼성큼 걸어갔습니다.

사부로가 그 뒤를 걸으며 말했습니다.

"이곳에는 곰이 없으니까 말을 풀어놓아도 되는구나."

한동안 걸어가자 길가의 커다란 졸참나무 아래에 새끼줄로 엮은 바구니가 던져져 있었고 수많은 꼴 풀더미가 여기저기에 뒹굴고 있었습니다.

등에 꼴 풀더미를 실은 두 마리의 말이 이치로를 보고 코를 킁킁거렸습니다.

"형! 있어? 나 왔어."

이치로는 땀을 훔치며 소리쳤습니다.

"그래, 알았어. 거기 있어. 금방 갈게."

저 멀리 움푹 팬 곳에서 이치로 형의 목소리가 들렸습니다. 햇살이 활짝 밝아지고 이치로의 형이 풀 속에서 웃으며 나왔습니다.

"잘 왔어. 친구들도 같이 왔구나. 어서 와. 돌아갈 때 망아지도 데려가렴. 오늘 오후에는 분명 흐려질 거야. 나는 풀을 조금 더 모은 후에 끝낼 거야. 너희 놀고 싶으면 저 둑 안쪽에서 놀아. 목장에 아직 말이 스무 마리 정도 있으니까."

형은 건너편으로 가려다가 다시 돌아보며 말했습니다.

"둑에서 벗어나면 안 돼. 길을 잃어버리면 위험해. 점심시간에 다시 올게."

"응. 둑 안에 있을게."

그리고 이치로의 형은 원래 있던 곳으로 갔습니다.

하늘에는 옅은 구름이 걸려있었고 태양은 하얀 거울처럼 변해 구름과 반대편으로 달려갔습니다. 바람이 불어와 아직 베지 않은 풀들이 파도처럼 일렁였습니다. 이치로가 앞장을 섰으며 작은 길을 곧바로 따라가자 곧 둑이 나왔습니다. 그 둑이 끊긴 부분에는 두 개의 통나무가 가로놓여 있었습니다. 에쓰지가 통나무 틈새로 내려가려 하자 가스케가 말했습니다.

"이 정도는 내가 치울 수 있어."

가스케가 통나무의 한쪽 끝을 뽑아 바닥에 내려놓자 아이들은 모두 통나무를 뛰어넘어 안으로 들어갔습니다.

건너편의 조금 높은 곳에 반짝반짝 빛나는 갈색 말 일곱 마리가 모여서 느긋하게 꼬리를 흔들고 있었습니다.

"이 말들은 모두 천 엔이 넘어. 내년부터는 경마에도 나간대."

이치로는 말에게 다가가면서 말했습니다.

말들은 모두 무척 외로웠다는 듯 이치로와 아이들이 있는 쪽으로 다가왔습니다. 그리고 무언가를 원하는 듯 콧등을 쭉 내밀었습니다.

"아하하, 소금을 달라는 거야."

아이들은 손을 내밀어 말이 핥도록 했지만 사부로만은 말에 익숙하지 않은 듯 꺼림칙한 표정으로 손을 주머니에 넣고 있었습니다.

"어? 마타사부로. 말을 무서워하는구나?"

에쓰지의 말에 사부로는 대답했습니다.

"말 따위 무서워하지 않아."

그리고 사부로는 곧바로 주머니에서 손을 빼내 말의 콧등을 향해 내밀었지만, 말이 목을 빼고 혀를 날름 내밀자 표정이 확 바뀌더니 재빨리 손을 주머니에 넣었습니다.

"와아, 마타사부로는 말을 무서워하는구나!"

에쓰지의 말에 사부로는 얼굴이 완전히 빨개져서 한동안 머뭇머뭇하더니 말했습니다.

"그러면 우리 경마해볼래?"

아이들은 경마가 어떻게 하는 것일까 생각했습니다.

그러자 사부로가 말했습니다.

"난 경마를 여러 번 봤거든. 그렇지만 이 말들은 모두 안장이 없어서 탈 수가 없어. 그러니까 각자 한 마리씩 말을 몰아서 맨 먼저 맞은편의…… 저기…… 저 큰 나무가 있는 곳에 도착한 사람이 1등 하는 걸로 하자."

"그거 재미있겠다."

가스케가 말했습니다.

"목부한테 걸리면 혼날 텐데."

"괜찮아. 경마에 나갈 말은 연습을 해야 해."

사부로가 말했습니다.

"좋아, 난 이 말로 할래."

"난, 이 말."

"그러면 난 이 말로 해도 상관없어."

아이들은 버드나무 가지나 억새 이삭으로 '이랴' 하면서 말을 가볍게 때렸습니다.

그러나 말은 꿈쩍도 하지 않았습니다. 여전히 고개를 아래로 늘어뜨린 채 풀을 씹거나 목을 길게 뽑고 경치를 구경하는 듯하고 있었습니다.

그러자 이치로가 두 손바닥을 탁 치더니 '이랴' 하고 외쳤습니다. 그러자 갑자기 일곱 마리의 말이 모두 갈기를 가지런히 하고 달리기 시작했습니다.

"잘한다!"

가스케는 펄쩍 뛰며 달렸습니다. 그렇지만 아무리 해도 경마가 되지 않았습니다. 말들이 고개를 나란히 하고 같이 달렸기 때문입니다. 게다가 경마가 될 만큼 빨리 달리는 것도 아니었습니다. 그럼에도 아이들은 재미있는 듯 '이랴' 하고 외치면서 열심히 그 뒤를 따라갔습니다.

말은 조금 가더니 멈추었습니다. 아이들도 조금 숨이 찼지만 참고 다시 말을 쫓았습니다. 그러자 말은 어느새 아까의 낮은 언덕을 빙 돌아 아이들이 들어왔던 둑이 끊어진 곳으로 왔습니다.

"앗, 말이 나간다! 나간다고. 얼른 잡아!"

이치로는 새파랗게 질려 소리쳤습니다. 말은 정말로 둑 밖으로 나갈 듯했습니다. 계속해서 달리던 말은 이제 아까의 통나무를 뛰어넘으려고 하고 있었습니다.

이치로는 무척 당황해서 '어떡해 어떡해' 하며 말이 있는 곳까지 죽을힘을 다해 달려갔습니다. 그리고 거의 넘어질 듯하며 손을 뻗었지만 이미 두 마리는 울타리 밖으로 나간 뒤였습니다.

"빨리 돌아오지 못해! 빨리 돌아와!"

이치로는 숨이 끊어질 듯 소리치면서 통나무를 원래대로 되돌려 놓았습니다.

네 아이가 재빨리 통나무 사이를 빠져나가 밖으로 나가자 두 마리의 말은 이미 달리기를 멈춘 채 둑 밖에서 입으로 풀을 잡아당기고 있었습니다.

"살금살금 가서 잡는 거야. 살금살금."

이치로는 이렇게 말하면서 고삐에 붙어있는 이름표를 꽉 잡았습니다. 가스케와 사부로도 다른 한 마리를 잡으려고 옆으로 다가갔지만, 말은 놀란 듯이 담을 따라 부리나케 남쪽으로 달려갔습니다.

"형, 말이 도망가! 말이 도망간다고. 형, 말이 도망간다고."

뒤에서 이치로가 필사적으로 외치고 있습니다. 사부로와 가스케는 있는 힘을 다해 말을 쫓았습니다.

그런데 말은 이번에는 정말로 도망갈 생각이었던 듯했습니다. 자기 키만 한 풀을 헤치고 풀쩍풀쩍 뛰며 끝없이 달려갔습니다.

가스케는 다리가 저려왔고 자기가 어디를 어떻게 달리는지조차 알 수 없게 되었습니다. 그러고는 주위가 캄캄해지면서 빙글빙글 돌더니 마침내 무성한 풀숲에 쓰러졌습니다. 말의 붉은 갈기와 뒤를 쫓는 사부로의 하얀 셔츠가 마지막으로 언뜻 보였습니다.

가스케는 벌러덩 누워 하늘을 보았습니다. 하늘이 새하얗게 빛나며 빙글빙글 돌았고 회색빛의 옅은 구름이 아주 빠르게 달려갔습니다. 그리고 콰르릉콰르릉하는 소리가 울렸습니다.

가스케는 간신히 일어나서 가쁜 숨을 쉬며 말이 간 방향으로 걷기 시작했습니다. 풀숲에는 말과 사부로가 지나간 흔적인 듯 희미하게 길이 나 있었습니다. 가스케는 빙긋 웃으면서 생각했습니다.

'흠, 말도 무서워서 어디선가 멍하니 서 있겠지.'

가스케는 열심히 그 지나간 흔적을 따라갔습니다. 그런데 지나간 흔적은 백 걸음도 가기 전에 뚜깔과 키 큰 엉겅퀴 사이에서 두세 군데로 갈라졌으며 더는 구분을 할 수 없었습니다.

가스케는 '야아……' 하고 소리쳤습니다.

"여기!"

어디선가 사부로가 외치고 있는 듯했습니다. 가스케는 과감하게 한가운데의 길로 나아갔습니다. 그렇지만 그 흔적도 중간중간 끊겼고 말이 지나가기 어려운 급경사가 나타나기도 했습니다.

하늘은 어둡게 내려앉았고 주변이 부옇게 희미해졌습니다. 차가운 바람이 풀을 건너오기 시작했고 구름과 안개가 끊어졌다 이어졌다 하며 눈앞을 휙휙 지나갔습니다.

'아, 최악의 상황이야. 앞으로 모든 나쁜 일들이 계속 몰려들 거야.'

가스케가 그런 생각을 하는 순간, 그 생각이 맞기라도 하듯 갑자기 말이 지나간 흔적이 풀 속으로 사라졌습니다.

'아아, 어떡해. 어떡하지.'

가스케는 심장이 두근두근 뛰었습니다.

풀이 몸에 감기며 풀썩거리기도 했고 사락사락 흔들리기도 했습니다. 안개가 점점 짙어지면서 옷도 완전히 젖었습니다.

가스케는 있는 힘껏 외쳤습니다.

"이치로, 이치로! 이쪽으로 와!"

그러나 아무런 대답도 들리지 않았습니다. 칠판에서 떨어지는 분필 가루같이 어둡고 차가운 안개 입자가 주위를 가득 메웠으며 갑자기 주변이 조용해지면서 음침함이 감돌았습니다. 그리고 풀 위로 뚝뚝 떨어지는 물방울 소리가 들려왔습니다.

가스케는 이치로와 다른 아이들이 있는 곳으로 가려고 서둘러 되돌아갔습니다. 그러나 아무래도 아까 왔던 곳과는 다른 곳인 듯했습니다. 왜냐하면 엉겅퀴가 너무 많았고, 게다가 풀 밑으로 아까까지는 없었던 돌멩이가 굴러다니고 있었기 때문입니다. 마침내 들어본 적도 없는 커다란 계곡이 갑자기 눈앞에 나타났습니다. 억새가 사락사락 울렸고, 건너편은 끝을 알 수 없는 계곡처럼 안갯속으로 사라져있었습니다.

바람이 불자 억새 이삭은 수많은 작은 손을 힘껏 뻗어 '아, 서녘님…… 아, 동녘님…… 아, 서녘님…… 아, 남녘님…… 아, 서녘님……' 하고 부르는 듯 이리저리 흔들렸습니다.

가스케는 너무 무서워서 눈을 찡그리며 고개를 옆으로 돌렸습니다. 그리고 황급히 발길을 재촉하며 되돌아가는데 갑자기 풀 속에서 어둡고 검은 길이 나타났습니다. 그 길에는 무수한 말발굽 자국이 새겨져 있었습니다. 가스케는 자신도 모르게 짧은 웃음소리를 내며 그 길을 성큼성큼 걸어갔습니다.

그러나 길의 폭이 15센티미터로 좁아졌다가 다시 90센티미터 정도로 넓어지기도 했고, 왠지 제자리를 돌고 있는 듯한 기분이 들었기 때문에 불안한 마음은 멈출 수 없었습니다. 마침내 나무 끝이 그을린 커다란 밤나무 앞까지 왔을 때는 길이 다시 여러 갈래로 나뉘어 있었습니다. 그곳은 야생말들이 모이는 곳이었던 듯, 안갯속에서 동그란 광장 같은 모습을 드러냈습니다.

가스케는 실망감을 안고 검은 길을 되돌아가기 시작했습니다. 낯선 풀이삭이 조용히 흔들리다가 제법 강한 바람이 불어오자, 누군가가 어디서 '그것이 왔다' 하고 신호라도 보내는 듯 모든 풀이 몸을 엎드리며 피했습니다. 하늘이 번쩍하고 빛나더니 끼익끼익 소리를 냈습니다. 그리고 바로 눈앞의 안갯속에서 집의 형태를 띤 커다랗고 검은 물체가 나타났습니다. 가스케는 한동안 자신의 눈을 의심하며 멈춰서 있었지만, 집이 맞는 듯해서 주저주저하며 다가갔습니다. 그러나 그것은 검은색의 커다랗고 차가운 바위였습니다.

하늘이 빙글빙글 하얗게 흔들리고 풀들은 한꺼번에 물방울을 흩

뿌렸습니다.

‘잘못해서 언덕 맞은편 쪽으로 내려가게 되면 마타사부로도, 나도 죽게 될 거야.’

가스케는 혼잣말을 하듯 중얼거렸습니다. 그리고 소리쳤습니다.

“이치로, 이치로, 어디 있어! 이치로!”

주위가 다시 밝아졌습니다. 풀들은 모두 기쁨의 숨을 내쉽니다.

‘이사도 마을 전기공의 아이, 산도깨비에게 잡혀 팔다리가 묶여있다네.’ 언젠가 누군가에게 들었던 이야기가 확실하게 귀에 들렸습니다.

그리고 검은 길이 갑자기 사라졌습니다. 주위가 아주 잠깐 조용해졌습니다. 그러더니 아주 강한 바람이 불어왔습니다.

하늘이 깃발처럼 펄럭펄럭 번쩍였고 불꽃이 타닥타닥 타올랐습니다. 가스케는 마침내 풀 속에 쓰러져 잠이 들어버렸습니다.

★ ★ ★

그런 일들은 모두 어디 먼 곳에서 일어난 듯했습니다.

어느새 마타사부로가 바로 눈앞에서 다리를 뻗고 앉아 말없이 하늘을 올려다보고 있었습니다. 그리고 늘 입던 회색 웃옷 위에 유리 망토를 걸치고 빛나는 유리 구두를 신고 있었습니다. 마타사부로의 어깨에는 밤나무 그림자가 푸르게 드리워져 있습니다. 마타사부로의 그림자는 다시 풀 위에 푸르게 드리워져 있습니다. 그리고 바람이 계속해서 후욱후욱 불고 있었습니다.

마타사부로는 웃지도 않았을뿐더러 아무 말도 하지 않습니다. 단지 작은 입술을 꼭 다문 채 말없이 하늘을 보고 있습니다. 그러더니 갑자기 하늘로 휘익 날아갔습니다. 유리 망토가 반짝반짝 빛났습니다.

★ ★ ★

가스케는 문득 눈을 떴습니다. 회색빛 안개가 빠르게 빠르게 날아가고 있습니다.

그리고 바로 눈앞에 말이 느긋하게 서 있었습니다. 가스케를 무서워하듯 말의 눈동자는 옆쪽을 향하고 있었습니다.

가스케는 벌떡 일어나 말의 이름표를 붙잡았습니다. 그 뒤에서 사부로가 색이 바랜 입술을 꼭 다문 채 모습을 드러냈습니다.

가스케는 부들부들 떨었습니다.

"가스케!"

안갯속에서 이치로의 형 목소리가 들렸습니다. 콰르릉하고 천둥도 치고 있습니다.

"야, 가스케! 어디 있어, 가스케!"

이치로의 목소리도 들렸습니다. 가스케는 기뻐서 펄쩍 뛰었습니다.

"여기! 여기 있어! 이치로, 여기야!"

이치로의 형과 이치로가 갑자기 눈앞에 나타났습니다. 가스케는 갑자기 울음을 터뜨렸습니다.

"한참 찾았어. 위험했잖아. 저런, 완전히 젖었구나."

이치로의 형은 익숙한 손놀림으로 말의 목을 껴안고는 가져온 고삐를 재빨리 주둥이에 채웠습니다.

"자, 가자!"

"마타사부로, 많이 놀랐지?"

이치로가 사부로에게 말했습니다. 사부로는 말없이, 여전히 입을 꼭 다문 채 고개를 끄덕였습니다.

모두 이치로의 형을 따라 완만한 고개를 두 번 정도 오르내렸습니

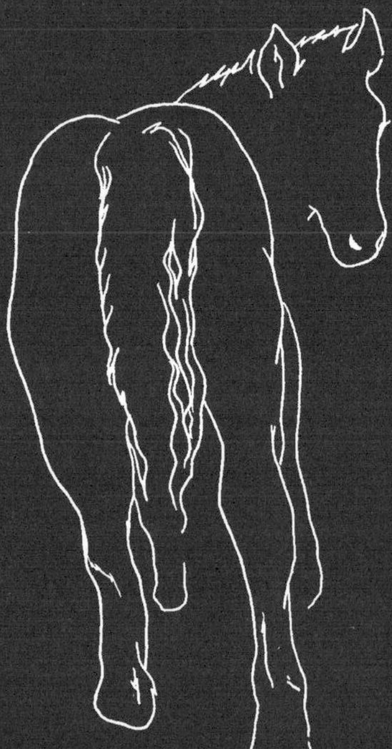

다. 그리고 검은 큰길을 따라 한참을 걸었습니다.

번개가 두 번, 멀리서 하얗게 번쩍였습니다. 풀을 태우는 냄새와 함께 안갯속에서 연기가 희미하게 떠다녔습니다.

이치로의 형이 외쳤습니다.

"할아버지! 있어요. 모두 있어요."

할아버지는 안갯속에 서서 말했습니다.

"아아, 걱정했단다, 정말 걱정했어. 다행이야. 이런…… 가스케야 춥겠구나. 자 안으로 들어가자."

가스케는 이치로와 마찬가지로 이 할아버지의 손자인 듯했습니다.

반쯤 타버린 커다란 밤나무 아래에 풀로 만든 작은 울타리가 있었고 빨간 모닥불이 이글이글 타오르고 있었습니다.

이치로의 형은 말을 졸참나무에 묶었습니다.

말도 히히힝하고 울었습니다.

"이런 가엾게도. 많이 울었겠구나. 저 아이는 광부의 아이지? 자, 모두 경단을 좀 먹어라. 어서. 지금 더 구울 테니까. 도대체 어디까지 갔었던 게냐?"

"사사나가네에서 나오는 길이요."

이치로의 형이 대답했습니다.

"저런, 위험했구나, 위험했어. 그쪽은 내려가면 말도 사람도 그대로 끝이야. 자, 가스케야. 경단을 먹으렴. 너도 먹고. 자자, 이것도 먹어라."

"할아버지, 말을 놔두고 올까요?"

이치로의 형이 말했습니다.

"그래, 그러려무나. 목부가 돌아오면 시끄러워질 테니까. 그렇지만 조금만 기다려라. 곧 날이 갤 거다. 아, 정말 걱정했단다. 나도 호랑이

산 아래까지 찾았단다. 후유…… 여하튼 다행이다. 비도 개였구나."

"아침에는 정말 날씨가 좋았는데."

"응, 다시 좋아질 거야. 아, 비가 새네?"

이치로의 형이 밖으로 나갔습니다. 천장에서 부스럭부스럭 소리가 나자 할아버지가 웃으면서 올려다보았습니다.

이치로의 형이 다시 들어왔습니다.

"할아버지, 밖이 밝아졌어요. 비가 그쳤어요."

"그래, 알았다. 자, 너희는 불을 쬐어라. 난 다시 풀을 베러 나간단다."

안개가 깨끗하게 걷히고 햇살이 슬며시 흘러들어왔습니다. 태양은 서쪽으로 약간 기울여져 있었고, 밀랍 같은 안개 몇 조각은 도망가지 못한 채 어쩔 수 없이 햇빛에 반짝였습니다.

풀잎에서 물방울이 반짝반짝 떨어졌으며 모든 잎과 줄기와 꽃은 올해의 마지막 햇살을 받고 있습니다.

저 멀리 서쪽의 푸른 들판은 이제 막 울음을 그친 듯 눈부시게 웃고 있었으며, 맞은편의 밤나무는 푸른 후광을 발산하고 있습니다.

아이들은 모두 지친 몸을 이끌고 이치로를 따라 들판을 내려왔습니다. 사부로는 여전히 입을 꾹 다문 채 샘물이 있는 곳에서 아이들과 헤어진 후 아버지가 있는 오두막을 향해 혼자 돌아갔습니다.

돌아가는 길에 가스케가 말했습니다.

"저 녀석은 역시 바람의 신이야. 바람 신의 아이라고. 둘이서 저곳을 점령하고 있는 거야."

"그렇지 않아."

이치로가 큰 소리로 말했습니다.

9월 5일

다음 날 아침에는 비가 내렸지만, 2교시부터는 점점 개이더니 3교시가 끝나고 10분의 쉬는 시간에는 마침내 완전히 개였습니다. 하늘 곳곳에 도려낸 듯한 파란 하늘이 보였고 그 아래로 새하얀 비늘구름이 계속해서 동쪽으로 달렸으며, 산의 억새에서도 밤나무에서도 남은 구름이 수증기처럼 솟아올랐습니다.

"학교 끝나면 산포도 따러 가지 않을래?"

고스케가 가스케에게 살짝 말했습니다.

"갈래, 가자. 사부로도 같이 가지 않을래?"

가스케가 사부로에게 말했습니다.

"야, 그곳을 사부로에게 가르쳐주면 어떡해?"

고스케의 말을 사부로는 듣지 못했습니다.

"갈게. 나, 홋카이도에서도 포도 따봤어. 우리 엄마는 포도주를 두 통이나 담갔어."

"나도 데려가면 안 돼?"

2학년인 쇼키치도 말했습니다.

"안 돼. 너 따위 꼬맹이에게 가르쳐 줄 수 없어. 내가 작년에 새로운 곳을 발견했단 말이야."

모두 수업이 끝나기만을 기다리고 또 기다렸습니다. 5교시가 끝나자 이치로와 가스케, 사타로, 고스케, 에쓰지, 그리고 마타사부로까지 여섯 아이는 학교에서 상류 쪽으로 올라갔습니다. 조금 올라가자 볏짚 지붕의 집이 한 채 있었고, 그 앞에는 작은 담배밭이 있었습니다. 담배나무의 아래쪽 잎은 이미 수확을 했기 때문에 그 파란 줄기가 숲처럼 말끔하게 늘어서 있어서 무척이나 우스꽝스러웠습니다.

그런데 사부로가 갑자기 잎을 한 장 따서 이치로에게 보여주며 말했습니다.

“이건 무슨 잎이야?”

그러자 이치로는 깜짝 놀라서 조금 무서운 표정으로 말했습니다.

“앗, 마타사부로! 담뱃잎을 따면 전매청 사람들에게 엄청나게 혼나. 아…… 마타사부로, 무슨 짓을 한 거야.”

아이들도 저마다 떠들었습니다.

“큰일 났다. 전매청에서는 잎을 한 장씩 세어서 장부에 적는다고. 난 몰라.”

“나도 몰라.”

“나도 몰라.”

모두 입을 모아 떠들었습니다.

그러자 사부로는 얼굴이 새빨개져서는 담뱃잎을 흔들며 무언가 변명거리가 없을까 한참을 생각했습니다. 결국 사부로는 ‘난 모르고 딴 거잖아’ 하고 화난 듯이 말했습니다.

아이들은 누군가 보고 있는 것은 아닌지 두려워하며 건너편 집을 보았습니다. 담배밭에서 몽글몽글 피어오르는 수증기 너머로 보이는 그 집은 조용했으며 누가 있는 것 같지는 않았습니다.

“저 집은 1학년 고스케의 집이잖아.”

가스케가 사부로를 달래듯 말했습니다. 그러나 고스케는 애초부터 자신이 발견한 산포도 나무에 사부로는 물론 너무 많은 아이가 온 것이 마음에 들지 않았기 때문에, 심술이 나서 다시 사부로에게 말했습니다.

“사부로가 아무리 몰랐다고 해도 안 돼. 다시 원래대로 돌려놔.”

사부로는 난처한 듯 잠시 침묵하다 말했습니다.

“그렇다면 여기다 두고 가면 되잖아.”

그러고는 담배나무 뿌리 근처에 살며시 잎을 놓아두었습니다. 그러자 이치로는 "빨리 가자"라고 말하고 앞장서서 걷기 시작했고 다른 아이들도 곧 따라갔습니다. 그러나 고스케는 계속 남아 마타사부로에게 심술을 부리고 있었습니다.

"흥, 난 몰라. 저기 봐. 마타사부로가 두고 간 담뱃잎이 저기 있잖아."

하지만 아이들이 계속 걸어갔기 때문에 결국 고스케도 아이들 뒤를 따라갔습니다.

억새 사이의 작은 길을 따라 산 쪽으로 조금 올라가자 남쪽으로 움푹 팬 곳에 밤나무가 여기저기 서 있었고, 아래에는 포도가 주렁주렁 달린 포도나무가 커다란 덤불을 이루고 있었습니다.

"여긴 내가 발견한 곳이니까 너희들은 너무 많이 따면 안 돼."

고스케가 말했습니다. 그러자 사부로가 말했습니다.

"난 밤을 딸 거야."

사부로는 돌을 주워 가지를 향해 던졌습니다. 파란 밤송이가 하나 떨어졌습니다. 사부로는 막대기로 밤송이 껍질을 까서 아직 덜 익은 하얀 밤을 두 개 꺼냈습니다. 다른 아이들은 모두 포도를 따느라 정신이 없었습니다.

그러는 동안 고스케가 다른 덤불로 가려고 밤나무 밑을 지나가는데 갑자기 위에서 물방울이 우두둑 떨어져 고스케는 어깨에서 등까지 물에 빠진 듯 흠뻑 젖어버렸습니다. 고스케는 깜짝 놀라서 입을 벌리고 위를 올려다보았습니다. 나무 위에는 어느새 사부로가 올라가 있었고 슬며시 웃으면서 자신도 옷소매로 얼굴을 닦고 있었습니다.

"야! 마타사부로, 뭐하는 거야?"

고스케는 분하다는 듯 나무를 올려다보았습니다.

"바람이 불었어."

사부로는 나무 위에서 킥킥 웃으며 말했습니다.

고스케는 나무 밑을 지나 다시 다른 덤불에서 포도를 따기 시작했습니다. 고스케는 이미 자신의 힘으로 가져갈 수 없을 정도로 여기저기에 포도를 쌓아놓고 있었고, 보랏빛이 입술에 번져 입이 아주 크게 보였습니다.

"자, 이 정도면 가져갈 수 있겠지?"

이치로가 말했습니다.

"왜, 조금 더 따자."

고스케가 말했습니다.

그때 고스케의 머리 위로 다시 차가운 물방울이 쏟아졌습니다. 고스케는 다시 깜짝 놀라 나무 위를 보았지만 사부로는 나무 위에 없었습니다.

그렇지만 나무 너머로 사부로의 회색 팔꿈치가 보였고 킥킥하고 웃는 소리도 들렸기 때문에 고스케는 단단히 화가 났습니다.

"야, 마타사부로! 또 물을 끼얹었지?"

"바람이 불었어."

아이들이 와르르 웃었습니다.

"야! 네가 거기서 나무를 흔들었잖아!"

아이들이 또 와르르 웃었습니다.

그러자 고스케는 분하다는 듯이 입을 꼭 다물고 사부로를 한참 노려보더니 말했습니다.

"사부로! 너 따위는 세상에 없는 편이 나아."

그러자 사부로는 뻔뻔하게 웃었습니다.

"이런…… 미안하게 됐어, 고스케."

고스케는 무언가 다른 말을 하려고 머리를 굴렸지만, 너무 화가 나서 생각이 나지 않았기 때문에 다시 같은 말을 되풀이했습니다.

"야, 마타사부로, 너! 너 같은 바람 따위는 세상에서 없어지는 편이 좋아."

"미안하다니까. 하지만 너도 나한테 심술궂게 했잖아."

사부로는 눈을 깜박이며 조금 미안한 듯 말했습니다. 그렇지만 고스케의 화는 좀처럼 풀리지 않았습니다. 그래서 세 번째 같은 말을 반복했습니다.

"야, 마타사부로, 바람 따위는 세상에서 없는 편이 좋다고!"

그러자 사부로는 조금 재미있어졌다는 듯 다시 큭큭 웃으면서 물었습니다.

"바람이 세상에서 사라지면 좋다니…… 왜지? 적절한 이유를 대 봐. 얼른."

사부로는 선생님 같은 표정으로 손가락 하나를 내밀었습니다.

고스케는 시험을 치르는 것 같기도 했고 우스운 꼴이 된 듯해서 너무 분했지만, 어쩔 수 없이 잠시 생각한 후에 말했습니다.

"너는 나쁜 짓만 하잖아. 우산을 망가뜨리기도 하고."

"그리고 또?"

사부로는 재미있다는 듯 한발 다가서며 말했습니다.

"그리고 나무도 꺾어버리고 쓰러뜨리기도 하잖아."

"그리고…… 그리고 또 뭐가 있지?"

"집도 부수잖아."

"그리고 그다음엔 또 뭐지?"

"등불도 꺼트리잖아."

"그다음은? 그다음은 또 뭐가 있지?"

"모자도 날려버렸지."

"그리고? 그다음은?"

"삿갓도 날려버렸지."

"그리고? 그리고 또 뭐?"

"그러니까…… 음, 음, 전봇대도 쓰러뜨렸잖아."

"그리고? 그리고? 그리고?"

"그리고 지붕도 날려버렸고."

"아하하하! 지붕은 집의 일부잖아. 어때? 아직 더 있어? 그리고?"

"그러니까…… 음, 음, 그래 램프도 꺼뜨리잖아."

"아하하하! 램프도 등불의 하나야. 그래서 그것뿐이야? 응? 그리고?"

고스케는 말문이 막혀버렸습니다. 거의 다 얘기했기 때문에 아무리 생각해도 떠오르지 않았습니다.

사부로는 무척이나 재미있다는 듯 손가락을 하나 꼽고는 말했습니다.

"그다음에는? 그다음은? 응? 그리고?"

고스케는 얼굴이 새빨개진 채 잠시 생각하더니 간신히 대답했습니다.

"풍차도 망가뜨리지."

그러자 사부로는 이번에는 정말 펄쩍 뛰면서 웃었습니다. 다른 아이들도 웃었습니다.

사부로는 간신히 웃음을 멈추고 말했습니다.

"자, 보라고. 결국 풍차라고 했지? 풍차는 바람을 나쁘게 생각하지 않아. 물론 망가질 때도 가끔 있지만, 풍차를 돌게 해주는 경우가 훨씬 많지. 풍차라면 바람을 조금도 나쁘게 생각하지 않는다고. 게다가 아까부터 네가 말한 이유는 너무 우스워. '음음, 음음'만 하고 있었지? 결국에는 풍차까지 이유에 넣다니. 아, 정말 웃겨."

사부로는 다시 눈물이 나올 정도로 웃었습니다.

고스케도 아까부터 너무 고민한 나머지 화가 나 있던 것도 점점 잊고 있었습니다. 그리고 무심코 사부로를 따라 웃음을 터뜨리고 말았습니다. 그러자 사부로도 완전히 기분을 바꾸고는 "고스케, 장난쳐서 미안해"라고 말했습니다.

"자, 그럼 가자."

이치로는 말하면서 사부로에게 포도 다섯 송이를 주었습니다.

사부로는 하얀 밤을 모두에게 두 개씩 나누어 주었습니다. 그리고 아이들은 밑에까지 함께 내려간 후 각자의 집으로 돌아갔습니다.

9월 7일

다음 날 아침은 안개가 촉촉하게 내려 학교 뒷산도 희미하게 보였습니다. 그런데 어제와 마찬가지로 2교시부터 점점 맑아지더니 하늘은 곧 새파래졌고 햇볕이 쨍쨍 내리쬐었습니다. 점심시간이 되고 1, 2학년이 하교하자 마치 여름처럼 더워졌습니다.

오후 수업부터는 선생님도 교단에서 종종 땀을 닦았으며 4학년은 붓글씨를 쓰면서, 5, 6학년은 그림을 그리면서 꾸벅꾸벅 졸았습니다.

수업이 끝나자 아이들은 곧바로 강 아래쪽으로 몰려갔습니다.

"마타사부로, 수영하러 가지 않을래? 저학년 아이들도 지금쯤 모두 가 있을 거야."

가스케의 말을 따라 사부로도 함께 갔습니다.

그곳은 이전에 갔던 우에노노하라 들판보다 조금 하류 쪽이었으며 오른쪽으로 또 하나의 개울이 합쳐져 조금 넓은 강을 이루고 있었습니다. 바로 아래에는 커다란 쥐엄나무가 있는 낭떠러지입니다.

"와아…… 여기!"

먼저 와있던 아이들이 벌거숭이가 된 채 두 손을 흔들며 외쳤습니다. 이치로와 아이들은 강가에 있는 자귀나무 사이를 경쟁하듯 달려가 갑자기 옷을 벗어 던지고는 풍덩풍덩 물속으로 뛰어들었습니다. 그리고 두 다리를 번갈아 구부리며 철썩철썩하고 물을 때리는 듯한 방법으로 수영을 하면서 줄줄이 맞은편 강가로 향했습니다. 먼저 와있던 아이들도 뒤를 따라 헤엄치기 시작했고 마타사부로도 옷을 벗고 뛰어들었습니다. 그런데 갑자기 마타사부로가 소리 내어 웃었습니다. 그러자 건너편 강가에 도착한 이치로가 바다표범 같은 머리를 하고 입술을 보랏빛으로 물들인 채 와들와들 떨면서 말했습니다.

"야, 마타사부로! 왜 웃는 거야?"

사부로 역시 와들와들 떨면서 물에서 나와 말했습니다.

"강물이 차갑네."

"마타사부로, 왜 웃었냐니까?"

이치로는 다시 물었습니다.

"너희 수영하는 모습이 웃기잖아. 왜 다리를 텀벙텀벙 움직이는 거야?"

사부로가 웃으면서 말했습니다.

"뭐가 어때서?"

이치로는 말했지만 왠지 겸연쩍었는지 '돌잡기 할래?'라며 하얗고 둥근 돌을 주웠습니다.

"할래! 할래!"

아이들이 모두 외쳤습니다.

"그러면 내가 저 나무 위로 올라가서 떨어뜨릴게."

이치로는 벼랑 중턱에 나와 있는 쥐엄나무를 거침없이 올라갔습니다.

"자아, 떨어뜨린다! 하나, 둘, 셋!"

이치로는 하얀 돌을 강 깊은 곳에 풍덩 빠뜨렸습니다.

아이들은 서로 질세라 벼랑에서 거꾸로 물속으로 뛰어들어 푸른 해달처럼 바닥으로 잠수하면서 돌을 주우려고 했습니다.

그렇지만 모두 바닥까지 가지 못하고 숨이 차서 물 위로 올라왔으며 여기저기서 하늘을 향해 후욱후욱 수증기를 내뿜었습니다.

사부로는 아이들의 모습을 말없이 지켜보다가 모두 물 위에 떠오르는 것을 보더니 자신도 풍덩하고 물속으로 뛰어들었습니다. 그렇지만 사부로 역시 바닥까지 내려가지 못하고 떠올랐기 때문에 아이들은 와르르 웃었습니다. 그때 맞은편 강가의 자귀나무가 있는 곳에서 윗옷을 벗은 사람과 그물을 든 사람 등 어른 네 명이 이쪽을 향해 오고 있었습니다.

그러자 이치로가 나무 위에서 최대한 목소리를 낮추고 아이들에게 말했습니다.

"앗, 발파한다. 모르는 척해. 돌잡기는 그만두고 얼른 모두 하류로 내려가."

아이들은 되도록 어른들 쪽을 보지 않는 척하면서 함께 하류 쪽으로 헤엄쳐갔습니다. 이치로는 나무 위에서 이마에 손을 올린 채 다시 한번 자세히 살피더니 물속으로 풍덩 하고 거꾸로 뛰어들었습니다. 그리고 잠수를 해서 순식간에 아이들을 따라잡았습니다.

아이들은 강 하류의 여울진 곳에 서 있었습니다.

"모두 모르는 척하고 놀아."

이치로가 말했습니다. 아이들은 숫돌을 줍거나 할미새를 쫓으면서 발파에 대해서는 조금도 신경 쓰지 않는 척했습니다.

그러자 맞은편 강가에서는 하류에서 광부 일을 하는 쇼스케가 한동안 이쪽저쪽을 둘러보더니 갑자기 책상다리를 하고 자갈 위에 앉았습니다. 그리고 천천히 허리춤에서 담배 주머니를 꺼내 담뱃대를 물고는 뻐끔뻐끔 연기를 내뿜었습니다. 이상하다고 생각하는 순간 다시 허리춤에서 무언가를 꺼냈습니다.

"발파 약이다, 발파 약이야!"

아이들은 소리쳤습니다. 이치로는 손을 흔들어 아이들이 소리를 내지 못하도록 했습니다. 쇼스케는 천천히 담뱃대의 불을 화약에 옮겼고, 뒤에 있던 한 명은 곧바로 물속으로 들어가 그물을 쳤습니다. 쇼스케는 침착하게 일어서서 한 발을 물속에 담그더니 들고 있던 화약을 곧바로 쥐엄나무가 있는 곳에 던졌습니다. 그러자 잠시 후 펑하는 엄청난 소리가 나더니 물이 하얗게 솟아올랐으며, 한동안 주변이 지잉하고 울렸습니다.

건너편의 어른들은 모두 물속으로 들어갔습니다.

"자, 떠내려온다! 모두 잡아!"

이치로가 말했습니다. 잠시 후 고스케는 새끼손가락만 한 회색 둑중개가 옆으로 떠내려오는 것을 잡았고, 그 뒤에서는 사스케가 참외를 빨아먹을 때 나는 소리를 냈습니다. 가스케는 18센티미터 정도 되는 붕어를 잡고서는 기뻐서 얼굴이 빨갛게 상기되어 있었습니다. 아이들은 모두 물고기를 잡고 기뻐서 환호성을 질렀습니다.

"조용히 해, 떠들지 마."

이치로가 말했습니다.

그때 맞은편 하얀 강가에서 윗옷을 벗은 사람과 셔츠만 입은 사람 등 어른 대여섯 명이 달려왔습니다. 그 뒤에는 마치 영화에서처럼 망사셔츠를 입은 사람이 안장이 없는 말을 타고 쏜살같이 달려왔습니다. 모두 발파 소리를 듣고 보러 온 것이었습니다.

쇼스케는 잠시 팔짱을 낀 채 물고기 잡는 모습을 지켜보더니 "거의 없군"이라고 말했습니다. 그러자 사부로가 어느새 쇼스케 옆으로 다가가 중간 크기의 붕어 두 마리를 강가에 던지듯 내려놓고 말했습니다.

"물고기 돌려 드릴게요."

그러자 쇼스케는 사부로를 뚫어지게 바라보며 말했습니다.

"뭐야, 이 꼬맹이는? 이상한 녀석이군."

사부로는 말없이 아이들 쪽으로 돌아왔습니다. 쇼스케는 이상한 표정을 짓고 있습니다. 아이들은 와르르 웃었습니다.

쇼스케는 말없이 다시 상류 쪽으로 걷기 시작했습니다. 다른 어른들도 따라갔으며 망사셔츠를 입은 사람은 말을 타고 다시 달려갔습니다. 고스케가 헤엄을 쳐서 사부로가 두고 온 물고기를 가져왔습니다. 그러자 아이들은 다시 웃음을 터뜨렸습니다.

"발파를 하면 잡어들이 마구 흩어지지."

가스케가 강가 모래밭에서 깡충깡충 뛰면서 크게 소리쳤습니다.

아이들은 잡은 물고기를 돌로 감싸고 작은 물줄기를 만들어서, 물고기가 살아나도 도망가지 못하도록 해 놓고 다시 상류의 쥐엄나무 쪽으로 올라가기 시작했습니다.

날씨가 정말로 더웠기 때문에 자귀나무는 한여름처럼 축 늘어져 있었으며, 하늘은 바닥 없는 깊은 우물처럼 보였습니다.

그때 누군가가 외쳤습니다.

"앗, 우리 웅덩이를 망가뜨리고 있어."

돌아보니 이상하게 코가 뾰족한 사람이 양복에 짚신을 신고 손에는 스틱 같은 것을 든 채 아이들이 모아놓은 물고기 웅덩이를 마구 휘젓고 있었습니다.

"아, 저 사람은 전매청 사람이야. 전매청 사람!"

사타로가 말했습니다.

"마타사부로, 네가 꺾은 담뱃잎이 발각된 거야. 너를 잡아갈 거야."

가스케가 말했습니다.

"뭐야, 하나도 무섭지 않아."

사부로는 입술을 깨물며 말했습니다.

"모두 마타사부로를 에워 싸! 둘러싸라고."

이치로가 말했습니다. 아이들은 사부로를 쥐엄나무의 한가운데에 두고 주위의 가지에 걸터앉았습니다.

"온다, 온다, 온닷!"

아이들은 모두 숨을 죽였습니다.

그런데 그 남자는 그다지 사부로를 잡으려는 기색도 없이 아이들 앞을 지나갔습니다. 그리고 곧장 상류의 얕은 여울을 건너려고 했습니다. 그런데 곧바로 강을 건너는 것이 아니라 더러워진 짚신과 각반을 씻으려는 듯 몇 번이고 왔다 갔다 하고 있었기 때문에 아이들은 점점 두려움이 사라졌습니다. 그 대신에 기분이 나빠졌습니다.

그러다 마침내 이치로가 말했습니다.

"내가 먼저 외칠 테니까 하나, 둘, 셋, 하면 너희도 외치는 거야. 알았지? '강을 더럽히지 마세요. 선생님이 항상 말씀하셨잖아요.' 하나, 둘, 셋!"

그 사람은 깜짝 놀라 이쪽을 돌아보았지만 무슨 말을 하는지 잘 들리지 않는 듯했습니다. 그래서 아이들은 다시 외쳤습니다.

"강을 더럽히지 마세요, 선생님이 항상 말씀하셨잖아요."

코가 뾰족한 남자는 담배를 피울 때처럼 뻐끔뻐끔 거리며 말했습니다.

"여기 사람들은 이 물을 마시는 거니?"

"강을 더럽히지 마세요. 선생님이 항상 말씀하셨잖아요."

코가 뾰족한 사람은 조금 당황한 듯 다시 말했습니다.

"강을 걷는 것이 잘못한 거니?"

"강을 더럽히지 마세요. 선생님이 항상 말씀하셨잖아요."

그 사람은 당황한 것을 감추려고 일부러 천천히 강을 건너더니 알프스탐험대 같은 자세를 취하면서 푸른 점토와 빨간 자갈로 덮인 절벽을 비스듬히 올라 그 위에 있는 담배밭으로 들어갔습니다.

그러자 사부로가 말했습니다.

"뭐야, 나를 데리러 온 게 아니잖아."

그러고는 제일 먼저 물속으로 풍덩하고 뛰어들었습니다.

아이들은 왠지 그 남자도 사부로도 조금 가엾기도 하고 이상하게 휑한 기분이 들었습니다. 나무에서 한 명씩 뛰어내린 아이들은 강을 헤엄쳐 강가에 도착한 후 물고기를 손수건에 싸거나 손에 들고 집으로 돌아갔습니다.

9월 8일

다음 날 아침, 아직 수업이 시작되기 전에 아이들은 운동장에서 철봉을 하거나 막대 감추기를 하면서 놀고 있었습니다. 그리고 조금 늦게 학교에 온 사타로가 무언가를 담은 소쿠리를 조심스레 안고 나타났습니다.

"뭐야? 뭔데, 뭔데?"

아이들은 곧바로 달려와 소쿠리 안을 들여다보았습니다. 사타로는 소매로 소쿠리를 가리고 재빨리 학교 뒤에 있는 바위구멍으로 갔습니다. 그리고 아이들은 그 뒤를 열심히 따라갔습니다.

소쿠리 안을 들여다본 이치로는 자기도 모르게 얼굴색이 변했습니다.

그것은 생선 독의 해독제로 쓰이는 산초가루로, 그것을 사용하면 발파와 마찬가지로 경찰에 붙잡혀가는 것이었습니다. 그런데 사타로는 그것을 바위구멍 옆의 억새풀 속에 감추고는 모르는 척 운동장으로 돌아갔습니다. 아이들은 수업이 시작될 때까지 소곤소곤 거리며 계속해서 그 이야기를 하고 있었습니다.

그날도 어제와 마찬가지로 열 시가 되자 더워졌습니다. 아이들은 수업이 끝나기만을 기다리고 있었습니다. 두 시가 되어 5교시 수업이 끝나자 아이들은 잽싸게 뛰어나갔습니다. 사타로도 다시 소쿠리를 소매로 살짝 감추고 고스케 등 아이들에게 둘러싸여 강가로 갔습니다. 사부로는 가스케와 함께 갔습니다. 아이들은 마을 축제 때 났던 가스 비슷한 냄새가 코를 찌르는 자귀나무 강가를 재빨리 빠져나가 늘 가던 쥐엄나무 강가에 도착했습니다. 여름에나 볼 수 있는 멋진 구름 기둥이 동쪽에서 뭉게뭉게 솟아오르고 있었고 쥐엄나무가 푸르게 빛나는 것처럼 보였습니다.

아이들이 서둘러 옷을 벗고 강가에 서자 사타로가 이치로의 얼굴을 보며 말했습니다.

"한 줄로 똑바로 서, 알았지? 물고기가 떠오르면 헤엄쳐서 잡아. 잡은 만큼 줄게. 어때?"

저학년 아이들은 기뻐서 상기된 얼굴로 서로 밀치면서 강의 깊은 곳을 에워쌌습니다.

페키치를 비롯한 서너 명은 이미 헤엄을 쳐서 쥐엄나무 아래까지

가서 기다리고 있었습니다.

사타로는 으스대며 상류의 물이 얕은 곳으로 가서 소쿠리를 물로 철벙철벙 씻었습니다.

아이들은 조용히 물을 바라보고 있었습니다.

사부로는 물을 보지 않고 맞은편의 구름산 위를 지나는 검은 새를 보고 있었습니다. 이치로도 강가에 앉아 돌을 툭툭 차고 있었습니다.

그런데 시간이 제법 흘렀지만 물고기는 떠오르지 않았습니다.

사타로는 아주 진지한 얼굴로 똑바로 서서 물을 내려다보고 있었습니다. 어제 발파했을 때였다면 열 마리는 잡았을 텐데, 하고 아이들은 생각하고 있었습니다. 아이들은 다시 상당히 오랜 시간을 말없이 기다렸습니다. 그렇지만 역시 물고기는 한 마리도 떠오르지 않았습니다.

"뭐야, 물고기가 떠오르지 않잖아."

고스케가 큰 소리로 말했습니다. 사타로는 움찔했지만 여전히 강물을 보고 있었습니다.

"역시 물고기는 떠오르지 않네."

페키치가 다시 건너편 나무 아래에서 말했습니다. 그러자 아이들은 마침내 와글와글 떠들기 시작하며 모두 물속으로 뛰어들었습니다.

사타로는 멋쩍은 듯 쭈그리고 앉아 물을 보고 있었지만 결국 일어서서 "술래잡기할래?"라고 말했습니다.

"할래! 할래!"

아이들이 외치며 가위바위보를 하기 위해 물속에서 손을 내밀었습니다. 헤엄을 치던 아이들도 재빨리 발이 닿는 곳으로 가서 손을 내밀었습니다.

이치로도 강가에서 일어나 손을 내밀었습니다. 그리고 이치로는 어제 이상하게 코가 뾰족했던 사람이 올라갔던 절벽 아래, 푸르고 끈적끈적한 점토가 있는 곳으로 숨어야겠다고 마음먹었습니다. 그곳에 붙어있으면 술래의 손이 닿지 않으리라고 생각했기 때문입니다. 모두 가위를 내지 않기로 하고 가위바위보를 했습니다.

그런데 에쓰지 혼자 가위를 냈기 때문에 아이들에게 놀림을 당하고는 술래가 되었습니다. 에쓰지는 입술이 보랏빛으로 변한 채 강가를 달렸고 마침내 기사쿠를 잡아 술래는 두 사람이 되었습니다. 아이들은 모래 위나 강물 속 등 이곳저곳을 돌아다니며 잡고 잡히면서 몇 번이고 술래잡기를 했습니다.

마지막에는 결국 사부로 한 사람이 술래가 되었습니다. 사부로는 곧 기치로를 붙잡았습니다. 아이들은 쥐엄나무 아래에서 그 모습을 보고 있었습니다. 그러자 사부로가 기치로에게 말했습니다.

"기치로, 너는 상류에서 몰아, 알았지?"

그리고 사부로는 말없이 서서 지켜보고 있었습니다.

기치로는 입을 벌리고 팔을 벌린 채 상류에서부터 점토 위를 쫓아왔습니다.

아이들은 물속으로 뛰어들 준비를 했습니다. 이치로는 버드나무 위로 올라갔습니다. 그때 기치로가 상류의 점토에 발이 빠져 아이들 앞에서 미끄러져 버렸습니다.

아이들은 와— 와— 하고 소리치며 기치로를 뛰어넘기도 하고 물로 뛰어들기도 하면서 상류의 점토 끝까지 올라가 버렸습니다.

"마타사부로, 여기야! 어디 잡아봐!"

가스케는 서서 팔을 벌리며 큰 소리로 사부로를 놀렸습니다. 사부로는 아까부터 상당히 약이 올라 있었습니다.

"좋아, 두고 보자!"

사부로는 오기가 생겨서 물속으로 첨벙 뛰어들어 가스케가 있는 곳을 향해 있는 힘껏 헤엄쳤습니다.

사부로의 머리카락이 빨갛고 푸석푸석한데다가 물속에 너무 오래 있어서 입술이 보랏빛이 되었기 때문인지 아이들은 무서워졌습니다. 더군다나 그 점토 위는 상당히 좁은데다가 미끄럽고 경사져있어서 아이들이 전부 들어갈 수도 없었습니다. 그 때문에 아래쪽의 너덧 명은 위에 있는 아이들을 붙든 채 간신히 매달려 있었습니다. 이치로만이 맨 위에서 침착하게 아이들에게 지시를 했습니다. 아이들은 모두 이치로의 말에 귀를 기울이고 있었습니다. 사부로는 철벅거리며 점토 위에 가까이 다가갔습니다.

아이들이 소곤소곤 이야기를 하고 있는데, 갑자기 사부로가 아이들에게 양손으로 물을 뿌리기 시작했습니다. 아이들이 물을 피하려고 버둥거리자 점토는 점점 아래로 밀려 내려갔습니다. 사부로는 기뻐하면서 계속해 물을 찼습니다. 그러자 아이들은 한꺼번에 밑으로 풍덩하고 미끄러졌습니다. 사부로는 아이들을 끝에서부터 차례로 붙잡았습니다. 이치로도 붙잡았습니다. 가스케만 혼자 위로 돌아서 헤엄쳐 도망갔기 때문에 사부로는 곧바로 쫓아가 붙잡은 다음에 팔을 잡아 너덧 번 정도 빙글빙글 돌렸습니다. 가스케는 물을 먹은 듯 입으로 안개를 품어내며 말했습니다.

"나 그만 할래. 이런 술래잡기 더는 안 할 거야."

저학년 아이들은 모두 자갈밭으로 올라갔습니다.

사부로는 혼자서 쥐엄나무 아래에 서 있었습니다.

그런데 그때는 이미 하늘에 새까만 구름이 가득 덮여있었고 버드나무도 이상하게 하얗게 보였으며 산의 풀들은 점점 검어졌습니다. 주위의 풍경은 뭐라고 표현하기 어려운 무서운 모습으로 바뀌었습니다.

그러는 동안 갑자기 우에노노하라 들판 주변에서 그르릉하고 천둥이 치기 시작했습니다. 그리고 그 순간 마치 산사태가 일어난 듯한 소리가 나더니 소나기가 쏟아졌습니다. 바람도 휘익휘익 불기 시작했습니다. 계곡 깊은 곳에는 커다란 소나기 방울이 물결을 일으키면서 물인지 돌인지 알 수 없게 되었습니다.

아이들은 강가에서 옷을 갈아입고 자귀나무 아래로 도망갔습니다. 사부로도 그제야 무서워진 듯 쥐엄나무 아래에서 물로 풍덩 뛰어들어 아이들이 있는 쪽으로 헤엄치기 시작했습니다.

그러자 누군가가 외치기 시작했습니다.

비는 주룩주룩 비 사부로
바람은 휘익휘익 마타사부로

아이들도 곧바로 따라 외치기 시작했습니다.

비는 주룩주룩 비 사부로
바람은 휘익휘익 마타사부로

사부로는 완전히 당황해서 무언가가 다리를 끌어당기기라도 하는 듯 물을 박차고 뛰쳐나와 아이들이 있는 곳으로 힘껏 달려와서는 부들부들 떨며 물었습니다.

"지금 너희가 외친 거니?"

"아니야, 우리가 아니야."

아이들이 동시에 대답했습니다.

페키치가 다시 나서서 "우리가 아니야"라고 말했습니다. 사부로는 기분 나쁜 듯 강 쪽을 보더니 창백해진 입술을 여느 때와 마찬가지로 꾹 깨물고 '뭐지?' 하고 말했지만, 여전히 몸은 부들부들 떨고 있었습니다.

그리고 아이들은 비가 그치기를 기다렸다가 각자의 집으로 돌아갔습니다.

9월 12일

휘익 휙휙 휘이익 휙휙
파란 호두도 날려버리고
시디신 모과도 날려버리고
휘익 휙휙 휘이익 휙휙

조금 전 마타사부로에게 들었던 그 노래를 이치로는 꿈속에서 또 들었습니다.

깜짝 놀라 벌떡 일어나보니 바깥에서는 정말로 거센 바람이 불면서 숲이 울부짖고 있었고, 새벽녘의 검푸르고 희미한 빛이 장지문과 선반 위 초롱대 등 집 안을 가득 비추고 있었습니다. 이치로는 재빨리 허리띠를 매고 신발을 신고 봉당을 내려와서 마구간 앞을 지나 쪽문을 열었습니다. 그러자 바람이 차가운 빗방울과 함께 휘익 몰려들었습니다.

마구간 뒤에서 문 같은 것이 쿵하고 넘어지자 말은 히힝 울면서 코를 킁킁거렸습니다.

이치로는 바람이 가슴속까지 파고드는 듯해서 후우— 하고 숨을 강하게 내뱉었습니다. 그리고 밖으로 달려나갔습니다.

밖은 이미 제법 밝아있었고 땅은 젖어 있었습니다. 집 앞의 밤나무들은 이상하게 파랗고 하얗게 보였으며, 마치 바람과 비로 몸을 씻듯 잎사귀들이 거세게 부딪히고 있었습니다. 파란 잎들도 여러 장 바람에 날려 떨어졌으며 파란 밤송이가 검은 땅 위에 가득 떨어져 있었습니다. 하늘에는 구름이 어두운 잿빛으로 빛나며 북쪽으로 휙휙 날아가고 있었습니다.

저 멀리 있는 숲은 거칠게 파도가 이는 바다처럼 쿠릉쿠릉 울리기도 하고 휘잉하는 소리가 들리기도 했습니다. 이치로는 옷이 날아갈 듯 거센 바람 속에서 얼굴 가득 차가운 빗방울을 맞으면서도 말없이 그 소리에 귀를 기울이며 하늘을 올려다보았습니다. 그러자 가슴에서 찰랑찰랑 파도가 이는 듯했습니다. 그렇지만 다시 울부짖고 신음하며 달려가는 바람을 가만히 보고 있자 이번에는 바람이 가슴으로 우르르 몰려드는 듯했습니다.

어제까지만 해도 언덕과 들판 아래에서 고요하게 있던 말간 바람이 갑자기 오늘 새벽녘부터 일제히 움직이기 시작해 타스카롤라해구 북쪽 끝을 향해 휘익휘익 달려간다고 생각하자 이치로는 자기도 하늘로 날아올라 함께 달려가는 듯한 기분이 들었습니다. 갑자기 두려워진 이치로는 재빨리 집으로 들어가 숨을 가득 들이마신 후, 후우— 하고 내뱉었습니다.

“아, 엄청난 바람이야. 담배밭이랑 조밭이 완전히 망가지겠군.”

이치로의 할아버지가 쪽문 옆에 서서 가만히 하늘을 올려다보고 있었습니다. 이치로는 서둘러 우물로 가서 양동이 가득 물을 퍼온 후에 부엌을 쓱쓱 닦기 시작했습니다. 그리고 세숫대야를 꺼내 얼굴을 씻더니 선반에서 차가운 밥과 미소를 꺼내 허겁지겁 먹었습니다.

“이치로, 지금 국 끓이고 있으니까 조금만 기다려. 오늘 아침에는 왜 그렇게 학교에 빨리 가려는 거니?"

어머니는 말 사료를 끓이는 부뚜막에 나무를 넣으면서 물었습니다.

"응, 마타사부로가 바람에 날아갔을지도 몰라."

"마타사부로가 뭐니? 새 이름이니?"

"아니, 마타사부로라는 애가 있어."

이치로는 서둘러 밥을 먹고는 그릇을 대충대충 씻은 후 부엌 못에 걸려 있는 비옷을 입고 신발을 든 채 맨발로 가스케의 집으로 갔습니다.

가스케는 이제 막 일어나서 "밥 먹고 갈게"라고 말했기 때문에 이치로는 잠시 마구간 앞에서 기다리고 있었습니다. 잠시 후 가스케는 작은 도롱이를 입고 나왔습니다.

두 아이는 거센 바람과 비에 흠뻑 젖으면서 마침내 학교에 도착했습니다. 현관을 들어서자 교실은 아직 조용했으며, 창문 틈새로 비가 들이쳐서 마룻바닥은 완전히 흥건하게 젖어있었습니다. 이치로는 잠시 교실을 둘러보더니 말했습니다.

"가스케, 같이 물을 닦아내자."

그러고는 종려나무로 만든 빗자루를 가져와 창문 아래의 구멍으로 물을 쓸어냈습니다.

그러자 선생님이 누가 왔는지 보려고 교무실에서 나왔는데, 여느 때와 달리 평상복인 홑옷을 입고 빨강 부채를 들고 있었습니다.

"아주 일찍 왔구나. 너희 둘이 청소를 하는 거였니?"

선생님께서 물었습니다.

"선생님, 안녕하세요."

이치로가 말했습니다.

"선생님, 안녕하세요."

가스케도 인사를 하더니, 곧바로 물었습니다.

"선생님, 마타사부로는 오늘 오나요?"

선생님은 잠시 생각하더니 대답했습니다.

"마타사부로라니…… 다카다 말이니? 아니, 다카다 군은 어제 아버님과 함께 다른 곳으로 갔단다. 일요일이어서 너희에게 인사할 시간도 없었구나."

"선생님, 날아서 갔나요?"

가스케가 물었습니다.

"아니, 아버님께서 회사의 전보를 받으셔서 간 거란다. 아버님은 다시 한번 이쪽으로 오신다고 하지만, 다카다는 그쪽 학교에 들어간다고 하는구나. 그쪽에는 어머님도 계시니깐."

"회사에서 왜 부른 건가요?"

이치로가 물었습니다.

"여기 몰리브덴 광맥은 당분간 손을 댈 수 없게 되었다는구나."

"그게 아니야. 그 녀석은 역시 바람의 마타사부로였어."

가스케가 큰 소리로 외쳤습니다.

숙직실 쪽에서 무언가 달그락거리는 소리가 들렸습니다. 선생님은 빨강 부채를 들고 서둘러 숙직실로 갔습니다.

두 아이는 한동안 말없이 상대방이 무슨 생각을 하는지 살피듯 서로 얼굴을 마주 본 채 서 있었습니다.

바람은 아직 그치지 않았고 창문 유리는 빗방울로 뿌옇게 변한 채 여전히 덜컹덜컹 울고 있었습니다.

빛의 맨발

ひかりの素足

산속 오두막

새소리가 너무 시끄러워 이치로는 잠에서 깨었습니다.

이미 날은 완전히 밝아있었습니다.

오두막 모퉁이로 세 줄기의 파란 햇빛 기둥이 비스듬히 들어와 두 아이의 머리 위를 지나 맞은편의 억새로 만든 벽에 걸려 있는 산도끼와 무릎보호대 등을 비추고 있었습니다.

흙마루 한가운데에는 장작이 빨갛게 타오르고 있습니다. 햇빛 기둥도 연기 덕분에 파랗게 보였으며 그 연기는 다시 다양한 모양을 만들며 그 빛의 기둥 속을 통과하고 있었습니다.

'와, 완전히 날이 밝았네.'

이치로는 혼잣말을 하면서 동생 나라오가 있는 쪽을 돌아보았습니다. 나라오의 얼굴은 사과처럼 빨갰으며 입을 조금 벌린 채 아직 새근새근 자고 있었습니다. 하얀 치아가 살짝 보이자 이치로는 갑자기 손가락으로 치아를 탁하고 튕겼습니다.

나라오는 눈을 감은 채 잠깐 얼굴을 찡그렸지만 다시 색색거리며 잠이 들었습니다.

"나라오, 일어나. 아침이야, 일어나."

이치로는 나라오의 머리를 부드럽게 흔들었습니다.

나라오는 귀찮다는 듯 얼굴을 찡그리며 뭐라고 중얼거리더니 마침내 가늘게 눈을 떴습니다. 그리고 무척이나 놀랐다는 듯이 '아, 산에 왔었지……' 하고 중얼거렸습니다.

"어젯밤이랑 오늘 아침에 불이 꺼졌었는데, 알고 있니?"

이치로가 물었습니다.

"몰라."

"추웠거든. 아빠가 일어나서 다시 불을 피우셨나 봐."

나라오는 대답을 하지 않고 멍하니 다른 생각을 하는 듯했습니다.

"아빠는 밖에서 일하고 계시잖아. 자, 일어나."

"응."

두 사람은 함께 둘둘 말고 잤던 작은 한 장의 이불에서 나왔습니다. 그리고 불 옆으로 갔습니다. 나라오는 연기가 매운 듯 눈을 비볐고 이치로는 가만히 불을 보고 있었습니다.

밖에서는 계곡물이 요란한 소리를 내며 흐르고 있었고 새가 짹짹 지저귀고 있었습니다.

그때 갑자기 눈부신 황금빛 햇살이 이치로의 발밑으로 흘러들어 왔습니다.

고개를 들어보니 활짝 열린 문 너머로 맞은편 산의 눈이 하얗게 빛나고 있었으며, 역광 탓에 새까맣게 보이는 아버지가 들어왔습니다.

"일어났구나. 어젯밤 춥지는 않았어?"

"아니요."

"불이 꺼졌었거든. 내가 두 번이나 일어나서 불을 피웠단다. 자, 나라오. 양치 먼저 해라. 밥 가져오마."

"네."

"집이랑 산이랑 어디가 좋니?"

"산이 더 좋지만 학교에 갈 수가 없는걸요."

그러자 아버지는 냄비를 들어 올리며 웃었습니다. 이치로는 일어나서 밖으로 나갔습니다. 나라오도 따라나갔습니다.

어쩌면 이리도 아름다울까요. 하늘은 푸른빛으로 반질거렸으며 그 빛은 두 사람의 눈에 깊이 스며들었습니다. 그리고 태양은 커다란 하늘의 보석처럼 주황빛과 초록빛의 가루를 뿌리고 있었습니다. 그 눈부심에 눈을 감으면 이번에는 청흑색의 어둠 속에서 푸르디푸르게 빛나 보였고, 다시 눈을 뜨면 이전의 파란 하늘에 도라지빛과 황금빛 등 수많은 태양 그림자가 흔들흔들 걸려있습니다.

이치로는 홈통의 물을 손으로 받았습니다. 홈통에는 고드름이 두꺼운 기둥이 되어 바닥까지 이어져 있었고 물은 햇빛에 투명하게 빛나고 있었습니다. 수증기가 피어오르고 있어서 무척이나 따뜻해 보였지만 사실은 차갑고 추웠습니다. 이치로는 재빨리 입을 헹구고 얼굴을 씻었습니다.

그러고 나니 손이 너무 차가워졌기 때문에 해님을 향해 손을 뻗었습니다. 그렇게 해도 따뜻해지지 않자 손을 목에 대었습니다.

나라오도 이치로를 따라 했지만, 이내 차가워서 포기해버렸습니다. 실제로 나라오의 손은 가벼운 동상으로 빨갛게 부어올라 있었습니다. 이치로는 나라오에게 다가갔습니다.

"차가워?"

그리고 그 젖은 작은 손을 양손으로 감싸 따뜻하게 덥혀주었습니다.

그리고 두 사람은 다시 오두막 안으로 들어갔습니다.

아버지는 불을 보면서 가만히 무언가를 생각하고 있었고, 냄비는 달각달각 소리를 내며 울고 있었습니다.

두 사람도 앉았습니다.

해는 이미 꽤 높아졌으며 세 개의 푸른 햇빛 기둥도 상당히 경사가 급해졌습니다.

맞은편 산의 눈은 푸른 하늘에 선명하게 떠올라 있었으며 바라보고 있으면 왠지 마음이 먼 곳으로 가는 듯했습니다.

갑자기 산 정상에 연기 같기도 하고 안개 같기도 한 하얗고 뿌연 것이 나타났습니다.

그리고 잠시 후 휘이— 하는 날카로운 피리 소리 같은 소리가 들려왔습니다.

그러자 나라오가 입을 일그러뜨리며 이상한 얼굴을 하더니 결국 무슨 일인지 훌쩍훌쩍 울기 시작했습니다. 이치로도 이상한 표정으로 나라오를 보았습니다.

"무슨 일이니? 집에 가고 싶어진 거니? 왜 그러니?"

아버지가 물었지만, 나라오는 두 손으로 얼굴을 가린 채 대답도 하지 않고 오히려 더 크게 울었습니다.

"나라오, 왜 그래? 배가 아파?"

이치로도 물어보았지만 역시 울기만 할 뿐이었습니다.

아버지는 일어서서 나라오의 이마에 손을 대보더니 얼굴을 꼭 눌러주었습니다.

그러자 나라오는 차츰 울음을 멈추더니 마침내 그냥 훌쩍거리기만 했습니다.

"왜 울었니? 집에 가고 싶어졌니?"

아버지가 말했습니다.

"아니야."

나라오는 훌쩍거리며 고개를 흔들었습니다.

"어디가 아프니?"

"아니야."

"그런데 왜 울었니. 남자는 우는 게 아니다."

"무서워."

나라오는 훌쩍거리며 간신히 대답했습니다.

"왜 무서워? 아빠도 있고 형도 있고 해도 떠서 환한데…… 무서울 게 아무것도 없잖니?"

"아니야, 무서워."

"뭐가 무섭지?"

"바람의 마타사부로가 말했어."

"뭐라고 했는데? 바람의 마타사부로 따위 무섭지 않아."

"아빠, 나보고 새 옷을 입으라고 했어."

나라오는 다시 울었습니다. 이치로도 왠지 오싹했습니다. 그렇지만 아빠는 웃었습니다.

"앗하하하, 바람의 마타사부로가 좋은 말을 했네. 4월이 되면 새 옷을 사줄 거야. 전혀 울 일이 아니잖아. 자, 울지 말거라."

"울지 마."

이치로도 옆에서 나라오를 들여다보며 달랬습니다.

"다른 말도 했어."

나라오는 비벼서 새빨개진 눈으로 말했습니다.

"뭐라고 했니?"

"그리고 엄마가 나를 욕조에 넣고 씻어준다고 했어."

"와하하, 그 녀석 거짓말을 했구나. 나라오는 언제나 혼자서 욕조에 들어가잖아. 바람의 마타사부로 녀석 거짓말쟁이야. 울지 마, 자, 뚝!"

아빠는 왠지 얼굴빛이 파래졌고 억지로 웃는 듯했습니다. 이치로도 왠지 가슴이 답답해져 웃을 수가 없었습니다. 나라오는 여전히 울음을 그치지 않았습니다.

"자, 밥 먹자. 울지 말거라."

나라오는 새빨갛게 부은 눈으로 이치로를 보며 다시 말했습니다.

"그리고 모두가 나를 보낸다고 했어."

"사람들이 너를 보낸다고 했다고? 그건 말이지, 네가 훌륭해져서 어딘가로 떠날 때 모두가 배웅해준다는 말이야. 전부 좋은 말 뿐이네. 울지 마. 응? 울지 마. 봄이 되면 모리오카 축제에 데려갈 테니까 울지 말거라, 뚝."

이치로는 얼굴이 새파래진 채 햇빛을 받고 있는 모닥불을 말없이 보고 있다가 마침내 말을 했습니다.

"뭐야, 바람의 마타사부로 따위 무섭지 않아. 항상 이러쿵저러쿵하면서 사람을 속이잖아."

나라오도 마침내 울음을 멈추고 훌쩍이기만 했습니다. 연기 속에서 울면서 눈을 비볐기 때문에 눈 주위가 까매져서 작은 너구리처럼 보였습니다.

아버지는 왠지 조금 슬픈 표정으로 웃었습니다.

"자, 다시 가서 얼굴을 씻고 오너라."

고개

오후가 되자 계곡 소리도 크게 바뀌었습니다. 왠지 따뜻하면서도 평온한 느낌이었습니다. 아버지는 오두막 입구에서 말을 끌고 숯을 사러 온 상인과 이야기를 하고 있었습니다. 그리고 그 사람은 숯섬을 말에 싣기 시작했습니다. 두 아이는 입구로 나와 그 모습을 보고 있었습니다.

말은 여물을 와작와작 먹고 있었는데, 갈색 갈기는 버석버석했고 커다란 눈동자 속에는 여러 가지 이상한 기계가 비추어져 왠지 가엽게 여겨졌습니다.

아버지는 두 아이에게 말했습니다.

"그러면 너희는 이 분을 따라 집으로 가거라. 이 분은 나라하나까지 가신다고 하는구나. 이번 주 토요일에 날씨가 좋으면 또 데리러 가마."

내일은 월요일이기 때문에 두 아이 모두 학교에 가기 위해 집으로 돌아가야 했습니다.

"네, 갈게요."

이치로가 대답했습니다.

"그래. 그리고 집에 돌아가면 엄마에게 말해서 이분에게 커다란 톱을 드리라고 해라. 알았지? 잊지 말거라. 집까지 한 시간 반 정도 걸릴 거야. 천천히 가도 세 시 반에는 돌아갈 수 있어. 목마르다고 눈을 먹으면 안 된다."

"응."

나라오가 대답했습니다. 나라오는 이미 기분이 완전히 풀려서 깡충깡충 뛰고 있었습니다.

말을 끌고 온 사람은 숯섬을 말에 싣고 밧줄로 묶은 후 아버지에게 물었습니다.

"자, 그러면 가겠습니다. 내가 앞에 서서 가는 게 좋겠죠?"

"네, 잘 따라갈 겁니다. 그럼 잘 부탁합니다.

아버지는 웃으면서 인사를 했습니다.

"자, 그럼 가보겠습니다."

남자가 말의 고삐를 잡고 걷기 시작하자 종이 딸랑딸랑 울렸고 말은 고개를 떨군 채 천천히 걸었습니다.

이치로는 나라오를 앞세우고 그 뒤를 따라갔습니다. 땅이 잘 굳어 있어서 무척 기분이 좋았으며, 하늘은 너무 새파랗게 개어있어서 오히려 조금 무서울 정도였습니다.

"열매가 달려있어."

갑자기 나라오가 외쳤습니다. 이치로는 뒤에 있어서 잘 들리지 않았기 때문에 '뭐라고?' 하고 물었습니다.

"저 나무에 열매가 달려있어."

나라오가 다시 말했습니다. 돌아보니 바로 벼랑 아래에 나무 한 그루가 서 있었고, 가지에는 갈색 열매가 가득 열려 송이를 이룬 채 늘어져 있었습니다. 이치로는 잠시 열매를 보고 있었습니다. 그러다가 조금 뒤처졌기 때문에 서둘러 쫓아갔습니다. 말을 끄는 사람은 아이들을 재촉하듯 잠시 뒤를 돌아보더니 다시 말없이 걷기 시작했습니다.

길 위의 눈은 딱딱하게 굳어있었지만 울퉁불퉁했기 때문에 말은 이따금 넘어질 듯 비틀거렸습니다. 나라오도 주변을 둘러보면서 걸었기 때문에 종종 넘어질 듯 비틀거렸습니다.

"땅을 보고 걸어."

이치로는 그때마다 주의를 시켰습니다.

길은 어느새 계곡에서 멀어져 커다란 코끼리 같은 모습의 언덕 중턱을 돌기 시작했습니다. 밤나무 몇 그루가 바싹 마른 잎을 가득 매달고 있었고, 새가 짹짹 울면서 뒤쪽으로 날아갔습니다. 그리고 햇빛이 조금 희미해졌으며, 눈은 조금 전보다 어둡게 그러나 오히려 강하게 빛났습니다.

그때 맞은편에서 일렬의 말이 종을 짜랑짜랑 울리며 다가왔습니다.

한 무리의 빨간 열매가 달린 참빗살나무 옆에 길이 다다랐을 때,

양쪽의 사람들이 마주쳤습니다. 두 아이 앞에 선 말은 길에서 조금 비켜나 눈밭으로 들어갔습니다. 두 아이도 무릎까지 눈에 파묻힌 채 길을 비켰습니다.

"일찍 가는군."

"응, 자네도 일찍 가는군."

인사를 하면서 맞은편 사람들과 말이 지나갔습니다.

그런데 가장 뒤에 있는 사람은 인사를 하더니 멈춰 섰습니다. 두 아이는 눈 속에서 나와 길로 올라섰고 옆에 있던 말도 길로 올라왔습니다. 그러나 말을 끌고 가던 사람들은 멈춰 서서 이야기를 시작했습니다.

두 아이는 한참 동안 말이 움직이기를 기다리고 있었지만 아무리 기다려도 움직이지 않았기 때문에 결국 천천히 걷기 시작했습니다. 고개 하나만 넘으면 금방 집이었고, 4킬로미터도 채 남지 않았습니다. 하늘이 조금 흐려졌지만 길이 쭉 뻗어있었기 때문에 이치로는 문제없다고 생각했습니다.

말을 끄는 사람은 두 아이가 앞으로 걸어가는 것을 잠시 곁눈으로 보고 있었지만, 곧 뒤쫓아 갈 생각이었는지 그냥 이야기를 계속했습니다.

나라오는 빨리 집으로 가고 싶은 듯 성큼성큼 걷기 시작했습니다. 이치로는 이따금 뒤를 돌아보았지만 말은 눈 속에서 갈색 목을 늘어뜨리고 있었고, 하얗고 커다란 손등싸개가 살짝 보였을 뿐 두 사람은 여전히 이야기를 하고 있었기 때문에 계속 걸어갔습니다.

길은 점점 오르막길로 변하더니 결국에는 완전히 비탈길이 되었습니다. 나라오는 이따금 손을 무릎에 짚고는 영차영차 하며 장난을 치듯 올라갔습니다. 이치로는 그 뒤에서 숨을 하아하아 쉬면서 '안녕, 비탈길, 안녕, 산길' 하고 중얼거리면서 올라갔습니다.

그렇지만 결국 힘이 빠진 나라오가 이치로를 돌아보며 갑자기 멈춰 섰기 때문에 이치로는 세게 부딪혔습니다.

"힘들어?"

이치로는 숨을 헐떡이며 말했습니다. 지나온 길을 돌아보니 길은 하나로 가늘게 이어져 있었고 사람도 말도 이미 언덕으로 가려져 보이지 않았습니다. 주변을 가득 덮은 새하얀 눈이—그것은 상당히 어둡게 가라앉은 듯이 보였습니다. 하얀 구름이 하늘을 완전히 뒤덮고 있었고, 태양도 커다란 은쟁반처럼 흐리게 빛나고 있었습니다—완만한 기복을 이루고 있었으며 곳곳에 갈색의 밤나무와 떡갈나무가 서너 그루씩 흩어져 있을 뿐 너무도 조용해서 뭐라 표현할 수 없이 쓸쓸했습니다. 그렇지만 나라오는 아랑곳하지 않고 머리 위에서 저쪽으로 곧게 하강하는 매 한 마리를 보더니 크게 소리쳤습니다.

"앗, 새야!"

이치로는 조용히 있었습니다. 그렇지만 잠시 생각한 후 말했습니다.

"빨리 고개를 넘어가야 해. 눈이 내릴 거야."

그런데 바로 그때였습니다. 새하얗게 빛나고 있던 하얀 하늘 아래로 어둡고 완만하게 이어져 있던 언덕의 정상이 조금 희미하게 보이기 시작했습니다. 그리고 곧 아주 아주 작고 건조한 눈가루가 조금씩 두 아이의 머리 위로 떨어졌습니다.

"자, 나라오, 얼른 올라와. 눈이 내리기 시작했어. 위에만 올라가면 평평한 길이야."

이치로가 걱정스러운 듯 말했습니다.

나라오는 조금 변한 형의 목소리를 듣더니 갑자기 당황했습니다. 그러고는 조급하게 올라가기 시작했습니다.

"너무 서두르지 마. 괜찮다니까, 4킬로미터도 안 남은걸."

이치로는 숨을 헐떡이며 말했습니다. 그렇지만 두 아이 모두 마음이 조급했는지 서둘러 올라갔습니다. 하지만 너무 서두른 탓에 한동안 눈앞이 어질어질했습니다. 눈발이 거세져서 지나온 길도 앞에 있는 길도 전혀 보이지 않았고 두 아이의 몸도 새하얗게 눈으로 덮였습니다. 그러다 갑자기 나라오가 울면서 이치로에게 매달렸습니다.

"돌아갈까, 나라오? 돌아갈까?"

이치로도 걱정스러운 듯 말하면서 지나온 길을 슬쩍 돌아보았지만 이미 되돌아갈 마음은 들지 않았습니다. 지나온 길은 완전히 회색빛이었고 동굴처럼 어둡게 보였기 때문입니다. 그에 비해 고개 쪽은 환했고 정상도 얼마 남지 않았습니다. 정상까지만 가면 나머지는 1킬로미터 정도가 계속해서 평평한 길이었습니다. 이치로는 올 때 그곳에서 산새들이 날아다니는 것도 보았고 빨갛고 노란 열매가 열린 관목도 보았습니다.

"자, 조금만 가면 돼. 걷자. 위에까지 가면 눈도 내리지 않고 길도 평평해져. 가자, 무서울 거 없어. 그 아저씨도 곧 말을 끌고 올 거니까 울지 마. 이번에는 천천히 걷자."

이치로는 나라오의 얼굴을 들여다보며 말했습니다. 나라오는 눈물을 닦고 웃었습니다. 나라오의 뺨에 눈송이가 하얗게 붙더니 곧바로 녹아 사라지는 것을 본 이치로는 왠지 가슴이 미어지는 느낌이 들었습니다. 이번에는 이치로가 앞에 서서 오르기 시작했습니다. 이제 길도 그렇게 험하지 않았으며 눈도 조금 약해진 듯했습니다. 그럼에도 두 아이의 목이 긴 신발은 금방 한 치나 묻혔습니다.

점점 정상에 가까워지자 눈을 뒤집어쓴 검고 딱딱한 바위가 가끔 길 양옆으로 나타났습니다. 두 아이는 아무 말 없이 되도록 침착하게 한 발씩 올라갔습니다. 이치로는 모포를 펄럭여 눈을 털어내기도 했습니다.

다행히도 바로 앞이 고개의 정상이었습니다.

"왔다, 다 왔어. 자, 이젠 평평한 길이야, 나라오."

이치로는 뒤를 돌아보았습니다. 나라오는 얼굴이 새빨개진 채 헉헉거리면서도 간신히 마음이 놓인 듯 웃었습니다. 그렇지만 두 아이 사이에도 작은 눈발이 잔뜩 내리고 있었습니다.

"아저씨도 분명히 고개의 절반 정도는 올라왔을 거야. 불러볼까?"

"응."

"좋았어, 하나 둘 셋, 야—호!"

그러나 두 아이의 목소리는 조용히 하늘로 사라져버렸습니다. 대답도 없었고 메아리도 울리지 않았으며 오히려 하늘은 더욱 어두워졌고 눈만 계속해서 쏟아질 뿐이었습니다.

"자, 가자. 이제 30분만 내려가면 돼."

이치로는 다시 걷기 시작했습니다.

갑자기 하늘에서 휘익— 하고 바람이 불어왔습니다. 눈은 가루처럼 연기처럼 날아올라 숨을 쉬기도 괴로웠으며 옷 틈 사이로 선득선득하게 눈이 들어왔습니다. 두 아이는 양손으로 얼굴을 가리고 멈춰서서 바람이 지나가기를 기다렸습니다. 그러나 바람이 멈췄다고 생각한 순간 더욱 거센 바람이 찾아왔습니다. 바람 소리는 무서운 피리 소리 같았고, 두 아이의 몸을 휘청거리게 했으며 발밑의 눈 위를 사르륵 흘러가는 것까지 느낄 수 있었습니다.

언덕의 정상은 이치로가 생각했던 것과는 전혀 달랐습니다. 나라오는 너무 불안해서 이치로에게 매달리려고 했고 자꾸 뒤를 돌아보기도 했습니다. 그렇지만 이치로는 바람이 멈추면 곧바로 걷기 시작했고, 뒤쪽은 완전히 어둠에 휩싸였기 때문에 나라오는 소리 없이 울기만 하면서 형 뒤를 따라 비틀비틀 걸어갔습니다.

눈은 이미 발목까지 쌓였습니다. 군데군데 눈이 바람에 날린 곳이 있어서 간신히 걸을 수 있을 정도였습니다. 그래도 이치로는 계속해서 걸어갔습니다. 나라오도 죽을힘을 다해 형의 발자국을 따라갔습니다. 이치로는 이따금 뒤를 돌아보면서 보조를 맞추었지만, 그래도 나라오는 계속 뒤처졌습니다. 바람이 휘익 불어 차가운 눈보라가 일자 이치로가 잠시 멈춰 섰습니다. 그 틈에 나라오는 종종걸음으로 뛰어가 이치로에게 매달렸습니다.

그렇지만 아직 산봉우리의 길을 절반도 가지 못했습니다. 눈이 날아와 가득 쌓인 곳이 있었기 때문에 두 아이는 가끔 넘어졌습니다.

이치로는 눈이 쌓인 곳을 넘어서다가 생각보다 눈이 깊었기 때문에 결국 발이 빠져 넘어졌습니다. 이치로는 손이고 몸이고 완전히 눈으로 뒤덮인 채 찡그리듯 웃으며 일어났지만, 뒤에서 그 모습을 본 나라오는 무서워서 울음을 터뜨렸습니다.

"괜찮아, 나라오. 울지 마."

이치로는 그렇게 말하면서 다시 걷기 시작했습니다. 그러나 이번에는 나라오가 넘어졌습니다. 눈 속에 손을 짚어보았지만 너무 깊어 일어나지도 못하고 인사를 하듯 고개를 숙인 채 그대로 울고 있었습니다. 이치로는 곧바로 뛰어가서 나라오를 안아 일으켰습니다. 그리고 손에 묻은 눈을 털어주고 물었습니다.

"조금만 더 가면 돼. 걸을 수 있겠어?"

"응."

나라오는 대답은 했지만, 눈물 가득한 눈으로 가만히 맞은편을 응시하고 있었고 울음을 참느라 입은 일그러져 있었습니다.

눈은 계속해서 내렸습니다. 게다가 바람은 한층 거세졌습니다. 두 아이는 다시 달리기 시작했지만 계속 넘어질 뿐이었습니다. 이치로가 넘어지고 나라오가 넘어지더니 이번에는 두 사람 모두 제대로 길을 걷고 있는지 어떤지도 알 수 없었으며, 이전에는 없었던 검고 커다란 바위가 갑자기 옆에서 나타나기도 했습니다.

바람이 다시 찾아왔습니다. 눈은 먼지처럼 모래처럼 연기처럼 휘날렸고 나라오는 심하게 기침을 했습니다.

더는 길이 없었습니다. 두 아이는 커다랗고 검은 바위와 맞닥뜨렸습니다.

이치로는 뒤를 돌아보았습니다. 두 사람이 지나온 흔적이 눈 속에 조각조각 남아있었습니다.

"길을 잘못 들었어. 돌아가지 않으면 안 돼."

이치로는 갑자기 나라오의 손을 잡고 달리려고 했지만 겨우 한 걸음을 떼자마자 바로 눈 속으로 쓰러졌습니다.

나라오는 크게 울음을 터뜨렸습니다.

"울지 마. 눈이 그칠 때까지 이곳에 있어야 해. 울지 마."

이치로는 나라오를 꼭 껴안고 바위 아래에 서서 말했습니다.

바람이 미친 듯이 불어왔습니다. 숨도 쉬지 못한 채 두 아이는 계속해서 눈을 뒤집어썼습니다.

"안 돼, 안 돼."

나라오가 울면서 말했습니다. 그 소리조차도 바람이 차가듯 가져가 버렸습니다. 이치로는 모포를 펴서 망토처럼 둘러 나라오를 끌어안았습니다.

'정말로 우리 둘 다 눈과 바람 때문에 죽게 되는구나' 하고 이치로는 생각했습니다. 여러 가지 기억들이 주마등처럼 떠오르기 시작했습니다. 정월에 본가에 가서 함께 귤을 먹었을 때 나라오가 재빨리 하나를 먹고는 또 하나를 집었기 때문에 무서운 눈빛으로 안 된다고 야단을 쳤던 것이 떠올랐습니다.

그 순간 나라오의 동상 걸린 작고 빨간 손등이 이치로의 눈에 확실하게 보였습니다. 숨쉬기가 힘들어서 마치 독을 마신 듯 어지러웠습니다. 이치로는 어느새 눈 속에 앉아있었습니다. 그리고 더욱 세게 나라오를 껴안았습니다.

어스름의 나라

그렇지만 그런 일은 정말로 정말로 꿈처럼 느껴졌습니다. 차가운 바늘 같았던 눈가루도 어느새 미지근해졌으며 나라오도 없이 이치로는 오로지 혼자 어두운 덤불 같은 곳을 멍하니 걷고 있었습니다.

그곳은 누런빛으로 부옇게 흐려져 있어서 밤인지 낮인지 저녁인지도 알 수 없었으며, 쑥 같은 것이 가득 자라나 있었고 곳곳에 검은 잡초 덤불 같은 것이 마치 살아있는 동물처럼 숨을 쉬는 것 같았습니다.

이치로는 자기의 몸을 보았습니다. 언제부터였는지 몸에는 회색의 천 조각 한 장만 둘러있을 뿐이었고 놀랍게도 맨발이었습니다. 상당히 오랜 시간 걸었던 듯 발에는 깊은 상처가 나 있었고 피가 줄줄 흐르고 있었습니다. 게다가 가슴과 배가 너무도 아파서 당장에라도 몸이 둘로 갈라질 듯했습니다. 이치로는 갑자기 무서워져서 큰 소리로 울었습니다.

그렇지만 이곳은 도대체 어느 나라일까요. 쥐 죽은 듯 아무런 대답도 없었고 하늘도 왠지 텅 비어 있어서 보면 볼수록 이상하게 무서운 기분이 들었습니다. 게다가 갑자기 발이 타는 듯이 아팠습니다.

'나라오는?'

이치로는 문득 생각이 났습니다.

"나라오!"

이치로는 거무스름한 누런 하늘을 향해 울면서 외쳤습니다.

쥐죽은 듯 아무런 대답도 없었습니다. 이치로는 견딜 수 없어서 발이 아픈 것도 잊고 달리기 시작했습니다. 그러자 갑자기 바람이 불어 이치로를 감싸고 있던 천을 뒤로 날려버렸습니다. 자신이 울면서 맨발로 달리고 있고 너덜너덜한 천이 바람에 날려 뒤로 날아가고 있는 광경을 머릿속에 떠올리자 더욱 무섭고 슬퍼서 견딜 수가 없었습니다.

"나라오!"

이치로는 다시 외쳤습니다.

"형."

아주 아주 희미한 목소리가 저 멀리서 들렸습니다. 이치로는 그쪽을 향해 달려갔습니다. 그리고 울면서 몇 번이고 '나라오— 나라오—오' 하고 외쳤습니다. 희미하게 대답이 들렸다가 다시 들리지 않았다가를 반복했습니다.

이치로의 발은 완전히 새빨개졌습니다. 그리고 이제는 아픔도 느끼지 못했으며 피는 불길하게 파란색으로 빛나고 있었습니다.

이치로는 달리고 달리고 또 달렸습니다.

그리고 저쪽에서 한 아이가 마치 바람 앞의 촛불처럼 반짝였다가는 사라지고 다시 반짝이고 있는 것이 보였습니다.

그 아이는 두 손으로 얼굴을 감싼 채 울고 있는 나라오였습니다. 이치로는 나라오에게 달려갔습니다. 그때 갑자기 다리가 휘청거려 쓰러졌습니다. 이치로는 있는 힘을 다해 일어나서 나라오를 껴안으

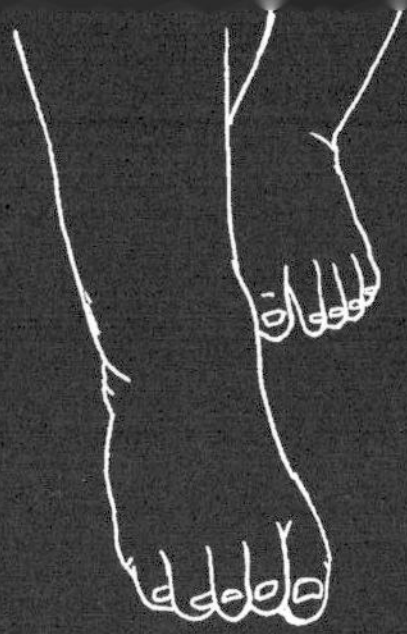

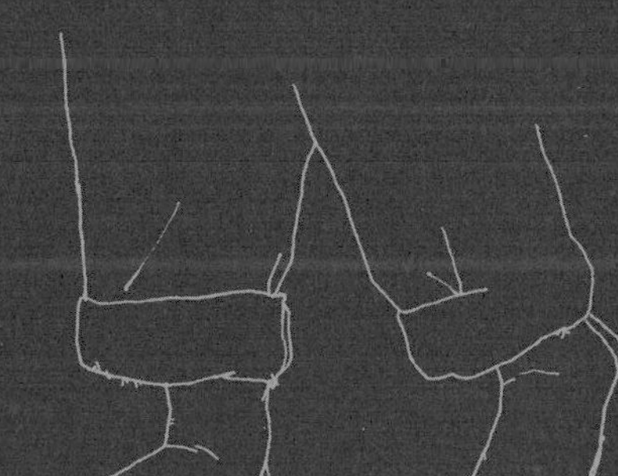

려고 했습니다. 나라오는 끊임없이 꺼졌다가는 다시 살아나기를 반복했으며 그 간격은 점점 빨라지더니 결국 그 변화도 알 수 없게 되었고 이치로는 힘껏 나라오를 껴안고 있었습니다.

"나라오, 우린 어디로 온 걸까?"

이치로는 마치 꿈속에서처럼 울면서 나라오의 머리를 쓰다듬으며 말했습니다. 그 목소리도 자기의 목소리인지 다른 사람의 목소리를 꿈에서 듣고 있는 것인지 알 수 없었습니다.

"죽은 거야."

나라오는 그렇게 말하고는 다시 거세게 울었습니다.

이치로는 나라오의 발을 보았습니다. 역시 맨발이었고 심한 상처가 나 있었습니다.

"울지 않아도 돼."

이치로는 그렇게 말하면서 주변을 둘러보았습니다. 저 멀리서 하얀 빛이 희미하게 보일 뿐 주변은 쥐죽은 듯 아무런 소리도 들리지 않았습니다.

"저기 밝은 곳까지 가 보자. 분명 우리 집이 있을 거야. 걸을 수 있겠니?"

이치로가 말했습니다.

"응. 엄마가 저기에 있을까?"

"그럼, 당연히 있지. 가자."

이치로는 앞서서 걷기 시작했습니다. 하늘은 누런빛으로 뿌옇고 어두웠으며 당장에라도 하늘에서 기다란 손이 나올 것 같았습니다.

참을 수 없을 만큼 다리가 아팠습니다.

"빨리 저기까지 가자. 저기까지만 가면 다 좋아질 거야."

이치로는 다리가 하얗게 타들어가듯이 아파져 오는 것을 꾹 참고 말했습니다. 그렇지만 나라오는 더 참을 수 없었는지 울면서 바닥에 쓰러져버렸습니다.

"자, 형에게 꼭 매달려. 뛰어갈 거니까."

이치로는 이를 꽉 물고 아픔을 참으며 나라오를 자신의 어깨에 멨습니다. 그리고 몸이 찢기는 듯한 통증을 참으며 희미하게 보이는 하얀 빛을 향해 달렸습니다. 그렇지만 아픔을 도저히 참지 못하고 몇 번이고 쓰러졌습니다. 쓰러져도 다시 죽을힘을 다해 일어났습니다.

문득 뒤를 돌아보니 지나온 곳은 어느새 뿌연 잿빛의 안개 같은 것으로 감춰져 있었고 저 멀리서 무언가 희미한 붉은 것이 번쩍거리며 쏜살같이 달려가는 것 같았습니다.

이치로는 너무 무서워서 숨이 막히는 듯했습니다. 그렇지만 두려움을 참고 힘겹게 일어나 다시 나라오를 어깨에 멨습니다. 나라오는 축 늘어져 있었고 정신을 잃은 듯했습니다. 이치로는 울면서 나라오의 귀에 대고 힘껏 소리쳤습니다.

"나라오, 정신 차려. 형이야. 못 알아보겠니? 나라오!"

나라오는 아주 희미하게 눈을 뜨기는 했지만 그 눈에는 검은 눈동자도 보이지 않았습니다. 이치로는 온몸이 이글이글 하얗게 타들어가는 듯했지만 다시 있는 힘을 다해 나라오를 어깨에 메고 가던 방향을 향해 달렸습니다. 다리가 움직이고 있다는 감각조차 느낄 수 없었고, 무거운 바위에 눌려 푸른빛의 가루로 부서져 버리듯 몇 번이고 몇 번이고 쓰러지면서도 다시 나라오를 껴안아 일으켰습니다. 이치로는 울면서도 나라오를 꼭 붙잡고는 꿈처럼 다시 달리기 시작했습니다. 어느새 이치로는 희미한 빛이 있는 곳까지 왔습니다. 그렇지만 그곳은 결코 좋은 곳이 아니었습니다. 이치로는 오히려 몸이 얼어붙은 듯 꼼짝 못하고 서 있었습니다. 바로 눈앞에는 골짜기처럼 움푹 들어간 곳이 있었고, 뭐라 형용할 수 없는 처연한 모습의 아이들이 그 안을 왼쪽에서 오른쪽으로 쫓기듯 줄줄이 걸어가고 있었던 것입니다. 손바닥만 한 잿빛의 천 조각을 걸친 아이도 있었고 알몸에 작은 망토만 두른 아이도 있었습니다. 앙상하고 창백한 얼굴에 눈만 커다란 아이, 빨간 머리의 작은 아이, 뼈가 툭 튀어나온 작은 무릎을 구부린 채 달리는 아이……. 아이들은 모두 몸을 앞으로 구부린 채 무언가를 두려워하듯 부들부들 떨면서 옆을 볼 여유도 없이 오로지 깊고 깊은 한숨을 쉬거나 소리 나지 않게 울면서 쫓기듯 줄줄이 달려가고 있었습니다. 그리고 이치로와 마찬가지로 아이들의 다리에는 모두 상처가 나 있었습니다. 그리고 정말로 무서운 것은 그 아이들 사이에 사람의 형체를 한 새빨간 얼굴의 거대한 자가 가시가 뾰족뾰족하게 박힌 잿빛의 갑옷을 입고 온통 불이 타오르는 듯한 머리와 문드러진 붉은 눈을 한 채 두꺼운 채찍을 흔들면서 걷고 있는 것이었습니다. 그 사람의 다리가 땅에 닿을 때마다 땅은 쿵쿵 하고 울렸습니다. 이치로는 두려움에 목소리도 나오지 않았습니다.

나라오만 한 곱슬머리의 아이가 행렬 가운데에 있었는데, 다리가 너무 아픈 듯 비틀거렸습니다. 그리고 쓰러질 듯하자 울면서 '아파요, 엄마!' 하고 소리쳤습니다. 그 아이는 비틀거리며 두려움에 손을 올린 채 뒤로 도망가려고 했지만 순식간에 그 무서운 자의 입이 움찔하면서 채찍이 움직이더니 그 아이는 소리도 없이 쓰러져 몸부림쳤습니다. 뒤에서 오던 아이들은 그 모습을 보고도 휘청휘청 피해만 갈 뿐 말 한마디도 하는 아이가 없었습니다. 쓰러진 아이는 한동안 몸부림을 치고 있었지만, 어느새 다리의 통증 따위는 잊은 듯 다시 비틀비틀 일어났습니다.

이치로는 앞으로 가지도 못하고 되돌아가지도 못한 채 꼼짝 못하고 서 있었습니다. 갑자기 나라오가 눈을 뜨고 '아빠!' 하고 큰 소리로 외치면서 울기 시작했습니다. 그러자 마침 그 밑을 지나가던 무서운 사람의 일그러진 빨간 눈이 이쪽을 향했습니다. 이치로는 숨이 막히는 듯했습니다. 그 무서운 사람은 채찍을 들고 이쪽을 향해 외쳤습니다.

"거기서 뭐하고 있는 게냐! 이쪽으로 내려와!"

이치로는 그 빨간 눈빛에 빨려들 듯 그쪽을 향해 비틀비틀 두세 걸음을 걸었지만, 간신히 걸음을 멈추고 나라오를 꼭 껴안았습니다. 그 무서운 사람은 뺨을 씰룩쌜룩 움직이며 이를 드러내고는 포효하듯 소리치며 이치로를 향해 올라왔습니다. 그리고 어느새 이치로와 나라오는 붙잡혀 그 행렬에 들어가 있었습니다. 어찌 된 일인지 걸을 수 있게 된 나라오가 맨발로 그 날카로운 땅을 밟으며 이치로 앞을 비틀비틀 걷고 있었습니다. 그 모습이 이치로는 너무도 슬펐습니다. 이치로는 다른 아이들과 함께 쫓겨 걸으면서도 몇 번이나 나라오의 이름을 낮게 불렀습니다. 그렇지만 나라오는 이미 이치로를 잊은 듯했습니다. 단지 이따금 벌벌 떨듯 팔을 뒤로 젖힌 채 다리의 통증에 비틀거리면서 열심히 걷고 있었습니다. 이치로는 그때야 비로소 자신들이 따라가고 있는 것이 귀신이라는 것을 깨달았습니다. 그리고 우리가 무슨 잘못을 해서 이렇게 괴로운 일을 겪고 있는 것일까 하고 생각했습니다. 그때 나라오가 모서리가 있는 빨간 돌에 걸려 넘어졌습니다. 귀신의 채찍이 그 작은 몸을 찢어버릴 듯 내리꽂혔습니다. 이치로는 몸을 굴려 그 귀신의 손에 매달렸습니다.

"대신 나를 때리세요. 나라오는 아무 잘못도 없어요."

귀신은 흠칫 놀란 듯 이치로를 보더니 입을 씰룩거리고 있다가 큰 소리로 이렇게 말했습니다. 귀신의 이가 번뜩번뜩 빛났습니다.

"죄는 이번뿐만이 아니야. 걸어!"

이치로는 등이 아파지면서 주변이 파랗게 빙글빙글 돌았습니다. 그리고 몸속에서 차가운 땀이 솟아났습니다.

이렇게 두 아이는 쫓기며 걸어갔습니다. 그렇지만 점점 익숙해지자 두 아이 모두 조금은 편해진 듯 느꼈습니다. 다른 아이들의 상처난 발이나 쓰러지는 모습을 꿈을 꾸듯 곁눈질로 보았습니다. 갑자기 주변이 뿌옇게 어둑해졌습니다. 그리고 깜깜해졌습니다. 쫓기는 아이들의 창백한 행렬만이 그 속에 떠있는 듯이 보였습니다.

어둠에 눈이 점점 익숙해지자 이치로는 넓은 들판에 수많은 검은 물체가 가만히 앉아있는 것을 보았습니다. 희미한 푸른빛도 있었습니다. 그것들은 모두 검고 긴 머리카락으로 몸이 뒤덮인 채 새하얀 손발만이 조금 보일 뿐이었습니다. 그리고 그 가운데 하나가 조금 뒤척이는 듯하더니 갑자기 몸이 찢기는 듯한 비명을 지르며 몸부림쳤습니다. 그리고 잠시 후 그 비명조차 사라지자 한 줌의 진흙더미처럼 되어 굴러가는 것을 보았습니다. 그리고 눈이 어둠에 더욱 익숙해지자, 그 어둠 속의 생명은 칼날 같은 날카로운 머리카락이 몸을 감싸고 있어서 조금이라도 움직이면 곧바로 몸이 잘리게 된다는 것을 알 수 있었습니다.

그 사이를 한참을 걷자 주변이 조금 밝아졌습니다. 그리고 땅은 새빨간 색이었습니다. 앞쪽의 아이들이 갑자기 세차게 울면서 소리쳤습니다. 행렬도 멈추었습니다. 채찍 소리와 귀신의 성난 목소리가 우박과 천둥소리처럼 들려왔습니다. 이치로의 바로 앞에서 나라오가 비틀거리고 있었습니다. 바닥은 온통 옥의 작은 파편 같은 걸로 덮여있어서 걷는 사람의 발을 찌르고 있었습니다.

귀신은 쇠로 된 커다란 신발을 신고 있었습니다. 귀신이 걸을 때마다 옥은 조각조각 부서졌습니다. 이치로의 주변에서도 수많은 비명이 터져 나왔습니다. 나라오도 울었습니다.

"우리는 어디로 가는 거니? 왜 이런 힘든 일을 겪어야 하는 거니?"

나라오는 옆의 아이에게 물었습니다.

"나도 몰라. 아악, 아파. 아파. 엄마!"

그 아이는 마구 머리를 흔들면서 울었습니다.

"무슨 소리를 하는 거냐. 전부 너희가 저지른 일이다. 목적지 따위는 없다!"

뒤에서 귀신이 고함을 질렀고 다시 채찍을 휘둘렀습니다.

들판의 풀은 점점 거칠어졌고 점점 날카로워졌습니다. 앞쪽의 아이들은 몇 번이고 쓰러졌다가 힘없이 일어나기를 반복했고, 다리도 몸도 상처투성이가 되었으며 비명과 채찍 소리만으로도 이미 기절할 듯했습니다.

나라오가 갑자기 생각난 듯 이치로에게 매달려 울었습니다.

"걸어!"

귀신의 고함과 함께 채찍이 나라오를 안고 있는 이치로의 팔을 내리쳤습니다. 이치로의 팔은 마비되어 아픔도 느끼지 못하고 단지 움찔움찔 움직였습니다. 나라오가 여전히 매달려있자 귀신은 다시 채찍을 들었습니다.

"나라오를 용서해주세요. 나라오를 용서해주세요."

이치로는 울면서 외쳤습니다.

"걸어!"

귀신이 다시 채찍을 휘두르자 이치로는 두 팔로 나라오를 감쌌습니다. 이치로는 나라오를 감싸면서 어디선가 '나무아미타불 관세음보살' 하는 소리가 희미한 바람처럼 또는 냄새처럼 울리는 것을 느켰습니다. 그러자 왠지 주변이 편안해지는 느낌이 들어서 '나무아미타불' 하고 따라서 중얼거려 보았습니다. 그러자 앞에 가던 귀신이 멈춰 서서 이상하다는 듯 이치로를 돌아보았습니다. 행렬도 멈추었습니다. 어찌 된 일인지 채찍 소리도 비명도 그쳤습니다. 쥐죽은 듯 아무 소리도 들리지 않았습니다. 문득 정신을 차리고 보니 그 어둡고 빨간 옥들판의 끝 부분이 희미하게 황금색이 되어 있었으며 그 속에서 훌륭한 커다란 사람이 이쪽을 향해 똑바로 걸어오고 있었습니다. 어찌 된 일인지 아이들은 모두 안심한 듯 보였습니다.

빛의 맨발

그 사람의 발은 하얗게 빛나는 듯 보였습니다. 그리고 이쪽을 향해 정말로 빠르게 정말로 똑바로 걸어오고 있었습니다. 새하얀 발끝이 딱 두 번 빛났을 때 그 사람은 이미 이치로 가까이 와 있었습니다.

이치로는 눈이 부셔서 고개를 들 수 없었습니다. 그 사람은 맨발이었습니다. 조개껍데기처럼 하얗게 빛나는 커다란 맨발이었습니다. 발뒤꿈치의 살이 반짝이며 땅에 닿아있었습니다. 커다랗고 새하얀 맨발이었습니다. 그 부드러운 맨발은 날카롭디날카로운 옥의 파편을 밟았고 타오르는 빨간 불을 밟았지만 조금도 상처가 생기지 않았으며 또한 그을리지도 않았습니다. 땅 위의 가시조차도 부러지지 않았습니다.

"무서울 것 없단다."

그 사람은 잔잔하게 웃으면서 아이들에게 말했습니다. 그 커다란 눈동자는 푸른 연꽃의 꽃잎처럼 늠름하게 아이들을 바라보았습니다. 아이들은 뭐라고 할 것도 없이 두 손을 모아 합장을 했습니다.

"무서울 것 없단다. 너희의 죄는 이 세계를 감싸고 있는 커다란 은

혜의 힘과 비추어 볼 때 태양의 빛과 엉겅퀴 가시 끝에 맺힌 작은 이슬을 비교한 것과 같은 것이다. 아무것도 무서워할 것 없단다."

어느새 아이들은 그 사람을 둘러싸고 둥근 원처럼 모여 있었습니다. 조금 전까지는 그렇게 무서워 보였던 귀신도 지금은 얌전하게 그 커다란 손을 모으고 고개를 낮게 떨군 채 아이들 뒤에 서 있었습니다.

그 사람은 조용히 아이들을 둘러보았습니다.

"모두 심한 상처를 입었구나. 그 상처는 너희가 스스로 자신에게 입힌 상처다. 그렇지만 아무것도 아니란다."

그 사람은 커다랗고 새하얀 손으로 나라오의 머리를 쓰다듬었습니다. 나라오도 이치로도 그 손에서 희미하게 목련꽃 향기가 나는 것을 들었습니다. 그리고 아이들의 상처는 모두 사라졌습니다.

갑자기 귀신 한 명이 울면서 그 사람 앞에 무릎을 꿇었습니다. 그리고 머리를 날카로운 옥 조각 위에 떨구고 그 사람의 빛나는 발을 손으로 조심스레 받들었습니다.

그 사람은 다시 희미하게 미소를 지었습니다. 그러자 황금색 빛의 커다란 둥근 원이 그 사람의 머리 주위에 걸렸습니다. 그 사람은 말했습니다.

"이곳은 칼로 만들어진 땅이다. 그 칼은 너희의 발과 몸을 찢는다. 너희는 그렇게 생각하고 있다. 그러나 이 땅은 아주 평평한 곳이다. 자, 보거라."

그 사람은 몸을 조금 낮추고 그 새하얀 손으로 땅에 원을 하나 그렸습니다. 모두 눈을 비볐습니다. 그리고 귀를 의심했습니다. 이전까지의 빨간 옥 조각으로 되어 있던, 검은 불길을 뿜어내던 슬픈 땅이 지금은 평평하기 그지없는 물결 하나 일지 않는 새파란 호수로 변해 있었습니다. 그 호수는 끝없이 이어지면서 공작석 빛깔의 수많은 아름다운 무늬를 만들고 있었고, 그 위에는 신기루처럼 더욱 선명하게 수많은 아름다운 나무와 건물들이 조용히 떠 있었습니다. 그 건물들은 저 멀리에 있었지만, 파란빛과 하얀빛의 높은 지붕이 있었고 무지갯빛 깃발이 드리워져 있었습니다. 건물과 건물 사이에는 난간이 있는 진주같이 빛나는 다리가 공중에 걸려 있었고, 높은 탑에는 수많은 종과 장식품이 걸려있었으며 탑 꼭대기의 봉은 곧바로 하늘을 향해 높게 서 있었습니다. 그 건물들은 소리 없이 솟아있었고 그 그림자는 물 위에 선명하게 드리워져 있었습니다.

그리고 수많은 나무가 서 있었습니다. 그 나무들은 정말 보석을 깎아 놓은 듯 아름다웠습니다. 진짜 나무 같은 모양의 새파란 나무도 있었습니다. 버드나무와 비슷하면서 백금 같은 작은 열매가 달린 것도 있었습니다. 그리고 모든 잎이 반짝반짝 빛을 내며 흔들렸고 서로 부딪혀 미묘한 소리를 내고 있었습니다.

하늘에서는 여러 가지 악기 소리가 다양한 색깔의 빛 가루와 함께 희미하게 내려왔습니다. 그리고 정말로 놀랍게도 너무도 멋진 사람들이 곳곳에 가득했습니다. 어떤 사람은 새처럼 공중에서 날개를 펴고 있었는데 은색의 장식 끈은 뒤로 곧게 뻗어있어서 조금도 구부러짐이 없었습니다. 모든 것은 여름의 새벽 같은 좋은 향기로 가득했습니다. 이치로는 갑자기 자신들도 그 파랗고 평평한 호수 위에 서 있다는 것을 깨달았습니다. 그렇지만 그것은 정말로 호수였을까요? 아닙니다, 물이 아니었습니다. 딱딱했습니다. 차가웠습니다. 매끄러웠습니다. 그것은 정말로 파란 보석 판자였습니다. 아니, 판자가 아니라 땅이었습니다. 너무도 매끄럽고 빛이 나고 있었기 때문에 호수처럼 보였던 것입니다.

이치로는 아까의 거룩한 사람을 보았습니다. 그 사람은 조금 전과는 전혀 달라 보였습니다. 아름다운 보석 영락을 두르고 황금 원광을 쓴 채 잔잔하게 웃으며 아이들의 뒤에 서 있었습니다. 그곳에 있는 어떤 사람보다 훌륭했습니다. 금과 루비를 합친 것 같은 아름다운 꽃쟁반을 받쳐 든 천인들이 이치로와 아이들의 머리 위를 지나며 파란색과 황금색의 커다란 꽃잎을 떨어뜨렸습니다.

그 꽃잎은 조용히 조용히 하늘로 가라앉았습니다.

조금 전의 어두컴컴한 들판을 함께 걸었던 아이들은 지금은 모두 훌륭하게 변해있었습니다. 이치로는 나라오를 보았습니다. 나라오 역시 황금색의 옷을 입고 영락을 두르고 있었습니다. 그리고 이치로는 자신을 보았습니다. 이치로의 발의 상처는 완전히 나았으며 지금은 새하얗게 빛났고 손에서는 아련한 좋은 향기가 났습니다.

모두 한동안 기쁨의 함성을 질렀습니다. 그 가운데 한 아이가 말했습니다.

"이곳은 정말 좋아. 저쪽에 있는 것은 박물관일까?"

그 크고 빛나는 사람이 미소를 지으며 대답했습니다.

"그래. 박물관도 있단다. 세상의 온갖 것들이 모여 있지."

그러자 아이들은 갑자기 이것저것 물어보기 시작했습니다. 한 아이가 말했습니다.

"이곳에는 도서관도 있어요? 전 안데르센 이야기 같은 것도 더 읽고 싶어요."

또 한 아이가 말했습니다.

"이곳의 운동장에서는 무엇이든 할 수 있을 것 같아. 공을 던지면 분명 어디까지고 날아갈 거야."

아주 작은 아이가 말했습니다.

"난 초콜릿이 먹고 싶은데."

그 커다란 사람은 차분하게 대답했습니다.

"책은 이곳에 얼마든지 있단다. 한 권의 책 속에 작은 책이 가득 들어있는 것도 있지. 아주 아주 작은 책에 세상의 모든 책이 들어있는 책도 있단다. 책을 많이 읽는 것은 아주 좋은 일이지. 운동장도 있단다. 그곳에서 달리기를 배우면 불 속이라도 갈 수 있단다. 초콜릿도 있어. 이곳의 초콜릿은 아주 좋은 것이란다. 너희에게 주마."

그 커다란 사람은 잠시 하늘을 보았습니다. 천인 한 명이 노란색 삼각형 문양이 새겨진 멋진 그릇을 들고 곧바로 내려왔습니다. 그리고 파란 땅 위에 내려 그 커다란 사람 앞에 공손하게 무릎을 꿇고 그릇을 바쳤습니다.

"자, 모두 먹어 보렴."

그 커다란 사람은 나라오에게 하나를 주면서 아이들에게 말했습니다. 어느새 모두 훌륭한 과자를 하나씩 들고 있었습니다. 그 과자에 살짝 혀를 댄 순간부터 몸속이 맑고 시원해졌습니다. 혀끝에서 파란 반디색과 주황색의 불, 그리고 아름다운 꽃무늬가 반짝반짝 보였습니다. 먹고 나면 몸에 생기가 돌았습니다. 그리고 조금 후 몸속에서 뭐라고 형용할 수 없는 좋은 냄새가 희미하게 퍼졌습니다.

"엄마는 어디에 계실까?"

나라오가 갑자기 생각이 떠오른 듯 이치로에게 물었습니다. 그러자 그 커다란 사람이 이쪽을 돌아보더니 부드럽게 나라오의 머리를 쓰다듬으며 말했습니다.

"지금 네게는 이전의 어머니를 만나게 해주마. 너는 이곳에서 학교에 들어가야 한단다. 그리고 잠시 형과는 헤어져야 한단다. 형은 다시 한번 어머니가 있는 곳으로 돌아가야 하기 때문이란다."

그리고 이치로에게 말했습니다.

"너는 다시 한번 원래의 세계로 돌아가거라. 너는 솔직하고 착한 아이이다. 그 가시들판에서도 용케 동생을 버리지 않았지. 그때 찢어진 네 발은 이제 맨발로 칼 숲을 걸어갈 수도 있단다. 지금의 마음을 결코 잊지 말거라. 이곳에서 많은 사람이 네가 있는 나라로 가고 있단다. 잘 찾아서 진정한 길을 배우도록 하여라."

그 사람은 이치로의 머리를 쓰다듬었습니다. 이치로는 오로지 두 손을 모은 채 눈을 감고 서 있었습니다. 그리고 이치로는 하늘에서 힘차고 아름답게 울려 퍼지는 노랫소리를 들었습니다. 그 노랫소리는 계속해서 변했고 모든 풍경은 희미한 안갯속처럼 멀어져갔습니다. 단지 그 안개 너머로 한 그루의 나무가 하얗게 빛나며 서 있었고 훌륭해진 나라오가 빛나는 모습으로 무언가를 말하고 싶은 듯 희미하게 웃으면서 이쪽으로 잠시 손을 내밀었습니다.

고개

이치로는 '나라오' 하고 외쳤다고 생각한 순간, 갑자기 새로운 새하얀 것을 보았습니다. 그것은 눈이었습니다. 그리고 푸른 하늘이 이치로 위에 눈부시게 걸려있는 것을 보았습니다.

"숨을 쉬었어! 눈을 떴어!"

이치로 옆집의 빨간 수염 아저씨가 이치로의 바로 머리 위에 몸을 구부린 채 계속해서 이치로를 깨우고 있었습니다. 눈부신 파란 하늘에 마을 사람들의 얼굴과 빨간 모포와 검은 외투가 가득 떠서 이치로를 내려다보고 있었습니다.

"동생은 어떻게 됐나! 동생은!"

개 모피를 입은 사냥꾼이 큰 소리로 외쳤습니다. 옆에 있는 사람이 나라오의 팔을 잡아보았습니다. 이치로도 보고 있었습니다.

"동생은 안 되겠어. 빨리 불을 피워!"

옆 사람이 소리쳤습니다.

"불을 피우면 안 돼. 눈에 눕혀. 눕히라고."

사냥꾼이 소리쳤습니다. 이치로는 누군가의 등에 업히면서 다시 한번 나라오의 얼굴을 보았습니다. 그 얼굴은 사과처럼 빨갛고 입술은 조금 전 빛의 나라에서 이치로와 헤어질 때 그대로, 희미하게 웃고 있었습니다. 그렇지만 그 눈은 닫혔고 숨은 끊어졌으며, 그리고 그 손과 가슴은 얼음처럼 차가워져 있었습니다.

쏙독새의 별

よだかの星

쏙독새는 정말로 못생긴 새입니다.

얼굴은 된장을 바른 것처럼 군데군데 얼룩이 있고 주둥이는 납작하면서 귀밑까지 찢어져 있습니다.

다리는 비칠비칠해서 몇 걸음도 제대로 걷지 못합니다.

다른 새들은 쏙독새의 얼굴을 보는 것만으로도 기분이 나빠졌습니다.

예를 들어 종달새도 그다지 예쁜 새는 아니지만, 쏙독새보다는 훨씬 낫다고 생각하고 있었기 때문에 저녁에 쏙독새를 만나면 정말로 싫다는 듯이 뚱한 얼굴로 눈을 찡그린 채 고개를 돌려버리는 것이었습니다. 좀더 작고 수다스러운 새들은 언제나 쏙독새 바로 앞에서 험담을 했습니다.

"쳇! 또 나타났네. 어머, 저 꼴 좀 봐. 정말 새들의 수치지 뭐니."

"저기, 저 주둥이 큰 것 좀 봐. 분명 개구리 친척일 거야."

이런 식으로 늘 놀림을 당하던 쏙독새에게는 원래 밤매라는 다른 이름이 있었습니다. 아…… 만약 밤매가 아닌 보통 매였다면 이런 애송이 작은 새들은 이미 그 이름을 듣는 것만으로도 부들부들 떨고 얼굴색이 변하면서 몸을 웅크려 나뭇잎 뒤에 숨어버릴 것입니다. 그러나 쏙독새는 사실 매의 형제도 친척도 아니었습니다. 오히려 쏙독새는 아름다운 물총새와 새의 보석과 같은 벌새의 형님이었습니다.

벌새는 꽃의 꿀을 먹고 물총새는 물고기를 먹으며, 쏙독새는 곤충을 잡아먹었습니다. 게다가 쏙독새에게는 날카로운 발톱도 날카로운 부리도 없었기 때문에 아무리 약한 새라도 쏙독새를 무서워할 리가 없었던 것입니다.

그렇다면 왜 쏙독새를 '밤매'라고 불렀을까요? 그 이유 중 하나는 날개가 무척 강해서 바람을 가르며 하늘로 비상할 때는 마치 매처럼 보이기 때문입니다. 또 하나의 이유는 울음소리가 날카로워서 어딘가 매와 비슷하기 때문입니다. 물론 매는 쏙독새가 밤매라고 불리는 것이 무척이나 신경 쓰이고 싫었습니다. 그래서 쏙독새의 얼굴만 보면 어깨를 추어올리며 '빨리 이름을 바꿔, 이름을 바꾸라고' 말하는 것이었습니다.

어느 저녁, 마침내 매가 쏙독새의 집에 찾아갔습니다.

"이봐, 집에 있나? 너 아직도 이름을 안 바꾼 건가? 네 녀석도 무척이나 뻔뻔한 놈이군. 너와 나는 차원이 아주 다르다고. 예를 들어 나는 파란 하늘을 마음껏 날아다니지. 그런데 너는 구름이 끼어 흐린 날이거나 밤이 아니면 나오지 않잖아. 그리고 내 부리와 발톱을 보고 네 것과 잘 비교해 보면 알 거 아닌가."

"매님. 그것은 어려운 일입니다. 제 이름은 제가 마음대로 지은 것이 아닙니다. 신께서 내려주신 것입니다."

"아니, 그렇지 않아. 내 이름이라면 신께 받았다고 해도 되지만, 네 이름은 말하자면 나와 밤에게 빌린 것뿐이잖아. 자, 돌려줘."

"매님. 그것은 어렵습니다."

"어렵지 않아. 내가 좋은 이름을 가르쳐주지. 한량이라고 하는 거야, 한량. 좋은 이름이지. 그런데 이름을 바꾸려면 개명한 것을 모두에게 알려야 해. 어떻게 하냐면 말이지 목에 한량이라고 쓴 이름표를 걸고 '저는 오늘부터 한량입니다' 하고 말하면서 사람들에게 인사를 하러 다니는 거야."

"그런 짓은 못 하겠어요."

"아니, 할 수 있어. 그렇게 해. 만약 모레 아침까지 그렇게 하지 않으면 바로 잡아서 죽여 버리겠어. 죽여 버릴 테니까 그렇게 알라고. 나는 모레 아침 일찍 새들의 집을 하나씩 돌면서 네 녀석이 왔었는지 물어볼 거야. 오지 않았다는 집이 한 집이라도 있으면 넌 그대로 끝이야."

"그렇지만 그건 말도 안 됩니다. 그런 짓을 할 바에는 차라리 죽는 편이 낫습니다. 지금 당장 죽여주십시오."

"뭐, 나중에 천천히 생각해 봐. 한량은 그렇게 나쁜 이름이 아니야."

매는 커다란 날개를 펼치고 자신의 둥지로 날아갔습니다.

쏙독새는 가만히 눈을 감고 생각했습니다.

'도대체 나는 왜 이렇게 다른 새들에게 미움을 받을까. 내 얼굴이 된장을 바른 듯하고 입이 길게 찢어졌기 때문에? 하지만 지금까지 난 아무런 나쁜 짓도 하지 않았어. 동박새 아기가 둥지에서 떨어졌을 때는 둥지로 데려다 주었지. 그랬더니 동박새는 유괴범에게 아이를 돌려받기라도 하는 듯 뺏어가고는 나를 엄청나게 비웃었어. 게다가…… 아, 이번에는 한량이라니……. 목에 이름표를 걸라니……. 너무 괴로워.'

주위에는 이미 어둠이 내리고 있었습니다. 쏙독새는 둥지에서 나왔습니다. 구름이 심술궂게 빛나며 낮게 깔렸습니다. 쏙독새는 아슬아슬하게 구름을 스치며 소리 없이 하늘을 날아다녔습니다.

그러더니 쏙독새는 갑자기 입을 크게 벌리고 날개를 곧게 편 채 마치 화살처럼 하늘을 가로질렀습니다. 작은 곤충들이 수없이 입속으로 들어갔습니다.

몸이 땅에 닿을 듯하면 쏙독새는 몸을 휙 돌려 다시 하늘로 날아올라 갔습니다. 구름은 이미 회색이 되었으며 건너편 산에는 산불이 새빨갛게 불타고 있었습니다.

쏙독새가 힘껏 날아오를 때는 하늘은 마치 두 개로 갈라지는 듯했습니다. 장수풍뎅이 한 마리가 쏙독새의 입속으로 들어가 마구 긁어댔습니다. 쏙독새는 곧바로 삼켜버렸지만 그때 왠지 모르게 등골이 오싹한 느낌이 들었습니다.

구름은 이미 새까만 색이 되었고 동쪽만이 산불이 옮겨붙어 새빨갛게 빛나는 으스스한 풍경이었습니다.

다시 장수풍뎅이 한 마리가 쏙독새의 입속으로 들어왔습니다. 그리고 쏙독새의 목을 긁어대며 파닥였습니다. 쏙독새는 장수풍뎅이를 억지로 삼켰습니다만 그때 갑자기 가슴이 턱 막히는 듯해서 쏙독새는 큰 소리로 울기 시작했습니다. 쏙독새는 울면서 하늘을 빙글빙글 빙글빙글 돌았습니다.

'아아, 장수풍뎅이랑 많은 곤충이 매일 밤 나 때문에 죽고 있어. 그리고 하나뿐인 내가 이번에는 매에게 죽는구나. 그것이 이렇게 괴로운 것이구나. 아, 너무 괴로워. 앞으로는 벌레를 먹지 않고 굶어서 죽어버리겠어. 아니, 그 전에 매가 나를 죽이겠지. 아니, 그 전에 저 멀고 먼 하늘 저편으로 날아가 버리자.'

산불은 점점 물이 흐르듯 퍼져 나갔으며 구름도 빨갛게 타오르는 듯했습니다.

쏙독새는 곧바로 동생인 물총새가 있는 곳으로 날아갔습니다. 예쁜 물총새도 마침 일어나서 저 멀리 산불을 바라보고 있었습니다. 그리고 쏙독새가 내려오는 것을 보고 말했습니다.

"형님, 안녕하세요. 무슨 급한 볼일이라도 있나요?"

"아니다. 오늘 밤에 난 먼 곳을 갈 거라서 그 전에 네 얼굴이라도 보려고 왔단다."

"형님, 가시면 안 돼요. 벌새도 그렇게 멀리 있고, 전 외톨이가 되잖아요."

"그렇지만 어쩔 수가 없단다. 오늘은 아무 말도 하지 말아주렴. 그리고 너도 말이지, 어쩔 수 없는 상황이 아니면 장난으로 물고기를 잡거나 하지 마라. 자, 그럼 간다."

"형님, 무슨 일이에요? 잠깐만 기다려 보세요."

"아니, 계속 있어봤자 마찬가지야. 나중에 벌새에게 안부 전해주렴. 잘 지내라. 다시는 만나지 못할 거야. 안녕."

쏙독새는 울면서 자신의 집으로 돌아왔습니다. 짧은 여름밤은 이미 끝나 날이 밝아오고 있었습니다.

고사리 잎은 새벽안개를 머금어 푸르고 차갑게 흔들렸습니다. 쏙독새는 끼익끼익 울었습니다. 그리고 둥지를 깨끗하게 정돈하고 날개의 털을 말끔하게 다듬고는 다시 둥지를 나왔습니다.

마침 안개가 걷히고 해님이 동쪽에서 솟아올랐습니다. 쏙독새는 어지러울 만큼 눈 부신 햇살을 참으며 화살처럼 해님을 향해 나아갔습니다.

"해님, 해님. 부디 저를 당신이 있는 곳으로 데려가 주세요. 타죽는다고 해도 상관없어요. 저처럼 못생긴 새도 불이 붙으면 작은 빛을 내겠죠. 부디 저를 데려가 주세요."

그러나 아무리 높이 날아올라도 해님은 가까워지지 않았습니다. 오히려 점점 멀어져 작아지면서 해님은 말했습니다.

"너는 쏙독새구나. 그래, 정말 괴롭겠구나. 하지만 밤하늘의 별에

게 부탁하렴. 너는 낮의 새가 아니지 않니."

쏙독새가 고개를 숙여 인사를 하려던 순간 갑자기 몸이 빙글빙글 돌더니 마침내 들판의 풀 위로 떨어졌습니다. 그리고 마치 꿈을 꾸는 듯했습니다. 빨갛고 노란 별 사이를 날아오르기도 했고 한없이 바람에 실려 다니기도 했으며 매가 찾아와 몸을 움켜쥐는 듯도 했습니다.

갑자기 차가운 물체가 얼굴에 떨어졌습니다. 쏙독새는 눈을 떴습니다. 한 그루의 나무에서 이슬이 방울져 떨어졌던 것입니다. 어느새 완전히 밤이 되어 검푸른 하늘에는 온통 별이 반짝이고 있었습니다. 쏙독새는 하늘로 날아올라 갔습니다. 오늘 밤에도 산불은 새빨갛게 타오르고 있었습니다. 쏙독새는 산불의 희미한 빛과 차가운 별빛 속을 날아다녔습니다. 그리고 다시 한번 주변을 돌았습니다. 그러더니 서녘 하늘의 아름다운 오리온 별을 향해 힘껏 날아가며 외쳤습니다.

"별님. 서쪽의 푸른 별님. 부디 저를 당신이 있는 곳으로 데려가 주세요. 타죽는다 해도 상관없어요."

오리온은 용맹스러운 노래를 부르면서 쏙독새 따위는 상대도 해주지 않았습니다. 쏙독새는 울먹이며 비틀비틀 떨어지다가 간신히 멈춰서는 다시 한번 날아올랐습니다. 그리고 남녘 하늘의 큰개자리를 향해 곧바로 날아가며 외쳤습니다.

"별님, 남쪽의 푸른 별님. 부디 저를 당신이 있는 곳으로 데려가 주세요. 불에 타 죽어도 상관없어요."

큰개는 푸른색, 보라색, 노란색으로 빠르고 아름답게 반짝이며 말했습니다.

"바보 같은 소리 하지 마. 네까짓 것이 도대체 뭐라고. 겨우 새 아니냐? 네 날개로 여기까지 오려면 수억 광년은 걸릴 거다."

그러고는 고개를 돌렸습니다.

쏙독새는 실망한 나머지 비틀거리며 떨어졌지만 다시 세 번째로 날아올랐습니다. 그리고 다시 있는 힘껏 북녘의 큰곰자리를 향해 똑바로 날아가며 소리쳤습니다.

"북쪽의 푸른 별님. 당신이 있는 곳으로 저를 데려가 주세요."

큰곰이 조용히 말했습니다.

"쓸데없는 생각하지 마라. 머리를 조금 식히고 오는 게 어떻겠니? 이럴 때는 빙산이 떠있는 바닷속으로 뛰어들거나 근처에 바다가 없다면 얼음물이 든 컵 속에 뛰어드는 것이 가장 좋지."

쏙독새는 실망에 겨워 비틀비틀 떨어졌지만 다시 네 번째로 하늘을 돌았습니다. 그리고 다시 한번 지금 막 동쪽에서 떠오른 은하수 저편의 독수리 별에게 외쳤습니다.

"동쪽의 하얀 별님. 부디 저를 당신이 있는 곳으로 데려가 주세요. 불에 타 죽어도 상관없어요."

독수리는 거만하게 말했습니다.

"이런이런. 어림도 없지. 별이 되려면 그에 걸맞은 신분이어야만 해. 게다가 돈도 꽤 필요하지."

쏙독새는 힘이 완전히 빠져 날개를 접고 땅으로 떨어져 내려갔습니다. 그리고 그 연약한 다리가 땅에 막 닿으려는 순간, 갑자기 봉화가 피어오르듯 하늘로 날아올랐습니다. 하늘의 중간쯤 왔을 때 쏙독새는 마치 매가 곰을 공격할 때처럼 몸을 부르르 떨며 털을 곤두세웠습니다.

그리고 끼이끼이끼이하고 소리 높이 울었습니다. 그 소리는 매의 소리와 똑같았습니다. 들판과 숲에서 자고 있던 다른 새들은 모두 눈을 뜨고 몸을 부들부들 떨며 의아스러운 듯 별 하늘을 올려보았습니다.

쏙독새는 끝없이 끝없이 하늘을 향해 날아갔습니다. 이미 산불은 담뱃재 정도로밖에 보이지 않았습니다. 쏙독새는 하늘 높이 하늘 높이 날아갔습니다.

추위 탓에 입김이 가슴에 하얗게 얼어붙었습니다. 공기가 적어졌기 때문에 날개를 빠르게 파닥여야만 했습니다.

그런데도 별의 크기는 조금도 변하지 않습니다. 숨소리는 풀무질하듯 거칠었습니다. 추위와 서리가 칼처럼 쏙독새를 찔렀습니다. 쏙독새는 날개가 완전히 굳어버렸습니다. 그리고 눈물이 고인 눈으로 다시 한번 하늘을 바라보았습니다. 그렇습니다. 이것이 쏙독새의 최후였습니다. 쏙독새는 지금 떨어지고 있는 것인지, 올라가고 있는 것인지, 거꾸러진 것인지, 위를 향하고 있는 것인지도 알 수 없었습니다. 그러나 마음은 편안했으며 피가 묻은 커다란 주둥이는 옆으로 휘긴 했지만 확실히 옅은 미소를 띠고 있었습니다.

그리고 얼마 후 쏙독새는 번쩍 눈을 떴습니다. 그리고 자신의 몸이 지금 도깨비불처럼 아름다운 푸른빛이 되어 조용히 타오르고 있는 것을 보았습니다.

바로 옆은 카시오페이아자리였습니다. 은하수의 푸르스름한 빛이 바로 뒤에 있었습니다.

그리고 쏙독새의 별은 계속해서 타올랐습니다. 언제까지고 언제까지고 타올랐습니다.

지금도 쏙독새의 별은 여전히 타오르고 있습니다.

눈길 건너기

雪わたり

첫 번째 이야기, 아기 여우 곤사부로

눈은 꽁꽁 얼어 대리석보다 단단했고 하늘도 차갑고 매끄러운 파란색 석판으로 만든 듯했습니다.

"얼은 눈은 꽝꽝, 젖은 눈은 꽁꽁."

해님이 새하얗게 타올라 백합 향기를 뿌리며 눈을 반짝반짝 비추었습니다.

나무들은 모두 굵은 설탕을 뒤집어쓴 듯 서리로 반짝입니다.

"얼은 눈은 꽝꽝, 젖은 눈은 꽁꽁."

시로와 간코는 작은 눈신을 신고 뽀드득뽀드득 들판으로 나갔습니다.

이렇게 재미있는 날이 또 있을까요. 여느 때는 걸을 수 없는 수수밭 위도, 참억새가 가득한 들판 위도 가고 싶은 곳이면 어디든지 갈 수 있습니다. 세상이 마치 한 장의 판자처럼 평평합니다. 그리고 그 판자는 수많은 작디작은 거울처럼 반짝반짝 빛납니다.

"얼은 눈은 꽝꽝, 젖은 눈은 꽁꽁."

두 아이는 숲 가까이 왔습니다. 커다란 떡갈나무는 가지가 파묻힐 만큼 멋지고 투명한 고드름을 늘어뜨린 채 무거운 듯 몸을 굽히고 있었습니다.

"얼은 눈은 꽝꽝, 젖은 눈은 꽁꽁. 아기 여우야 색시 줄까, 색시 줄까."

한동안 아무런 소리도 들리지 않았기 때문에 두 아이는 다시 한번 소리치려고 숨을 들이마신 순간이었습니다. 갑자기 노랫소리가 들렸습니다.

"젖은 눈은 꽁꽁, 얼은 눈은 꽝꽝."

그리고 뽀드득뽀드득 눈을 밟으며 하얀 아기 여우가 나타났습니다.

시로는 조금 놀라 간코 앞을 막아서면서 다리에 힘을 꼭 주고는 소리쳤습니다.

"여우 캥캥 하얀 여우, 색시를 얻고 싶으면 구해줄게."

그러자 여우는 아직 어린 주제에 은 바늘 같은 수염 하나를 쓰윽 쓰다듬으며 말했습니다.

"시로는 꽁꽁, 간코는 꽝꽝. 나는 색시 필요 없어."

시로는 웃으면서 말했습니다.

"여우 캥캥 아기 여우야, 색시 필요 없으면 떡을 줄까?"

그러자 아기 여우도 머리를 두세 번 흔들더니 재미있다는 듯 말했습니다.

"시로는 꽁꽁, 간코는 꽝꽝아, 수수경단은 내가 줄까?"

간코도 무척 재미있었기 때문에 시로 뒤에 숨은 채 조그맣게 노래를 불렀습니다.

"여우야 캥캥 아기 여우야, 여우 떡은 토끼 똥이지?"

그러자 아기 여우 곤사부로가 웃으며 말했습니다.

"아니요, 절대 그렇지 않아요. 당신들처럼 훌륭한 분들이 토끼의 갈색 떡 따위를 드시겠어요? 우리 여우들은 지금까지 사람을 속인다는 말도 안 되는 누명을 써왔답니다."

시로가 깜짝 놀라 물었습니다.

"그러면 여우가 사람을 속인다는 게 거짓말이야?"

곤사부로는 열심히 대답했습니다.

"물론 거짓말이죠. 세상에서 가장 엉터리 거짓말입니다. 속았다고 하는 사람은 대부분 술에 취했거나 겁쟁이라서 정신이 나갔던 사람입니다. 재미있지요. 요전에는 진베 씨가 달밤에 우리 집 앞에 앉아 샤미센 반주에 맞춰 이야기를 했었답니다. 우리는 모두 나가서 구경을 했었어요."

시로가 외쳤습니다.

"진베 씨라면 이야기를 한 게 아니야. 분명 노래를 했을 거야."

아기 여우 곤사부로는 '그렇구나' 하는 표정으로 말했습니다.

"아, 그럴지도 모르겠네요. 여하튼 경단을 드세요. 제가 드리는 것은 직접 밭을 일구고 씨를 뿌리고 잡초도 뽑아 수확한 것입니다. 가루로 빻아 반죽해서 찌고 설탕을 뿌렸죠. 한 접시 드릴게요."

그러자 시로가 웃으면서 말했습니다.

"곤사부로야, 우리는 방금 떡을 먹고 왔기 때문에 배가 불러. 다음에 초대해 줘."

아기 여우 곤사부로는 기뻐서 짧은 팔을 파닥거리며 말했습니다.

"그렇군요. 그러면 다음 환등회 모임에 드릴게요. 환등회 모임에 꼭 와주세요. 다음에 눈이 어는 달밤입니다. 여덟 시부터 시작하니까 입장권을 미리 드릴게요. 몇 장 드릴까요?"

"그럼 다섯 장을 줘."

시로가 말했습니다.

"다섯 장이요? 여러분 둘에 나머지 셋은 누구입니까?"

곤사부로가 물었습니다.

"형들이야."

시로가 대답했습니다.

"형들은 열한 살이 안 됐나요?"

곤사부로가 다시 물었습니다.

"음, 작은 형은 4학년이니까 여덟 더하기 사하면 열두 살이네."

시로가 대답했습니다.

그러자 곤사부로는 거드름을 피우며 다시 수염을 하나 쓰다듬으며 말했습니다.

"그렇다면…… 안타깝지만 형님들은 오실 수 없어요. 두 분만 와 주세요. 특별석을 잡아 드리겠습니다. 아주 재미있습니다. 환등회는 첫 번째가 〈술을 마시지 말자〉입니다. 이것은 여러분 마을에 사는 다에몬 씨와 세사쿠 씨가 술에 취해 비틀거리며 들판에 있는 이상한 만두와 메밀국수를 먹으려던 장면입니다. 그 사진에는 저도 찍혔답니다. 두 번째는 〈덫을 조심하자〉입니다. 이것은 제 친구 곤베가 들판에서 덫에 걸린 모습을 그린 그림입니다. 사진이 아니죠. 세 번째는 〈불을 우습게 보지 말자〉입니다. 이것은 여우 곤스케가 당신들의 집에 갔다가 꼬리를 태운 장면입니다. 꼭 와주세요."

두 아이는 기뻐하며 고개를 끄덕였습니다.

여우는 재미있다는 듯 입가를 올렸습니다. 그리고 탁탁 톡톡 탁탁 톡톡 제자리걸음을 하면서 꼬리와 머리를 흔들며 잠시 생각하더니 마침내 생각났다는 듯 두 팔을 흔들고 장단을 맞추며 노래를 부르기 시작했습니다.

젖은 눈은 꽁꽁, 얼은 눈은 꽝꽝
들판의 만두는 따끈따끈
술 취한 다에몬이 비틀비틀
작년에 서른여덟 개를 먹었지

젖은 눈은 꽁꽁, 얼은 눈은 꽝꽝
들판의 메밀국수 따끈따끈
술 취한 세사쿠가 비틀비틀
작년에 열세 그릇 먹었지

시로와 간코는 어느새 여우의 노래에 완전히 빨려들어서 여우와 함께 춤을 추고 있었습니다.

탁, 탁, 톡톡, 탁, 탁, 톡톡, 탁, 탁, 탁, 탁.

시로가 노래했습니다.

여우 캥캥 아기 여우, 작년에 여우 곤베가
왼발이 덫에 걸려 캥캥 버둥버둥 캥캥캥

간코가 노래했습니다.

여우 캥캥 아기 여우, 작년에 여우 곤스케가
구운 생선을 훔치려다 꼬리에 불이 붙어 캐갱캐갱캐갱

탁, 탁, 톡톡, 탁, 탁, 톡톡, 탁, 탁, 탁, 탁.

그리고 셋은 춤을 추면서 점점 숲으로 들어갔습니다. 봉랍 세공에 쓰이는 빨간 후박나무 싹이 바람에 휘날리며 반짝반짝 빛났고, 숲 속의 눈 위에는 쪽빛나무 그늘이 그물처럼 가득 펼쳐져 있었으며 햇빛이 닿는 곳마다 은색의 백합이 피어있는 듯했습니다.

아기 여우 곤사부로가 말했습니다.

"아기 사슴도 부를까요? 아기 사슴은 피리를 아주 잘 불거든요."

시로와 간코는 손뼉을 치며 좋아했습니다. 그리고 셋은 함께 외쳤습니다.

"얼은 눈은 꽝꽝, 젖은 눈은 꽁꽁. 아기 사슴아 색시 줄까, 색시 줄까."

그러자 건너편에서 가느다란 목소리가 들렸습니다.

"북풍은 휘익휘익 바람의 사부로, 서풍은 후욱후욱 마타사부로."

아기 여우 곤사부로가 아주 우습다는 듯이 입술을 뾰족하게 내밀며 말했습니다.

"저 소리는 아기 사슴입니다. 녀석은 겁쟁이기 때문에 아무래도 올 것 같지 않아요. 그래도 다시 한번 외쳐볼까요?"

그래서 셋은 다시 소리쳤습니다.

"얼은 눈은 꽝꽝, 젖은 눈은 꽁꽁. 아기 사슴아 색시 줄까, 색시 줄까."

그러자 이번에는 저 멀리서 바람의 소리인지, 피리 소리인지 아니면 아기 사슴의 노래인지가 이렇게 들려왔습니다.

북풍은 휘익휘익 꽝꽝
서풍은 후욱후욱 꽁꽁

여우는 다시 수염을 쓰다듬으며 말했습니다.

"눈이 녹으면 안 되니까 그만 돌아가세요. 다음번 달이 뜨는 밤에 눈이 얼면 꼭 오세요. 아까 말씀드린 환등회를 할 테니까요."

그래서 시로와 간코는 '얼은 눈은 꽝꽝, 젖은 눈은 꽁꽁' 노래를 부르며 집으로 돌아갔습니다.

"얼은 눈은 꽝꽝, 젖은 눈은 꽁꽁."

두 번째 이야기, 여우초등학교의 환등회

창백하게 빛나는 커다란 보름달이 조용히 얼음산 위로 떠올랐습니다. 눈은 푸르게 반짝였고 오늘도 하얀 대리석처럼 딱딱하게 얼었습니다.

시로는 아기 여우 간사부로와의 약속이 떠올라서 여동생 간코에게 슬며시 말했습니다.

"오늘 밤은 여우들의 환등회야. 갈까?"

그러자 간코는 펄쩍 뛰어오르며 외쳤습니다.

"가자, 가자. 여우 캥캥 아기 여우, 캥캥 여우 곤사부로."

그러자 둘째 형 지로가 말했습니다.

"너희 여우한테 놀러 가니? 나도 가고 싶은데."

시로는 어깨를 움츠리며 난처한 듯 말했습니다.

"하지만 형, 여우의 환등회는 열한 살까지야. 입장권에 적혀있는걸."

지로가 말했습니다.

"어디 좀 봐봐. 하하핫. 학부모가 아니면 열두 살 이상의 손님은 입장할 수 없습니다, 라니……. 호오, 여우들이 제법인걸. 난 갈 수 없는 거네. 어쩔 수 없지. 너희가 간다면 떡을 가져다줄게. 음, 설에 먹는 찰떡이 좋겠지?"

시로와 간코는 작은 눈신을 신고 떡을 메고 밖으로 나갔습니다.

이치로, 지로, 사부로 형들은 문가에 나란히 서서 외쳤습니다.

"다녀와. 어른 여우를 만나면 빨리 눈을 감아야 해. 자, 우리가 장단을 맞춰줄까? 얼은 눈은 꽝꽝, 젖은 눈은 꽁꽁, 아기 여우야 색시 줄까, 색시 줄까."

달님이 하늘 높이 떠올랐으며 숲은 푸르스름한 연기에 휩싸여 있습니다. 둘은 어느새 숲 입구에 도착했습니다.

그러자 가슴에 도토리 배지를 단 하얀색의 작은 아기 여우가 말했습니다.

"어서 오세요. 입장권은 갖고 계신가요?"

"네, 있어요."

"그럼 저쪽으로 가세요."

아기 여우가 제법 그럴듯하게 허리를 숙이고 눈을 반짝이며 숲 안쪽을 손으로 가리켰습니다.

달빛이 수많은 푸른 기둥을 비스듬히 던져놓은 듯 숲 속을 비추고 있었습니다. 두 아이는 숲 속의 공터로 갔습니다.

돌아보니 이미 여우학교 학생들이 가득 모여 밤껍질 던지기를 하거나 씨름을 하고 있었습니다. 그중에서 특히 재미있는 것은 생쥐만 한 아주 작은 아기 여우가 커다란 학생 여우의 목말을 타고 별님을 따려는 모습이었습니다.

여우들 앞의 나뭇가지에는 하얀 천 한 장이 매달려 있었습니다.

그때 갑자기 뒤에서 목소리가 들려왔습니다.

"안녕! 잘 오셨어요. 저번에는 실례가 많았습니다."

시로와 간코는 깜짝 놀라 뒤를 돌아보았습니다. 아기 여우 곤사부로였습니다.

곤사부로는 멋진 연미복을 입고 수선화를 가슴에 꽂은 채 새하얀 손수건으로 뾰족한 입을 부지런히 닦고 있었습니다.

"요전에는 우리도 실례가 많았어. 그리고 오늘 밤 초대해줘서 고마워. 떡을 가져왔는데 친구들이랑 같이 먹어."

여우학교 학생들은 모두 이쪽을 보고 있습니다.

곤사부로는 자랑스러운 듯 가슴을 쫙 펴고 떡을 받았습니다.

"이렇게 선물도 주시고 정말 감사합니다. 아무쪼록 느긋하게 즐기

시기 바랍니다. 곧 환등회도 시작됩니다. 전 잠시 실례할게요."

곤사부로는 떡을 들고 저쪽으로 갔습니다.

여우학교 학생들은 소리를 모아 외쳤습니다.

"얼은 눈은 꽝꽝, 젖은 눈은 꽁꽁. 딱딱한 떡은 딱코, 하얀 떡은 납작코."

무대 옆에는 '인간 시로 씨와 인간 간코 씨가 많은 떡을 기증하다'라고 쓰인 커다란 푯말이 걸렸습니다.

여우학교 학생들은 기뻐하면 짝짝짝 손뼉을 쳤습니다.

그때 삐이— 하고 호루라기가 울렸습니다.

곤사부로가 에헴에헴 헛기침을 하며 무대 옆에서 나와 정중하게 인사를 했습니다. 모두 조용해졌습니다.

"오늘은 정말 아름다운 밤입니다. 달님은 마치 진주로 만든 접시 같고 별님은 들판의 이슬이 얼어 반짝이는 듯합니다. 그러면 지금부터 환등회를 시작하겠습니다. 여러분, 눈도 깜빡이지 말고 기침도 하지 말고 눈을 크게 뜨고 봐주시기 바랍니다. 그리고 오늘 밤에는 귀한 두 분의 손님이 오셨으니 모두 조용히 하셔야 합니다. 절대 밤껍질을 던지거나 하시면 안 됩니다. 그럼 환등회를 시작하겠습니다."

모두가 기뻐하며 짝짝짝 손뼉을 쳤습니다. 그리고 시로가 간코에게 소곤거렸습니다.

"곤사부로 잘하는걸."

삐이— 하고 호루라기가 울렸습니다.

〈술을 마시지 말자〉라는 커다란 글자가 막에 나타났습니다. 그리고 글자가 사라지고 사진이 나타났습니다. 술 취한 아저씨 한 명이 이상하게 생긴 둥근 물건을 들고 있는 모습입니다.

모두 제자리걸음을 하면서 노래했습니다.

탁탁 톡톡 탁탁 톡톡.

젖은 눈은 꽁꽁, 얼은 눈은 꽝꽝
들판의 만두는 따끈따끈
술 취한 다에몬이 비틀비틀
작년에 서른여덟 개를 먹었지

탁탁 톡톡 탁탁 톡톡.

사진이 사라졌습니다. 시로는 간코에게 소곤거렸습니다.

"저 노래는 곤사부로의 노래야."

다른 사진이 나타났습니다. 술 취한 한 청년이 후박나무 잎으로 만든 그릇 같은 것에 얼굴을 묻고 무언가를 먹고 있습니다. 곤사부로가 하얀 바지를 입고 건너편에서 보고 있는 모습도 보입니다.

모두 제자리걸음을 하면서 노래했습니다.

탁탁 톡톡 탁탁 톡톡.

젖은 눈은 꽁꽁, 얼은 눈은 꽝꽝
들판의 메밀국수 따끈따끈
술 취한 세사쿠가 비틀비틀
작년에 열세 그릇 먹었지

탁탁 톡톡 탁탁 톡톡.

사진이 사라지고 잠깐의 휴식시간입니다.

귀여운 여자아이 여우가 수수경단이 담긴 접시를 두 개 들고 왔습니다.

시로는 무서워졌습니다. 왜냐하면 지금 막 다에몬과 청년이 나쁜 음식인지도 모르고 먹는 모습을 보았기 때문입니다. 게다가 여우학교 학생들이 모두 이쪽을 보며 '과연 먹을까? 정말 먹을까?' 하며 소곤소곤 이야기를 하고 있었던 것입니다. 간코는 부끄러워서 접시를 손에 든 채 얼굴이 새빨개졌습니다. 그러자 시로가 결심한 듯 말했습니다.

"좋아, 먹자. 먹자고. 나는 곤사부로가 우리를 속일 거라고는 생각하지 않아."

그리고 두 아이는 수수경단을 모두 먹었습니다. 무척 맛있어서 정신을 잃을 정도였습니다. 여우학교 학생들은 너무도 기뻐서 모두 춤을 추고 있었습니다.

탁탁 톡톡 탁탁 톡톡.

낮에는 쨍쨍한 햇빛
밤에는 은은한 달빛
몸이 갈라져도
여우는 거짓말을 하지 않아

탁탁 톡톡 탁탁 톡톡

낮에는 쨍쨍한 햇빛
밤에는 은은한 달빛
몸이 얼어 쓰러져도
여우는 훔치지 않아

탁탁 톡톡 탁탁 톡톡

낮에는 쨍쨍한 햇빛
밤에는 은은한 달빛
몸이 찢겨도
여우는 시샘하지 않아

탁탁 톡톡 탁탁 톡톡

시로와 간코는 매우 기뻐서 눈물이 나왔습니다.

삐이— 하고 호루라기가 울렸습니다.

〈덫을 조심하자〉라는 커다란 글자가 나타나더니 곧 사라지고 다시 그림이 나타났습니다. 여우 곤베의 왼발이 덫에 걸린 모습입니다.

여우 캥캥 아기 여우, 작년에 여우 곤베가
왼발이 덫에 걸려 캥캥 버둥버둥
캥캥캥

모두 노래를 했습니다.

시로가 간코에게 속삭였습니다.

"내가 만든 노래잖아."

그림이 사라지자 〈불을 우습게 보지 말자〉라는 글자가 나타났습니다. 그 글자도 사라지고 다시 그림이 나타났습니다. 여우 곤스케가 구운 생선을 훔치려다가 꼬리에 불이 붙은 장면입니다.

여우학교 학생들이 모두 외쳤습니다.

여우 캥캥 아기 여우, 작년 여우 곤스케가
구운 생선을 훔치려다 꼬리에 불이 붙어

캐갱캐갱캐갱

호루라기가 삐이— 하고 울리자 무대가 밝아지고 곤사부로가 다시 앞으로 나와 말했습니다.

"여러분. 오늘 밤의 환등회는 이제 끝났습니다. 오늘 밤 여러분이 가슴 깊이 새겨두어야 할 것이 있습니다. 그것은 여우가 만든 떡을 조금도 술 취하지 않은 현명한 인간 아이가 먹어주었다는 것입니다. 따라서 여러분이 앞으로 어른이 되어도 거짓말을 하지 않고 시샘하지 않으면 우리 여우들에 대한 나쁜 소문은 완전히 사라질 것으로 생각합니다. 이만 마치겠습니다."

여우학교 학생들은 모두 감동해서 두 팔을 올리며 와아— 하고 일어났습니다. 그리고 반짝이는 눈물을 흘렸습니다.

곤사부로가 두 아이 앞으로 와서 정중하게 고개를 숙이고 말했습니다.

"그럼, 안녕히 가세요. 오늘 밤의 은혜는 절대로 잊지 않겠습니다."

두 아이도 인사를 하고 집으로 향했습니다. 여우학교 학생들이 쫓아와서 호주머니와 품 안에 도토리랑 밤이랑 푸른빛의 돌 등을 넣어주었습니다.

"저, 이것 드릴게요."

"부디 받아주세요."

그리고 부끄러운 듯 바람처럼 도망갔습니다.

곤사부로는 웃으면서 그 모습을 바라보고 있었습니다.

두 사람은 숲을 나와 들판으로 갔습니다.

푸르스름한 눈으로 덮인 들판 한가운데에서 세 개의 검은 그림자가 다가오는 것이 보였습니다. 마중을 나온 형들이었습니다.

바라우미초등학교

茨海小学校

내가 바라우미 들판에 간 이유는 적당한 화산탄 표본을 채취하고, 그곳에 야생 해당화가 자란다는 소문을 확인하기 위해서였습니다. 해당화는 모두 알고 있듯이 해안가에서 자라는 식물입니다. 그런네 바다에서 삼십 리나 떨어진데다가 산맥을 사이에 두고 있는 들판 같은 곳에 해당화가 있다는 것은 이상하다고 사람들은 말했습니다.

어떤 사람은 세 가지 이유를 들어 바라우미 들판이 바로 얼마 전까지 바다였다는 주장을 신문에 실었습니다. 첫째는 찔레꽃 바다라는 의미의 바라우미라는 이름, 둘째는 해당화가 자란다는 점, 셋째는 그곳의 흙을 맛보면 조금 짠 맛이 느껴진다는 점이었습니다. 그렇지만 나는 그것이 아무런 증거도 되지 않는다고 생각합니다.

그런데 나는 결국 해당화를 발견하지 못했습니다. 내가 해당화를 발견하지 못했다고 해서 그곳에 해당화가 없다고는 할 수 없습니다. 그러나 반대로 내가 한 그루라도 발견했다면 해당화가 있다는 증거가 될 것입니다. 그래서 역시 알 수 없는 것입니다.

화산탄은 끝 부분이 조금 깨졌지만 여하튼 한나절이 걸려 한 개를 발견했습니다.

그렇지만 발견한 화산탄은 기증해버렸습니다. 누구에게 기증했느냐고요? 당연히 교장에게 기증했습니다. 어느 학교냐고요? 으음……. 어느 학교인지 솔직하게 말씀드리면 바라우미여우초등학교입니다.

놀라시면 안 됩니다. 사실 오후에 바라우미여우초등학교를 두 눈으로 확실하게 참관하고 왔기 때문입니다. 그렇게 이상한 표정을 지을 필요는 없습니다. 여우에게 홀린 것과는 다릅니다. 여우에게 홀렸다면 여우가 여우로 보이지 않고 소녀나 아이로 보였겠지요. 그러나 여우가 확실하게 여우로 보였습니다. 만약 여우를 여우로 본 것이 홀린 것이라면 사람을 사람으로 보는 것도 홀린 것이겠죠.

다만 조금 이상한 것은 사람이라면 당연하지만 여우가 초등학교라니, 하는 생각은 듭니다. 그러나 그것도 그다지 문제 될 것은 없습니다. 조금 더 이야기를 들어보세요. 분명히 여우초등학교가 있다는 것을 알게 될 테니까요. 다만 알아주시길 바라는 것은 여우초등학교가 있다고 해도 그것은 모두 제 머릿속에 있다는 것이므로 결코 거짓말이 아닙니다. 제 말이 거짓이 아니라는 증거는 제가 여우초등학교에 대해 정확하게 이야기하고 있다는 점입니다. 만약 여러분이 제 이야기를 듣고 그대로 믿는다면 여우초등학교는 여러분에게도 있는 것입니다. 나는 이따금 사람 손이 닿지 않은 들판을 혼자서 멋대로 돌아다닙니다. 그렇지만 그런 여행을 하고 나면 무척 피곤해집니다. 특히 계산을 거의 할 수 없게 됩니다. 그러니까 그런 여행 이야기를 듣는 것은 여러분에게 전혀 지장이 없겠지만, 생각 없이 떠나는 여행을 너무 자주 하는 것은 좋지 않습니다.

여하튼 이야기를 계속하겠습니다. 사실 찔레나무와 억새가 가득한 들판에서 해당화를 찾기보다는 처음부터 여우초등학교를 참관했다면 훨씬 좋았을 것입니다. 1교시 수업부터 전부 듣는 편이 훨씬 참고도 되고 또한 재미있었을 것입니다. 조금 전에도 말씀드렸듯이 나는 오후 수업부터 보았습니다. 오후 한 시부터 두 시까지 진행되는 5교시 수업부터였지요. 여우초등학교는 제법 착실한 학교였습니다. 5

교시 수업에도 지겨워하는 여우는 한 마리도 없었습니다. 참관했던 내용을 자세하게 말씀드릴까요? 여러분에게도 분명 좋은 참고가 될 것입니다.

나는 해당화는 찾지 못하고 조그만 화산탄 한 조각을 채취하고는 풀밭 위에 앉았습니다. 하늘은 반짝이는 하얀 조개구름으로 가득했습니다. 찔레나무에는 파란 열매가 잔뜩 달려있었고 억새는 이미 이삭이 나오기 시작하고 있었습니다. 태양이 하늘의 가장 높은 곳에 걸려있었기 때문에 이미 점심때가 되었다는 것을 알았습니다. 그리고 실제로 배도 고팠습니다. 그래서 나는 배낭에 있던 빵을 먹으려는데 갑자기 목이 말랐습니다. 지금까지 걸어왔던 곳에는 시냇물이나 샘이 없었기 때문에 어쩌면 조금 더 가면 작은 시냇물이라도 있을지 모른다고 생각했죠. 나는 배낭에 화산탄을 넣고는 귀찮아서 잠그지도 않고 가죽끈을 늘어뜨린 채 등에 메고는 빵 봉지만 손에 들고 다시 건너편을 향해 터벅터벅 걸어갔습니다.

찔레나무가 울타리처럼 둘려 있는 곳을 몇 번이나 빠져나가고 억새가 정원처럼 가꾸어진 곳을 지나며 계속 걸었지만 들판에는 여전히 작은 냇물조차 없었습니다. 이제는 어쩔 수 없다는 생각이 들어 그 근처에서 빵을 먹으려고 멈춰선 순간이었습니다. 나는 저 멀리에서 종이 울리는 소리를 들었습니다. 그 소리는 보통 학교에서 울리는 종소리 같았고, 하늘의 하얀 조개구름이 있는 곳까지 울려 퍼졌습니다. 그러나 이런 들판에 학교가 있을 리 없었기 때문에 나는 분명 갑자기 멈춰선 탓에 내 머리가 지잉— 하고 울린 것이라고도 생각했습니다. 하지만 아무리 해도 그 소리에 대한 의구심을 없앨 수가 없었습니다. 그뿐만이 아니었습니다. 이번에는 아이들의 왁자지껄한 소리가 들렸습니다. 그 소리는 바람 때문에 선명하게 들렸다가 갑자기 멀어지기도 했습니다. 그렇지만 아이들다운 순수한 목소리가 서로를 부르고 대답하기도 했으며, 혼자 소리를 지르기도 했고 크게 웃기도 했으며, 그 사이로 저음의 성인 목소리도 섞여서 들려왔습니다.

굉장히 즐거운 듯했습니다. 나는 궁금증을 참지 못하고 소리가 나는 쪽으로 달렸습니다. 청미래 덩굴에 걸리기도 하고 움푹 파인 곳에 풀썩 발이 빠지기도 하면서 있는 힘껏 달려갔습니다.

그러자 들판에는 찔레나무의 수는 점점 줄어들고 새포아풀이라고 하는, 30센티미터 정도의 안개처럼 생긴 이삭이 나오는 풀이 아주 많아졌습니다. 나는 계속해서 들판을 달렸습니다. 그러다가 어찌 된 영문인지 갑자기 몽둥이 같은 것에 발이 걸려 풀밭 위로 털썩 쓰러졌습니다. 서둘러 일어나보니 내 다리는 뒤죽박죽으로 엉킨 새포아풀의 이삭에 휘감겨 있었던 것입니다. 나는 쓴웃음을 지으며 일어나 다시 달렸지만 다시 픽하고 쓰러졌습니다. 이상해서 찬찬히 살펴보니 그 새포아풀 이삭은 그냥 뒤죽박죽 엉켜있는 것이 아니라 양쪽으로 문처럼 연결되어 있었습니다. 일종의 덫입니다. 주변을 둘러보니 새포아풀 덫이 잔뜩 놓여있었습니다. 나는 아주 조심하면서 다시 걸었습니다. 다리를 질질 끌지 않고 뽑아 올리듯 조심스레 걸었지만, 스무 걸음도 못 가서 다시 철퍼덕 넘어졌습니다. 그리고 동시에 왁자그르르 웃음소리가 들리더니 와아와아하는 함성이 들렸습니다. 조끼만 입거나 반바지만 입은 흰색과 갈색의 꼬마 여우들이 잔뜩 모여 이쪽을 보며 함성을 지르고 있는 것이었습니다. 고개를 옆으로 돌리고 웃는 아이, 말없이 입을 삐죽 내밀고 있는 아이, 고개를 하늘로 쳐들고 입을 벌린 채 크게 웃는 아이, 펄쩍펄쩍 뛰며 소리치는 아이 등 흰색과 갈색의 여우들이 잔뜩 모여 있었습니다.

'아, 마침내 여우초등학교에 와버렸다, 언젠가 누군가에게 들었던

바라우미여우초등학교에 와버렸다.'

나는 새빨개진 얼굴로 일어나 몸을 털면서 생각했습니다. 그때 갑자기 여우 학생들이 조용해졌습니다. 검은 프록코트를 입은 선생님께서 뾰족한 갈색 주둥이를 반쯤 벌린 채 이쪽을 응시하며 조용히 다가왔습니다. 선생님도 물론 여우입니다. 선생님의 뾰족한 귀는 지금도 확실하게 머릿속에 남아있습니다. 여우 선생님은 갑자기 딱 멈춰 섰습니다.

"너희들 또 덫을 만들었구나. 그런 짓을 해서 모처럼 찾아오신 손님에게 무슨 일이 생기면 어쩔 셈이냐. 이건 학교의 명예와 관련된 문제야. 오늘은 너희 모두에게 벌을 줘야겠다."

여우 학생들은 모두 귀를 늘어뜨리고 두 팔을 머리 위로 올린 채 힘없이 고개를 숙였습니다. 여우 선생님께서 내게 다가왔습니다.

"수업을 참관하러 오셨습니까?"

나는 여우학교가 궁금하기도 했고, 어차피 온 거니까 견학을 해야겠다고 생각했습니다. 그리고 오늘은 일요일이지만 아까 종이 울린 것도 그렇고, 어차피 여우학교니까 자기들 나름의 규칙이 있어서 쉬는 날이 아닐지도 모른다고 멋대로 생각했습니다.

"네, 견학할 수 있도록 부탁합니다."

"소개하신 분은 있으신가요?"

나는 언젠가 어린이 화보에 실렸던 다케시라는 사람의 여우초등학교 그림을 문득 떠올렸습니다.

"화가 다케시 씨입니다."

"소개장은 가져오셨나요?"

"소개장은 없지만 다케시 씨는 굉장히 훌륭한 사람입니다. 미술학원 회원이시지요."

여우 선생님은 안 된다는 듯 손을 저었습니다.

"여하튼 소개장은 없으신 거네요."

"네, 없습니다."

"좋습니다. 이쪽으로 오세요. 마침 지금은 점심시간입니다만, 오후 수업을 안내해 드리겠습니다."

나는 여우 선생님을 따라갔습니다. 저 멀리서 여우 학생들이 나를 보고 있었습니다. 모두 쉰 마리 정도는 있었을 것입니다. 우리가 지나가자 여우 학생들은 서서히 일어났습니다.

선생님께서 갑자기 뒤를 돌아보더니 엄하게 명령했습니다.

"덫을 모두 풀어라. 이런 짓을 하면 학교의 명예가 어떻게 되겠느냐? 주동자에겐 당장 벌을 주겠다."

학생들은 이리저리 바삐 돌아다니며 풀로 만든 덫을 모두 풀었습니다.

나는 높이가 2미터나 되는 예쁜 찔레나무 담장을 보았습니다. 담장의 길이는 20미터는 족히 될 듯했습니다. 그 중앙에 입구가 있었고 내부는 한 단 높게 만들어져 있었습니다. 나는 그것을 오로지 담장이라고만 생각하고 있었습니다.

"자, 이쪽으로 들어오시죠."

그러나 선생님의 정중한 권유를 받고 안으로 들어간 나는 깜짝 놀랐습니다. 그곳은 현관이었던 것입니다. 내부는 깨끗하게 정리된 잔디밭 위에 찔레나무로 만든 칸막이가 곳곳에 있었습니다. 게다가 신발장도 있었고 가죽 슬리퍼도 가지런히 놓여 있었으며 말꼬리로 만든 먼지떨이도 걸려 있었습니다. 교장실에는 검은 바탕에 하얀 글씨로 쓴 '교장실' 팻말이 걸려있었으며, 마찬가지로 마른 찔레나무로 칸막이가 되어 있었고 또한 복도도 있었습니다. 교무실이나 교실 모두 찔레나무로 예쁘게 구분되어 있었습니다. 모든 것이 인간들이 다니는 초등학교와 똑같았습니다. 다만 다른 점은 교실에도 복도에도 창문과 지붕이 없다는 점이었습니다. 그러나 원래 지붕이 없으면 창문도 필요 없겠죠. 게다가 교실 위로는 하얀 구름이 빛나고 있었기 때문에 정말로 편안해 보였습니다. 교장실 안에서는 하얀 옷을 입은 여우가 언뜻 보였고 '에헴 에헴' 하는 기침 소리도 들렸습니다. 내가 두리번거리며 이곳저곳을 둘러보고 있자 선생님께서 살며시 웃으면서 말했습니다.

"슬리퍼를 신으세요. 교장 선생님께 말씀드리고 오겠습니다."

여우 선생님 말씀대로 나는 신발을 벗고 슬리퍼를 신었습니다. 그리고 배낭을 내려 손에 들었습니다. 그 사이에 교장실로 들어간 선생님은 곧이어 교장 선생님과 함께 나왔습니다. 교장 선생님은 흰색의 마른 여우였으며 시원해 보이는 마 소재의 양복 깃을 세우고 있었습니다. 물론 여우의 양복이기 때문에 바지에는 꼬리를 넣는 자루도 달려 있습니다. 바느질삯도 꽤 비쌀 듯했습니다. 커다란 돋보기 너머로 보이는 교장 선생님의 눈동자는 완전히 황금색이었습니다. 교장 선생님은 한동안 나를 응시하더니 빠른 어조로 말했습니다.

"잘 오셨습니다. 자자, 이쪽으로 들어오세요. 학생들이 운동장에서 큰 실례를 했다고요. 자자, 어서 들어오세요."

나는 교장 선생님을 따라 교장실로 들어갔습니다. 교장실은 실로 훌륭했습니다. 책상 위에는 지구본이 있었고, 뒤쪽 유리 책장에는 닭의 골격 표본과 여러 가지 덫 표본, 박제된 늑대와 여러 가지 총구를 멋지게 본뜬 모형, 사냥꾼의 모자, 사냥 모자 등 여우의 초등교육에 필요한 것이 모두 갖추어져 있었습니다. 나는 이곳에서도 눈을 동그랗게 뜨고 두리번거릴 수밖에 없었습니다. 그러는 동안에 교장 선생님은 차를 끓여 주었습니다. 홍차였습니다. 우유도 넣은 듯했습니다. 나는 깜짝 놀랐습니다.

"자, 앉으세요. 실례지만…… 하시는 일은 역시 교육과 관련된 일인가요?"

교장 선생님께서 물었습니다.

"네. 농업학교의 교사입니다."

"오늘은 휴일이신가요?"

"아, 일요일입니다."

"그렇죠. 인간들은 태양력을 사용하니까 일요일이 휴일이겠군요."

나는 조금 이상한 생각이 들었습니다.

"그럼 이곳은 어떤가요?"

여우 교장 선생님은 파랗게 빛나는 하늘 한 곳을 올려다보고 조용히 수염을 쓰다듬으며 대답했습니다.

"네, 네. 아주 당연한 질문입니다. 우리는 태음력을 사용하기 때문에 월요일이 휴일입니다."

나는 정말 감탄했습니다.

'이 학교는 상당히 수준이 높겠군. 어쩌면 여우들의 학교는 초등학교와 대학교만 있고, 이 바라우미초등학교는 중학교 5학년 수준까지 가르칠지도 모르겠군.' 그런 생각을 하면서 재빨리 물어보았습니다.

"어떤가요? 이 학교에서 대학으로 진학하는 학생이 아주 많은가요?"

교장은 거드름을 피우듯 위쪽을 바라보면서 의기양양하게 말했습니다.

"그게…… 사실 올해는 이상하게도 취직을 희망하는 학생이 많아서 졸업생 열세 명 중 열두 명이 고향으로 돌아가 일을 하고 있습니다. 단 한 명만이 오야치대학교 입학시험을 치렀고 여유 있게 합격했지요, 네."

내가 예상한 대로였습니다.

그때 옆방의 교무실에서 검은 조끼를 입은 푸석푸석한 갈색 털의 여우 선생님이 들어와 나에게 목례를 하고는 말했습니다.

"다케다 긴이치로를 어떻게 처벌할까요?"

교장 선생님은 천천히 검은 조끼 선생님을 바라보더니 나에게 시선을 돌렸습니다.

"이 분은 3학년의 담임입니다. 그리고 이 손님은 아소농업학교의 선생님이십니다."

나는 가볍게 목례를 했습니다.

"그러니까 다케다 긴이치로를 어떻게 처벌하면 좋을까 하는 말씀이시죠. 손님이 계시긴 하지만 일단 불러오세요."

3학년 담임인 갈색 여우 선생님은 공손하게 고개를 숙여 인사를 하고 나갔습니다. 잠시 후 파란 체크무늬의 짧은 상의를 입은 여우 학생이 조금 전의 선생님 뒤를 따라 풀 죽은 모습으로 들어왔습니다.

교장 선생님은 천천히 안경을 벗었습니다. 그리고 다케다 긴이치로라는 학생을 한동안 뚫어지게 바라보더니 말했습니다.

"네가 운동장에 풀덫을 놓으라고 학생들에게 명령했다던데?"

다케다 긴이치로는 단정한 자세로 대답했습니다.

"그렇습니다."

"잘못했다고 생각하지 않느냐?"

"지금은 잘못했다고 생각합니다. 하지만 덫을 놓을 때는 나쁘다고 생각하지 않았습니다."

"왜 나쁘다는 생각을 안 했지?"

"손님을 넘어뜨리려고 한 것이 아니었기 때문입니다."

"그러면 왜 덫을 놓은 거지?"

"함께 장애물 경기를 하려고 했습니다."

"덫을 놓는 것을 학교에서는 금지하고 있지 않느냐. 넌 그것을 잊었느냐?"

"기억하고 있었습니다."

"그런데 왜 그런 짓을 했지? 이곳에는 가끔 손님이 오신다. 그런데 운동장 입구에 그런 것을 놓아두었다가 만일 손님에게 무슨 일이 생기면 어쩔 셈이냐. 학교에서 금지하고 있다는 걸 알면서도 그런 짓을 하다니……. 왜 그런 거지?"

"몰랐습니다."

"몰랐겠지. 그래 알 수가 없는 법이지. 그건 그렇다 치고, 너희는 이 분이 덫에 걸려 넘어졌을 때 함성을 질렀다던데. 나도 여기서 그 소리를 들었다만, 왜 함성을 질렀던 거지?"

"모르겠습니다."

"모르겠지. 전혀 알 수가 없었을 거야. 알았다면 설마 너희가 그런 짓을 했겠느냐. 자, 오늘 일은 내가 손님에게 사과를 드릴 테니까, 앞으로는 조심해야 한다. 알겠니? 학교에서 금지하는 것은 절대 해서는 안 된다."

"네, 알겠습니다."

"그러면 돌아가서 놀아도 좋다."

교장 선생님은 이번에는 나를 바라보았습니다. 담임 선생님은 아직도 그대로 서 있습니다.

"보신대로 아주 순수한 아이들입니다. 결코 나쁜 뜻이 있어서 웃었던 것은 아닌 듯하니 부디 용서해주시기 바랍니다."

나는 물론 바로 대답했습니다.

"천만에요. 저야말로 갑자기 운동장에 뛰어들어와서 여러 가지 실례를 했습니다. 학생들이 웃을 수 있었다니 저는 오히려 기쁩니다."

교장 선생님은 안경을 닦고 다시 썼습니다.

"이런, 고맙습니다. 저기…… 다케무라 선생님도 감사의 인사를 하시죠."

3학년 담임인 다케무라 선생님도 내게 목례를 하고는 교장에게도 인사를 한 후 교무실로 돌아갔습니다.

여우 교장 선생님은 고개를 숙인 채 두세 번 킁킁하고 콧소리를 내더니 새로운 홍차를 내게 따라 주었습니다. 그때 종이 울렸습니다. 오후 수업이 시작되기 10분 전이었겠죠. 교장 선생님께서 검게 칠해진 시간표를 보면서 말했습니다.

"오후의 1학년은 수신과 호신, 2학년은 수렵, 3학년은 식품화학입니다만…… 전부 견학하시겠습니까?"

"네, 전부 보고 싶습니다. 무척 재미있을 듯하네요. 오전 수업을 보지 못한 것이 정말 안타깝습니다."

"그러면 또 언제 오세요."

"호신은 수신과 함께하는 것입니까?"

"그게…… 작년까지는 따로따로 했습니다만 오히려 결과가 좋지 않은 듯해서요."

"그렇군요. 게다가 수렵이라니……. 상당히 수준 높은 과목도 하는군요. 우리는 뭐, 전문 고등학교나 대학의 임학과에 수렵 과목이 있을 뿐입니다."

"하하! 그렇겠군요. 그렇지만 당신들의 수렵과 우리의 수렵은 내용이 전혀 다르니까요. 하하핫! 당신들의 수렵이 우리에겐 호신에 해당하고, 우리의 수렵은 음…… 수렵 1단계는 당신들의 축산업에 해당한다고 할까요? 뭐 여하튼 그때그때 천천히 설명하겠습니다."

그때 다시 종이 울렸습니다.

와글와글 떠드는 소리, 그리고 '차렷' '번호' '우향우' '앞으로가' 등의 구령에 맞추어 여우 학생들은 학년별로 교실로 들어간 듯했습니다.

잠시 후 모든 교실이 조용해졌습니다. 그리고 선생님들의 굵은 목소리가 들려왔습니다.

"그러면 안내를 해 드리겠습니다."

여우 교장 선생님은 영리해 보이는 뾰족한 입에 미소를 지으며 의자에서 일어났습니다. 나는 그 뒤를 따라 교장실을 나왔습니다.

"먼저 1학년 교실로 안내하겠습니다."

교장 선생님은 '제1교실, 1학년, 담임 다케이 고키치'라고 쓰인 검은 팻말이 걸린, 찔레나무 벽으로 둘러싸인 교실로 들어갔습니다. 나도 따라 들어갔습니다. 그 교실의 선생님은 아직 만나 보지 못한 선생님으로 아주 멋진 차림이었습니다. 선생님은 고상하게 독일식으로 자른 은색 머리에 하얀 모닝코트를 입고 교단에 서 있었습니다. 교단 뒤의 찔레나무 벽에는 물론 칠판이 걸려있었고, 선생님 앞에는 테이블이 있었으며, 열다섯 명의 학생들은 모두 하얀 책상에 바르게 앉아 수업을 듣고 있었습니다. 내가 교실로 들어가서 자리를 잡자 선생님은 교단에서 내려와 인사를 했습니다. 그리고 다시 교단으로 올라가 말했습니다.

"아소농업학교의 선생님이시다. 모두 일어나."

여우 학생들은 모두 벌떡 일어났습니다.

"인사를 대신해서 아소농업학교의 교가를 부르겠습니다. 자, 하나,

둘, 셋.”

선생님께서 손으로 박자를 맞추기 시작했습니다. 학생들은 우리 학교의 교가를 큰 소리로 부르기 시작했습니다. 나는 너무도 감동해서 눈물이 나올 듯했습니다. 우연히 바라우미여우초등학교에 왔는데, 갑자기 여우 학생들이 자기 학교의 교가를 불러준다면 누구라도 눈물을 흘리지 않을 수 없겠죠. 그래도 나는 얼굴을 찡그려가며 어렵게 눈물을 참았습니다. 사실 눈물을 참는 것이 너무 힘들어서 감동도 잊을 뻔했을 정도였습니다. 교가가 끝나자 선생님은 가볍게 목례를 하고 손짓으로 학생들을 자리에 앉힌 후, 교편을 들었습니다.

칠판에는 ‘가장 큰 거짓말은 정직이다’고 쓰여 있었고, 선생님은 설명을 계속했습니다.

“그러니까 원래 거짓말은 안 됩니다. 아무리 그럴싸하게 거짓말을 해도 안 되는 것입니다. 현명한 사람은 이야기를 들으면 거짓과 정직을 확실하게 구분할 수 있습니다. 왜냐하면 현명한 사람들은 이야기 속의 논리로 사실인지 거짓인지를 금방 알 수 있기 때문입니다. 그러니까 거짓은 아주 짧은 순간에는 그럴듯해 보이지만 머지않아 반드시 들통 나게 되는 것입니다.

예를 들어 누군가가 어떤 거짓말을 하려 한다고 가정해봅니다. 그때 그 거짓말을 스스로 반복해보면 어느새 이래서는 상대방이 알아차릴 것이다, 조금 다르게 이야기해야겠다는 생각이 듭니다. 그래서 말을 완전히 바꾸고는 다시 마음속으로 반복해봅니다. 그러나 역시 이것으로도 ‘안 되겠다, 다르게 하자’라고 생각하게 됩니다. 이런 식으로 계속해서 생각하다 보면 결국에는 진실에 이르게 되는 것입니다. 그렇다면 그 진실을 이야기하면 실제로 어떻게 될까요. 그럴듯한 거짓말을 했을 때보다 오히려 상황은 좋아집니다. 당장은 문제가 생길 것 같지만 결국에는 좋아집니다. 그래서 이 격언은 '정직은 가장 좋은 방법'이라고도 합니다."

선생님은 칠판에 적힌 격언 옆에 '정직은 가장 좋은 방법이다'고 썼습니다.

그러자 손을 무릎에 얹고 귀를 쫑긋하며 듣고 있던 학생들은 동시에 펜을 들어 칠판의 격언을 받아 적었습니다.

교장 선생님께서 슬쩍 나의 얼굴을 보았습니다. 내가 지금 수업을 어떤 식으로 느꼈는지를 알고 싶은 듯했기 때문에, 나는 5, 6초쯤 눈을 감고 무척이나 감명을 받았다는 것을 보여주었습니다.

선생님은 학생들이 필기하는 동안에 뒷짐을 지고 가만히 지켜보았습니다. 그리고 학생들이 필기를 마치고 연필을 책상 위에 탁탁 올려놓자 다시 설명을 계속했습니다.

"그런데 방금 이야기한 '정직은 가장 좋은 방법이다'는 격언은 단지 거짓말을 하지 않는 것이 좋다는 것만을 의미하는 것이 아닙니다. 정반대의 응용도 가능합니다. 인간이 우리 여우들에게 거짓말을 하지 않는 것도 가장 좋은 방법입니다. 한 가지 예를 들자면 덫입니다. 덫에는 여러 가지가 있지만, 가장 무서운 덫은 누가 봐도 덫이라는 것을 알 수 있는 덫입니다. 그것도 아주 서툰 솜씨로 만든 덫입니다. 이 덫은 사람들이 말하는 '덫에도 여러 가지가 있지만 여우가 가장 잘 잡히는 덫은 예전부터 만들어왔던 여우 덫이다, 확실하게 여우를 잡을 수 있다'고 하는 여우 덫입니다. '정직은 가장 좋은 방법이다'는 말이 딱 들어맞는 경우입니다."

수업을 듣던 나는 수신이라고 하기에는 무언가 이상해서 잠시 머리가 어지러웠지만, 조금 전 교장 선생님이 했던 말이 떠올랐습니다. '올해부터 수신과 호신을 한 과목으로 만들었는데, 그쪽이 결과가 좋을 것이다'고 했던 교장 선생님의 말씀이 과연 이해가 되었습니다.

선생님이 말했습니다.

"다케스, 교장실에 가서 덫 표본을 가져오세요."

그러자 내 옆줄의 가장 앞자리에 앉아있던 빨간 조끼를 입은 귀여운 여우 학생이 '네'하고 일어났습니다. 그리고 가볍게 목례를 한 후 찔레나무 벽의 출구로 서둘러 나갔습니다.

선생님은 학생이 돌아오기를 말없이 기다리고 있었습니다. 학생들도 말없이 기다리고 있었습니다. 그때 하늘은 하얀 구름으로 가득했고, 태양은 그 너머에서 은빛의 둥근 거울이 되어 움직이고 있었습니다. 바람이 불어와 초록색의 벽이 군데군데 흔들렸습니다.

다케스라는 아이가 숨을 헐떡이며 들어왔습니다. 아까 교장실 유리 책장에서 보았던 덫 표본을 다섯 개 모두 가지고 왔습니다. 교탁 위에 표본을 올려놓은 다케스가 자리로 돌아가자 선생님은 표본 하나를 들어 올렸습니다.

"이것은 미국제 여우 덫으로 폭스캐처라고 합니다. 니켈도금을 해서 이렇게 반짝반짝 빛이 납니다. 이 고리 부분에 발을 넣으면 찰칵하고 닫히게 되고 더는 빼낼 수가 없게 되는 것입니다. 물론 이 기계는 쇠사슬 같은 것으로 두꺼운 나무에 묶여있기 때문에 실제로 발이 한 번 걸리면 그것으로 끝입니다. 그렇지만 이렇게 반짝반짝하는 이상한 물건에 일부러 발을 넣어보는 여우는 없겠죠."

여우 학생들이 왁자그르르 웃었습니다. 여우 교장 선생님도 웃었습니다. 여우 선생님도 웃었습니다. 나도 저절로 웃음이 나왔습니다. 이 덫 그림은 어느 나라에서건 종묘 재배학 목록의 마지막에는 반드시 나오고, 게다가 효과도 있다고 했는데 어찌 된 영문인지 조금 이상하다는 생각도 들었습니다.

이때 교장 선생님께서 주머니에서 시계를 꺼내 보았습니다. 시간이 꽤 흘렀으니 다음 교실로 안내하겠다는 의미인 듯해서, 나는 조금 몸을 움직여 보였습니다. 그러자 교장 선생님은 훌쩍 방을 나갔습니다. 나도 따라나갔습니다.

그리고 '제2교실, 2학년, 담임 다케이케 세지로'라고 쓰인 검은 팻말이 걸린 교실로 들어갔습니다. 이곳의 담임 선생님은 아까 운동장에서 만났던 여우였습니다. 학생들이 일어서서 일제히 인사를 했습니다. 그리고 선생님은 하던 수업을 이어나갔습니다.

"그러면 전분과 지방, 단백질의 성분과 중요성에 대해서는 잘 알겠지요? 이번에는 이 세 가지 성분이 어떤 음식에 어떤 상태로 함유되어 있는지에 대해 설명하겠습니다. 일반적으로 음식물 가운데 자양분이 풍부하고 맛있으며 또한 보기에도 아주 먹음직한 것은 닭입니다. 닭은 음식의 왕이라는 말 그대로입니다. 이제 닭고기의 성분 분석표를 살펴봅시다. 여러분 공책에 필기해 주세요.

단백질은 18.5퍼센트, 지방은 9.3퍼센트, 탄수화물은 1.2퍼센트나 됩니다. 닭고기는 단지 이처럼 자양분만 풍부한 것이 아니라 소화도 아주 잘 됩니다. 특히 어린 닭고기의 부드러움과 맛이란……."

선생님은 잠시 침을 꿀꺽 삼켰습니다.

"도저히 말로 표현할 수가 없습니다. 먹어본 여우는 알 것입니다."

학생들은 한동안 말이 없었습니다. 교장 선생님도 말없이 바닥을 바라보며 그 맛을 떠올리고 있는 듯했습니다. 선생님은 손수건을 꺼내 입 주위를 깨끗하게 닦고 다시 설명을 시작했습니다.

"그런데 일반적으로 닭고기뿐만 아니라 새의 고기는 우리들의 뇌신경을 발달시키는 데에 가장 중요한 인 성분이 많습니다."

'이런 내용은 여학교의 가사책에도 나와 있는데…… 역시 상당히 수준이 높군, 무시할 수 없어' 하고 나는 생각했습니다. 선생님은 다시 설명을 이어나갔습니다.

"닭의 달걀도 상당히 좋습니다. 성분은 닭고기보다 단백질은 조금 적고, 지방이 조금 많습니다. 달걀은 환자에게도 자주 사용합니다. 그리고 다음은 유부입니다. 예전에는 유부의 공급이 아주 원활했습니다만 지금은 전혀 그렇지 않습니다. 그래서 사실 유부는 사라진 음식물이라고 할 수 있습니다. 성분은 단백질이 22퍼센트, 지방이 18.7퍼센트, 탄수화물이 0.9퍼센트이지만 지금에 와서는 중요하지 않습니다. 유부 대신에 최근 유행하는 것은 옥수수입니다. 그렇지만 옥수수는 소화가 잘 안 됩니다."

"시간이 얼마 없으니까 다음 교실로 안내하겠습니다."

교장이 나에게 나지막이 소곤댔습니다. 그래서 나는 고개를 끄덕이며 교장의 뒤를 따라 방을 나왔습니다.

"제3교실은 저쪽 끝에 있습니다."

교장은 복도를 되돌아 걸어갔습니다. 제1교실을 지나 현관을 통과하고 교장실과 교무실 옆을 지나니 제3교실이 나왔고, '제3학년 담임 다케무라 규스케'라고 쓰여 있었습니다. 아까 만났던 푸석푸석한 갈색 여우 선생님의 교실로, 수렵시간이었습니다.

교장 선생님과 내가 들어가자 선생님도 학생들도 모두 일어나 인사를 했습니다. 그리고 수업을 계속했습니다.

"자, 이제 수렵에는 1단계와 2단계, 그리고 3단계가 있다는 점을 잘 알겠지? 1단계는 양계를 장려하는 것, 2단계는 닭을 잡는 것, 3단계는 닭을 먹는 것이다. 1단계의 양계 장려 방법은 앞으로 더욱 자세하게 설명하겠지만, 일단 그 모범으로 한 예를 들려주겠다.

지난번 내가 바라쿠보에 있는 소나무 숲을 산책하고 있을 때 저쪽에서 거무스름한 옷을 입은 인간 학생 한 명이 무언가 깊은 생각에 빠진 채 걸어왔다. 나는 그 학생이 무엇을 생각하는지 금방 알 수 있었기 때문에 갑자기 학생 앞으로 뛰어들었다. 그러자 학생이 조금 놀란 듯했기 때문에 나는 먼저 이렇게 얘기했다.

'이봐, 너는 내가 누군지 알아?' 그러자 학생이 말했다.

'너는 여우잖아.'

'그렇다. 그런데 너는 무언가 생각에 빠져서 깊이 고민하고 있었지?'

'아니, 아무 생각도 안 했어.' 학생이 그렇게 대답했다. 그 대답이 사실 나는 무척 마음에 들었다.

'그렇다면 네가 무슨 생각을 하고 있었는지 맞혀볼까?'

'아니, 필요 없어.' 학생이 말했다. 그 대답 역시 나는 무척 마음에 들었다.

'너는 모레 있을 학예회에서 무슨 말을 하면 좋을지 생각하고 있었지?'

'응, 사실은 그래.'

'좋아. 그렇다면 가르쳐주지. 학예회에서 양계의 필요성을 이야기하는 거야. 농부들 집에는 땅바닥에 흘려 모래가 섞여버린 보리나 조, 필요 없는 푸성귀 등이 많이 있어. 게다가 양배추 같은 것에는 애벌레도 꾀어 들지. 그것을 전부 닭에게 먹이는 거야. 닭은 좋아하며 그것들을 먹고 알을 낳겠지. 그러니까 아주 큰 이익이다, 이렇게 얘기하는 거야.'

내가 그렇게 얘기하자 그 학생은 아주 기뻐하며 몇 번이고 감사의 말을 하고는 갔다. 그 학생은 학예회에서 분명 그렇게 말할 것이다. 그러면 모두 옳은 말이라고 생각하고 서둘러 닭을 키울 거야. 커다란 닭과 병아리들이 많이 생겨나지. 그러면 우리는 재빨리 2단계를 시작하면 된다."

나는 이 이야기를 듣고는 너무너무 우스워서 참을 수가 없었습니다. 여우 선생님께서 얘기한 학생이 바로 우리 학교의 2학년 학생이었던 것입니다. 지난번 학예회가 있었는데, 그때 여우를 만난 이야기부터 시작해서 전부 이야기했던 것입니다. 다만 결론 부분이 조금 달랐습니다. 학생이 "뭐야, 넌 내게 양계를 하라고 부추기고 그 닭을 잡아먹겠다는 거잖아"라고 했더니 여우는 머리를 감싸며 잽싸게 도망갔다고 했습니다. 그렇지만 나는 그 이야기를 하지 않았습니다.

그때 마침 수업이 끝나는 종이 울리자 선생님은 "오늘은 여기까지 하겠습니다"라고 말하고는 인사를 했습니다. 나는 교장 선생님을 따라 교장실로 되돌아갔습니다. 교장 선생님은 다시 내 찻잔에 홍차를 따르며 말했습니다.

"보신 소감은 어떻습니까?"

나는 대답했습니다.

"솔직하게 말씀드리면 사실 무언가 머릿속이 복잡해졌습니다."

교장 선생님은 크게 웃었습니다.

"아하하하. 모든 분이 그렇게 말씀하십니다. 그런데 오늘은 들판에서 뭐 좋은 것이라도 찾으셨습니까?"

"네, 완전한 것은 아니지만 화산탄을 발견했습니다."

"잠시 보여주시겠습니까?"

나는 어쩔 수 없이 배낭에서 화산탄을 꺼냈습니다. 교장은 화산탄을 받아 잠시 바라보더니 말하는 것이었습니다.

"정말 좋은 표본이군요. 흠. 학교에 하나 기증할 수 없을까요?"

나는 어쩔 수 없이 그러겠다고 대답했습니다.

교장은 말없이 화산탄을 유리 책장에 넣었습니다.

나는 머리가 혼란스러워서 더는 있을 수가 없었습니다.

그러자 교장이 갑자기 '그러면 안녕히 가십시오' 하고 말했습니다. 그래서 나도 '그러면 이만 실례하겠습니다' 하고 인사를 하면서 서둘러 현관을 나왔습니다. 그리고 달리기 시작했습니다.

여우 학생들의 와아 와아— 하는 함성, 그것을 말리는 선생님들의 굵은 목소리가 뒤에서 확실하게 들렸습니다. 나는 달리고 달려 바라우미 들판의 늘 가던 곳까지 나왔습니다.

그러고 나서야 간신히 안정을 찾아 천천히 집으로 걸어왔던 것입니다.

그런데 결국 바라우미여우초등학교의 교육방침이 도대체 무엇인지 전혀 모르겠습니다.

솔직히 모르겠습니다.

카이로 단장

カイロ団長

어느 날 서른 마리의 청개구리가 모여 재미있게 일을 하고 있었습니다.

주로 벌레 친구들의 부탁을 받아 차조기 열매나 겨자 열매를 주워 꽃밭을 만들거나 예쁜 돌과 이끼를 모아 멋진 정원을 만드는 일이었습니다.

이렇게 해서 만들어진 예쁜 정원을 우리는 이따금 이곳저곳에서 발견합니다. 콩밭 아래나 숲 속의 졸참나무 아래 또는 빗물받이돌 틈 등에 정말로 귀엽고 멋지게 만들어져 있습니다.

서른 마리의 개구리는 날마다 무척이나 재미있게 일하고 있습니다. 아침에는 황금빛 햇살이 옥수수 그림자를 2천 6백 치나 길게 늘어뜨릴 무렵부터 상쾌한 공기를 후웁하고 들이마시고 일을 시작합니다. 저녁에는 햇살이 나무와 풀의 초록색을 황갈색으로 물들일 때까지 노래하고 웃고 떠들면서 일을 했습니다. 특히 폭풍우가 몰아친 다음 날에는 여기저기에서 '제발 빨리 와서 정원을 덮어버린 판자를 치워주세요' '우리 집 솔이끼 나무가 쓰러졌으니 얼른 대여섯 명 정도 달려와 주세요' 하는 부탁에 정신없이 바빴습니다. 그리고 바쁘면 바쁠수록 모두 자신들이 훌륭한 인물이 된 듯한 기분이 들어 더욱 기뻐하는 것이었습니다. 자, 거기, 세게 당기라고. 알았나? 어영차, 이봐 부츠코, 새끼줄이 헐거워, 그래그래, 그걸 당겨. 이봐 비키코, 그걸

놓고 줄을 묶어주게. 어기영차, 자, 한숨 돌리고, 어기영차. 뭐 이런 식입니다.

그러던 어느 날 서른 마리의 청개구리가 개미공원을 완벽하게 마무리하고 모두 즐거워하며 본부로 돌아가는 중이었습니다. 한 그루의 복숭아나무 아래를 지나자 그곳에 새로운 가게가 생겨있었습니다. 그리고 간판에는 이렇게 쓰여 있었습니다.

'외국산 위스키 한 잔, 2리 반'

청개구리는 신기한 마음에 줄줄이 가게 안으로 들어갔습니다. 그러자 가게 안에는 거무스름한 참개구리가 혼자 멍하니 앉아 지루한 듯 혀를 날름날름 내밀며 놀고 있었습니다. 그러다가 청개구리들이 들어오는 것을 보고는 무척이나 상냥한 목소리로 말했습니다.

"네, 여러분 어서 오세요. 잠시 쉬었다가 가세요."

"외국산 위스키라고 쓰여 있던데 뭐죠? 어떤 것입니까? 시험 삼아 한 잔 마셔볼 수 있을까요?"

"예, 외국산 위스키 말씀이십니까? 한 잔에 2리 반입니다만, 드릴까요?"

"네, 주세요."

참개구리는 좁쌀을 도려내 만든 컵에 독한 술을 담아왔습니다.

"오호, 이거 아주 독한 술이군. 배 속에서 불이 나는 듯해. 어이, 이보게들. 이 술은 위험해. 목에 들어가자마자 뜨거워진다고. 아— 기분 좋다. 한 잔 더 주쇼."

"예예, 이쪽부터 드리고 올리겠습니다요."

"이쪽도 빨리 주쇼."

"예이, 부르시는 순서대로 드립니다요. 자, 이건 손님 술입니다요."

"우와 고맙소. 우후후— 정말 맛있는걸."

"이쪽에도 빨리 주세요."

"예예, 여기 나왔습니다요."

"후훗—."

"이봐, 여기 한 잔 더."

"이쪽 빨리 달라고!"

"빨리 한 잔 더."

"예, 예. 제발 재촉하지 말아 주십쇼. 힘들게 담은 술이 흘러버립니다요. 예, 이건 손님 것."

"우와 고맙소. 얏호! 꿀꺽꿀꺽 호오— 맛있네, 정말."

이런 식으로 청개구리들은 한 잔 더, 한 잔 더 하며 많은 술을 마셨습니다. 그런데 술은 마시면 마실수록 더 마시고 싶어지는 것입니다.

더군다나 참개구리의 위스키는 석유통에 가득 담겨있었기 때문에 좁쌀컵으로 만 번을 퍼내도 조금도 줄지 않았습니다.

"이봐, 한 잔 더 줘."

"한 잔 더 달라니까, 빨리."

"여기 빨리 달라고."

"예예. 손님은 벌써 삼백두 잔째입니다만, 괜찮으시겠습니까요?"

"상관없어. 달라면 줘."

"예, 예. 괜찮으시다면 올리겠습니다요."

"호오— 맛있군."

"이봐, 여기에도 빨리 줘."

그러는 동안에 청개구리들은 점점 취기가 올라서 이쪽에서도 저쪽에서도 고롱고롱 코를 골며 잠이 들었습니다.

그러자 참개구리는 히죽 웃더니 서둘러 가게 문을 닫고는 술이 든 석유통의 뚜껑을 꼭 닫았습니다. 그러고는 선반에서 쇠사슬 옷을 꺼내 머리끝부터 발끝까지 꼼꼼히 감쌌습니다.

참개구리는 테이블과 의자를 가져와 똑바로 앉았습니다. 청개구리들은 모두 고롱고롱 코를 골고 있습니다. 참개구리는 그곳에 작은 의자를 하나 더 가져와 자신의 맞은편에 놓았습니다.

그리고 선반에서 철봉을 꺼내와 의자에 털썩 앉더니 가장 구석에 있는 청개구리의 초록색 머리를 탁하고 때렸습니다.

"이봐, 일어나. 술값을 내야지, 어서."

"드렁드렁, 쿨— 앗, 아야! 누가 남의 머리를 때리는 거야?"

"술값 내."

"앗, 맞다, 맞다. 술값이 얼마죠?"

"넌 342잔이니까 85전 5리. 어때? 낼 수 있겠어?"

청개구리는 지갑을 꺼내보았지만 3전 2리밖에 없습니다.

"뭐야? 넌 3전 2리밖에 없는 건가? 어이가 없는 녀석이군. 자, 어쩔 건가? 경찰에 넘기겠어."

"잘못했습니다, 용서해주세요."

"아니 안 돼. 얼른 돈을 내."

"정말 없는 걸요. 용서해주세요. 대신에 당신의 부하가 되겠습니다."

"그래? 좋아. 그럼 넌 이제부터 내 부하다."

"네, 어쩔 수 없죠."

"좋아, 이 안으로 들어가."

참개구리는 옆방의 문을 열고 부하가 되기로 한 청개구리를 밀어 넣고는 문을 꽝 닫았습니다. 그리고 히죽 웃더니 다시 의자에 털썩 앉았습니다. 그러고는 아까의 철봉을 고쳐 들고 두 번째 청개구리의 청록색 머리를 때리며 말했습니다.

"어이, 이봐! 일어나라고. 계산해야지, 계산!"

"드렁드렁, 쿨, 으음, 한 잔 더 줘."

"무슨 잠꼬대를 하는 거야? 일어나! 잠 깨라고. 계산해야지!"

"으아악, 아야얏! 뭐야! 왜 남의 머리를 때리는 거야?"

"언제까지 잠꼬대나 하고 있을 거야? 계산하라고, 계산!"

"아, 맞다, 그렇지. 얼마죠?"

"넌 6백 잔이니까, 1엔 50전이야. 돈은 있나?"

청개구리는 핏줄이 보일 정도로 창백해져서 지갑을 털어보았습니다만, 겨우 1전 2리밖에 없었습니다.

"여기, 있는 건 모두 드리겠습니다. 제발 나머지는 깎아 주세요."

"오! 1엔 20전이나 있어? 뭐야? 겨우 1전 2리잖아. 완전히 무시하는군. 100분의 1을 내고 나머지를 깎아달라니 말이 되나? 외국어로 하면 99퍼센트를 깎아 달라는 말이라고! 사람을 어떻게 보는 거야. 자, 돈 내. 빨리 돈을 내라고!"

"하지만 없는 걸요."

"돈이 없으면 내 부하가 되어야 해."

"할 수 없죠. 그럼 그렇게 하겠어요."

"자, 이쪽으로 와."

참개구리는 청개구리를 다시 옆방에 밀어 넣었습니다. 그리고 다시 의자에 앉으려다가 갑자기 무슨 생각이 떠오른 듯 드렁드렁 코를 골고 있는 청개구리들 쪽으로 향했습니다. 그리고 차례차례 청개구리들의 지갑을 모두 뒤져 돈을 확인했습니다. 3전 이상의 돈을 지닌 청개구리는 없었습니다. 유독 두둑한 지갑이 하나 있었지만, 지갑을 열어보니 돈은 하나도 없고 동백나무 잎이 조그맣게 접혀있었을 뿐이었습니다. 참개구리는 기뻐서 히죽히죽 웃더니 다시 철봉을 쥐고 가장 끝에 있는 청개구리의 청록색 머리부터 차례대로 탕 탕 탕 때리기 시작했습니다. 정말 큰일이 일어난 것입니다.

"아얏, 아파! 누구야?"

모두 외치며 잠에서 깨어나 한동안 두리번거리다가 마침내 참개구리 짓이라는 것을 알았습니다.

"주인장, 뭐하는 거야? 왜 남을 함부로 때려?"

청개구리들은 화를 내며 사방팔방에서 달려들었습니다. 그러나 참개구리는 청개구리 서른 마리를 합한 것보다 힘이 셌으며 쇠사슬 옷을 입고 있었고, 게다가 청개구리들은 모두 외국산 위스키에 취해 비틀거리고 있었기 때문에 차례대로 나가떨어졌습니다. 마침내 참개구리는 열한 마리의 청개구리를 하나로 그러모아 세게 내동댕이쳤습니다. 청개구리들은 완전히 겁을 먹고 부들부들 떨면서 핏줄이 보일 정도로 창백해져서는 납작 엎드렸습니다. 그러자 참개구리가 엄숙하게 말했습니다.

"너희는 내 술을 마셨다. 술값이 80전 이하로 나온 놈은 없어. 그런데 너희 중 5전 이상을 가진 놈은 한 놈도 없다. 내 말이 틀렸나? 술값이 있는 놈이 있나? 없지?"

청개구리들은 모두 헐떡헐떡 숨을 쉬며 얼굴을 마주 볼 뿐입니다. 참개구리는 의기양양해져 다시 이야기했습니다.

"어떤가? 없지? 없을 것이다. 그래서 너희 동료 중 두 명은 돈을 내는 대신 내 부하가 되겠다는 약속을 했다. 자, 너희는 어떻게 하겠는가?"

그때였습니다. 다른 방에 갇힌 두 마리의 청개구리가 문틈으로 눈만 내민 채 끄윽 하고 나지막하게 울었습니다.

모두 얼굴을 마주 보았습니다.

"방법이 없군. 그렇게 할까?"

"그렇게 하겠다고 하자."

"네, 그렇게 부탁드리겠습니다."

마음 착한 청개구리들은 곧바로 참개구리의 부하가 되었습니다. 그러자 참개구리는 뒷문을 열어 갇힌 두 마리를 끌어냈습니다. 그리고 모두에게 엄숙하게 말했습니다.

"잘 들어라. 이 모임은 카이로단이라고 부르겠다. 나는 카이로 단장이다. 내일부터는 모두 내 명령에 따른다. 알겠나?"

"어쩔 수 없죠."

청개구리들이 대답했습니다. 그러자 참개구리가 일어나서 집을 한 바퀴 돌았습니다. 그랬더니 술집은 순식간에 카이로 단장의 주택으로 바뀌었습니다. 그러니까 이전에는 사각형이었던 것이 이번에는 육각형의 집이 된 것이었습니다.

날이 저물고 다시 다음 날이 되었습니다. 해님의 황금색 빛은 뒤쪽에 있는 복숭아나무의 그림자를 3천 치나 길게 늘어뜨렸고, 하늘은 새파랗게 빛났지만 아무도 카이로단에 일을 부탁하러 오지 않았습니다. 그래서 참개구리가 모두를 불러 모아 말했습니다.

"아무도 일을 부탁하지 않는군. 이렇게 일이 없어서야 너희를 데리고 있어도 소용이 없지. 나도 결국 파산 지경이야. 그래도 일이 없을 때는 바쁠 때를 대비해두는 것이 가장 좋다. 그러니까 일에 필요한 재료를 이런 때에 모아두지 않으면 안 된다는 말이다. 그러면 제일 필요한 게 나무겠군. 오늘은 모두 나가서 좋은 나무를 열 그루…… 아니 열 그루는 적어. 음, 백 그루…… 아니 백 그루도 적겠군. 천 그루를 모아 와. 만약 천 그루를 모아오지 않으면 바로 경찰에 넘기겠어. 너희는 모두 사형을 받게 될 거야. 그 두꺼운 목이 싹 잘리는 거지. 아니, 목이 두꺼우니까 쓱이 아니라 쓰윽쓰윽 잘리겠군."

청개구리들은 초록색의 팔다리를 바들바들 떨며 경련을 일으켰습니다. 그리고 슬금슬금 도망치듯 밖으로 나갔습니다. 청개구리들은 한 마리당 33.33그루 이상씩 모으기로 분담하고 열심히 나무를 찾았습니다. 그러나 이미 이전부터 찾을 만큼 찾았던 곳이기 때문에 그곳을 아무리 돌아다니며 뒤져도 저녁까지 겨우 아홉 그루밖에 찾지 못했습니다. 저런……. 청개구리들은 모두 울상이 되어서 허둥지둥 찾아다녔지만 도저히 찾을 수가 없었습니다. 그때 마침 개미 한 마리가 그곳을 지나갔습니다. 그리고 청개구리들이 황갈색의 노을 아래서 모두 새파랗게 질려 울고 있는 것을 보고 놀라서 물었습니다.

"청개구리님. 어제는 고마웠어요. 그런데 도대체 무슨 일입니까?"

"오늘은 참개구리에게 천 그루의 나무를 가져다주어야 합니다. 그런데 아직 아홉 그루밖에 모으지 못했어요."

개미는 이야기를 듣고 '앗하하하하' 하고 크게 웃음을 터뜨렸습니다. 그리고 말했습니다.

"천 그루를 가져오라고 했으면 천 그루를 가져가면 되는 것 아닙니까? 보세요, 저기에 있는 연기처럼 생긴 곰팡이 나무는 한 줌만 쥐어도 오백 그루가 되지 않습니까?"

청개구리들은 기뻐하며 개미에게 인사를 했습니다. 그리고 그 연기처럼 생긴 곰팡이 나무를 한 마리 당 33.33그루씩 꺾어 카이로 단장이 있는 곳으로 돌아갔습니다. 그러자 카이로 단장은 아주 기뻐하며 말했습니다.

"흠흠. 아주 좋아. 자, 모두 외국산 위스키 한 잔씩 마시고 쉬어라."

그래서 청개구리들은 좁쌀컵으로 외국산 위스키를 한 잔씩 마시고 쿨쿨, 드렁드렁하고 잠이 들었습니다.

다음 날 아침 다시 해님이 떠오르자 참개구리가 말했습니다.

"이봐, 모두 모여. 오늘 역시 아무도 일을 주문하지 않았다. 잘 들어. 오늘은 말이지, 곳곳의 꽃밭으로 가서 꽃씨를 주워오는 거다. 한 마리당 백 알씩, 아니 백 알은 적어. 천 알씩, 아니, 이렇게 해가 긴 날에는 천 알도 너무 적어. 만 알이 좋겠어. 만 알씩 가져오도록. 알겠나? 만약 가져오지 않으면 너희를 바로 경찰에게 넘기겠어. 경찰은 너희 목을 쓰윽쓰윽 자를 거야."

청개구리들은 햇빛에 핏줄이 보일 정도로 새파랗게 질려 꽃밭이 있는 쪽으로 갔습니다. 그런데 마침 다행히도 꽃씨는 비처럼 넘쳐나고 있었고 벌들이 붕붕 날아다니고 있었습니다. 청개구리들은 모두 쭈그리고 앉아 열심히 꽃씨를 주웠습니다. 그리고 이런 말을 주고받았습니다.

"이봐, 비추코. 만 알을 주울 수 있을까?"

"서두르지 않으면 안 될 거 같은데. 아직 삼백 알밖에 되지 않는걸."

"아까 단장이 처음에는 백 알이라고 했었는데. 백 알이면 좋았을 텐데 말이지."

"응. 그다음에는 천 알이라고 했었지. 천 알이라도 좋았을 텐데."

"정말이지, 나는 술을 왜 그렇게 마셨던 걸까?"

"나도 그 생각을 하고 있어. 아무래도 한 잔과 두 잔, 두 잔과 석 잔 모두 순서대로 실처럼 연결되어 있었어. 지금 생각해보니 삼백오십 잔이 전부 연결되어 있었던 거야."

"그렇다니까. 이런…… 서두르지 않으면 큰일인걸."

"그래 서두르자."

청개구리들은 줍고, 줍고 또 주워 저녁까지 간신히 꽃씨 만 알씩을 모아서 카이로 단장이 있는 곳으로 돌아갔습니다.

그러자 참개구리 카이로 단장은 기뻐하며 말했습니다.

"음, 좋았어. 자, 모두 외국산 위스키를 한 잔씩 마시고 자거라."

청개구리들은 아주 기뻐하며 좁쌀컵으로 외국산 위스키를 한 잔씩 마시고 쿨쿨 잠이 들었습니다.

다음 날 아침 청개구리들이 잠에서 깨어보니 다른 한 마리의 참개구리가 와서 단장과 이런 이야기를 하고 있었습니다.

"여하튼 크게 번창해야 해. 그렇지 않으면 웃음거리만 될 거야."

"그렇다니까. 1인분에 90엔씩 하면 어떨까?"

"응. 그 정도면 뭐 괜찮겠지."

"괜찮겠지? 이런, 모두 일어났네. 오늘은 무슨 일을 시킬까. 아무래도 매일 시킬 일이 없어서 고민이야."

"저런, 그것참 안됐군."

"오늘은 돌을 운반하도록 시켜야겠어. 이봐! 오늘은 돌을 한 마리당 90돈씩 옮겨와. 아니, 90돈은 너무 적어. 그래. 9백 관이 부르기도 좋고……. 그래, 그래. 그거 아주 좋군. 이봐! 오늘은 돌을 한 마리당 9백 관씩 옮겨온다. 만약 하지 않으면 곧바로 경찰에게 끌고 가겠어. 그곳에는 재판관도 오니까 너희 목을 쓰윽쓰윽 잘라 버리는 건 일도 아니야."

청개구리들은 모두 핏줄이 비칠 정도로 새파랗게 질렸습니다. 그도 그럴 만합니다. 한 마리당 9백 관의 돌이라니, 인간이라도 할 수 없는 일입니다. 청개구리의 몸무게가 얼마일까요? 많아야 여덟 돈이나 아홉 돈입니다. 그런데 혼자서 하루 동안에 9백 관의 돌을 옮긴다는 건…… 생각만으로 현기증이 나서 머리가 쾅쾅 울리고 털썩털썩 쓰러진다 해도 이상하지 않습니다.

참개구리는 얼른 철봉을 꺼내와 청개구리의 머리를 탕탕탕하고 때리며 돌아다녔습니다. 청개구리들은 주변이 파랗게 빙글빙글 도는 듯했지만 일을 하러 나갔습니다. 해님마저도 저 멀리 하늘 끝에서 삼각형이 되어 빙글빙글 도는 것처럼 보였습니다.

청개구리들은 돌이 있는 곳으로 갔습니다. 그리고 각자 백 돈이나 되는 돌에 줄을 묶어 어기영차 어여차, 어기영차 어여차 하며 당기기 시작했습니다. 청개구리들은 너무 열심히 일했기 때문에 땀으로 범벅이 되었고 몸은 바람처럼 흐느적거렸으며 세상이 새카맣게 보였습니다. 그래도 용케 각각의 돌을 카이로 단장의 집까지 옮겼을 때는 이미 점심때가 되었습니다. 게다가 청개구리들은 완전히 지쳐서 비틀거렸고 눈을 뜰 수도, 서 있을 수도 없었습니다. 하지만 안타깝게도 밤까지 899관 900돈의 돌을 옮기지 않으면 목이 댕강 잘리는 것입니다.

마침 그때 카이로 단장은 집에서 코를 골며 낮잠을 자고 있었습니다. 이윽고 눈을 뜬 카이로 단장은 느긋하게 밖으로 나갔습니다. 청개구리들은 옮겨온 돌에 걸터앉아 한숨을 쉬거나, 땅바닥에 큰 대자로 누워있었습니다. 청개구리의 그림자는 햇살이 통과해 땅 위에 푸르고 아름답게 드리워져 있었습니다. 그러는 동안에 잠에서 깬 청개구리는 자고 있는 청개구리를 흔들어 깨웠고, 단장이 밖으로 나왔을 때는 모두 깨어있었습니다. 카이로 단장이 말했습니다.

"뭐야, 이 굼벵이들! 지금까지 겨우 요것밖에 안 가져온 건가? 너희는 정말 의지가 없군. 나라면 9백 관의 돌 따위 삼십 분 안에 옮기겠다."

"저희에게는 도저히 불가능합니다. 저희는 이미 죽을 것 같아요."

"에잇, 물러터진 놈들! 빨리 움직여. 밤까지 가져오지 못하면 모두 경찰에게 넘겨버리겠어. 경찰은 너희 목을 댕강하고 잘라버릴 거다. 이 얼간이들아!"

청개구리들은 모두 자포자기해서 외쳤습니다.

"제발 빨리 경찰에게 보내주세요. 뎅겅 뎅겅 소리를 들으니까 왠지 재미있을 것 같아요."

카이로 단장은 화가 나서 소리쳤습니다.

"에잇, 이 얼간이에 물러터진 놈들! 에잇?"

에에에에에엥—

카이로 단장은 무언가 이상하다는 표정을 지으며 입을 꾹 다물었습니다. 그런데 '에에에에에엥—' 소리는 아직 들리고 있습니다. 그 소리는 카이로 단장의 목에서 나온 소리가 아니었습니다. 푸른 하늘 높이 울려 퍼지는 달팽이 확성기의 소리였습니다. 바로 임금님의 새로운 명령을 예고하는 소리입니다.

"아, 새로운 명령이다."

청개구리와 참개구리는 얼른 자세를 바로 하고 섰습니다. 달팽이가 부는 확성기 소리는 아주 맑게 울려 퍼졌습니다.

"임금님의 새로운 명령이다. 임금님의 새로운 명령이다. 제1조. 다른 사람에게 명령을 하는 방법, 다른 사람에게 명령을 하는 방법. 첫째, 다른 사람에게 명령을 할 때는 자신의 몸무게를 명령을 받는 자의 몸무게로 나누어 답을 구한다. 둘째, 명령하는 일에 그 답을 곱한다. 셋째, 계산해서 나온 일을 자신이 이틀 동안 직접 해본다. 이상. 그렇게 하지 않는 자는 새의 나라로 넘긴다."

청개구리들은 기뻐서 펄쩍펄쩍 뛰었고, 계산을 잘하는 첫코라는 개구리는 곧바로 암산을 시작했습니다. 명령을 받는 우리의 몸무게는 10돈, 명령을 하는 단장의 몸무게는 100돈. 100돈 나누기 10돈은

10, 일은 9백 관, 9백 관 곱하기 10은 9천 관.

"모두 들어봐. 9천 관이야."

"단장님. 자, 지금부터 밤까지 4천 5백 관의 돌을 끌어오세요."

"자, 임금님의 명령입니다. 얼른 돌을 가져오세요."

이번에는 참개구리가 점점 황갈색으로 창백해지더니 부들부들 떨었습니다.

청개구리들은 모두 참개구리를 둘러싸고 돌이 있는 곳으로 데려갔습니다. 그리고 한 관이나 되는 돌에 줄을 연결했습니다.

"자, 이런 돌을 밤까지 4천 5백 번 옮기면 됩니다."

그리고 카이로 단장의 어깨에 줄을 걸었습니다. 단장은 마침내 각오를 한 듯 들고 있던 쇠몽둥이를 내던지고는 눈을 부릅뜨고 돌을 옮길 방향을 정하는 듯했습니다. 그러나 정말로 끌고 갈 마음이 들지 않았습니다. 그러자 청개구리들은 소리를 모아 장단을 맞춰 주었습니다.

카이로 단장은 장단에 이끌려 다리에 힘을 꽉 주고 다섯 번 정도 앞으로 나가보려 했지만 돌은 꿈적도 하지 않습니다.

참개구리는 땀을 뻘뻘 흘리며 입을 있는 대로 크게 벌리고 후우후우 숨을 쉬었습니다. 주변이 빙글빙글 돌면서 흐릿한 갈색으로 보였던 것입니다.

"어영차, 어영차, 어영차, 어기영차."

참개구리는 다시 네 번 정도 발을 디뎌 보았지만 결국에는 다리에서 딸각하는 소리가 나더니 풀썩 꺾여버렸습니다. 청개구리들은 자신도 모르게 웃음을 터뜨렸습니다. 그러나 어찌 된 일인지 갑자기 웃음을 멈추고 조용해졌습니다. 정말로 정말로 조용해졌습니다. 이런 때의 쓸쓸함이란 도저히 말로 표현할 수가 없습니다. 여러분은 아십니까? 누군가를 한껏 조롱한 후에 갑자기 조용해졌을 때의 쓸쓸함

말입니다.

그런데 바로 그때 다시 푸른 하늘 드높이 달팽이의 확성기 소리가 울려 퍼졌습니다.

"임금님의 새로운 명령이다. 임금님의 새로운 명령이다. 살아있는 모든 생명은 착하고 가련한 존재이다. 결코 미워해서는 안 된다. 이상!"

그리고 확성기 소리는 다시 맞은편으로 가서 '임금님의 새로운 명령이다' 하며 울려 퍼지고 있었습니다.

그러자 청개구리들은 모두 참개구리에게 달려가 물을 먹여주고 꺾인 다리를 고쳐주며 등을 토닥여 주었습니다.

참개구리는 후회의 눈물을 뚝뚝 흘렸습니다.

"아아, 여러분. 제가 나빴습니다. 저는 이제 당신들의 단장도 아무것도 아닙니다. 나는 역시 그냥 개구리일 뿐입니다. 내일부터 바느질집을 하겠습니다."

청개구리들은 모두 기뻐서 짝짝 손뼉을 쳤습니다.

다음 날부터 청개구리들은 예전처럼 신 나게 일을 시작했습니다.

여러분. 비가 그친 후나 폭풍이 분 다음 날, 아니면 날씨가 좋은 날에 밭이나 화단 구석에서 사각사각 사각사각 하는 소리를 들어본 적 없나요?

"이봐, 벳코. 거기도 좀 편편하게 해 주게. 아, 좋았어. 이런 이런……. 여기에는 새포아풀이 아니라 둑새풀을 심는 거야. 그래그래. 둘 다 참새를 닮아서 헷갈린단 말이지, 하하하. 어이, 비추코. 이봐, 비추코. 거기 구멍 좀 메워 줘, 알았지? 자, 던진다. 좋아, 받았어. 어이쿠, 이런. 잡아당겨. 영차!"

첼리스트 고슈

セロ弾きのゴーシュ

고슈는 마을극장에서 첼로를 켜는 첼리스트입니다. 그러나 실력이 그다지 뛰어나지 않다는 평가를 받았습니다. 뛰어나지 않은 정도가 아니라 사실 동료 단원 가운데 가장 실력이 부족했기 때문에 늘 악장에게 야단을 맞았습니다.

정오가 조금 지난 뒤 단원들은 모두 연습실에 동그랗게 둘러앉아 마을음악회에서 연주할 제6교향곡을 연습하고 있었습니다.

트럼펫은 열심히 노래하고 있습니다.

바이올린도 화음을 넣듯 울리고 있습니다.

클라리넷도 부우부우 음을 따라가고 있습니다.

고슈도 눈을 접시처럼 동그랗게 뜨고 악보를 바라보며 열심히 첼로를 켭니다.

악장이 갑자기 손뼉을 탁 쳤습니다. 그러자 단원들은 연주를 뚝 멈추었습니다. 악장이 소리쳤습니다.

"첼로가 늦었잖아. 토—테테 테테테이, 여기부터 다시 해. 시작!"

단원들은 조금 앞부분부터 다시 연주했습니다. 고슈는 얼굴이 새빨개져 이마에 땀을 흘리면서 간신히 지적받은 부분을 통과했습니다. 휴우— 하고 안심하면서 계속해서 연주를 하고 있는데 악장이 다시 손바닥을 탁 쳤습니다.

"첼로! 현이 안 맞잖아. 곤란하군. 자네에게 도레미파나 가르치고 있을 여유가 없다고."

모두 고슈가 불쌍해서 일부러 자신의 악보만 바라보고 있거나 악기를 만지작거리고 있습니다. 고슈는 당황하며 현을 조율했습니다. 고슈의 잘못도 있었지만, 사실 첼로가 상당히 고물이었습니다.

"바로 앞 소절부터. 시작!"

단원들은 다시 연주를 시작했습니다. 고슈도 이를 악물고 열심입니다. 그리고 이번에는 꽤 나아갔습니다. 순조롭게 진행되고 있다고 생각하는 순간 악장이 위협하듯 다시 손뼉을 탁 쳤습니다. 고슈는 '또 나야?' 하고 움찔했지만 다행히 이번에는 다른 사람이었습니다. 그래서 고슈는 아까 자신이 지적당했을 때 다른 단원들이 그랬듯이 일부러 자신의 악보를 들여다보며 무언가를 생각하는 척했습니다.

"자, 다음 소절부터. 시작!"

다시 연주를 시작했지만, 갑자기 악장이 발을 쿵하고 구르며 소리쳤습니다.

"안 돼. 전혀 맞지 않아. 이 부분은 곡의 심장이야. 그런데 이렇게 엉망이라니. 공연까지 이제 열흘밖에 남지 않았어. 전문 음악가인 우리가 대장장이나 설탕가게 점원 따위가 모인 악단에 진다면 도대체 우리 얼굴은 뭐가 되겠나! 이봐, 고슈. 넌 정말 문제야. 표정이 전혀 없잖아. 분노고 기쁨이고 감정이라는 게 전혀 나오지가 않잖아. 게다가 다른 악기랑 제대로 맞추지도 못하고. 항상 너만 풀린 신발 끈을 끌면서 다른 사람 뒤를 따라 걷고 있는 듯하다고. 골칫덩이야, 제대로 좀 해! 빛나는 우리 금성음악단이 자네 한 사람 때문에 악평을 들으면 다른 단원들에게 미안하지 않나? 자, 연습은 여기까지. 조금 쉬고 여섯 시 정각에 다시 모이도록!"

단원들은 인사를 하고는 담배를 물고 성냥을 켜거나 밖으로 나갔습니다. 고슈는 낡은 상자 같은 첼로를 껴안고 벽 쪽으로 가서 입을 꼭 다물고 눈물을 뚝뚝 흘렸습니다. 그러나 곧 마음을 다잡고 조용히 오늘 연습한 부분을 처음부터 다시 연주하기 시작했습니다.

그날 밤늦게 고슈는 무언가 커다랗고 검은 것을 짊어지고 자신의 집으로 돌아갔습니다. 집이라고 해봐야 마을 외진 곳에 있는 강가의 고장 난 물레방앗간으로, 고슈는 그곳에서 홀로 살고 있었습니다. 오전에는 물레방앗간 주변의 작은 밭에서 토마토 가지치기를 하거나 양배추의 벌레를 잡다가 점심시간이 지나면 늘 밖으로 나왔습니다. 고슈는 집으로 들어가 불을 켜고는 가져온 검은 상자를 열었습니다. 그것은 바로 너덜너덜한 첼로였습니다. 고슈는 첼로를 바닥 위에 조심스레 내려놓고는 갑자기 선반에서 컵을 꺼내 양동이의 물을 벌컥벌컥 마셨습니다.

그리고 머리를 한 번 흔들더니 의자에 앉았습니다. 그러고는 맹수 같은 기세로 낮에 연습한 부분을 연주하기 시작했습니다. 악보를 넘기면서 첼로를 켜고는 깊게 생각한 후에 다시 연주를 하면서 처음부터 끝까지 몇 번이고 몇 번이고 반복했습니다.

자정도 훨씬 넘은 시간이 되자 자신이 첼로를 켜고 있는지도 의식하지 못한 채 얼굴이 새빨개지고 눈에 핏줄이 서서 당장에라도 쓰러질 듯이 보였습니다.

그때 누군가가 뒷문을 똑똑 두드렸습니다.

"호슈니?"

고슈는 잠꼬대를 하듯 외쳤습니다. 그러나 스윽 문을 열고 들어온 것은 대여섯 번 본 적이 있는 커다란 얼룩고양이였습니다.

고슈의 밭에서 딴 반숙 토마토를 무척이나 무겁다는 듯 가져와서 고슈 앞에 내려놓고 말했습니다.

“아, 힘들어. 운반하는 건 정말 어려워.”

“뭐냐?”

고슈가 물었습니다.

“이건 선물입니다. 잡수세요.”

얼룩고양이가 말했습니다.

고슈는 낮부터 쌓였던 짜증을 한꺼번에 터뜨렸습니다.

“누가 너한테 토마토를 가져오라고 했니? 게다가 고양이가 가져온 것을 내가 먹을 것 같니? 그리고 그 토마토도 내 밭의 토마토야. 뭐하는 짓이야! 빨갛게 익지도 않은 토마토를 따다니. 지금까지 토마토 줄기를 갉아 먹거나 헤쳐 놓은 것도 네 짓이지? 당장 꺼져, 이 고양이 새끼!”

그러자 고양이는 어깨를 움츠리며 눈을 가늘게 떴지만, 곧 입가를 올리며 싱글싱글 웃더니 말했습니다.

“선생님, 그렇게 화를 내면 몸에 좋지 않아요. 그보다 슈만의 〈트로이메라이〉를 연주해보세요. 들어 드릴게요.”

“고양이 주제에, 건방진 놈!”

고슈는 괘씸한 이 고양이를 어떻게 혼내줄까 잠시 생각했습니다.

“사양할 필요는 없습니다. 연주하세요. 저는 선생님의 음악을 듣지 않으면 도저히 잠을 잘 수 없습니다.”

“이, 건방진, 건방진, 건방진 고양이!”

고슈는 완전히 화가 나서 악장이 했던 것처럼 발을 쾅쾅 구르며 소리쳤습니다. 그러다 갑자기 분위기를 바꾸고 말했습니다.

“좋아, 그러면 연주하지.”

고슈는 무슨 생각에선지 문에 자물쇠를 채우고 창문도 모두 닫더니 첼로를 꺼내고는 불을 껐습니다. 그러자 음력 스무날의 달빛이 절반 정도 방 안으로 들어왔습니다.

"무슨 곡을 연주하라고 했지?"

"〈트로이메라이〉요. 로맨틱한 슈만의 곡."

고양이는 입가를 훔치며 말했습니다.

"흠, 〈트로이메라이〉라는 게 이것인가?"

고슈는 무슨 생각에선지 손수건을 찢어 자신의 귀를 꼭 막았습니다. 그리고 폭풍 같은 기세로 〈인도의 호랑이 사냥〉이라는 곡을 연주하기 시작했습니다.

고양이는 고개를 외로 꼰 채 잠시 음악을 듣더니 갑자기 눈을 껌벅이며 문쪽으로 부리나케 물러섰습니다. 그러고는 문에 쿵하고 부딪혔지만 문은 열리지 않았습니다. 고양이는 난생처음 실수를 한 것처럼 허둥대며 눈과 이마에서 불꽃이 파닥파닥 일었습니다. 그러더니 이번에는 수염에서도 코에서도 불꽃이 일어 간질이자 재채기를 참을 수 없다는 듯 마구 뛰어다녔습니다. 고슈는 재미있어서 더욱 힘차게 연주했습니다.

"선생님, 이제 충분합니다. 충분해요. 잘못했으니까 그만 하세요. 앞으로는 절대 선생님의 연주에 참견하지 않겠습니다."

"조용히 해! 이제부터 호랑이를 잡는 부분이다."

고양이는 괴로운 듯 펄쩍 뛰기도 하고 벽에 꼭 달라붙기도 했습니다. 벽에 달라붙은 고양이는 잠시 파랗게 빛났습니다. 그리고 결국 고양이는 고슈 주위를 풍차처럼 빙글빙글 돌았습니다. 고슈도 조금 어지러웠습니다.

"자, 이 정도로 용서해주지."

고슈가 연주를 멈추었습니다.

그러자 고양이도 언제 그랬냐는 듯 태연하게 말했습니다.

"선생님, 오늘 연주는 좀 이상하군요."

고슈는 다시 화가 치솟았지만 아무렇지 않은 듯 담배 한 개비를 꺼내 입에 물고는 성냥을 집으며 말했습니다.

"어디, 몸이 불편하지 않니? 혀를 내밀어 보아라."

고양이는 놀리듯 가늘고 긴 혀를 메롱 내밀었습니다.

"하하하, 조금 혓바늘이 돋았구나."

고슈는 그렇게 말하더니 갑자기 성냥을 혓바닥에 치익 긁어 담배에 불을 붙였습니다. 고양이는 놀라서 혓바닥을 풍차처럼 돌리며 현관문으로 가 머리를 쿵하고 부딪치고, 비틀비틀 돌아왔다가 다시 쿵하고 부딪치고, 비틀비틀 돌아와 다시 쿵하고 부딪치더니 비틀비틀 도망칠 길을 찾으려고 했습니다.

고슈는 재미있다는 듯 그 모습을 한동안 지켜보더니 말했습니다.

"내보내 줄게. 다시는 오지 마, 멍청아!"

고슈는 문을 열고 고양이가 바람처럼 억새숲 속으로 달려가는 것을 본 후 잠시 웃었습니다. 그러고는 이제 좀 개운하다는 듯이 잠에 푹 빠졌습니다.

다음 날 밤도 고슈는 검은 첼로 가방을 끌어안고 돌아왔습니다. 그리고 물을 벌컥벌컥 마신 후 어젯밤과 마찬가지로 첼로를 켜기 시작했습니다. 어느새 열두 시가 지나고 한 시가 지나고, 두 시가 지났지만 고슈는 계속해서 첼로를 켰습니다. 그렇게 시간도 잊은 채 무아지경에 빠져 연습을 하고 있는데, 누군가 뒷문을 똑똑하고 두드렸습니다.

"고양이, 너, 아직도 정신 못 차렸어?"

고슈가 소리치자 갑자기 천장의 구멍에서 삐리릭하는 소리가 들리더니 잿빛 새 한 마리가 내려왔습니다. 뻐꾸기였습니다.

"새가 찾아오다니, 무슨 일이지?"

고슈가 말했습니다.

"음악을 배우고 싶어서 왔습니다."

뻐꾸기가 차분하게 말했지만, 고슈는 비웃었습니다.

"음악이라고? 네 노래는 '뻐꾹 뻐꾹' 하고 우는 게 전부잖아."

그러나 뻐꾸기가 아주 진지하게 말했습니다.

"네, 그래요. 그렇지만 그게 어려운걸요."

"어렵다니. 너희는 많이 울어대서 힘든 것뿐이지 우는 방법은 별거 없잖아."

"그렇지만 그것이 힘듭니다. 예를 들어 뻐꾹하고 우는 것과 뻐꾹하고 우는 것은 듣기에도 완전히 다르지 않습니까?"

"똑같아."

"그렇다면 당신은 모르는 것입니다. 우리가 뻐꾹하고 울 때마다 그 소리는 모두 다릅니다."

"제멋대로군. 그렇게 잘 알면 나한테 올 필요도 없잖아."

"하지만 저는 도레미파를 정확하게 하고 싶습니다."

"도레미파 따위가 필요해?"

"네, 외국으로 가기 전에 꼭 한 번 필요합니다."

"외국 따위가 필요해?"

"선생님 제발 도레미파를 가르쳐주세요. 제가 따라서 부르겠습니다."

"귀찮은 녀석. 좋아, 딱 세 번을 연주해 줄 테니까 끝나면 당장 돌아가."

고슈는 첼로를 들고 현을 맞춘 후 도레미파솔라시도를 연주했습니다. 그러자 뻐꾸기는 당황하며 날개를 파닥였습니다.

"아니에요, 아니에요. 틀려요."

"시끄러워. 그러면 네가 해 봐."

"이렇게 하는 겁니다."

빼꾸기는 몸을 앞으로 굽히면서 잠시 자세를 잡더니 빼꾹하고 한 번 울었습니다.

"뭐야, 그게 무슨 도레미파야. 그런 식이면 너희에게는 도레미파나 제6교향악이나 같은 거잖아."

"다릅니다."

"무엇이 다르지?"

"이것을 계속해서 하기가 어렵습니다."

"이걸 말하는 건가?"

고슈는 다시 첼로를 들고 '빼꾹빼꾹빼꾹빼꾹빼꾹' 하고 계속해서 연주했습니다.

그러자 빼꾸기는 무척이나 기뻐하면서 중간부터 '빼꾹빼꾹빼꾹' 하고 따라 불렀습니다. 열심히 몸을 구부리며 계속해서 외쳤습니다.

고슈는 결국 손이 아파서 연주를 멈추었습니다.

"이봐, 이제 그만 좀 하지."

그러자 빼꾸기는 아쉬운 듯 눈을 추어올리고 한동안 노래를 계속 했습니다.

"……빼꾸욱 빼빼빼꾹."

그리고 마지막까지 노래를 하고는 멈추었습니다.

고슈는 완전히 화가 나서 말했습니다.

"야, 이제 볼일 다 봤으면 가!"

"제발 한 번만 더 연주해주세요. 당신의 연주는 괜찮은 듯하지만 조금 틀린 부분이 있어요."

"뭐라고? 네가 나를 가르치려는 거냐! 나가지 못해?"

"제발……. 딱 한 번만 더 부탁합니다. 제발."

빼꾸기는 머리를 몇 번이고 조아렸습니다.

"그럼 딱 한 번이다!"

고슈는 활을 잡았습니다. 빼꾸기는 흐음하고 숨을 한 번 들이마시더니 말했습니다.

"그러면 되도록 길게 해주세요."

그리고 다시 한번 고개를 숙여 인사했습니다.

"짜증 나는 녀석이군."

고슈는 쓴웃음을 지으면서 첼로를 켜기 시작했습니다. 그러자 빼꾸기는 다시 진지한 자세로 몸을 굽히고 빼꾹 빼꾹 빼꾹하며 열심히 노래했습니다. 고슈는 처음에는 짜증이 났었지만 계속해서 첼로를 켜는 동안 어쩌면 빼꾸기가 더 도레미파를 잘하는 것은 아닐까 하는 생각이 들기 시작했습니다. 첼로를 켜면 켤수록 아무래도 빼꾸기가 더 음이 맞는 듯한 기분이 들었던 것입니다.

"에잇, 이런 바보 같은 짓을 하다가는 내가 새가 되어버릴 것 같군."

고슈는 갑자기 첼로를 딱 멈추었습니다.

그러자 빼꾸기는 머리를 쿵하고 얻어맞은 듯 비틀대더니 조금 전에 했던 것처럼 빼꾸욱 빼빼빼꾹하고는 멈추었습니다. 그러고는 원망스러운 듯 바라보며 말했습니다.

"왜 멈추셨어요? 우리는 아무리 나약한 녀석이라도 목에서 피가 날 때까지 노래합니다."

"건방진 소리 하지 마. 이런 바보짓을 언제까지 하라는 거냐. 그만 나가! 밖을 봐. 벌써 날이 밝고 있잖아."

고슈는 손가락으로 창문을 가리켰습니다.

동쪽 하늘이 희미하게 은빛으로 변했고 그 위로 새카만 구름이 북쪽을 향해 달리고 있었습니다.

"그러면 해님이 나올 때까지만 부탁합니다. 잠깐이면 되니까 한 번만 더 해주세요."

빼꾸기는 고개를 숙였습니다.

"닥쳐! 이 멍청한 새야. 봐줬더니 우쭐해 하기는. 안 나가면 삶아서 아침 식사로 먹어버리겠다!"

고슈는 발로 바닥을 쿵하고 내리쳤습니다.

그러자 빼꾸기는 깜짝 놀란 듯 갑자기 창문을 향해 날아올랐습니다. 그리고 머리를 유리에 세게 부딪히고는 바닥에 쿵 떨어졌습니다.

"유리에 부딪히다니, 바보로군."

고슈는 황급히 일어서서 창문을 열려고 했습니다만, 원래 그 창문은 그렇게 쉽게 열리는 창문이 아니었습니다. 고슈가 창틀을 흔들어 대는 동안 빼꾸기는 또다시 창문에 쿵하고 부딪혀 떨어졌습니다. 빼꾸기의 부리 안쪽에서는 피가 흐르고 있었습니다.

"열어줄 테니까 가만히 좀 있으라고."

고슈가 창문을 겨우 반 뼘 정도 열자, 빼꾸기는 무슨 일이 있어도 이번에는 나가겠다는 듯 창문 너머 동쪽 하늘을 뚫어지게 응시했습니다. 그리고 있는 힘을 다해 바람처럼 날아갔습니다. 당연히 이번에는 더욱 세게 유리창에 부딪혔고, 바닥에 떨어진 채 한동안 꼼짝도 하지 않았습니다. 고슈는 빼꾸기를 붙잡아서 창문으로 내보내 주려고 손을 뻗었습니다. 그러자 빼꾸기는 갑자기 눈을 뜨더니 도망가면서 다시 창문을 향해 날아가려고 하는 것이었습니다. 고슈는 자신도 모르게 발로 창문을 걷어찼습니다. 유리는 엄청난 소리를 내며 깨졌고 창틀은 그대로 밖으로 떨어졌습니다. 빼꾸기는 창문이 떨어져 나간 자리를 통해 화살처럼 밖으로 날아갔습니다. 그리고 정신없이 날아간 뻐꾸기는 순식간에 모습을 감추었습니다. 고슈는 한참을 멍하니 창밖을 바라보고 있다가 그대로 쓰러지듯 방구석에 누워 잠이 들었습니다.

다음 날 밤도 고슈는 밤늦게까지 첼로를 켜고 지쳐서 물을 한 잔 마시려는데 다시 문을 똑똑 두드리는 자가 있었습니다.

오늘 밤에는 누가 오더라도 어젯밤 뻐꾸기를 혼내주었듯이 무섭게 쫓아내야겠다고 생각하며 컵을 든 채 기다리고 있었습니다. 그러자 문이 조금 열리더니 새끼 너구리 한 마리가 들어왔습니다. 고슈는 문을 조금 더 열어주고는 쾅하고 발을 구르며 소리쳤습니다.

"이봐, 꼬맹이! 너구리탕이라고 알아?"

그러자 새끼 너구리는 멍한 표정으로 바닥에 앉은 채 도저히 모르겠다는 듯 고개를 갸웃하며 생각에 잠겨있었습니다.

"너구리탕은 몰라요."

고슈는 그 모습을 보고는 웃음이 터져 나올 듯했지만 꾹 참고 무서운 얼굴로 말했습니다.

"그러면 가르쳐주지. 너구리탕이라는 건 말이지 너 같은 너구리에 양배추와 소금을 섞어서 펄펄 끓여 먹는 음식이다."

그러자 새끼 너구리는 이상하다는 듯 말했습니다.

"하지만 우리 아빠는 고슈 씨는 아주 좋은 사람이고 무섭지 않으니까 가서 배우라고 말씀하셨어요."

고슈는 결국 웃음을 터뜨렸습니다.

"무엇을 배우라고 했니? 난 바쁘단다. 게다가 자야 하고."

새끼 너구리는 갑자기 힘이 난 듯한 발을 앞으로 내밀었습니다.

"저는 작은북을 쳐요. 첼로와 함께 연주해보라고 하셨어요."

"작은북이 없잖아."

"자, 여기요."

새끼 너구리는 등 뒤에서 나무 막대기 두 개를 꺼냈습니다.

"그것으로 무얼 하는데?"

"그러면 말이죠, 〈유쾌한 마부〉를 연주해 주세요."

"〈유쾌한 마부〉는 뭐지? 재즈니?"

"아, 여기 악보가 있어요."

새끼 너구리는 등 뒤에서 다시 악보 한 장을 꺼냈습니다. 고슈는 악보를 받고는 웃음을 터뜨렸습니다.

"하하, 이상한 곡이군. 좋아, 연주해보지. 넌 작은북을 치는 거니?"

고슈는 새끼 너구리가 어떻게 할지 궁금해서 힐끔힐끔 보며 연주를 시작했습니다.

그러자 새끼 너구리는 막대기를 들고 박자를 맞추면서 첼로의 기러기발 아랫부분을 통통 두드리기 시작했습니다. 너구리의 연주가 꽤 능숙했기 때문에 고슈는 재미있었습니다.

끝까지 곡을 연주하고 난 후 새끼 너구리는 한동안 고개를 갸웃하며 생각에 잠겨있었습니다. 그리고 마침내 알겠다는 듯 말했습니다.

"고슈 씨는 이 두 번째 현을 켤 때 이상하게 늦어지네요. 왠지 제 박자가 엇갈리게 돼요."

고슈는 깜짝 놀랐습니다. 고슈 역시도 어젯밤부터 그 현은 아무리 빠르게 켜도 음이 늦게 나오는 기분이 들었었기 때문입니다.

"그래, 그럴지도 몰라. 이 첼로는 낡았거든."

고슈가 슬픈 듯 말하자 새끼 너구리는 안타깝다는 표정으로 잠시 생각에 잠기더니 말했습니다.

"어디가 고장 난 걸까. 그러면 다시 한번 연주해주실래요?"

"좋고말고. 다시 해볼게."

고슈는 연주를 시작했습니다. 새끼 너구리는 조금 전처럼 첼로를 통통 두드리며 이따금 고개를 갸웃하며 첼로 소리에 귀를 기울였습니다. 그리고 연주를 끝마쳤을 때는 오늘 밤에도 다시 동쪽 하늘이 밝아오고 있었습니다.

"아, 날이 밝았네요. 정말 감사했습니다."

새끼 너구리는 황급히 악보와 막대기를 등에 메고 고무테이프로 꽉 조여 맨 후 두세 번 고개를 숙인 후 서둘러 밖으로 나갔습니다.

고슈는 멍하니 앉아 어젯밤 깨진 창문을 통해 들어오는 바람을 맞고 있었지만, 마을로 나가기 전에 잠을 자서 체력을 회복하려고 서둘러 잠자리에 들었습니다.

다음날 밤도 고슈는 밤새 첼로를 켜다 날이 밝아올 무렵 악보를 든 채 꾸벅꾸벅 졸고 있었습니다. 그때 누군가가 다시 문을 똑똑 두드렸습니다. 그 소리는 겨우 들릴 듯 말 듯했지만 매일 밤 있는 일이었기 때문에 고슈는 곧바로 문을 열고 '들어오세요' 하고 말했습니다. 문틈으로 들어온 것은 들쥐였습니다. 들쥐는 아주 조그마한 새끼를 데리고 고슈를 향해 조르르 걸어왔습니다. 그 들쥐의 새끼는 지우개만큼 작았기 때문에 고슈는 자신도 모르게 웃음이 나왔습니다. 그러자 들쥐는 왜 웃는지 이상하다는 듯 두리번거리면서 파란 밤 한 톨을 고슈 앞에 내려놓고는 공손하게 고개를 숙인 후 말했습니다.

"선생님, 이 아이의 건강이 좋지 않아 곧 죽을 거 같아요. 선생님께서 자비를 베풀어 이 아이의 병을 고쳐주세요."

"내가 의사도 아닌데 어떻게 병을 고쳐달라는 거냐?"

고슈는 조금 화가 나서 말했습니다. 그러자 엄마 들쥐는 한동안 말없이 고개를 숙이고 있다가 결심한 듯 말했습니다.

"선생님, 거짓말하지 마세요. 선생님은 매일 모두의 병을 깨끗하게 고쳐주고 계시잖아요."

"무슨 말을 하는 건지 모르겠군."

"하지만 선생님, 선생님 덕분에 토끼 할머니도 병이 나았고 너구리 아저씨도 병이 나았잖아요. 게다가 그렇게 심술궂은 올빼미까지 고쳐주셨으면서 이 아이만 도와주지 않는다는 건 너무 매정합니다."

"이런 이런……. 무언가 잘못 알고 있군. 나는 올빼미의 병을 고쳐준 적이 없어. 하기야 새끼 너구리는 어젯밤 와서 악단 흉내를 내고 갔지만. 하하하."

고슈는 어이가 없다는 듯 새끼 들쥐를 내려다보며 웃었습니다.

그러자 엄마 들쥐는 울음을 터뜨렸습니다.

"아아, 아가야. 어차피 병에 걸릴 거라면 좀더 빨리 걸리지 그랬니. 아까까지는 그렇게 '고오고오' 하고 연주를 하고 계셨는데, 병에 걸리자마자 연주를 딱 멈춰버리고는 아무리 부탁해도 더는 연주를 해주시지 않으니……. 이토록 불행한 아이가 또 있을까."

고슈는 깜짝 놀라서 소리쳤습니다.

"무슨 소리야! 내가 첼로를 켜서 올빼미와 토끼의 병이 나았다니? 도대체 어떻게 된 거지?"

들쥐는 한 손으로 눈을 비비며 말했습니다.

"네. 이 근처의 동물들은 병에 걸리면 모두 선생님 댁 마루 밑으로 들어가 병을 고칩니다."

"그렇게 하면 병이 낫는다는 말인가?"

"네. 몸 안의 혈액순환이 잘 되고 기분이 좋아져서 바로 낫는 때도 있고, 집에 돌아가서 낫는 때도 있습니다."

"아, 그렇구나. 내 첼로가 고오고오 소리를 내면 그 소리가 안마 같은 효과를 내서 너희의 병이 낫는다는 것이지? 좋아, 알았어. 연주해 줄게."

고슈는 잠시 기익기익하며 현을 고른 후 갑자기 새끼 쥐를 들어 올려 첼로의 구멍 속에 집어넣었습니다.

"저도 같이 들어가겠어요. 어느 병원에서든 그렇게 하니까요."

엄마 들쥐는 정신없이 첼로로 뛰어들었습니다.

"너도 들어가겠다고?"

고슈는 엄마 들쥐를 첼로 구멍에 넣어주려고 했지만 얼굴이 절반밖에 들어가지 않았습니다.

엄마 들쥐는 버둥거리며 첼로 안에 있는 새끼에게 외쳤습니다.

"아가야, 괜찮니? 가르쳐준 대로 두 발로 잘 디디면서 떨어졌니?"

"네, 괜찮아요. 다치지 않았어요."

새끼 들쥐는 첼로 안에서 모기처럼 작은 소리로 대답했습니다.

"괜찮아. 그러니까 울지 말라고."

고슈는 엄마 들쥐를 바닥에 내려주고 나서 활을 들고 무슨 랩소디 같은 곡을 고오고오 기이잉 연주했습니다. 그러자 엄마 들쥐는 너무도 걱정스러운 듯 첼로 소리의 상태를 듣고 있었지만, 결국 참지 못하겠다는 듯 말했습니다.

"이제 충분합니다. 부디 아이를 꺼내주세요."

"뭐야, 이 정도면 되는 거야?"

고슈가 첼로를 접어 구멍이 있는 곳에 손을 대고 기다리자 잠시 후 새끼 들쥐가 나왔습니다. 고슈는 말없이 새끼 들쥐를 바닥에 내려주었습니다. 새끼 들쥐는 눈을 꼭 감고 부르르르 떨고 있었습니다.

"어땠니? 속은 좋아졌니?"

새끼 들쥐는 아무런 대답도 하지 않고 다시 눈을 감은 채 부르르르 떨고 있었습니다만, 갑자기 벌떡 일어나 달리기 시작했습니다.

"아, 좋아졌어요. 고맙습니다, 고맙습니다."

엄마 들쥐도 새끼와 함께 뛰어다니더니 잠시 후 고슈 앞으로 와서 연신 고개를 꾸벅이며 '고맙습니다, 고맙습니다'를 열 번 정도 말했습니다.

고슈는 왠지 귀엽다는 생각이 들어서 물었습니다.

"얘들아, 너희 빵을 먹니?"

그러자 들쥐는 깜짝 놀라 주위를 두리번거리며 대답했습니다.

"아니요, 빵이라는 건 밀가루를 반죽해 쪄서 만든 것으로 소담스럽게 부푼 아주 맛있는 음식으로 알고 있습니다만, 저희는 댁의 찬장에 들어간 적도 없습니다. 게다가 이렇게 신세를 졌는데 어떻게 그것을 훔칠 수 있겠어요."

"아니 그런 말이 아니야. 그냥 먹느냐고 물어본 거야. 그러면 먹는다는 거지? 잠깐만 기다려. 배가 아픈 새끼에게 줄 테니까."

고슈는 첼로를 바닥에 내려놓고 찬장에서 빵을 조금 뜯어서 들쥐 앞에 내려놓았습니다.

들쥐는 미친 듯이 울고 웃고 하면서 연신 고개를 숙이고는 빵을 소중하게 껴안고는 새끼를 앞세워 밖으로 나갔습니다.

"아아, 쥐랑 얘기하는 것도 상당히 피곤하군."

고슈는 잠자리에 풀썩하고 쓰러져 쿨쿨 잠이 들었습니다.

그로부터 엿새가 지난 저녁이었습니다. 금성음악단 단원들은 상기된 얼굴로 각자의 악기를 들고 줄줄이 무대에서 내려와 마을회관의 강당 뒤에 있는 대기실로 들어갔습니다. 제6교향곡 연주를 성공적으로 마쳤던 것입니다. 객석에서는 아직도 우레 같은 박수소리가 울리고 있습니다. 단장은 주머니에 손을 꽂은 채 박수소리 따위는 신경 쓰지 않는다는 듯이 단원들 사이를 천천히 걷고 있었지만, 사실은 기뻐서 죽을 지경이었습니다. 단원들은 담배를 물고 성냥에 불을 붙이거나 악기를 가방에 넣고 있었습니다.

객석에서는 아직도 짝짝짝 박수소리가 울리고 있습니다. 아니, 오히려 박수소리는 더욱 커져 감당할 수 없을 정도로 우렁찬 소리가 되었습니다. 커다란 하얀 리본을 가슴에 단 사회자가 대기실로 들어왔습니다.

"앙코르 요청이 들어오고 있는데 뭔가 짧은 곡이라도 들려주시지 않겠습니까?"

그러자 단장은 정색을 하고 대답했습니다.

"안 됩니다. 이런 명곡을 연주한 후에는 무슨 곡을 하든지 우리가 만족할 수 없으니까요."

"그러면 단장님께서 나와 잠시 인사라도 해주십시오."

"안 되겠군. 이봐, 고슈! 자네가 나가서 뭐든 한 곡 연주해 줘."

"제가 말입니까?"

고슈는 너무 놀라서 정신이 없었습니다.

"너야, 너."

바이올린 연주자 한 명이 갑자기 고개를 들며 말했습니다.

"자, 어서 나가."

단장이 말했습니다. 단원들 모두 고슈에게 억지로 첼로를 안겨주더니 문을 열고는 갑자기 고슈를 무대로 떠밀었습니다. 고슈가 정말로 난처해하면서 그 구멍 난 첼로를 들고 무대로 나가자 관객들은 기다렸다는 듯 박수를 보냈습니다. 와아— 하고 함성을 지르는 사람도 있었습니다.

"사람을 완전히 바보로 만드는군. 좋아, 두고 보라고. 〈인도의 호랑이 사냥〉을 연주해 주겠어."

고슈는 마음을 가라앉히고 무대 가운데로 나갔습니다.

그러고는 고양이가 왔었을 때처럼 성난 코끼리 같은 기세로 〈인도의 호랑이 사냥〉을 연주했습니다. 그런데 이상하게도 청중들은 조용히 연주에 귀를 기울이고 있었습니다. 고슈는 더욱 거세게 연주했습니다. 고양이가 괴로워하며 불꽃을 터뜨리던 부분도 지나갔습니다. 문에 몇 번이고 몸을 부딪치던 부분도 지나갔습니다.

연주를 끝낸 고슈는 객석은 쳐다보려고도 하지 않고 그때의 고양이처럼 대기실로 재빨리 돌아왔습니다. 그러자 대기실에서는 단장을 비롯한 모든 단원이 마치 불이라도 났었던 듯 눈을 감고 주저앉은 채 꼼짝도 하지 않고 있었습니다. 고슈는 자포자기하는 심정으로 단원들 사이를 재빨리 지나쳐 끝에 있는 긴 의자에 털썩하고 앉아 다리를 꼬았습니다.

그러자 단원들은 일제히 고슈를 향해 고개를 돌렸습니다. 그런데 모두 아주 진지한 표정이었으며 비웃거나 하는 사람은 없었습니다.

'오늘은 좀 이상한 밤이군.' 고슈는 생각했습니다. 그때 단장이 일어서서 말했습니다.

"고슈 군, 잘했네. 시시한 곡이었지만 우리는 아주 진지하게 듣고 있었네. 겨우 일주일 남짓 되는 동안에 상당히 실력이 늘었군. 이전과 비교하면 완전히 아기가 장군이 된 격이야. 자네는 하려고 마음만 먹으면 언제든 해내는군."

단원들도 모두 일어서서 고슈에게 "잘했어!"라고 말했습니다.

"그래, 몸이 튼튼하니까 이렇게 할 수 있는 거야. 보통사람이라면 아마 쓰러졌을 거야."

단장이 저쪽에서 말했습니다.

고슈는 그날 밤늦게 집으로 돌아갔습니다.

그리고 다시 물을 벌컥벌컥 마신 후 창문을 열고 뻐꾸기가 날아갔던 방향의 먼 하늘을 바라보며 말했습니다.

"아, 뻐꾸기야. 그때는 미안했다. 나는 화가 난 게 아니었어."

조개불

貝の火

지금은 토끼들이 모두 갈색의 짧은 옷을 입고 있습니다.

들판의 풀은 반짝반짝 빛나고, 여기저기에 있는 자작나무는 하얀 꽃을 매달았습니다.

들판은 정말로 좋은 냄새로 가득합니다.

아기 토끼 호모이는 신나서 빙글빙글 춤을 추며 말했습니다.

"흐음, 좋은 냄새. 아주 맛있어. 은방울꽃은 정말 바삭바삭하다니까."

바람이 불었기 때문에 은방울꽃은 잎과 꽃이 서로 부딪혀 사락사락 소리를 냈습니다.

호모이는 더욱 신이 나서 숨도 쉬지 않고 풀 위를 깡충깡충 뛰어다녔습니다.

그러더니 호모이는 잠시 멈춰 서서 팔짱을 끼고 싱글벙글 웃으면서 말했습니다.

"마치 강의 물결 위에서 곡예를 하는 것 같아."

호모이는 어느새 진짜 작은 강가까지 왔습니다.

강에는 차가운 물이 출렁출렁 소리를 내었고, 바닥의 모래가 반짝반짝 빛나고 있습니다.

호모이는 고개를 조금 갸웃하더니 혼잣말을 했습니다.

"강 건너편까지 뛰어넘어볼까. 이까짓 것 문제없지. 하지만 건너편의 풀은 맛이 없단 말이야."

그때 갑자기 강물 위쪽에서 요란한 소리가 났습니다.

"푸르르르, 삐이, 삐이, 삐이, 푸르르르, 삐이, 삐이, 삐이"

그리고 거무스름하고 덥수룩한 새 같은 물체가 푸드덕푸드덕 허우적거리며 떠내려왔습니다.

호모이는 재빨리 강가로 뛰어가 가만히 기다렸습니다. 떠내려온 것은 삐쩍 마른 아기 종달새였습니다. 호모이는 갑자기 물속으로 뛰어들어가 아기 종달새를 앞다리로 꽉 잡았습니다. 그러자 아기 종달새는 깜짝 놀라 노란색 부리를 크게 벌리고 귀가 멍해질 정도로 울어대는 것입니다. 호모이는 당황해서 뒷다리로 있는 힘껏 헤엄을 쳤습니다.

"괜찮아, 괜찮아."

호모이는 아기 종달새를 달래며 얼굴을 바라보다가 깜짝 놀라 손을 놓을 뻔했습니다. 아기 종달새의 얼굴은 주름으로 뒤덮여있었고 주둥이는 엄청나게 크고 게다가 어딘지 모르게 도마뱀을 닮았기 때문이었습니다.

그러나 이 강한 아기 토끼는 결코 손을 놓지 않았습니다. 두려움에 입을 앙다물면서도 아기 새를 꽉 붙들어 물 위로 높게 들어 올렸습니다.

그렇게 둘은 계속해서 떠내려갔습니다. 호모이는 두 번이나 파도를 뒤집어썼기 때문에 물을 꽤 마셨습니다. 그래도 아기 새는 놓지 않았습니다.

마침 강물이 굽어지는 곳에 작은 버드나무 가지가 내려와 물을 찰싹찰싹 때리고 있었습니다.

호모이는 재빨리 그 나뭇가지를 파란 껍질이 보일 정도로 꽉 깨물고 매달렸습니다. 그러고는 있는 힘껏 아기 종달새를 강기슭의 부드러운 풀 위로 던져 올리고 자신도 단숨에 뛰어올랐습니다.

아기 종달새는 풀 위에 쓰러져 흰자위를 보이며 와들와들 떨었습니다. 호모이도 지쳐서 비틀비틀했지만, 이를 악물고 참으며 버드나무의 하얀 꽃을 따서 아기 종달새를 덮어주었습니다. 아기 종달새는 고맙다고 말하는 듯 그 회색 얼굴을 들었습니다.

그러나 호모이는 그 얼굴을 보고는 오싹해져 재빨리 뒤로 물러났습니다. 그리고 소리를 지르며 도망갔습니다.

그때 하늘에서 무언가가 화살처럼 빠르게 내려왔습니다. 호모이가 멈춰 서서 뒤돌아보니 엄마 종달새였습니다. 엄마 종달새는 아무 말도 못 하고 부들부들 떨며 아기 종달새를 힘껏 껴안아 주었습니다.

호모이는 이제 괜찮다고 안심하고 쏜살같이 아빠가 있는 집으로 뛰어갔습니다.

마침 집에서 하얀 풀 다발을 정리하고 있던 엄마 토끼는 호모이를 보고는 깜짝 놀라 말했습니다.

"이런, 무슨 일이 있었니? 안색이 아주 안 좋구나."

그러고는 선반에서 약 상자를 꺼냈습니다.

"엄마, 있잖아요. 제가 털북숭이 아기 새가 물에 빠진 걸 구해줬어요."

호모이가 말했습니다.

엄마 토끼는 만병통치약을 한 봉지 꺼내서 호모이에게 주며 물었습니다.

"털북숭이 아기 새란 건 종달새였니?"

호모이는 약을 받아 들면서 말했습니다.

"아마 종달새일 거예요. 아, 머리가 어지러워. 엄마, 주위가 이상하게 보여요."

그러고는 그대로 풀썩 쓰러졌습니다. 지독한 열병에 걸렸던 것입니다.

★ ★ ★

호모이가 아빠와 엄마, 의사선생님 덕분에 병이 깨끗하게 나은 것은 은방울꽃에 파란 열매가 가득 열렸을 무렵이었습니다.

어느 구름도 없는 조용한 밤, 호모이는 처음 집 밖으로 잠깐 나와 보았습니다.

빨간 별이 잇따라 남쪽 하늘을 비스듬히 달리고 있었습니다. 호모이는 넋을 잃고 별을 바라보았습니다. 그러자 문득 하늘에서 푸드덕하는 날갯소리가 들리더니 두 마리의 작은 새가 내려왔습니다.

그 가운데 큰 새가 붉게 빛나는 둥근 것을 조심스레 풀 위에 내려놓고는 공손하게 엎드리며 말했습니다.

"호모이 씨, 당신은 저와 제 아이의 은인이십니다."

호모이는 붉게 빛나는 물건의 빛을 이용해 새의 얼굴을 자세히 보더니 말했습니다.

"당신은 요전의 그 종달새인가요?"

엄마 종달새가 대답했습니다.

"네, 그렇습니다. 요전에는 정말로 감사했습니다. 제 아들의 목숨을 구해주셔서 정말로 고맙습니다. 그 때문에 당신은 병까지 걸리셨다고 하던데 몸은 괜찮으신지요."

엄마 종달새는 몇 번이고 고개를 숙이며 말했습니다.

"저희는 매일 이 주변을 돌며 당신이 밖으로 나오기를 기다렸습니다. 이것은 종달새의 왕께서 보낸 선물입니다."

그리고 엄마 종달새가 붉게 빛나는 물건을 호모이 앞에 내밀고는 엷은 안개가 피어오르는 손수건을 풀었습니다. 그것은 칠엽수 열매만 한 동그란 구슬이었으며, 구슬 속에서는 빨간 불이 깜빡깜빡 타오르고 있었습니다.

엄마 종달새가 말했습니다.

"이것은 조개불이라고 하는 구슬입니다. 왕께서 말씀하시길, 이 구슬은 호모이님이 돌보기에 따라 얼마든지 더 아름다워질 수 있다고 하셨습니다. 부디 받아주세요."

호모이는 웃으면서 말했습니다.

"종달새님, 이런 건 필요 없습니다. 가져가세요. 너무도 아름다워서 보는 것만으로 충분합니다. 보고 싶어지면 종달새님이 있는 곳으로 갈게요."

그러자 종달새가 말했습니다.

"안 됩니다. 부디 받아주세요. 우리 종달새의 왕이 보내신 선물입니다. 받아주시지 않으면 저와 제 아들은 목숨을 내놓아야 합니다. 자, 아가야, 인사를 드리렴. 그럼 안녕히 계세요."

그리고 종달새 모자는 두세 번 고개를 숙이더니 재빨리 도망갔습니다.

호모이는 구슬을 들어보았습니다. 구슬은 빨강과 노랑의 불꽃을 피우며 분주하게 타오르는 듯 보이지만, 사실은 차갑고 아름답고 투명합니다. 눈에 대고 하늘을 비추어보면 어느새 불꽃은 보이지 않고 은하수가 투명하게 비추어집니다. 눈에서 떼면 다시 아름다운 불꽃이 반짝이며 타기 시작합니다.

호모이는 구슬을 양손으로 조심스레 받쳐 들고 집으로 들어갔습니다. 그리고 바로 아빠에게 보여주었습니다. 그러자 아빠 토끼가 안경을 벗고 찬찬히 구슬을 살펴보더니 말했습니다.

"이건 조개불이라고 하는 유명한 보석이야. 아주 귀한 보석이지. 이 보석을 평생 잘 간직해 온 자는 지금까지 새가 두 마리, 인어 한 명뿐이었다고 한단다. 조심해서 빛이 사라지지 않도록 해야 한다."

호모이가 말했습니다.

"걱정하지 마세요. 결코 불을 꺼뜨리지 않을 거예요. 그 얘기는 종달새도 했어요. 나는 매일 밤 백 번씩 입김을 불고 백 번씩 홍작의 깃털로 닦겠어요."

엄마 토끼도 구슬을 손에 들고 요리조리 살펴보았습니다.

"이 구슬은 무척 깨지기 쉽다고 하던데. 하지만 지금은 돌아가셨지만 예전에 독수리 대신도 구슬을 가지고 계셨거든. 그런데 큰 화산이 폭발해서 새들을 피난시키기 위해 이곳저곳을 돌아다니셨기 때문에 구슬은 수많은 돌에 부딪히기도 하고 새빨간 용암에 떠내려가기도 했었대. 하지만 아무런 흠집도 없이 깨끗했고, 오히려 더 아름다워졌다고 해."

아빠 토끼가 말했습니다.

"그래. 그 이야기는 아주 유명하단다. 너도 분명 독수리 대신처럼 유명한 토끼가 될 거야. 나쁜 짓을 하지 않도록 조심해야 한다."

호모이는 피곤해서 졸음이 왔습니다. 그래서 자신의 잠자리에 벌렁 누워 말했습니다.

"걱정하지 마세요. 저도 잘할 거예요. 구슬은 제가 갖고 잘 테니까 주세요."

엄마 토끼는 구슬을 호모이에게 건네었습니다. 호모이는 구슬을 가슴에 안고 금방 잠이 들었습니다.

그날 밤 호모이는 아름다운 꿈을 꾸었습니다. 하늘에서 노란색과 초록색의 불이 타오르기도 하고 들판이 황금색 풀로 바뀌기도 했으며, 수많은 작은 풍차가 벌처럼 희미한 소리를 내며 공중을 날아다녔고 의리 있는 독수리 대신이 은색 망토를 펄럭이며 들판을 둘러보기도 했습니다. 호모이는 매우 기뻐서 '와아, 멋있다! 멋있다!' 하고 몇 번이나 외쳤습니다.

★ ★ ★

다음 날, 호모이는 일곱 시 정도에 눈을 뜨고는 제일 먼저 구슬을 보았습니다. 구슬은 어젯밤 꿈보다 더욱 아름다웠습니다. 호모이는 구슬을 들여다보며 혼잣말을 했습니다.

"와, 보인다, 보여. 저곳이 분화구야. 봐, 불을 뿜었어. 불을 뿜었다고. 재미있어. 꼭 불꽃 같아. 우와, 우와, 우와. 불이 활활 솟아오르고 있어. 앗, 둘로 갈라졌네. 정말 예쁘다. 불꽃이야, 불꽃. 앗, 흘러내리기 시작했네. 완전히 황금색이 되었어. 멋있어, 훌륭해. 와, 또 불을 뿜었다."

아빠 토끼는 이미 외출을 했습니다. 엄마 토끼가 생글생글 웃으면서 맛있는 하얀 풀뿌리와 파란 장미 열매를 들고 와서 말했습니다.

"자, 얼른 세수해. 오늘은 운동을 좀 해야겠다. 그 구슬 잠깐 보여주렴. 어머, 정말 예쁘구나. 네가 세수를 하는 동안 엄마가 보고 있어도 되겠니?"

호모이가 말했습니다.

"물론이죠. 이 구슬은 우리의 보물이니까 엄마 것이기도 해요."

그리고 호모이는 일어나서 집 앞에 있는 은방울꽃 이파리 끝에 맺힌 이슬을 여섯 방울 정도 받아서 얼굴을 깨끗하게 씻었습니다.

호모이는 밥을 먹고 난 후 구슬에 입김을 백 번 불은 후 홍작새 깃

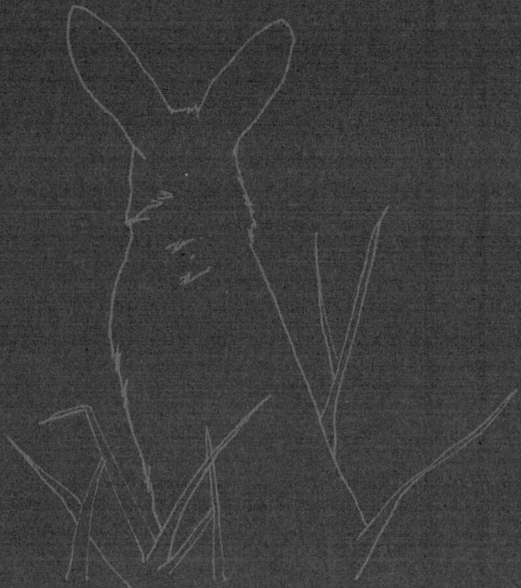

털로 백 번을 닦았습니다. 그리고 홍작새의 가슴 털로 소중하게 감싸서 원래는 망원경을 넣어 두었던 마노 상자에 담아 엄마 토끼에게 주었습니다. 그리고 밖으로 나갔습니다.

바람이 불어 풀잎의 이슬이 방울방울 떨어집니다. 종 모양의 초롱꽃이 아침 종을 '땡, 땡, 땡그랑, 땡땡' 하고 울립니다. 호모이는 깡충깡충 뛰어 자작나무 아래로 갔습니다.

그때 맞은편에서 늙은 야생말이 다가왔습니다. 호모이가 조금 겁을 먹고 돌아가려 하자 말은 공손히 인사를 하고는 말했습니다.

"당신이 호모이님이십니까? 이번에 조개불이 당신에게 갔다고 들었습니다. 정말로 축하합니다. 그 구슬이 지난번 주인에게 간 지도 벌써 천이백 년이 지났다고 합니다. 아아, 전 오늘 아침 그 이야기를 듣고 정말로 눈물을 흘렸습니다."

말은 눈물을 뚝뚝 흘리기 시작했습니다. 호모이는 영문을 알 수 없었지만, 말이 너무 울어서 자신도 모르게 코끝이 조금 찡해졌습니다. 말은 보자기만 한 노란 손수건을 꺼내 눈물을 닦고는 말했습니다.

"당신은 저희의 은인이십니다. 부디 앞으로도 건강하시기 바랍니다."

그리고 말은 공손하게 인사를 하고 맞은편으로 달려갔습니다.

호모이는 왠지 기쁘기도 하고 묘한 기분도 들어 멍하니 생각을 하면서 덧나무 그늘로 갔습니다. 그러자 그곳에 어린 다람쥐 두 마리가 사이좋게 하얀 찹쌀떡을 먹고 있었습니다. 다람쥐는 호모이가 오는 것을 보고 깜짝 놀라 일어서더니 재빨리 옷깃을 바로 하고는 눈을 희번덕이며 떡을 삼키려고 했습니다.

호모이는 평상시처럼 '다람쥐야 안녕?' 하고 인사를 했지만, 두 마리의 다람쥐는 긴장한 채 아무 말도 하지 못했습니다.

호모이는 당황해서 말했습니다.

"다람쥐야, 오늘도 같이 놀러 가지 않을래?"

그러나 다람쥐들은 말도 안 된다는 듯이 눈을 동그랗게 뜨고 서로 마주 보았습니다. 그러더니 갑자기 맞은편을 향해 있는 힘껏 도망갔습니다.

호모이는 어처구니가 없었습니다. 그리고 얼굴색이 변해 집으로 돌아와 엄마 토끼에게 말했습니다.

"엄마. 모두 이상해요. 다람쥐도 나를 따돌렸어요."

그러자 엄마 토끼가 웃으면서 대답했습니다.

"그건 당연하단다. 너는 이미 훌륭한 인물이 되었기 때문에 다람쥐가 부끄러워한 거야. 그러니까 나중에 비웃음을 당하지 않도록 조심해야 한단다."

호모이가 말했습니다.

"엄마, 그건 걱정하지 마세요. 그런데 저는 이미 대장이 된 거예요?"

엄마 토끼는 기쁜 듯 대답했습니다.

"그렇다고 할 수 있지."

호모이가 기뻐서 깡충깡충 뛰었습니다.

"와, 멋진걸. 이제 모두 내 부하가 되는 거군. 여우 따위 이제 별것도 아니야. 엄마, 내가 다람쥐를 소장시켜줄래요. 말은 대령을 시켜주고요."

엄마 토끼는 웃으면서 말했습니다.

"그러렴. 하지만 너무 으스대면 안 돼."

"걱정하지 마세요. 엄마, 저 밖에 좀 나갔다 올게요."

호모이는 들판을 향해 깡충깡충 뛰어갔습니다. 그러자 심술궂은 여우가 눈앞을 바람처럼 달려갔습니다. 호모이는 무서워서 몸이 부들부들 떨렸지만, 꾹 참고 소리쳐 보았습니다.

"기다려, 여우야. 난 대장이야!"

여우가 깜짝 놀라 돌아보더니 얼굴색이 변한 채 말했습니다.

"그럼요, 알고 있습니다. 네네. 무슨 볼일이 있으신가요?"

호모이는 되도록 당당하게 말했습니다.

"넌 나를 무척이나 괴롭혔었지. 이제부터 넌 내 부하야."

여우는 기절할 듯 놀라서 머리에 손을 얹고는 대답했습니다.

"네네, 정말로 죄송합니다. 부디 용서해 주세요."

호모이는 기뻐서 가슴이 두근두근했습니다.

"좋아, 특별히 용서해주마. 넌 이제부터 소위야. 열심히 일하도록 해."

여우는 기뻐하며 네 번이나 빙그르르 돌았습니다.

"네네, 감사합니다. 무슨 일이든 하겠습니다. 옥수수를 조금 훔쳐 올까요?"

호모이가 말했습니다.

"아니, 그것은 나쁜 짓이야. 그런 짓을 해서는 안 돼."

여우가 머리를 긁적이며 말했습니다.

"네네. 앞으로는 절대 그런 짓을 하지 않겠습니다. 무슨 일이든 명령만 내려주세요."

호모이는 말했습니다.

"그래. 일이 있으면 부를 테니까 그만 가 봐."

여우는 빙글빙글 돌며 인사를 하더니 저쪽으로 갔습니다.

호모이는 좋아서 어쩔 줄 몰랐습니다. 들판을 왔다 갔다 하며 혼잣말을 하기도 하고 웃음을 터뜨리며 갖가지 즐거운 일을 생각하는 동안에 어느새 해님이 깨진 거울처럼 자작나무 너머로 떨어졌기 때문에 호모이는 서둘러 집으로 돌아갔습니다.

아빠 토끼도 일찍 들어왔고 그날 밤은 맛있는 음식이 가득했습니다. 호모이는 그날 밤도 아름다운 꿈을 꾸었습니다.

★ ★ ★

다음날 호모이는 엄마의 심부름으로 소쿠리를 들고 들판에 나가 은방울꽃 열매를 따면서 혼잣말을 했습니다.

"쳇! 대장이 은방울꽃 열매를 따고 있다니 말도 안 돼. 누가 본다면 분명 비웃을 거야. 여우가 오면 좋을 텐데……."

그때 발밑에서 무언가가 꾸물꾸물 움직였습니다. 두더지가 땅을 파며 지나가고 있었던 것입니다. 호모이는 외쳤습니다.

"두더지야 멈춰 봐! 너는 내가 위대한 인물이 되었다는 것을 알고 있어?"

두더지가 땅속에서 대답했습니다.

"호모이님이십니까? 잘 알고 있습니다."

호모이는 몹시 으스대며 말했습니다.

"그래? 그거 잘됐군. 내가 너를 중사로 임명하겠다. 대신에 나를 조금 도와주지 않겠나?"

두더지는 움찔움찔하면서 물었습니다.

"예. 어떤 일인가요?"

호모이는 불쑥 말했습니다.

"은방울꽃 열매를 따줘."

두더지는 땅속에서 식은땀을 흘리면서 머리를 긁적였습니다.

"정말로 송구합니다만…… 저는 밝은 곳에서는 전혀 일을 하지 못합니다."

호모이는 화가 나서 소리쳤습니다.

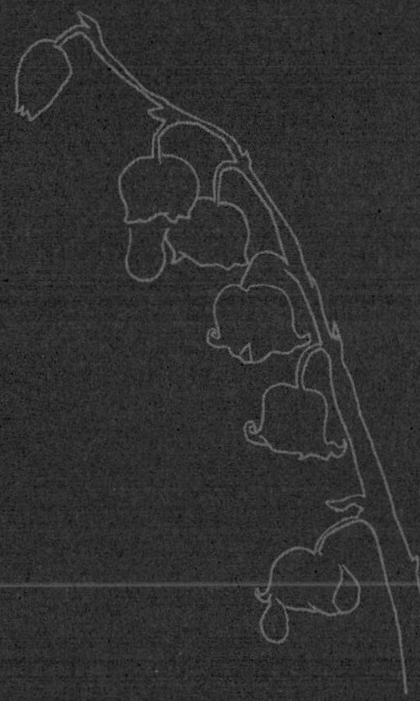

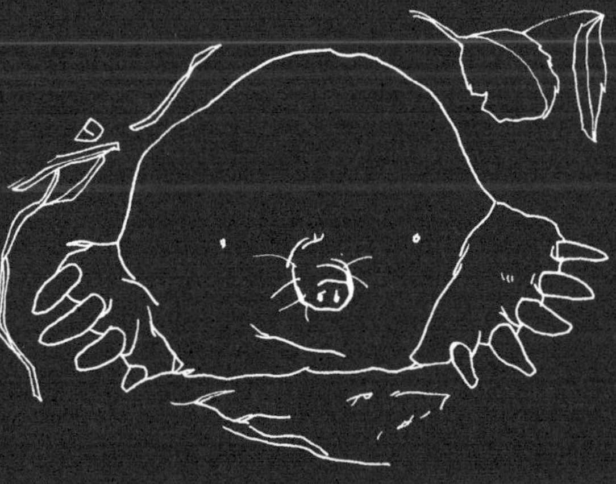

"그래? 그렇다면 필요 없어! 대신 나중에 두고 보자고. 후회할 거야."

그러자 두더지는 계속해서 사과를 했습니다.

"제발 용서해 주세요. 전 햇빛을 오래 보면 죽는답니다."

호모이는 발로 땅을 탁탁 치면서 말했습니다.

"됐어, 됐다고. 조용히 해."

그때 건너편의 덧나무 그늘에서 다섯 마리의 다람쥐가 조르르 나왔습니다. 그리고 호모이 앞에서 머리를 꾸벅꾸벅 조아리며 말했습니다.

"호모이님. 부디 저희가 은방울꽃 열매를 딸 수 있도록 허락해주세요."

호모이가 대답했습니다.

"물론 괜찮고말고. 자, 어서 따렴. 너희를 모두 소장으로 임명한다."

다람쥐들이 꺅꺅 기뻐하며 은방울꽃 열매를 따기 시작했습니다.

그때 맞은편에서 여섯 마리의 망아지가 달려와 호모이 앞에 멈춰섰습니다. 그리고 그중에서 가장 큰 말이 말했습니다.

"호모이님. 저희에게도 무언가 지시를 내려 주세요."

호모이는 완전히 기분이 좋아져서 말했습니다.

"좋아, 좋아. 너희는 이제 모두 나의 대령으로 임명하겠다. 내가 부르면 꼭 달려와 주렴."

아기 말들은 기뻐서 펄쩍 뛰었습니다.

그러자 두더지가 땅속에서 울면서 말했습니다.

"호모이님. 부디 제가 할 수 있는 일을 시켜주세요. 훌륭하게 해내겠습니다."

호모이는 아직 화가 나 있었기 때문에 발을 구르며 말했습니다.

"너 따위는 필요 없어! 당장에라도 여우가 오면 너희 모두 험한 꼴을 당하게 해줄 거야. 두고 봐."

그러자 땅속에서는 쥐 죽은 듯 숨소리조차 들리지 않게 되었습니다.

다람쥐들은 저녁까지 은방울꽃 열매를 가득 따서는 요란하게 호모이 집으로 운반했습니다.

엄마 토끼가 그 소리를 듣고는 뛰어나오더니 깜짝 놀라 말했습니다.

"어머나, 다람쥐들아 어떻게 된 거니?"

호모이가 옆에서 끼어들었습니다.

"엄마. 제 실력 어때요? 전 앞으로도 무슨 일이든 할 수 있어요."

엄마 토끼는 아무 말 없이 생각에 잠겨있었습니다.

그때 마침 아빠 토끼가 돌아와서는 그 광경을 가만히 지켜보고는 말했습니다.

"호모이, 너 제정신이니? 두더지를 무섭게 협박했다며? 두더지들은 지금 집에서 넋이 나가 울고 있어. 게다가 이렇게 많은 열매를 누가 다 먹는다는 거니?"

호모이는 울음을 터뜨렸습니다. 다람쥐들은 호모이가 가여운 듯 잠시 지켜보았지만 결국 슬금슬금 도망가 버렸습니다.

아빠 토끼가 다시 말했습니다.

"넌 이미 틀렸어. 조개불을 보아라. 분명 흐려져 있을 테니까."

엄마 토끼도 앞치마로 눈물을 닦으며 그 아름다운 구슬이 들어있는 마노 상자를 꺼냈습니다.

아빠 토끼는 상자를 받아 조심스레 뚜껑을 열어보고는 깜짝 놀랐습니다.

구슬은 그제 밤보다도 더욱 붉게, 더욱 세차게 타오르고 있었던 것입니다.

모두 넋을 잃고 황홀한 듯 구슬을 바라보았습니다. 아빠 토끼는 말없이 구슬을 호모이에게 건네주고 밥을 먹기 시작했습니다. 호모이도 어느새 눈물을 그치고 모두 기분 좋게 웃으며 밥을 먹은 후 잠자리에 들었습니다.

★ ★ ★

호모이는 다음 날 아침 일찍 들판으로 나갔습니다.

오늘도 날씨가 좋습니다. 그렇지만 열매를 빼앗긴 은방울꽃은 이제 이전처럼 차랑차랑하는 소리를 내지 않았습니다.

저 멀리 있는 푸른 들판 끝에서 여우가 힘껏 달려오더니 호모이 앞에 멈춰 섰습니다.

"호모이님. 어제 다람쥐에게 은방울꽃 열매를 따게 하셨다죠? 그러면 오늘은 제가 맛있는 것을 찾아 가져오겠습니다. 그것은 노란색의 뭉글뭉글한 것으로 실례되는 말이지만 호모이님은 이제껏 본 적도 없는 음식입니다. 그리고 어제 두더지에게 벌을 주라고 하셨다더군요. 그 녀석은 원래 교활한 녀석입니다. 강 속으로 쫓아 버리죠."

그러나 호모이는 말했습니다.

"두더지는 용서해주도록 해. 나는 아침에 이미 용서했어. 하지만 그 맛있다는 건 조금만 가져다주렴."

"네네, 알겠습니다. 십 분만 기다리세요. 십 분이요."

그리고 여우는 바람처럼 달려갔습니다.

호모이는 큰 소리로 외쳤습니다.

"두더지야, 두더지야. 이제 너를 용서해줄게. 울지 않아도 돼."

그러나 땅속은 쥐 죽은 듯 조용했습니다.

그리고 여우가 다시 달려왔습니다.

"자, 드세요. 이것은 천국의 튀김이라고 하는 것입니다. 최고의 음식이죠."

여우는 훔쳐 온 네모난 빵을 내밀었습니다.

호모이는 조금 먹어보았습니다. 그런데 말로 표현할 수 없을 만큼 맛있어서 여우에게 물었습니다.

"이런 건 어떤 나무에 열리는 거지?"

여우는 고개를 옆으로 돌리고 몰래 씨익 웃더니 대답했습니다.

"부엌이라는 나무입니다. 부엌이요. 마음에 드신다면 매일 가져다 드리겠습니다."

호모이는 말했습니다.

"그렇다면 매일 세 개씩 가져다줘, 알았지?"

너무 쉽게 걸려들었다는 듯 여우는 눈을 반짝이며 말했습니다.

"네네, 잘 알겠습니다. 그 대신에 제가 닭을 잡아도 뭐라고 하면 안 됩니다."

"물론 그렇게 하지."

호모이가 대답했습니다.

"그러면 오늘치, 두 개를 더 가져오겠습니다."

여우는 이렇게 말하고는 바람처럼 달려갔습니다.

호모이는 그 맛있는 음식을 집에 가져가 아빠와 엄마에게 드리는 장면을 상상하고 있었습니다.

'아무리 아빠라도 이렇게 맛있는 음식은 처음이겠지? 난 정말 효자야.'

여우는 네모난 빵을 두 개 더 들고 와 호모이 앞에 두고는 "안녕히 가세요" 하고는 서둘러 달려나갔습니다.

'여우는 도대체 날마다 무엇을 하고 있는 걸까?'

호모이는 혼자 중얼거리며 집으로 돌아갔습니다.

아빠와 엄마가 집 앞에서 은방울꽃 열매를 햇볕에 말리고 있었습니다.

호모이는 네모난 빵을 내밀며 말했습니다.

"아빠, 맛있는 걸 갖고 왔어요. 조금 드셔 보세요."

아빠 토끼는 안경을 벗고는 빵을 찬찬히 살펴보고는 말했습니다.

"넌 이걸 여우에게 받았겠지? 이건 훔쳐온 것이야. 아빠는 이런 것 먹지 않는다."

그러고는 아빠 토끼는 엄마에게 주려던 또 하나의 빵도 빼앗아 자신의 빵과 함께 바닥에 던지고는 발로 마구 짓밟아버렸습니다.

호모이는 와—앙 하고 울음을 터뜨렸습니다. 엄마 토끼도 함께 울었습니다.

아빠 토끼는 안절부절못하고 이리저리 돌아다니며 말했습니다.

"호모이, 이제 끝이야. 구슬을 보렴. 분명 깨져있을 거야."

엄마가 울면서 상자를 꺼냈습니다. 구슬을 햇빛을 받아 마치 하늘로 올라갈 듯 아름답게 타오르고 있었습니다.

아빠는 호모이에게 구슬을 건네고는 아무 말도 하지 않았습니다. 호모이는 구슬을 보더니 바로 눈물을 그쳤습니다.

★ ★ ★

다음 날 호모이는 다시 들판으로 나갔습니다.

여우가 달려오더니 네모난 빵 세 개를 건네주었습니다. 호모이는 그것을 재빨리 부엌 선반 위에 올려두고 들판으로 되돌아왔습니다.

여우가 아직 가지 않고 기다리고 있더니 호모이를 보고 말했습니다.

"호모이님, 무언가 재미있는 일을 하지 않겠어요?"

"그게 뭔데?"

호모이가 묻자 여우가 대답했습니다.

"두더지에게 벌을 주는 건 어때요? 그 녀석은 정말로 이곳의 독벌레 같은 놈이에요. 게다가 아주 게으른 놈이죠. 당신이 일단 용서한다고 했으니까 오늘은 저 혼자 두더지를 혼내줄게요. 당신은 그냥 지켜만 보세요. 괜찮죠?"

호모이는 말했습니다.

"음……. 독벌레라면 조금 괴롭혀줘도 되겠지."

여우는 한동안 땅의 이곳저곳 냄새를 맡고 툭툭 밟아보더니 마침내 커다란 돌 하나를 들어냈습니다. 그러자 그 아래에 여덟 마리의 두더지 가족이 모여 부들부들 떨고 있었습니다.

여우는 발을 탕탕 구르며 소리쳤습니다.

"자, 달려. 달리지 않으면 물어 죽이겠어."

그러자 두더지 가족은 '죄송합니다, 죄송합니다' 하면서 도망가려고 했지만, 모두 눈이 보이지 않는데다가 다리도 말을 듣지 않아 풀을 긁어댈 뿐이었습니다.

가장 작은 두더지는 이미 쓰러져 기절을 한 듯했습니다. 여우는 이를 갈았습니다. 호모이도 자신도 모르게 씩씩거리며 발을 굴렀습니다.

그때 갑자기 호통소리가 들렸습니다.

"이놈들, 무슨 짓이냐!

여우는 빙글빙글 네 번을 돌더니 정신없이 도망갔습니다.

호모이의 아빠가 와서 소리를 질렀던 것입니다.

아빠는 얼른 두더지를 모두 구멍에 넣어 주고 다시 원래대로 돌을 올려두었습니다. 그리고 호모이의 목덜미를 잡고는 집으로 질질 끌고 갔습니다.

엄마 토끼가 뛰어나와 울면서 아빠 토끼에게 매달렸습니다. 아빠 토끼가 말했습니다.

"호모이, 정말 이제 끝이야. 오늘은 분명 조개불이 깨져있을 거야. 구슬을 꺼내 봐라."

엄마가 눈물을 닦으며 상자를 꺼내왔습니다. 아빠는 상자 뚜껑을 열어 보았습니다.

그런데 아빠는 깜짝 놀랐습니다. 조개불은 이제껏 본 것 중 가장 아름답게 빛나고 있었던 것입니다. 마치 빨간색과 초록색과 파란색의 갖가지 불이 격렬하게 전쟁을 하며 지뢰를 터뜨리기도 하고 봉화를 올리기도 하는 듯했습니다. 또한, 번개가 번쩍이기도 하고 빛의 피가 흐르기도 했으며, 물빛의 불길이 구슬 전체를 뒤덮다가 다시 양귀비꽃과 노란 튤립, 장미, 반딧불 무리 등이 바람에 흔들리고 있는 듯이 보였습니다.

아빠 토끼는 다시 말없이 구슬을 호모이에게 건넸습니다. 호모이는 곧 안심해서 울음을 그치고 점심 준비를 했습니다.

모두 앉아 네모난 빵을 먹었습니다.

아빠가 말했습니다.

"호모이야. 여우는 조심해야 한다."

호모이가 대답했습니다.

"아빠, 걱정하지 마세요. 여우 따위는 별거 아니에요. 내게는 조개불이 있는 걸요. 그 구슬이 깨지거나 흐려질 리가 없어요."

엄마 토끼가 말했습니다.

"정말 좋은 보석이구나."

호모이는 자신만만하게 말했습니다.

"엄마. 난 말이죠, 태어날 때부터 조개불과 떨어질 수 없게 되어 있어요. 내가 무슨 짓을 해도 그 조개불이 어디로 사라져버리는 일은 결코 일어나지 않을 거예요. 게다가 전 매일 백 번씩 입김을 불어 닦아주고 있는 걸요."

그러자 아빠가 말했습니다.

"정말로 그런 거라면 좋을 텐데."

그날 밤 호모이는 꿈을 꾸었습니다. 송곳처럼 높디높은 산의 정상에 한 발로 서있었던 것입니다.

호모이는 깜짝 놀라 울면서 잠에서 깨었습니다.

★ ★ ★

다음 날 아침 호모이는 다시 들판으로 나갔습니다.

오늘은 음침한 안개가 축축하게 내려앉았습니다. 나무도 풀도 가만히 침묵하고 있었습니다. 너도밤나무 잎조차 조금도 흔들리지 않았습니다.

오로지 초롱꽃의 아침 종소리만이 드높게 하늘로 울려 퍼졌습니다.

"땡, 땡, 땡그랑, 땡땡."

마지막 종소리가 땡하고 맞은편에서 메아리쳐 돌아왔습니다.

그리고 반바지를 입은 여우가 네모난 빵 세 개를 갖고 왔습니다.

호모이가 인사를 했습니다.

"여우야, 안녕?"

여우는 야비한 웃음을 지으며 말했습니다.

"와, 어젠 깜짝 놀랐습니다. 아버님도 상당히 완고하시더군요. 하지만 금세 기분이 풀어지셨죠? 그렇죠? 오늘은 훨씬 재미있는 일 하나를 해보죠. 호모이님은 동물원을 싫어하십니까?"

호모이가 대답했습니다.

"아니, 좋아해."

그러자 여우가 품속에서 그물을 꺼내며 말했습니다.

"자, 이 그물을 쳐놓으면 잠자리, 벌, 참새나 어치, 아니 더 큰 녀석도 걸려든답니다. 그것들을 잡아서 동물들 먹이로 주는 건 어떨까요?"

호모이는 잠시 동물원의 광경을 떠올려보았습니다. 무척 재미있을 듯했습니다.

"좋아, 하자. 하지만 정말 그 그물로 잡을 수 있을까?"

여우가 아주 우습다는 듯 말했습니다.

"괜찮고말고요. 당신은 얼른 빵을 두고 오세요. 그동안 저는 백 마리 정도는 잡아둘 테니까요."

호모이는 재빨리 집으로 돌아가 네모난 빵을 부엌 선반에 올려두었습니다. 그리고 다시 서둘러 돌아왔습니다. 돌아와 보니 여우는 이미 안갯속 자작나무에 그물을 튼튼하게 걸어두고는 입을 크게 벌리고 웃고 있었습니다.

"하하하핫, 보세요. 벌써 네 마리를 잡았습니다."

여우는 어디서 가져온 것인지 알 수 없는 커다란 유리 상자를 가리키며 말했습니다. 상자 안에는 정말로 어치와 휘파람새와 홍작새와 검은방울새가 파닥거리고 있었습니다.

그러나 새들은 호모이의 얼굴을 보더니 갑자기 안심한 듯 모두 조용해졌습니다.

휘파람새가 유리 상자 너머로 말했습니다.

"호모이님. 제발 당신의 힘으로 저희를 구해주세요. 우리는 여우에게 붙잡혔답니다. 내일은 분명 잡아먹힐 거예요. 호모이님, 부탁합니다."

호모이는 상자를 열려고 했습니다.

그러자 여우가 이마에 검은 주름을 잡고 눈을 치켜뜨며 소리를 질렀습니다.

"호모이! 까불지 마. 그 상자에 손을 댔다간 잡아먹어 버리겠어. 이 도둑놈아!"

여우의 입은 옆으로 찢어질 것 같았습니다.

호모이는 무서워서 부리나케 집으로 돌아갔습니다. 오늘은 엄마도 들판에 나가고 집에 없었습니다.

호모이는 너무 가슴이 두근거려 조개불을 보려고 상자를 꺼내 뚜껑을 열었습니다.

구슬은 여전히 불꽃처럼 타오르고 있었습니다. 그렇지만 기분 탓인지 아주 작은 바늘구멍만 하게 뿌옇게 흐려진 곳이 한 곳 보였습니다. 호모이는 그곳이 너무 신경 쓰여서 견딜 수가 없었습니다. 그래서 평상시에 하듯이 '후우, 후우' 하고 입김을 불고는 홍작새의 가슴 털로 부드럽게 문질렀습니다.

그렇지만 흐려진 부분은 닦이지 않았습니다. 그때 아빠가 돌아왔습니다. 그리고 호모이의 얼굴빛이 좋지 않은 것을 보고 말했습니다.

"호모이, 조개불이 흐려진 거니? 얼굴빛이 아주 안 좋구나. 어디 구슬을 줘 보렴."

그리고 구슬을 들여다보더니 웃으며 말했습니다.

"이건 금세 지워질 거다. 노란색 불은 이전보다 훨씬 밝게 타고 있지 않니. 홍작새 털을 줘 보렴."

그리고 아빠는 열심히 구슬을 닦았습니다. 하지만 얼룩은 지워지기는커녕 자꾸 커지는 듯했습니다.

엄마가 돌아왔습니다. 그리고 말없이 조개불을 받아 들여다보다니 한숨을 쉬었습니다. 엄마는 입김을 불어 구슬을 닦기 시작했습니다. 모두 한숨만 쉬면서 번갈아 가며 조개불을 정성껏 닦았습니다.

어느새 저녁이 되었습니다. 아빠는 갑자기 생각난 듯 일어서서 말했습니다.

"일단 밥을 먹자. 그리고 하룻밤 기름에 담가보자. 그게 제일 좋은 방법이다."

엄마가 깜짝 놀라며 말했습니다.

"어머, 식사 준비를 깜박했네. 만들어 놓은 게 아무것도 없는데……. 그제 따온 은방울꽃 열매랑 오늘 아침에 가져온 빵을 먹을까요?"

"응, 그거면 됐어."

아빠가 말했습니다. 호모이는 한숨을 쉬며 구슬을 상자에 넣고는 가만히 바라보고 있었습니다. 모두 말없이 저녁을 마친 후, 아빠가 말했습니다.

"어떤 기름이 좋을까?"

아빠는 선반에서 억새 열매 기름을 꺼냈습니다.

호모이는 기름을 받아 조개불을 넣어둔 상자에 부었습니다.

그리고 불을 끄고 모두 일찍 잠자리에 들었습니다.

★ ★ ★

호모이는 한밤중에 눈을 떴습니다.

그리고 숨죽이며 일어나 베개 밑에 두었던 조개불을 조심스레 들여다보았습니다. 조개불은 기름 속에서 물고기 눈동자처럼 은빛으로 빛나고 있습니다. 이제 빨간 불은 타오르지 않고 있었습니다. 호모이는 큰 소리로 울음을 터뜨렸습니다. 아빠와 엄마가 깜짝 놀라 불을 켰습니다.

조개불은 마치 납 구슬처럼 되어 버렸습니다. 호모이는 울면서 여우가 그물을 쳤던 이야기를 아빠에게 했습니다. 아빠는 무척 당황해 서둘러 옷을 갈아입으며 말했습니다.

"호모이, 넌 정말 바보다. 나도 바보다. 너는 아기 종달새의 목숨을 구해주고 그 구슬을 받지 않았느냐. 그런데 넌 그제만 해도 태어날 때부터 구슬과 함께였다는 이야기 따위를 했었지. 자, 들판으로 가자. 여우가 그물을 아직 걷지 않았을지도 모른다. 넌 목숨을 걸고 여우와 싸워야 한다. 물론 나도 도와주마."

호모이는 울면서 일어났습니다. 엄마 토끼도 울면서 뒤를 따랐습니다.

사락사락 안개가 내리면서 이미 날이 밝아오고 있었습니다.

여우는 아직도 그물을 쳐놓은 채 자작나무 아래에 있었습니다. 그리고 호모이 가족을 보더니 입꼬리를 올리면서 크게 웃었습니다. 호모이의 아빠는 소리쳤습니다.

"여우, 넌 호모이를 잘도 속였구나. 자, 결투를 하자."

여우가 정말 악당 같은 얼굴로 말했습니다.

"흥, 너희 세 마리를 잡아먹어 버리면 그만이지만, 내가 상처라도 입으면 귀찮거든. 게다가 난 더 맛있는 먹이가 있지."

그리고 상자를 둘러메고 도망가려고 했습니다.

"이 자식, 멈춰!"

호모이의 아빠가 달려들어 유리 상자를 붙잡자 여우는 비틀비틀하더니 결국 상자를 두고 도망갔습니다.

상자 안에는 백 마리나 되는 새가 모두 울고 있었습니다. 참새, 어치, 휘파람새는 물론이고 아주 커다란 올빼미에 엄마 종달새와 아기 종달새도 있었습니다.

호모이의 아빠는 뚜껑을 열었습니다.

새들은 상자에서 나온 후 모두 두 손을 땅에 대고 엎드린 채 한목소리로 말했습니다.

"고맙습니다. 정말 여러 번 은혜를 입었습니다."

그러자 호모이의 아빠가 말했습니다.

"천만에요, 저희도 면목이 없습니다. 당신들의 왕께서 주신 구슬이 결국 흐려지고 말았습니다."

새들이 동시에 말했습니다.

"저런……. 어떻게 된 건가요. 잠깐 볼 수 있을까요?"

"그럼 이쪽으로 오세요."

호모이의 아빠는 새들을 집으로 안내했습니다. 새들은 줄을 지어 따라왔습니다. 호모이는 맨 뒤에서 풀이 죽은 채 울면서 따라갔습니다. 올빼미가 큰 걸음으로 성큼성큼 걸어가며 이따금 무서운 눈으로 호모이를 돌아보았습니다.

모두 호모이의 집으로 들어갔습니다.

새들은 바닥이나 선반, 책상 등 집 안 모든 곳을 가득 메웠습니다. 올빼미가 눈동자를 이리저리 굴리면서 에헴, 에헴 하고 헛기침을 했습니다.

아빠 토끼가 평범한 하얀 돌이 되어 버린 조개불을 꺼내 들며 말했습니다.

"이런 상태가 되어버렸습니다. 실컷 비웃어주세요."

그 순간 조개불이 쨍그랑하는 날카로운 소리를 내더니 두 개로 갈라졌습니다. 그리고 순식간에 파직파직파직하는 요란한 소리와 함께 연기처럼 부서졌습니다.

그때 문쪽에 있던 호모이가 '앗!' 하며 쓰러졌습니다. 조개불의 가루가 호모이의 눈에 들어갔던 것입니다. 모두 놀라서 호모이가 있는 곳으로 달려가려는 순간, 이번에는 치직치직하는 소리가 나면서 연기가 모이더니 마침내 여러 개의 멋진 조각이 되었으며 마지막에는 두 개의 조각이 쿵하는 소리와 함께 하나로 합쳐져 원래의 조개불이 되었습니다. 구슬은 마치 분화처럼 타오르며 석양처럼 빛났습니다. 그리고 휘익 소리와 함께 창밖으로 날아갔습니다.

새들은 모두 흥미를 잃고 한 마리, 두 마리 떠나갔습니다. 그리고 올빼미만 남아서 방 안을 이리저리 둘러보았습니다.

"겨우 엿새였군, 호호. 겨우 엿새였어, 호호."

올빼미는 비웃더니 어깨를 흔들며 큰 걸음으로 성큼성큼 나갔습니다.

게다가 호모이의 눈은 흐려진 구슬처럼 뿌옇게 탁해져 아무것도 보이지 않게 되었습니다.

엄마 토끼는 내내 울고만 있었습니다. 아빠는 팔짱을 낀 채 깊은 생각에 잠겼습니다. 마침내 아빠는 호모이의 등을 가만가만 토닥이며 말했습니다.

"울지 말거라. 이런 일은 늘 있는 법이란다. 그걸 알게 된 너는 아주 큰 행운인 거야. 눈은 분명 좋아질 거다. 아빠가 치료해 줄 거니까. 자, 울지 말거라."

창밖에서는 안개가 걷히고 은방울꽃이 반짝반짝 빛났습니다.

"땡, 땡, 땡그랑, 땡땡"

초롱꽃이 멀리 아침 종을 울렸습니다.

고양이 사무소

猫の事務所

어느 작은 관청에 관한 환상

작은 기차역 근처에 고양이의 제6사무소가 있었습니다. 그곳은 주로 고양이의 역사와 지리를 조사하는 곳이었습니다.

서기는 모두 검은색의 짧은 비단옷을 입었으며 모든 사람에게 무척 존경을 받았기 때문에, 사정이 생겨서 서기를 그만두는 고양이가 있으면 그곳의 젊은 고양이들은 모두 그 자리에 들어가려고 필사적이었습니다.

그렇지만 이 사무소의 서기는 겨우 네 마리로 정해져 있었기 때문에 그 많은 고양이 중에서 글씨를 가장 잘 쓰고 시를 읽을 줄 아는 한 마리만이 뽑힐 뿐이었습니다.

사무장은 커다란 검은고양이로 조금 늙기는 했지만 눈동자에는 구리줄이 몇 겹이나 둘러있는 듯한 정말로 멋진 모습이었습니다.

그리고 부하인

1번 서기는 흰고양이었으며,

2번 서기는 얼룩고양이었으며,

3번 서기는 삼색털고양이었으며,

4번 서기는 부뚜막고양이었습니다.

그런데 부뚜막고양이라는 이름은 타고난 모습 때문에 붙여진 이름이 아닙니다. 원래 모습과는 상관없이, 밤에 부뚜막에 들어가서 자는 습관이 있기 때문에 그을음이 묻어 항상 몸이 더럽고 특히 코와 귀에 새카만 검댕이 붙어서 너구리처럼 보이는 고양이를 말합니다.

그래서 다른 고양이들은 부뚜막고양이를 싫어합니다.

따라서 부뚜막고양이가 아무리 공부를 잘해도 서기가 될 수 없는 것이 당연했지만, 이 사무소에서는 어차피 검은고양이가 사무장이었기 때문에 마흔 명 가운데에서 부뚜막고양이가 뽑혔던 것입니다.

커다란 사무소 중앙에는 사무장인 검은고양이가 새빨간 모직으로 덮인 테이블 앞에 의젓하게 앉아있었고, 그 오른쪽으로 1번 서기인 흰고양이와 3번 서기인 삼색털고양이가 있었고, 왼쪽에는 2번 서기인 얼룩고양이와 4번 서기인 부뚜막고양이가 각자의 작은 책상 앞에 바르게 앉아있었습니다.

그런데 고양이에게 무슨 지리나 역사가 필요하냐고요? 이런 식입니다.

사무소 문을 똑똑 두드리는 자가 있습니다.

"들어 와."

사무장인 검은고양이가 주머니에 손을 넣고 거만하게 외칩니다.

네 명의 서기는 고개를 숙인 채 바쁜 듯 자료를 들여다보고 있습니다.

화려하게 꾸민 고양이가 들어옵니다.

"무슨 일이지?"

사무장이 묻습니다.

"빙하쥐를 먹으러 베링 지방에 가고 싶은데 어디가 가장 좋을까요?"

"음…… 1번 서기! 빙하쥐의 서식지를 말해 보게."

"우스테라고메나, 노바스카이야, 후사 강 지역입니다."

사무장은 화려하게 꾸민 고양이에게 말했습니다.

"우스테라고메나, 노바…… 뭐라고 했더라?"

"노바스카이야입니다"

1번 서기와 화려한 고양이가 동시에 대답했습니다.

"맞아, 노바스카이야. 그리고 뭐라고?"

"후사 강."

다시 화려한 고양이와 1번 서기가 함께 대답했기 때문에 사무장은 조금 멋쩍었습니다.

"그래, 맞아. 후사 강. 후사 강이 좋겠네."

"그러면 여행에서 주의할 점은 무엇이 있을까요?"

"음……. 2번 서기, 베링 지방 여행의 주의사항을 설명해 드려."

"옛!"

2번 서기는 자기의 자료를 뒤적였습니다.

"여름 고양이에게는 전혀 적합하지 않은 곳이다."

2번 서기가 말하자 무슨 이유에선지 모두 부뚜막고양이를 힐끔 바라보았습니다.

"겨울 고양이도 세심한 주의가 필요한 곳이다. 하코다테 부근에서는 말고기 미끼에 당할 위험이 있음. 특히 검은고양이는 자기가 고양이라는 것을 확실하게 표시하면서 여행을 해야 한다. 검은 늑대로 오인 받는 경우가 종종 있으며 실제로 추격당한 사례도 있음."

"좋아, 지금 말한 대로다. 당신은 나 같은 검은고양이가 아니니까 뭐…… 크게 걱정할 필요는 없다. 하코다테에서 말고기를 조심하면 되는 정도다."

"저…… 그러면 그곳의 유력가는 누가 있나요?"

"3번 서기, 베링 지방의 유력가 명단을 말해 봐."

"네, 그러니까…… 베링 지방이면…… 그렇군요. 도바스키와 겐조스키 두 분이 있습니다."

"도바스키와 겐조스키는 어떤 분이죠?"

"4번 서기, 도바스키와 겐조스키에 대해 대략 설명해 봐."

"네."

4번 서기인 부뚜막고양이는 이미 두꺼운 자료에서 도바스키와 겐조스키 부분에 짧은 팔을 하나씩 올려놓고 기다리고 있었습니다. 이를 본 사무장도 화려한 고양이도 크게 감탄한 듯했습니다.

그런데 다른 세 마리의 서기는 업신여기듯 곁눈질을 하며 피식 비웃었습니다. 부뚜막고양이는 열심히 자료를 읽었습니다.

"도바스키, 추장, 덕망 있음. 눈빛은 날카롭지만 말하는 것이 조금 느림. 겐조스키, 재산가. 말을 조금 느리게 하지만 눈빛은 날카로움."

"네, 그거면 충분합니다. 고맙습니다."

화려하게 꾸민 고양이는 밖으로 나갔습니다.

이런 식으로 설명을 해주기 때문에 고양이에게는 제법 편리한 곳이었습니다. 그런데 지금의 이야기로부터 딱 반년이 지났을 때 결국 이 제6사무소는 폐지되었습니다. 여러분도 눈치채셨겠지만 이렇게 된 이유는 부뚜막고양이가 세 마리의 상사 고양이들에게 심한 괴롭힘을 당했기 때문입니다. 특히 3번 서기의 삼색털고양이는 부뚜막고양이의 업무를 자기가 하고 싶어서 참을 수가 없었습니다. 부뚜막고양이는 상사 고양이들에게 잘 보이려고 이것저것 궁리를 했지만 오히려 역효과였습니다.

예를 들면 어느 날 옆에 앉은 얼룩고양이가 도시락을 책상 위에 올려놓고 먹으려고 하는 순간 갑자기 하품이 나왔습니다.

그래서 얼룩고양이는 짧은 양팔을 위로 힘껏 뻗고 크게 하품을 하였습니다. 이것은 고양이들 사이에서는 윗사람에 무례가 되는 것도 아닌, 사람으로 치자면 수염을 만지작거리는 정도였기 때문에 상관없는 행동이었습니다. 그런데 문제는 다리를 힘껏 뻗었기 때문에 책상이 조금 기울어지면서 도시락이 스르륵 미끄러져 결국 사무장 앞에 떨어져 버린 것입니다. 도시락은 찌그러지기는 했지만 알루미늄으로 만들어진 것이어서 다행히 깨지지는 않았습니다. 얼룩고양이는 하품을 하다말고 재빨리 손을 뻗어 도시락을 주우려고 했습니다. 그러나 손이 닿을락 말락 했기 때문에 도시락은 이리저리 움직이면서 좀처럼 잡히지 않았습니다.

"자넨 팔이 짧아서 안 돼."

검은고양이 사무장은 빵을 우적우적 씹으면서 웃었습니다. 그때 부뚜막고양이도 마침 도시락 뚜껑을 막 열었을 때였지만 그 모습을 보고 재빨리 일어나 도시락을 주워 얼룩고양이에게 건네주려고 했습니다. 그런데 얼룩고양이는 갑자기 불같이 화를 내면서 부뚜막고양이가 애써 주워준 도시락을 받지 않은 채 손을 뒤로 돌리고 난폭하게 몸을 흔들며 소리를 질렀습니다.

"뭐얏! 지금 나보고 이 도시락을 먹으라는 거야! 바닥에 떨어진 도시락을 나에게 먹으라는 거냐고!"

"아니요. 당신이 주우려고 하셔서 주워 드린 것뿐입니다."

"내가 언제 주우려고 했다는 건가? 응? 난 단지 사무장님 앞에 도시락이 떨어진 것이 죄송스러워서 내 책상 아래로 밀어 넣으려고 한 거다."

"아, 그러셨군요. 전 단지 도시락이 자꾸 이쪽저쪽으로 움직여서……."

"이런 무례한! 결투를……."

"그만!"

사무장이 갑자기 큰소리로 외쳤습니다. 결투를 하자는 말을 막으려고 일부러 방해한 것입니다.

"자, 싸움은 이제 그만 하지. 부뚜막고양이 군이 얼룩고양이 군에게 도시락을 먹으라고 주운 것은 아니니까. 그리고 오늘 아침에 깜박하고 말을 안 했는데, 얼룩고양이 군의 월급이 10전 인상되었다."

얼룩고양이는 처음에는 험악한 얼굴로 고개를 숙이고 듣고 있었지만 마침내 기뻐하며 웃기 시작했습니다.

"소란스럽게 해서 정말로 죄송합니다."

그러고는 옆의 부뚜막고양이를 슬쩍 노려보더니 자리에 앉았습니다.

여러분, 나는 부뚜막고양이가 불쌍하게 느껴지는군요.

그로부터 대엿새가 지났을 때 이와 비슷한 일이 또 일어났습니다. 이런 일이 종종 일어나는 이유 중 하나는 고양이들이 일어서는 것을 귀찮아한다는 것과 또 하나는 고양이의 앞발, 즉 손이 너무 짧기 때문입니다. 이번에는 맞은편의 3번 서기 삼색털고양이가 오전 근무를 시작하기 전에 연필이 데굴데굴 굴러 바닥에 떨어졌습니다. 삼색털고양이가 바로 일어섰으면 됐을 텐데 게으름을 피우며 며칠 전 얼룩고양이가 했던 대로 양손을 책상 너머로 뻗어 볼펜을 주우려고 했습니다. 이번에도 역시 손은 닿지 않았습니다. 삼색털고양이는 특히 키가 작았기 때문에 무리하게 몸을 앞으로 내밀다가 결국 다리가 의자에서 붕 뜨고 말았습니다. 부뚜막고양이는 이전 일도 있고 해서 연필을 주워줄지 말지 고민하며 눈을 깜박깜박 거리고 있었지만, 결국 보고만 있을 수가 없어서 일어났습니다.

그런데 바로 그때 삼색털고양이가 몸을 무리하게 앞으로 내밀다가 거꾸로 떨어져 바닥에 머리를 세게 부딪쳤습니다. 부딪히는 소리가 무척 컸기 때문에 검은고양이 사무장도 깜짝 놀라서 재빨리 일어나 뒤쪽 선반에서 정신이 들게 하는 암모니아수 병을 꺼냈습니다. 그러나 삼색털고양이는 바로 일어나 잔뜩 짜증을 내며 갑자기 소리를 질렀습니다.

"부뚜막고양이! 너 잘도 나를 밀었겠다!"

그러나 이번에는 사무장이 곧바로 삼색털고양이를 달랬습니다.

"삼색털고양이 군, 아니야. 그건 자네가 잘못 안 거야. 부뚜막고양이는 단지 호의로 일어섰을 뿐이네. 자네를 건드리지도 않았어. 뭐, 여하튼 이런 사소한 일은 흔히 있는 일 아닌가. 자, 음, 산톤탄의 주소 이전 서류랑…… 또……."

사무장은 재빨리 업무를 시작했습니다. 그러자 삼색털고양이도 어쩔 수 없이 업무를 시작했지만, 이따금 무서운 눈으로 부뚜막고양이를 노려보았습니다.

이런 식이었기 때문에 부뚜막고양이는 정말로 괴로웠습니다.

부뚜막고양이는 평범한 고양이가 되려고 몇 번이나 창밖에서 잠을 청해보았지만, 한밤중만 되면 추워서 기침을 참을 수가 없었습니다. 그리고 어쩔 수 없이 다시 부뚜막 안으로 들어갔습니다.

왜 그렇게 추위를 타는가 하면 피부가 얇기 때문이며, 왜 피부가 얇은가 하면 한여름에 태어났기 때문입니다.

'역시 내가 이상한 거야, 어쩔 수 없는 걸까.'

이런 생각을 하자 부뚜막고양이의 동그란 눈에는 눈물이 가득 맺혔습니다.

'하지만 사무장님이 그렇게 친절하게 대해주시고, 게다가 다른 부뚜막고양이들 모두 내가 사무소에 있는 것을 그렇게 자랑스럽게 생

각하는데……. 아무리 괴로워도 난 그만두지 않을 거야, 꼭 참아낼 거야.'

부뚜막고양이는 울면서 주먹을 꼭 쥐었습니다.

그런데 그런 사무장도 마침내 의지할 수 없게 되었습니다. 원래 고양이라는 동물은 똑똑한 듯하면서도 바보 같은 법입니다. 어느 날 부뚜막고양이는 운 나쁘게 감기에 걸렸습니다. 허벅지가 항아리처럼 부어올라 도저히 걸을 수가 없자 결국 하루를 쉬게 되었습니다. 부뚜막고양이는 심하게 몸살을 앓았습니다. 울고 울고 또 울었습니다. 헛간의 작은 창으로 쏟아지는 황금빛 햇살을 바라보며 온종일 눈을 비비며 울고 있었습니다.

부뚜막고양이가 그러고 있는 동안 사무소에서는 이런 일이 일어나고 있었습니다.

"그런데 오늘은 부뚜막고양이 군이 아직 오질 않았네. 늦는군."

사무장이 휴식시간에 말했습니다.

"뭐, 바닷가라도 놀러 갔겠죠."

흰고양이가 말했습니다.

"아니야, 어디 잔치에라도 갔을 거야."

얼룩고양이가 말했습니다.

"오늘 무슨 잔치가 있나?"

사무장은 깜짝 놀라 물었습니다. 고양이들의 잔치에 자기를 부르지 않는 자가 있을 리 없다고 생각한 것입니다.

"북쪽에서 무슨 개교식이 있다고 했습니다."

"그런가."

검은고양이 사무장은 말없이 생각에 빠졌습니다.

"이유는 모르겠지만……."

삼색털고양이가 말을 꺼냈습니다.

"요즘 들어 이곳저곳에서 부뚜막고양이를 부르고 있습니다. 이번에는 틀림없이 자기가 사무장이 될 거라고 떠들고 다닌다고 합니다. 그래서 어리석은 고양이들이 무서워하며 비위를 맞추고 있는 겁니다."

"그게 사실인가!"

사무장은 소리를 질렀습니다.

"사실이고말고요. 확인해보세요."

삼색털고양이가 입을 쫑긋 내밀며 말했습니다.

"괘씸하군. 내가 그 녀석을 그렇게 보살펴 줬는데. 좋아, 내게도 생각이 있어."

그리고 사무장은 한동안 침묵했습니다.

다음 날입니다.

부뚜막고양이는 마침내 다리의 부기가 빠졌기 때문에 즐거운 마음으로 아침 일찍 쌩쌩 부는 바람을 뚫고 사무소로 갔습니다. 그런데 부뚜막고양이가 출근하자마자 항상 쓰다듬던 소중한 자료가 책상 위에 없었습니다. 자료는 맞은편과 옆자리에 있는 세 개의 책상 위에 나뉘어 있었습니다.

'아, 어제 바빴나 보군.'

부뚜막고양이는 왠지 불안한 마음이 들어 잠긴 목소리로 혼잣말을 했습니다.

덜컹. 문이 열리고 삼색털고양이가 들어왔습니다.

"안녕하세요."

부뚜막고양이는 일어서서 인사를 했지만, 삼색털고양이는 대꾸도 하지 않고 앉더니 무척 바쁘다는 듯 자료를 넘기고 있습니다. 덜컹.

끼이익. 얼룩고양이가 들어왔습니다.

"안녕하세요."

부뚜막고양이가 일어서서 인사를 했지만 얼룩고양이는 눈길도 주지 않습니다.

"안녕하세요."

삼색털고양이가 말했습니다.

"안녕. 바람이 엄청나군."

얼룩고양이도 곧바로 자료를 넘기기 시작했습니다.

덜컹, 끼이익. 흰고양이가 들어왔습니다.

"안녕하세요."

얼룩고양이와 삼색털고양이가 함께 인사를 했습니다.

"아, 안녕. 엄청난 바람이군."

흰고양이도 바쁜 듯이 업무를 시작했습니다. 그때 부뚜막고양이는 힘없이 서서 고개를 숙이며 인사했지만 흰고양이는 모른척했습니다.

덜컹, 끼이익.

"휴우, 대단한 바람이군."

검은고양이 사무장이 들어왔습니다.

"안녕하세요."

세 고양이는 재빨리 일어서서 인사를 했습니다. 부뚜막고양이도 멍하니 서서 고개를 숙인 채 인사를 했습니다.

"완전히 폭풍이군."

검은고양이는 부뚜막고양이를 보지 않고 곧바로 업무를 시작했습니다.

"자, 오늘은 어제에 이어 안모니아츠크 형제를 조사해서 회답을 해줘야 한다. 2번 서기, 안모니아츠크 형제 가운데 남극에 간 것은 누구지?"

업무가 시작되었습니다.

부뚜막고양이는 말없이 고개를 떨어뜨리고 있었습니다. 자료가 없는 것입니다. 자료가 없다고 말하고 싶어도 목소리가 나오지 않습니다.

"팬 폴라리스입니다."

얼룩고양이가 대답했습니다.

"좋아, 팬 폴라리스에 대해 자세히 설명해 봐."

검은고양이가 말했습니다.

'아아…… 이건 내 일이야. 자료…… 자료.'

부뚜막고양이는 울음이 터질 듯했습니다.

"팬 폴라리스, 남극탐험에서 돌아오는 도중 야프 섬 바다에서 사망. 유해는 수장되었음."

1번 서기인 흰고양이가 부뚜막고양이의 자료를 읽고 있습니다. 부뚜막고양이는 너무도 슬퍼서 볼 언저리가 시큼해지고 지끈 아파져 오는 것을 꾹 참고 고개를 숙이고 있었습니다.

사무소 안은 점점 바빠져서 열기가 후끈했으며 업무는 착착 진행되었습니다. 고양이들은 아주 잠깐씩 부뚜막고양이를 흘깃 바라볼 뿐 단 한마디도 하지 않았습니다.

그리고 점심시간이 되었습니다. 부뚜막고양이는 가져온 도시락도 먹지 않고 손을 무릎에 얹은 채 고개를 숙이고 가만히 있었습니다.

점심시간이 끝난 1시부터 결국 부뚜막고양이는 훌쩍훌쩍 울기 시작했습니다. 그리고 저녁까지 세 시간 정도 울다가 그쳤다가 다시 울기를 반복했습니다.

그런데도 모두 알 바 아니라는 듯 즐겁게 일을 하고 있었습니다.

그때였습니다. 고양이들은 눈치채지 못하고 있었지만, 사무장 뒤쪽 창문 너머로 엄숙한 사자의 금빛 머리가 보였습니다.

사자는 이상하다는 듯 한동안 안을 들여다보고 있다가 갑자기 문을 두드리고 들어왔습니다. 고양이들은 말도 못할 만큼 놀랐습니다. 허둥지둥 주위를 빙글빙글 돌기만 할 뿐이었습니다. 부뚜막고양이만이 울음을 멈추고 똑바로 일어섰습니다.

사자가 큰 목소리로 또렷하게 말했습니다.

"너희는 무엇을 하고 있는 거냐. 그런 식으로 할 거면 지리고 역사고 필요 없어. 다 그만둬. 에잇, 해산을 명한다!"

이렇게 해서 사무소는 폐지되었습니다.

나는 사자의 말에 반쯤 동감합니다.

은하철도의 밤

銀河鉄道の夜

오후 수업

"여러분. 그러면 이렇게 강이라고도 하고 우유가 흐른 흔적이라고도 하는, 이 뿌옇고 하얀 것이 무엇인지 알고 있나요?"

선생님은 칠판에 걸려 있는 커다란 검은색 별자리 그림의 위에서 아래로 뽀얗게 띠 모양을 한 은하수를 가리키며 학생들에게 질문을 던졌습니다.

캄파넬라가 손을 들었습니다. 그러자 너덧 명이 더 손을 들었습니다. 조반니도 손을 들려다가 급히 멈추었습니다. 은하는 모두 별로 이루어져 있다는 것을 언젠가 잡지에서 분명히 읽었지만, 조반니는 요즘 거의 매일 교실에서 졸기만 했고 책을 읽을 시간도 읽을 책도 없었기 때문에 왠지 모든 것에 확신이 없어졌습니다.

하지만 선생님은 재빨리 조반니의 마음을 알아차렸습니다.

"조반니, 답을 알고 있지?"

조반니는 힘차게 일어섰지만 막상 일어서고 보니 더욱더 답을 할 수 없었습니다. 앞에 있던 자네리가 뒤를 돌아보며 피식 웃었습니다. 조반니는 당황해서 얼굴이 새빨개졌습니다. 선생님이 다시 말했습니다.

"커다란 망원경으로 은하를 자세히 살펴보면 무엇이 보일까요?"

조반니는 역시 별이 맞다고 생각했지만 이번에도 대답할 수 없었습니다.

선생님은 잠시 난처한 표정을 지었습니다만, 캄파넬라에게 시선을 돌리고 "캄파넬라가 대답해볼래?"라고 말했습니다. 그러자 그토록 씩씩하게 손을 들었던 캄파넬라 역시 머뭇머뭇 일어선 채 대답을 하지 못했습니다. 선생님은 의외라는 듯 캄파넬라를 응시했지만, 곧 "됐어요, 좋아요"라고 말하며 별자리를 가리켰습니다.

"이 하얗고 뿌연 은하를 성능이 뛰어난 큰 망원경으로 보면 수많은 작은 별이 보입니다. 조반니, 그렇죠?"

조반니는 새빨개진 얼굴로 고개를 끄덕였습니다. 그렇지만 어느새 조반니의 눈에는 눈물이 가득 고였습니다.

'그래, 난 알고 있었어. 물론 캄파넬라도 알고 있었고. 언젠가 캄파넬라의 집에서 읽었던 잡지에 나왔었어. 게다가 캄파넬라는 그 잡지를 읽더니 박사인 아버지의 서재에서 커다란 책을 갖고 와서는 은하 부분을 펼쳤지. 새카만 바탕 위에 하얀 점들이 가득 있는 아름다운 사진을 둘이서 언제까지고 바라보았어. 캄파넬라가 그것을 잊을 리가 없어. 요즘 내가 아침에도, 오후에도 일을 해야 해서 학교에 나와도 친구들과 제대로 놀지도 못 하고 캄파넬라와 이야기도 하지 못하니까…… 캄파넬라가 그것을 알고 불쌍하게 생각해서 일부러 대답하지 않은 거야.'

이런 생각이 들자 조반니는 자기뿐 아니라 캄파넬라도 견딜 수 없을 만큼 가엽게 여겨졌습니다. 선생님이 다시 말했습니다.

"따라서 만약 이 은하수를 진짜 강이라고 생각해 보면, 하나하나의 작은 별은 모두 그 강바닥에 있는 모래와 자갈에 해당합니다. 또한, 우유가 흐른 흔적이라고 생각하면 더욱 은하수와 비슷합니다. 그러니까 그 별들은 모두 우유 속에 미세하게 떠있는 작은 지방 알갱이에 해당하는 것이죠. 그렇다면 강의 물에 해당하는 것은 무엇일까요? 그것은 진공이라고 하는 것입니다. 진공은 빛을 일정 속도로 전하는 것이며 태양과 지구도 마찬가지로 진공 속에 떠있습니다. 결국 우리는 은하의 물속에 살고 있는 것입니다. 그리고 물이 깊을수록 푸르게 보이는 것처럼, 그 은하의 물속에서 사방을 보면 은하수 바닥이 깊고 먼 곳일수록 별이 많이 모여 있기 때문에 하얗고 뿌옇게 보입니다. 이 모형을 보세요."

선생님은 빛나는 모래 알갱이가 가득 들어 있는 커다란 양면 볼록렌즈를 가리켰습니다.

"은하수는 꼭 이런 모습입니다. 이 하나하나의 빛나는 입자가 모두 태양과 마찬가지로 스스로 빛을 내는 별이라고 생각하면 됩니다. 태양이 이 한가운데에 있고 지구가 바로 그 옆에 있다고 보면 됩니다. 여러분은 밤에 이 한가운데에 서서 이 렌즈 속을 둘러본다고 생각하기 바랍니다. 이쪽은 렌즈가 얇아서 미세한 빛의 입자, 즉 별이 보이지 않을 것입니다. 이쪽은 유리가 두꺼워서 빛나는 입자, 즉 별이 무수히 많이 보이고 그 멀리 있는 것은 어렴풋이 하얗게 보인다는 것이 바로 지금의 은하에 대한 설입니다. 시간이 다 되었으니 렌즈의 두께와 그 속의 수많은 별에 대해서는 다음 과학시간에 이야기하겠습니다. 그러면 오늘은 은하의 축제일이니까 여러분은 밖으로 나가서 하늘을 자세히 관찰해보기 바랍니다. 자, 여기까지입니다. 책과 공책을 정리하세요."

교실 안은 잠시 책상 서랍을 여닫는 소리와 책과 공책을 정리하는 소리로 소란스러웠지만, 곧이어 모두 일어나 인사를 하고는 교실을 나갔습니다.

인쇄소

조반니가 학교를 나서는데 같은 반 친구 일고여덟 명이 집으로 돌아가지 않고 캄파넬라를 둘러싼 채 교정 구석의 벚나무 아래에 모여 있었습니다. 오늘 밤에 있을 은하축제에서 파란 등불을 만들어 강으로 떠내려 보낼 쥐참외를 따러 갈 계획을 의논하고 있는 듯했습니다.

그렇지만 조반니는 손을 크게 흔들며 씩씩하게 교문을 나왔습니다. 마을에서는 집집마다 오늘 밤의 은하축제를 위해 주목잎에 방울을 달기도 하고 노송나무 가지에 등불을 거는 등 여러 가지 준비를 하고 있었습니다.

조반니는 집으로 돌아가지 않고 골목을 세 번 꺾은 곳에 있는 커다란 인쇄소로 들어갔습니다. 문 옆의 계산대에 있던 헐렁한 셔츠를 입은 사람에게 인사를 한 조반니는 신발을 벗고 안으로 들어가 구석에 있는 큰 문을 열었습니다. 아직 낮인데도 실내에는 전등이 켜져 있었고, 여러 대의 윤전기가 타당타당 돌아가고 있었습니다. 수건으로 이마를 동여매거나 삿갓 모양의 모자를 쓴 사람들이 노래를 흥얼거리듯 무언가를 읽거나 숫자를 세면서 열심히 일하고 있었습니다.

조반니는 입구에서 세 번째의 높은 테이블에 앉아있는 사람에게 가서 인사를 했습니다. 그 사람은 잠시 선반을 뒤적이더니 한 장의 종이를 건네며 말했습니다.

"이것만 찾아주련?"

조반니는 그 사람이 앉아있는 테이블 밑에서 작고 넓적한 상자 하나를 꺼내 들고 맞은편 구석으로 가서 쭈그리고 앉았습니다. 조반니는 핀셋으로 좁쌀 알갱이만 한 활자를 계속해서 골라내기 시작했습니다. 파란 앞치마를 두른 사람이 조반니의 등 뒤를 지나면서 "어이, 돋보기안경, 안녕!"이라고 인사하자, 주변에 있던 너덧 명의 사람들

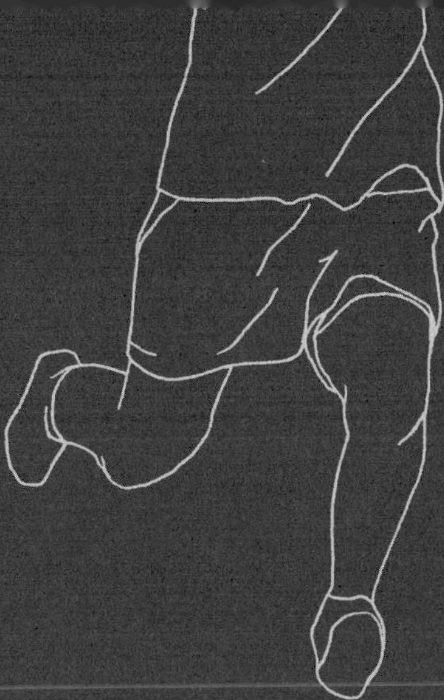

이 이쪽을 돌아보지도 않고 소리도 내지 않은 채 차갑게 웃었습니다.

조반니는 몇 번이고 눈을 비비면서 계속해서 활자를 골라냈습니다.

여섯 시가 조금 지났을 무렵, 조반니는 골라낸 활자를 가득 담은 상자를 다시 한번 손에 들고 있던 쪽지와 대조해보고는 테이블에 앉아있는 사람에게 가지고 갔습니다. 그 사람은 말없이 상자를 받아들더니 가볍게 고개를 끄덕였습니다.

조반니는 인사를 하고는 아까의 계산대로 갔습니다. 그러자 흰옷을 입은 사람 역시 말없이 작은 은화 한 닢을 조반니에게 건넸습니다. 조반니는 금세 얼굴이 환해져서 힘차게 인사를 하고는 계산대 아래 놓아두었던 가방을 들고 뒤쪽으로 뛰어갔습니다. 그리고 활기차게 휘파람을 불면서 빵집에 들러 빵 하나와 각설탕 한 봉지를 사더니 쏜살같이 달리기 시작했습니다.

집

조반니가 신이 나게 돌아온 곳은 어느 뒷골목의 작은 집이었습니다. 나란히 있는 세 개의 문 중 가장 왼쪽에는 보라색 케일과 아스파라거스가 심어져 있는 상자가 놓여 있었고, 작은 두 개의 창문에는 차양이 내려진 채였습니다.

"엄마, 나 왔어. 몸은 괜찮아?"

조반니는 신발을 벗으면서 말했습니다.

"아…… 조반니, 일하느라 힘들었지? 오늘은 날씨가 선선해서 계속 몸이 좋았단다."

조반니가 현관을 들어서자 조반니의 어머니는 현관 바로 옆에 있는 방에서 하얀 이불을 덮고 누워 있었습니다. 조반니는 창문을 열었습니다.

"엄마, 오늘은 각설탕을 사왔어. 우유에 넣어 줄게."

"아…… 조반니, 일단 들어와라. 엄마는 아직 생각이 없단다."

"엄마, 누나는 언제 갔어?"

"세 시 정도에 갔단다. 집안일을 모두 해주고."

"엄마, 우유는 아직 안 왔어?"

"응, 안 온 것 같구나."

"내가 가서 가져올게."

"난 천천히 먹어도 되니까 일단 들어오렴. 누나가 토마토로 무언가 먹을 것을 만들어 놓고 갔어."

"그럼 나 먹을래."

조반니는 창가에 있던 토마토 접시와 빵을 가져와 한참 동안 게걸스럽게 먹었습니다.

"있잖아, 엄마. 난 아빠가 분명히 곧 돌아올 것으로 생각해."

"그럼. 엄마도 그렇게 생각한단다. 그런데 넌 왜 그렇게 생각하니?"

"왜냐면 오늘 아침 신문에 올해는 북쪽의 고기잡이가 아주 잘 되었다고 나왔거든."

"그래. 그렇지만 아빠는 어쩌면 고기를 잡으러 간 것이 아닐 수도 있어."

"아니야, 분명히 고기를 잡으러 갔어. 아빠가 감옥에 들어갈 만큼 나쁜 짓을 했을 리가 없잖아. 요전에 아빠가 가져온 커다란 게의 등딱지랑 순록 뿔은 지금도 학교 표본실에 있는걸. 선생님은 6학년 수업시간에 그것들을 번갈아 교실로 가지고 간다고."

"아빠가 다음번에는 너에게 해달 가죽옷을 가져다준다고 했었지."

"아이들이 나를 볼 때마다 그 말을 해. 놀리듯이."

"너한테 나쁜 말을 하니?"

"응. 그렇지만 캄파넬라만은 절대 그러지 않아. 캄파넬라는 다른 애들이 그런 말을 하면 내가 가엾다는 듯이 보고 있어."

"캄파넬라의 아빠와 네 아빠는 꼭 너희처럼 어렸을 적부터 친구였단다."

"아! 그래서 아빠가 나를 캄파넬라 집에 데려갔구나. 그때는 참 좋았었는데……. 난 학교에서 돌아올 때마다 캄파넬라 집에 들렀었어. 캄파넬라 집에는 알코올램프로 달리는 기차가 있었어. 일곱 개의 레일을 조합하면 원이 되고, 전신주와 신호기도 있어서 기차가 지나갈 때만 파란색 신호등이 켜졌어. 한번은 알코올이 떨어져서 석유를 썼더니 램프가 새카맣게 그을렸어."

"그랬었니?"

"지금도 매일 아침에 신문을 돌리러 가. 그렇지만 항상 집 안은 조용해."

"이른 아침이니까."

"자우어라는 개가 있는데, 꼬리가 꼭 빗자루 같아. 내가 가면 코를 킁킁거리면서 따라와. 마을 모퉁이까지 계속 따라오는데, 어떤 날은 더 멀리 따라올 때도 있어. 오늘 밤에는 모두 쥐참외 등불을 강물에 띄우러 간대. 분명히 그 개도 따라갈 거야."

"그렇구나. 오늘이 은하축제일이구나."

"응. 우유 가지러 가면서 구경하고 올게."

"그래, 갔다 오렴. 강에는 들어가지 말고."

"응. 난 물가에서 보기만 할 거야. 한 시간 안에 갔다 올게."

"더 놀다 오렴. 캄파넬라와 함께라면 걱정 없으니까."

"응. 꼭 같이 있을 거야. 엄마, 창문 닫아놓을까?"

"그럴까? 벌써 바람이 차갑구나."

조반니는 일어나서 창문을 닫고 접시와 빵 봉지를 정리하더니 재빨리 신발을 신고는 "그럼 한 시간 반 안에 갔다 올게"라고 말하고 어두운 대문을 나섰습니다.

켄타우루스 축제의 밤

조반니는 휘파람을 불 때처럼 쓸쓸하게 입술을 내밀고 노송나무가 까맣게 늘어선 마을 언덕을 내려왔습니다.

언덕 아래에는 커다란 가로등 하나가 아름다운 푸른색으로 빛나고 있었습니다. 조반니가 가로등 밑으로 다가가자 괴물처럼 길고 희미하게 뒤따라오던 조반니의 그림자는 점점 검고 짙은 선명한 색을 띠었고, 발을 들기도 하고 팔을 흔들기도 하면서 조반니 옆쪽으로 돌아왔습니다.

'나는 멋진 기관차야. 이곳은 비탈길이기 때문에 속도가 빠르지. 나는 이제 가로등을 통과할 거야. 그래, 내 그림자는 이번에는 컴퍼스야. 이렇게 빙 돌아서 앞으로 왔어.'

조반니가 그런 생각을 하면서 큰 걸음으로 가로등 밑을 지나쳤을 때, 갑자기 자네리가 뾰족한 깃이 달린 새 옷을 입고 가로등 맞은편의 어두운 골목길에서 나와 조반니와 불쑥 마주쳤습니다.

"자네리, 쥐참외 등불을 띄워 보내러 가는 거야?"

조반니의 말이 채 끝나기도 전에 자네리는 쏘아붙이듯이 뒤에서 소리쳤습니다.

"조반니, 아버지가 해달 외투를 보내줄 거야!"

조반니는 가슴이 서늘해지면서 쿵하고 내려앉는 듯했습니다.

"자네리, 뭐야!"

조반니는 크게 소리쳤지만 자네리는 노송나무가 심어진 맞은편 집으로 들어가고 있었습니다.

'난 아무 짓도 하지 않았는데 자네리는 왜 나를 놀리는 걸까. 꼭 쥐새끼처럼 달리는 주제에……. 내가 아무 짓도 하지 않았는데 나를 놀리는 건 자네리가 멍청한 녀석이기 때문이야.'

조반니는 이런저런 생각을 하면서 각양각색의 등불과 나뭇가지로 예쁘게 꾸며진 거리를 지나갔습니다. 시계방에는 네온등이 밝게 빛나고 있었고, 돌로 만들어진 올빼미가 1초마다 빨간 눈을 데굴데굴 굴리고 있었습니다. 또한, 바다색의 두꺼운 유리판 위에는 여러 가지 보석들이 별처럼 천천히 돌고 있었고, 반대편에서는 구리로 만든 반인반마 켄타우루스가 천천히 이쪽으로 다가오고 있었습니다. 그 한가운데에는 검은색의 둥근 별자리 지도가 파란색 아스파라거스 잎으로 장식되어 있었습니다.

조반니는 넋을 잃고 그 별자리 지도를 바라보았습니다. 그것은 낮에 학교에서 본 별자리 지도보다 훨씬 작았지만, 날짜와 시간에 맞게 원반을 돌리면 그 시간에 보이는 하늘의 모습이 그대로 타원형 안에 회전하며 나타나게 되어 있었습니다. 그리고 그 한가운데에는 은하가 뿌연 연기처럼 띠를 이루고 있었고, 그 아래쪽에서는 폭발 후처럼 연기가 희미하게 피어오르는 듯이 보였습니다. 또 그 뒤로는 삼각다리 망원경이 황금빛으로 빛나고 있었고, 가장 뒤쪽 벽에는 하늘의 별자리를 이상한 짐승과 뱀, 물고기, 병의 모습으로 그린 커다란 그림이 걸려 있었습니다.

'정말로 이런 전갈과 용사가 하늘에 있는 것일까? 아, 그 하늘 속을 한없이 걸어봤으면……'

조반니는 그런 생각을 하면서 한동안 멍하니 서 있었습니다. 그러다 갑자기 조반니는 엄마의 우유가 생각나 시계방을 떠났습니다. 그리고 어깨가 꽉 끼는 옷이 신경 쓰였지만, 일부러 가슴을 펴고 크게 팔을 휘저으며 마을을 지나갔습니다.

공기는 한없이 맑아 마치 물처럼 거리와 가게 속을 흘렀으며, 가로등은 모두 새파란 전나무와 졸참나무 가지로 뒤덮여 있었고, 전기회사 앞 여섯 그루의 플라타너스에는 수많은 전구가 매달려 있어서 정말로 인어의 도시처럼 보였습니다. 아이들은 모두 깨끗하게 다려진 새 옷을 입고 〈별자리의 노래〉를 휘파람으로 불거나, '켄타우로스, 이슬을 내려줘' 하고 소리치며 달리기도 했습니다. 또한, 파란 마그네슘 불꽃을 피우기도 하면서 즐거운 듯 놀고 있었습니다. 하지만 조반니는 어느새 다시 깊게 고개를 떨구고 그곳의 활기찬 모습과는 전혀 다른 것을 생각하며 서둘러 우유가게로 향했습니다.

이윽고 조반니는 수많은 미루나무가 별 하늘에 떠있는 마을 끝 우유가게에 도착했습니다. 우유가게의 검은 문을 열고 들어가 우유 냄새가 나는 어두침침한 부엌 앞에 섰습니다. 조반니는 모자를 벗고 '안녕하세요?' 하고 인사를 했지만 가게 안은 아무도 없는 듯 조용했습니다.

"안녕하세요, 아무도 안계세요?"

조반니는 자세를 가다듬고 다시 외쳤습니다. 그러자 잠시 후 한 노파가 어딘가 불편한 듯 천천히 걸어 나와 무슨 일이냐고 작게 웅얼거렸습니다.

"저기, 오늘 저희 집에 우유가 안 와서 가지러 왔어요."

조반니가 큰 소리로 대답했습니다.

"지금 아무도 없어서 모르겠구나. 내일 오려무나."

노파는 빨간 눈 밑을 문지르며 조반니를 내려다보았습니다.

"엄마가 아프셔서 오늘 가져가야 해요."

"그러면 조금 있다 다시 오렴."

노파는 그렇게 말하고는 들어가려고 했습니다.

"네, 고맙습니다."

조반니는 인사를 하고 부엌을 나왔습니다.

조반니가 모퉁이의 교차로를 돌아서려는 순간 건너편 다리 쪽 잡화점 앞에 검은 그림자와 하얀 셔츠가 뒤섞여 있는 것이 보였습니다. 예닐곱 명의 학생들이 휘파람을 불기도 하고 웃기도 하면서 각각 쥐참외 등불을 들고 오고 있었습니다. 그 웃음소리와 휘파람 소리는 모두 귀에 익숙한 것이었습니다. 조반니의 같은 반 아이들이었던 것입니다. 조반니는 자신도 모르게 움찔하며 돌아가려고 했지만, 생각을 바꿔서 한층 씩씩한 모습으로 아이들 쪽으로 걸어갔습니다.

"강에 가는 거야?"

조반니는 말을 걸면서 조금 목이 메는 듯했습니다.

"조반니, 해달 옷이 올 거야."

아까 마주쳤던 자네리가 다시 외쳤습니다.

"조반니, 해달 옷이 올 거야."

다른 아이들도 곧바로 따라서 외쳤습니다. 조반니는 얼굴이 달아올라 서둘러 지나가려고 했습니다. 그런데 그 순간, 아이들 속에서 캄파넬라를 발견했습니다. 캄파넬라는 말없이 희미한 미소를 지으면서 '화나지 않아?'라는 듯 조반니를 가엾게 바라보고 있었습니다.

조반니는 도망치듯 캄파넬라의 눈을 피했고, 큰 키의 캄파넬라 옆을 지나가자 곧이어 아이들은 크게 휘파람을 불었습니다. 길모퉁이를 돌아설 때 뒤를 돌아보았더니 자네리 역시 뒤를 돌아보고 있었습니다. 그리고 캄파넬라도 다시 크게 휘파람을 불며 희미하게 보이는 맞은편 다리를 향해 걸어갔습니다. 조반니는 이루 말할 수 없이 쓸쓸해져서 갑자기 뛰기 시작했습니다. 그러자 귀에 손을 대고 '와아아' 하고 소리치며 한발로 깡충깡충 뛰던 작은 아이들은 조반니가 재밌어서 뛰는 것으로 생각했는지 다시 '와아아' 하고 소리쳤습니다. 조반니는 서둘러 검은 언덕을 향해 뛰었습니다.

수레바퀴 기둥

목장 뒤쪽에는 완만한 언덕이 있었습니다. 까맣고 평평한 정상 위로 북쪽 하늘의 큰곰자리가 보였고, 정상은 여느 때보다 조금 낮고 희미하게 보였습니다.

조반니는 이미 이슬이 내리기 시작한 작은 숲의 샛길을 계속해서 올라갔습니다. 새까만 풀과 여러 가지 형태로 보이는 덤불 사이로 오로지 그 작은 길만이 별빛을 받아 하얗게 빛나고 있었습니다. 풀 속에는 파랗게 반짝이는 작은 벌레가 드문드문 풀잎을 투명한 파란색으로 비추고 있었습니다. 조반니는 파란 풀잎이 마치 아이들이 갖고 있던 쥐참외 등불 같다고 생각했습니다.

새카만 소나무와 졸참나무 숲을 벗어나자 갑자기 드넓은 하늘이 펼쳐지면서 은하수가 남에서 북으로 희미하게 흐르고 있는 것이 보였습니다. 그리고 극락을 기원하는 수레바퀴 기둥도 눈에 들어왔습니다. 꿈속처럼 향기로운 초롱꽃인지 들국화인지가 그 주변을 가득 메우고 있었으며 언덕 위를 새 한 마리가 지저귀며 날아가고 있었습니다.

조반니는 언덕 위에 있는 수레바퀴 기둥 아래로 가서 쓰러질 듯 지친 몸을 차가운 풀밭 위로 던졌습니다.

마을의 불빛은 마치 바닷속 궁전처럼 어둠 속을 밝히고 있었고, 아이들의 노랫소리와 휘파람 소리, 간간이 들리는 고함까지도 희미하게 들려왔습니다. 저 멀리서 바람 소리가 들려왔으며 언덕의 풀도 조용히 흔들렸고, 땀에 젖은 조반니의 셔츠도 차갑게 식었습니다. 조반니는 마을 끝에서부터 저 멀리 검게 펼쳐지는 들판을 둘러보았습니다.

그곳에서 기차 소리가 들려왔습니다. 그 작은 열차의 창문은 작고 붉게 보였으며, 그 안에서 많은 여행객이 사과를 깎기도 하고 웃기도 하고 있을 것으로 생각하자 조반니는 이루 말할 수 없는 슬픔에 잠겨 다시 눈을 들어 하늘을 바라보았습니다.

'아…… 저 하얀 띠가 모두 별이라고 했지.'

그렇지만 아무리 바라보아도 그 하늘이 선생님께서 말씀하신 것처럼 차갑고 텅 빈 곳이라고는 여겨지지 않았습니다. 오히려 보면 볼수록 그곳은 작은 숲과 목장 등이 있는 들판처럼 여겨졌습니다. 그리고 조반니는 파란 거문고자리의 별이 세 개가 되기도 하고 네 개가 되기도 하면서 반짝이고, 빛줄기가 몇 번이나 나왔다 들어가기를 반복하더니 마침내 버섯처럼 길게 뻗어 나가는 것을 보았습니다. 그리고 바로 발밑에 있는 마을마저도 수많은 별이 모인 것처럼 보이기도 했고 하나의 거대한 연기처럼 보이기도 했습니다.

은하 정거장

그리고 조반니는 바로 뒤에 있는 수레바퀴 기둥이 어느새 희미한 삼각표 형태가 되어 잠시 반딧불처럼 반짝이며 사라졌다 나타나는 것을 보았습니다. 삼각표는 점점 확실한 모습을 띠었고 마침내 꿈적도 하지 않은 채 짙은 강철빛 하늘의 들판에 섰습니다. 이제 막 새롭게 달군 푸른 강철판 같은 하늘의 들판에 우뚝 섰던 것입니다.

그러자 어디선가 신비한 목소리로 '은하 정거장, 은하 정거장' 하는 소리가 들려오는 듯하더니 갑자기 눈앞이 환하게 밝아졌습니다. 마치 억만 마리의 불똥꼴뚜기의 불이 일제히 화석이 되어 하늘 속에 잠긴 듯한 모습. 또는 다이아몬드 회사에서 가격이 내려가지 않도록 일부러 채취하지 않고 숨겨놓은 금강석을 누군가가 갑자기 뒤집어서 흩뿌려놓은 듯이 눈앞이 환해졌기 때문에 조반니는 자신도 모르

게 몇 번이고 눈을 비볐습니다.

문득 정신을 차리고 보니 작은 열차는 어느새 조반니를 태우고 덜컹덜컹 달리고 있었습니다. 정말로 조반니는 작고 노란 전등이 늘어선 협객열차의 객실 안에서 창밖을 바라보며 앉아있었던 것입니다. 벨벳으로 덮인 좌석은 텅 비어있으며 맞은편의 회색 니스를 칠한 벽에는 두 개의 커다란 놋쇠버튼이 반짝이고 있었습니다.

바로 앞좌석에 젖은 듯한 검은 옷을 입은 키 큰 아이가 창밖으로 머리를 내밀고 있는 것이 보였습니다. 그리고 그 아이의 어깨 부분이 어딘지 본 듯한 느낌이 들었지만 도저히 생각이 나지 않았습니다. 조반니도 창밖으로 얼굴을 내밀려고 하는 순간, 그 아이는 갑자기 창밖으로 내밀었던 얼굴을 돌려 조반니를 바라보았습니다.

그 아이는 캄파넬라였습니다.

조반니가 '여기에 계속 있었던 거야?' 하고 물으려는 순간, 캄파넬라가 말했습니다.

"모두 힘껏 뛰었지만 늦었어. 자네리도 열심히 뛰었지만 타지 못했어."

조반니는 '맞아, 우리는 지금 같이 외출했었지' 하고 생각하면서 "어디선가 기다리고 있을까?"라고 말했습니다.

"자네리는 이미 집에 갔어. 아버지가 데리러 왔거든."

그렇게 말하는 캄파넬라의 얼굴은 어딘가 좋지 않은 듯 창백했습니다. 그러자 조반니도 어디서 무언가를 잃어버린 듯한 묘한 기분이 들어 입을 다물었습니다.

그런데 캄파넬라는 창밖을 바라보면서 어느새 완전히 기운을 차린 듯 힘차게 말했습니다.

"이런 물통을 안 가져왔네. 스케치북도……. 그래도 상관없어. 이제 곧 백조의 정거장이니까. 난 백조를 보는 게 정말 좋아. 아주 멀리서 강 위를 날고 있어도 난 확실히 볼 수 있어."

캄파넬라는 원판 같은 지도를 계속 빙글빙글 돌리면서 보고 있었습니다. 지도에는 하얗게 표시된 은하수 왼쪽 기슭을 따라 철도 노선 하나가 남쪽을 향하고 있었습니다. 그리고 지도는 멋지게도, 한밤처럼 새카만 바탕 위에 열한 개의 정거장과 삼각표, 옹달샘, 숲 등이 파란색과 주황색, 초록색의 아름다운 빛으로 가득 채워져 있었습니다. 조반니는 어디선가 그 지도를 본 듯한 기분이 들었습니다.

"그 지도는 어디서 샀어? 흑요석으로 만든 거네?"

조반니가 물었습니다.

"은하 정거장에서 받았어. 넌 못 받았어?"

"응. 난 은하 정거장을 지나친 걸까? 지금 우리가 있는 곳이 이곳이지?"

조반니는 백조라고 쓰여 있는 정거장 표시의 바로 위쪽을 가리켰습니다.

"맞아. 와아, 저기 강기슭은 달빛 때문에 빛나는 건가?"

캄파넬라가 가리키는 곳을 보니 푸르스름하게 빛나는 은하의 강기슭에 은색 억새가 한가득 바람에 흔들리며 파도처럼 출렁이고 있었습니다.

"달빛이 아니야. 은하니까 빛나는 거지."

조반니는 그렇게 대답하고는 날아오를 듯한 유쾌한 기분이 들어 발을 동동 구르며 창밖으로 얼굴을 내밀었습니다. 그러고는 〈별자리의 노래〉를 높게 높게 휘파람으로 불며 최대한 몸을 뻗어 은하수를 자세하게 보려고 했습니다. 처음에는 아무리 해도 정확하게 보이지 않았지만 신경을 집중해서 보자 그 아름다운 물줄기는 유리보다도 수소보다도 투명했습니다. 또 눈의 착각인지 때때로 보랏빛의 작은 파도를 일으키기도 하고 무지개처럼 빛나기도 하면서 소리도 없이 흘렀습니다. 그리고 들판 곳곳에서는 빛나는 삼각표가 아름답게 서 있었습니다. 멀리 있는 것은 작게 가까이 있는 것은 크게, 멀리 있는 것은 주황색과 노란색으로 선명하게 가까이 있는 것은 푸르스름하면서 조금 희미하게 빛났으며, 어떤 것은 삼각형으로 또 어떤 것은 사각형으로, 그리고 또 어떤 것은 번개나 사슬 모양으로 늘어서서 들판 가득히 빛나고 있었습니다. 조반니는 너무 흥분되어 머리를 마구 흔들었습니다. 그러자 들판의 아름다운 파랑과 주황 등 형형색색으로 빛나는 삼각표도 각각 숨을 쉬듯 흔들렸습니다.

"난 이미 하늘의 들판에 왔어."

조반니가 말했습니다.

"게다가 이 기차는 석탄을 사용하지 않아."

조반니가 창밖으로 왼손을 뻗어 앞을 가리키며 말했습니다.

"알코올이나 전기겠지."

캄파넬라가 말했습니다.

덜컹덜컹 덜컹덜컹. 작고 아름다운 기차는 하늘의 억새풀이 펼쳐진 사이를, 은하수와 삼각점의 푸르스름한 빛 속을 끝없이 끝없이 달려갔습니다.

"아, 용담꽃이 피었어. 이제 완전한 가을이구나."

캄파넬라가 창밖을 가리키며 말했습니다. 철로 가장자리에 낮게 앉은 잔디 사이로 월장석에 새긴 듯 멋진 보랏빛 용담꽃이 피어있었습니다.

"내가 뛰어내려서 꽃을 꺾고 다시 뛰어올라 볼까?"

조반니는 두근거리는 마음으로 말했습니다.

"이미 늦었어. 벌써 저렇게 뒤로 가버렸잖아."

캄파넬라가 그렇게 말하자마자 다음 용담꽃 무리가 한가득 빛나며 스쳐 지나갔습니다.

그리고 계속해서 노란 꽃술을 가진 용담꽃이 솟아오르듯 비처럼 눈앞을 지나갔으며, 삼각표들은 연기가 피어오르듯 또는 불꽃이 타오르듯 더욱더 빛나며 늘어서 있었습니다.

북십자성과 플라이오신 해안

"엄마가 날 용서해주실까?"

캄파넬라는 조금 더듬거리면서도 결심한 듯 다급하게 말했습니다.

조반니는 '아, 맞다. 우리 엄마는 저 멀리 티끌처럼 보이는 오렌지색 삼각표 부근에서 지금 나를 생각하고 계시는 거였지' 하고 생각하면서 멍하니 입을 다물고 있었습니다.

"난 엄마가 정말로 행복해진다면 어떤 일이라도 할 거야. 하지만 엄마의 가장 큰 행복은 도대체 무얼까?"

캄파넬라는 울음이 터지려는 것을 힘겹게 참고 있는 듯했습니다.

"너희 엄마에게 힘든 일 따위는 없지 않아?"

조반니는 깜짝 놀라서 큰 소리로 물었습니다.

"난 모르겠어. 하지만 누구라도 정말로 좋은 일을 하면 가장 행복한 거지. 그러니까 엄마는 나를 용서해줄 것으로 생각해."

캄파넬라는 정말로 무언가를 결심한 듯이 보였습니다.

갑자기 기차 안이 환하게 밝아졌습니다. 밖을 보니 다이아몬드와 풀잎의 이슬과 같은 모든 아름다운 것들을 모아놓은 듯이 반짝이는 은하 위를 강물은 소리도 형체도 없이 흐르고 있었고, 그 강물의 한가운데에 푸르스름한 후광이 비치는 섬 하나가 희미하게 보였습니다. 그 섬의 평평한 정상에는 눈이 휘둥그레질 만큼 멋진 하얀 십자가가 서 있었고, 그 십자가는 얼어붙은 북극의 구름으로 빚어낸 듯한, 투명한 금색의 둥근빛을 받으며 조용히, 영원처럼 서 있었습니다.

"할렐루야, 할렐루야."

앞에서도 뒤에서도 소리가 들리기 시작했습니다. 뒤돌아보니 기차 안의 여행객들은 모두 옷을 단정히 여미고는 검은색 성경책을 품에 안거나 수정 염주를 목에 건 채 얌전하게 손바닥을 맞대고 십자가를 향해 기도를 하고 있었습니다. 조반니와 캄파넬라도 엉겁결에 벌떡 일어섰습니다. 캄파넬라의 볼은 마치 잘 익은 사과처럼 아름답게 빛나 보였습니다.

그리고 섬과 십자가는 점점 뒤쪽으로 멀어져갔습니다.

건너편 강가도 희미한 푸른 빛으로 흐려져 있었고, 때때로 은빛 억새가 바람에 흔들거리면서 입김을 내뿜는 것처럼 보였습니다. 또한, 수많은 용담꽃이 억새를 뒤로 감췄다 내보였다 하는 모습이 상냥한 도깨비불처럼 느껴졌습니다.

그것도 잠시……. 억새 덩굴이 강과 기차 사이를 막고 있어서 백조의 섬은 딱 두 번만 모습을 드러낸 채 저 멀리 작아져 그림처럼 되었고, 다시 한번 억새가 바스락거리자 완전히 모습을 감추었습니다. 조반니 뒤에는 언제부터 타고 있었는지 알 수 없는, 검은 모자를 쓴 키 큰 가톨릭 풍의 수녀가 동그란 초록색 눈동자를 가만히 떨어뜨리고 여전히 백조의 섬에서 무슨 소리가 전해져 오기를 기다리며 경건하게 귀 기울이고 있는 듯이 보였습니다. 여행객들은 조용히 자리로 돌아갔으며, 조반니와 캄파넬라도 슬픔 비슷한 낯선 기분을 가슴 가득 담은 채 무언가 조금 달라진 언어로 조용히 이야기를 나누었습니다.

"곧 백조 정거장이지?"

"응, 11시에 정확히 도착할 거야."

곧바로 초록색 신호등과 희미한 하얀 기둥이 빠르게 창밖으로 지나갔으며, 곧이어 철로 변경기 앞에서 유황 연기 같은 희미한 불빛이 창문 아래로 지나가자 기차는 점점 느려졌습니다. 곧이어 일렬로 늘어선 플랫폼의 전등이 아름다운 모습으로 차례차례 나타났고, 그 전등이 점점 크게 퍼지더니 두 사람은 백조 정거장의 커다란 시계 앞에 정확히 도착했습니다.

상쾌한 가을의 시계판에는 파랗게 달구어진 두 개의 강철 바늘이 정확하게 11시를 가리키고 있었습니다. 모든 승객이 기차에서 내리고 객차 안은 텅 비었습니다.

시계 아래에는 '20분간 정차'라고 쓰여 있었습니다.

"우리도 내려볼까?"

조반니가 말했습니다.

"응, 내리자."

두 사람은 기차에서 단숨에 뛰어내려 개찰구로 달려갔습니다. 그런데 개찰구에는 밝은 보랏빛 전등이 하나 빛나고 있을 뿐 아무도 없었습니다. 개찰구 안쪽을 들여다보아도 역장이나 역의 짐꾼 같은 사람은 그림자도 보이지 않았습니다.

두 사람은 정거장 앞에 있는, 수정으로 세공한 듯한 은행나무로 둘러싸인 작은 광장으로 나왔습니다. 광장부터는 넓은 길이 은하의 푸른빛 속으로 곧장 뻗어있었습니다.

먼저 내린 사람들은 이미 어디론가 가버렸는지 한 사람도 보이지 않았습니다. 조반니와 캄파넬라가 어깨를 나란히 하고 그 하얀 길을 걸어가자, 두 사람의 그림자는 마치 사방으로 창문이 있는 방 안의 두 기둥 또는 두 개의 바퀴살처럼 수없이 사방으로 드리워졌습니다.

잠시 후 기차에서 보았던 아름다운 강가의 모래밭에 이르렀습니다.

캄파넬라는 그 깨끗한 모래를 한 줌 쥐어 손바닥에 펼치고는 손가락으로 사르륵 문지르며 꿈을 꾸는 듯한 모습으로 말했습니다.

"이 모래는 전부 수정이야. 안에서 작은 불꽃이 타고 있어."

"응, 맞아."

조반니는 '어디서 이런 걸 배웠더라' 하고 의아해하면서도 멍하니 대답했습니다.

강가의 자갈은 모두 투명했고, 확실히 수정이나 황옥 또는 물결 모양이나 모서리에서 안개처럼 푸르스름한 빛을 발하는 사파이어 등의 보석이었습니다. 조반니는 물가로 달려가 손을 물에 담갔습니다. 그렇지만 그 신비한 은하의 물은 수소보다 투명했습니다. 강물에 담근 두 사람의 손목 부분에 약간 수은빛이 감도는 듯이 보였고, 또 그 손목에 부딪혀 온 물결이 아름다운 인광燐光을 일으키며 반짝반짝 빛나는 듯이 보였기 때문에 강물이 흐르고 있다는 것을 겨우 알 수 있을 정도였습니다.

강 위쪽을 보자 억새풀이 가득 자라난 절벽 아래에 운동장처럼 평평한 하얀 바위가 강가를 따라 튀어나와있는 것이 보였습니다. 그곳에는 대여섯 명의 작은 사람 그림자가 무언가를 파내거나 파묻는 듯 구부렸다 섰다를 반복했으며, 때때로 무슨 도구 같은 것이 반짝이기도 했습니다.

"가 보자!"

두 사람은 동시에 외치고는 바위 쪽을 향해 달렸습니다. 그 하얀 바위처럼 된 곳의 입구에는 '플라이오신 해안'이라고 적힌 매끄러운 자기瓷器로 만들어진 팻말이 세워져 있었고, 맞은편 둔치에는 곳곳에 가는 철조망이 둘러쳐져 있었으며 나무로 된 예쁜 벤치도 있었습니다.

"앗, 이상한 게 있어!"

캄파넬라는 이상하다는 듯 멈춰 서서는 바위 위에서 가늘고 긴, 끝이 날카로운 호두열매 같은 것을 집어 올렸습니다.

"호두열매야. 저쪽에 잔뜩 있어. 물에 휩쓸려 온 거 아닐까? 바위 사이에 들어 있어."

"꽤 크네, 두 배는 되겠어. 이건 조금도 썩지 않았어."

"빨리 저쪽으로 가보자. 분명히 무언가를 파내고 있을 거야."

두 사람은 까끌까끌한 검은 호두열매를 들고 다시 바위 쪽으로 다가갔습니다. 왼쪽의 둔치에는 부드러운 번개가 치듯 파도가 밀려왔고, 오른쪽 절벽에는 은과 조개껍데기로 만든 듯한 억새 이삭이 한가득 흔들리고 있었습니다.

더욱 가까이 다가가자 고도근시 안경을 쓰고 장화를 신은, 학자처럼 보이는 키 큰 남자가 수첩에 무언가를 바삐 적으면서 조수인 듯한 세 남자에게 열심히 여러 가지 지시를 하고 있었습니다.

"거기 돌기 부분이 다치지 않도록 주의해. 삽을 사용해, 삽! 앗, 더 떨어져서 파. 안 돼, 안 돼. 왜 그렇게 거칠게 하는 거야!"

그곳에는 부드럽고 하얀 바위 속에서 엄청나게 큰 푸른빛의 짐승 뼈가 쓰러져 으깨진 듯한 모습으로 절반 이상 파내져 있었습니다. 그리고 주의해서 살펴보니 사각형으로 깔끔하게 잘린 열 개의 바위에는 각각 두 개의 발굽 자국이 찍혀 있었고, 번호가 매겨져 있었습니다.

"너희는 구경 온 거니?"

그 학자 같은 사람이 안경을 반짝이며 이쪽을 보고 말을 걸었습니다.

"호두열매가 잔뜩 있었지? 그건 대략 백이십만 년 정도 전의 호두열매야. 꽤 최근인 셈이지. 이곳은 백이십만 년 전, 그러니까 제3기 이후에는 해안이 되었기 때문에 이 아래에서는 조개껍데기도 나오지. 지금 강이 흐르고 있는 곳은 전부 소금물이 밀려오고 있는 거야. 이 괴물 같은 것은 보스라고 하는데…… 어, 이봐, 거기 곡괭이는 안 돼. 끌로 조심스럽게 하라고. 보스라고 하는 건 지금의 소 조상인데 예전에는 아주 많았지."

"표본을 만드는 것인가요?"

"아니, 증명에 필요한 거야. 우리가 볼 때 이곳은 두껍고 훌륭한 지층이거든. 백이십만 년 전에 생겼다는 여러 가지 증거도 나오고 있어. 하지만 우리 생각과는 달리 다른 사람이 봤을 때는 그냥 바람과 물과 텅 빈 하늘로 보일 수도 있거든. 무슨 말인지 이해하겠어? 그렇지만…… 어이, 거기! 삽도 안 돼. 바로 그 아래에 늑골이 파묻혀 있을 거란 말이야!"

학자는 황급히 뛰어갔습니다.

"벌써 시간이 다 되가. 가자."

캄파넬라가 지도와 손목시계를 번갈아 보며 말했습니다.

"저기…… 그러면 저희는 이만 실례하겠습니다."

조반니는 학자에게 정중하게 인사를 했습니다.

"그래? 그러면 잘 가거라."

학자는 다시 이쪽저쪽을 바쁘게 돌아다니며 감독하기 시작했습니다. 조반니와 캄파넬라는 기차시간에 늦지 않도록 그 하얀 바위 위를 죽을 힘을 다해 달렸습니다. 이렇게 달리면 세계를 전부 달릴 수 있겠다고 조반니는 생각했습니다.

그리고 두 사람은 다시 강가를 지나고 개찰구를 지나 곧 원래의

자리에 앉았으며 방금 다녀온 곳을 창밖으로 보고 있었습니다.

새를 잡는 사람

"여기에 앉아도 될까요?"

까슬까슬하지만 친절한 목소리가 두 사람의 뒤에서 들려왔습니다. 돌아보니 하얀 천으로 싼 두 개의 짐을 어깨에 메고 남루한 갈색 외투를 입은, 등이 구부정한 붉은 수염의 남자가 있었습니다.

"네, 괜찮아요."

조반니는 어깨를 살짝 움츠리며 대답했습니다. 남자는 수염 사이로 희미한 미소를 지으며 자신의 짐을 천천히 선반 위에 올려놓았습니다. 조반니는 왠지 무척이나 외로운 듯한, 쓸쓸한 듯한 느낌이 들어 말없이 정면에 있는 시계를 보고 있었습니다. 그러자 저 앞쪽에서 유리 피리를 부는 듯한 기적 소리가 울렸습니다. 기차는 어느새 조용하게 움직이고 있었습니다. 캄파넬라는 기차 천장의 여기저기를 두리번거리고 있었습니다. 객실 전등 하나에 까만 투구벌레가 앉아있었고, 투구벌레의 그림자가 천장에 커다랗게 드리워져 있었기 때문이었습니다. 붉은 수염의 남자는 왠지 정겨운 웃음을 지며 두 사람의 모습을 보고 있었습니다. 기차는 점점 빨라졌고 창밖으로는 억새풀과 강이 차례차례 빛나며 스쳐 갔습니다.

붉은 수염의 남자가 조금 머뭇거리며 물었습니다.

"당신들은 어디로 가십니까?"

"어디까지고 갈 거예요."

조반니는 조금 겸연쩍은 듯 대답했습니다.

"그거 좋군요. 실제로 이 기차는 어디까지라도 가니까요."

"아저씨는 어디로 가시는데요?"

캄파넬라가 갑자기 싸우기라도 하듯 물었기 때문에 조반니는 웃음이 나왔습니다. 그러자 뾰족한 모자를 쓰고 커다란 열쇠를 허리에 찬 맞은편 남자도 이쪽을 슬쩍 보며 웃었기 때문에 캄파넬라도 그만 얼굴을 붉히며 웃기 시작했습니다. 그러나 남자는 별반 화도 나지 않은 듯 볼을 실룩이며 대답했습니다.

"곧 저기서 내립니다. 저는 새를 잡아 파는 장사꾼이거든요."

"무슨 새를 파나요?"

"학이랑 기러기입니다. 백로나 백조도 팔죠."

"학이 많이 있나요?"

"많고말고요. 아까부터 울고 있잖아요. 듣지 못했습니까?"

"아니요."

"지금도 들리지 않으십니까? 자, 귀를 기울이고 들어보십시오."

두 사람은 눈을 크게 뜨고 귀를 기울였습니다. 덜컹거리는 기차의 진동과 억새풀 바람 사이로 뽀글뽀글하고 물이 솟아나는 소리가 들려왔습니다.

"학은 어떻게 잡나요?"

"학이요? 아니면 백로요?"

"백로요."

조반니는 어느 쪽이든 상관없다고 생각하면서 대답했습니다.

"그 녀석은 간단합니다. 백로라는 녀석은 모두 은하수 모래가 응고되어 불쑥 생겨나는 것이죠. 그리고 항상 강으로 돌아가기 때문에 강가에서 기다리고 있으면 백로가 내려옵니다. 땅에 닿으려는 순간 정확하게 눌러버리는 겁니다. 그러면 백로는 뭉쳐지면서 안심하고 죽습니다. 그다음은 알고 있겠죠. 잎사귀를 눌러 말리듯 하는 거죠.

"백로를 눌러서 말리는 것입니까? 표본을 만드는 건가요?"

"표본이 아닙니다. 모두 먹지 않습니까?"

"이상하네."

캄파넬라가 고개를 갸웃거렸습니다.

"이상하지도 의아하지도 않습니다. 보세요."

남자는 일어서더니 선반에서 짐 꾸러미를 내리고는 재빠르게 펼쳤습니다.

"자, 보세요. 지금 막 잡은 겁니다."

"정말 백로야!"

두 사람은 자신도 모르게 외쳤습니다. 아까의 북십자가처럼 빛나는 새하얀 백로의 몸이 조금 납작해진 채 검은 다리를 웅크리고 부조처럼 줄줄이 놓여 있었습니다.

"눈을 감고 있네."

캄파넬라는 하얀 초승달 같은 백로의 눈꺼풀에 손가락을 살짝 대었습니다. 머리 위 창 모양의 하얀 털도 확실하게 붙어 있었습니다.

"자, 제 말이 맞죠?"

새잡이는 다시 보자기로 여러 겹을 싼 후 끈으로 묶었습니다.

'요즘 같은 때에 도대체 누가 백로를 먹는 걸까?' 조반니는 의아해하며 물었습니다.

"백로는 맛있나요?"

"그럼요, 매일 주문이 들어옵니다. 하지만 기러기가 더 잘 팔립니다. 기러기가 아무래도 몸집이 좋고, 무엇보다도 잔손질이 필요 없으니까요. 보십시오."

새잡이는 다시 다른 꾸러미를 풀었습니다. 그러자 노란색과 청백색의 반점이 불빛처럼 빛나는 기러기가 백로와 똑같이 주둥이를 나란히 한 채 조금 납작해진 모습으로 줄줄이 놓여 있었습니다.

"기러기는 바로 먹을 수 있습니다. 조금 드셔 보시겠습니까?"

새잡이는 기러기의 노란색 다리를 가볍게 당겼습니다. 그러자 기러기의 다리는 마치 초콜릿으로 만들어진 것처럼 깨끗하게 뽑혔습니다.

"어떻습니까? 조금 먹어 보십시오."

새잡이는 기러기 다리를 둘로 나눠 건네주었습니다. 조반니는 조금 먹어 보고는 '뭐야, 과자잖아. 하지만 초콜릿보다 훨씬 맛있어. 이런 기러기가 하늘을 날 리가 없지. 이 남자는 그 주변에서 과자가게를 하는 사람일 거야. 그렇지만 나는 이 남자를 업신여기면서도 과자를 먹고 있다니…… 정말 미안한걸.' 조반니는 그러한 생각을 하면서도 기러기 다리를 맛있게 먹고 있었습니다.

"조금 더 드십시오."

새잡이는 다시 꾸러미를 꺼냈습니다.

"아니요, 잘 먹었습니다."

조반니는 조금 더 먹고 싶었지만 사양했습니다. 그러자 새잡이는 허리에 열쇠를 차고 있던 맞은편 남자에게 내밀었습니다.

"이런, 장사하는 물건을 그냥 받다니 죄송하군요."

남자는 모자를 벗었습니다.

"아니, 별말씀을요. 올해의 철새 이동은 어떻습니까?"

"아주 멋집니다. 그저께 두 번째 교대시간 무렵이었을까…… 정해진 시간에 등댓불을 켜지 않았다고 여기저기서 항의 전화가 왔었습니다. 하지만 우리가 켜지 않은 게 아니라 철새들이 새까만 무리를 이루어 불빛 앞을 지나갔기 때문에 방법이 없었죠. 전 '이 병신들아! 그런 불만은 나한테 얘기해봐야 소용없으니까, 파삭거리는 망토에 가느다란 입과 다리를 가진 우두머리 철새한테나 가 봐!' 하고 말해

주었죠. 하하핫!"

억새풀이 사라지자 건너편 들판에서 환한 빛이 비쳐왔습니다.

"백로는 왜 손질이 번거롭나요?"

캄파넬라는 아까부터 묻고 싶었습니다.

"그건 말이죠, 백로를 먹으려면……."

새잡이는 우리를 돌아보았습니다.

"은하수 물빛에 열흘 동안 말리거나 아니면 모래에 34일 동안 묻어두어야 하기 때문입니다. 그렇게 하면 수은이 모두 증발해서 먹을 수 있게 되는 거죠."

"이건 새가 아니에요. 그냥 과자죠?"

역시 조반니와 같은 생각을 하고 있었던 캄파넬라는 참지 못하고 물었습니다. 그러자 새잡이는 무척이나 당황한 모습으로 말했습니다.

"이런 이런……. 여기서 내려야 하는데……."

그러고는 갑자기 일어나 짐을 꺼내 들고는 순식간에 사라졌습니다.

"어디로 간 거지?"

두 사람은 얼굴을 마주 보았습니다. 그러자 등대지기는 히죽히죽 웃더니 살짝 몸을 내밀어 두 사람 옆의 창밖을 내려다보았습니다. 두 사람도 그쪽을 바라보자 바로 그 새잡이가 노란색과 청백색의 아름다운 인광을 뿜어내고 있는, 강가 가득히 피어있는 떡쑥밭 위에서 진지한 얼굴로 양팔을 벌린 채 가만히 하늘을 보고 있었던 것입니다.

"저기에 있네. 정말 기이하군. 분명 또 새를 잡으려는 거겠지. 기차가 떠나기 전에 빨리 새가 내려왔으면 좋겠는데."

등대지기가 그렇게 말하는 순간 도라지색 하늘에서 아까 본 것 같은 백로들이 까아까아 울어대며 마치 눈이 내리듯 수없이 내려왔습니다. 그러자 새잡이 남자는 자신의 바람대로라는 듯 싱글벙글하면서 두 다리를 정확하게 60도로 벌리고 서서 몸을 웅크리며 땅에 착지하려는 백로의 검은 다리를 닥치는 대로 잡아서 자루 안으로 밀어 넣었습니다. 그러자 백로는 자루 안에서 한동안 반딧불처럼 파랗게 반짝이더니, 결국에는 점점 모두 희미한 하얀색이 되어 눈을 감았습니다. 그런데 잡히는 백로보다 잡히지 않고 무사히 은하수 모래 위에 내려앉는 백로가 더 많았습니다. 그리고 모래 위에 내려앉은 백로는 다리가 모래에 닿자마자 눈이 녹듯 작아지고 납작해졌으며 곧 용광로에서 흘러나온 구리 물처럼 모래와 자갈 위로 퍼졌습니다. 그러고는 잠깐 새의 형태가 모래 위에 나타났습니다만, 그것도 밝아졌다 어두워지기를 스물세 번 반복하는 동안 완전히 주변과 같은 색이 되어 버렸습니다.

새잡이 남자는 스무 마리를 자루에 넣고는 갑자기 양팔을 벌려 병사가 총알을 맞아 죽는 듯한 자세를 취하는 듯하더니, 순식간에 사라졌습니다. 그리고 조반니 옆에서 갑자기 낯익은 목소리가 들렸습니다.

"아, 홀가분하다. 몸에 딱 좋을 정도로 일하는 것만큼 좋은 일은 없지요."

새잡이 남자는 이미 그곳에서 잡은 백로를 가지런히 정돈해서 한 마리씩 다시 포개고 있었습니다.

"어떻게 순식간에 저곳에서 이곳으로 온 겁니까?"

조반니는 왠지 당연한 듯하면서도 당연하지 않은 듯한 이상한 기분이 들어 물었습니다.

"어떻게라니요? 오고자 했으니까 온 것이죠. 당신들은 원래 어디서 오셨습니까?"

조반니는 바로 대답하려고 했지만 원래 어디서 온 것인지 아무리 생각해도 떠오르지 않았습니다. 캄파넬라도 얼굴이 새빨개져서 떠올리려고 안간힘을 쓰고 있었습니다.

"아, 멀리서 오셨군요."

새잡이 남자는 알겠다는 듯 순순히 고개를 끄덕였습니다.

조반니의 차표

"이제 이곳은 백조구球의 마지막입니다. 보십시오. 저곳이 그 유명한 알비레오관측소입니다."

창밖으로는 마치 불꽃이 터진 듯한 황갈색 강이 펼쳐져 있었고 그 한가운데에는 검은색의 커다란 건물 네 채만이 서 있었습니다. 그리고 그 건물 중 하나의 평평한 옥상 위에는 눈이 아득해질 만큼 아름다운, 사파이어와 토파즈로 만들어진 투명한 두 개의 구가 원을 그리며 빙글빙글 돌고 있었습니다. 노란색 토파즈구는 반대편을 향해 돌아가고 있었고, 작은 사파이어구가 이쪽을 향해 오더니 잠시 후 두 개의 끝이 겹쳐지면서 아름다운 초록색의 양면 볼록렌즈 모양이 되었습니다. 그리고 가운데 부분이 점점 부풀기 시작하면서 마침내 파란색 사파이어가 토파즈의 정면으로 오자, 중심부는 초록색이면서 테두리가 노란빛인 원이 만들어졌습니다. 그러고는 다시 점점 옆으로 비껴가면서 렌즈의 모양이 반대로 반복되었고 마침내 완전히 떨어져 사파이어는 반대편을 향해 돌고, 노란색 토파즈가 다시 이쪽을 향해 다가오더니 아까와 똑같은 모양을 만들었습니다. 모습도 소리도 없는 은하수 강물에 휩싸인 검은 관측소는 정말로 잠들어 있는 듯 조용히 앞을 가로막고 있었습니다.

"저것은 강물의 속도를 측정하는 기계입니다. 강물도……."

새를 잡는 남자가 이렇게 말을 하는 순간이었습니다.

"차표 검사를 하겠습니다."

붉은 모자를 쓴 키 큰 차장이 어느새 세 사람의 좌석 옆에 서 있었습니다. 새를 잡는 남자는 말없이 호주머니에서 차표를 꺼냈습니다. 차장은 차표를 힐끗 보더니 곧바로 '당신들은?' 하는 눈빛으로 조반니 일행에게 손을 내밀었습니다.

"저……."

조반니가 당황한 듯 우물쭈물하고 있는데, 캄파넬라는 아무렇지도 않게 회색의 작은 차표를 꺼냈습니다. 조반니는 너무 당황해서 혹시 상의 주머니에 들어있나 생각하면서 손을 넣어보자 무언가 커다란 종잇조각이 잡혔습니다. '이런 게 들어 있었던가?' 생각하면서 서둘러 꺼내보니 그것은 네 번을 접은 엽서 크기의 초록색 종이였습니다. 차장이 손을 내밀고 있었기 때문에 될 대로 되라는 심정으로 종이를 건네자, 차장은 곧바로 자세를 바꾸고는 정중하게 종이를 펼쳐보았습니다. 차장은 그 쪽지를 읽으면서 웃옷 단추를 똑바로 채우기도 했고, 등대지기도 앉은 채로 열심히 쪽지를 올려다보았기 때문에 조반니는 그 쪽지가 증명서 같은 것이었다는 생각이 들면서 왠지 가슴이 조금 뭉클해졌습니다.

"이것은 3차원 세계의 분에게 받은 것입니까?"

차장이 물었습니다.

"무엇인지 모르겠어요."

조반니는 이제 됐다고 안심하면서 쪽지를 올려다보고 싱글싱글 웃었습니다.

"알겠습니다. 남십자에 도착하는 것은 다음 3시 경입니다."

차장은 종이를 조반니에게 돌려주고는 반대편으로 갔습니다.

캄파넬라는 기다렸다는 듯 그 종잇조각을 서둘러 들여다보았습니

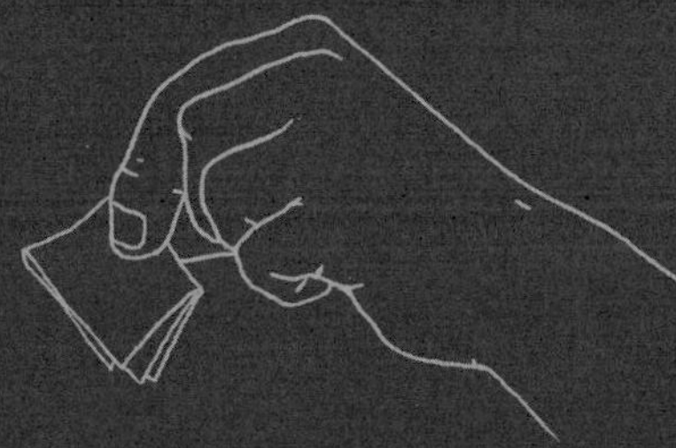

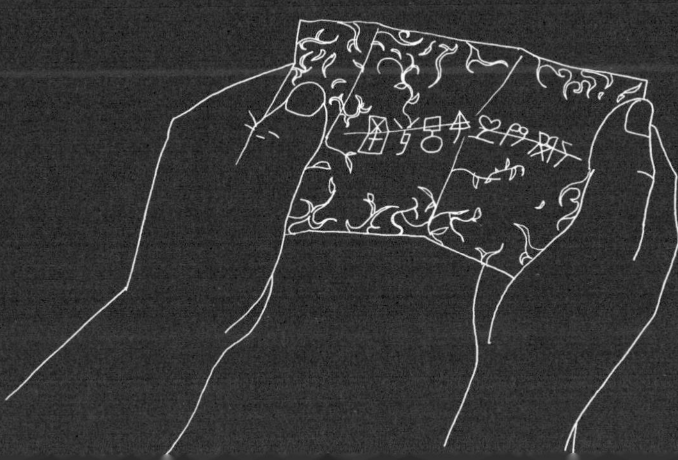

다. 조반니도 궁금해서 빨리 보고 싶었습니다. 그런데 그 종잇조각에는 까만 덩굴무늬만 가득했으며 가운데에는 이상한 글자가 열 자 정도 인쇄되어 있어서 보고 있으면 왠지 그 속으로 빨려 들어갈 듯한 기분이 들었습니다. 그때 새잡이 남자가 옆에서 그 종이를 힐끗 보더니 당황한 듯 말했습니다.

"오! 이건 중요한 것입니다. 이것은 진짜 천상의 세계로도 갈 수 있는 차표입니다. 천상이 문제가 아닙니다. 어디든 마음대로 갈 수 있는 통행권입니다. 이것을 갖고 있으면 이런 불완전한 환상 사차원의 은하철도 따위는 어디까지고 갈 수 있죠. 당신 대단한 분이네요."

"뭐가 뭔지 모르겠습니다."

조반니는 얼굴을 붉히며 대답하고는 종이를 접어서 다시 주머니에 넣었습니다. 그러고는 쑥스러워서 캄파넬라와 함께 창밖을 바라보고 있었지만, 새잡이 남자가 대단한 사람을 보듯 이쪽을 힐끔힐끔 보고 있다는 것을 어렴풋이 알 수 있었습니다.

"이제 곧 독수리 정거장이야."

캄파넬라는 건너편 강가에 있는 세 개의 작고 파란 삼각표와 지도를 대조해 보며 말했습니다.

조반니는 갑자기 아무런 이유도 없이 새잡이 남자가 불쌍해서 견딜 수가 없었습니다. 백로를 잡고는 홀가분하다며 즐거워하기도 하고, 잡은 백로를 하얀 천으로 둘둘 말기도 하고, 다른 사람의 차표를 놀랜 듯 곁눈으로 힐긋거리다 당황해서 칭찬을 하기도 하는…… 그런 모습을 하나하나 생각하니 알지도 못하는 새잡이 남자를 위해 먹을 것이든 뭐든 자기가 가진 것을 모두 주고 싶다, 저 사람의 진정한 행복을 위해서라면 자신이 빛나는 하늘의 강가에 백 년이라도 서서 새를 잡아주고 싶다는 생각이 들어서 견딜 수 없었습니다. 조반니는 새잡이 남자가 정말로 원하는 것이 무엇인지 물어보려 했지만, 그건 너무 갑작스러운 질문 같아서 갈등하며 뒤를 돌아보았습니다. 그러나 그곳에는 이미 새잡이 남자는 없었으며, 선반 위에 있던 하얀 짐도 보이지 않았습니다. 또 강가에서 다리를 벌리고 서서 하늘을 올려보며 백조를 잡을 준비를 하는 것은 아닐까 서둘러 창밖을 바라보았지만, 창밖에는 온통 아름다운 모래와 하얀 억새풀 물결뿐, 새잡이 남자의 넓은 등도 뾰족한 모자도 보이지 않았습니다. 조반니가 물었습니다.

"그 사람 어디로 간 걸까?"

캄파넬라도 멍하니 대답했습니다.

"글쎄, 어디로 갔을까. 도대체 어디서 또 만날까. 나는 아무래도 그 사람에게 할 말을 하지 못한 거 같아."

"아…… 나도 그런 생각을 하고 있었어."

"나는 그 사람을 귀찮게 생각했어. 그래서 무척 마음이 아파."

조반니는 이런 묘한 기분은 정말로 처음이었고, 이런 말은 지금까지 해본 적도 없다는 생각이 들었습니다.

"왠지 사과 향기가 나. 내가 지금 사과를 생각해서 그런 걸까?"

캄파넬라는 이상하다는 듯 주변을 둘러보았습니다.

"정말로 사과 냄새야. 그리고 찔레꽃 향기도 나."

조반니도 주변을 둘러보았지만 그 냄새는 창문을 통해 들어온 듯했습니다. 지금은 가을이기 때문에 찔레꽃 향기가 날 리가 없다고 조반니는 생각했습니다.

그런데 갑자기 그곳에 윤기 있는 검은 머리의 여섯 살 정도 되는 남자아이가 빨간 재킷의 단추도 채우지 않은 채 무척이나 놀란 얼굴로 부들부들 떨며 맨발로 서 있었습니다. 옆에는 검은 양복을 단정하게 입은 키 큰 청년이 바람을 가득 맞은 느티나무 같은 자세로 남자아이의 손을 꼭 잡고 서 있었습니다.

"어머, 여긴 어디지? 와아, 예뻐."

청년의 뒤에는 열두 살 정도의 갈색 눈을 한 귀여운 여자아이가 검은 외투를 입고 청년의 팔에 매달려 신기하다는 듯 창밖을 보고 있었습니다.

"아, 여기는 랭커셔야. 아니, 코네티컷 주란다. 아니…… 아, 우리는 하늘에 온 거야. 우리는 하늘로 가는 거야. 봐! 저 화살표는 천상의 화살표란다. 더이상 무서울 것은 없어. 우리는 신의 초대를 받은 거야."

검은 양복의 남자는 기쁨에 들뜬 듯 여자아이에게 말했습니다. 그렇지만 무슨 이유에선지 다시 이마에 깊은 주름이 새겨졌으며, 무척이나 지쳐있었던 듯 힘겹게 억지웃음을 지으며 남자아이를 조반니 옆자리에 앉혔습니다.

그리고 여자아이에게는 상냥하게 캄파넬라 옆자리를 가리켰습니다. 여자아이는 얌전히 그곳에 앉아 팔짱을 꼭 꼈습니다.

"난 큰 누나에게 갈 거야."

막 자리에 앉은 남자아이는 이상한 표정을 지으며 등대지기 맞은편 좌석에 앉은 청년에게 말했습니다. 청년은 아무 말도 하지 않고 슬픈 얼굴로 가만히 아이의 젖은 곱슬머리를 바라보았습니다. 여자아이는 갑자기 두 손으로 얼굴을 가리며 울기 시작했습니다.

청년이 말했습니다.

"아버지랑 큰 누나는 아직 할 일이 많이 남았어. 하지만 곧 뒤따라올 거야. 그것보다도 엄마가 얼마나 오래 기다리셨을지 생각해 봐. 우리 소중한 다다시는 지금 어떤 노래를 부르고 있을까, 눈 내리는 아침이면 우리 아이들이 어느 풀숲에서 뛰어놀고 있을까 걱정하시면서 기다리고 계실 거야. 그러니까 빨리 가서 엄마를 만나자."

"응, 하지만 그 배에 타지 않았으면 좋았을 거야."

"그래, 하지만 보렴. 하늘 어떠니? 저 멋진 강은 그 한여름에 〈반짝 반짝 작은 별〉을 부르며 쉴 때 늘 창밖으로 희미하고 하얗게 보였던 은하수야. 저기 말이야. 어때, 예쁘지? 저렇게 아름답게 빛나고 있잖아."

울고 있던 여자아이도 손수건으로 눈가를 훔치고 창밖을 보았습니다. 청년은 오누이에게 타이르듯 조용히 말했습니다.

"우리는 이제 아무것도 슬퍼할 것 없어요. 우리는 이렇게 멋진 곳을 여행해서 곧 신의 곁으로 가는 거야. 그곳은 정말로 환하고 향기롭고 훌륭한 사람들로 가득하단다. 그리고 우리 대신에 보트를 탄 사람들은 분명 구조를 받아 걱정하며 기다리던 각자의 아버지나 어머니, 가족들에게로 갈 거야. 자, 이제 거의 다 왔으니까 힘을 내서 재미있게 노래를 부르며 가자."

청년은 남자아이의 젖은 듯한 검은 머리를 쓰다듬으며 모두를 위로했습니다. 그러면서 자신도 점점 얼굴빛이 밝아졌습니다.

"당신들은 어디서 왔습니까? 어떻게 이곳에 오셨나요?"

등대지기는 간신히 조금은 이해했다는 듯 청년에게 물었습니다. 청년은 희미하게 웃었습니다.

"저기, 배가 빙산에 부딪혀서 침몰했어요. 저희는 아버지가 급한 용무로 두 달 전에 먼저 본국으로 돌아갔기 때문에 나중에 출발한 것이죠. 저는 대학생이었고 가정교사를 하고 있었습니다. 그런데 정확히 이십 일이 되던 날, 오늘이나 어제입니다만…… 배가 빙산에 부딪혀 한쪽으로 기울면서 침몰하기 시작했습니다. 희미한 달빛이 비쳤습니다만 안개가 무척이나 짙었습니다. 그리고 구명보트의 왼쪽

뱃전 절반은 이미 망가졌기 때문에 승객 모두가 탈 수는 없었습니다. 그러는 동안에도 배는 침몰하고 있었고 저는 제발 아이들을 태워달라고 필사적으로 외쳤습니다. 주위의 사람들이 곧바로 길을 터주었고 아이들을 위해 기도해주었습니다. 그렇지만 그곳에서 보트가 있는 곳까지는 아직도 많은 어린아이와 부모 등이 있어서 아무래도 헤치고 나갈 용기가 없었던 것입니다. 하지만 나는 어떡해서든 이 아이들을 살리는 것이 나의 의무라고 생각하면서 앞에 있는 아이들을 밀어제치려고 했습니다. 그러나 또 그런 식으로 살아남는 것보다는 이대로 모두 신에게 가는 것이 이 아이들의 행복이라고도 생각했습니다. 그러면서도 다시 신을 등진 죄는 나 혼자 지으면 되니까 동생들을 반드시 살리겠다는 생각도 했습니다. 하지만 곧 그것이 불가능하다는 것을 알았습니다. 아이들만 보트에 태운 어머니는 미친 듯 입맞춤을 했고 슬픔을 견디면서 똑바로 서 있는 아버지의 모습 등은 정말 창자가 끊어지는 듯 애절했습니다. 그러는 동안에 배는 점점 가라앉았기 때문에 저는 각오를 하고 이 두 아이를 안고서 견딜 수 있을 때까지 견뎌보겠다고 결심하고는 배가 가라앉기를 기다렸습니다. 그사이 누가 던진 것인지 구명대 하나가 날아왔습니다만 미끄러지면서 저 멀리 가버렸습니다. 저는 있는 힘을 다해 갑판의 격자를 뜯어내었고 우리 세 사람은 그 격자를 꼭 붙들고 매달려 있었습니다. 갑자기 여기저기에서 찬송가 소리가 울려 퍼졌습니다. 사람들은 각각의 언어로 함께 찬송가를 불렀습니다. 그때 갑자기 커다란 굉음이 퍼졌고 우리는 물속으로 빠졌습니다. 이미 소용돌이에 휩쓸렸다고 생각하면서도 동생들을 꼭 껴안고 있었는데 갑자기 눈앞이 희미해지더니 이곳에 와 있었던 것입니다. 어머니는 재작년에 돌아가셨습니다. 아마도 그 보트는 분명히 구조되었을 것입니다. 무척이나 숙련

된 뱃사람들이 노를 저어서 재빨리 배에서 멀어졌기 때문입니다."

그때 작은 기도 소리가 들렸기 때문에 조반니도 캄파넬라도 지금까지 잊고 있었던 여러 가지 것들을 어렴풋하게 떠올리며 눈시울이 뜨거워졌습니다.

'아, 그 커다란 바다는 퍼시픽이라는 바다가 아니었을까. 그 빙산이 떠다니는 북쪽 바다 끝에서 작은 배를 타고 바람과 얼어붙는 조수, 매서운 추위와 싸우며 누군가가 필사적으로 움직이고 있다. 나는 그 사람이 정말로 안타깝고 그 사람에게 미안한 기분이 든다. 나는 그 사람의 행복을 위해 도대체 어떻게 하면 좋을까.'

조반니는 고개를 떨군 채 비탄에 빠졌습니다.

"무엇이 행복인지 모르겠습니다. 아무리 괴로운 일이라도 그것이 단지 앞으로 나아가기 위한 하나의 과정이라면, 언덕을 오르는 것도 내려가는 것도 모두 진정한 행복에 다가가기 위한 한 걸음일 테니까요."

등대지기가 위로했습니다.

"아, 그렇습니다. 진정한 행복에 이르기 위해 겪는 여러 가지 슬픔도 모두 신의 뜻입니다."

청년은 기도하듯 그렇게 말했습니다.

그리고 그 오누이는 피곤함에 지친 듯 이미 각각의 좌석에 기대어 자고 있었습니다. 맨발이었던 발에는 어느새 하얗고 부드러운 신발이 신겨져 있었습니다.

기차는 눈부신 인광이 빛나는 강가를 따라 덜컹덜컹 달렸습니다. 건너편 창밖으로 보이는 들판은 마치 슬라이드 같았습니다. 백 개, 천 개나 되는 크고 작은 삼각표, 그 커다란 삼각표 위에는 붉은빛이 비치는 측량기들이 있었고, 측량기가 가득 모여 있는 들판 끝은 푸르스름한 안개처럼 보였으며, 더 멀리서는 다양한 형태의 희미한 봉화 같은 것이 진보라빛 하늘을 향해 차례로 솟아오르고 있었습니다. 너무도 투명하고 깨끗한 바람에는 장미향기가 가득했습니다.

"어떻습니까. 이런 사과는 처음 보셨죠?"

맞은편의 등대지기는 어느새 황금빛과 붉은빛의 아름다운 사과들을 떨어뜨리지 않도록 무릎 위에서 양손으로 감싸고 있었습니다.

"오, 어디서 난 것인가요? 훌륭한 사과군요. 이 주변에는 이런 사과가 나옵니까?"

청년은 정말로 놀랐다는 듯 등대지기가 양손으로 감싸고 있는 사과 한 무더기를 눈을 가늘게 뜨기도 하고 고개를 갸웃거리기도 하면서 정신없이 바라보고 있었습니다.

"자, 사양하지 마시고 하나 집으세요."

청년은 사과를 하나 집고는 조반니 쪽을 슬쩍 보았습니다.

"자, 맞은편의 꼬마들도 하나 집으세요."

조반니는 꼬마라는 말에 조금 화가 나서 가만히 있었습니다만, 캄파넬라는 "감사합니다"라고 말했습니다. 청년이 두 개를 집어 조반니와 캄파넬라에게 하나씩 건네주었기 때문에 조반니도 일어나서 "감사합니다"라고 말했습니다.

등대지기는 마침내 두 팔이 자유로워졌기 때문에 자는 오누이의 무릎에 살며시 사과 하나씩을 직접 올려놓았습니다.

"정말로 고맙습니다. 이런 훌륭한 사과는 어디서 만들어지는 것입니까?"

청년은 사과를 자세히 살펴보며 물었습니다.

"물론 이 주변에서도 농사를 짓고 있지만, 대부분은 좋은 작물이 저절로 만들어지도록 손을 대지 않기로 약속이 되어 있습니다. 농사

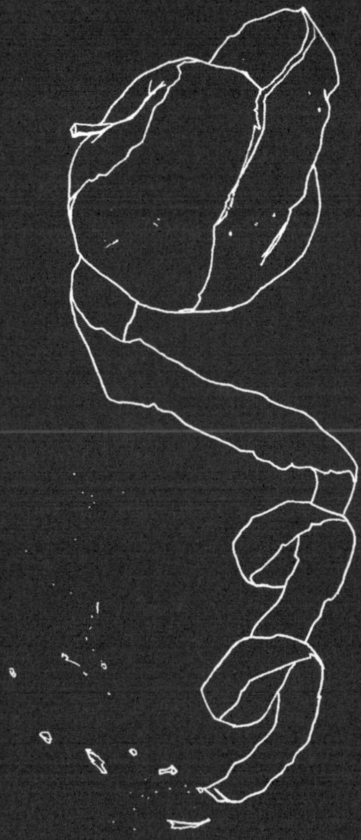

라고는 하지만 그렇게 고생스럽게 하지는 않습니다. 대체로 자신이 원하는 씨를 뿌리기만 하면 저절로 자라납니다. 쌀도 퍼시픽 부근의 쌀처럼 껍질도 없고 크기는 열 배나 되면서 냄새도 좋습니다. 사과도, 과자도 모두 찌꺼기가 전혀 없어서 사람마다 다른 좋은 향기가 되어 모공 속으로 퍼지는 것입니다. 하지만 당신들이 가는 쪽에는 이젠 농업은 하지 않습니다."

갑자기 남자아이가 눈을 번쩍 뜨더니 말했습니다.

"아, 방금 엄마 꿈을 꿨어요. 엄마가 멋진 책장과 책이 있는 곳에서 저를 보고 손을 내밀며 생긋생긋 웃었어요. 제가 엄마에게 '사과 가져다 드릴까요?' 하고 말하는 순간 잠이 깼어요. 아, 여기는 아까의 그 기차 안이네요?"

"꿈속의 사과는 거기 있어. 이 아저씨가 주신 거란다."

청년이 말했습니다.

"아저씨 고맙습니다. 응? 가오루 누나는 아직 자고 있네. 내가 깨워야지. 누나, 봐봐. 사과를 얻었어. 일어나 봐."

누나는 웃으며 눈을 뜨고는 눈부신 듯 두 손을 눈에 대더니 사과를 보았습니다. 남자아이는 벌써 파이를 먹듯이 사과를 맛있게 먹고 있었습니다. 코르크 따개 모양으로 둥글둥글 말린 깨끗한 사과껍질은 바닥에 닿기 전에 회색빛으로 빛나면서 사르르 증발해버렸습니다.

조반니와 캄파넬라는 사과를 소중하게 주머니에 넣었습니다.

강 하류의 맞은편 기슭에는 푸르게 우거진 커다란 숲이 보였으며, 나뭇가지에는 잘 익어 새빨갛게 빛나는 동그란 열매가 가득 매달려 있었습니다. 숲 한가운데에는 높게 솟은 삼각표가 있었습니다. 그곳에서 오케스트라 벨과 실로폰 소리가 섞인 듯한 형용할 수 없는 청명한 소리가 녹아들 듯, 스며들 듯 바람을 타고 흘러나오고 있었습니다.

청년은 바람이 차가운 듯 몸을 부르르 떨었습니다.

가만히 그 소리를 듣고 있자 그곳에 카펫 같은 황금빛과 옅은 초록색의 밝은 들판이 펼쳐졌고 또한 밀랍처럼 새하얀 이슬이 태양의 표면을 스치듯 지나가는 것처럼 보였습니다.

"와! 저기 까마귀."

캄파넬라 옆에 앉은 가오루라는 여자아이가 소리쳤습니다.

"까마귀가 아니라 전부 까치야."

캄파넬라가 무심코 야단치듯 큰 소리로 말했기 때문에 여자아이는 기분이 나쁜 듯했지만 조반니는 피식 웃음이 나왔습니다. 강가의 푸르스름한 들판 위에 정말로 수없이 많은 까만 새들이 줄을 지어 가만히 강의 희미한 빛을 받고 있었습니다.

"까치가 맞네요. 머리 뒤쪽에 털이 길게 뻗어 있는 걸 보니까."

청년은 분위기를 부드럽게 하려는 듯 말했습니다.

맞은편의 푸른 숲 속에 있던 삼각표는 어느새 기차의 정면으로 다가왔습니다. 그때 기차의 뒤쪽으로 귀에 익숙한 찬송가 노랫소리가 들렸습니다. 아주 많은 사람이 합창하는 듯했습니다. 청년은 갑자기 얼굴빛이 창백해지더니 일어서서 그쪽으로 가려다가 다시 마음을 바꾼 듯 자리에 앉았습니다. 가오루는 손수건으로 얼굴을 가렸습니다. 조반니도 왠지 코끝이 이상해졌습니다. 그렇지만 언제, 누구라고 할 것도 없이 모두 그 노래를 따라 불렀기 때문에 노래는 점점 확실하게 울려 퍼졌습니다.

그리고 푸른 올리브나무 숲이 푸르게 빛나며 끝이 보이지 않는 은하수 건너편으로 점차 사라지자 그곳에서 흘러나오는 이상한 악기 소리도 기차의 기적 소리와 바람 소리에 묻혀 희미해져 갔습니다.

"와! 공작이야, 공작이 있어."

"저 숲은 현악기의 집이야. 난 저 숲 속에 예전의 커다란 오케스트라 단원들이 모여 있다고 생각해. 그리고 주변에는 푸른 공작 같은 것들이 잔뜩 있을 거야."

"그래, 아주 많이 있었어."

소년의 말에 여자아이가 대답했습니다.

조반니는 한없이 작아져서 이제는 초록색의 조개껍데기 단추처럼 보이는 숲 위에서 공작이 날개를 퍼덕일 때마다 빛나는 푸른빛의 반사를 바라보았습니다.

"맞아, 아까 공작 소리도 들렸어."

캄파넬라가 가오루에게 말했습니다.

"응, 분명히 서른 마리 정도는 있었어. 하프 소리처럼 들렸던 것은 모두 공작 소리야."

여자아이가 대답했습니다. 조반니는 갑자기 뭐라 표현할 수 없는 슬픈 기분이 들었습니다.

조반니는 절실하게 '캄파넬라, 여기서 뛰어내려 놀다 가자' 하고 말하고 싶을 정도였습니다.

강은 두 갈래로 나뉘었습니다. 그 컴컴한 섬 한가운데에 높게 솟은 전망대가 있었고 그 위에 헐렁한 옷을 입고 붉은 모자를 쓴 한 남자가 서 있었습니다. 그리고 양손에 붉은 깃발과 파란 깃발을 들고 하늘을 올려다보며 신호를 하고 있었습니다. 조반니가 보고 있는 동안 그 남자는 붉은 깃발을 계속 흔들고 있었는데, 갑자기 붉은 깃발을 내려 뒤로 감추고 파란 깃발을 드높이 올리며 오케스트라 지휘자처럼 격렬하게 흔들었습니다. 그러자 하늘에서 쏴아 하는 빗소리 같은 소리가 나더니 셀 수 없이 많은 새까만 무리가 총알처럼 강 건너편으로 날아가는 것이었습니다. 조반니는 자신도 모르게 몸의 절반을 창밖으로 내밀며 그쪽을 올려다보았습니다. 너무도 아름다운 도라지빛 창공을 수만 마리의 작은 새들이 각각 떼를 지어 바쁘게 지저귀며 날아가고 있었습니다.

"새가 날아가는구나."

조반니는 창밖으로 몸을 내민 채 말했습니다.

"어디?"

캄파넬라도 하늘을 보았습니다. 그 순간 헐렁한 옷을 입은 전망대 위의 남자가 갑자기 붉은 깃발을 미친 듯이 흔들었습니다. 그러자 새떼는 갑자기 딱 멈추었고 동시에 파직 하는 무언가가 부서지는 듯한 소리가 강 하류에서 들렸고 잠시 정적에 빠졌습니다. 바로 그 순간 다시 전망대 위의 남자는 파란 깃발을 흔들며 외쳤습니다.

"철새들아! 지금이야 건너, 철새들아! 지금이야 건너."

그 목소리도 확실하게 들렸습니다.

그 소리와 동시에 수만 마리의 새떼가 하늘을 곧장 날아갔습니다. 두 사람이 고개를 내밀고 있는 창문 사이로 여자아이가 얼굴을 내밀고 아름다운 볼을 빛내며 하늘을 올려다보았습니다.

"와, 새들이 정말 많네요, 우와 저 아름다운 하늘."

여자아이는 조반니에게 말을 걸었지만 조반니는 여자아이가 건방지다는 생각이 들어 입을 꾹 다물고 하늘을 올려다보았습니다. 여자아이는 휴우하고 작게 숨을 내쉬더니 말없이 자리로 돌아갔습니다. 캄파넬라는 그 여자아이가 측은한 생각이 들어 창문에서 몸을 빼내고는 지도를 보고 있었습니다.

"저 사람은 새들에게 무언가를 알려주고 있는 것인가요?"

여자아이가 캄파넬라에게 살며시 물었습니다.

"철새들에게 신호하고 있는 거야. 아마도 어디선가 봉화가 솟아오르기 때문이겠지."

캄파넬라는 조금 자신 없는 듯 대답했습니다. 그리고 기차 안은 조용해졌습니다. 조반니도 창문에서 몸을 빼고 자리에 앉고 싶었지만 밝은 곳에 얼굴을 드러내는 것이 괴로웠기 때문에 가만히 선 채 휘파람을 불고 있었습니다.

'도대체 왜 이렇게 슬픈 걸까. 난 마음을 좀더 착하고 크게 갖지 않으면 안 되겠어. 저 멀리 강 언덕에 마치 연기 같은 파란 불꽃이 보이네. 저 불꽃은 정말로 조용하고 차가운걸. 저것을 보고 마음을 가라앉히자.'

조반니는 열이 나고 아픈 이마를 두 손으로 누르며 그쪽을 보았습니다.

'아 정말로 나와 함께 어디까지고 갈 사람은 없는 걸까. 캄파넬라도 저런 여자아이와 즐거운 듯 이야기를 하고 있고……. 난 정말로 괴로워.'

조반니의 눈에는 다시 눈물이 가득 고였고, 은하수도 마치 멀리 가버린 듯 희미하게 보일 뿐이었습니다.

그때 기차는 강에서부터 점점 멀어져 절벽 위를 통과하게 되었습니다. 맞은편 언덕도 강 하류를 따라 검은 절벽이 점점 높아지고 있었습니다. 그리고 커다란 옥수수나무가 언뜻 보였습니다. 옥수수잎은 둥글게 말려있었고, 잎 아래로는 이미 아름다운 초록색의 커다란 꽃턱잎이 빨간 수염을 늘어뜨리고 있었고 진주 같은 알갱이도 언뜻 보였습니다. 옥수수나무는 점점 많아져서 해안과 철길 사이에 일렬로 가득 늘어서 있었고, 조반니는 자기도 모르게 창문에서 몸을 빼내 맞은편 창문을 바라보았습니다. 그러자 아름다운 하늘과 들판이 맞닿은 지평선 끝까지 그 커다란 옥수수나무가 가득 자라나 있었고, 부드러운 바람에 흔들리는 멋진 잎사귀 끝에는 햇빛을 머금은 다이아몬드 같은 이슬이 가득 매달려 붉은빛과 초록빛으로 불타듯 빛나고 있었습니다.

"저건 옥수수나무지?"

캄파넬라가 조반니에게 말했지만 조반니는 아무래도 기분이 나아지지를 않아 들판을 바라보며 무뚝뚝하게 "그럴 거야"라고 대답했습니다. 그러는 동안에 기차는 점점 조용해졌으며, 몇 개의 신호와 철로 변경기의 신호등을 지나 작은 정거장에 도착했습니다.

정면에 있는 청백색 시계는 정확하게 두 시를 가리키고 있었으며, 바람도 기차도 멈춘 조용한 들판 속에서 시계추는 째깍째깍하고 정확하게 시간을 새기고 있었습니다.

그리고 시계추 소리 사이로 아주 먼 들판 끝에서부터 희미한 선율이 실처럼 흘러들어왔습니다.

"〈신세계교향곡〉이다."

여자아이가 혼잣말처럼 이쪽을 보면서 조그맣게 말했습니다. 이미 기차 안에서는 검은 양복의 키 큰 청년까지도 모두가 따뜻한 꿈을 꾸고 있었습니다.

'이렇게 조용하고 좋은 곳에서 나는 왜 좀더 유쾌해지지 않은 걸까. 왜 이렇게 혼자만 외로운 걸까. 하지만 캄파넬라도 너무해. 나와 함께 기차에 탔으면서도 저 여자아이하고만 이야기하고 있잖아. 난 정말로 괴롭다고.'

조반니는 다시 두 손으로 얼굴을 반쯤 가린 채 맞은편 창밖을 응시하고 있었습니다. 투명한 유리 같은 기적 소리를 울리며 기차는 조용히 움직이기 시작했고, 캄파넬라도 외로운 듯 〈별자리의 노래〉를 휘파람으로 불었습니다.

"네, 이제 이 주변은 아주 높은 고원이니까요."

뒤쪽에서 이제 막 잠에서 깨어난 듯한 노인이 시원시원하게 이야기를 나누는 소리가 들렸습니다.

"옥수수는 60센티미터나 되는 깊이의 구멍을 뚫어서 씨를 뿌려야만 자라납니다."

"그렇습니까? 강까지는 거리가 꽤 있나요?"

"네, 강까지는 6백 미터에서 1천8백 미터 정도입니다. 이제부터는 심한 협곡이 이어지지요."

조반니는 왠지 모르게 '그래, 맞아. 이곳은 콜로라도 고원이었지' 하는 생각이 들었습니다.

캄파넬라는 여전히 쓸쓸한 듯 홀로 휘파람을 불고 있었고, 여자아이는 마치 비단으로 감싼 사과 같은 얼굴빛으로 조반니가 보고 있는 방향을 보고 있었습니다.

갑자기 옥수수가 사라지고 거대한 검은 들판이 가득 펼쳐졌습니다. 〈신세계교향곡〉은 마침내 지평선 끝에서부터 확실하게 울려 퍼졌고, 그 검은 들판 속을 인디언 한 명이 하얀 새 깃털을 머리에 꽂고 팔과 가슴에 여러 개의 돌을 장식한 채 작은 활에 화살을 채우고 쏜살같이 기차를 쫓아오고 있었습니다.

"와, 인디언이다, 인디언. 누나! 좀 봐."

갑자기 다다시가 외쳤습니다.

검은 옷의 청년도 눈을 떴습니다. 조반니와 캄파넬라도 일어섰습니다.

"달려오고 있어, 봐봐, 달리고 있다고. 쫓아오고 있는 걸까?"

"아니야, 기차를 쫓아오는 것이 아니야. 사냥을 하고 있거나 춤을 추고 있는 거야."

청년은 지금 자기가 어디에 있는지 잊어버린 듯 주머니에 손을 꽂은 채 일어서며 말했습니다.

정말로 인디언은 춤을 추고 있는 듯했습니다. 무엇보다도 발의 동작이 달리고 있는 듯하면서도 박자를 맞추듯 세심하고 규칙적이었습니다. 갑자기 하얀 새의 깃털이 앞으로 쓰러지는 듯하더니 인디언은 우뚝 멈춰 서서 재빨리 하늘을 향해 활을 쏘았습니다. 그러자 학 한 마리가 떨어졌고, 인디언은 달려가며 두 팔을 크게 벌려 떨어지는 학을 받았습니다. 인디언은 기쁜 듯 웃었습니다. 그러나 학을 들고 이쪽을 바라보는 인디언의 모습은 점점 멀어졌고, 전신주의 애자礙子가 연속해서 두 번 반짝이더니 다시 옥수수 숲이 나타났습니다. 창밖을 바라보니 기차는 정말로 높디높은 절벽 위를 달리고 있었고, 그 계곡 아래로는 강이 넓고 환하게 흐르고 있었습니다.

"자, 이제 이 부근부터는 내리막길입니다. 이번에는 단숨에 강가까지 내려가기 때문에 절대 쉽지가 않습니다. 경사가 가팔라서 기차는 반대편에서 이쪽으로는 오지 않습니다. 보세요, 이미 기차가 빨라졌죠?"

조금 전의 노인이 말했습니다.

기차는 빠르게 내려갔습니다. 절벽 끝을 지날 때에는 아래쪽으로 강이 환하게 보였습니다. 조반니는 마음이 점점 밝아졌습니다. 기차가 작은 오두막 앞을 지날 때 그 앞에 한 아이가 쓸쓸히 이쪽을 바라보고 있는 모습을 발견하고는 '안녕!' 하고 외치기도 했습니다.

덜컹덜컹 기차는 빠르게 달렸습니다. 객차 안의 사람들은 몸을 절반쯤 뒤로 젖힌 채 팔걸이를 꼭 잡고 있었습니다. 조반니는 캄파넬라와 함께 무심코 웃었습니다. 그리고 은하수는 기차 가까이에서 무척이나 격렬하게 흘러온 듯 때때로 반짝이며 흐르고 있었습니다. 연분홍색 패랭이꽃이 여기저기 피어있었습니다. 기차는 마침내 안정적인 속도로 천천히 달리기 시작했습니다.

이쪽과 맞은편 쪽의 해안에 별과 곡괭이가 그려진 깃발이 서 있었습니다.

"저건 무슨 깃발이지?"

조반니가 마침내 말을 하기 시작했습니다.

"글쎄, 모르겠는데. 지도에도 없어. 철로 만든 배가 있네."

"아, 정말!"

"다리를 만들려는 것 아닐까?"

"아, 저건 공병대의 깃발이야. 다리를 설치하는 연습을 하는 거지. 그런데 병사들은 안 보이네?"

그때 맞은편 강가 근처의 약간 하류 쪽에서 보이지 않는 은하수 강물이 반짝 빛나며 기둥처럼 높게 치솟았고, 쿵 하는 강렬한 소리가 들렸습니다.

"발파야, 발파!"

캄파넬라가 좋아하며 펄쩍 뛰었습니다.

기둥처럼 치솟았던 물은 보이지 않게 되었고 커다란 연어와 송어가 하얀 배를 반짝이며 공중으로 튕겨 나오더니 둥그런 원을 그리며 다시 물속으로 떨어졌습니다. 조반니는 펄쩍 뛰어오르고 싶을 정도고 기분이 밝아져 말했습니다.

"하늘의 공병부대야. 송어가 이렇게 튀어 오르다니, 난 이렇게 유쾌한 여행은 해본 적이 없어. 정말 좋아."

"저 정도의 송어는 가까이서 본다면 이 정도 크기는 될 거야. 물속에 물고기가 매우 많구나."

"작은 물고기도 있을까요?"

여자아이가 이야기에 끌려 말했습니다.

"물론 있겠지. 큰 물고기가 있으니까 작은 물고기도 분명 있을 거야. 하지만 멀어서 작은 물고기는 보이지 않는 거겠지."

조반니는 이미 기분이 좋아져서 즐겁다는 듯 웃으면서 여자아이에게 대답했습니다.

"저것은 분명히 쌍둥이별님의 궁전이야."

남자아이가 갑자기 창밖을 가리키며 소리쳤습니다.

오른쪽 낮은 언덕 위에 수정으로 만든 듯한 작은 궁전 두 채가 나란히 서 있었습니다.

"쌍둥이별님의 궁전이란 게 뭐지?"

"예전에 엄마한테 여러 번 들었어요. 작은 수정궁전이 두 채가 나란히 있으니까 분명해요."

"말해보렴. 쌍둥이별이 무엇을 했는지……."

"나도 알아요. 쌍둥이별님이 들판으로 놀러 나와서 까마귀와 싸움을 했어요."

"그렇지 않아요. 있잖아요, 엄마가 그러셨는데 은하수 강가에는……."

"혜성이 기이기이 기이기이 하면서 나타났어요."

"아니야, 다다시. 그건 다른 이야기야."

"그러면 저기서 지금 피리를 불고 있겠네?"

"지금은 바다로 갔어."

"말도 안 돼. 이미 바다에서 올라와 있다고."

"맞아, 맞아. 난 알고 있어. 내가 이야기할래."

건너편 강가가 갑자기 빨갛게 변했습니다. 버드나무인지 뭔지 모를 새까만 것이 드리워져 보이지 않는 은하수의 물결이 가끔 바늘처럼 붉게 반짝였습니다. 건너편 들판에는 크고 새빨간 불이 타오르고 있었으며 그 검은 연기는 진보라빛을 띠며 차가운 하늘을 그을릴 듯했습니다. 루비보다도 붉고 투명하며 리튬보다 아름답고 황홀한 불이 타오르고 있었습니다.

"저건 무슨 불일까? 저렇게 붉게 빛나는 불은 무엇을 태우면 생기는 거지?"

조반니가 말했습니다.

"전갈의 불같은데."

캄파넬라가 다시 지도를 들여다보며 대답했습니다.

"아, 전갈의 불이라면 나도 알아."

여자아이가 말했습니다.

"전갈의 불이 뭐야?"

조반니가 물었습니다.

"전갈이 불에 타 죽은 거야. 그 불이 지금까지도 타오르고 있다고 아버지가 여러 번 말씀해주셨어."

"전갈이란 건 벌레지?"

"응, 전갈은 벌레야. 하지만 좋은 벌레야."

"전갈은 좋은 벌레가 아니야. 난 박물관에서 알코올에 담겨있는 걸 본 적이 있어. 엉덩이에 이런 갈고리가 있는데 거기에 찔리면 죽는다고 선생님께서 말씀하셨어."

"그건 맞아. 하지만 좋은 벌레야. 아버지가 말씀하셨어. 예전에 발드라 들판에 전갈 한 마리가 작은 벌레 같은 것을 먹으며 살고 있었는데, 그러던 어느 날 족제비에게 발각되어 잡아먹힐 뻔하게 되었대. 전갈은 죽어라 도망갔지만 금방이라도 족제비에게 잡힐 듯했어. 그 순간 갑자기 눈앞에 우물이 나타났고 우물에 빠져 버린 거야. 전갈은 아무리 해도 우물을 빠져나올 수 없었던 나머지 익사하기 직전에 이렇게 기도했대.

'아, 나는 지금까지 얼마나 많은 생명을 앗아 왔는지 몰라. 그리고 그런 내가 이번에는 족제비가 덤비려고 하자 그렇게 죽어라 도망을 쳤어. 하지만 결국 이렇게 되었지. 아, 아무것도 믿을 수 없어. 나는 왜 조용히 내 몸을 족제비에게 주지 않았을까. 내 몸을 주었다면 족제비도 하루를 더 살아갈 수 있을 텐데. 신이시여, 부디…… 나의 마음을 알아주십시오. 이렇게 부질없이 생명을 버리지 않고 다음에는 정말로 다른 사람의 행복을 위해 내 몸을 써주시기 바랍니다.'

그러자 어느새 전갈의 몸이 새빨갛고 아름다운 불이 되어 밤의 어둠을 밝히고 있었대. 그리고 지금까지 타오르고 있다고 아버지가 말씀하셨어. 저 불은 분명히 그 불이야."

"맞아, 봐봐. 저기 삼각표가 확실하게 전갈의 모습을 이루고 있어."

조반니는 정말로 그 커다란 불 맞은 편에 세 개의 삼각표가 전갈의 팔 모양으로, 다섯 개의 삼각표가 꼬리와 갈고리 모양으로 늘어서 있는 것을 보았습니다. 그리고 정말로 그 아름다운 새빨간 전갈의 불은 소리 없이 환하게 타오르고 있었습니다.

그 불이 점점 뒤쪽으로 멀어지자 모두 갖가지의 형언하기 어려운 악기 소리와 풀꽃 같은 휘파람 소리, 사람들이 소곤거리는 소리 등을 듣고 있었습니다. 그 소리는 가까이에 마을 같은 것이 있고 그곳에서 축제라도 하고 있는 듯한 소리였습니다.

"켄타우루스여! 이슬을 내려라."

조반니의 옆에서 자고 있던 남자아이가 갑자기 맞은편 창을 바라보며 외치고 있었습니다. 아, 그곳에는 크리스마스트리처럼 푸르른 가문비나무인지 전나무인지가 서 있었고, 그 속에는 마치 하늘의 반

뒷불이 모인 것처럼 수많은 꼬마전구가 매달려 있었습니다.

"아, 맞다. 오늘 밤이 켄타우루스 축제지."

"아, 이곳은 켄타우루스의 마을이야."

캄파넬라가 곧바로 말했습니다.

"누가 볼을 던지면 난 절대 놓치지 않아."

남자아이가 으스대며 말했습니다.

이때 청년이 모두에게 말했습니다.

"이제 곧 남십자가역이야. 내릴 준비를 하자."

그러자 남자아이가 말했습니다.

"난 기차를 좀더 탈래."

캄파넬라 옆의 여자아이는 초조한 듯 준비를 시작했지만 역시 조반니 일행과 헤어지기 싫은 듯했습니다. 청년은 남자아이를 내려다보며 단호한 어조로 말했습니다.

"여기서 내리지 않으면 안 돼."

남자아이는 다시 말했습니다.

"싫어. 나도 기차 타고 더 갈 거야."

조반니가 참지 못하고 말했습니다.

"우리와 함께 가자. 우리는 어디까지고 갈 수 있는 차표를 갖고 있어."

그러자 여자아이는 쓸쓸한 표정으로 말했습니다.

"하지만 우리는 이곳에서 내려야 해요. 이곳은 천상으로 가는 곳이거든요."

"천상 따위 가지 않아도 되잖아. 우리는 이곳에서 천상보다 훨씬 좋은 곳을 만들어야 한다고 선생님께서 말씀하셨어."

"그렇지만 엄마도 그곳에 계시고 하느님도 부르시는 걸요."

"그런 하느님은 가짜 하느님이야."

"그렇지 않아요."

그러자 청년이 웃으면서 물었습니다.

"당신의 하느님이란 어떤 하느님입니까?"

"저도 사실은 잘 몰라요. 하지만 그 어디에도 없는 오직 단 한 분입니다."

"진정한 하느님은 물론 오직 한 분이시지요."

"아, 그런 게 아니라 어디에도 없는 오직 단 한 분의 진정한, 진정한 하느님입니다."

"그러니까 제 말이 그 말입니다. 저는 당신들이 곧 그 진정한 하느님 앞에서 우리를 만나기를 기도합니다."

청년은 공손하게 두 손을 마주 잡았습니다. 여자아이도 똑같이 따라 했습니다. 모두 정말로 이별이 슬픈 듯 얼굴빛까지도 조금 창백해 보였습니다. 조반니는 하마터면 목 놓아 울 뻔했습니다.

"자, 이제 준비됐니? 곧 남십자가역이야."

아, 그때였습니다. 은하수 저 멀리 있는 보이지 않는 강 아래에 파란색과 오렌지색 등 다채로운 빛이 아로새겨진 십자가가 마치 한 그루의 나무처럼 강 속에서 우뚝 선 채 빛나고 있었으며, 그 위에는 푸르스름한 구름이 둥근 원이 되어 후광처럼 걸려있었습니다. 기차 안은 술렁였습니다. 모두가 북십자가를 보았을 때처럼 똑바로 서서 기도하기 시작했습니다. 아이가 참외를 보고 기뻐할 때와 같은 탄성 소리와 뭐라고 표현할 수 없이 깊고 경건한 한숨 소리만이 들려왔습니다. 그리고 십자가는 어느새 창문의 정면을 향했고 사과의 과육처럼 푸르스름한 고리 모양의 구름이 천천히 천천히 돌고 있는 것이 보였습니다.

"할렐루야, 할렐루야."

사람들의 활기차고 즐거운 목소리가 울렸고, 모두 저 멀리서 차가운 하늘에 울려 퍼지는, 뭐라고 형용할 수 없는 상쾌한 나팔 소리를 들었습니다. 그리고 기차는 수많은 신호와 전등 속을 지나며 천천히 속도를 줄이더니 마침내 십자가 정면에 딱 멈췄습니다.

"자, 내리자."

청년은 남자아이의 손을 끌고 맞은편 출구를 향해 걷기 시작했습니다.

여자아이는 뒤돌아보며 두 사람에게 인사했습니다.

"그럼, 안녕."

조반니는 울음을 참느라 화가 난 듯 퉁명하게 말했습니다.

"안녕."

여자아이는 무척이나 아쉬운 듯 눈을 동그랗게 뜨고는 다시 한번 돌아보더니 말없이 나갔습니다. 기차는 이미 절반 이상이 비어 갑자기 휑하니 쓸쓸해졌고 바람이 가득 불어왔습니다.

밖을 내다보니 사람들은 공손하게 줄을 서서 십자가 앞의 은하수 강가에 무릎을 꿇고 있었습니다. 그리고 두 사람은 하얀 옷을 입은 성스러운 사람이 손을 뻗으며 보이지 않는 은하수 강물을 건너오는 것을 보았습니다. 그러나 그때 유리 기적이 울리고 기차는 움직이기 시작했으며 강 하류에서 은빛 안개가 희미하게 피어올라 와 더는 아무것도 보이지 않게 되었습니다. 단지 수많은 호두나무가 잎을 반짝이며 안갯속에 서 있었고, 황금색의 후광을 지닌 전기 다람쥐가 그 속에서 귀여운 얼굴을 내밀며 이쪽을 바라보고 있을 뿐이었습니다.

갑자기 환하게 안개가 걷혔습니다. 그리고 어딘가로 연결된 듯 작은 전등이 일렬로 늘어선 길이 나타났습니다. 그 길은 선로를 따라 한참을 이어지고 있었습니다. 두 사람이 탄 기차가 그 전등 앞에 다가가자 그 작은 전구는 마치 인사라도 하듯 톡 꺼졌다가 두 사람이 지나간 후에 다시 켜졌습니다.

뒤돌아보니 십자가는 정말 목에 걸 수 있을 정도로 완전히 작아졌고, 희미해진 시야로는 아까의 청년 일행이 아직도 하얀 둔치에서 무릎을 꿇고 있는지, 아니면 어딘지 방향도 알 수 없는 천상으로 간 것인지 알 수 없었습니다.

조반니는 아― 하고 깊게 숨을 내쉬며 말했습니다.

"캄파넬라, 다시 우리 둘만 남았네. 어디까지든 함께 가자. 나는 이제 그 전갈처럼 정말로 모두의 행복을 위해서라면 내 몸 따위는 백 번이고 불에 탄다고 해도 상관없어."

"응, 나도 그래."

그렇게 대답하는 캄파넬라의 눈에는 아름다운 눈물이 맺혀있었습니다.

조반니가 말했습니다.

"그렇지만 진정한 행복은 도대체 무얼까."

캄파넬라가 중얼거리듯 대답했습니다.

"난 모르겠어."

조반니가 가슴 가득 새로운 힘이 솟구치는 듯 후― 하고 숨을 내쉬며 말했습니다.

"우리 잘해보자."

"아, 저기 석탄 자루다. 하늘의 구멍이라고 하는 곳이야."

캄파넬라가 조금 몸을 비틀어 은하수의 한 곳을 가리켰습니다. 조반니는 그곳을 바라보고는 흠칫 놀랐습니다. 은하수 한 곳에 커다랗고 새까만 구멍이 휑하니 뚫려있었습니다. 그 바닥이 얼마나 깊은지,

그 안에 무엇이 있는지 아무리 눈을 비비고 들여다보아도 보이지 않았습니다. 눈만 지끈지끈 아팠을 뿐입니다. 조반니가 말했습니다.

"난 저런 커다란 어둠 속도 이제는 무섭지 않아. 반드시 모두의 진정한 행복을 찾으러 갈 거야. 어디까지고 우리 함께 나아가자."

"응, 꼭 갈 거야. 아…… 저 들판은 너무도 아름다워. 사람들이 모두 모여 있어. 저곳이 진정한 천상이야. 앗, 저기 있는 사람 우리 엄마야."

갑자기 캄파넬라가 저 멀리 보이는 들판을 가리키며 외쳤습니다.

조반니도 그쪽을 바라보았지만 그곳은 뿌옇게 흐려있을 뿐 캄파넬라가 말한 것은 보이지 않았습니다. 뭐라 표현할 수 없는 쓸쓸한 기분이 들어 멍하니 그쪽을 보고 있자, 맞은편 강가에 두 대의 전봇대가 마치 팔짱을 끼듯 붉은 가로대를 떠받치고 있었습니다.

"캄파넬라, 우리 함께 갈 거지?"

조반니가 그렇게 말하면서 뒤를 돌아보았습니다. 그러나 캄파넬라가 앉아있던 자리에는 이미 캄파넬라의 모습은 보이지 않았고 검은 벨벳만이 깔려 있었습니다. 조반니는 총알처럼 자리에서 벌떡 일어났습니다. 그리고 다른 사람들이 들을 수 없도록 창밖으로 몸을 내밀고 힘껏 가슴을 치며 소리를 지르고는 목안 가득 울음을 터뜨렸습니다. 갑자기 세상이 캄캄해진 듯했습니다.

★ ★ ★

조반니는 눈을 떴습니다. 원래 있던 언덕 풀숲에 지쳐 잠들어있었던 것입니다. 가슴은 이상하게 뜨거웠고 볼에는 차가운 눈물이 흐르고 있었습니다.

조반니는 용수철처럼 벌떡 일어났습니다. 마을은 아까와 마찬가지로 많은 등불이 밝혀져 있었는데 왠지 이전보다 뜨거워진 느낌이었습니다. 그리고 조금 전 꿈속에서 걸었던 은하수 역시도 이전과 마찬가지로 뿌옇게 걸려 있었고, 새까만 남쪽 지평선 위에 더욱 짙게 걸려 있었습니다. 그 오른쪽에는 전갈자리의 붉은 별이 아름답게 빛나고 있었지만, 하늘 전체의 위치는 그다지 변하지 않은 듯했습니다.

조반니는 쏜살같이 언덕을 달려 내려왔습니다. 아직 저녁 식사를 하지 않고 기다리고 있을 엄마가 가슴 한가득 떠올랐기 때문입니다. 검은 소나무 숲을 통과하고 하얀 목장 울타리를 돌아 다시 아까의 입구에서 검은 외양간 앞으로 왔습니다. 그곳에는 누군가가 돌아왔는지 아까는 없었던 자동차 한 대에 나무통 두 개가 실려 있었습니다.

"안녕하세요."

조반니가 큰 소리로 인사했습니다.

"네."

흰색의 두꺼운 바지를 입은 사람이 곧바로 나왔습니다.

"무슨 일이니?"

"오늘 저희 집에 우유가 오지 않았어요."

"아, 미안하구나."

그 사람은 곧장 안으로 들어가 우유 한 병을 가지고 와 조반니에게 건네주었습니다. 그리고 웃으면서 말했습니다.

"정말로 미안하구나. 오늘 오후에 깜박하고 송아지 울타리를 잠그지 않았더니 녀석이 엄마 소에게 가서 우유를 절반이나 마셔버렸거든."

"그랬군요. 네, 그럼 가보겠습니다."

"그래, 미안하다."

"아니에요."

조반니는 아직 따뜻한 우유병을 두 손으로 감싸 쥐고 목장 울타리를 나왔습니다.

그리고 나무가 있는 마을을 한참을 지나 큰길로 나온 후 다시 한참을 가자 사거리가 나왔습니다. 그 오른쪽 길 끝에는 캄파넬라 일행이 등불을 띄우러 갔던 강으로 향하는 커다란 다리의 망루가 밤하늘에 흐릿하게 서 있었습니다.

그런데 그 사거리의 길모퉁이와 가게 앞에 일고여덟 명의 여자들이 모여서 다리 쪽을 바라보며 무언가 소곤소곤 이야기하고 있었습니다. 그리고 강 위에도 알록달록한 등불이 가득했습니다.

조반니는 왠지 가슴이 서늘해지는 기분이었습니다. 그리고 다급하게 근처의 사람들에게 소리치듯 물었습니다.

"무슨 일이 있어요?"

"아이가 물에 빠졌어요."

누군가 대답했고 모여 있던 사람들은 일제히 조반니를 바라보았습니다. 조반니는 정신없이 다리 쪽을 향해 달렸습니다. 다리 위에는 사람들이 가득 차서 강이 보이지 않았습니다. 흰옷을 입은 경찰도 나와 있었습니다.

조반니는 다리 끝에서 날아가듯 아래의 넓은 강가로 뛰어내렸습니다.

물가를 따라 많은 불빛이 바쁘게 오르내리고 있었습니다. 맞은편 강가의 어두운 제방에도 일고여덟 개의 불빛이 움직이고 있었습니다. 그 불빛들 사이를 이미 쥐참외 등불도 사라진 강이 희미한 소리를 내며 잿빛으로 조용히 흐르고 있었습니다.

강가의 가장 하류 쪽에 솟아 있는 모래섬에 사람들 무리가 새까맣게 모여 있었습니다. 조반니는 계속해서 모래섬 쪽으로 달렸습니다.

그러다가 조반니는 아까 캄파넬라와 함께 있었던 마루소를 만났습니다. 마루소는 조반니를 향해 달려왔습니다.

"조반니, 캄파넬라가 강에 빠졌어."

"왜? 언제?"

"자네리가 배 위에서 쥐참외 등불을 물이 흐르는 쪽으로 밀려고 했어. 그때 배가 흔들리는 바람에 물에 빠졌거든. 그런데 캄파넬라가 바로 뛰어든 거야. 그리고 자네리를 배 쪽으로 밀어 보냈고 카토가 자네리를 붙잡았어. 그런데 캄파넬라는 보이지를 않는 거야."

"지금 사람들이 캄파넬라를 찾고 있는 거구나."

"응. 곧바로 사람들이 왔어. 캄파넬라의 아버지도 오셨고. 그렇지만 찾지를 못했어. 자네리는 집으로 데려갔고."

조반니는 사람들이 몰려있는 곳으로 갔습니다. 그곳에 푸르스름하고 날카로운 턱을 가진 캄파넬라의 아버지가 검은 옷을 입은 채 학생들과 마을 사람들에게 둘러싸여 오른쪽 손목의 시계를 가만히 응시하고 있었습니다.

다른 사람들도 조용히 강을 바라보고 있었습니다. 단 한 사람도 입을 여는 사람이 없었습니다. 조반니는 다리가 부들부들 떨렸습니다. 낚시할 때 사용하는 아세틸렌 램프가 수없이 바쁘게 오가고 있었고 검은 강물은 반짝반짝 작은 파도를 일으키며 흐르고 있었습니다.

강의 하류 쪽에는 강물 가득 은하수가 크게 반사되어 마치 강 자체가 물이 없는 하늘처럼 보였습니다.

조반니는 캄파넬라가 이미 저 은하의 어딘가에 있을 것 같은 기분만이 들었습니다.

그렇지만 사람들은 아직 어딘가의 물속에서 '아, 수영 실컷 했다' 하며 캄파넬라가 나오는 것은 아닐까. 아니면 사람들이 모르는 어딘가의 모래섬으로 밀려가 누군가가 오기를 기다리고 있는 것은 아닐까 하는 기분이 들어 어찌할 바를 모르는 듯했습니다. 그러나 캄파넬라의 아버지가 단호하게 말했습니다.

"이제 틀렸습니다. 강에 빠진 지 45분이 지났습니다."

조반니는 자신도 모르게 캄파넬라의 아버지 앞으로 달려갔습니다.

그리고 '나는 캄파넬라가 간 곳을 알고 있어요. 나는 캄파넬라와 함께 걷고 있었어요' 하고 말하려고 했지만 목이 메어 아무 말도 하지 못했습니다. 그러자 캄파넬라의 아버지는 조반니가 인사라도 하러 온 것으로 생각했는지 한동안 가만히 조반니를 바라보더니 정중하게 말했습니다.

"너는 조반니구나? 오늘 밤에는 정말 고생이 많았다."

조반니는 아무 말도 못 하고 단지 고개만 숙이고 있었습니다.

"아버지는 집에 돌아오셨니?"

아저씨는 시계를 꼭 쥔 채 다시 물었습니다.

"아니요."

조반니는 조그맣게 고개를 저었습니다.

"무슨 일일까. 그저께 내게 무척이나 활기찬 편지를 보내왔었는데. 오늘 정도면 이제 도착할 때가 됐는데. 배가 늦어졌나 보구나. 조반니, 내일 방과 후에 아이들과 함께 우리 집에 놀러 오려무나."

아저씨는 그렇게 말하면서 다시 은하수가 가득 떠있는 강 하류 쪽으로 조용히 눈길을 옮겼습니다.

조반니는 여러 가지 복잡한 심정으로 가슴이 꽉 차서 아무 말도 못 하고 아저씨 옆을 떠났습니다. 엄마에게 빨리 우유를 가져다주고 아버지의 귀가를 알려야겠다는 생각에 다시 마을을 향해 쏜살같이 강가를 달렸습니다.

쌍둥이별

双子の星

쌍둥이별 1

은하수 서쪽 기슭에는 쇠뜨기풀의 홀씨만 한 작은 두 개의 별이 보입니다. 춘세동자와 포세동자라고 하는 쌍둥이별님이 살고 있는 수정으로 만든 작은 궁전입니다.

그 투명한 두 개의 궁전은 서로 마주 보고 있습니다. 밤에는 두 사람 모두 궁전으로 돌아가 자리에 앉고는 하늘의 별자리 노래에 맞춰 밤새 은피리를 붑니다. 이것이 쌍둥이별님의 역할이었습니다.

어느 날 아침, 해님이 엄숙하게 몸을 추스르고 따각따각하며 동쪽으로 올라왔을 때 춘세동자는 은피리를 내려놓고 포세동자에게 말했습니다.

"포세님, 이제 그만해도 돼요. 해님도 일어나셨고 구름도 새하얗게 빛나고 있어요. 오늘은 서쪽 들판에 있는 샘으로 가보지 않을래요?"

포세동자는 눈을 반쯤 감은 채 아직도 정신없이 은피리를 불고 있었습니다. 춘세동자는 궁전에서 나와 신발을 신고 포세동자의 궁전 계단을 올라가 다시 한번 말했습니다.

"포세님, 이제 그만해도 돼요. 동쪽 하늘이 완전히 하얗게 빛나고 있고 하늘 아래에서는 작은 새들이 이미 눈을 뜨고 있어요. 오늘은 서쪽 들판에 있는 샘으로 가요. 그곳에서 풍차로 물방울을 만들어 작은 무지개를 날리면서 놀아요."

포세동자는 그제야 춘세동자를 발견하고 깜짝 놀라 피리를 내려놓고 말했습니다.

"아, 춘세님. 미안해요. 어느새 날이 완전히 밝았군요. 얼른 신발을 신고 나갈게요."

그리고 포세동자는 하얀 조가비 신발을 신고 나왔으며, 두 사람은 사이좋게 노래를 부르며 하늘의 은잔디밭으로 갔습니다.

해님이 지나는 길을 깨끗하게 쓸고,
빛을 흩뿌려라, 하늘의 하얀 구름아
해님이 지나는 길의 돌조각은
꼭꼭 묻어라, 하늘의 파란 구름아

그리고 어느새 하늘의 샘에 도착했습니다.

이 샘은 날씨가 좋은 밤에는 지상에서도 분명하게 보입니다. 은하수 서쪽 기슭에서 꽤 떨어진 곳에 있으며 파란색의 작은 별들이 둥글게 둘러싸고 있습니다. 바닥에는 파란색 작은 돌멩이들이 평평하게 깔렸고 그 돌멩이들 사이로 깨끗한 물이 보글보글 솟아나옵니다. 그리고 샘의 한쪽 끝은 작은 개울이 되어 은하수로 향합니다. 여러분은 가뭄이 들었을 때 비쩍 마른 쏙독새나 두견새가 가만히 그 샘을 올려다보며 안타까운 듯 침을 꼴깍꼴깍 삼키는 모습을 가끔 보지 않았나요? 어떤 새도 그곳까지는 갈 수 없습니다. 그렇지만 하늘의 큰까마귀별과 전갈별, 토끼별이라면 물론 쉽게 갈 수 있습니다.

"포세님, 우선 여기에 폭포를 만들까요?"

"네, 그렇게 하죠. 전 돌을 나르겠습니다."

춘세동자가 신발을 벗고 개울 속으로 들어갔으며, 포세동자는 기슭에서 적당한 돌을 모으기 시작했습니다.

지금 하늘에는 사과의 달콤한 향이 가득합니다. 서쪽 하늘에 남아 있는 은색의 달님이 토해 놓은 것입니다.

갑자기 들판 맞은편에서 커다란 노랫소리가 들렸습니다.

은하수 서쪽 기슭에서
조금 떨어진 하늘의 우물
물은 보글보글, 바닥도 반짝반짝,
주위를 감싸는 파란 별
쏙독새, 올빼미, 물떼새, 어치
오려고 하지만 올 수가 없네

"아, 큰까마귀별이다!"

두 동자는 동시에 외쳤습니다.

큰까마귀는 하늘의 억새풀을 바스락바스락 가르고 어깨를 흔들며 성큼성큼 다가왔습니다. 새까만 벨벳 망토와 새까만 벨벳 바지를 입은 큰까마귀는 두 사람을 보고 멈춰 서서 정중하게 인사를 했습니다.

"아, 춘세동자와 포세동자. 안녕하세요? 날씨가 맑아서 좋군요. 하지만 너무 맑으면 목이 말라서 안 되는데. 게다가 어젯밤에는 노래를 조금 크게 불렀지요? 미안해요."

큰까마귀는 이야기를 하고는 샘에 머리를 담갔습니다.

"신경 쓰지 마시고 마음껏 마시세요."

포세동자가 말했습니다.

큰까마귀는 숨도 쉬지 않고 삼 분 정도 꿀꺽꿀꺽 물을 마시고는 마침내 얼굴을 들고 잠시 눈을 반짝이더니 부르르하고 머리를 흔들어 물을 털어냈습니다.

그때 건너편에서 다시 거친 노랫소리가 들려왔습니다. 큰까마귀는 순식간에 얼굴색을 바꾸더니 몸을 격렬하게 떨었습니다.

남쪽 하늘의 빨간 눈의 전갈
독이 있는 침과 커다란 집게를
모르는 자는 바보새

큰까마귀는 화를 내며 말했습니다.

"전갈자리로군. 제길. 바보새라니, 나를 놀리고 있군. 두고 보라지. 이쪽으로 오면 저 빨간 눈을 뽑아버리겠어."

춘세동자가 말했습니다.

"큰까마귀님. 그러면 안 돼요. 임금님이 알게 됩니다."

그러는 동안 어느새 빨간 눈의 전갈자리가 두 개의 커다란 집게를 흔들고 긴 꼬리를 카랑카랑 끌면서 다가왔습니다. 그 소리는 조용한 하늘의 들판에 울려 퍼졌습니다.

큰까마귀는 무척이나 화가 나서 몸을 부들부들 떨며 당장에라도 달려들 듯했습니다. 쌍둥이별은 있는 힘껏 손짓을 하며 큰까마귀를 말렸습니다.

전갈은 큰까마귀를 거들떠보지도 않고 어느새 샘가로 다가와 말했습니다.

"아, 정말 목이 마르군. 오, 쌍둥이들 안녕? 미안하지만 물을 좀 마실게. 그런데 이 물은 이상하게 흙냄새가 나는군. 어떤 시커먼 바보가 머리를 박았던 듯한데. 에잇, 어쩔 수 없지. 내가 참아주지."

그리고 전갈은 십 분 정도 꿀꺽꿀꺽하고 물을 마셨습니다. 물을 마시는 동안에도 전갈은 약 올리기라도 하는 듯 큰까마귀를 향해 꼬리를 탁탁하고 움직였습니다.

큰까마귀는 결국 참지 못하고 날개를 펼치며 소리쳤습니다.

"전갈 자식. 너 아까부터 바보새니 어쩌니 하며 나를 놀렸겠다! 빨리 사과해!"

전갈이 마침내 고개를 들고 마치 불이 이글거리듯 새빨간 눈을 움직였습니다.

"흥. 누가 뭐라고 떠드는 거야? 빨간 놈이야, 아니면 쥐색 놈이야? 침 한번 맞아볼래?"

큰까마귀는 화가 나서 자신도 모르게 달려들며 소리쳤습니다.

"뭐라고! 이 건방진 놈. 하늘 저쪽으로 처박아줄까?"

전갈도 화가 나서 커다란 몸을 재빨리 비틀어 꼬리에 있는 침을 하늘을 향해 치켜세웠습니다. 큰까마귀는 날아올라 침을 피하더니 창처럼 부리를 세우고는 곧바로 전갈의 머리를 향해 덤벼들었습니다.

춘세동자와 포세동자가 말릴 틈도 없었습니다. 전갈은 머리에 깊은 상처를 입었고 큰까마귀는 가슴에 독침을 맞아 둘 다 크게 다치고는 기절해버렸습니다.

전갈의 피가 쿨렁쿨렁하고 하늘로 흘러 기분 나쁜 빨간 구름이 되었습니다.

춘세동자가 서둘러 신발을 신으며 말했습니다.

"이런, 큰일이군. 큰까마귀 몸에 독이 들어갔어. 빨리 뽑아줘야 해. 포세님, 큰까마귀를 꼭 잡고 있어요."

포세동자도 신발을 신고는 서둘러 큰까마귀 뒤로 돌아가 몸을 꽉 눌렀습니다. 춘세동자가 큰까마귀의 가슴에 난 상처에 입을 대었습니다. 포세동자가 말했습니다.

"춘세님. 독을 마시면 안 됩니다. 바로 뱉어내야 해요."

춘세동자는 말없이 여섯 번 정도 독이 든 피를 빨아 뱉어냈습니다. 그러자 큰까마귀가 간신히 정신을 차리고는 힘없이 눈을 뜨며 말했습니다.

"아, 죄송합니다. 제가 어떻게 된 거죠? 분명히 녀석을 해치웠었는데."

춘세동자가 말했습니다.

"빨리 물로 상처를 씻으세요. 걸을 수 있겠어요?"

큰까마귀는 비틀비틀 일어나 전갈을 보고는 다시 몸을 떨며 말했습니다.

"나쁜 자식. 하늘의 독벌레 주제에. 하늘에서 죽게 된 걸 고맙게 생각해!"

두 사람은 서둘러서 큰까마귀를 물가로 데려갔습니다. 그리고 상처를 깨끗하게 씻은 후 향기로운 숨을 두세 번 불어넣어 주고 말했습니다.

"자, 이제 날이 어두워지기 전에 조심히 집으로 돌아가세요. 다시 이런 짓을 해서는 안 됩니다. 임금님께서는 모두 알고 계십니다."

큰까마귀는 완전히 풀이 죽어 힘없이 날개를 늘어뜨리고는 몇 번이나 인사를 했습니다.

"고맙습니다. 고맙습니다. 앞으로는 조심하겠습니다."

그러고는 다리를 질질 끌며 은색의 억새 들판 저쪽으로 가버렸습니다.

두 사람은 전갈을 살펴보았습니다. 머리의 상처는 꽤 깊었지만 피는 멈춰있었습니다. 두 사람은 샘의 물을 상처에 뿌려 깨끗하게 씻었습니다. 그리고 상처에 계속해서 숨을 불어넣었습니다.

해님이 하늘 한가운데에 나타났을 즈음 전갈은 희미하게 눈을 떴습니다.

포세동자가 땀을 닦으며 말했습니다.

"기분은 좀 어떠세요?"

전갈이 느릿느릿 중얼거렸습니다.

"까마귀 자식은 죽었습니까?"

춘세동자는 조금 화가 나서 말했습니다.

"아직도 그런 소리가 나옵니까? 당신이야말로 죽을 뻔했습니다. 자, 빨리 집에 돌아갈 수 있도록 힘을 내세요. 날이 저물기 전에 돌아가지 않으면 큰일입니다."

전갈이 눈을 이상하게 번뜩이며 말했습니다.

"쌍둥이님. 신세 진 김에 부탁드립니다. 부디 저를 데려다 주세요."

포세동자가 말했습니다.

"모셔다 드리겠습니다. 자, 붙잡으세요."

춘세동자도 말했습니다.

"자, 저도 붙잡으세요. 빨리 가지 않으면 날이 저물기 전에 집에 갈 수 없습니다. 그러면 오늘 밤 별자리 여행을 할 수 없게 됩니다."

전갈은 두 사람을 붙들고 비틀비틀 걷기 시작했습니다. 두 사람의 어깨뼈가 꺾어질 듯했습니다. 전갈의 몸은 아주 무거웠던 것입니다. 크기만 해도 두 동자의 열 배 정도는 되었습니다.

그렇지만 두 사람은 얼굴이 새빨개지도록 견디면서 한 발씩 걸어갔습니다.

전갈은 꼬리를 돌멩이 위에 늘어뜨린 채 기익기익 하는 소리를 내며 끌었고, 하악하악 하는 불쾌한 숨소리를 내며 비틀비틀 걸었습니다. 한 시간 동안 1킬로미터도 가지 못했습니다. 동자들은 전갈이 너무 무거운 데다가 전갈의 집게가 심하게 파고들어 아팠기 때문에 어깨와 가슴이 자기 몸이라는 감각조차도 없어졌습니다.

하늘의 들판은 하얗게 반짝반짝 빛나고 있습니다. 일곱 개의 작은 냇물과 열 개의 잔디 들판을 지났습니다.

동자들은 머리가 빙글빙글 돌아 자신들이 걷고 있는 것인지 서 있는 것인지조차 분간할 수 없었습니다. 그래도 두 사람은 말없이 한발 한발 나아갔습니다.

걷기 시작한 지 여섯 시간이나 흘렀습니다. 전갈의 집까지는 아직 한 시간 반 정도는 걸릴 것입니다. 해님은 이미 서쪽 산으로 들어가려 하고 있었습니다.

"조금 서두르세요. 우리도 한 시간 반 이전에 집으로 돌아가야 합니다만⋯⋯ 많이 힘드십니까, 많이 아프십니까?" 하고 포세동자가 물었습니다.

"조금만 가면 됩니다. 부디 자비를 베풀어주세요."

전갈이 울음을 터뜨리며 말했습니다.

"네, 조금만 참으세요. 상처가 아프십니까?"

춘세동자가 어깨뼈가 부서질 듯한 통증을 참으며 물었습니다.

해님이 장엄하게 세 번을 일렁이더니 서쪽 산으로 잠겼습니다.

"더 늦으면 안 되는데⋯⋯ 어쩌지. 여기 누구 없습니까?"

포세동자가 소리쳤습니다. 하늘의 들판에는 정적만 흐를 뿐 대답이 없습니다.

서쪽 구름은 새빨갛게 빛났고 있었고 전갈의 눈도 슬픈 듯 빨갛게 빛났습니다. 빛이 강한 별들은 이미 은색 갑옷을 입고 노래를 부르며 저 먼 하늘에 모습을 드러냈습니다.

"첫 번째 별이 떴다! 벼락부자가 돼야지."

땅에서 한 아이가 하늘을 올려다보며 소리치고 있습니다.

"전갈님, 조금만 가면 돼요. 조금 서두를 수 없을까요? 많이 힘드세요?"

춘세동자가 말했습니다.

그러자 전갈이 불쌍한 목소리로 애원했습니다.

"완전히 지쳐버렸어요. 얼마 남지 않았으니까 제발 봐주세요."

별님 별님 하나만 나올 리가 없어
천 개고 만 개고 나올 거야

땅 위에서 다른 아이가 외치고 있었습니다. 서쪽 산은 이미 완전히 어두워졌고 이곳저곳에서 별들이 반짝반짝하고 나타났습니다.

춘세동자는 주저앉을 듯 등이 휜 채 말했습니다.

"전갈님, 우리는 이미 늦었습니다. 분명 임금님에게 야단을 맞을 것입니다. 어쩌면 쫓겨날지도 모릅니다. 하지만 당신이 원래의 장소에 있지 않으면 그것이 더 큰 일입니다."

그리고 포세동자는 털썩 쓰러지면서 말했습니다.

"전 이제 힘들어서 죽을 지경입니다. 전갈님. 조금 더 힘을 내서 빨리 돌아가 주세요."

전갈은 울면서 말했습니다.

"부디 용서해 주세요. 저는 바보입니다. 당신들의 머리카락 한 올에도 미치지 못합니다. 반드시 마음을 고쳐먹고 이 은혜는 잊지 않겠습니다. 절대 잊지 않겠습니다."

그때 강렬하게 빛나는 물색 외투를 입은 번개가 저쪽에서 번쩍하고 날아왔습니다. 그리고 동자들에게 손을 얹으며 말했습니다.

"임금님의 명으로 마중을 나왔습니다. 자, 함께 제 망토를 붙잡아주십시오. 금방 궁전으로 모시겠습니다. 임금님께서는 무슨 연유인지 아까부터 무척 즐거워하고 계십니다. 그리고 전갈! 너는 지금까지 아주 못된 짓만 하는 꼴 보기 싫은 놈이었지. 자, 임금님이 내려주신 약이다. 먹어라."

동자들이 외쳤습니다.

"그러면 전갈님. 안녕히 계세요. 빨리 약을 드세요. 그리고 아까의 약속 꼭 지키세요. 꼭 입니다. 저희는 떠납니다."

전갈이 수많은 다리를 바닥에 짚고 절을 한 후 약을 마셨습니다.

그리고 쌍둥이별님은 번개의 망토를 붙잡았습니다. 번개가 번쩍이는 순간 어느새 아까의 샘 옆에 돌아와 있었습니다. 번개가 말했습니다.

"먼저 몸을 깨끗하게 씻으세요. 임금님께서 새 옷과 신발을 내려주셨습니다. 아직 15분의 여유가 있습니다."

쌍둥이별님들은 기뻐하며 수정처럼 차가운 물로 목욕을 하고 좋은 향기가 나는 푸른빛의 얇은 옷을 입고 하얀빛의 새 신을 신었습니다. 그러자 몸의 통증도 피로도 순식간에 사라져 개운해졌습니다.

"그럼 가시죠."

번개가 말했습니다. 그리고 두 사람이 다시 망토에 매달리자 보랏빛이 번쩍하더니 동자들은 어느새 자신의 궁전 앞에 있었습니다. 번개는 이미 사라지고 없었습니다.

"춘세동자님, 이제 준비를 할까요?"

"네, 포세동자님. 그러지요."

두 사람은 궁전으로 올라가 마주 앉은 후 은피리를 꺼냈습니다.

마침 이곳저곳에서 하늘의 별자리 노래가 시작되었습니다.

빨간 눈의 전갈
활짝 펼친 독수리의 날개
파란 눈의 강아지
똬리 튼 빛의 뱀

오리온은 높이 노래하며
이슬과 서리를 내린다
안드로메다의 구름은
물고기의 입 모양

큰 곰이 다리를 북쪽으로
다섯 번 뻗은 곳은
작은 곰의 이마 위
하늘 회전의 중심

쌍둥이별님은 피리를 불기 시작했습니다.

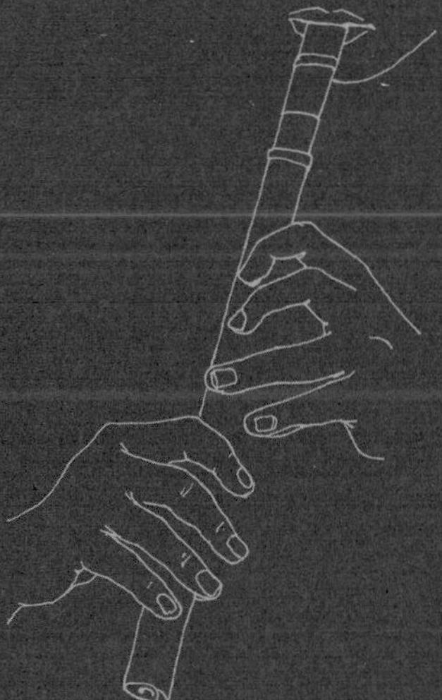

쌍둥이별 2

은하수의 서쪽 기슭에 작디작은 두 개의 파란 별이 보입니다. 그것은 춘세동자와 포세동자라고 하는 쌍둥이별님으로, 각각 수정으로 만든 작은 궁전에 살고 있습니다.

두 개의 궁전은 똑바로 마주 보고 있습니다. 밤에는 두 사람 모두 반드시 궁전으로 돌아와 바른 자세로 앉고는 하늘의 별자리 노래에 맞춰 밤새 은피리를 붑니다. 그것이 쌍둥이별님들의 역할이었습니다.

어느 날 밤 지상에는 가득한 검은 구름 아래로 비가 주욱주욱 내리고 있었습니다. 그럼에도 두 사람은 평상시와 마찬가지로 각각의 궁전에서 바른 자세로 서로 마주 보고 앉아 은피리를 불고 있었습니다. 그때 갑자기 커다랗고 난폭한 혜성이 찾아와 두 사람의 궁전에 푸르스름한 안개를 뿌리며 말했습니다.

"이봐, 푸른 쌍둥이별. 잠깐 여행을 가지 않을래? 오늘 같은 밤에는 그렇게 피리를 불지 않아도 돼. 난파된 배들이 별을 보고 방향을 찾는다고는 하지만 어차피 구름에 가려 보이지도 않아. 천문대 직원들도 오늘은 쉬면서 하품만 하고 있다고. 늘 별을 바라보는 건방진 아이들도 완전히 풀이 죽어 집에서 그림이나 그리고 있어. 너희가 피리를 불지 않더라도 별들은 알아서 회전한다고. 어때? 잠깐 여행을 해 보는 건? 내일 저녁까지는 이곳에 데려다 줄게."

춘세동자가 잠시 피리를 내려놓고 말했습니다.

"물론 흐린 날에는 피리를 불지 않아도 된다고 임금님이 허락은 하셨어. 하지만 우리는 단지 재미있어서 피리를 부는 거야."

포세동자도 잠시 피리를 내려놓고 말했습니다.

"그리고 여행을 가도 된다는 허락은 없었어. 언제 구름이 걷힐지 알 수 없으니까."

혜성이 말했습니다.

"걱정하지마. 임금님께서 내게 이렇게 말씀하셨어. '언젠가 흐린 날 밤에는 쌍둥이에게 잠시 여행을 시켜 주어라' 하고 말이지. 가자, 가자. 나랑 가면 꽤 재미있을 거야. 내 별명은 하늘의 고래인데…… 알고 있어? 나는 정어리처럼 비실비실한 별이나 송사리처럼 까만 별똥별은 전부 꿀꺽꿀꺽 삼켜버린다고. 그리고 가장 통쾌한 것은 일직선으로 쭉 갔다가 갑자기 급하게 커브를 틀며 돌아올 때야. 마치 몸이 부서질 듯 삐걱삐걱거려. 빛의 뼈까지 우두둑 소리가 나지."

포세동자가 말했습니다.

"춘세님, 갈까요? 임금님께서 그렇게 말씀하셨다고 하니까."

춘세동자가 말했습니다.

"하지만 임금님께서 허락하셨다는 것이 정말 사실일까요?"

혜성이 말했습니다.

"흥. 거짓말이라면 내 머리가 깨져도 좋아. 아니면 머리와 몸통과 꼬리가 갈가리 찢겨 바다에 떨어져 해삼이 될 거야. 거짓말 따위 하지 않는다고."

포세동자가 말했습니다.

"그렇다면 임금님께 맹세할 수 있어?"

혜성은 주저하지 않고 말했습니다.

"물론 맹세하고말고. 임금이시여. 오늘 임금님의 명으로 쌍둥이별은 여행을 떠납니다. 어때? 됐지?"

쌍둥이별님은 동시에 말했습니다.

"응, 좋아. 그렇다면 가자."

그때 혜성이 짐짓 진지한 체 말했습니다.

"그러면 빨리 내 꼬리에 매달려. 꽉 잡아야 해, 알았지?"

쌍둥이별님은 혜성의 꼬리에 꽉 매달렸습니다. 혜성은 푸르스름한 빛을 후욱하고 뱉어내더니 말했습니다.

"자, 출발한다. 기이기이기이 후우— 기이기이 후우—."

과연 혜성은 하늘의 고래였습니다. 약한 별들은 여기저기로 도망다녔습니다. 그리고 어느새 상당히 먼 거리를 날아와 쌍둥이 궁전은 아주 멀어져서 푸르스름한 작은 점으로밖에 보이지 않았습니다.

춘세동자가 말했습니다.

"벌써 꽤 왔네. 은하수 물이 떨어지는 곳은 아직 안 왔나?"

그때 혜성의 태도가 갑자기 바뀌었습니다.

"흥! 은하수가 떨어지는 곳을 찾을 때가 아니야. 너희가 떨어질 곳이나 찾아보라고. 자, 하나, 둘, 셋!"

혜성은 꼬리를 세게 두세 번 움직이고는 뒤를 돌아보며 푸르스름한 안개를 세차게 내뿜어 두 사람을 날려버렸습니다.

쌍둥이는 검푸른 허공으로 쏜살같이 떨어졌습니다.

혜성은 큰소리로 웃으며 말했습니다.

"아하하, 앗하하. 아까 했던 약속도 모두 취소야. 기이기이기이 후우— 기이기이 후우—."

그러고는 저편으로 달려가 버렸습니다. 쌍둥이별님은 떨어지면서 서로의 팔꿈치를 꽉 잡았습니다. 쌍둥이별님은 어디까지든 함께 떨어지려고 했던 것입니다.

두 별님의 몸이 공기 속으로 들어가자 번개처럼 빨간 불꽃이 터져서 보고 있는 것만으로도 현기증이 날 정도였습니다. 그리고 두 사람은 새카만 구름 속을 지나 파도가 치는 검은 바닷속으로 화살처럼 떨어졌습니다.

두 별님은 계속해서 바닷속으로 가라앉았습니다. 그런데 신기하게도 물속에서도 자유롭게 숨을 쉴 수가 있었습니다.

바다 밑은 부드러운 진흙이었고, 커다란 검은 물체가 잠을 자고 있기도 하고 덥수룩한 수초가 흔들거리기도 했습니다.

춘세동자가 말했습니다.

"포세님. 이곳은 바다 밑이겠죠? 이제 우리는 하늘로 올라갈 수 없겠네요. 앞으로 어떤 일이 벌어질까요?"

포세동자가 말했습니다.

"우리는 혜성에게 속았어요. 혜성은 임금님에게도 거짓말을 했습니다. 정말로 나쁜 녀석이군요."

그러자 발밑에서 별 모양의 빨간 불가사리가 말했습니다.

"당신들은 어느 바다의 분들입니까? 당신들은 파란 불가사리의 표시를 하고 있군요."

포세동자가 말했습니다.

"우리는 불가사리가 아닙니다. 별이에요."

그러자 불가사리가 화를 내며 말했습니다.

"뭐? 별이라고? 불가사리는 원래 모두 별이야. 그러면 너희는 이제 막 이곳에 온 것이겠군. 뭐야, 그러면 풋내기 불가사리잖아. 애송이 악당이군. 나쁜 짓을 하고 이곳에 온 주제에 별이라고 잘난 척 해봤자 바다 밑에서는 통하지 않아. 나도 하늘에 있을 때는 최고의 군인이었다고."

포세동자가 슬픈 듯이 하늘을 올려다보았습니다.

이미 비가 개어 구름은 깨끗하게 사라졌습니다. 바닷물도 유리처럼 잔잔해져 하늘이 확실하게 보입니다. 은하수도, 하늘의 우물도, 독수리별도, 거문고별도 모두 확실하게 보입니다. 아주 조그맣게 두 사람의 궁전도 보입니다.

"춘세님. 하늘이 선명하게 보여요. 우리들의 궁전도 보입니다. 그런데 우리는 이렇게 불가사리가 되어버렸군요."

"포세님, 어쩔 수 없습니다. 이제 하늘에 있는 분들에게 이별을 고합시다. 그리고 모습은 보이지 않지만 임금님에게도 사죄를 드립시다."

"왕이시여, 안녕히. 우리는 오늘부터 불가사리가 되옵니다."

"왕이시여, 안녕히. 바보 같은 우리는 혜성에 속았습니다. 오늘부터 저희는 어두운 바다 밑 진흙 속으로 돌아다니게 됩니다."

"안녕히 계세요, 임금이시여. 그리고 하늘의 여러분에게도 안녕을 기원합니다."

"안녕히 계세요, 임금이시여. 그리고 하늘의 존엄한 모든 분이여, 언제까지고 안녕하시길 바랍니다."

빨간 불가사리가 잔뜩 모여들어 쌍둥이별님을 에워싸고는 와글와글 떠들고 있었습니다.

"야, 옷을 내놔."

"야, 칼을 내놔."

"세금을 내라고."

"왜 이렇게 커? 몸을 더 작게 만들어."

"우리 신발이나 닦아."

그 순간 머리 위로 엄청나게 큰 검은 물체가 고오고오하고 포효하며 지나가고 있었습니다. 불가사리들은 당황하며 모두 고개를 숙였습니다. 검은 물체는 지나치려다 갑자기 멈추더니 거만하게 두 사람을 보며 말했습니다.

"하하하, 신병이로군. 아직 인사하는 법도 배우지 못한 모양이군. 고래인 나를 모르는가? 내 별명은 바다의 혜성이다. 잘 들어. 나는 멸

치처럼 비실비실한 물고기나 송사리 같은 장님 물고기들은 전부 삼켜버린다. 그리고 가장 통쾌할 때는 곧바로 나아가다가 갑자기 돌아서 직각을 이룰 정도로 단번에 커브를 도는 것이지. 정말 온몸의 지방이 녹아버리는 듯하지. 그건 그렇고…… 너희는 하늘의 추방문서를 갖고 있겠지? 빨리 내놓아라."

쌍둥이는 서로 마주 보았습니다. 춘세동자가 말했습니다.

"우리는 그런 거 없어."

그러자 고래가 화를 내며 물을 훅 뿜었습니다. 불가사리들은 모두 창백해져서 바들바들 떨었지만, 두 별님은 두려움을 꾹 참고 꼿꼿하게 서 있었습니다.

고래가 무시무시한 얼굴로 말했습니다.

"문서가 없다고? 몹시 나쁜 놈들이군. 천상에서 아무리 나쁜 짓을 하고 왔더라도 문서가 없는 자는 없었어. 너희는 정말로 괘씸한 놈들이군. 자, 너희를 먹어버릴 테니까 각오해. 알았나?"

고래가 입을 크게 벌리며 쌍둥이별님을 잡아먹으려고 했습니다. 불가사리뿐만 아니라 근처의 물고기들도 덩달아 먹힐까 봐 진흙 속으로 파고 들어가거나 멀리 도망쳤습니다.

그때 맞은편에서 은색의 빛이 번쩍하고 내려오더니 작은 바다뱀이 다가왔습니다. 고래는 무척이나 놀란 듯 재빨리 입을 다물었습니다.

바다뱀은 이상하다는 듯 두 사람의 머리 위를 가만히 바라보더니 말했습니다.

"당신들은 무슨 일입니까. 나쁜 짓을 해서 하늘에서 쫓겨난 것 같지는 않습니다만……."

고래가 끼어들었습니다.

"이 녀석들은 추방문서도 갖고 있지 않아요."

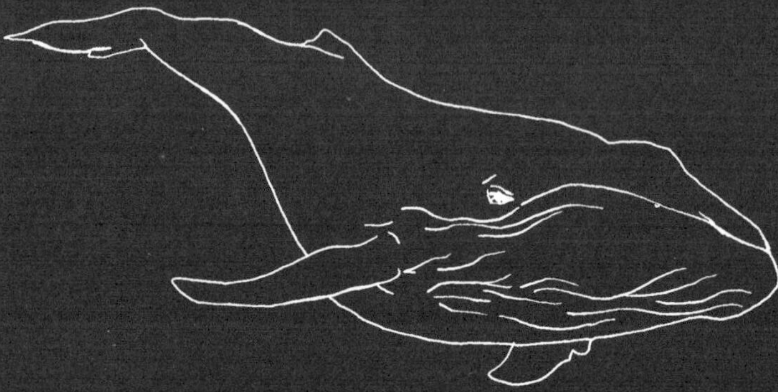

바다뱀이 무서운 눈으로 고래를 노려보며 말했습니다.

"입 다물고 있어, 건방진 놈! 감히 너 따위가 이분들에게 '이 녀석들'이라니. 네 눈에는 좋은 일을 한 사람의 머리 위에 있는 후광이 보이지 않느냐? 나쁜 짓을 한 자라면 머리 위에 검은 그림자가 입을 벌리고 있기 때문에 금방 알 수 있다. 별님, 이쪽으로 오세요. 왕이 계시는 곳으로 안내해 드리겠습니다. 이봐, 불가사리. 불을 밝혀. 그리고 고래, 그렇게 난폭하게 굴면 가만두지 않겠어."

고래가 머리를 긁적이며 납작 엎드렸습니다. 또한, 놀랍게도 붉은빛의 불가사리가 넓게 두 줄로 서서 마치 가로등처럼 불을 밝혔습니다.

"자, 가도록 하죠."

바다뱀은 하얀 머리를 흔들며 공손하게 말했습니다. 쌍둥이는 바다뱀을 따라 불가사리가 만든 길을 통과했습니다. 곧 검푸른 물빛 속에 크고 하얀 성문이 나타났고, 그 문이 저절로 열리더니 그 속에서 멋진 바다뱀들이 가득 나왔습니다. 그리고 쌍둥이별님은 바다뱀의 왕 앞으로 인도되었습니다. 왕은 하얗고 긴 수염을 가진 노인으로, 빙긋 웃으며 말했습니다.

"당신들은 춘세동자와 포세동자이시죠. 잘 알고 있습니다. 당신들이 이전에 목숨을 걸고 하늘 전갈의 나쁜 마음을 고쳐주었다는 이야기는 이곳에도 전해졌답니다. 나는 그 이야기를 초등학교 교과서에도 싣도록 했습니다. 그나저나 이번에는 어이없는 일을 당해서 무척 놀라셨겠습니다."

춘세동자가 말했습니다.

"정말로 송구스럽습니다. 우리는 이제 천상으로도 돌아갈 수 없습니다. 이곳에서 할 수 있는 일이 있다면 무엇이든 도움이 되고 싶습니다."

왕이 말했습니다.

"아닙니다. 그렇게 겸손한 말씀을 하시면 황송합니다. 즉시 회오리바람에게 일러 천상으로 보내드리겠습니다. 천상에 도착하시면 임금님께 바다뱀이 안부를 전한다고 말씀해 주시기 바랍니다."

포세동자가 기뻐하며 말했습니다.

"그렇다면 왕께서는 저희 천상의 임금님을 알고 계십니까?"

왕은 당황하며 의자에서 내려와 말했습니다.

"아니요, 그런 것이 아닙니다. 임금님께서는 저의 유일한 임금님입니다. 아주 먼 옛날부터 우리들의 스승님이시며, 저는 그분의 어리석은 종일뿐입니다. 임금님께서는 아직 저를 모르실 것입니다. 그렇지만 언젠가는 아시겠지요. 그러면 날이 밝기 전에 회오리바람과 함께 떠나십시오. 여봐라, 준비는 되었느냐."

바다뱀 신하가 대답했습니다.

"네, 문 앞에 대기시켜 두었습니다."

쌍둥이별님은 왕에게 공손하게 인사를 했습니다.

"그러면 왕이시여, 건강히 지내십시오. 곧 하늘에서 감사의 인사를 전하겠습니다. 이 궁전이 영원토록 번영하길 바랍니다."

왕은 일어서서 말했습니다.

"여러분도 부디 더욱 훌륭하게 빛나시길 바랍니다. 그러면 건강하시길."

신하들이 일제히 공손하게 인사를 했습니다.

쌍둥이별님은 문밖으로 나왔습니다.

회오리바람이 은색의 똬리를 틀고 자고 있습니다.

바다뱀 한 마리가 쌍둥이를 그 머리 위에 태웠습니다.

쌍둥이는 회오리바람의 뿔을 붙잡았습니다.

그때 빨간빛의 불가사리들이 잔뜩 몰려나와 외쳤습니다.

"안녕히 가세요. 그리고 하늘의 임금님께 부탁해주세요. 저희도 언젠가 용서를 받을 수 있도록 부탁합니다."

쌍둥이별님은 동시에 대답했습니다.

"반드시 말씀드리겠습니다. 언젠가 하늘에서 다시 만나요."

회오리바람이 천천히 일어났습니다.

"잘 가세요, 안녕히 가세요."

회오리바람은 이미 캄캄해진 바다 위로 머리를 내밀었습니다. 그리고 그 순간 갑자기 으드득하는 엄청난 소리가 나면서 회오리바람은 물과 함께 화살처럼 높이 높이 날아올랐습니다.

날이 밝기까지는 아직 약간의 시간이 있습니다. 은하수가 점점 가까워졌고 쌍둥이의 궁전도 벌써 확실하게 보입니다.

"잠깐 저기를 보세요."

어둠 속에서 회오리바람이 말했습니다.

회오리바람이 가리키는 곳을 보니 그 하얗고 푸르스름한 빛의 혜성은 산산조각이 나서 머리와 몸통과 꼬리가 따로따로 떨어져 미친 사람처럼 괴상한 소리를 지르며 조그맣게 반짝이더니 새카만 바닷속으로 떨어졌습니다.

"저 녀석은 해삼이 될 겁니다."

회오리바람이 조용히 말했습니다.

이미 하늘의 별자리 노래가 들립니다.

그리고 쌍둥이들은 궁전에 도착했습니다.

회오리바람은 쌍둥이를 내려놓았습니다.

"안녕히 계세요. 늘 건강하시길……."

인사를 마친 회오리바람은 연기처럼 바다로 돌아갔습니다.

쌍둥이별님은 각자의 궁전으로 올라갔습니다. 그리고 바른 자세로 앉아 보이지 않는 하늘의 임금님에게 말했습니다.

"저희의 부주의 때문에 잠시 할 일을 하지 못해 죄송합니다. 그럼에도 오늘 밤에는 은혜를 입어 도움을 받았습니다. 바다의 왕이 깊은 존경의 뜻을 전해달라고 했습니다. 그리고 바다 밑의 불가사리들이 자비를 부탁했습니다. 또한, 저희도 부탁드리옵니다. 될 수 있으면 해삼도 용서해주시기 바랍니다."

그리고 쌍둥이별님은 은피리를 집었습니다.

동쪽 하늘이 황금색으로 변했고, 이제 날이 밝아오고 있었습니다.

검은 포도

黒ぶどう

송아지가 지루해서 머리를 흔들흔들 흔들고 있자 맞은편 언덕 위를 지나가던 빨간 여우가 바람처럼 달려왔습니다.

"이봐, 산책가지 않을래? 내가 이 울타리를 들고 있을 테니까 빨리 아래로 빠져나와."

송아지는 여우가 시키는 대로 먼저 앞다리를 구부려 이제 막 자라기 시작한 뿔을 조심스레 숙이고 뒷다리를 접어서 쉽게 울타리를 빠져나왔습니다. 송아지와 여우는 숲 쪽으로 갔습니다.

여우가 파란 하늘을 보며 몇 번이고 쩝쩝하며 입맛을 다셨습니다.

그리고 둘은 자작나무 숲 속에 있는 베츄라 공작의 별장 앞을 지나갔습니다.

그런데 별장 안은 쥐 죽은 듯 조용했으며 굴뚝에서는 늘 나오던 코르크 따개 같은 연기도 나오지 않았으며 철제 담은 얌전하게 길가에 그림자를 드리우고 있을 뿐 안에는 아무도 없는 듯했습니다.

그러자 여우가 쩝쩝하고 두 번 입맛을 다시더니 잠시 멈춰서 있다가 말했습니다.

"송아지야, 잠깐 들어가 보지 않을래? 괜찮을 거 같으니까."

송아지는 두려운 듯 건물을 보며 말했습니다.

"저기 창가에 누가 있는 거 아니야?"

"어디? 뭐야, 벌벌 떨지 마. 저건 공작의 첼로야. 잔말 말고 따라와."

"난 무서운데."

"괜찮다니까. 꾸물대지 마."

빨간 여우는 재빨리 안으로 들어갔습니다. 어쩔 수 없이 송아지도 따라 들어갔습니다. 호랑가시나무가 심어진 곳을 지나갈 때 아기 여우는 다시 파란 하늘을 올려다보며 쩝 하고 입맛을 다셨습니다. 송아지는 움찔했습니다.

빨간 여우는 옆의 현관문 앞에서 잠시 매트에 발을 닦더니 재빨리 계단을 올라 집으로 들어갔습니다. 송아지도 흠칫흠칫 하면서 여우가 하는 대로 따라 했습니다.

"이봐, 왜 네 다리는 그렇게 따각따각 소리가 나는 거야!"

빨간 여우는 뒤를 돌아보며 얼굴을 찡그리고 송아지에게 으르렁거렸습니다. 송아지는 깜짝 놀라 목을 움츠리면서 생각했습니다.

'뭐야, 난 집 안에 들어가고 싶은 마음 하나도 없는데.'

"이 방에 들어가 보자. 이봐, 누가 있으면 도망가는 거야."

빨간 여우는 여차하면 도망갈 자세를 취하면서 문을 열었습니다.

"뭐야, 여기는 책밖에 없잖아. 재미없어."

여우는 문을 닫으면서 말했습니다. 송아지는 '중국 지리에 관한 책이라면 보고 싶은데' 하고 생각했지만 이미 여우가 복도로 가고 있었기 때문에 어쩔 수 없이 다시 따라갔습니다.

"왜 네 다리는 그렇게 따각따각 울리는 거야! 정말 시끄럽군. 나처럼 조용하게 걸을 수 없어?"

여우가 다시 다음 방을 열려고 하면서 뒤돌아보며 말했습니다.

송아지는 아무리 해도 조용히 걷지 못하겠다는 듯 머리를 흔들면서, '뭐야, 난 남의 집에 들어가기 싫다고' 하고 속으로 생각했습니다.

"뭐야, 이 방에는 옷밖에 없군. 꼴불견이야."

빨간 여우는 문을 닫으며 말했습니다. 송아지는 '저번에 공작의 아이가 입었던 빨간 상의를 보고 싶은데' 하고 생각했지만, 여우가 이미 성큼성큼 저쪽으로 가고 있었기 때문에 어쩔 수 없이 따라갔습니다.

여우가 이번에는 말없이 놋쇠 난간이 있는 멋진 사다리를 오르기 시작했습니다. '여우는 어떻게 저렇게 잘 올라가는 걸까?' 하고 송아지는 생각했습니다.

"네 발소리는 정말 시끄러워. 제대로 좀 해."

여우는 무서운 눈빛으로 손가락질하며 송아지에게 으르렁댔습니다.

사다리를 오르자 방문이 하나 열려 있었습니다. 햇살이 가득 들어와 융단의 꽃무늬가 불타는 듯 보였습니다. 반들반들한 원탁 위에 새하얀 접시가 있었고 그 위에는 먹음직스런 검은 포도 두 송이가 놓여 있었습니다. 차가운 듯한 그림자까지 선명하게 보였습니다.

"자, 먹자."

여우는 포도를 집어 검사를 하듯 살짝 냄새를 맡으면서 말했습니다.

"자, 너도 줄게. 벌꿀 냄새도 나."

여우는 포도 한 알을 할짝거리며 과즙만 빨아 먹고는 껍질과 알맹이와 씨는 모두 융단 위에 뱉었습니다.

"메밀꽃 향기도 나. 먹어."

여우는 두 번째 포도알의 탱글탱글한 파란 알맹이를 뱉어내며 말했습니다.

"괜찮을까?"

송아지는 맛있을 리가 없다고 생각하면서 입으로 한 알을 따먹었습니다.

"괜찮고말고."

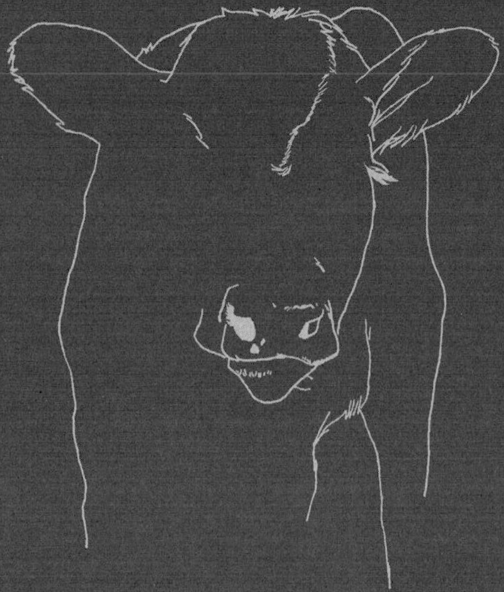

여우는 다섯 번째 포도 알의 알맹이를 뱉어내며 말했습니다.

송아지는 오독오독 포도 씨를 씹어 먹었습니다.

"맛있지?"

여우는 벌써 반 송이를 먹었습니다.

"응, 정말 맛있어."

송아지가 오독오독 씹으면서 대답했습니다.

그때 아래쪽에서 사람 목소리가 들렸습니다.

"그러면 저것은 역시 그대로 두는 것으로 하지."

그리고 지팡이가 타닥 울리는 소리가 났고, 누군가 두세 명이 사다리를 올라오는 듯했습니다.

여우는 잠시 눈을 동그랗게 뜨고 소리에 귀를 기울이더니 갑자기 남은 포도송이를 한꺼번에 훑아 먹고는 빙글 돌아 발코니로 뛰어가더니 밖으로 휘익 내려갔습니다. 송아지는 당황하며 방문 쪽으로 갔습니다. 키가 크고 코안경을 쓴 공작이 계단을 올라와 말했습니다.

"이런, 송아지가 들어왔네. 길을 잃어버렸나 보군."

놀러 와 있던 친구 헤르바 백작이 주머니에 손을 꽂은 채 말했습니다.

"이런, 누가 포도를 먹고 바닥에 씨를 어질러놨네."

백작의 둘째 딸이 주머니에서 노란 리본을 꺼내며 말했습니다.

"송아지에게 리본을 묶어줘야지."

개머루와 무지개

めくらぶどうと虹

성터의 질경이는 열매를 맺었고 붉은토끼풀은 시들어 짙은 밤색이 되었으며, 밭의 조는 베어졌습니다.

'베어졌네?' 하며 얼굴을 살짝 내밀었던 들쥐가 다시 굴속으로 재빨리 숨었습니다.

벼랑과 도랑에는 눈부신 은빛 억새 이삭이 가득 바람에 일렁이고 있습니다.

성터 한가운데에 작고 네모난 언덕이 있었고, 언덕 위에는 개머루 열매가 무지개처럼 익어가고 있었습니다.

그런데 희미하고 희미한 여우비가 내렸기 때문에 풀은 반짝반짝 빛났고 저편 산은 어두워졌습니다.

그 희미하고 희미한 여우비가 개었기 때문에 풀은 반짝반짝 빛났고 저편 산은 밝아져서 무척이나 눈부시게 웃고 있습니다.

산 쪽에서 때까치가 마치 악보를 팔랑팔랑 넘기듯 날아와 일제히 은빛 억새 이삭에 앉았습니다.

개머루는 그 아름다운 모습에 감동해서 투명하고 깊은숨을 쉬었고 잎사귀에서 물방울을 뚝뚝 흘렸습니다.

동쪽의 회색 산맥 위를 차가운 바람이 휘익 지나갔고 커다란 무지개가 꿈속 환한 다리처럼 부드럽게 하늘에 나타났습니다.

그러자 개머루의 푸르스름한 수액이 격렬하고 격렬하게 물결쳤습니다.

그렇습니다. 개머루는 오늘은 꼭 무지개와 단 한마디라도 이야기를 나누고 싶었습니다. 언덕 위의 작은 개머루나무는 밤하늘에 타오르는 파란 불꽃보다도 강렬하고 간절한 연정을 저 멀리 있는 아름다운 무지개에 바치고 싶다고, 단지 이 말만을 전하고 싶다고 생각했습니다. 아아…… 그렇게만 된다면…… 그렇게만 된다면 열매와 잎이 바람에 찢긴 채 저 환하고 차가운 새하얀 겨울의 잠속으로 빠진다고 해도, 아니 이대로 말라버려도 좋다고 생각했습니다.

"무지개님. 부디 이쪽을 좀 보아주세요."

개머루는 평상시의 투명한 목소리도 어디론가 가버리고 그나마 바람에게 절반은 빼앗긴 잠긴 목소리로 외쳤습니다.

상냥한 무지개는 멍하니 서쪽의 새파란 하늘을 바라보고 있던 커다랗고 새파란 눈동자를 개머루에게 향했습니다.

"무슨 일인가요? 당신은 개머루님이시죠?"

개머루는 너도밤나무의 잎처럼 푸들푸들 떨리며 반짝였고…….
숨이 막혀서 말을 할 수가 없었습니다.

"부디 저의 숭배를 받아주세요."

무지개가 크게 숨을 쉬자 노란색과 보라색은 각자의 소리를 내듯 반짝였습니다. 그리고 말했습니다.

"숭배를 받는 것은 당신도 마찬가지입니다. 왜 그렇게 우울한 얼굴을 하고 계시는지요?"

"저는 이제 죽어도 좋습니다."

"왜 그런 말씀을 하십니까. 당신은 아직 젊지 않습니까? 게다가 눈이 내리려면 아직 두 달은 있어야 하고요."

"아니요. 제 목숨 따위는 아무것도 아닙니다. 당신이 더욱 훌륭해지는 데 도움이 된다면 저따위는 백번이라도 죽을 수 있습니다."

"저런, 당신이야말로 그다지도 훌륭하지 않습니까? 예를 들면 당신은 사라지지 않는 무지개입니다. 변하지 않는 저인 셈이죠. 저따위는 정말로 믿을 수 없습니다. 겨우 10분이나 15분의 생명입니다. 겨우 3초일 때도 있습니다. 그러나 당신의 빛나는 일곱 가지 빛깔은 언제까지고 변하지 않습니다."

"아니요, 변한답니다. 변하는 걸요. 내 열매의 빛 따위는 금방 바람이 가져가 버립니다. 눈에 파묻혀 하얗게 되어버립니다. 시든 풀 속에서 썩어버립니다."

무지개는 무심코 미소 지었습니다.

"네, 그렇습니다. 사실 어떤 것이든 변하지 않는 것은 없습니다. 보세요. 저 하늘은 새파랗지요. 마치 훌륭한 공작석孔雀石 같습니다. 그렇지만 곧 해님이 저곳을 지나고 산으로 들어가면 저곳은 달맞이꽃의 꽃잎처럼 됩니다. 그것도 곧 시들고 결국은 황혼 직전의 은색, 그리고 별들이 아로새겨진 밤이 찾아옵니다. 그즈음에 저는 어디로 가고 어디서 태어나고 있을까요? 또 이 눈앞의 아름다운 언덕과 들판도 모두 일 초마다 깎이고 무너지고 있습니다. 그렇지만 만약 진심의 힘이 이들 속에 나타나면 모든 쇠퇴하는 것, 주름진 것, 덧없는 것, 부질없는 것도 모두 끝없는 생명입니다. 나조차도 단지 삼 초만 반짝일 때나 한 시간씩 하늘에 걸려있을 때나 늘 똑같이 기쁩니다."

"하지만 당신은 높게 빛나는 하늘에 걸려있습니다. 모든 풀과 꽃과 새가 당신을 축복하며 노래합니다."

"그것은 당신도 마찬가지입니다. 내게 와서 나를 빛내는 모든 것은 당신도 빛나게 합니다. 내게 주어진 모든 칭송의 말은 그대로 당신에게 드릴 수 있습니다. 보세요. 진심의 눈동자로 사물을 보는 사람은 왕의 끝없는 번영을 들판의 백합 한 송이와도 견주려 하지 않습니다. 그것은 인간의 번영을 인간의 계략처럼 잠시 진심의 힘, 끝없는 생명에서 벗어나서 본 것입니다. 만약 진심의 빛 속에서라면 인간의 교만함이 괴이한 구름이 되어 솟아오르고, 먼지 속 티끌 하나도 신의 자식으로 축복받은 성스런 백합에 뒤지지 않습니다."

"저를 가르쳐 주세요. 저를 데려가 주세요. 저는 어떤 일이라도 하겠습니다."

"아니요, 저는 어디에도 가지 않습니다. 언제까지고 당신을 생각하고 있습니다. 모든 진심의 빛 속에서 함께 사는 사람은 언제나 함께 가는 것입니다. 언제까지고 사라지지 않습니다. 그렇지만 당신은 이제 나를 보지 못하겠죠. 해님이 너무 멀어졌습니다. 때까치가 날아갑니다. 나는 당신과 헤어지지 않으면 안 됩니다."

정거장 쪽에서 날카로운 호루라기 소리가 삐익 울렸습니다.

때까치들은 동시에 날아올라 팔랑팔랑 악보를 넘기듯 요란하게 동쪽으로 날아갔습니다.

개머루는 크게 외쳤습니다.

"무지개님, 저를 데려가 주세요. 어디에도 가지 말아주세요."

무지개는 희미하게 웃는 듯했지만 이미 너무 옅어져서 확실하게 알 수 없었습니다.

그리고 지금은 이미 완전히 사라졌습니다.

하늘은 은색 빛이 늘어났고, 때까치가 너무 시끄러웠기 때문에 종달새도 어쩔 수 없이 하늘로 날아가 조금 박자가 어긋난 노래를 불렀습니다.

★

깊은 숲 속

林の底

"우리의 선조 새들이 처음 하늘에서 내려왔을 때는 이 새도 저 새도 모두 똑같이 하얀색이었습니다."

황금 낫이 서쪽 하늘에 걸려 있었고 바람도 없는 조용한 밤이었습니다. 늙은 올빼미 한 마리가 숲 속의 키 작은 소나무 가지에서 나에게 그렇게 말을 걸었습니다.

그런데 나는 올빼미를 그다지 신뢰하지 않았습니다. 사실 올빼미를 자세히 보면 언제나 뺨을 부풀린 채 좀처럼 말을 하지 않았고 가끔 말을 할 때의 목소리도 묵직했으며, 이야기를 할 때에는 눈을 크게 뜨고 있습니다. 또한, 나무 그늘의 어두운 곳에서 점잔을 빼며 살찐 목을 까닥일 때는 마음까지도 정직해 보여서 누구라도 한 번은 속게 된다고 합니다. 그렇지만 나는 좀처럼 신뢰하지 않았습니다. 그러나 이렇게 한가한 밤에 은색의 달빛을 받으며 커다란 올빼미가 어떤 이야기를 하려고 하는지 궁금하기도 했습니다. 아무래도 명성이 자자한 솔개의 염색가게에 관한 이야기를 들려주려고 하는 듯했습니다. 그런 이야기를 허점이 드러나지 않게 논리적으로 잘할 수 있는지, 천천히 들어보는 것도 전혀 나쁘지 않다고 생각했기 때문에 나는 되도록 진지한 얼굴로 말했습니다.

"호오. 새가 하늘에서 내려왔어? 그때는 모두 다리를 웅크리고 내려왔겠네. 그리고 똑같이 흰색이었어? 그러면 왜 지금처럼 삼색이나 빨간색, 검은색 등 여러 색깔이 된 거지?"

올빼미는 내가 대꾸를 하기 시작하자 자기가 생각한 대로 걸려들었다는 듯이 눈을 빠르게 깜박였지만, 내가 삼색이라고 말하는 순간 갑자기 불쾌해했습니다.

"삼색은 아니죠. 삼색 털은 고양이에게나 있습니다. 새는 삼색 털 같은 건 없습니다."

나는 올빼미가 내 의도에 완전히 걸려들었다는 생각에 기뻤습니다.

"그러면 새 가운데에는 고양이가 없는 건가?"

그러자 올빼미는 조금 민망한 듯 움찔했습니다. 나는 바로 이때라고 생각했습니다.

"하지만 새 가운데에 고양이가 있다고 들었어. 분명히 쏙독새도 그렇게 말했고 까마귀도 말했던 것 같은데……."

올빼미는 억지웃음을 지으며 얼버무리려 했습니다.

"상당히 교제가 넓군요."

나는 그냥 넘어가지 않았습니다.

"여하튼 정말로 그런 건가? 아니면 네 친구인 쏙독새가 거짓말을 한 건가?"

올빼미는 잠시 우물쭈물했지만 "그것은 별명이에요" 하고 딱 잘라 말하고는 고개를 옆으로 돌렸습니다.

"아, 별명이구나. 누구, 누구? 이봐, 고양이는 누구의 별명이지?"

올빼미는 한쪽 다리를 들어 올려 달빛에 비추어보기도 하는 등 무척 고민하는 듯했지만 결국 어쩔 수 없다는 듯이 아주 일그러진 표정을 지으며 자백했습니다.

"제 별명입니다."

"그래? 네 별명이구나. 네 별명이 고양이였어. 하지만 고양이랑은 전혀 닮지 않았는데?"

속으로는 '뭐야, 정말 고양이랑 똑같이 생겼네' 하고 생각하면서 나는 올빼미 얼굴을 자세히 보았습니다.

올빼미는 눈이 부셔서 그렇다는 듯 눈을 깜박이며 옆을 보고 있었지만, 결국 울음을 터뜨리려 했습니다. 나도 무척 당황했습니다. 함부로 놀렸다가 올빼미가 울면 너무 불쌍하기도 했고, 무엇보다 모처럼 기분 좋게 나에게 말을 걸었는데 괜히 놀려서 그만두게 하는 것은 내 마음도 편치 않았습니다.

"사실 새들은 무척 다양하잖아. 그런데 원래는 생김새와 목소리만 달랐고 날개 빛은 모두 같은 흰색이었구나. 그런데 왜 지금처럼 바뀐 거지? 백로와 백조는 지금도 몸 전체가 하얀색인데, 그 새들은 바뀌지 않은 거네?"

올빼미는 내가 이야기를 하는 동안 고개를 점점 내 쪽으로 돌리더니 이야기가 끝날 무렵에는 고개를 조금씩 끄덕이면서 내 이야기에 장단을 맞추고 있었습니다.

"거기에는 멋진 이유가 있습니다. 원래는 새들이 전부 하얀색이었기 때문에 오해도 상당히 많았습니다. 예를 들어 꿩이나 산새 등이 뒤에서 '박새 씨, 안녕하세요' 하고 인사를 하면, 이상한 표정으로 말없이 돌아보는 것은 검은방울새였습니다. 또는 작은 새들이 나무 위에 있길래 '검은방울새님, 어서 와요' 하고 멀리서 불렀는데 그것은 멧새였고, 멧새는 자기보다 검은방울새를 더 좋아한다고 생각하고는 화를 내며 다른 곳으로 날아가 버린 일도 있었답니다. 실제로 감정이 상하는 일도 있었고 일이 엉망으로 헝클어져서 결국에는 명재판관인 독수리 콘도르님도 해결할 수 없는 지경에 이르렀습니다."

"아, 그랬겠구나. 아주 불편했겠어. 그래서 어떻게 됐니?"

'어? 졸참나무 잎이 반짝하고 흔들렸네. 어떻게 잎 하나만 흔들렸을까.'

나는 전혀 다른 생각을 하면서 올빼미 이야기를 듣고 있었습니다. 그런데 올빼미는 기뻐하며 이야기를 주절주절 계속했습니다.

"그래서 새들은 말로는 하지 않았지만 무언가 방법을 강구해야 한다, 이런 식이면 새의 문명은 발전하지 않는다고 마음속으로는 절실하게 생각하고 있었습니다."

"응, 그렇겠지. 무슨 방법이든 써야 했겠구나. 조금 다른 이야기이지만 사람들에게는 언어가 달라서 생기는 비슷한 경우도 있단다. 여하튼 어떻게 되었니?"

"그런데 새들의 모습을 지켜본 솔개가 재빠르게 염색가게를 열었어요."

역시 솔개의 염색가게 이야기구나 하는 생각에 나도 모르게 웃음이 나왔습니다. 내가 웃자 올빼미가 조금 의아해하는 듯해서 얼른 말을 덧붙였습니다.

"솔개가 염색가게를 차렸어? 그래, 솔개는 팔이 길어서 염색물을 잡아 염료 항아리에 담그기에는 안성맞춤이겠구나."

"그렇습니다. 그리고 솔개는 원래 매우 민첩하고 머리가 좋은 녀석이기 때문에 염색가게도 물론 손익계산을 따져보고 시작했음이 틀림없습니다. 원래 솔개는 팔이 길어서 새를 염료 항아리에 넣는데 아주 편리합니다."

'앗, 내가 염색물이라고 한 것은 새의 몸이었군. 위험한 말을 해버렸네. 그래도 올빼미가 화를 내지 않아 다행이야' 하며 마음을 졸였습니다. 그런데 올빼미는 개의치 않고 주절주절 이야기를 계속했습니다.

그럴 만도 했던 게 그날 밤은 숲 속에 바람이 없어서 깊은 못처럼 잠잠했고 서쪽 하늘에는 오래된 황금 낫이 걸려있었으며, 졸참나무와 소나무, 그리고 숲 속의 잠들지 않은 모든 생명체가 가만히 귀 기울이며 이야기를 듣고 있는 듯했기 때문에 올빼미의 기분이 아주 좋았습니다.

"정말 새들의 기쁨은 이루 말할 수가 없었습니다. 특히 모두에게 오인을 받던 참새나 곤줄박이와 굴뚝새, 동박새, 멧새, 딱새, 꾀꼬리 같은 새들은 꺅꺅 소리를 지르기도 하고 서로 손을 잡고 빙글빙글 춤을 추기도 하며 앞다투어 솔개의 염색가게로 갔습니다."

나는 올빼미가 무척 재미있는 녀석이라고 생각했습니다.

"아, 그렇구나. 그럴 만도 하지. 그래서 새들은 모두 염색을 하러 간 거네?"

"네, 물론 갔고말고요. 독수리나 타조 같은 큰 새들도 모두 성큼성큼 염색가게로 향했죠. '나는 아주 산뜻하게 해줬으면 해'라거나 '여하튼 너무 칙칙한 색 말고 쥐색 정도로 최대한 멋지게 해줘' 등 주문도 제각각이었습니다. 솔개는 처음에는 자신도 일에 재미를 붙여서 세심한 부분까지도 부탁받은 대로 척척 해나갔습니다. 강가 언덕의 붉은 점토에 다섯 곳을 둥글게 파서 그 안에 염료를 풀어 넣고 의뢰를 받은 새를 꽉 잡아 다리를 넓게 벌린 채 그 안에 풍덩 담갔습니다. 아무래도 가장 어렵고, 보고 있는 것만으로도 괴로운 것은 머리와 얼굴을 염색하는 것이었습니다. 머리는 어떻게든 거꾸로 한 채 염색을 했지만, 얼굴을 염색할 때는 주둥이를 염료 속에 넣어야 하므로 새들은 무척 괴로워했습니다. 무심코 숨을 들이마시다가 위에서 장까지 완전히 새까매지거나 새빨개지기도 했기 때문에 아주 주의를 기울여야 했죠. 얼굴을 넣기 전에는 심호흡을 할 때처럼 숨을 가득 들이 마신 후 염색이 끝나면 가슴에 잔뜩 고인 나쁜 가스를 뱉어내는 식이었다고 합니다. 그렇게 해도 작은 새들은 허파가 작아서 오랫동안 견딜 수 없었기 때문에 버둥대며 자지러지는 소리를 지르고 고개를 들었다고 합니다. 그렇게 하면 물론 얼굴은 제대로 염색이 되지 않습니다. 예를 들어 동박새는 눈 주위가 염색이 되지 않았고 멧새는 양쪽 볼이 염색이 되지 않았죠."

나는 여기서 조금 놀려주고 싶은 마음이 들었습니다.

"흠, 그럴까? 그랬을까? 정말 그랬을까? 나는 동박새나 멧새는 자신들의 취향대로 일부분을 염색하지 않았을 것으로 생각하는데……."

올빼미는 조금 당황해 했지만 조금 뒤쪽에 있는 숲 안쪽의 어두운 부분을 잠시 바라보더니 말했습니다.

"아니요, 잘못 생각하신 겁니다. 분명히 허파가 작기 때문입니다."

'이때다' 라고 나는 생각했습니다.

"그렇다면 왜 동박새도 멧새도 양쪽이 똑같은 모양으로 똑같은 부분에 흰색이 남아있는 거지? 지나치게 똑같잖아. 숨을 참을 수 없어서 중단했다면 한쪽은 눈 주위, 다른 한쪽은 이마 위 하는 식으로 남아있어야 하지 않을까?"

올빼미는 한동안 눈을 감고 있었습니다. 달빛은 납처럼 무겁고 푸르렀습니다. 이윽고 눈을 뜬 올빼미는 목소리를 조금 낮춰 말했습니다.

"아마도 양쪽을 따로따로 염색했겠죠."

나는 웃었습니다.

"양쪽을 따로따로 했다면 더욱 이상하잖아."

올빼미는 이미 냉정을 되찾고 대답했습니다.

"이상하지 않습니다. 허파의 크기는 처음이나 나중이나 같아서 똑같은 시간에 숨이 막히기 때문입니다."

"흠, 그렇겠군."

'제법 그럴듯하군, 저 녀석 잘 빠져나가는걸' 하고 마음속으로 생각했습니다.

"이런 식으로……."

올빼미는 말을 꺼내더니 갑자기 딱 멈췄습니다. 아무래도 내가 놀린 것이 분해서 더는 이야기를 하고 싶지 않은 듯했습니다. 그러자 이번에는 내가 올빼미에게 미안한 마음이 들었습니다. 그래서 말했습니다.

"그런 식으로 계속해서 염색하러 간 거네? 그리고 학이랑 백조는 결국 염색을 하지 않았던 거고?"

"아닙니다. 학은 자신의 취향대로 주문한 것입니다. 꼬리 끝 부분만 살짝 검게 해달라고 했던 거죠. 그리고 그대로 염색했습니다."

올빼미는 히죽히죽 능글맞게 웃었습니다. 내가 조금 전에 했던 말을 잘도 이용했구나 하고 생각했지만, 어차피 올빼미를 즐겁게 해주려고 한 말이기 때문에 나도 말없이 고개를 끄덕였습니다.

"여하튼 솔개는 점점 우쭐해졌습니다. 돈도 생겼고 자만심에 차 있어서 자기야말로 새들에게 일등공로자라는 듯한 얼굴로 일도 잘 하려 들지 않았습니다. 하지만 자신은 파란색과 노란색으로 염색해 아주 멋진 무늬를 만들어 뽐내었습니다.

그래도 마지못해 하루에 두세 번은 일을 했지만, 그것도 아주 대충대충 했습니다. 갈색과 흰색과 검은색으로 작은 얼룩무늬를 만들어 달라고 부탁해도 검은색을 빼버리기도 했고, 빨간색과 검은색으로 줄무늬를 만들어달라고 부탁해도 제비처럼 자기 편할 대로 염색해 버리는 등 정말 게으름을 피우기 시작했던 것입니다. 또 그때는 이미 남아있던 새도 얼마 없었습니다. 까마귀와 백로, 백조, 이 세 마리뿐이었습니다.

까마귀는 매일 찾아가서 오늘은 꼭 염색을 해달라, 오늘이야말로 꼭 염색을 해달라고 계속해서 채근했습니다.

솔개는 매번 '내일 하자, 내일 하자'라고 말했습니다. 그리고 그 내일은 끊임없이 이어졌습니다. 마침내 까마귀는 화가 나서 어느 날 진지하게 담판을 지었습니다.

"도대체 무슨 생각이야? 염색가게라고 간판이 걸려있으니까 찾아오는 것 아닌가. 하려면 확실하게 하고 아니면 그만둬. 며칠이 지나도 '내일 와라, 내일 와라'하니 이제는 참을 수가 없네. 할 거면 지금 당장해. 어느 쪽도 싫다면 나도 생각이 있어."

솔개는 그날도 멍하니 아침부터 빈둥대고 있었지만 까마귀의 이야기를 듣고는 잠시 생각을 했습니다. 염색가게를 그만두더라도 돈 걱정은 전혀 없었지만 단지 염색가게라는 이름은 아깝다, 그만두고 싶지 않다, 하지만 돈을 더 벌고 싶지도 않다고 생각하면서 일단 이렇게 말했습니다.

"흠, 맞는 말이야. 그래, 어떤 식으로 염색하고 싶은데?"

까마귀는 화를 조금 가라앉혔습니다.

"검은색과 보라색으로 큰 얼룩무늬를 만들어 줘. 방염풀을 사용해서 아주 세련되게."

솔개는 불쑥 화가 치밀었습니다. 그리고 벌떡 일어서더니 말했습니다.

"좋아, 그렇게 해주지. 숨을 가득 들이마셔."

까마귀는 기뻐하며 일어서서 가슴을 펴고 깊게 깊게 숨을 들이마셨습니다.

"자, 준비됐나? 눈을 감아."

솔개는 까마귀를 입에 꽉 물고 염료 항아리 속에 풍덩 집어넣었습니다. 몸 전체를 집어넣었습니다. 까마귀는 이런 식으로는 보라색 무늬를 만들 수 없다고 생각해서 버둥버둥 거렸지만 솔개는 놓아주지 않았습니다. 까마귀는 울었습니다. 울고 아우성을 치자 간신히 항아리에서 꺼내 주었지만 이미 새까맣게 물들어있었습니다. 까마귀는 새까맣게 물든 채 염색가게를 뛰쳐나와 동료 새들을 찾아다니며 솔개가 한 짓을 일렀습니다. 그즈음에는 대부분의 새가 솔개에게 화가 나 있었기 때문에 모두 한걸음에 달려가 이번에는 솔개를 염료 항아리에 담갔습니다. 솔개는 너무 오랫동안 염료 항아리에 담겨있었기 때문에 결국 기절을 했습니다. 새들은 기절한 솔개를 항아리에서 끌어 올려 한바탕 웃고는 염색가게 간판을 구깃구깃 구겨버리고 돌아갔습니다.

조금 후 솔개는 간신히 의식은 돌아왔지만 이미 몸은 새까맣게 물든 뒤였습니다. 그리고 백로와 백조는 염색을 하지 않은 채 남았습니다.

올빼미는 이야기를 마치고 달님을 돌아보았습니다.

"그랬구나. 잘 알았어. 그러고 보니 너는 비교적 빨리 염색을 해서 다행이구나. 상당히 정교하게 염색이 되었는걸."

나는 그렇게 말하면서 그만 일어서서 그 수은색의 무거운 달빛과 검은 나무 그림자 속에서 올빼미와 헤어져 돌아왔습니다.

나메토코 산의 곰

なめとこ山の熊

나메토코 산의 곰 이야기는 무척 재미있다. 나메토코 산은 아주 큰 산으로, 후치자와 강은 나메토코 산에서 흘러나온다. 나메토코 산은 일 년 중 대부분을 차가운 안개나 구름을 토해내고 있다. 주위도 모두 검푸른 해삼이나 까까머리 바다도깨비 같은 산이다. 산 중턱 부근에 커다란 동굴이 뻥 뚫려있고, 그곳에서 후치자와 강이 갑자기 1백 미터 정도의 폭포가 되어 노송나무와 고로쇠나무 숲 속으로 콰르릉 떨어진다.

나카야마 가도는 최근에는 통행이 전혀 없어서 머위나 감제풀이 가득 자라나 있었고 소가 도망가지 못하도록 길에 울타리가 쳐져 있지만, 그곳을 부스럭거리며 12킬로미터 정도만 가면 건너편에서 바람이 산의 정상을 지나가는 듯한 소리가 들린다. 그곳을 주의 깊게 보면 무엇인지 정체를 알 수 없는 하얗고 길고 가느다란 것이 산을 통과해 떨어지면서 연기가 솟아오르는 것을 볼 수 있다. 그것이 나메토코 산의 오조라폭포다. 그리고 예전에는 그 주변에 곰들이 옹기종기 살았다고 한다. 사실은 나메토코 산도 곰쓸개도 직접 본 적은 없다. 다른 사람에게 듣거나 상상한 것뿐이다. 틀릴지도 모르지만 나는 그렇게 생각한다. 여하튼 나메토코 산의 곰쓸개는 유명하다.

복통에도 효과가 있고 상처도 낫게 한다. 납 온천의 입구에 '나메토코 산의 곰쓸개 있음'이라는 오래된 간판도 걸려있다. 그러므로 나메토코 산에서 곰이 빨간 혓바닥을 내밀며 계곡을 건너거나 새끼 곰들이 씨름을 하다가 결국 서로 치고받고 있는 것은 확실하다. 그리고 유명한 곰 사냥꾼인 후치자와 고주로가 그 곰들을 닥치는 대로 잡았던 것이다.

후치자와 고주로는 사팔뜨기에 검붉고 다부진 몸을 가진 노인으로, 몸통은 작은 절구통만 했고 손바닥은 아픈 사람을 낫게 하는 복신의 손처럼 크고 두꺼웠다. 고주로는 여름에는 보리수 껍질로 엮은 옷을 입고 무릎보호대를 하고 원주민들이 사용하는 듯한 손도끼와 포르투갈에서 건너왔음 직한 총을 들고 다부진 누런 개와 함께 나메토코 산에서 시도케 골짜기, 미쓰마타, 삿카이 산, 오소리 숲, 시라자와 골짜기까지 종횡무진 누비고 다녔다. 나무가 무성해서 계곡을 거슬러 올라가다 보면 마치 검푸른 터널 속을 걸어가는 듯했으며 이따금 초록색과 황금색으로 밝아지는 곳도 있고, 꽃이 핀 듯 햇살이 떨어지는 곳도 있다. 그곳을 고주로는 마치 자신의 안방처럼 천천히 육중하게 걸어간다. 개는 앞장서서 절벽을 옆으로 기어오르기도 하고 물속에 텀벙 뛰어들거나 질척질척한 기분 나쁜 연못을 열심히 헤엄쳐서 건너편 바위에 올라 몸을 부들부들 떨며 털을 세워 물을 털어내고는 코를 찡그리며 주인이 오기를 기다리고 있다. 고주로는 무릎 위로 병풍처럼 하얀 파도를 일으키면서 컴퍼스처럼 다리를 교차해 가며 입꼬리를 조금 올린 채 걸어온다. 그런데 미리 얘기해서 미안하지만 나메토코 산 주변의 곰들은 고주로를 좋아한다. 그 증거로는 고주로가 계곡을 첨벙첨벙 지나가거나 엉겅퀴가 무성한 계곡가의 좁은 평지를 지날 때면 말없이 높은 곳에서 지켜보고 있다는 것이다. 곰들은 고주로의 개까지도 좋아하는 듯했다. 나무 위에서 두 손으로 가지를 잡고 매달리거나 절벽 위에서 무릎을 껴안고 앉아 재미있다는 듯이 고주로를 지켜보고 있었다. 그렇지만 아무리 고주로를 좋아한다고 해도 개가 불붙은 공처럼 달려들고 고주로가 이상하게 눈빛을 빛내면서 자기들을 총으로 겨누는 것은 그다지 좋아하지 않았다. 고주로와 맞닥뜨린 곰들은 대부분 달갑지 않다는 듯 손사래를 치며 사냥꾼의 총을 거절했다. 그러나 곰들도 성격이 다양하여서 사나운 녀석은 크흥하고 으르렁거리며 일어서서 개 따위는 밟아버리겠다는 듯 고주로를 향해 앞발을 뻗으며 달려드는 녀석도 있다. 고주로는 침착하게 나무를 방패 삼아 일어서면서 곰 가슴 부분의 반달무늬를 겨냥해 총을 쏘았다. 그러면 숲조차도 까악 비명을 질렀고 곰은 털썩 쓰러져 빨간 피를 쿨럭쿨럭 뱉어내고 코를 킁킁거리며 죽어버렸다. 고주로는 총을 나무에 기대놓고 조심스럽게 옆으로 다가가 이렇게 말했다.

"곰아. 네가 미워서 죽인 것이 아니다. 나도 먹고살려면 너를 쏘아야 한단다. 죄를 짓지 않는 다른 일을 하면 좋겠지만, 밭도 없고 나무는 전부 윗사람들 것인데다가 마을로 나가도 누구 하나 상대를 해주지 않아. 그래서 어쩔 수 없이 사냥하는 거란다. 네가 곰으로 태어난 것도 업보고 내가 사냥꾼이 된 것도 업보야. 다음에는 곰으로 태어나지 말거라."

그 순간에는 개도 완전히 풀이 죽어서 눈을 가늘게 뜨고 앉아있었다. 여하튼 고주로가 마흔 살이 되던 여름, 가족이 모두 이질에 걸려 아내와 아들이 죽었을 때도 그 개만은 끄떡없이 살아있었다.

그러고 나서 고주로는 품에서 날이 잘 선 작은 칼을 꺼내 곰의 턱 부분부터 가슴과 배를 갈라 껍질을 쓰윽 벗겨 낸다. 그리고 그다음의 모습이 나는 정말 싫다. 그렇지만 여하튼 마지막에 고주로가 새빨간 곰쓸개를 등에 멘 나무궤짝에 넣고 털에 피가 묻어 끈끈해진 껍질을 계곡물로 씻어서 둘둘 말아 등에 메고 지친 모습으로 계곡을 내려가는 것만은 확실했다.

고주로는 곰의 말까지 알아듣는 듯했다. 어느 이른 봄날, 산의 나무에 푸른 잎 하나 나오지 않았을 무렵 고주로는 개를 데리고 시라자와 골짜기를 올라갔다. 저녁이 되자 고주로는 작년 여름 밧카이 골짜기로 넘어가는 봉우리에 지어 둔 오두막에서 자려고 그쪽으로 향했는데, 어찌 된 일인지 길을 잃고 말았다.

몇 번이고 계곡을 오르내리기를 반복해서 개도 지쳐 헉헉거렸고 고주로도 입을 일그러뜨린 채 숨을 헐떡이며 거의 쓰러질 때쯤 간신히 오두막을 찾았다. 고주로가 바로 아래에 옹달샘이 있다는 것을 떠올리며 산을 조금 내려가려는 때였다. 놀랍게도 엄마 곰과 채 한 살이 될까 말까 한 새끼 곰이 마치 사람이 이마에 손을 올리고 먼 곳을 바라보는 듯한 모습으로 초엿새의 희미한 달빛 아래에서 맞은편 계곡을 바라보고 있었다. 그 두 마리의 곰에게서 후광이 비치는 듯이 보여 고주로는 그 자리에서 꼼짝 못하고 곰들을 바라보고 있었다. 그러자 새끼 곰이 어리광을 피우듯이 말했다.

"엄마, 아무리 봐도 눈이에요. 계곡 이쪽만 하얀걸. 아무리 봐도 눈이야, 엄마."

그러자 엄마 곰은 유심히 바라보다가 말했다.

"눈은 아니야. 눈이 저곳에만 내릴 리가 없잖니."

새끼 곰은 말했다.

"녹지 않고 남아있는 거겠죠."

"아니야. 엄마가 어제 엉겅퀴 새순을 찾으러 저곳을 지나갔었거든."

고주로도 그쪽을 뚫어져라 보았다.

푸르스름한 달빛이 산비탈을 따라 흐르고 있었고 그곳만이 은으

로 만든 갑옷처럼 빛나고 있었다. 잠시 후 새끼 곰이 말했다.

"눈이 아니면 서리일 거야. 맞아, 서리야."

'오늘 밤에는 정말 서리가 내리겠군. 달님 가까이에서 위수 별자리도 저렇게 푸르게 흔들리고 있고 무엇보다도 달님의 색깔이 마치 얼음 같잖아' 하고 고주로는 혼자 생각했다.

"아, 알겠다. 저건 백목련이야."

"뭐야, 백목련이구나. 나도 알아요."

"아니, 넌 아직 본 적이 없어."

"알아요. 요전에 꺾어 왔는걸요."

"아니야, 그건 백목련이 아니야. 네가 가져온 건 개오동나무 꽃이었지."

"그랬나?"

새끼 곰은 시치미를 떼며 대답했다. 고주로는 왠지 가슴이 뭉클해져 다시 한번 건너편 계곡의 하얀 눈 같은 꽃과 하염없이 달빛을 받고 서 있는 모자 곰을 돌아본 후 소리가 나지 않도록 가만가만 돌아가기 시작했다. 바람아, 저쪽으로 불지 마라, 불지 마라 생각하면서 고주로는 살살 뒷걸음질쳤다. 조장나무 향기가 달빛과 함께 스르르 밀려왔다.

그런데 산에서는 이렇게 강인한 고주로가 곰 가죽과 쓸개를 팔러 마을로 갈 때의 비참한 모습은 참으로 불쌍했다.

마을 중앙에는 커다란 잡화점이 있었고 소쿠리, 설탕, 숫돌, 긴텐구와 카멜레온 담배, 유리로 된 파리잡이까지 즐비해 있었다. 그리고 고주로가 가죽을 산더미처럼 짊어지고 문턱을 한 발 넘어서면 가게 사람들은 또 왔냐는 듯 비웃었다. 가게 안쪽 방에서는 커다란 청동화로를 꺼내놓고 주인이 자리를 잡고 앉아있었다.

"주인 어르신. 요전에는 정말 감사했습니다."

산에서는 주인 같았던 고주로는 가죽 꾸러미를 옆에 내려놓고 정중하게 바닥에 손을 대고 말했습니다.

"그래, 잘 지내셨나? 오늘은 무슨 용무이신가?"

"곰 가죽을 조금 가져왔습니다."

"곰 가죽인가? 요전에 것도 아직 그대로 쌓여있고 오늘은 필요 없네."

"주인 어르신, 그러지 마시고 사 주세요. 싸게 해 드릴게요."

"아무리 싸도 필요가 없네."

주인은 아주 천천히 담뱃대를 손바닥에 탁탁 두드렸다. 호기로운 산속의 주인 고주로는 이 말을 들을 때마다 너무나 걱정스러운 듯 얼굴을 찡그렸다. 고주로가 사는 곳에서는 산에 밤도 있었고 뒤편에 있는 아주 작은 밭에서 피를 수확할 수 있었지만 쌀이나 된장은 전혀 없었다. 그리고 집에는 아흔 살의 노인과 아이들뿐인 가족 일곱 명이 기다리고 있었기 때문에 가족에게 가져갈 쌀이 조금이라도 필요했다.

그리고 마을에는 삼베를 짜는 사람도 있었지만, 고주로가 사는 곳에서는 등나무로 만든 바구니 외에는 천으로 쓸 만한 것은 아무것도 없었다. 고주로는 잠시 후 쉰 목소리로 말했다.

"주인 어르신, 부탁입니다. 제발 조금이라도 사 주십시오."

고주로는 그렇게 말하면서 다시 고개까지 숙였다.

주인은 한동안 말없이 연기를 내뿜고는 실실 웃음이 나오는 것을 감추며 말했다.

"알겠네. 놔두고 가시게. 어이, 헤스케! 고주로 씨에게 2엔을 드려라."

헤스케가 고주로 앞에 앉더니 커다란 은화 네 닢을 내밀었다. 고주로는 은화를 두 손으로 공손하게 받으며 싱글벙글 웃었다. 그러자 주인은 기분이 더욱 좋아졌다.

"어이, 오키노! 고주로 씨에게 술 한 잔 올려라."

고주로는 매우 기뻐서 가슴이 설렜다. 주인은 천천히 이런저런 이야기를 했다. 고주로는 황공한 마음으로 산에 대한 여러 가지 이야기를 해 드렸다. 잠시 후 부엌에서 식사 준비가 되었다고 알려왔다. 고주로는 어느 정도 사양을 했지만, 결국 부엌으로 끌려가다시피 하고는 다시 공손하게 인사를 했다.

곧 소금에 절인 연어회와 오징어 소금절임, 술 한 병이 검은색의 작은 쟁반에 담겨 나왔다. 고주로는 황송해하며 공손한 자세로 앉아 오징어 소금절임을 손등에 올려 핥아 먹기도 하고 노란색 술을 작은 사기 술잔에 조심스레 따르기도 했다. 아무리 물가가 싼 시기라고 해도 곰 가죽 두 장에 2엔은 지나치게 싸다는 것은 누구라도 알 것이다. 싸도 너무 싸다는 것은 고주로도 알고 있었다. 그러면 고주로는 왜 마을의 잡화상이 아닌 다른 사람에게 팔아넘기지 못하는 것일까. 대부분의 사람은 그 이유를 모른다. 일본에는 '여우 가위바위보'라는 것이 있어서, 여우는 사냥꾼에게 지고 사냥꾼은 촌장에게 지게 되어 있다. 여기서는 곰은 고주로에게 당하고 고주로는 주인에게 당한다. 주인은 마을 안에 있기 때문에 좀처럼 곰에게 당하지 않는다. 그렇지만 이렇게 뻔뻔한 사람은 세계가 계속 발전한다면 한 사람도 남지 않고 사라질 것이다. 나는 잠깐이라도 멋진 고주로가 꼴도 보기 싫은 녀석에게 당하는 모습을 쓴 것이 정말 너무 화가 나서 견딜 수가 없다.

매사 이런 식이었기 때문에 고주로는 곰들을 죽이기는 했지만 절대로 미워하지는 않았다. 그런데 어느 해 여름 이런 이상한 일이 일어났다.

고주로가 철벅철벅 계곡을 건너 바위에 오르자 갑자기 바로 코앞에서 커다란 곰이 고양이처럼 등을 웅크린 채 나무를 기어오르고 있었다. 고주로는 곧바로 총을 내밀었다. 개는 아주 신이 나서 나무 아래로 달려가 나무 주변을 미친 듯이 맴돌았다.

그러자 나무 위의 곰은 잠깐 나무에서 내려가 고주로를 덮칠까, 그대로 총에 맞아줄까 고민하는 듯하더니, 갑자기 나무를 붙들고 있던 두 팔을 놓고 아래로 쿵하고 떨어졌다. 고주로는 방심하지 않고 금방이라도 총을 쏠 수 있도록 겨냥한 채 곰에게 다가가자 곰은 두 팔을 올리며 외쳤다.

"너는 뭐가 필요해서 나를 죽이려고 하는 거지?"

"아, 나는 너의 가죽과 쓸개 외에는 아무것도 필요 없다. 게다가 그것을 마을에 가져간다고 해도 비싸게 팔 수 있는 것도 아니고. 정말 불쌍하지만 어쩔 수가 없어. 하지만 지금 네 말을 듣고 있으니 나 따위는 밤이나 고사리만 먹고 그러다 죽는다고 해도 그것으로 괜찮다는 생각이 드는구나."

"2년만 기다려 줘. 나도 죽는 것은 상관없지만 해야 할 일이 조금 남아 있으니까 2년만 기다려줘. 2년 뒤에는 너희 집 앞에 반드시 죽어 있어 줄 테니까. 가죽도 내장도 줄 테니까."

고주로는 이상한 생각이 들어서 가만히 생각에 잠겼다. 곰은 그 사이 네 발로 땅을 디디며 아주 천천히 걷기 시작했다. 고주로는 여전히 멍하니 서 있었다. 곰은 고주로가 갑자기 뒤에서 총을 쏘거나 하지는 않을 것이라는 걸 잘 알고 있다는 듯이 뒤도 돌아보지 않고 천천히 천천히 걸어갔다. 그리고 곰의 그 넓고 검붉은 등에 나뭇가지 사이로 떨어진 햇살이 반짝하고 비췄을 때 고주로는 문득 슬픈 신음을 하며 계곡을 건너 돌아갔다.

그리고 딱 2년이 되던 날의 어느 아침, 고주로는 지난밤 거센 바람에 나무고 울타리고 다 쓰러졌을 것이라고 걱정하면서 밖으로 나왔다. 그러나 노송나무 울타리는 평상시와 변함없었고, 그 아래에는 언젠가 본 적이 있는 검붉은 물체가 쓰러져있었다. 곰을 만난 지 딱 2년이 되었기 때문에 그 곰이 정말 찾아오지는 않을까 조금 걱정을 하고 있었던 고주로는 가슴이 덜컹했다. 옆으로 다가가 보니 분명 이전에 만났던 그 곰이 입안 가득 피를 토하며 쓰러져 있었다. 고주로는 자신도 모르게 두 손 모아 절을 했다.

★ ★ ★

1월의 어느 날이었다. 고주로는 아침에 집을 나서기 전에 지금까지 한 적이 없던 말을 했다.

"어머니, 저도 늙었나 봐요. 오늘 아침에는 태어나서 처음으로 물에 들어가기가 싫다는 생각이 들어요."

그러자 툇마루 양지에 앉아 실을 잣고 있던 아흔 살의 고주로 어머니는 잘 보이지 않는 눈으로 고주로를 잠시 올려다보더니 울 듯 웃을 듯한 표정을 지었다. 고주로는 짚신 끈을 동여매고 힘들게 일어서더니 밖으로 나갔다. 아이들은 마구간 앞에서 차례대로 얼굴을 내밀며 '할아버지, 빨리 다녀오세요' 하며 웃었다. 고주로는 매끈매끈한 새파란 하늘을 올려다보더니 손자들을 향해 '다녀오마' 하고 말했다.

고주로는 얼어붙은 새하얀 눈길을 올라가며 시라자와 골짜기 방향으로 향했다.

개는 이미 숨을 헐떡이며 빨간 혀를 내민 채 달렸다가는 멈추고 달렸다가는 멈추기를 반복했다. 어느새 고주로의 모습이 언덕 너머로 잠겨 보이지 않게 되자 아이들은 땅에 지푸라기로 선을 그어 가지 따 먹기를 하며 놀았다.

고주로는 시라자와 골짜기의 기슭을 올라갔다. 골짜기는 새파란 연못이 되기도 하고 유리를 깔아놓은 듯 얼어있기도 했으며 여러 개의 고드름이 염주를 엮어놓은 듯 줄줄이 매달려 있기도 했으며, 양쪽 기슭에는 빨갛고 노란 참빗살나무 열매가 꽃이 핀 것처럼 내려다보고 있었다. 고주로는 개와 자신의 그림자가 반짝이며 자작나무 줄기의 그림자와 함께 선명한 쪽빛 그림자가 되어 눈 위를 움직이는 것을 보며 골짜기를 거슬러 올라갔다.

시라자와에서 봉우리를 하나 넘어선 곳에 커다란 곰 한 마리가 사는 것을 여름에 확인해 두었던 것이다.

고주로는 계곡으로 들어오는 작은 지류를 다섯 번 넘어 오른쪽에서 왼쪽으로, 왼쪽에서 오른쪽으로 몇 번이고 몇 번이고 계곡을 건너다니며 올라갔다. 그곳에 작은 폭포가 있었다. 고주로는 그 폭포 바로 아래에서 나가네 방향으로 올라가기 시작했다. 눈이 너무도 눈부시게 빛나 고주로는 보라색 안경을 쓴 듯한 착각이 들었다. 개는 이런 벼랑에도 지지 않겠다는 듯 이따금 미끄러지기도 하면서 눈 위에 착 달라붙어 오르고 있었다. 마침내 벼랑을 다 오르자 그곳에는 밤나무가 듬성듬성 자라고 있는 아주 완만한 경사의 평지가 나타났으며, 눈은 마치 순백색의 대리석처럼 반짝반짝 빛나고 있었고 그 주위로 높은 눈 봉우리가 불쑥불쑥 솟아있었다. 고주로가 그 정상에서 쉬고 있을 때였다. 개가 갑자기 불에 덴 듯 짖기 시작했다. 고주로가 깜짝 놀라 뒤를 돌아보자 지난여름에 보아두었던 커다란 곰이 두 발로 서서 고주로를 향해 달려오고 있었던 것이다.

고주로는 침착하게 다리에 힘을 주고 총을 쥐었다. 곰은 몽둥이 같은 앞발을 비스듬히 들고 곧장 달려왔다. 명사냥꾼인 고주로도 얼굴빛이 조금 바뀌었다.

탕하는 총소리가 고주로에게 들렸다. 그러나 곰은 쓰러지지 않고 폭풍처럼 검게 흔들리며 달려왔다. 개가 곰의 발을 물고 늘어졌다고 생각한 순간 고주로는 머리가 쿵하고 울리더니 주변이 순간 새파랗게 보였다. 그리고 멀리서 이런 말이 들렸다.

"이런, 고주로. 너를 죽일 생각은 없었다."

나는 이미 죽었구나 하고 고주로는 생각했다. 그리고 파란 별처럼 반짝반짝반짝 빛나는 빛이 주변 가득 보였다.

"이것이 죽었다는 신호다. 죽을 때 보이는 빛이야. 곰들아, 나를 용서해주렴."

고주로는 생각했다.

그리고 그다음의 고주로 마음을 나는 이제 알 수 없다.

여하튼 그로부터 삼 일째 되는 밤이었다. 얼음 구슬 같은 달이 하늘에 걸려있었다. 눈은 푸른빛을 띤 채 밝게 빛나고 물은 은빛을 드리웠다. 묘성昴星과 삼태성三台星이 초록빛과 주황빛으로 깜빡여 숨을 쉬고 있는 듯이 보였다.

밤나무와 하얀 눈 봉우리들로 둘러싸인 산 정상의 평평한 곳에 검고 큰 물체들이 원을 그리며 모여서 각각 검은 그림자를 드리우며 이슬람교도들이 기도하듯이 넙죽 엎드려 언제까지고 움직이지 않았다. 그리고 가장 높은 곳에 고주로의 시체가 반쯤 앉아있는 것이 눈빛과 달빛 사이로 보였다.

생각 탓인지 죽은 채 얼어버린 고주로의 얼굴은 마치 살아있을 때처럼 맑디맑은 얼굴로 웃고 있는 것처럼 보였다. 그 크고 검은 물체들은 정말로 삼태성이 하늘 한가운데로 왔다가 서쪽으로 기울 때까지도 화석처럼 꼼짝도 하지 않았다.

늑대 숲, 소쿠리 숲, 도둑 숲

狼森と笊森、盗森

고이와이 농장 북쪽에는 검은 소나무 숲이 네 곳 있습니다. 가장 남쪽이 늑대 숲이며 그다음이 소쿠리 숲, 그다음이 검은언덕 숲, 그리고 북쪽 끝이 도둑 숲입니다.

이 숲에 관한 이야기는 어느 날 검은언덕 숲의 한가운데에 있는 커다란 바위에게 들었습니다. 이 숲이 언제, 어떻게 만들어졌는지, 왜 이다지도 기괴한 이름이 붙었는지에 대해 처음부터 전부 알고 있는 것은 자기뿐이라고 바위는 으스대며 말했습니다.

이와테 산은 아주 오래전 여러 번 화산이 폭발했고, 그 주변은 화산재로 매몰되었습니다. 이 검고 커다란 바위도 그 당시 산에서 떨어져 나와 이곳까지 날아왔다고 합니다.

마침내 분화가 멈추자 들판과 언덕에는 이삭이 있는 풀과 이삭이 없는 풀이 남쪽부터 점점 자라나더니 주변을 온통 뒤덮었고, 이어서 떡갈나무와 소나무도 자라나기 시작했으며 지금의 네 숲이 만들어졌습니다. 그렇지만 숲에는 아직 이름도 없었고 각자가 제멋대로 나는 나라고 생각하고 있을 뿐이었습니다. 그러던 어느 가을, 물처럼 투명하고 차가운 바람이 떡갈나무의 마른 잎을 사락사락 흔들고 이와테 산의 은색 갓에 구름 그림자가 검고 선명하게 드리워져 있던 날이었습니다.

도롱이를 입은 네 명의 농부가 모두 손도끼와 쇠스랑, 곡괭이 등

산과 들판의 농기구를 몸에 꼭 동여매고 동쪽 모퉁이에 있는 부싯돌 산을 넘어 숲으로 둘러싸인 작은 들판으로 성큼성큼 걸어왔습니다. 자세히 보니 모두 커다란 칼도 차고 있었습니다.

맨 앞에 있던 농부가 다른 농민들에게 그림처럼 펼쳐진 경치를 이곳저곳 가리키며 말했습니다.

"어때, 좋은 곳이지? 밭을 갈기도 쉽고 숲도 가깝고 깨끗한 물도 흐르고 있어. 게다가 햇볕도 좋지. 어때? 나는 이미 예전부터 이곳을 점찍어 두었어."

"하지만 토양은 어떨까?"

옆에 있던 농부가 억새를 하나 뽑아 뿌리에 붙은 흙을 손바닥 위에 턴 후 손가락으로 문질러보기도 하고 조금 핥아보기도 했습니다.

"음…… 흙이 아주 좋지는 않지만 그다지 나쁘지도 않군."

"자, 그러면 이제 이곳으로 정할까?"

다른 한 사람이 마음에 드는 듯 주변을 둘러보며 말했습니다.

"좋아, 이곳으로 정하자!"

지금까지 아무 말이 없었던 네 번째 농부가 말했습니다.

네 사람은 기뻐하며 등에 진 짐을 털썩 내려놓고는 자기들이 왔던 방향을 향해 크게 소리쳤습니다.

"어이, 이봐! 여기야. 빨리 와, 빨리!"

그러자 건너편 억새 숲 속에서 얼굴이 새빨개진 아낙네 세 명이 짐을 가득 진 채 나왔습니다. 그리고 대여섯 살이 채 안 된 아홉 명의 아이들이 와글와글 떠들며 그 뒤를 따라 달려나왔습니다.

네 명의 남자들은 각자 마음에 드는 방향을 향해 동시에 외쳤습니다.

"이곳에 밭을 일궈도 괜찮겠나?"

"괜찮아."

숲이 일제히 대답했습니다.

남자들은 다시 외쳤습니다.

"여기에 집을 지어도 괜찮겠나?"

"좋아."

숲이 곧바로 대답했습니다.

남자들은 다시 동시에 외쳤습니다.

"여기서 불을 피워도 괜찮겠나?"

"괜찮아."

숲이 곧바로 대답했습니다.

남자들은 다시 외쳤습니다.

"나무를 조금 빌려도 괜찮겠나?"

"좋아."

숲이 일제히 대답했습니다.

남자들은 기뻐하며 손뼉을 쳤고, 아까부터 굳은 표정으로 숨죽이고 있던 여자와 아이들은 갑자기 떠들어대기 시작했습니다. 아이들은 매우 기쁜 나머지 몸싸움을 하기도 했으며 여자들은 그 아이들을 콩콩 쥐어박았습니다.

밤이 되었을 때는 이미 억새로 지붕을 한 작은 통나무 오두막이 완성되어 있었습니다. 아이들은 기뻐하며 그 주위를 펄쩍펄쩍 뛰어다녔습니다. 다음 날부터 숲은 그 사람들이 정신없이 일하는 모습을 보았습니다. 남자들은 모두 괭이를 번쩍이며 들판의 풀을 일으켜 세웠습니다. 여자들은 다람쥐나 들쥐가 아직 가져가지 못한 밤을 줍거나 소나무를 잘라 장작을 만들었습니다. 그리고 얼마 후 첫눈이 왔습니다.

숲은 겨우내 그 사람들을 위해 북풍을 막아주었습니다. 그래도 어린아이들은 추워했으며 빨갛게 부어오른 작은 손을 자기 목에 갖다 대며 '차가워, 차가워' 하고 울었습니다.

봄이 되고 오두막은 두 채가 되었습니다.

그리고 메밀과 피의 씨앗을 뿌렸습니다. 메밀은 하얀 꽃을 피웠고 피는 검은 이삭을 내밀었습니다. 그해 가을, 곡식이 여물고 새로운 밭이 늘어나고 오두막이 세 채가 되었을 때 사람들은 매우 기쁜 나머지 어른들조차도 펄쩍펄쩍 뛰어올랐습니다. 그런데 땅이 딱딱하게 언 아침이었습니다. 어찌 된 일이지 아홉 명의 아이들 가운데 작은 아이 네 명이 밤이 되어도 나타나지 않았습니다.

사람들은 모두 미친 듯이 주변 곳곳을 찾았지만 아이들의 그림자조차 보이지 않았습니다. 그래서 사람들은 모두 각자 좋아하는 방향을 향해 동시에 외쳤습니다.

"누가 아이들 못 보았나?"

"못 봤어."

숲은 일제히 대답했습니다.

"그러면 찾으러 들어갈게."

사람들은 다시 외쳤습니다.

"들어 와."

숲이 일제히 대답했습니다.

사람들은 모두 갖가지 농기구를 들고 먼저 가장 가까운 늑대 숲으로 갔습니다. 숲으로 들어가자 곧 축축하고 차가운 바람과 썩은 낙엽 냄새 따위가 사람들을 덮쳤습니다.

사람들은 계속해서 숲으로 들어갔습니다.

그러자 숲 안쪽에서 무언가 타닥타닥하는 소리가 들렸습니다.

서둘러 그쪽으로 가보니 투명한 장밋빛 불이 활활 타오르고 있었고, 아홉 마리의 늑대가 춤을 추면서 불 주위를 깡충깡충 뛰고 있었습니다.

더욱 가까이 다가가 보니 없어진 네 명의 아이가 불 앞에 앉아 군밤과 나팔버섯을 먹고 있었습니다.

늑대들은 모두 노래를 부르며 여름의 회전등처럼 불 주위를 맴돌며 뛰고 있었습니다.

늑대 숲 한가운데에서
불꽃은 흔들흔들 타닥타닥
불꽃은 흔들흔들 타닥타닥
밤은 데굴데굴 타닥타닥
밤은 데굴데굴 타닥타닥

그때 사람들이 함께 외쳤습니다.

"늑대 이놈, 늑대 이놈! 우리 아이들을 돌려줘."

늑대들은 모두 깜짝 놀라 노래를 딱 멈추고 입을 다문 채 사람들을 돌아보았습니다.

그러자 갑자기 불꽃이 꺼지더니 주변이 파랗게 식어버렸기 때문에 불 앞에 있던 아이들은 와앙하고 울음을 터뜨렸습니다.

늑대들은 한동안 어찌할 줄 몰라 두리번두리번 거리다가 결국 깊은 숲 속으로 일제히 도망갔습니다.

그러자 사람들은 아이들의 손을 이끌고 숲을 나가려고 했습니다. 그때 숲 안쪽에서 늑대들이 외치는 소리가 들렸습니다.

"나쁘게 생각하지 마. 밤이랑 버섯이랑 충분히 먹였으니까."

사람들은 집으로 돌아와서 답례로 좁쌀떡을 만들어 늑대 숲에 두고 왔습니다.

봄이 되었습니다. 그리고 아이가 열한 명이 되었습니다. 말 두 마리가 생겼습니다. 썩은 낙엽과 말의 배설물이 비료가 되어 밭에는 좁쌀과 피가 새파랗게 자랐습니다.

그리고 열매도 많이 맺혔습니다. 가을 끝 무렵 사람들은 이루 말할 수 없이 기뻤습니다.

그런데 서릿발이 내리던 어느 추운 아침이었습니다.

사람들은 올해도 들판을 일궈 밭을 넓히고 있었기 때문에 그날 아침도 일을 나가려고 농기구를 찾았지만 어느 집에도 손도끼고 쇠스랑이고 곡괭이고 간에 하나도 남아있지 않았습니다.

모두 열심히 주변을 찾아보았지만 보이지 않았습니다. 그래서 어쩔 수 없이 각자 좋아하는 방향을 향해 다 함께 크게 외쳤습니다.

"우리 농기구들을 보지 못했나?"

"못 봤어."

숲이 곧바로 대답했습니다.

"찾으러 들어갈게."

사람들이 다시 외쳤습니다.

"들어 와."

숲이 일제히 대답했습니다.

사람들은 이번에는 아무것도 들지 않고 숲으로 줄을 지어 들어갔습니다. 처음에는 먼저 가장 가까운 늑대 숲으로 갔습니다.

그러자 곧바로 아홉 마리의 늑대가 나와 모두 진지한 얼굴로 황급히 손사래를 치며 말했습니다.

"없어, 없어. 정말로 없어. 다른 곳을 찾아보고 그래도 없으면 다시

와."

사람들은 늑대의 말을 믿고 서쪽의 소쿠리 숲으로 갔습니다. 그리고 더욱 숲 안쪽으로 들어가자 한 그루의 오래된 떡갈나무 아래에 나뭇가지로 엮은 커다란 소쿠리가 엎어져 있었습니다.

"이 녀석은 아무래도 수상해. 소쿠리 숲에 소쿠리가 있는 것은 당연하지만 그 안에 무엇이 있는지는 알 수 없지. 하나 뒤집어보자고."

사람들이 소쿠리 하나를 뒤집어 보자 그 안에는 없어진 농기구 아홉 개가 모두 들어있었습니다.

그뿐만이 아니었습니다. 한가운데에는 황금색 눈에 새빨간 얼굴을 한 산도깨비가 가부좌를 틀고 앉아있었습니다. 그리고 사람들을 보더니 커다란 입을 벌리고 크어하고 소리쳤습니다. 아이들은 소리를 치며 도망가려 했지만 어른들은 꿈쩍도 하지 않고 입을 모아 말했습니다.

"산도깨비야, 앞으로는 장난치지 말거라. 제발 부탁한다, 앞으로는 장난치지 말거라."

산도깨비는 무척이나 죄송하다는 듯 머리를 긁적이며 서 있었습니다. 사람들은 각자 자기들의 농기구를 들고 숲을 나가려고 했습니다.

그러자 숲 속에서 산도깨비가 외쳤습니다.

"내게도 좁쌀떡을 가져다줘."

그러고는 빙글 돌더니 손으로 얼굴을 가리고 저편 숲 깊숙이 달려갔습니다.

사람들은 하하하 웃으며 집으로 돌아갔습니다. 그리고 다시 좁쌀떡을 만들어 늑대 숲과 소쿠리 숲에 놓아두었습니다.

다음 해 여름이 되었습니다. 평평한 곳은 모두 밭이 되었습니다. 집에는 나뭇간도 생기고 커다란 곳간도 생겼습니다.

그리고 말도 세 마리가 되었습니다. 그해 가을의 수확은 사람들을 더없이 기쁘게 만들었습니다.

올해야말로 아무리 커다란 좁쌀떡을 만들어도 충분할 것으로 생각했던 것입니다.

그런데 역시 이상한 일이 일어났습니다.

어느 서리 내린 아침, 곳간에 있던 좁쌀이 전부 없어져 버렸습니다. 사람들은 정신없이 주변을 뛰어다녔지만 그 어디에도 좁쌀 한 톨 떨어져 있지 않았습니다.

사람들은 실망해서 각자 좋아하는 방향을 향해 소리쳤습니다.

“우리 좁쌀 못 봤는가?”

“못 봤어.”

숲이 곧바로 대답했습니다.

“찾으러 들어갈게!”

사람들은 소리쳤습니다.

“들어 와.”

숲이 일제히 대답했습니다.

사람들은 각자 편한 무기를 들고 먼저 가장 가까운 늑대 숲으로 갔습니다. 늑대 아홉 마리는 모두 미리 나와 기다리고 있었습니다. 그리고 사람들을 보더니 웃으며 말했습니다.

“오늘도 좁쌀떡인가? 이곳에 좁쌀 같은 건 없어, 없어, 절대 없어. 다른 곳을 찾아봐도 없으면 다시 와.”

사람들은 늑대의 말을 믿고 늑대 숲에서 나와 소쿠리 숲으로 갔습니다.

그러자 새빨간 얼굴의 산도깨비는 이미 숲 입구에 나와서 빙긋빙긋 웃으며 말했습니다.

"좁쌀떡, 좁쌀떡. 나는 없어도 훔치지 않아. 좁쌀을 찾는 거라면 조금 더 북쪽으로 가는 게 좋을 거야."

사람들은 그 말을 믿고 이번에는 북쪽의 검은언덕 숲, 즉 이 이야기를 나에게 들려준 숲의 입구로 가서 말했습니다.

"좁쌀을 돌려줘. 좁쌀을 돌려줘."

검은언덕 숲은 모습을 드러내지 않고 목소리만으로 대답했습니다.

"나는 새벽녘에 크고 새카만 발이 북쪽 하늘을 향해 날아가는 것을 보았어. 조금 더 북쪽으로 가 봐."

그리고 좁쌀떡에 대해서는 한마디도 하지 않았다고 합니다. 나는 검은언덕 숲이 한 말이 분명 사실일 것으로 생각합니다. 왜냐하면 이 숲이 내게 이야기를 들려준 보답으로 나는 지갑에 있던 동전 칠 전을 모두 꺼내 주려고 했지만 이 숲은 받으려 하지 않았습니다. 그 정도로 청렴한 성미였기 때문입니다.

사람들은 검은언덕 숲의 말을 믿고 조금 더 북쪽으로 갔습니다.

그곳이야말로 새카만 소나무가 있는 도둑 숲이었습니다. 사람들이 말했습니다.

"도둑 숲이라니 이름부터 의심스러워."

사람들은 숲으로 들어가 외쳤습니다.

"자, 좁쌀을 돌려줘. 좁쌀을 돌려줘."

그러자 숲 안쪽에서 길고 새카만 손을 가진 아주 큰 남자가 나와 소리치듯 말했습니다.

"뭐라고? 내가 도둑이라고? 그렇게 말하는 놈은 흠씬 패주겠어. 도대체 무슨 증거로 그런 말을 하지?"

"증인이 있어, 증인이."

사람들이 대답했습니다.

"증인이 누구지? 제기랄, 그런 말을 한 자식이 누구야?"

도둑 숲은 소리를 질러댔습니다.

"검은언덕 숲이다."

사람들도 지지 않고 소리를 질렀습니다.

"그 자식이 말하는 건 전혀 믿을 수 없어. 거짓말, 거짓말, 거짓말이라고. 제기랄."

도둑 숲은 소리쳤습니다.

사람들은 도둑 숲의 말이 사실인 듯도 했고 무섭기도 해서 서로 얼굴을 마주 보다 도망가려고 했습니다.

그러자 갑자기 머리 위에서 "아니, 그렇지 않아"라는 명료하고 엄숙한 소리가 들렸습니다.

목소리의 주인은 은색 갓을 쓴 이와테 산이었습니다. 도둑 숲의 검은 남자는 머리를 감싸 쥐고 바닥에 쓰러졌습니다.

이와테 산은 조용히 말했습니다.

"도둑 숲이 도둑이었던 것은 틀림없다. 나는 새벽녘에 동쪽 하늘의 햇살과 서쪽 하늘의 달빛을 통해 확실히 보았다. 그러니 여러분도 그만 돌아가거라. 좁쌀은 반드시 돌려줄 것이다. 그러나 나쁘게는 생각하지 말거라. 도둑 숲은 스스로 좁쌀떡을 만들어보고 싶어서 견딜 수가 없었던 것이다. 그래서 좁쌀을 훔쳐온 것이다. 하하핫."

그리고 이와테 산은 다시 차분하게 하늘을 향해 고개를 돌렸습니다. 남자는 어느새 자취를 감추었습니다.

사람들은 어리둥절해하며 왁자지껄 집으로 돌아와 보니 좁쌀이 곳간에 고스란히 돌아와 있었습니다. 사람들은 웃으면서 좁쌀떡을 만들어 네 개의 숲으로 가지고 갔습니다.

특히 도둑 숲에게 가장 많은 좁쌀떡을 가지고 갔습니다. 그 대신에 모래가 조금 섞여 있었다고 합니다만 그건 어쩔 수 없었을 것입니다.

그 이후 숲들도 모두 사람의 친구가 되었습니다. 그리고 매년 겨울이 시작될 때에는 반드시 좁쌀떡을 얻어먹었습니다.

그러나 그 좁쌀떡도 어느 순간 아주 작아졌지만, 그것도 어쩔 수 없는 일이라고 검은언덕 숲의 한가운데에 있는 시커멓고 커다란 바위가 마지막으로 말했습니다.

떡갈나무 숲의 밤

かしはばやしの夜

세이사쿠는 "자, 해가 진다, 저녁때다" 하고 말하면서 피의 뿌리 주위에 열심히 흙을 덮고 있었습니다. 구리장이 해님이 남쪽 산기슭의 군청색을 띤 곳으로 떨어졌으며 들판은 묘하게 쓸쓸해졌고, 자작나무 가지도 하얀 가루를 뿌리고 있는 듯했습니다.

갑자기 건너편의 떡갈나무 숲에서 전혀 박자도 맞지 않는 뚱딴지 같은 노랫소리가 들렸습니다.

"노랑 모자 캉카라캉 카앙."

세이사쿠는 깜짝 놀라 얼굴빛이 변한 채 괭이를 던져버리고 발소리를 죽이며 살며시 그쪽으로 달려갔습니다.

떡갈나무 앞까지 왔을 때 갑자기 누군가가 뒤에서 세이사쿠의 목덜미를 붙잡았습니다.

세이사쿠가 깜짝 놀라 돌아보니 그곳에는 빨간 터키모자에 회색의 헐렁헐렁한 이상한 옷을 입고 구두를 신은, 터무니없이 키가 크고 눈빛이 날카로운 화가가 무척 화가 난 채 서 있었습니다.

"걷는 꼬락서니가 그게 뭔가! 꼭 기어가는 것 같군. 쥐새끼처럼. 뭐 변명할 말이라도 있나?"

물론 세이사쿠는 변명할 말 따위는 없었으며, 시비라도 붙으면 한판 싸워주겠다는 생각으로 갑자기 하늘을 향해 목청껏 외쳤습니다.

"빨강 모자 캉카라캉 카앙."

그러자 키 큰 화가는 갑자기 세이사쿠의 목덜미를 놓더니 마치 포효하는 듯한 목소리로 웃기 시작했습니다. 웃음소리는 숲 속에 쩌렁쩌렁 울렸습니다.

"잘하는군, 정말로 잘해. 자네, 숲 속을 조금 걷지 않겠나? 아참! 서로 인사를 잊고 있었군. 내가 먼저 하지. 괜찮지? 흠…… 오늘 밤은 들판에 작게 자른 그림자가 흩뿌려져 있군요, 이게 나의 인사다. 알겠나? 이번에는 자네 차례야. 에헴, 에헴."

화가는 갑자기 다시 심술궂은 표정으로 경멸하듯 세이사쿠를 비스듬히 내려다보았습니다.

세이사쿠는 무척 당황했지만, 마침 저녁시간이라 배가 고팠기 때문에 구름이 경단처럼 보여서 재빨리 말했습니다.

"음…… 안녕. 좋은 밤입니다. 음…… 이제부터 하늘에는 은색의 콩가루가 뿌려질 것입니다. 죄송합니다."

그러자 화가는 아주 기뻐하며 손뼉을 짝짝 치더니 펄쩍 뛰면서 말했습니다.

"이봐, 자네 나랑 같이 가지. 숲으로 가자고. 나는 떡갈나무 대왕의 손님으로 왔어. 재미있는 것을 보여주겠네."

화가는 갑자기 진지해져서 빨간색과 하얀색 등의 물감이 덕지덕지 칠해진 지저분한 그림도구 상자를 옆에 끼고 재빨리 숲으로 들어갔습니다. 괭이를 던져버린 바람에 빈손이 된 세이사쿠는 한가해진 손을 흔들며 화가를 따라 숲으로 들어갔습니다.

숲 속은 옅은 노란색이었으며 계피 같은 냄새가 진동했습니다. 그때 입구에서 세 번째에 있는 젊은 떡갈나무는 한 다리를 들어 새 흉내를 내려던 참이었기 때문에 두 사람이 온 것을 보고는 깜짝 놀랐습니다. 몹시 부끄러워진 떡갈나무는 들어 올린 다리의 무릎이 안 좋은 척 할짝할짝 핥으며 두 사람이 지나가는 것을 곁눈질로 가만히 보고 있었습니다. 그리고 세이사쿠가 지나갈 때는 조금 코웃음을 쳤습니다. 세이사쿠는 어쩔 수 없다는 생각이 들어 말없이 화가를 따라갔습니다.

그런데 이상하게도 모든 나무가 화가에게는 반가운 얼굴을 했지만, 세이사쿠에게는 싫은 표정을 지었습니다.

한 그루의 울퉁불퉁한 떡갈나무가 세이사쿠가 지나갈 때 어둑한 곳에서 갑자기 다리를 내밀어 걸려고 했지만 세이사쿠는 으쌰— 하면서 뛰어넘었습니다.

화가는 '무슨 일이야?' 하고 잠시 뒤를 돌아보았지만, 다시 앞을 향해 저벅저벅 걸어갔습니다.

바로 그때 바람이 불었습니다. 그러자 숲 속의 떡갈나무들은 동시에 불길한 목소리로 세이사쿠를 위협하려 했습니다.

"세라세라세라 세이사쿠, 세라세라세라 바아—."

그러나 세이사쿠는 오히려 자기도 입을 크게 벌리고 옆을 향해 외쳤습니다.

"헤라헤라헤라 세이사쿠, 헤라헤라헤라 바바아—."

떡갈나무들은 간담이 서늘해져 쥐죽은 듯 조용해졌습니다. 화가는 '앗하하, 앗하하' 하고 백호처럼 웃었습니다.

그리고 두 사람은 계속해서 나무 사이를 통과해 떡갈나무 대왕이 있는 곳으로 갔습니다.

대왕은 크고 작은 열아홉 개의 손과 하나의 굵은 다리를 갖고 있었습니다. 주위에는 건장한 신하 떡갈나무들이 듬직하게 대왕을 감싸고 있었습니다.

화가는 그림도구 상자를 털썩 내려놓았습니다. 그러자 대왕은 굽

혔던 허리를 펴고 작은 목소리로 화가에게 말했습니다.

"이제 왔는가? 기다렸네. 저쪽은 새로운 손님이군. 그런데 저 사람은 별로 좋지 않은걸. 전과자 아닌가. 전과 98범이지."

세이사쿠가 화를 내며 소리쳤습니다.

"전과자라니, 거짓말하지 마. 난 정직한 사람이야."

떡갈나무 대왕도 울룩불룩한 가슴을 펴며 화를 냈습니다.

"뭐라고? 증거는 충분히 있어. 장부에 다 적혀있을 텐데. 자네의 흉악한 도끼 자국이 남은 아흔여덟 개의 발목이 아직도 숲 속에 확실하게 남아있지 않은가!"

"앗하하, 우스운 이야기로군. 아흔여덟 개의 발목이라는 건 아흔여덟 개의 그루터기겠지. 그게 어떻다는 거지? 나는 산의 주인인 도스케에게 분명히 술 두 말을 사주었다고."

"그렇다면 내게는 왜 술을 사주지 않는 거지?"

"사줘야 할 이유가 없으니까."

"아니, 이유는 있지, 그것도 아주 충분히. 술을 사."

"사야 할 이유가 없어."

화가는 얼굴을 찡그린 채 조용히 서서 싸움을 지켜보고 있었습니다. 그때 갑자기 숲 속의 나무들이 동쪽을 가리키며 소리쳤습니다.

"어이어이, 싸움은 그만둬. 동그라미 대장이 비웃는다고."

돌아보니 동쪽의 푸르게 우거진 산맥 위에 부드러운 복숭앗빛의 커다란 달이 떠있었습니다. 달님 주위는 옅은 초록색으로 변해 있었으며, 젊은 떡갈나무들은 모두 날아오를 듯 달님을 향해 두 팔을 내밀며 외쳤습니다.

달님, 달님, 다 — 알님.

바로 알아보지 못해 죄송합니다
행차하시는 모습이 너무 다르셔서
바로 알아보지 못해 죄송합니다

떡갈나무 대왕도 하얀 수염을 만지작거리며 잠시 중얼중얼 대더니 가만히 달님을 바라보며 조용히 노래를 부르기 시작했습니다.

오늘 밤 당신은 연분홍빛의
옛날 옷을 입으셨네
떡갈나무의 오늘 밤은
여름 춤의 세 번째 밤

마침내 당신은 물빛의
오늘의 옷을 입으셨네
떡갈나무 숲의 기쁨은
당신의 하늘에 걸려있구나

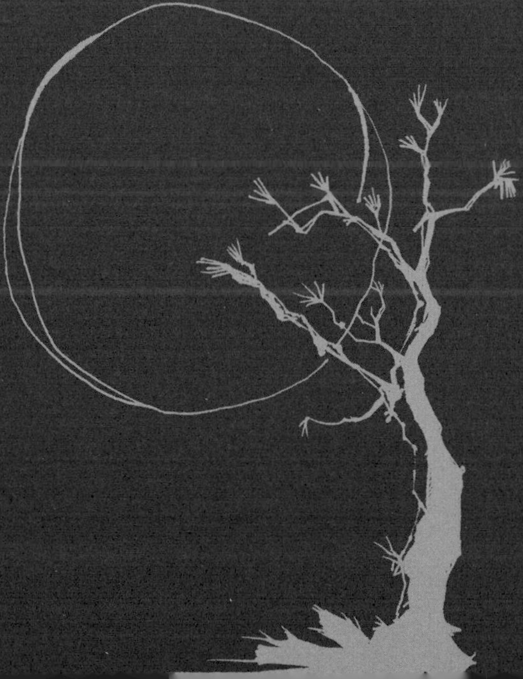

화가가 기뻐하며 손뼉을 쳤습니다.

"멋있군, 멋있어. 아주 좋아. 여름 춤의 세 번째 밤이라……. 모두 순서대로 이곳으로 나와 노래를 불러. 자기만의 가사와 자기만의 멜로디로 노래하는 거야. 1등에서 9등까지는 내가 커다란 메달을 만들어서 내일 가지에 걸어주겠어."

세이사쿠도 한껏 들떠서 말했습니다.

"자, 나와. 못하는 순서대로 1등에서 9등까지는 내가 내일 싹둑 잘라서 무서운 곳으로 옮겨주겠다."

그러자 떡갈나무 대왕이 화를 냈습니다.

"무슨 소리를 하는 건가! 무례한 놈."

"뭐가 무례하다는 거지? 아홉 그루를 자르는 대가로 이미 산의 주인인 도스케에게 술을 사줬다고."

"그렇다면 왜 내게는 술을 사지 않는 거지?"

"사야 할 이유가 없으니까."

"아니, 이유는 있어. 충분히 있어."

"없어."

화가는 얼굴을 찡그리고는 황급히 손을 흔들면서 말했습니다.

"또 시작이군. 여하튼 내가 말한 대로 할 테니까 노래를 시작하자. 별들도 이미 나왔다고. 잘 들어, 내가 먼저 노래를 부르겠다. 상품의 노래야.

1등상은 백금메달

2등상은 금메달

3등상은 수은메달

4등상은 니켈메달

5등상은 함석메달

6등상은 가짜 금메달

7등상은 납메달

8등상은 철메달

9등상은 황메달

10등부터 100등까지는 있는지 없는지 알 수 없는 메달

떡갈나무 대왕이 기분을 풀고 와하하, 와하하 웃었습니다. 떡갈나무들도 대왕을 중심으로 커다란 원을 만들었습니다. 달님은 마침 물빛의 옷으로 갈아입었기 때문에 그 주위는 얕은 강물 바닥 같았고, 나무 그림자는 희미한 그물이 되어 땅 위에 떨어졌습니다.

화가의 빨강 모자는 이글이글 타는 듯이 보였으며 똑바로 서서 수첩을 들고 연필 끝에 침을 묻혔습니다.

"자, 빨리 시작하자. 먼저 할수록 점수가 높아진다."

그러자 작은 떡갈나무 한 그루가 원에서 불쑥 튀어나와 대왕에게 고개를 숙였습니다.

달빛이 갑자기 파랗게 변했습니다.

"노래 제목은 뭐지?"

화가는 진지한 척 미간에 주름을 잡으며 말했습니다.

"말과 토끼입니다."

"좋아, 시작!"

화가가 수첩에 메모를 하며 말했습니다.

"토끼 귀는 길……."

"잠깐만!"

화가는 노래를 멈추게 했습니다

"연필이 부러졌어. 깎을 동안 조금 기다려……."

화가는 오른쪽 신발을 벗더니 신발 속에다 연필을 깎기 시작했습니다. 떡갈나무들은 멀리서 그 모습을 지켜보며 모두 감동을 하여 소곤소곤 이야기를 했습니다. 그러자 대왕도 마침내 말했습니다.

"아, 손님. 고맙구려. 숲을 더럽히지 않으려는 그 마음씨가 실로 송구합니다."

그런데 화가는 아무렇지도 않게 말했습니다.

"아니, 나중에 이 부스러기로 식초를 만들 건데……."

화가의 대답에 대왕조차도 무안한 듯 얼굴을 옆으로 돌렸고 떡갈나무들도 모두 흥이 깨졌으며, 달빛도 왠지 하얗게 변했습니다.

그런데 화가는 연필을 다 깎더니 일어서서 유쾌하게 말했습니다.

"자, 시작하자."

떡갈나무들은 다시 웅성거렸고 달빛도 푸르게 투명해졌으며 대왕도 기분을 풀고 흥흥 하고 콧소리를 냈습니다.

토끼의 귀는 길지만
말의 귀보다 길지 않아

"와아, 잘한다, 잘해. 앗하하, 앗하하."

모두 웃기도 하고 장단을 맞추기도 했습니다.

"1등상, 백금메달."

화가는 수첩에 적으면서 큰소리로 외쳤습니다.

"제 노래는 '여우의 노래'입니다."

다시 젊은 떡갈나무 한 그루가 앞으로 나왔습니다. 달빛은 조금 초록색이 되었습니다.

"좋아, 시작!"

여우 캥캥, 새끼 여우
달밤에 꼬리에 불이 붙었네

"와아, 잘한다, 잘해. 왓하하, 왓하하."
"2등상, 금메달."
"이번에는 제가 하겠습니다. 제 노래는 '고양이의 노래'입니다."
"좋아, 시작!"

산고양이, 냐옹, 빈둥빈둥
집고양이, 탁탁, 빈둥빈둥

"우와! 정말 잘한다. 왓하하, 왓하하."
"3등상, 수은메달. 이봐! 큰 녀석들도 나오라고. 왜 그렇게 우물쭈물하고 있어?"
화가가 조금 짓궂은 표정을 지었습니다.
"제 노래는 '호두나무의 노래'입니다."
조금 큰 떡갈나무가 부끄러운 듯 나왔습니다.
"좋았어. 여러분 좀 조용히!"
떡갈나무는 노래를 불렀습니다.

호두는 초록의 노란색
바람에 실려 휙휙휙
호두는 초록의 괴물 부채

바람에 실려 펄럭펄럭펄럭
호두는 초록의 금색
바람에 실려 사락사락사락

"훌륭한 테너야. 잘한다! 와아와아."
"4등상, 니켈메달."
"제 노래는 '잔나비걸상'입니다.
"좋아, 시작!"
떡갈나무는 손을 허리에 얹었습니다.

새끼 원숭이 새끼 원숭이
네 걸상이 젖어 있단다
안개, 촉촉 촉촉 촉촉
너의 걸상 썩겠구나

"훌륭한 테너군, 훌륭한 테너야. 아주 잘하는군. 잘해. 와아와아."
"5등상, 함석메달."
"제 노래는 '모자의 노래'입니다."
이렇게 말한 나무는 입구에서 세 번째에 있던 떡갈나무였습니다.
"좋아. 시작!"

노랑 모자 캉카라 캉 캉
빨강 모자 캉카라 캉 캉

"좋아, 좋아. 멋졌어. 와아와아."

"6등상은 가짜 금메달."

이제껏 어쩔 수 없이 얌전하게 듣고 있던 세이사쿠가 갑자기 소리쳤습니다.

"뭐야, 이 노래는 가짜야. 아까 다른 사람이 했던 노래를 흉내 낸 거야!"

"닥쳐! 무례한 놈! 네까짓 놈이 끼어들 자리가 아니야."

떡갈나무 대왕이 무척 화를 내면서 소리쳤습니다.

"뭐라고? 가짜니까 가짜라고 하는 거다. 건방진 소리 하면 내일 도끼를 가져와서 전부 베어버리겠어."

"뭐라고? 아니꼬운 자식. 주제도 모르는군."

"바보 같은 소리 잘도 지껄이는군. 내일 산의 주인인 도스케에게 술 두 말을 사주고 오겠어.

"그렇다면 왜 내게는 술을 사주지 않지?"

"사 줄 이유가 없으니까."

"사 줘."

"이유가 없어."

"됐어, 그만둬. 가짜니까 가짜 금메달을 주는 거잖아. 싸움 좀 그만해. 자, 그다음은 누가 할래. 얼른 나와."

달님의 빛이 투명한 푸른빛이 되자 주위는 호수의 바닥처럼 변했습니다.

"제 노래는 '세이사쿠의 노래'입니다."

다시 젊고 건장해 보이는 떡갈나무가 앞으로 나왔습니다.

"뭐라고?"

세이사쿠가 앞으로 나와 떡갈나무를 치려고 하자 화가가 말렸습니다.

"뭐, 기다려 보지. 자네 노래라고 해서 꼭 나쁜 내용이 아닐 수도 있지 않은가. 좋아, 시작!"

떡갈나무는 다리를 건들건들하면서 노래를 불렀습니다.

세이사쿠는 일등병 옷을 입고
들판에 가서 포도를 가득 따왔다네

"난 여기까지야. 누군가 뒤를 이어줘."

떡갈나무들은 '휘익, 휘익, 휘이익' 하고 세이사쿠를 야유하면서 모두 폭풍 같은 함성을 질렀습니다.

"7등상, 납메달."

"제가 뒤를 잇겠습니다."

아까의 떡갈나무 옆에 있던 다른 떡갈나무가 곧바로 뛰어나왔습니다.

"좋아, 시작!"

떡갈나무는 세이사쿠를 슬쩍 보고 비웃듯이 웃었지만, 곧 진지한 자세로 노래를 불렀습니다.

세이사쿠는 포도를 전부 짜서
설탕을 넣고
병에 가득 채워 넣었네

"어이, 누가 뒤를 이어줘."

떡갈나무들은 '휘이익, 휙휙, 휘이익' 하고 바람 같은 이상한 소리를 내며 세이사쿠를 야유했습니다.

세이사쿠는 뛰어나가 전부 두들겨 패주고 싶어서 몸이 근질근질했지만, 화가가 앞에 딱 버티고 있었기 때문에 도저히 나갈 수가 없었습니다.

"8등상, 철메달."

"다음은 제가 하겠습니다."

다시 옆에 있던 떡갈나무가 뛰어나왔습니다.

"좋아, 시작!"

세이사쿠가 창고에 넣어 둔 포도주는
연달아
모두 터져서 없어져 버렸네

"와하하하, 와하하하, 휘이익, 휙휙, 까르르르……."

"시끄러워! 왜 남의 술 따위에 관심을 두는 거야?"

세이사쿠가 뛰어나가려고 하자 화가가 꽉 붙들었습니다.

"9등상 황메달. 자! 다음…… 다음 나와. 눈치 보지 말고 나오라고."

그런데 모두 말없이 서 있을 뿐 아무도 나오지 않았습니다.

"이러면 안 되지. 나오라고! 나와. 모두 나오지 않으면 안 돼. 나와!"

화가가 소리쳤지만 더는 아무도 나오지 않았습니다.

화가는 어쩔 수 없이 말했습니다.

"이번에는 아주 좋은 메달을 주겠다. 빨리 나와."

그러자 비로소 떡갈나무들이 웅성거리기 시작했습니다.

그때 숲 안쪽에서 사락사락하는 소리와 함께 요란한 울음소리가 들렸습니다.

"호로로로 호로롱 구르르르 구르릉."

많은 올빼미가 달빛으로 푸르스름해진 날개를 펼치면서 스륵스륵 나와서 떡갈나무의 머리와 팔, 어깨와 가슴 등을 가득 메웠습니다. 그리고 금빛으로 빛나는 멋진 오색 끈을 장식한 올빼미 대장이 소리도 없이 능숙하게 날아와 떡갈나무 대왕 앞으로 나왔습니다. 새빨간 눈가 그늘이 정말로 기괴하게 보였습니다. 상당히 나이가 든 올빼미인 듯했습니다.

"안녕하세요, 대왕님. 그리고 귀한 손님 여러분. 오늘 밤은 마침 저희도 비행방법과 사냥방법에 관한 큰 시험이 있었습니다만…… 이제 막 끝이 났습니다. 그러니 지금부터 함께 떠들썩한 춤판을 시작해 보는 것은 어떨까요? 너무도 멋진 노랫가락이 우리가 있는 곳까지 울려와서 이렇게 찾아왔습니다."

"멋진 노랫가락이라고? 웃기는군!"

세이사쿠가 외쳤습니다.

떡갈나무 대왕은 못 들은 척하며 고개를 크게 끄덕였습니다.

"좋습니다. 아주 좋아요. 자, 빨리 시작해볼까요?"

올빼미 대장은 모두를 향해 흑설탕처럼 달콤한 목소리로 노래를 불렀습니다.

까마귀 간자에몬은
새까만 머리를 흔들흔들
솔개 도자에몬은
기름 한 되로 찐득찐득
그 어둠은 올빼미의
가장 용기 있는 자가
지렁이를 잡는 시간

잠든 새를 습격할 시간

올빼미들은 모두 정신없이 외쳤습니다.

호로로로 호로롱
구르르르 구르릉

떡갈나무 대왕이 눈썹을 찌푸리며 말했습니다.

"자네들 노래는 너무 수준이 낮군. 군자가 들을 만한 노래가 아니야."

올빼미 대장은 불쾌한 표정을 지었습니다. 그러자 빨강과 하양 견장을 단 올빼미 부관이 웃으면서 말했습니다.

"뭐, 오늘 밤은 되도록 화를 내지 않도록 합시다. 이번에는 수준 높은 노래를 하겠습니다. 모두 함께 춤을 춥시다. 자, 나무들도 새들도 모두 준비되셨습니까?"

달님 달님 둥글둥구르
별님 별님 반짝반짜악
떡갈나무는 캉카노 캉카라카라랑
올빼미는 호로로로 호로롱 구르르르 구르릉

떡갈나무들은 두 팔을 들어 뒤로 젖히고 머리와 다리를 하늘로 던져버릴 듯 열심히 춤을 추었습니다. 이에 맞춰 올빼미들은 은빛 날개를 사락사락 폈다 접었다 했습니다. 정말로 멋지게 어울렸습니다. 달빛은 진주처럼 조금 뿌옇게 변했고, 떡갈나무 대왕은 기뻐하며 곧바로 노래를 불렀습니다.

비는 주룩주룩 주루룩
바람은 휘익휘익 휘이이익
싸라기눈은 타닥타닥 타다닥
비는 주룩주룩 주루룩

"앗, 큰일이다! 안개가 내리기 시작했다!"

올빼미 부관이 크게 외쳤습니다.

달은 이미 창백한 안개에 가려 희미하게 윤곽만 보였고, 안개는 화살처럼 숲 속에 쏟아졌습니다.

떡갈나무들은 모두 당황해서 한쪽 다리를 들기도 하고 두 팔을 뻗기도 하며 눈을 치켜뜬 채 화석이 된 듯 멈춰 섰습니다.

차가운 안개가 세이사쿠의 얼굴을 덮었습니다. 화가는 어디로 가버렸는지 빨강 모자만 내동댕이쳐져 있었고 화가의 모습은 그림자도 보이지 않았습니다.

안갯속 비행법을 아직 배우지 못한 올빼미들이 허둥지둥 도망가는 소리가 들렸습니다.

세이사쿠는 숲을 나왔습니다. 떡갈나무들은 모두 춤을 추던 자세 그대로 아쉽다는 듯 세이사쿠를 곁눈으로 배웅했습니다.

숲을 나와 하늘을 보니 아까까지 달님이 있던 주변은 간신히 희미한 빛만 남아 있었고 그곳을 개의 모습을 한 검은 구름이 덮어갔으며, 숲 저 멀리에서 화가가 힘껏 외치는 소리가 희미하게 들렸습니다.

"빨강 모자 캉카라캉 카앙."

주문이 많은 요리점

注文の多い料理店

두 명의 젊은 신사가 번쩍이는 총을 메고 완전히 영국 병사 복장을 한 채, 백곰 같은 개 두 마리를 데리고 나뭇잎이 바스락거리는 아주 깊은 산속에서 이야기를 하며 걸어왔습니다.

"도대체 이곳의 산은 왜 이런 거야. 새고 짐승이고 한 마리도 없어. 뭐든 상관없으니까 빨리 탕타앙하고 총을 쏘고 싶은데 말이지."

"사슴의 누런 옆구리에 두세 발 날려주면 얼마나 통쾌할까. 빙글빙글 돌다가 콰당 쓰러질 텐데."

그곳은 아주 깊은 산속이었습니다. 길을 안내하던 전문 사냥꾼도 길을 잃고 갈팡질팡하다가 어딘가로 사라져버렸을 정도로 깊은 산속이었습니다.

게다가 산이 너무 험해서 그 백곰 같은 개 두 마리 모두 현기증을 일으키며 한동안 으르렁대더니 거품을 물고 죽어버렸습니다.

"결국 난 2천4백 엔을 손해 봤어."

한 명의 신사가 죽은 개의 눈꺼풀을 살짝 뒤집어보며 말했습니다.

"난 2천8백 엔을 손해 봤어."

다른 한 명도 억울하다는 듯 고개를 돌리며 말했습니다.

첫 번째 신사가 조금 화가 난 표정으로 다른 신사의 표정을 살피며 말했습니다.

"난 그만 돌아가려네."

"나도 마침 춥기도 하고 배도 고파서 돌아갈 생각이었네."

"그러면 이만 끝내지. 돌아가는 길에 어제 묵었던 여관에서 산새 10엔어치만 사서 돌아가면 돼."

"토끼도 있었지. 그러면 결국 본전치기야. 자, 돌아가세."

그런데 정말 난처하게도 돌아가는 길을 전혀 알 수가 없었습니다.

바람이 휘익 불어와 풀들은 바삭바삭 나뭇잎은 버스럭버스럭, 나무는 덜컹덜컹 울렸습니다.

"배가 너무 고프군. 아까부터 속이 쓰려 죽을 거 같아."

"나도 그래. 더는 걷고 싶지 않군."

"아, 걷기 싫어. 미치겠군. 뭔가 먹고 싶어."

"그러게. 뭐라도 좀 먹었으면 좋겠어."

두 신사는 사락사락 흔들리는 억새 속에서 이런 이야기를 하고 있었습니다.

그때 문득 뒤를 돌아보니 멋진 서양식 집 한 채가 있었습니다.

그리고 현관에는 다음과 같은 간판이 세워져 있었습니다.

RESTAURANT

서양요리점

WILDCAT HOUSE

살쾡이의 집

"여기 딱 좋네. 이런 산속에 용케도 문을 열었군. 들어가 보세."

"글쎄, 이런 곳에 음식점이 있다니 이상하군. 뭐, 여하튼 무언가 먹을 것은 팔겠지."

"당연히 팔겠지. 간판에 그렇게 쓰여 있지 않나."

"들어가세. 난 배가 고파서 이제 쓰러질 지경이야."

두 사람은 현관 앞에 섰습니다. 세토 시에서 만드는 하얀 벽돌로 꾸민 현관은 무척 멋있었습니다.

그리고 유리문에는 금박 글씨로 이렇게 쓰여 있었습니다.

'누구든지 들어오십시오. 절대 사양하지 마십시오.'

그것을 보고 두 사람은 무척 기뻐하며 말했습니다.

"오, 이것 봐. 역시 세상은 제대로 돌아가고 있다니까. 오늘 하루 고생했더니 이번에는 이렇게 좋은 일이 생기는군. 이 집은 요리점이지만 공짜로 음식을 주는가 보군."

"아무래도 그런 것 같군. 절대 사양하지 말라는 것은 그런 의미겠지."

두 사람은 문을 밀고 안으로 들어갔습니다. 그곳은 곧바로 복도로 연결되어 있었습니다. 유리문 뒤쪽에는 금박 글씨로 이렇게 쓰여 있었습니다.

'특히 뚱뚱한 분과 젊은 분은 대환영합니다.'

두 사람은 대환영이라는 말에 더욱 기뻐했습니다.

"이봐, 우리는 대환영에 속하는 거지?"

"우리는 둘 다 해당하니까."

복도를 따라 성큼성큼 걸어가자, 이번에는 하늘빛 페인트가 칠해진 문이 나왔습니다.

"아주 이상한 집이군. 왜 이렇게 문이 많은 걸까?"

"이것은 러시아식이야. 추운 곳이나 산속은 모두 이렇다고."

그리고 두 사람이 문을 열려고 하자 위에 노란 글씨로 이렇게 쓰여 있었습니다.

'이곳은 주문이 많은 요리점이므로 부디 그 점은 양해 바랍니다.'

"이런 산속인데도 꽤 잘 되는 곳인가 보군."

"당연하지. 생각해봐, 도쿄의 커다란 요릿집도 큰길가에는 별로 없잖아."

두 사람은 이야기를 하면서 그 문을 열었습니다. 그러자 그 뒤쪽에는

'주문이 상당히 많겠지만 부디 하나하나 용서해주시기 바랍니다.'

"이건 도대체 무슨 말이야?"

한 신사가 얼굴을 찡그렸습니다.

"응, 이건 분명 주문이 너무 많아서 준비하는데 시간이 걸리니 죄송하다는 뜻이야."

"그렇겠군. 그나저나 빨리 아무 방이라도 들어가고 싶군."

"그리고 테이블에 앉고 싶어."

그런데 정말 귀찮게도 또 문이 하나 있었습니다. 그리고 그 옆에 거울이 걸려 있었고 아래에는 손잡이가 긴 빗이 놓여 있었습니다.

문에는 붉은 글씨로 이렇게 쓰여 있었습니다.

'손님 여러분, 이곳에서 머리를 단정히 빗고, 그리고 신발의 흙을

털어주십시오.'

"오, 제대로 된 집인걸. 아까 현관에서는 산속에 있는 곳이라고 우습게 봤거든."

"예절이 엄격한 집이군. 꽤 높은 사람들이 자주 오는 곳일 거야."

그래서 두 사람은 머리를 단정하게 빗고 신발의 흙을 털었습니다.

그런데 어찌 된 일일까요. 빗을 바닥에 놓자마자 부옇게 흐려지더니 연기처럼 사라지고는 바람이 방안으로 휘익 들어왔습니다.

두 사람은 깜짝 놀라 서로 바싹 붙어서는 문을 쾅 열고 다음 방으로 들어갔습니다. 빨리 무언가 따뜻한 것이라도 먹고 힘을 내지 않으면 엄청난 상황에 빠지게 될 것이라고, 두 사람 모두 생각했습니다.

문 안쪽에는 다시 이상한 내용이 적혀 있었습니다.

'총과 총알을 이곳에 놓아두십시오.'

바로 옆에는 검은색 받침대가 있었습니다.

"그렇군, 총을 들고 음식을 먹을 수는 없지."

"역시 상당히 높은 사람들이 많이 오는가 보군."

두 사람은 총과 탄띠를 풀어 받침대 위에 놓았습니다.

다시 검은 문이 나타났습니다.

'부디 모자와 외투와 구두를 벗어주십시오.'

"어쩔까? 벗을까?"

"어쩔 수 없지, 벗으세. 안에는 정말 높은 사람이 와있나 보군."

두 사람은 모자와 외투를 못에 걸고 신발을 벗은 후 철퍽철퍽 문 안으로 들어갔습니다.

문 뒤쪽에는 이렇게 쓰여 있었습니다.

'넥타이 핀, 커프스버튼, 안경, 지갑, 그 밖의 금속류, 특히 뾰족한 물건은 모두 이곳에 놓아두십시오.'

문 바로 옆에는 검은색의 훌륭한 금고가 열린 채 놓여 있었습니다. 열쇠도 함께 있었습니다.

"하하, 요리에 전기를 사용하는가 보군. 그렇다면 금속은 위험하지. 그래서 특히 뾰족한 것은 위험하다는 것이겠지?"

"그런 것 같군. 그러고 보니 계산은 돌아갈 때 이곳에서 하는 것인가?"

"아무래도 그런 것 같군."

"분명 그럴 거야."

두 사람은 안경을 벗고 커프스버튼을 뺀 후 모두 금고에 넣고 찰칵하고 열쇠를 채웠습니다. 조금 가자 다시 문이 나타났고, 그 앞에는 유리 항아리가 하나 놓여 있었습니다. 문에는 이렇게 쓰여 있었습니다.

'항아리 안에 있는 크림을 얼굴과 손발에 꼼꼼하게 발라 주십시오.'

작은 항아리 안에는 정말로 우유 크림이 있었습니다.

"크림을 바르라니 무슨 뜻이지?"

"이건 말이지, 밖이 무척이나 춥지 않나. 방 안이 너무 따뜻하면 살

갖이 트기 때문에 그 예방을 하는 거야. 역시 안에는 상당히 높은 사람들이 와 있는 거야. 뜻밖에 우리는 이런 곳에서 상류층과 친해질지도 모르겠군."

두 사람은 항아리의 크림을 얼굴과 손에 바르고 나서 양말을 벗고 발에도 발랐습니다. 그래도 아직 크림이 남았기 때문에 두 사람 모두 얼굴에 바르는 척하면서 먹었습니다.

그리고 서둘러 문을 열자 문 뒤쪽에는 이렇게 쓰여 있었습니다.

'크림을 잘 바르셨습니까? 귀에도 잘 바르셨습니까?'

그리고 작은 크림 항아리가 이곳에도 놓여 있었습니다.

"맞아, 귀에는 바르지 않았는데. 아차 하면 귀의 살갗이 틀 뻔했어. 이곳의 주인은 정말 세심하군."

"아, 정말 세세한 부분까지도 신경을 써주는군. 그나저나 난 빨리 무엇이든 먹고 싶은데, 계속해서 복도만 나오니 방법이 없군."

그리고 바로 앞에 다음 문이 있었습니다.

'요리는 곧 완성됩니다. 15분도 걸리지 않을 것입니다. 곧 먹을 수 있습니다. 빨리 병에 든 향수를 머리에 잘 뿌려 주십시오.'

그리고 문 앞에는 화려한 향수병이 놓여 있었습니다.

두 사람은 그 향수를 머리에 잔뜩 뿌렸습니다.

그런데 향수에서는 아무래도 식초 같은 냄새가 났습니다.

"이 향수는 이상하게 신 냄새가 나는군. 왜 이렇지?"

"실수일 거야. 종업원이 감기라도 걸려서 실수로 잘못 넣었겠지."

두 사람은 문을 열고 안으로 들어갔습니다.

문 뒤쪽에는 커다란 글씨로 이렇게 쓰여 있었습니다.

'여러 가지로 주문이 많아서 귀찮으셨죠. 죄송했습니다. 이제 마지막입니다. 부디 항아리에 있는 소금을 몸 전체에 골고루 잔뜩 문질러주시기 바랍니다.'

그곳에는 파란색의 사기로 된 멋진 소금 항아리가 놓여 있었습니다. 이번에는 두 사람 모두 깜짝 놀라 크림을 잔뜩 바른 얼굴을 마주 보았습니다.

"아무래도 이상한걸?"

"주문이 많다는 건 주인이 우리에게 주문을 많이 한다는 거였어."

"그러니까 내 생각에는 서양요리점이라는 것이 들어온 사람에게 서양요리를 대접한다는 것이 아니라 들어온 사람을 서양요리로 만들어서 먹는 곳이라는 의미 같은데……. 그렇다면, 그, 겨, 겨, 겨, 결국, 우, 우, 우리가……."

부들부들 부들부들 온몸이 떨려 더는 말을 할 수가 없었습니다.

"그러니까…… 우, 우리가…… 우와앗!"

부들부들 부들부들 온몸이 떨려 더는 말을 할 수가 없었습니다.

"도망가……."

부들부들 떨면서 한 신사는 뒤에 있는 문을 밀려고 했지만, 세상에나! 문은 눈곱만큼도 움직이지 않았습니다.

안쪽에는 다시 문이 하나 있었고, 은색 포크와 나이프 모양의 커다란 열쇠 구멍이 두 개 있었습니다. 그리고 이렇게 적혀 있었습니다.

'이런, 고생이 많으셨습니다. 아주 훌륭하게 완성되었습니다. 자 자, 뱃속으로 들어와 주십시오.'

게다가 열쇠 구멍 너머로 두리번거리는 두 개의 파란 눈동자가 이쪽을 들여다보고 있었습니다.

"우와앗."

부들부들부들부들.

"우와앗."

부들부들부들부들.

두 사람은 울기 시작했습니다.

그러자 문 안쪽에서는 이런 이야기를 소곤거렸습니다.

"틀렸어. 벌써 눈치챘다고. 소금을 뿌리지 않은 것 같아."

"당연한 거야. 두목이 쓴 글이 서툴렀어. 저기다가 '여러 가지로 주문이 많아서 귀찮으셨죠, 죄송했습니다' 따위의 멍청한 말을 쓰다니……."

"어찌 되든 상관없어. 어차피 우리에겐 뼈다귀도 나눠주지 않는데, 뭐."

"그건 그래. 그렇지만 만약 저 녀석들이 이곳으로 들어오지 않으면 그건 우리 책임이야."

"부를까? 부르자. 저기, 손님들. 어서 들어오세요. 어서 들어오세요. 접시도 씻어놓았고 채소도 소금에 잘 절여 두었습니다. 남은 건 당신들과 채소 잎을 적절히 배합해서 하얀 접시에 담는 것뿐입니다. 어서 들어오세요."

"네, 어서 오세요, 어서 오세요. 혹시 샐러드가 마음에 들지 않으세요? 그렇다면 불에 구워 프라이로 해 드리겠습니다. 여하튼 어서 들어오세요."

두 사람은 너무 무서운 나머지 얼굴이 구겨진 휴짓조각처럼 변한 채 서로 마주 보며 부들부들 떨면서 소리도 없이 울었습니다.

안에서는 킥킥 웃더니 다시 소리쳤습니다.

"어서 오세요, 어서 오세요. 그렇게 울면 애써 바른 크림이 흘러버리지 않습니까. 네, 다됐습니다. 곧 가지고 가겠습니다. 자, 빨리 오세요."

"빨리 오시라니까요. 두목이 이미 냅킨을 두르고 나이프를 들고 입맛을 다시며 손님들을 기다리고 있습니다."

두 사람은 울고울고 또 울었습니다.

그때 갑자기 뒤에서 '컹, 컹, 커엉' 하는 소리가 들렸습니다.

그리고 그 백곰 같은 두 마리의 개가 문을 뚫고 방으로 뛰어들어왔습니다. 열쇠 구멍 속의 눈동자가 순식간에 사라졌고 개들은 으르렁대며 한동안 방안을 빙글빙글 돌아다녔습니다. 다시 한번 '컹' 하고 크게 짖더니 갑자기 다음 문을 향해 달려들었습니다. 문이 꽈당 열리고 개들은 빨려 들어가듯 날아갔습니다.

그 문 저편의 컴컴한 곳에서 '야옹, 야옹, 그르릉' 하는 짐승 소리와 함께 부스럭거리는 소리가 들렸습니다.

그 순간 방은 연기처럼 사라졌고 두 사람은 추위에 벌벌 떨면서 풀숲에 서 있었습니다.

돌아보니 상의와 구두, 넥타이핀 등은 저쪽 나뭇가지에 걸려있거나 이쪽 나무 밑동에 흩어져 있었습니다. 바람이 휘익 불어와 풀들은 바삭바삭 나뭇잎은 버스럭버스럭 나무는 덜컹덜컹 울렸습니다.

개가 바람에 날려 돌아왔습니다.

그리고 뒤에서 누군가 부르는 소리가 들렸습니다.

"어르신, 어르신!"

두 사람은 갑자기 힘이 나서 외쳤습니다.

"여기, 여기, 여기야. 빨리 와!"

밀짚모자를 쓴 전문 사냥꾼이 풀숲을 바스락바스락 헤치며 나타났습니다.

그 모습을 보고서야 두 사람은 겨우 안심했습니다.

그리고 사냥꾼이 가져온 경단을 먹고 가는 길에 10엔어치의 산새를 사서 도쿄로 돌아갔습니다. 그러나 구겨진 휴짓조각처럼 변했던 두 사람의 얼굴만은 도쿄에 돌아가도, 목욕탕에 들어가도 다시는 원래의 모습으로 돌아오지 않았습니다.

구스코 부도리의 전기

グスコーブドリの伝記

숲

구스코 부도리는 이하토브의 큰 숲 속에서 태어났습니다. 아버지는 구스코 나도리라고 하는 유명한 나무꾼으로, 아무리 큰 나무도 마치 갓난아기를 누이듯 간단하게 잘라버리는 사람이었습니다.

부도리는 네리라는 여동생과 함께 매일 숲에서 놀았습니다. 아버지가 쓱싹쓱싹하고 나무 베는 소리가 간신히 들릴 정도로 먼 곳까지도 갔습니다. 둘은 그곳에서 나무딸기를 따서 샘물에 담그기도 하고, 하늘을 향해 번갈아 가며 산비둘기가 우는 흉내를 내기도 했습니다. 그러면 이곳저곳에서 구우구우하고 새들이 졸린 듯이 울기 시작했습니다.

어머니가 집 앞의 작은 밭에 보리를 뿌릴 때면 두 사람은 길바닥에 돗자리를 깔고 앉아 양철통에 난초 꽃을 삶기도 했습니다. 그러면 이번에는 갖가지 새들이 마치 인사를 하듯 지저귀며 두 사람의 퍼석퍼석한 머리 위로 줄줄이 지나갔습니다.

부도리가 학교에 가게 되자 숲은 낮 동안 무척이나 쓸쓸해졌습니다. 대신에 오후가 되면 부도리는 네리와 함께 숲에 있는 나무기둥에 빨간 점토와 뜬숯으로 나무의 이름을 써놓기도 하고 크게 노래를 부르기도 했습니다.

홉 덩굴이 양쪽으로 뻗어 올라 문 모양이 된 자작나무에는 '뻐꾸기 통행금지'라고 쓰기도 했습니다.

그리고 부도리는 열 살이 되었고 네리는 일곱 살이 되었습니다. 그런데 어찌 된 일인지 그 해에는 해님이 봄부터 이상하게 희었고, 여느 때라면 눈이 녹으면서 곧 새하얀 꽃을 피우는 목련도 전혀 꽃을 피우지 않았으며, 오월이 되어도 종종 진눈깨비가 질척질척 내렸으며, 칠월 말이 되어도 전혀 더위가 찾아오지 않았습니다. 그래서 작년에 뿌려둔 보리도 낟알이 들어있지 않은 하얀 이삭밖에 맺히지 않았으며 대부분의 과일나무도 꽃만 피고 떨어져 버렸습니다.

그리고 마침내 가을이 되었지만, 밤나무 역시 파란색의 빈 밤송이뿐이었으며, 사람들이 항상 먹는 가장 중요한 곡물인 벼에서도 쌀 한 톨 영글지 않았습니다. 마을에서는 이미 엄청난 소동이 일어났습니다.

부도리의 아버지와 어머니는 때때로 마을에 장작을 가져가기도 했고, 겨울이 되고 나서는 몇 번이나 커다란 나무를 썰매에 싣고 마을에 팔러 갔지만 늘 낙담한 채 아주 적은 보릿가루를 얻어올 수 있을 뿐이었습니다. 그래도 어찌어찌 그 겨울을 넘기고 다음 해 봄이 되었습니다. 소중히 간직해 둔 씨앗을 밭에 뿌렸지만 그 해도 지난해와 완전히 똑같았습니다. 그리고 가을이 되자 끝내 진짜 기근이 찾아왔습니다. 그즈음에는 이미 아이들도 학교에 가지 않았고 부도리의 아버지와 어머니도 일을 완전히 그만두었습니다. 그리고 종종 걱정스러운 듯 의논을 하고는 교대로 마을에 나갔습니다. 간신히 아주 약간의 수숫가루 등을 가져오는 때도 있었지만 아무것도 얻지 못한 채 어두운 얼굴로 돌아오는 일도 있었습니다. 그리고 사람들은 졸참나무 열매나 칡, 고사리 뿌리, 부드러운 나무껍질 같은 것을 먹으며 그 겨울을 보냈습니다.

그렇지만 봄이 왔을 즈음에는 아버지도 어머니도 무언가 심각한 병에 걸린 듯했습니다.

어느 날 아버지는 가만히 머리를 감싸고 깊은 생각에 잠겨 있었습니다. 그리고 갑자기 일어나서 말했습니다.

"나는 숲에 가서 놀다 오마."

아버지는 비틀거리며 집을 나갔지만, 밖이 완전히 어두워져도 돌아오지 않았습니다. 두 아이는 아버지가 어떻게 된 것인지 어머니에게 물었지만, 어머니는 말없이 두 아이의 얼굴을 바라볼 뿐이었습니다.

다음 날 밤이 되어 숲이 이미 까맣게 보일 무렵, 어머니는 갑자기 일어나서 화로에 장작을 가득 지펴 집 안을 환하게 밝혔습니다. 그리고 아버지를 찾으러 갈 테니 너희는 집에서 선반에 있는 가루를 조금씩 나눠 먹으라고 말하고는 마찬가지로 비틀거리며 집을 나갔습니다. 두 아이는 울면서 뒤를 쫓아갔습니다. 그러나 어머니는 뒤를 돌아보며 야단을 치듯 말했습니다.

"왜 이렇게 말을 안 듣니?"

그리고 아주 빠른 걸음으로 비틀거리면서 숲으로 들어갔습니다. 두 아이는 울면서 몇 번이고 그 주변을 왔다 갔다 했습니다. 마침내 참을 수 없게 된 두 아이는 새까만 숲으로 들어가 홉 가지가 문처럼 뻗어있는 곳, 샘물이 있는 부근 등 곳곳을 허둥지둥 돌아다니며 밤새 엄마를 불렀습니다. 숲 속의 나무 사이로 별이 무언가를 이야기하듯 반짝였으며, 이따금 놀란 새들이 어둠 속을 날아올랐지만 어디에도 사람의 목소리는 들리지 않았습니다. 결국 두 아이는 힘없이 집으로 돌아와 죽은 듯 잠이 들었습니다.

부도리가 눈을 뜬 것은 오후가 되어서였습니다.

어머니가 말했던 가루를 떠올리며 선반을 열어보니 봉지에는 메밀가루와 졸참나무 열매가 가득 들어있었습니다. 부도리는 네리를 흔들어 깨운 후 메밀가루를 함께 먹고, 아버지가 있었을 때처럼 화로에 불을 피웠습니다.

그로부터 이십 일 정도를 멍하니 보내던 어느 날이었습니다.

"오늘은 누가 있나?"

문 앞에서 누군가가 말했습니다. 부도리는 아버지가 돌아온 것으로 생각하고 뛰어나갔지만 문 앞에는 바구니를 등에 멘 날카로운 눈빛의 남자가 서 있었습니다. 그 남자는 바구니에서 둥근 찹쌀떡을 꺼내 툭 던지면서 말했습니다.

"나는 이 지방의 기근 문제를 도우러 온 사람이다. 자, 뭐든 먹어라."

두 아이는 잠시 멍하니 서 있었습니다.

"자, 먹어. 먹으라니까."

두 아이가 주뼛주뼛하며 먹기 시작하자 남자는 가만히 그 모습을 지켜보다가 말했습니다.

"너희는 착한 아이야. 하지만 착하기만 해서는 아무것도 할 수 없다. 나를 따라오렴. 나도 너희 둘을 전부 데려갈 수는 없고. 원래 남자아이는 강하니까 여자아이만 따라오너라. 꼬마야, 너는 이곳에 있어도 더 먹을 것이 없으니 아저씨랑 함께 마을로 가자. 매일 빵을 먹게 해주마."

그리고 네리를 휙 들어 올려 등에 멘 바구니에 넣었습니다.

"호이호이 오호, 호이호이 오호."

남자는 이상한 소리를 지르며 바람처럼 집을 나갔습니다. 네리는 집 밖을 나가자 그제야 와앙하고 울음을 터뜨렸습니다.

부도리는 '도둑이야, 도둑이야!' 하고 울면서 소리치며 쫓아갔지만 남자는 이미 숲 옆을 지나 저 멀리에 있는 들판을 달려가고 있었습니다. 그리고 네리의 떨리는 울음소리만 희미하게 들릴 뿐이었습니다.

부도리는 울부짖으며 숲 언저리까지 쫓아갔지만 결국 지쳐서 풀썩 쓰러지고 말았습니다.

천잠사 공장

부도리가 문득 눈을 떴을 때 머리 위에서 기분 나쁠 정도로 나지막한 목소리가 들렸습니다.

"겨우 정신이 들었나 보군. 너는 아직도 기근인 줄 아니? 일어나서 나를 도와주거라."

갈색의 버섯 모양 모자를 쓰고 셔츠 위에 외투를 입은 남자가 철사로 만든 무언가를 달랑달랑 들고 있었습니다.

"이제 기근은 끝난 건가요? 도와달라니 무엇을 도와달라는 거죠?"

부도리가 물었습니다.

"그물 치는 일이지."

"여기에 그물을 치나요?"

"치는 거지."

"그물을 쳐서 뭐하는 데요?"

"산누에를 키우는 거지."

그러고 보니 부도리 바로 앞에 있는 밤나무에 두 남자가 사다리를 타고 올라가서 열심히 그물을 던지기도 하고 당기는 듯도 했지만, 그물도 실도 전혀 보이지 않았습니다.

"저걸로 산누에를 키울 수 있어요?"

"키울 수 있지. 참, 말 많은 아이로군. 재수 없는 소리 하지 마. 산누에도 키울 수 없는 곳에 무엇하러 공장을 짓겠니? 당연히 키울 수 있지. 나를 비롯한 많은 사람이 이 일로 먹고살아."

부도리가 목쉰 소리로 간신히 "그렇습니까?" 하고 말했습니다.

"게다가 이 숲은 내가 전부 사들였거든. 여기서 일을 도와준다면 괜찮지만 아니라면 다른 곳으로 가야 해. 어차피 넌 어디로 가든 먹고살기 어려울 거야."

부도리는 울음이 터질 듯했지만 간신히 참으면서 말했습니다.

"그렇다면 도울게요. 하지만 그물은 어떻게 치는 건가요?"

"물론 방법은 가르쳐주지. 이걸 말이지……."

남자는 손에 들고 있던 철사로 된 바구니 같은 것을 양손으로 잡아 늘였습니다.

"알겠니? 이런 식으로 하면 사다리가 되는 거야."

남자는 오른쪽에 있는 밤나무로 성큼성큼 걸어가더니 밑기둥에 사다리를 걸었습니다.

"자, 이번에는 네가 이 그물을 들고 위로 올라가. 자, 올라가 봐."

남자는 공같이 생긴 그물을 부도리에게 건넸습니다. 부도리는 할 수 없이 그물을 들고 사다리에 매달려 올라갔지만, 사다리의 계단이 너무 가늘어서인지 손과 발에 파고들어 찢어질 듯했습니다.

"더 올라가. 좀더, 좀더. 그리고 아까 준 그물을 던져 봐. 밤나무를 넘기도록 하늘을 향해 던지는 거야. 뭐야, 떨고 있는 거니? 근성이 없는 놈이군. 던져! 던지라고! 자, 던지라니까."

할 수 없이 있는 힘을 다해 푸른 하늘로 던졌지만, 갑자기 해님이 새카맣게 보이면서 부도리는 아래를 향해 거꾸로 떨어졌습니다. 그리고 떨어지는 부도리를 받아 낸 남자는 부도리를 땅에 내려놓으면서 불같이 화를 냈습니다.

"너도 전혀 근성이 없는 놈이야. 완전히 물러 터졌어. 내가 받아주지 않았으면 넌 이미 머리가 깨졌을 거다. 난 너의 생명의 은인이야.

앞으로 절대 무례한 말을 해서는 안 돼. 자, 이번에는 저쪽 나무로 올라가. 조금 있으면 밥도 줄 거야."

남자는 부도리에게 다시 다른 그물을 건넸습니다. 부도리는 사다리를 들고 다음 나무로 가서 그물을 던졌습니다.

"좋았어. 이제 꽤 잘하는군. 자, 그물은 많이 있어. 게으름 피우지 마. 밤나무라면 어떤 나무든 좋아."

남자는 주머니에서 그물을 열 개 정도 꺼내 부도리에게 건네고는 저쪽으로 빠르게 가버렸습니다. 부도리는 다시 세 개의 그물을 던졌지만 숨이 차오르고 몸이 무거워져 참을 수가 없었습니다. 그만 집으로 돌아가려고 집 쪽으로 가 보았더니 놀랍게도 집에는 어느새 붉은 토관으로 된 굴뚝이 달려 있었고, 입구에는 '이하토브 천잠사 공장'이라고 쓰인 간판이 걸려있었습니다. 그리고 아까의 그 남자가 담배를 피우며 안에서 나왔습니다.

"어이, 꼬마. 먹을 것을 갖고 왔다. 이것을 먹고 어두워지기 전에 조금 더 일을 해."

"전 더는 하기 싫어요. 집에 갈래요."

"집이라는 게 저곳을 말하는 거니? 저곳은 네 집이 아니야. 나의 천잠사 공장이지. 저 집도 이 부근의 숲도 모두 내가 샀으니까."

부도리는 자포자기하고 말없이 남자가 건네준 찐빵을 우적우적 먹었습니다. 그리고 다시 그물을 열 개나 던졌습니다.

그날 밤 부도리는 예전의 자신의 집, 지금은 천잠사 공장이 된 건물 구석에서 웅크리고 잠을 잤습니다.

남자는 서너 명의 낯선 사람들과 늦게까지 화로에 불을 지피며 무언가를 마시며 떠들고 있었습니다. 다음 날 아침 일찍부터 부도리는 숲으로 나와 어제와 마찬가지로 일을 했습니다.

그로부터 한 달이 지나고 숲 속의 모든 밤나무에 그물이 다 걸리자 산누에치기 남자는 이번에는 좁쌀 같은 것이 잔뜩 붙어 있는 판자를 모든 나무에 대여섯 개씩 매달게 했습니다. 그러는 동안 나무는 싹을 피웠고 숲은 푸르게 변했습니다. 그러자 나무에 매달았던 판자 조각에서 작고 푸르스름한 수많은 벌레가 줄줄이 실을 타고 가지로 올라갔습니다.

부도리 일행은 이번에는 매일 땔감을 만들어야 했습니다. 땔감이 집 주변에 산처럼 쌓이고 밤나무 가지에 푸르스름한 끈 모양의 꽃이 가득 필 무렵이 되자, 판자에서 올라갔던 벌레도 밤나무 꽃과 똑같은 색과 모양이 되었습니다. 그리고 그 벌레들은 숲 속의 모든 밤나무 잎을 형체도 남기지 않고 갉아먹었습니다.

그리고 얼마 후 벌레들은 노란색의 커다란 고치를 그물눈마다 매달기 시작했습니다.

산누에치기 남자는 부도리 일행을 미친 듯이 닦달해서 그 고치를 바구니에 모으도록 했습니다. 그리고 이번에는 차례대로 냄비에 넣어 펄펄 끓이고 손으로 물레를 돌리면서 실을 뽑았습니다. 밤낮없이 세 대의 물레를 덜컹덜컹 돌려 실을 뽑았습니다. 그렇게 해서 만들어진 노란색 실이 오두막에 절반 정도 쌓였을 즈음, 밖에 놓아둔 고치에서는 커다랗고 하얀 나방이 팔랑팔랑 날아다니기 시작했습니다. 산누에치기 남자는 완전히 혼이 나간 사람처럼 자신도 죽어라 하고 실을 뽑기 시작했습니다. 마을에서 네 명의 사람을 더 데리고 와서 일을 시켰습니다. 그렇지만 나방은 날마다 늘어났고 마침내 숲 속은 나방으로 가득 차 마치 눈이 내리는 듯했습니다. 그러던 어느 날 예닐곱 대의 짐마차가 와서 지금까지 만들어 두었던 실을 모두 싣고 마을 쪽으로 돌아가기 시작했습니다. 사람들도 한 사람씩 짐마차를 따라갔습니다. 마지막 짐마차가 출발하려고 할 때 산누에치기 남자가 부도리에게 말했습니다.

"이봐, 내년 봄까지 먹을 정도의 식량은 집에 놓아두었다. 그때까지 여기서 숲과 공장을 지키고 있거라."

그러고는 이상하게 싱글벙글하며 짐마차를 따라 재빨리 가버렸습니다.

부도리는 덩그러니 홀로 남았습니다. 집 안은 완전히 난장판이 되어 폭풍이 지나간 자리 같았으며, 숲은 황폐해져서 산불이라도 난 듯했습니다. 다음 날 부도리는 집 안과 주변을 정리하다가 산누에치기 남자가 늘 앉아있던 곳에서 낡은 골판지 상자를 발견했습니다. 상자 안에는 열 권 정도의 책이 빼곡하게 들어있었습니다. 산누에 그림과 기계 그림만 가득해서 전혀 읽을 수 없는 책도 있었고, 여러 가지 나무와 풀의 그림과 이름이 쓰여 있는 책도 있었습니다.

부도리는 열심히 책에 있는 글자와 그림을 따라 그리며 그 겨울을 보냈습니다.

봄이 되자 다시 그 남자가 예닐곱 명의 새로운 일꾼을 데리고 아주 화려한 차림으로 찾아왔습니다. 그리고 다음날부터 작년과 똑같은 일이 시작되었습니다.

그물을 걸고 노란 판자도 매달았으며 벌레는 가지로 기어 올라갔습니다. 부도리 일행은 다시 땔감을 마련하게 되었습니다. 어느 날 아침 부도리 일행이 장작을 패고 있는데 갑자기 땅이 흔들리며 지진이 시작되었습니다. 그리고 저 멀리서 콰광하는 소리가 났습니다.

조금 시간이 지나자 해가 이상하게 어두워지더니 미세한 재가 하늘하늘 내려왔고 숲은 새하얗게 변했습니다. 부도리 일행이 놀라서 나무 아래에 쭈그리고 앉아있자 산누에치기 남자가 허둥지둥 달려왔습니다.

"이봐, 모두들! 이제 틀렸어. 화산이 폭발했다. 분화가 시작됐어. 산누에는 모두 재를 뒤집어쓰고 죽었어. 모두 철수해. 어이, 부도리. 너는 이곳에 있고 싶으면 있어도 좋지만, 이번에는 먹을 것을 줄 수는 없어. 게다가 이곳에 있는 것도 위험해. 너도 마을로 가서 무언가 일을 하는 게 좋을 거야."

산누에치기 남자는 말이 끝나기가 무섭게 달려가 버렸습니다. 부도리가 공장에 갔을 때는 이미 아무도 없었습니다. 부도리는 힘없이 사람들의 발자국이 남은 하얀 재를 밟으며 마을 쪽으로 갔습니다.

수렁논

부도리는 재를 가득 뒤집어쓴 숲길을 반나절 걸으며 마을로 향했습니다. 하얀 재는 바람이 불 때마다 나무에서 부스스 떨어져 마치 연기나 눈보라처럼 보였습니다. 그러나 마을에 가까워질수록 재는 점점 옅어지고 적어졌으며 마침내 나무도 초록색으로 보이기 시작했고, 길에 난 발자국도 더는 보이지 않게 되었습니다.

마침내 숲을 다 빠져나왔을 때 부도리는 자기도 모르게 눈을 크게 떴습니다. 바로 눈앞에서 저 멀리 새하얀 구름이 있는 곳까지 들판은 아름다운 분홍빛과 초록과 회색의 색종이로 만들어진 듯했습니다. 가까이 다가가 보니 분홍빛인 곳에는 키 작은 꽃이 한가득 피어있었고 꿀벌이 꽃에서 꽃으로 바쁘게 돌아다니고 있었습니다. 초록색인 곳에는 작은 이삭을 내밀고 있는 풀이 빼곡하게 자라있었고 회색인 곳은 얕은 진흙의 늪이었습니다. 그리고 그 경계에는 낮고 폭이 좁은 둑이 있었고 사람들은 말을 이용해서 땅을 일구고 있었습니다.

부도리가 한동안 그 둑길을 걷고 있자 길 한가운데에서 두 사람이 싸움이라도 하듯 서로 언성을 높이고 있었습니다. 빨간 수염을 가진 오른쪽 사람이 말했습니다.

"무조건 나는 모험을 해보기로 했어요."

그러자 하얀 삿갓을 쓴 키 큰 할아버지가 말했습니다.

"그만두라면 그만둬야 하는 법이야. 그렇게 비료를 잔뜩 넣으면 짚은 얻어도 곡식은 한 톨도 얻을 수 없단 말이다."

"아니요, 제가 보기에 올해는 지난 삼 년 치의 더위가 한꺼번에 몰려올 게 분명해요. 일 년 안에 삼 년 치를 수확해 보이겠어요."

"그만둬, 그만둬, 그만두라고!"

"아니요, 그만두지 않아요. 꽃은 모두 갈아엎었으니까 이번에는 콩을 육십 뙈기를 심고 닭똥 삼천육백 관을 부을 겁니다. 정말 이렇게 바빠서는 고양이 손이라도 빌리고 싶은 심정입니다."

부도리는 자신도 모르게 다가가서 고개를 숙였습니다.

"그렇다면 저를 써주시지 않겠습니까?"

그러자 두 사람은 깜짝 놀란 듯 얼굴을 들더니 턱에 손을 대고 잠시 부도리를 보고 있었습니다. 그러더니 빨간 수염이 갑자기 웃기 시작했습니다.

"좋아, 좋아. 너에게 말의 써레질 고삐를 부탁하면 되겠구나. 곧장 나를 따라와. 그러면 먼저 갈게요. 성공하는지 실패하는지 가을까지 지켜보세요. 자, 가자. 정말로 고양이 손이라도 빌리고 싶은 때다."

빨간 수염은 부도리와 할아버지에게 번갈아 이야기하며 서둘러 앞장을 섰습니다.

"나이 든 사람 말을 듣지 않으면 언젠가는 후회하게 될 텐데……."

뒤에서는 할아버지가 중얼거리면서 한동안 이쪽을 바라고 보고 있는 듯했습니다.

그로부터 부도리는 날마다 날마다 수렁논에 들어가 말을 이용해서 진흙을 갈아엎었습니다. 하루가 지날 때마다 분홍색 색종이도 초록색 색종이도 계속해서 엎어지고 진흙 늪으로 바뀌었습니다. 말은 이따금 진흙물을 첨벙하고 밟아 사람들의 얼굴에 튀게 했습니다. 수렁논 하나가 끝나면 바로 다음 수렁논으로 들어갔습니다. 하루가 무척이나 길게 느껴졌고 해가 질 무렵이면 자신이 걷고 있는지 어떤지조차 알 수 없을 정도로 피곤했습니다. 진흙이 사탕처럼, 물이 수프처럼 느껴지기도 했습니다. 바람이 불어와 가까이에 있는 흙탕물에 물고기 비늘 같은 물결을 일으켰고 멀리 있는 곳의 물을 양철색으로 만들었습니다. 하늘에는 날마다 달콤새콤할 것 같은 구름이 천천히 천천히 흘러갔으며 그 모습이 정말로 부러워 보였습니다.

이렇게 스무날이 지나자, 마침내 수렁논은 완전히 질퍽질퍽해졌습니다. 다음 날 아침부터 주인은 무척 신이 나서 곳곳에서 불러 모은 사람들과 함께 수렁논에 창 모양의 초록색 오리자 모를 가득 심었습니다. 열흘 정도 모심기가 끝나자 이번에는 매일 부도리 일행을 데리고 지금까지 일을 도와 주웠던 사람들의 집으로 일을 하러 갔습니다. 한차례 그 일도 끝나자 이번에는 다시 자신의 수렁논으로 돌아와서 매일 김매기를 했습니다. 주인의 모는 까맣게 보일 정도로 크게 자랐지만, 옆의 수렁논은 희미한 연초록색이었기 때문에 멀리서 봐도 두 사람의 수렁논은 확실하게 그 경계를 알아볼 수 있었습니다. 일주일 동안의 김매기가 끝나자 다시 다른 곳에 일을 도와주러 갔습니다.

그러던 어느 날 아침, 주인은 부도리를 데리고 자신의 수렁논을 지나가다가 갑자기 '앗!' 하고 소리치며 그 자리에 우뚝 섰습니다. 주인은 입술까지 파랗게 변한 채 멍하니 앞을 응시하고 있었습니다.

"병이 생겼어."

마침내 주인이 말했습니다.

"머리라도 아프세요?"

부도리가 물었습니다.

"내가 아픈 게 아니라 오리자 말이다. 여기."

주인은 앞에 있는 오리자를 가리켰습니다. 부도리는 쭈그리고 앉아 오리자를 살펴보았습니다. 정말로 모든 잎에 지금까지 본 적이 없는 빨간 점들이 생겨있었습니다. 주인은 입을 다문 채 힘없이 수렁논을 한 바퀴 돌아보더니 집으로 돌아가기 시작했습니다. 부도리도 걱정스러운 마음에 따라갔습니다. 주인은 말없이 수건을 물에 적셔 머리에 올린 채 그대로 마루에서 잠들어 버렸습니다. 그러자 잠시 후 주인의 아내가 밖에서 뛰어들어 왔습니다.

"오리자에 병이 생겼다는 것이 사실이에요?"

"응, 이제 틀렸어."

"어떻게 방법이 없나요?"

"안될 거야. 오 년 전이랑 완전히 똑같아."

"그러니까 제가 모험 같은 거 하지 말라고 했잖아요. 할아버지도 그렇게 말리셨는데."

아내는 흑흑 흐느끼기 시작했습니다. 그러자 주인은 갑자기 기운을 차리고 벌떡 일어났습니다.

"좋아. 이하토브 마을에서 손꼽히는 농사꾼인 내가 이까짓 일에 질 수는 없지. 좋아. 내년에는 꼭 성공해 보이겠어. 부도리, 우리 집에 온 후부터 아직 하룻밤도 실컷 잔 적 없었지. 자, 닷새든 열흘이든 좋으니까 질릴 만큼 자거라. 그다음에는 내가 수렁논에서 재미있는 마술을 보여주마. 그 대신에 올겨울은 계속 메밀만 먹어야 한다. 메밀은 좋아하니?"

그리고 주인은 재빨리 모자를 쓰고 밖으로 나갔습니다.

부도리는 주인이 말한 대로 창고에 들어가서 자려고 했지만 왠지 수렁논이 걱정되어 참을 수가 없었기 때문에 다시 어슬렁거리며 논으로 갔습니다. 그러자 언제 왔는지 주인이 홀로 팔짱을 낀 채 둑에 서 있었습니다. 오리자는 잎만 간신히 내밀고 있을 뿐 수렁논에는 물이 가득했고, 물 위로 석유가 번들번들 떠 있었습니다. 주인이 말했습니다.

"지금 이 병충을 죽이는 중이야."

"석유로 병충이 죽나요?"

부도리가 물었습니다.

"사람이라도 머리까지 석유에 잠기면 죽지."

주인은 후욱— 숨을 들이마시고 목을 움츠렸습니다. 그때 아래쪽의 수렁논 주인이 어깨를 치켜세우고 씩씩거리며 달려와서 큰 소리로 외쳤습니다.

"어째서 기름 따위를 물에 넣은 거야? 전부 흘러서 내 논으로 들어오고 있잖아."

주인은 기다리고 있었다는 듯 차분하게 대답했습니다.

"어째서 기름 따위를 물에 넣은 건가 하면…… 오리자에 병충해가 생겼기 때문에 기름 따위를 물에 넣은 거네."

"그러면 어째서 내 논 쪽으로 보내는 거지?"

"어째서 자네 논 쪽으로 보내는가 하면 물이 흐르니까 기름도 따라 흐르는 거네."

"그러면 어째서 내 논 쪽으로 물이 흐르지 않도록 물꼬를 막지 않는 거지?"

"어째서 자네 논 쪽으로 물이 흐르지 않도록 물꼬를 막지 않았는가 하면…… 그곳은 내 것만이 아녀서 막지 못한 거네."

아래쪽 논의 남자는 화가 머리끝까지 치솟아 더는 말도 하지 못한 채 갑자기 물속으로 철벅철벅 들어가 자신의 물꼬에 진흙을 쌓기 시작했습니다. 주인은 씩 웃었습니다.

"저 남자는 까다로운 사람이거든. 내가 물꼬를 막으면 막았다고 화를 낼 테니까 일부러 직접 막게 한 거야. 저곳을 막기만 하면 오늘 밤 안에 물이 차올라서 오리자는 완전히 잠길 거야. 자, 돌아가자."

주인은 앞장서서 빠른 걸음으로 집을 향해 걷기 시작했습니다.

다음 날 아침 부도리는 다시 주인과 함께 수렁논으로 가보았습니다. 주인은 물속에서 잎을 한 장 뜯어 꼼꼼하게 살펴보았지만 역시 씁쓸한 표정이었습니다. 그다음 날도 마찬가지였습니다. 그다음 날도 마찬가지였습니다. 그다음 날도 마찬가지였습니다. 그다음 날 아침, 마침내 주인은 결심한 듯 말했습니다.

"자, 부도리. 이제 이곳에 메밀 씨를 뿌리자. 넌 저기에 가서 옆집의 물꼬를 터놓고 오렴."

부도리는 시키는 대로 물꼬를 터놓고 왔습니다. 석유가 들어간 물은 무서운 기세로 옆 논으로 흘러갔습니다. 분명히 다시 화를 내며 오겠구나, 생각하고 있는데 점심시간쯤 역시 옆 논의 주인이 커다란 바구니를 들고 나타났습니다.

"이봐! 어째서 남의 논에 석유를 흘려보내는 거야?"

주인은 다시 침착한 목소리로 대답했습니다.

"석유를 흘려보내는 것이 왜 나쁜 건가?"

"오리자가 모두 죽어버리잖나!"

"오리자가 전부 죽을지, 오리자가 전부 죽지 않을지는 먼저 내 수렁논의 오리자를 보고 말하게. 오늘까지 나흘 동안 석유에 완전히 잠겨있었지만 이처럼 멀쩡하지 않은가. 빨개진 것은 병충해 때문이고, 힘이 있는 것은 석유 덕분이라네. 자네 논에서는 석유가 오리자의 아랫부분만 통과할 따름이지 않나. 오히려 더 좋을지도 모르네."

"석유 거름이 되는 건가?"

남자는 표정을 조금 누그러뜨렸습니다.

"석유 거름이 될지 안될지는 모르지만, 여하튼 석유는 기름이지 않은가."

"뭐, 석유는 기름이지."

남자는 완전히 기분이 풀려서 웃었습니다. 물은 계속해서 빠져나갔으며 오리자는 순식간에 뿌리 부근까지 나왔습니다. 빨간 점이 가득 생겨서 불에 구운 듯했습니다.

"난 이제 오리자를 베어낼 거야."

주인은 웃으면서 말하고는 부도리와 함께 차례대로 오리자를 베어내고, 그 자리에 바로 메밀 씨를 뿌리고 흙을 덮었습니다. 그리고 그 해에는 주인이 얘기한 대로 정말로 메밀만 먹었습니다. 다음 해 봄이 되자 주인이 말했습니다.

"부도리, 올해는 수렁논이 작년보다 삼 분의 일이 줄었기 때문에 일은 상당히 편할 거야. 그 대신에 너는 죽은 내 아들이 읽었던 책으로 열심히 공부해서 지금까지 나를 투기가라고 비웃었던 사람들을 깜짝 놀라게 할 만큼 훌륭한 오리자를 만들 궁리를 해줘."

그리고 부도리에게 많은 책을 건넸습니다. 부도리는 여유시간을 이용해 책을 차례대로 읽었습니다. 그중에서 특히 '구보'라는 인물의 사고방식을 설명한 책은 무척 재미있었기 때문에 몇 번이나 읽었습니다. 또한, 그 사람이 이하토브 시에서 '한 달 학교'를 운영하고 있다는 것을 알고는 가서 꼭 배워보고 싶다고 생각하기도 했습니다.

그리고 그 여름에 부도리는 일찌감치 커다란 공을 세웠습니다. 작년과 비슷한 시기에 다시 오리자에 병충해가 생기려고 하는 것을 나뭇재와 소금을 이용해서 막았던 것입니다. 그리고 팔월 중순이 되자 오리자는 모두 이삭을 맺기 시작했고 이삭 하나하나마다 작고 하얀 꽃이 피었으며, 꽃은 점점 물빛 벼로 바뀌어서 바람에 흔들흔들 물결처럼 일렁이게 되었습니다. 주인의 자신감은 절정에 이르렀고 만나는 사람마다 자랑을 했습니다.

"어떤가? 나도 오리자에 투자해 4년 동안 실패했지만, 올해는 한 번에 4년 치를 수확할 수 있지. 이것도 제법 괜찮은걸."

그런데 그다음 해에는 순조롭지 못했습니다. 모심기를 할 즈음부터 비가 전혀 내리지 않았기 때문에 수로는 말라버렸고 늪에는 금이 갈라졌으며, 가을 수확은 겨우 겨울을 날 수 있을 정도였습니다. 내년에는 꼭 성공하겠다고 다짐했지만 다음 해도 똑같은 가뭄이었습니다. 이후에도 내년에는 꼭, 내년에는 꼭, 하고 생각했지만 주인은 점점 거름 값도 벌 수 없게 되었으며 말도 팔고 논도 계속해서 팔았습니다.

어느 가을날, 주인은 부도리에게 괴로운 듯 말했습니다.

"부도리, 나도 원래는 이하토브의 큰 농부였단다. 돈도 꽤 벌어보았지만 이따금 오는 한파와 가뭄 때문에 수렁논도 이제는 삼 분의 일밖에 남아있지 않고, 내년에는 거름도 줄 수 없는 상황이란다. 이런 식으로 가다가는 언젠가 네가 일한 보수도 주지 못할 거야. 그리고 한창 일할 젊은 나이에 내 옆에만 있는 것도 너무 아까운 일이지. 미안하지만 이것을 갖고 어디든 가서 좋은 기회를 찾아보게나."

그리고 주인은 한 꾸러미의 돈과 새로 지은 감색 베옷과 빨간 가죽구두를 부도리에게 주었습니다.

부도리는 지금까지 일이 힘들었던 것도 잊고 아무것도 필요 없으니까 이곳에서 일하고 싶다는 생각이 들었습니다. 그러나 남아있다고 해도 할 일도 그다지 없어서 주인에게 몇 번이나 감사의 인사를 하고, 6년 동안 일했던 수렁논과 주인에게 이별을 고하고 정거장을 향해 걷기 시작했습니다.

구보 대박사

부도리는 두 시간을 걸어 정거장으로 갔습니다. 그리고 표를 사서 이하토브행 기차를 탔습니다. 기차는 수많은 수렁논을 계속해서 뒤로 보내며 쏜살같이 달렸습니다. 그 너머로 수많은 검은 숲이 다음에서 다음으로 모양을 바꾸며 마찬가지로 뒤에 남겨졌습니다. 부도리는 여러 가지 생각으로 가슴이 벅찼습니다. 빨리 이하토브에 도착해서 그 친절한 책을 쓴 구보라는 사람을 만나고, 가능하다면 일을 하면서 공부를 하고 싶었습니다. 그래서 사람들이 그렇게 괴로움을 겪지 않고 수렁논을 만드는 방법을 찾고 화산재나 가뭄, 한파를 이기는 방법을 찾고 싶다고 생각했습니다. 그런 생각들로 가득 차서 부도리는 기차마저 느린 듯 답답하게 느껴졌습니다.

기차는 그날 오후 이하토브 시에 도착했습니다. 정거장을 한걸음 나서자 땅 밑에서 솟아나는 듯한 윙윙거리는 울림과 잔뜩 흐린 검은 공기, 오가는 많은 자동차에 부도리는 한동안 멍하니 서 있었습니다. 간신히 정신을 차리고 주변 사람에게 구보 박사의 학교로 가는 길을 물었습니다. 그러자 사람들은 모두 부도리의 너무 진지한 얼굴을 보고 웃음을 터뜨렸습니다.

"그런 학교는 몰라."

"대여섯 블록 더 가서 물어보세요."

부도리가 간신히 학교를 찾아낸 것은 이미 저녁 무렵이었습니다. 무너질 듯 낡고 커다란 흰색 건물 이 층에서 누군가가 큰 소리로 떠들고 있었습니다.

"안녕하세요!"

부도리는 크게 외쳤지만 아무도 나오지 않았습니다.

"안녕하세요오!"

부도리는 다시 있는 힘껏 외쳤습니다. 그러자 바로 머리 위에 있는 이 층 창문에서 큰 회색 얼굴이 나타났고 두 개의 안경알이 반짝하고 빛났습니다.

"지금 수업 중이야. 시끄러운 녀석이군. 용무가 있으면 들어와."

안경 쓴 남자는 호통을 치고는 곧바로 얼굴을 집어넣었습니다. 안에서는 일제히 와아하고 웃음을 터뜨렸고, 그 사람은 개의치 않고 다시 큰소리로 무언가를 떠들어댔습니다.

부도리는 발소리가 나지 않도록 조심하며 이 층으로 올라갔습니다. 계단 끝에 문이 열려 있었고 아주 큰 교실이 정면에 나타났습니다. 안에는 다양한 복장의 학생들이 잔뜩 모여 있었습니다. 맞은편은 커다란 검은 벽이었으며 그곳에 많은 하얀 선이 그어져 있었고, 조금 전 키가 크고 안경을 쓴 사람이 커다란 망루 형태의 모형을 이곳저곳 가리키며 아까와 같은 큰 목소리로 설명하고 있었습니다.

부도리는 그것을 한 번 보고는 선생님의 책에 쓰여 있었던 '역사의 역사'의 모형이라고 생각했습니다. 선생님은 웃으면서 손잡이 하나를 돌렸습니다. 모형은 찰칵하는 소리를 내더니 기이한 배 같은 형태가 되었습니다. 다시 찰칵하고 손잡이를 돌리자 이번에는 커다란 지네 같은 모양이 되었습니다.

학생들은 도저히 모르겠다는 듯 계속해서 고개를 갸웃거렸지만 부도리는 재밌기만 했습니다.

"그래서 이런 그림이 만들어진다."

선생님은 검은 벽에 복잡하게 얽힌 그림을 계속해서 그렸습니다. 왼손에도 분필을 든 채 빠르게 그려나갔습니다. 학생들은 모두 열심히 선생님을 따라 그렸습니다. 부도리도 수렁논에서부터 이곳까지 가져온 낡은 수첩을 주머니에서 꺼내 그림을 따라 그렸습니다. 선생님은 필기를 마치자 단상 위에 똑바로 서서 학생들을 유심히 둘러보았습니다. 필기를 마친 부도리가 그림을 가로세로로 돌려가며 보고 있자, 옆에 있던 한 학생이 후아아— 하고 하품을 했습니다. 부도리는 그 학생에게 살짝 물었습니다.

"저기, 선생님 성함이 어떻게 되죠?"

그러자 학생은 부도리를 업신여기듯 비웃으면서 대답했습니다.

"구보 박사님이잖아. 몰랐던 거야?"

그러고는 부도리의 모습을 뚫어지게 쳐다보았습니다.

"처음부터 이런 그림을 그릴 수 있을 것 같아? 나도 같은 강의를 벌써 6년이나 듣고 있다고."

학생은 그렇게 말하고 자신의 노트를 주머니에 감췄습니다. 그때 교실에 불이 켜졌습니다. 이미 저녁이 되었던 것입니다. 박사가 맞은편에서 말했습니다.

"어느새 저녁도 되었고 내 강의도 모든 과목이 끝났다. 제군들 가운데 희망자는 평상시처럼 노트를 내게 보여주고 몇 개의 질문을 받은 후 소속을 정하도록."

학생들은 우우— 하고 소리를 지르며 모두 허둥지둥 노트를 덮었습니다. 그리고 대부분의 학생은 그대로 돌아가 버렸지만 오륙십 명은 줄을 서서 박사 앞을 지나가며 노트를 펼쳐 보였습니다. 박사는 노트를 슬쩍 본 후 한두 마디 질문을 한 후 옷깃에 분필로 '합격' '불합격' '분발' 등을 썼습니다. 학생들은 기다리는 동안 무척이나 초조한 듯 목을 움츠리고 있다가, 복도까지 나가서 친구들이 옷깃에 적힌 판정을 읽어주면 기뻐하기도 하고 낙담하기도 했습니다.

시험이 끝나고 마침내 부도리 혼자만 남았습니다. 부도리가 그 작고 지저분한 수첩을 꺼냈을 때 구보 박사는 하품을 크게 하면서 몸을 숙였기 때문에 수첩은 자칫 구보 박사의 입속으로 빨려들어 갈듯 했습니다.

그런데 박사는 흥미로운 듯 숨을 한 번 쉬더니 말했습니다.

"좋아. 상당히 정확하게 그렸군. 그 옆에 쓴 것은 뭐지. 하하하, 수렁논의 비료와 말 사료에 관한 것이군. 그러면 질문에 대답해보게. 공장의 굴뚝에서 나오는 연기의 색깔은 어떤 종류가 있지?"

부도리는 자신도 모르게 큰 소리로 대답했습니다.

"검은색, 갈색, 노란색, 회색, 흰색, 무색, 그리고 이 색들의 혼합입니다."

박사는 웃었습니다.

"무색 연기는 아주 좋은 대답이야. 그렇다면 형태에 대해 말해보게."

"바람이 없고 연기의 양이 제법 많으면 기둥을 세워놓은 듯이 되지만 이후 점점 퍼집니다. 구름이 낮게 깔린 날에는 기둥은 구름까지 올라가 그곳에서 옆으로 퍼집니다. 바람이 있는 날에는 기둥이 기울어지는데 그 각도는 바람의 정도에 따릅니다. 물결 모양이나 여러 개로 잘리는 것은 바람의 영향이기도 하지만, 연기에 무거운 가스가 섞이면 굴뚝 입구에서 주머니 모양이 되어 한 방향이 아닌 사방으로

떨어지는 때도 있습니다."

박사는 다시 웃었습니다.

"잘했어. 자네는 어떤 일을 하고 있나?"

"일을 찾으러 왔습니다."

"재미있는 일이 있어. 명함을 줄 테니까 곧바로 그곳으로 가게."

박사는 명함을 꺼내 무언가를 쓱쓱 적고는 부도리에게 주었습니다. 부도리가 인사를 하고 문을 나가려고 하자 박사는 살짝 눈인사를 하고는 낮게 중얼거렸습니다.

"뭐야, 쓰레기를 태우고 있는 건가."

그리고 탁자 위에 있던 가방에 분필 조각과 손수건, 책 등을 모두 던져 넣고는 가방을 겨드랑이에 낀 채 아까 얼굴을 내밀었던 창문으로 휙하고 날아가 버렸습니다. 깜짝 놀란 부도리가 창가로 달려가 보니, 박사는 어느새 장난감 같은 작은 비행선을 타고 직접 핸들을 잡은 채 이미 저 멀리 푸르스름한 안개가 덮인 마을 위로 날아가고 있었습니다. 부도리가 완전히 얼이 빠져 보고 있자, 박사는 어느새 건너편에 있는 커다란 회색 건물의 평평한 지붕에 도착해서 비행선을 갈고리 같은 것에 연결하더니 그대로 건물 속으로 쑥 들어가고는 보이지 않았습니다.

이하토브 화산국

부도리가 구보 박사에게 받은 명함의 주소를 물어 마침내 도착한 곳에는 커다란 갈색 건물이 있었습니다. 건물 뒤에는 항아리 모양의 높은 기둥이 밤하늘에 하얗게 솟아 있었습니다. 부도리가 현관으로 올라가 초인종을 누르자 곧 사람이 나왔으며 부도리가 내민 명함을 보더니 곧바로 끝에 있는 커다란 방으로 안내했습니다. 방에는 이제까지 본 적이 없을 정도로 커다란 테이블이 있었고 그 한가운데에 머리가 조금 희끗희끗한 인상 좋은 멋진 사람이 바른 자세로 앉아 귀에 수화기를 댄 채 무언가를 적고 있었습니다. 그리고 부도리가 들어가자 바로 옆의 의자를 가리키고는 계속해서 무언가를 적고 있었습니다.

그 방 오른쪽 벽은 아름답게 색칠된 커다란 이하토브 전체의 모형으로 가득 메워져 있었습니다. 모형은 철도와 마을, 강과 들판도 모두 한눈에 알 수 있게 되어 있었습니다. 그 한가운데를 달리는 등뼈 같은 산맥과 해안을 따라 가장자리를 둘러놓은 듯한 산맥, 그리고 산맥에서 바닷속으로 가지를 뻗어 점점이 섬을 만들고 있는 산에는 모두 빨강이나 주황, 노랑의 전구가 붙어 있어서 계속해서 색깔이 바뀌기도 했고 지잉하고 매미 소리처럼 울리기도 했으며 숫자가 나타났다가는 사라지고 있었습니다. 벽 아래쪽에는 백 대도 넘는 검은색 타자기 같은 것이 세 줄로 놓여 있었으며 모두 조용히 움직이거나 울리고 있었습니다. 부도리가 넋을 잃고 바라보고 있자 그 사람이 수화기를 딸각하고 내려놓고 주머니에서 명함지갑을 꺼내 명함 한 장을 부도리에게 내밀며 말했습니다.

"당신이 구스코 부도리 씨입니까? 저는 이런 사람입니다."

명함에는 이하토브 화산국 기사 펜넨나무라고 적혀 있었습니다. 부도리가 제대로 인사도 하지 못하고 머뭇머뭇하자 그 사람은 친절하게 덧붙였습니다.

"아까 구보 박사에게 전화를 받고 기다리고 있었습니다. 앞으로 이곳에서 일을 하면서 확실하게 공부를 해보기 바랍니다. 이곳의 일은 작년에 막 시작되었지만 책임이 막중한 일입니다. 게다가 언제 분화할지 모르는 화산 위에서 해야 하는 일이 절반입니다. 화산의 성질은 학문으로는 좀처럼 알기 어렵습니다. 우리는 앞으로 아주 정확하게 해내야 합니다. 그러면…… 저곳에 당신이 머물 곳이 있으니까 오늘은 푹 쉬세요. 내일 이 건물을 전부 안내하겠습니다."

다음 날 아침 부도리는 펜넨 노기사를 따라 건물 안을 구석구석 살피면서 다양한 기계와 설비에 대해 상세하게 배웠습니다. 그 건물 안에 있는 모든 기계는 이하토브 안에 있는 삼백여 개의 활화산과 휴화산에 연결되어 있어서 화산이 연기나 재를 뿜어내거나 용암이 흐르는 모습은 물론, 겉으로는 조용한 오래된 휴화산이라도 그 속의 용암이나 가스의 모습부터 산의 형태 변화까지가 모두 숫자와 도표가 되어 나타나고 있었습니다. 그리고 큰 변화가 있을 때마다 모형은 각각의 다른 소리로 울리게 되어 있었습니다.

부도리는 그날부터 펜넨 노기사를 따라다니며 모든 기계의 취급 방법과 관측 방법을 배웠으며 낮이고 밤이고 열심히 일하고 공부했습니다. 그리고 2년이 지나자 부도리는 다른 사람들과 함께 곳곳의 화산에 기계를 장착하거나 장착된 기계를 수선하기도 했기 때문에, 부도리는 이미 삼백여 개의 화산과 그 움직임을 손바닥 들여다보듯 훤하게 알 수 있게 되었습니다.

실제로 이하토브는 매일 칠십여 개의 화산이 연기를 내뿜거나 용암을 흘려보내고 있었으며, 오십여 개의 휴화산도 갖가지 가스를 내뿜거나 뜨거운 물을 흘려보내고 있었습니다. 그리고 남은 백육칠십 개의 사화산 가운데에서도 언제 다시 무언가가 시작될지 알 수 없는 것도 있었습니다.

어느 날 부도리가 노기사와 함께 일을 하고 있는데 갑자기 산무토리라고 하는 남쪽 해안의 화산이 뭉게뭉게 연기를 뿜는 것이 기계에 감지되었습니다. 노기사가 외쳤습니다.

"부도리 군! 산무토리는 오늘 아침까지 아무 움직임도 없었지?"

"네. 지금까지 산무토리가 움직이는 것을 본 적은 없습니다."

"이런! 곧 분화가 일어날 거야. 오늘 아침의 지진이 자극이 된 거야. 이 산에서 북쪽으로 10킬로미터 지점에는 산무토리 시가 있어. 이번에 폭발하면 아마도 산의 북쪽 삼 분의 일을 날려버릴 거야. 소나 책상만 한 바위는 뜨거운 재와 가스와 함께 산무토리 시로 우두둑 떨어질 것이고. 아무래도 당장 바다로 향한 쪽에 구멍을 뚫어 가스를 빼내거나 용암을 흘려보내지 않으면 안 되겠어. 당장 함께 가보세."

두 사람은 바로 준비를 해서 산무토리행 기차를 탔습니다.

산무토리 화산

두 사람은 다음 날 아침 산무토리 시에 도착해서 점심 즈음에 산무토리 화산 정상 부근의 관측기계가 설치된 가건물로 올라갔습니다. 그곳은 산무토리 산 옛 분화구의 외륜산이 바다 쪽을 향해 패여 있는 곳으로, 가건물의 창문에서 바라보면 바다는 파란색과 회색의 수많은 줄무늬로 보였으며 그 속을 검은 연기를 뿜어내는 기선들이 은색의 배 자국을 끌며 미끄러지고 있었습니다.

노기사는 조용히 모든 관측기기를 조사하고는 부도리에게 말했습니다.

"자네는 이 산이 앞으로 며칠 정도 지나면 분화할 것으로 생각하나?"

"한 달을 넘지 않으리라고 생각합니다."

"한 달은 넘지 않지. 열흘도 넘지 않을 거야. 빨리 처리하지 않으면 돌이킬 수 없게 돼. 내 생각에는 바다를 향한 쪽에서는 저쪽이 가장 약할 것 같네만."

노기사는 산 중턱 계곡 위의 연두색 초원을 가리켰습니다. 그곳을 구름 그림자가 조용하게 푸른색으로 미끄러지고 있었습니다.

"저곳에는 용암층이 두 개밖에 없어. 나머지는 부드러운 화산재와 화산자갈층이야. 게다가 저곳까지는 목장길이 잘 뻗어있어서 목재를 운반하는 데에도 불편하지 않아. 내가 작업반을 요청하지."

노기사는 바쁘게 화산국으로 발신을 보내기 시작했습니다. 그때 발아래에서 무언가가 무너지는 듯한 소리가 희미하게 났고 관측소는 한동안 우지끈우지끈 삐걱댔습니다. 노기사는 기계에서 떨어졌습니다.

"화산국에서 곧 작업반이 올 듯하다. 작업반이라고 해도 어느 정도는 결사대라고 해야겠지. 나는 지금까지 이렇게 위험이 임박한 일을 해본 적이 없어."

"열흘 안에 할 수 있을까요?"

"분명히 할 수 있어. 설치하는 데에 사흘, 산무토리 시 발전소에서 전선을 끌어오는 데 닷새 정도 걸리려나."

기사는 잠시 손가락을 꼽으면서 생각하다가 마침내 안심한 듯 다시 조용히 말했습니다.

"부도리 군. 어찌 됐건 차 한 잔 마시지. 경치가 너무 아깝지 않나."

부도리는 가져온 알코올램프에 불을 붙이고 차를 끓이기 시작했습니다. 하늘에는 점점 구름이 많아졌고, 해도 이미 졌는지 바다는 쓸쓸한 회색빛으로 바뀌었으며 많은 물결 마루가 일제히 화산 기슭으로 밀려왔습니다.

부도리는 바로 눈앞에서 언젠가 본 적이 있는 이상한 모양의 작은 비행선이 날고 있는 것을 발견했습니다. 노기사는 반색을 하며 뛰어나갔습니다.

"아! 구보 군이 왔어!"

부도리도 따라서 관측소를 뛰어나갔습니다. 비행선은 이미 가건물 왼쪽의 커다란 바위 위에 멈췄고 안에서 키가 큰 구보 박사가 가볍게 뛰어내렸습니다. 박사는 잠시 바위의 갈라진 틈을 찾는 듯하더니 마침내 발견했는지 재빨리 나사를 박아 비행선을 연결했습니다.

"차 한 잔 얻어 마시려고 왔어. 산이 흔들리고 있나?"

박사는 싱글싱글 웃으면서 말했습니다. 노기사가 대답했습니다.

"아직 그렇지는 않아. 하지만 아무래도 바위가 위에서 부슬부슬 떨어지고 있는 듯해."

바로 그때 갑자기 산이 화가 난 듯 울리기 시작했고 부도리는 눈앞이 새파래지는 듯했습니다. 산은 계속해서 들썩들썩 흔들렸습니다. 구보 박사도 펜넨 기사도 웅크리고 앉아 바위에 매달려 있었고, 비행선도 커다란 파도에 실린 배처럼 천천히 흔들리고 있었습니다.

간신히 지진이 멈추자 구보 박사는 일어나서 재빨리 가건물로 들어갔습니다. 안에서는 찻잔이 뒤집혀 있었고 알코올램프가 파랗게 반짝반짝 타오르고 있었습니다. 구보 박사는 기계를 꼼꼼하게 조사한 후 펜넨 기사와 여러 가지 이야기를 했습니다. 그리고 마지막에 말했습니다.

"아무래도 내년에는 조력발전소를 전부 만들어야겠어. 그렇게 된다면 지금 같은 경우 당일에 공사를 할 수 있고, 부도리 군이 말한 수렁논의 비료도 내리게 할 수 있어."

"가뭄 따위는 조금도 무서워할 필요가 없어지지."

펜넨 기사도 말했습니다. 부도리는 가슴이 두근거렸습니다. 산조차도 기뻐서 춤을 추는 듯했습니다. 실제로 산은 그때 격렬하게 흔들렸고 부도리는 바닥에 내동댕이쳐져 있었습니다. 박사가 말했습니다.

"제법 센걸. 이번 진동은 산무토리 시에서도 꽤 느껴졌을 거야."

펜넨 기사가 말했습니다.

"지금 진동은 내 발밑에서 북쪽으로 1킬로미터, 지표 밑 7백 미터 부근이야. 이 관측소의 6, 70배 정도 되는 바윗덩어리가 용암 속에 떨어진 듯하군. 그런데 가스가 마지막 바위 표면을 뚫고 나오려면 그런 바윗덩어리를 백 개, 이백 개는 용암 안에 받아내야 해."

구보 박사는 잠시 생각에 잠기더니 갑자기 일어났습니다.

"그래, 난 이제 가보겠네."

그리고 관측소를 나가더니 어느새 비행선에 휘익 올라탔습니다. 펜넨 기사와 부도리는 구보 박사가 헤드라이트를 두세 번 흔들어 인사를 하면서 산을 돌아 저편으로 가는 것을 지켜보고는 다시 관측소로 들어가 교대로 잠을 자면서 관측을 했습니다. 그리고 새벽녘 산기슭에 작업반이 도착하자 펜넨 기사는 부도리를 관측소에 홀로 남겨두고 어제 지적했던 초원으로 내려갔습니다. 밑에서 바람이 불어올 때면 사람들의 소리, 철재가 부딪히는 소리가 손에 잡힐 듯 가까이 들렸습니다. 펜넨 기사는 쉴 새 없이 공사의 진행 상황을 알려왔으며, 가스의 압력과 산 형태의 변화도 물어왔습니다. 그로부터 사흘 동안 격렬한 지진과 울림이 계속되었고 부도리도, 산기슭에 있는 사람들도 거의 잠을 잘 시간조차 없었습니다. 그리고 나흘째의 오전, 펜넨 기사의 발신이 있었습니다.

"부도리 군. 준비가 완전히 끝났어. 서둘러서 내려와. 관측기계는 한번 살펴본 후 그대로 두고, 관측표는 전부 갖고 내려와야 해. 그 관측소는 오늘 오후가 되면 사라질 거니까."

부도리는 펜넨 기사의 말대로 준비를 한 후 산에서 내려왔습니다. 그곳에는 화산국 창고에 있었던 커다란 철재가 완벽하게 망루로 조립되어 있었고, 여러 가지 기계들은 전류만 들어오면 곧 작동할 수 있게 되어 있었습니다. 펜넨 기사의 볼은 홀쭉해졌고 작업반 사람들도 창백한 얼굴에 눈만 반짝였지만 그래도 모두 웃으면서 부도리에게 인사를 했습니다.

펜넨 기사가 말했습니다.

“이제 철수하자. 모두 준비해서 차에 타도록.”

사람들은 급히 서둘러 스무 대의 자동차에 탔습니다. 차는 줄을 지어 산기슭을 쏜살같이 벗어나 산무토리 시로 달렸습니다. 산과 마을의 딱 중간 부분에서 펜넨 기사는 자동차를 정지시켰습니다.

“이곳에 천막을 치도록. 그리고 모두 잠을 자두도록 한다.”

사람들은 말 한마디 없이 시키는 대로 천막을 치고 쓰러지듯 잠이 들었습니다. 그날 오후, 펜넨 기사는 수화기를 내려놓고 외쳤습니다.

“자, 전선이 도착했다. 부도리 군, 시작한다.”

펜넨 기사는 스위치를 켰습니다. 부도리 일행은 천막 밖으로 나와 산무토리 산의 중턱을 응시했습니다. 들판에는 흰 백합이 가득 피어 있었으며 그 너머로 산무토리 산이 푸르게 솟아 있었습니다.

갑자기 산무토리 산의 왼쪽 기슭이 흔들흔들 흔들렸으며 새까만 연기가 화악 솟아오르더니 순식간에 하늘까지 치솟아 이상한 버섯 모양이 되었습니다. 그리고 그 밑동에서 황금색 용암이 번쩍번쩍 흘러나와 순식간에 부채꼴로 퍼지면서 바다로 흘러들어 갔습니다. 동시에 지면은 격렬하게 흔들렸고 백합꽃도 흔들렸으며, 콰광하는 커다란 소리가 모든 것을 쓰러뜨릴 듯 커다랗게 울렸습니다. 그리고 바람이 휘익 불어왔습니다.

“해냈다, 해냈어!”

사람들은 산기슭을 향해 손을 뻗으며 크게 외쳤습니다. 산무토리 산의 연기는 무너지듯 하늘 전체로 퍼졌고 순식간에 하늘은 새까매졌으며 뜨거운 돌멩이가 투둑투둑투둑 떨어졌습니다. 사람들은 천막으로 들어가 걱정스러운 듯 기다렸지만, 펜넨 기사는 시계를 보면서 침착하게 말했습니다.

"부도리 군, 순조롭게 끝났어. 이제 위험은 완전히 사라졌어. 마을쪽에 재가 조금 날리는 정도뿐일 거야."

돌멩이는 점점 재로 바뀌었습니다. 그리고 그 재도 머지않아 옅어졌으며 사람들은 천막 밖으로 뛰어나왔습니다. 들판은 온통 회색이 되었고 재는 3센티미터 정도 쌓였으며 백합꽃은 모두 꺾여 잿더미에 파묻혔고 하늘은 이상하게 초록색이었습니다. 그리고 산무토리 산의 산기슭에는 작은 혹이 생겨 있었으며 그 혹에서 회색 연기가 아직도 뭉글뭉글 올라오고 있었습니다.

그날 저녁, 사람들은 재와 돌멩이를 밟으며 다시 한번 산으로 올라가 새로운 관측기계를 설치하고 돌아갔습니다.

구름바다

그로부터 4년 동안, 구보 박사의 계획대로 조력발전소는 이하토브 해안을 따라 2백 곳이나 설치되었습니다. 이하토브를 둘러싼 화산에는 관측소와 함께 흰색으로 칠해진 철 망루가 차례차례 세워졌습니다.

부도리는 기사 대행을 하게 되었으며 일 년의 대부분은 화산을 돌아보거나 위험해진 화산을 처리하고 있었습니다.

다음 해 봄, 이하토브 화산국에서는 다음과 같은 포스터를 마을과 시내에 붙였습니다.

'질소비료를 내릴 것입니다. 올여름에 비와 함께 초산암모니아가 여러분의 수렁논과 채소밭에 내리도록 할 것입니다. 비료를 사용하시는 분은 염두에 두고 양을 계산하시기 바랍니다. 분량은 사방 1백 미터 당 120킬로그램입니다. 가뭄 시에는 최소한 작물이 시들지 않을 정도의 비는 내리게 할 수 있으므로 지금까지 물이 없어서 경작하지 않았던 수렁논도 올해에는 염려하지 말고 경작해 주십시오.'

그해 6월, 부도리는 이하토브의 한가운데에 있는 이하토브 화산 정상의 가건물에 있었습니다. 산 아래는 회색 구름이 가득 바다를 이루고 있었습니다. 구름바다 곳곳에는 이하토브 화산의 정상들이 마치 섬처럼 검게 솟아 있었습니다. 구름 바로 위로 한 척의 비행선이 꼬리에서 새하얀 연기를 뿜어내며 산봉우리에서 산봉우리로 마치 다리를 놓듯 날아다니고 있었습니다. 비행선의 연기는 시간이 흐를수록 점점 두꺼워졌고 조용히 구름바다로 떨어져 구름과 하나가 되었습니다. 그리고 곧 구름바다에는 하얗게 빛나는 커다란 그물이 산에서 산으로 쳐졌습니다. 어느새 비행선은 연기를 거두고 인사를 하듯 잠시 원을 그리더니 마침내 뱃머리를 숙인 채 조용히 구름 속으로 잠겼습니다.

전화기가 따르릉 울렸습니다. 펜넨 기사의 목소리였습니다.

"비행선은 지금 돌아왔다. 아래쪽은 준비가 완전히 끝났어. 비도 시원하게 내리고 있고. 이제 해도 될 듯해. 시작해주게."

부도리는 버튼을 눌렀습니다. 아까의 연기 그물은 순식간에 눈이 번쩍 뜨일 만큼 아름다운 분홍색과 청색, 보라색으로 반짝이면서 켜졌다가 꺼졌다가 했습니다. 부도리는 넋을 잃고 그 광경을 바라보고 있었습니다. 그러는 동안 점점 해가 졌고 구름바다도 불빛이 꺼졌을 때는 회색인지 쥐색인지 알 수 없게 되었습니다.

전화기가 울렸습니다.

"이미 빗속에서 초산암모니아가 만들어지고 있어. 양도 이 정도면 딱 좋아. 이동 상태도 좋은 듯하다. 앞으로 네 시간만 하면 이 지역의 이번 달 비료는 충분할 거야. 계속해줘."

부도리는 매우 기뻐서 춤이라도 추고 싶을 정도였습니다.

'이 구름 아래에서 예전의 빨간 수염 주인도, 석유가 비료가 되는지 묻던 옆 논의 주인도 모두 기뻐하며 빗소리를 듣고 있다. 그리고 내일 아침에는 몰라볼 정도로 초록색이 된 오리자 줄기를 손으로 어루만질 것이다.' 이런 생각을 하면서 마치 꿈같은 기분으로 구름이 새까매졌다가 다시 아름답게 빛나는 것을 바라보고 있었습니다. 그런데 짧은 여름밤이 벌써 밝아오는 듯했습니다. 번개 사이로 동쪽의 구름바다 끝이 희미하게 노란빛을 띠고 있었던 것입니다.

그러나 그것은 달이 뜨고 있는 것이었습니다. 크고 노란 달이 조용히 떠오르고 있었습니다. 그리고 구름이 푸른빛으로 빛날 때는 이상하게 하얗게 보였으며 분홍색으로 빛날 때는 왠지 웃고 있는 듯이 보이기도 했습니다. 부도리는 이제 자신이 누구인지, 무엇을 하고 있는지도 잊은 채 멍하니 그 모습만을 지켜보고 있었습니다.

전화기가 따르릉 울렸습니다.

"이쪽에는 꽤 천둥이 쳤어. 그물 곳곳이 찢어진 듯해. 천둥이 너무 많이 치면 내일 신문에 좋지 않은 말이 나올 테니까 이제 그만하지."

부도리는 수화기를 내려놓고 귀를 기울였습니다. 구름바다는 이곳에서도 저곳에서도 웅얼웅얼 울리고 있었습니다. 주의해서 들어보니 끊어지듯 이어지는 천둥소리였습니다.

부도리는 스위치를 껐습니다. 갑자기 달빛만이 남게 된 구름바다는 조용히 북쪽으로 흐르고 있었습니다. 부도리는 모포를 몸에 두르고 곤히 잠들었습니다.

가을

그해의 농작물은 기후 덕도 있었지만 근 10년 만에 보는 풍작이었기 때문에 화산국에는 곳곳에서 감사장과 격려의 편지가 날아들었습니다. 부도리는 처음으로 정말 살아있는 보람을 느끼는 듯했습니다.

그러던 어느 날, 부도리는 다치나라고 하는 화산에 갔다가 돌아오는 길에 수확이 끝난 텅 빈 수렁논 사이의 작은 마을을 지나갔습니다. 마침 점심시간이었기 때문에 부도리는 빵을 사려고 잡화점에 들러 "빵이 있습니까?" 하고 물었습니다. 잡화점 안에서는 맨발의 세 남자가 눈이 빨개진 채 술을 마시고 있었습니다. 그리고 한 남자가 이상한 대답을 했습니다.

"빵은 있지만 도저히 먹을 수가 없는 빵이라서. 돌 빵이거든."

사람들은 재미있다는 듯 부도리의 얼굴을 보며 와르르 웃었습니다. 부도리는 기분이 나빠져 밖으로 획 나와 버렸습니다. 그러자 저쪽에서 상고머리를 한 키 큰 남자가 갑자기 다가왔습니다.

"이봐, 자네! 올여름에 전기로 비료를 내리게 했던 부도리 맞지?"

"그런데요."

부도리는 아무 생각 없이 대답했습니다. 그러자 그 남자는 큰 소리로 외쳤습니다.

"화산국의 부도리가 왔어! 모두 모여!"

그러자 조금 전의 잡화점 사람들과 주변 밭에 있던 열여덟 명의 농부들이 낄낄 웃으면서 달려나왔습니다.

"이 자식, 네 전기 때문에 우리 오리자가 전부 쓰러졌다고. 왜 그런 짓을 한 거야!"

한 사람이 말했습니다.

부도리는 차분하게 말했습니다.

"쓰러지다니, 당신들은 봄에 걸었던 포스터를 보지 않았습니까?"

"뭐라고, 이 자식!"

갑자기 한 사람이 부도리의 모자를 쳐서 떨어뜨렸습니다. 그러자 사람들이 모두 달려들어 부도리를 두들겨 패고 발로 밟았습니다. 부도리는 마침내 정신을 잃고 쓰러졌습니다.

정신이 들고 보니 부도리는 병원의 하얀 침대에 누워있었습니다. 머리맡에는 병문안 전보와 많은 편지가 있었습니다. 부도리는 통증과 열 탓에 움직일 수조차 없었지만, 그로부터 일주일이 지나자 원래대로 건강을 되찾았습니다. 그리고 신문을 통해 그때의 사건이, 비료 사용법을 잘못 가르친 농업기사가 오리자가 쓰러진 것을 모두 화산국 탓으로 돌리고 감추려 했기 때문이었다는 것을 읽고는 큰소리로 혼자 웃었습니다.

그다음 날 오후, 병원 직원이 들어와서 말했습니다.

"네리라고 하는 부인께서 찾아왔습니다."

부도리가 꿈인지 생시인지 구분을 못 하고 있는 동안, 잠시 후 햇볕에 그을린 농사꾼 같은 여인이 머뭇거리며 병실로 들어왔습니다. 모습은 바뀌었지만 그 숲 속에서 누군가가 데려갔던 여동생 네리였습니다. 두 사람은 한동안 말을 잇지 못했습니다. 부도리가 간신히 그 이후의 일을 묻자 네리는 이하토브 농민의 사투리로 조금씩 이야기를 했습니다.

네리를 데려간 남자는 사흘이 지나자 귀찮아졌는지 어느 작은 목장 근처에 네리를 남겨두고 어딘가로 사라졌다고 했습니다. 그리고 네리가 그 주변을 울면서 걷고 있자 목장 주인이 불쌍히 여겨 집으로 들이고는 갓난아기를 돌보게 했으며, 네리가 점점 어떤 일이든 할 수 있게 되자 마침내 3, 4년 전에 그 작은 목장의 장남과 결혼을 하게 되었다고 합니다. 그리고 평상시라면 외양간 두엄을 멀리 있는 밭까지 운반해야 해서 무척 힘들었지만 올해는 비료가 내렸기 때문에 모두 가까운 무청밭에 넣었으며, 멀리 있는 옥수수밭도 풍작이어서 집안사람들이 모두 기뻐하고 있다는 이야기도 했습니다. 또한, 남편과 함께 숲 속에 여러 번 가봤지만 집은 완전히 무너져 있었고 부도리가 어디로 갔는지 알 수 없었기 때문에 늘 실망한 채 돌아왔다고도 했습니다. 부도리는 몸이 다 나으면 반드시 인사를 하러 가겠다는 약속을 하고 네리를 돌려보냈습니다.

칼보나드 섬

그로부터 5년은 부도리에게는 정말로 행복한 시간이었습니다. 빨간 수염의 주인에게도 몇 번이나 인사를 하러 갔습니다.

이미 꽤 나이가 들었지만 주인은 여전히 건강했습니다. 털이 긴 토끼를 천 마리 이상 키우기도 했고 빨간 양배추밭을 경작하는 등 여전히 모험을 하고 있었지만 생활은 훨씬 좋아진 듯했습니다.

네리에게는 귀여운 남자아이가 태어났습니다. 겨울에 일이 한가해지면 네리는 아이를 완벽한 농부 차림으로 차려 입힌 후 남편과 함께 부도리의 집으로 찾아와 머물다 가고는 했습니다.

그러던 어느 날 산누에치기 남자 밑에서 함께 일했던 사람이 부도리를 찾아왔습니다. 그리고 아버지의 무덤이 숲 끝에 있는 커다란 비자나무 아래에 있다는 것을 알려주었습니다. 산누에치기 남자가 처음 숲으로 와서 숲에 있는 나무를 둘러보던 중 부도리 부모의 싸늘해진 시체를 발견하고는 부도리가 알지 못하도록 몰래 땅에 묻었고, 그 위에 자작나무 가지 하나를 세워놓았다고 했습니다. 부도리는 곧바로 네리 가족을 데리고 그곳으로 가서 하얀 석회암으로 묘를 세우고 이후에도 그 주변을 지나갈 때마다 늘 들렀습니다.

그리고 부도리가 스물일곱이 되는 해였습니다. 그 무시무시한 한파가 다시 찾아올 듯한 징후가 보였습니다. 기상청에서는 태양의 상태와 북쪽 빙하의 모습을 통해 징후를 확인하고는 그해 2월에 모두에게 그 사실을 예보했습니다. 그리고 그 예보는 점점 사실에 가까워져서 목련꽃이 피지 않았고 5월에도 열흘이나 진눈깨비가 내리자 사람들은 모두 이전의 흉작을 떠올리고는 불안함에 어찌할 바를 몰랐습니다. 구보 박사도 종종 기상대 사람들과 농업기사를 모아 논의를 하거나 의견을 신문에 싣기도 했지만 역시 이 격심한 한파만은 어쩔 수 없는 듯했습니다.

6월이 시작되어도 아직 노란색인 오리자 모와 싹을 내지 않는 나무를 보자 부도리는 더는 가만히 있을 수가 없었습니다. 이 상태라면 그 해의 부도리 가족처럼 되는 사람들이 숲에도 마을에도 수없이 생기게 될 것이었습니다. 부도리는 식사도 하지 않고 며칠 밤이고 생각했습니다. 어느 날 밤 부도리는 구보 박사의 집을 찾아갔습니다.

"선생님. 기층 속에 탄산가스가 증가하면 따뜻해집니까?"

"그렇겠지. 지구가 생긴 이래 지금까지의 기온은 대부분 공기 중의 탄산가스양으로 정해지고 있다고 할 정도니까."

"칼보나드 화산섬이 지금 폭발하면 지금의 기후를 바꿀 정도의 탄산가스가 나올까요?"

"나도 그건 계산해 봤어. 화산섬이 지금 폭발하면 가스는 곧바로 대순환의 상층 바람에 섞여 지구 전체를 감싸겠지. 그리고 하층 공기와 지표의 열이 방산 되는 것을 박아 지구 전체를 평균 5도 정도 따뜻하게 할 거라고 보네."

"선생님, 지금 당장 칼보나드 화산섬을 폭파시킬 수는 없을까요?"

"그건 가능할 거야. 하지만 그 작업을 하려면 마지막 한 사람은 도저히 빠져나갈 수가 없게 되네."

"선생님, 제게 그 일을 맡겨주십시오. 펜넨 선생님이 허가를 해줄 수 있도록 부디 선생님께서 말씀해 주세요."

"그건 안 되네. 자네는 아직 젊고, 게다가 지금 자네가 하는 일을 대신할 사람이 없어."

"저와 같은 사람은 앞으로도 수없이 나올 것입니다. 아니 저보다 훨씬 잘할 수 있는 사람이, 저보다 훨씬 훌륭하고 멋지게 일을 해내고 웃으면서 이끌어갈 것입니다."

"난 이 이야기는 그만하겠네. 펜넨 기사와 이야기하게."

부도리는 돌아와서 펜넨 기사와 상담을 했습니다. 펜넨 기사는 고개를 끄덕였습니다.

"좋은 생각이야. 그렇지만 내가 하겠네. 나는 올해 벌써 예순셋이네. 그곳에서 죽는다면 정말 바라던 죽음이야."

"선생님, 그렇지만 이 작업은 아직 너무 불확실합니다. 제대로 폭발한다고 해도 가스가 비에 씻겨버릴지도 모르고 또한 무언가가 생각대로 되지 않을지도 모릅니다. 선생님께서 이번 일로 떠나시게 된다면 이후에는 아무 대책도 세울 수 없게 됩니다."

펜넨 기사는 말없이 고개를 떨구었습니다.

그로부터 사흘 후, 화산국의 배가 칼보나드 섬으로 서둘러 출발했습니다. 그곳에 여러 개의 망루가 세워졌고 전선이 연결되었습니다.

준비가 완전히 끝나자 부도리는 사람들을 배로 돌려보내고 혼자 섬에 남았습니다.

그리고 그다음 날, 이하토브 사람들은 푸른 하늘이 초록색으로 탁해지고 해와 달이 구릿빛으로 바뀌는 것을 보았습니다.

그렇지만 그로부터 삼사일이 지나자 기후는 점점 따뜻해졌으며, 그 가을은 거의 평년의 작황과 비슷했습니다. 그리고 이 이야기의 시작과 똑같이 되었을, 수많은 부도리의 아버지와 어머니는 수많은 부도리와 네리와 함께 그 겨울을 따뜻한 음식과 환한 장작으로 즐겁게 보낼 수 있었습니다.

펜넨넨넨넨 네네무의 전기

ペンネンネンネンネン·ネネムの伝記

펜넨넨넨넨 네네무의 독립

동쪽 하늘은 요괴 해님이 나오기 전에 호박색 맥주로 가득 차게 됩니다. 그런데 그대로 여름이 되자 요괴들은 모두 소동을 피우기 시작했습니다. 요괴들의 보리는 한 톨도 영글지 않았고 열매 한 알 맺히지 않았습니다. 가을이 되어도 곡식은 여물지 않았고 밤나무조차 그저 속이 빈 파란 밤송이 상태였고 결국 기근이 찾아왔습니다.

그 해는 그럭저럭 견뎠지만 다음 해 봄이 되자 기근은 더욱 심해졌습니다.

숲 속의 파란 요괴인 네네무의 아버지는 어느 날 머리를 감싸고 계속해서 생각에 잠겨있었습니다. 그리고 갑자기 일어나서 말했습니다.

"나는 숲으로 가서 먹을 것을 찾아오마."

비틀비틀 집을 나간 아버지는 그러나 아무리 기다려도 돌아오지 않았습니다. 요괴의 천국으로 가버린 것이었습니다.

네네무의 어머니는 날마다 눈을 빛내며 한숨만 쉬고 있었습니다. 그러던 어느 날 어머니는 네네무와 마미미에게 말했습니다.

"들판에 가서 먹을 것을 찾아올게."

그리고 비틀비틀 집을 나간 어머니 역시 언제까지 기다려도 돌아오지 않았습니다. 어머니도 그 천국의 부름을 받고 가버린 것이었습니다.

네네무는 어린 마미미와 단둘이서 추위와 배고픔에 덜덜 떨고 있었습니다.

그러던 어느 날이었습니다. 날카로운 눈매에 키가 큰 남자가 와플과 포도빵 등 맛있는 음식이 가득 담긴 커다란 바구니를 들고 나타났습니다.

"안녕? 나는 이 지역의 기근을 구하러 온 사람이란다. 자, 무엇이든 먹으렴."

두 아이는 바구니를 빼앗듯 낚아채고는 배가 부를 때까지 정신없이 먹었습니다.

"아저씨, 고맙습니다. 정말로 고맙습니다."

간신히 배가 부른 두 아이는 그제야 인사를 했습니다.

남자는 눈을 빛내며 두 아이가 먹는 모습을 말없이 지켜보고 있다가 마침내 입을 열었습니다.

"너희는 착한 아이들이다. 하지만 착하기만 해서는 아무것도 할 수 없지. 나와 함께 가자. 좋은 곳으로 데려다 줄게. 남자아이는 원래 강한데다가 이미 무릎과 발뒤꿈치뼈가 굳은 것 같으니 어쩔 수 없지만, 여자아이는 아저씨를 따라 오거라. 날마다 포도빵을 실컷 먹게 해주마."

네네무도 마미미도 아무런 대답을 하지 못하고 있는데 남자는 마미미를 과자 바구니에 휘익 던져 넣었습니다. 그리고 '오오 호이호이, 오오 호이호이' 하고 이상한 소리를 중얼거리면서 갑자기 바람처럼 재빠르게 나가버렸습니다.

영문도 모른 채 눈만 두리번거리던 마미미는 문을 나서자 비로소 와앙— 하고 울음을 터뜨렸습니다. 네네무는 "도둑이야, 도둑이야!"

하고 울며불며 쫓아갔지만 남자는 어느새 숲을 빠져나가 저 멀리 노란 들판을 달려가는 모습이 조그맣게 보일 뿐이었습니다. 그리고 마미미의 울음소리가 하얀 삼각 빛이 되어 네네무의 가슴에 깊이 꽂혔습니다.

네네무는 울부짖으며 숲 속을 정신없이 뛰어다녔지만 마침내 지쳐서 풀썩 쓰러졌습니다.

그리고 며칠이 지났는지 알 수 없었습니다.

네네무는 문득 눈을 떴습니다. 머리 위에서 요괴 밤나무가 후우후우— 하고 김을 내뿜고 있었습니다. 밤나무 가지에는 철제 사다리 두 개가 양쪽으로 걸려 있었고 그 위에서 두 명의 남자가 계속해서 줄을 잡아당기고 그물 같은 것을 던지고 있었습니다.

네네무는 일어나서 하늘을 보니 요괴 해님은 완전히 평상시의 모습을 되찾고 있었고 게다가 아침에 면도를 했는지 더욱 반들반들했습니다.

마른 풀이 포근하게 덮여 있었고 요괴 고사리 등도 삐죽삐죽 자라나 있었습니다. 네네무는 벌떡 일어나 고사리를 우적우적 먹었습니다. 그러자 네네무의 머리 위에서 기분 나쁠 정도로 나지막한 목소리가 들렸습니다.

"이봐, 꼬마. 겨우 눈을 떴군. 넌 아직도 기근인 줄 아는 게냐? 이제 곧 여름이라고. 나를 좀 돕지 않을래?"

고개를 들어보니 정말 멋진 수염을 기른 신사가 네네무를 보고 있었습니다. 신사는 조가비로 만든 외투를 입고 한 손에는 물담배를 들고 서 있었습니다.

"아저씨, 기근은 이제 끝났나요? 도와달라니 무엇을요?"

"다시마 따는 일이야."

"여기서 다시마를 딸 수 있나요?"

"당연히 딸 수 있지. 저기 봐라. 열심히들 하고 있지 않니?"

돌아보니 정말로 나무 위의 두 남자는 열심히 그물을 던지기도 하고 당기기도 하는 듯했지만, 그물도 실도 전혀 보이지 않았습니다.

"저런 식으로도 다시마를 딸 수 있나요?"

"저런 식으로도 다시마를 딸 수 있냐니. 참, 말 많은 아이로군. 재수없는 소리 하지 마. 따지도 못할 곳에 무엇하러 공장을 짓겠느냐? 당연히 딸 수 있고말고. 나를 비롯한 많은 사람이 이 일로 먹고살고 있어."

네네무는 목쉰 소리로 간신히 "그런가요?" 하고 말했습니다.

"그리고 이 숲은 전부 내 숲이니까 아까처럼 멋대로 고사리 같은 것을 따서는 안 된다."

네네무는 굉장히 기분이 나빴습니다. 신사는 다시 말했습니다.

"너도 내 일을 도와라. 하루에 1달러씩 품삯을 주마. 그렇게 하지 않으면 넌 밥도 먹지 못할 거야."

네네무는 울음이 나올 것 같았지만 간신히 참고 말했습니다.

"아저씨, 그러면 저도 도울게요. 하지만 다시마를 어떻게 따는 건가요?"

"흠. 그건 물론 가르쳐주지. 자, 잘 보거라."

신사는 주머니에서 작게 접은 우산살 같은 것을 꺼냈습니다.

"잘 보거라. 이것을 늘이면 아이들이 사용하는 사다리가 된단다. 알겠니?"

신사는 사다리를 계속 잡아당겼습니다. 그러자 마치 가늘디가는 명주실로 만든 듯한 길이 10미터의 사다리가 만들어졌습니다.

"그리고 이것을 저 밤나무에 거는 거야. 저런 식으로."

신사는 나무 위의 두 남자를 가리켰습니다. 두 사람은 여전히 보이지 않는 그물과 실을 새파란 하늘을 향해 던졌다가는 당기기를 반복하고 있었습니다.

"알겠지? 자, 이번에는 네가 사다리를 타고 위로 올라가는 거야. 자, 올라가 봐."

네네무는 할 수 없이 사다리에 매달려 올라갔지만, 사다리의 계단이 철사처럼 가늘어서인지 손과 발에 파고들어 살갗이 찢어질 듯했습니다.

"더 올라가. 좀더, 좀더!"

밑에서는 신사가 소리치고 있습니다. 네네무는 끝까지 올라갔습니다. 밤나무의 꼭대기는 정말로 추웠습니다. 게다가 어느새 자신의 손에서 거미줄로 만든 것 같은 이상한 그물이 흔들거리며 푸른 하늘을 향해 펼쳐져 있었습니다. 그물은 더욱 거세게 흔들렸고 네네무는 하마터면 밑으로 떨어질 뻔했습니다.

"어때, 그물이 있지? 그걸 하늘로 던지는 거야. 손이 흔들리지? 그건 바람 속 상어들이 부딪혀서 그러는 거야. 어이, 너 떨고 있냐? 근성이 없군. 자, 던져, 던져, 얼른 던지라고!"

네네무는 이루 말할 수 없이 기분이 나빠졌습니다. 그렇지만 어쩔 수 없이 있는 힘껏 그물을 끌어당긴 후 힘껏 위로 던졌습니다. 그러자 눈앞이 빙글빙글 돌더니 기분 좋아 보이던 해님마저 검은 흙 공처럼 보이면서 사다리 꼭대기에서 밑으로 툭 떨어졌습니다.

네네무는 이젠 죽었구나 생각했는데 갑자기 귀가 떨어져 나가는 듯한 통증을 느꼈습니다. 신사가 네네무의 귀를 붙잡는 바람에 네네무는 떨어지지 않고 땅 위에 똑바로 서 있었던 것입니다. 신사는 네네무에게 불같이 화를 냈습니다.

"너도 근성이 없는 놈이야. 완전히 물러 터졌어. 내가 지금 네 귀를 붙잡지 않았다면 너는 지금쯤 머리가 깨져 있을 거야. 나는 너의 은인이다. 앞으로 절대 무례하게 굴면 안 돼. 자, 다시 올라가. 올라가라고. 저녁이 되면 먹을 것도 보내주겠다. 밤이 되면 솜이 들어간 조끼도 주마. 자, 올라가."

"저녁이 되면 밑으로 내려오는 것 아닌가요?"

"아니지, 그럴 리가 있겠니? 다시마를 딸 때까지는 안 돼. 잠깐 그물 좀 보자."

신사는 네네무의 손에 붙어 있던 그물을 당겨 안을 확인했습니다. 그물 끝쪽에 갈색의 물컹물컹한 다시마 한 장이 붙어 있었습니다. 신사는 다시마를 떼어냈습니다.

"흠, 겨우 이것뿐인가?"

신사는 말은 그렇게 했지만 조금 웃는 듯했습니다. 그리고 네네무는 다시 사다리를 올라갔습니다.

간신히 꼭대기에 올라간 네네무는 다시 있는 힘껏 그물을 던졌습니다. 그리고 덜덜 흔들리는 다리에 힘을 꽉 주고 그물을 당겨보았지만 안에는 아무것도 없었습니다.

"그물을 제대로 던져! 게으름 피우지 말고."

밑에서는 신사가 소리치고 있었습니다. 네네무는 다시 그물을 던졌지만 역시 아무것도 없었습니다. 다시 던졌습니다. 역시 다시마는 없습니다.

지쳐서 기진맥진한 네네무는 이제 어찌 되든 상관없으니 밑으로 내려가자고 생각했습니다. 그러나 놀랍게도 사다리가 없었습니다.

그리고 어느새 저녁이 되었는지 요괴 하늘은 초록색으로 바뀌었으며 이상한 요괴빵이 밑에서 둥실둥실 올라와 네네무 앞에 멈추었습니다. 신사는 어디로 갔는지 모습은커녕 그림자도 보이지 않았습니다.

건너편 나무 위의 두 사람도 힘없이 고개를 숙인 채 빵을 먹으면서 생각에 잠겨있는 듯했습니다.

그 나무에도 사다리는 이미 보이지 않았습니다.

네네무는 어쩔 수 없이 요괴빵을 씹기 시작했습니다.

그때 신사가 와서 소리쳤습니다.

"자, 다 먹었으면 어서 그물을 던져. 다시마 한 근을 따지 못하면 솜 조끼는 없어!"

네네무가 외쳤습니다.

"아저씨, 전 이제 못하겠어요. 내려 주세요."

신사가 밑에서 화를 냈습니다.

"뭐라고! 빵만 먹고는 내려달라니. 완전히 제멋대로군."

"하지만 더는 움직일 수가 없는 걸요."

"그래? 그러면 움직일 수 있을 때까지 쉬어."

네네무는 밤나무 꼭대기에 앉아 가만히 쉬었습니다.

그때 밤나무가 따뜻한 김을 후우후우 불었기 때문에 네네무는 조금 몸이 따뜻해져 편해진 듯한 기분이 들었습니다. 그래서 다시 힘을 내어 그물을 하늘로 던졌습니다. 하늘에서는 마침 별이 파랗게 빛나기 시작할 즈음이었습니다.

그런데 이번에는 그물이 아주 무거웠습니다. 기쁜 마음에 그물을 당겨보니 아주 큰 다시마 한 장이 쑤욱 들어와 있었습니다.

"아저씨! 자, 던질게요. 다시마가 걸렸어요."

네네무는 기뻐하며 다시마를 아래로 떨어뜨렸습니다.

"좋아, 아주 잘했어. 자, 솜 조끼를 주마."

조끼가 둥실둥실 올라왔습니다. 네네무는 재빨리 조끼를 입고 말했습니다.

"아저씨, 1달러를 주실 건가요?"

신사가 열은 노란색 안갯속에서 말했습니다.

"그래, 1달러를 주지. 하지만 빵이 하루에 1달러거든. 하루에 열 근 이상 다시마를 따면 그다음부터는 한 근에 10센트를 주마. 그 부분이 네 몫이 되는 거야. 모아두었다가 필요할 때 언제든지 주마. 그 대신 열 근이 안 되면 부족한 분은 네 빚이 되는 거야."

네네무는 너무나 실망했습니다. 건너편 나무의 두 남자는 이미 사라지고 아무리 별빛에 비추어보아도 보이지 않았습니다. 분명히 일이 너무 고되어 소멸해버렸을 것입니다.

그래도 네네무는 일을 하기로 했습니다. 그 이후로는 밤낮없이 밤나무의 따뜻한 입김과 요괴빵과 보이지 않는 그물과 신사와 다시마만을 상대로 정말 10년 동안이나 이 일을 계속했습니다. 그중에서도 가장 중요한 것은 빵과 다시마였습니다. 처음 4년 동안은 날마다 빚만 늘었고 다음 5년 동안에 빚을 갚았으며 마지막 3개월 동안 돈을 모았습니다. 그래서 땅으로 내려와 모인 3백 달러를 품속에 넣고 요괴 세계의 마을로 향했습니다.

펜넨넨넨넨 네네무의 출세

펜넨넨넨넨 네네무는 10년 동안 나무 위에 서 있느라 망가진 무릎을 계속 문지르며 숲을 나왔습니다. 숲 출구에 작은 잡화점이 보이자 네네무는 가게로 들어가 까만 윗옷과 바지를 샀습니다. 그리고 재빨리 그 옷을 갈아입으며 생각했습니다.

'어떻게든 공부를 해서 서기가 되어야겠어. 그물을 던지고 당기는

일은 이제는 생각만으로도 수명이 줄어드는 것 같아. 좋아, 반드시 서기가 되자.'

펜넨넨넨넨 네네무는 돈을 내고 가게를 나오면서 맞은편 거울에 비친 자신의 모습을 힐끗 보았습니다.

옷은 밤처럼 새까맣고, 붉은 곱슬머리는 어깨에 탐스럽게 늘어져 있었으며 새파란 눈동자는 빛나고 있었습니다. 정말 자신의 모습인지 의심스러울 정도로 훌륭했습니다.

네네무는 기뻐서 휘파람을 불며 단숨에 30노트의 속도로 달렸습니다.

"한문문문문 무무네 시까지는 얼마 정도 남았습니까?"

펜넨넨넨넨 네네무가 저쪽에서 어정어정 걸어오는 노란색 그림자 요괴에게 물었습니다.

"그건 말이지. 일단 여기로 와 봐."

그 노란색 유령은 네네무의 네모난 소매 끝을 잡고 한 그루의 요괴 사과나무 아래까지 데려간 후 자신의 한쪽 다리를 사과나무 뿌리에 나란히 둔 채 말했습니다.

"너도 한쪽 발을 여기까지 내밀어."

네네무가 재빨리 시키는 대로 하자 그 노랑 유령은 몸을 웅크린 채 한쪽 눈을 감고 발끝이 사과나무와 나란히 있는지를 살펴본 후 말했습니다.

"잘 들어. 한문문문문 무무네 시의 입구까지는 딱 이 발끝에서 6노트 6체인이 남았어. 그럼 조심해서 가."

그리고 몸을 획 돌려 반대편으로 가버렸습니다.

네네무는 그 뒤에 대고 정중하게 고개를 숙이고 말했습니다.

"아, 고맙습니다. 6노트 6체인이면…… 한 시간에 1노트 1체인씩

걸으면 여섯 시간 후에 도착할 수 있군요. 한 시간에 3노트 3체인씩 걸으면 두 시간에 갈 수 있고요. 확실하게 알겠군요. 정말 너무 감사합니다."

그리고 다시 한번 고개를 숙였습니다. 빨간 머리가 아래로 스르륵 내려왔지만 노랑 유령은 이미 저쪽 아지랑이가 피어오르는 요괴 세계의 밭 속에라도 들어가 버린 듯 그림자도 보이지 않았습니다.

네네무는 다시 걷기 시작했습니다. 그러자 다시 건너편에서 엄청나게 반짝이는 쥐색 남자가 빨간 고무신을 신고 다가왔습니다. 그리고 네네무를 뚫어지게 보더니 갑자기 옆으로 달려와 네네무의 오른쪽 손목을 꽉 쥐고 말했습니다.

"이봐, 자네는 숲 속에서 다시마 따는 일이 싫어져서 이쪽으로 온 듯한데……. 도대체 앞으로의 목표가 무엇인가?"

남자를 탐정이라고 생각한 네네무는 긴장한 채 대답했습니다.

"네. 저는 서기가 되는 것이 목표입니다."

그러자 그 남자는 왼손으로 짧은 수염을 쓰다듬으며 잠시 생각하더니 말했습니다.

"하하하, 서기가 목표라고? 해보면 또 어떨지 모르지. 그런데 자네는 숲 속에서 너무 요괴빵만 먹은 것 같군."

남자가 너무 정확하게 알아맞히자 네네무는 당황해서 왼손으로 머리를 긁적였습니다.

"네, 사실은 좀 많이 먹은 듯합니다."

"그렇지? 분명 그럴 거야. 좋아. 네 신분과 생각은 잘 알았다. 가던 길을 가도록. 나는 무무네 시의 형사다."

네네무는 그제야 안심하고 정중하게 인사를 한 후 다시 시내 쪽으로 갔습니다.

정확히 한 시간하고 6분 걸려서 3노트 3체인을 걸었을 때, 네네무는 농사꾼 요괴 아주머니와 만났습니다. 그 아주머니는 멀리서부터 무척 이상하다는 듯한 표정을 지으며 다가오더니 결국은 울음을 터뜨리며 달려왔습니다.

"아! 구에쿠야. 돌아왔구나. 이런, 너는 나를 잊은 거니? 아! 너무 슬프구나."

네네무는 조금 당황했지만, 분명 사람을 잘못 본 것으로 생각했기 때문에 황급히 말했습니다.

"아닙니다, 아주머니. 저는 구에쿠라는 사람이 아닙니다. 저는 펜넨넨넨넨 네네무라고 합니다."

그러자 그 주황색 여자 요괴는 그제야 착각한 것을 깨달았는지 갑자기 울음을 멈추었습니다.

"이런 정말 실례했군요. 당신 모습이 제 아들과 너무 비슷해서……."

"아니요, 괜찮습니다. 저는 이번에 처음으로 무무네 시에 왔습니다."

"아, 그러시군요. 제 아들 녀석도 당신과 비슷한 나이였습니다. 곱슬머리에 귀가 반짝이는 것까지……. 정말 똑 닮았어요. 달팽이 요괴처럼 부드러운 발에 딱딱한 강철 짚신을 신고 무엇을 하고 싶으신 건가요? 아, 우리 아들도 이런 짚신을 신고 지금 어디를 헤매고 있는 것일까……."

아주머니 요괴는 울기 시작했습니다. 난처해진 네네무가 말했습니다.

"저기, 아주머니. 아드님은 분명 어디선가 서기가 되어 있을 것입니다. 머지않아 아주머니를 모시러 올 겁니다. 그러니 그렇게 슬퍼하실 필요가 없어요. 저는 바빠서 이만 실례하겠습니다."

그리고 클라리넷 같은 흐느낌을 뒤로 한 채 서둘러 그곳을 떠났습니다.

네네무는 그로부터 15분 만에 무무네 시를 3체인 남겨놓은 곳까지 왔습니다. 네네무는 그곳에서 머리카락을 단정히 한 후, 길가의 수은 냇물에 얼굴을 씻고 시내로 들어갈 준비를 했습니다.

그리고 되도록 마음을 진정시키면서 차츰 무무네 시로 다가가자 과연 요괴 세계의 수도다운 기운이 멀리부터 느껴졌습니다.

★ ★ ★

"지금은 수업 중이야. 시끄러운 녀석이군. 용무가 있으면 들어와."

고함이 너무 커서 학교 건물이 흔들렸습니다.

네네무는 되도록 발소리를 죽인 채 이 층으로 올라가 주저하지 않고 교실로 들어갔습니다. 교실은 들판처럼 넓었습니다. 옥수수, 절구, 가위, 빨강, 하양 등 정말 다양한 형태의 요괴 학생들이 빼곡했습니다. 건너편에는 커다란 낭떠러지만 한 칠판이 걸려있었고, 키가 3백 미터가 넘는 요괴 선생님이 강의를 하고 있었습니다.

"따라서 만약 염소가 빨간색이라면 그것은 명백한 불합리다. 노란색이 아니면 안 되는 것이지. 그렇게 보면 노란색이라는 사실은 상당히 중요하다. 노란색이라는 글자는 이렇게 쓴다."

선생님은 칠판을 향해 양손과 코, 입, 팔꿈치, 옷깃, 머리카락 등 모든 것을 동원해서 '노란색'이라는 글자를 한 번에 3백 개나 썼습니다. 학생들은 모두 재빨리 공책에 노란색이라는 글자를 열심히 적었지만 아무리 해도 선생님처럼 잘 쓸 수는 없었습니다.

네네무는 가장 뒷자리에 살며시 앉아 옆자리의 빨강과 하양의 반점 요괴 학생에게 조그맣게 물었습니다.

"저기…… 이 선생님의 성함은 뭐니?"

"너 몰랐어? 푸피보 박사야. 화학박사이신."

빨간 요괴는 네네무를 업신여기듯 눈을 반짝이며 대답했습니다.

"아, 그래? 그 선생님이구나. 아주 유명한 분이시지."

네네무는 소곤거리며 자기도 품속에서 연필과 수첩을 꺼내 필기를 시작했습니다.

그때 교실에 전등이 확하고 켜졌습니다. 이미 저녁이었던 것입니다. 박사가 앞에서 소리쳤습니다.

"그렇다면 무슨 이유로 저녁에 초록색이 선명해질까? 그것은 바로 푸르키네 현상에 의한 것이다. 푸르키네는 이렇게 쓴다."

박사는 지렁이 같은 가로쓰기를 한 번에 3백 개나 썼습니다. 네네무도 열심히 썼습니다. 그리고 박사는 갑자기 팔을 크게 벌렸습니다.

"진정 이 하늘에는 자욱한 성운, 땅에는 모호한 요괴 법률……. 이것이 이 우주를 지배한다."

그러고는 테이블 위로 뛰어 올라가 팔짱을 끼고 입을 굳게 다문 채 엄숙하게 주위를 둘러보았습니다.

"브라보! 푸피보 선생님. 브라보!"

학생들은 모두 흥분해서 외치고는 떠들썩하게 공책을 덮었습니다. 네네무도 덩달아 '브라보!' 하고 외치고 굳게 결심한 듯 입을 꼭 다물었습니다. 그제야 선생님은 아주 살짝 웃으며 소리를 한 옥타브 낮춰 말했습니다.

"여러분. 이제부터 바로 졸업시험을 시작합니다. 한 사람씩 내 앞을 지나가세요."

학생들은 순서대로 한 사람씩 선생님 앞을 지나가면서 공책을 펼쳐 보였습니다.

선생님은 공책을 슬쩍 보고는 한두 마디 질문을 했습니다. 그리고 등에 분필로 '합격' '탈락' '턱걸이' 또는 '퇴교'라고 적었습니다.

선생님이 등에 글씨를 쓰는 동안 학생들은 무척이나 간지러운 듯 목을 웅크리고 있었습니다. 그리고 등에 글씨가 적힌 학생들은 아주 걱정스러운 듯 어깨를 움츠리고 조심스럽게 복도로 나와 친구들이 등의 글씨를 읽어주면 기뻐하기도 하고 울기도 하는 것이었습니다. 시험이 모두 끝나고 마침내 네네무 한 사람만 남았습니다. 네네무가 공책을 내민 순간 푸피보 박사가 크게 하품을 했기 때문에 공책은 선생님 입속으로 휘익 빨려 들어가 버렸습니다. 그러나 선생님은 그다지 신경도 쓰지 않는 듯 꿀꺽 삼키고는 말했습니다.

"좋아. 필기는 아주 잘했어. 그렇다면 문제에 대답을 해봐. 굴뚝에서 나오는 연기에는 어떤 종류가 있지?"

"네 가지 종류가 있습니다. 그 종류를 말하자면 검은색, 하얀색, 파란색, 무색입니다."

"응. 무색의 연기를 알고 있다는 점은 아주 훌륭해. 그렇다면 형태는 어떤가?"

"바람이 없을 때는 세로 기둥, 바람이 강할 때는 가로 기둥, 그 외에는 지렁이 형태가 있습니다. 연기가 아주 적을 때는 코르크 마개를 뽑았을 때처럼 됩니다."

"좋아. 자네는 오늘 시험에서 일등이야. 희망하는 것이 있다면 말해보게."

"서기가 되고 싶습니다."

"그런가? 좋아. 내 명함에 그쪽 주소를 적어줄 테니까 오늘 밤 당장 그곳으로 가게."

네네무는 명함을 주기를 기다렸지만, 박사는 갑자기 분필을 다시 쥐더니 네네무의 가슴에 '세무 22호'라고 썼습니다.

네네무는 기뻐하며 정중하게 인사를 하고 한 걸음 물러서자 선생님은 낮게 중얼거렸습니다.

"지금쯤 짚오블렛이 다 되었겠군."

그리고 테이블 위에 있던 가죽 가방에 분필조각과 강의노트 등을 모두 한꺼번에 던져 넣고 가방을 옆구리에 끼었습니다. 그리고 아까 얼굴을 내밀었던 창문을 통해 저 멀리 검은 집을 향해 날아올랐습니다. 그리고 네네무는 거리를 감싼 노란 석양 속의 빨래건조대에 푸피보 박사가 무사히 도착해 집으로 들어가는 것을 분명하게 보았습니다.

네네무는 교실을 나와 계단을 내려갔습니다. 그곳에는 아주 많은 학생이 울고 있었습니다. 3,653회, 즉 윤년까지 포함하면 10년이라는 시간 동안 일요일도 여름방학도 없이 공부했는데 계속 낙제한다면 울지 않을 수 있을까요. 그렇지만 네네무는 그들과 전혀 달랐습니다.

힘차게 대학교 문을 나와 지나가는 해파리 같은 요괴에게 가슴에 쓰인 주소를 보여주며 길을 물었습니다.

그러자 그 요괴는 아주 정중하게 고개를 숙였습니다.

"네. 그 주소는 세계재판장의 저택입니다. 여기서부터 2체인 정도 가시면 찰흙으로 지은 커다란 집이 있습니다. 바로 알 수 있으실 겁니다. 그러면 저도 잘 봐주시길 바랍니다."

그리고 다시 정중하게 고개를 숙였습니다.

네네무는 한 시간에 1노트 1체인의 속도로 저택을 향해 갔습니다. 곧 길 오른쪽에 찰흙으로 지은 커다란 집이 웅장하게 서 있었고, 세계재판장 관저라는 간판이 걸려있었습니다.

"실례합니다, 안에 계십니까?"

네네무는 빨간 머리를 긁적이며 말했습니다.

그러자 집 안에서 수많은 요괴가 타박타박 타박타박 걸어 나왔습니다.

모두 새까만 긴 옷을 입고 공손하게 고개를 숙였습니다.

"나는 대학교의 푸피보 선생님 소개로 왔습니다만…… 세계재판장님을 잠시 만나 뵐 수 있을까요?"

그러자 모두 입을 모아 말했습니다.

"그건 당신입니다. 당신이 그 재판장입니다."

"호, 그렇습니까? 그러면 당신들은 누구입니까?"

"저희는 당신의 부하입니다. 판사와 검사들이죠."

"그렇습니까? 그러면 제가 이곳의 주인이군요?"

"그렇습니다."

이렇게 해서 펜넨넨넨넨 네네무는 순식간에 세계재판장이 되었고, 요괴들에게 둘러싸인 채 재판장실의 해면으로 만든 의자에 털썩 앉았습니다.

그러자 판사 한 명이 공손하게 말했습니다.

"오늘 밤 재판을 해야 할 건이 두 건 있습니다만…… 몸은 어떠신지요. 피곤하신가요?"

"아니, 괜찮습니다. 하겠습니다. 그런데 재판 방침은 무엇입니까?"

"네. 재판 방침은 이쪽 세계의 백성이 저쪽 세계에 되도록 얼굴을 내밀지 않도록 하는 것입니다."

"알겠습니다. 그러면 바로 시작하죠."

네네무는 새하얀 곱슬머리 가발을 쓰고 검고 긴 옷을 입은 채 재판실로 갔습니다. 재판실에는 부하가 이미 서른 명이나 자리에 앉아 있었습니다.

네네무는 정면의 가장 높은 자리에 앉았습니다. 맞은편 구석의 작은 문에서 요괴 파수병에게 끌려나온 자는 키가 크고 눈매가 날카로운 회색 요괴로, 한 손에 빗자루를 들고 있었습니다. 검사 한 명이 큰 소리로 서류를 읽었습니다.

"자시키 와라시. 22세. 사건일 31년 2월 7일. 일본 이와테 현 가미헤이 군 아오자사 마을 아자 세토 21번지. 이토 만타의 집 9제곱미터 크기의 다다미방에 이유 없이 무단으로 출현해 만타의 장남인 센타 8세를 기절시킨 사건."

"좋아, 알겠소."

네네무 재판장이 말했습니다.

"이름, 나이, 사실 그대로인가?"

"맞습니다."

"그대는 31년 2월 7일, 이토 만타의 다다미방에 이유 없이 무단으로 출현한 사실이 틀림없나?"

"네, 틀림없습니다."

"출현 후에는 무엇을 했나?"

"바닥을 쓱쓱 쓸었습니다."

"무엇 때문에 바닥을 쓸었나?"

"바람이 통하게 하기 위해서입니다."

"좋아. 그 부분은 실로 공익을 위한 것이다. 본관은 크게 동정을 표하는 바이다. 그러나 사람이 없는 방에 함부로 출현해서 빗자루 소리를 냈기 때문에 그 소리에 놀라 방을 들여다본 아이가 기절했다면 이것은 명확하게 출현죄에 해당한다. 따라서 오늘부터 이레 동안 무무네 시 거리의 청소를 명한다. 앞으로는 요괴 세계장의 허가 없이 함부로 저쪽 세계에 출현해서는 안 된다."

"알겠습니다. 감사합니다."

"실로 명판결이군. 이번 재판장은 정말 훌륭해."

판사들이 수군거렸습니다.

자시키 와라시는 인사를 하고는 기뻐하며 물러났습니다.

다음 요괴는 다갈색과 흰색 점토로 얼굴을 완전히 덮은 채 입이 귀까지 찢어졌으며, 벌거벗은 채 허리에 두꺼운 도롱이 같은 것을 감고 나왔습니다. 판사 한 명이 서류를 읽기 시작했습니다.

"우우우 우에이. 35세. 사건일 31년 7월 1일 밤. 아프리카 콩고 숲의 빈터에서 이유 없이 무단으로 출현, 춤을 추고 있던 원주민들을 공포에 떨게 하고 해산시킨 사건."

"좋아, 알겠네."

네네무는 말했습니다.

"이름, 나이 사실 그대로인가?"

"네, 사실 그대로입니다."

"그대는 31년 7월 1일 밤, 아프리카 콩고 숲 속 빈터에서 이유 없이 무단으로 출현, 때마침 달빛을 맞으며 춤을 추고 기뻐하는 무리를 두려움에 떨게 해서 해산시킨 사실이 틀림없나?"

"네, 사실 그대로입니다."

"좋아. 무슨 목적으로 출현했나? 이미 법률상 이유 없는 무단출현이 되지만, 그 의중을 이 자리에서 한번 물어보겠다."

"네. 사실은 너무 재미있어서 그만. 네 죄송했습니다. 너무 재미있어서. 클클 클클."

"조용히 해!"

"네. 정말 죄송합니다. 송구합니다."

"음. 그대는 명백한 출현죄다. 따라서 내일부터 스무이틀 동안 뭇 센거리 순찰을 명한다. 앞으로 요괴 세계장의 허가 없이 멋대로 저쪽

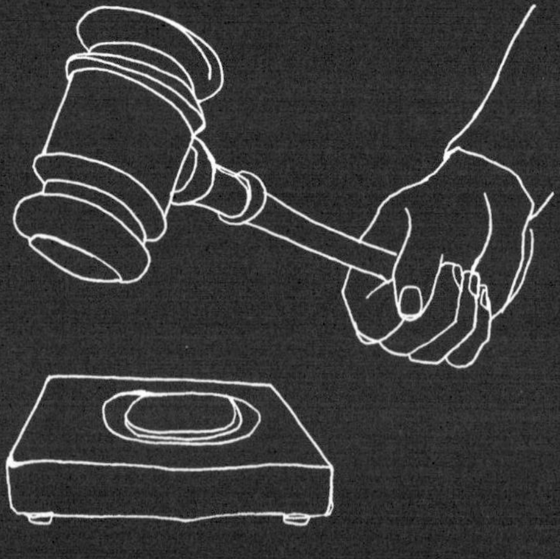

세계에 출현해서는 안 될 것이다."

"알겠습니다. 감사합니다."

그 요괴도 물러났습니다.

"실로 명석하군. 훌륭한 판결이야."

모두 소곤거렸습니다. 그때 갑자기 창문이 쾅하고 열렸습니다.

"어때, 좋은 재판장이지? 모두 감탄했나?"

얼굴이 1미터나 되는 회색 얼굴의 푸피보 선생이었습니다.

"브라보. 푸피보 박사. 브라보."

판사도 검사도 모두 외쳤습니다. 그러나 박사의 모습은 이미 사라지고 창문이 꽝하고 닫혔습니다.

그리고 네네무는 자신의 방으로 돌아와 하얀 곱슬머리 가발을 벗고 잠을 잤습니다.

나머지는 내일 일입니다.

펜넨넨넨넨 네네무의 시찰

요괴의 세계재판장이 된 펜넨넨넨넨 네네무는 다음 날 아침 6시에 일어나 곧바로 부하 검사 한 명을 불렀습니다.

"오늘은 공판이 몇 시에 있나?"

"오늘도 마찬가지로 저녁 7시부터 두 건이 있습니다."

"그래? 좋아. 그러면 오늘 아침은 8시부터 세계장에게 인사를 하러 가자. 그리고 바로 시찰을 하겠다. 모두 준비하도록."

"알겠습니다."

그리고 펜넨넨넨넨 네네무는 귀리 한 줌과 콩 즙 2리터로 가볍게 아침 식사를 마치고 서른 명의 부하를 데리고 세계장의 관저로 갔습니다.

요괴 세계장은 이미 넓은 거실 중앙에 앉아 기다리고 있었습니다. 세계장은 키가 60미터나 되는 중생대의 규화목이었습니다.

펜넨넨넨넨 네네무는 공손하게 앞으로 나가 한쪽 무릎을 바닥에 꿇고 고개를 숙였습니다.

"펜넨넨넨넨 네네무 재판장이 자네인가?"

"그러하옵니다. 영원히 충성을 다할 것을 맹세합니다."

"그래. 잘 해주기 바라네. 어제 재판에 대해서는 이미 들었네. 그리고 오늘 아침에 듣기로는 지금부터 시찰을 나간다고 하던데."

"예. 황송하옵니다."

"좋아. 부디 확실하게 해주게."

"알겠습니다."

펜넨넨넨넨 네네무는 다시 공손하게 고개를 숙이고 뒷걸음질로 물러났습니다. 서른 명의 부하는 세계장의 반응이 좋아 무척 기뻐했습니다.

펜넨넨넨넨 네네무는 아주 좋은 기분으로 시내를 시찰하기 시작했습니다.

요괴 세계의 한문문문문 무무네 시는 오늘도 변함없이 번화했습니다. 1억 1백만의 요괴들은 서로 지나가고 지나치고, 만나고 헤어지고, 발생하고 소멸하고, 연합하고 융합하고, 반복하고 나아가는 등 정말로 굉장했습니다. 네네무도 새삼스레 마음속 깊이 감탄했습니다.

그때 빨간색의 작은 깃발을 꽂은 차가 저쪽에서 차리넬이라는 악기를 토탕토탕 토탕탕 두드리며 아주 조금씩 이쪽으로 다가왔습니다. 구경꾼 요괴들이 마치 붉은 산처럼 그 주위를 따라왔습니다.

펜넨넨넨넨 네네무는 지나치면서 슬쩍 보니 그 빨간 깃발에는 하얀색으로 '후쿠지로'라고 적혀 있었고, 그 옆에는 1미터 정도 되는 키에 얼굴은 마치 할아버지처럼 주름투성이고 코가 30센티미터나 되는 무섭게 생긴 아이 요괴가 작은 반바지를 입고 서 있었습니다. 그리고 차를 끌고 있는 검고 건장한 요괴에게 '후쿠지로'라는 상표의 성냥 다섯 개를 받았습니다. 네네무는 무슨 일인지 궁금해서 지켜보고 있자, 그 불쾌하게 생긴 아이는 성냥을 들고 아장아장 걷기 시작했습니다.

붉은 산처럼 몰려있던 구경꾼 요괴들은 왁자지껄하게 그 뒤를 따라갔습니다. 젊은 요괴 하나가 뒤에 있던 요괴에게 밀려 불쾌하게 생긴 아이의 몸을 살짝 건드렸습니다. 그러자 후쿠지로라는 이름의 아이 요괴가 획 돌아서더니 갑자기 그 젊은 요괴의 뺨을 철썩 때렸습니다.

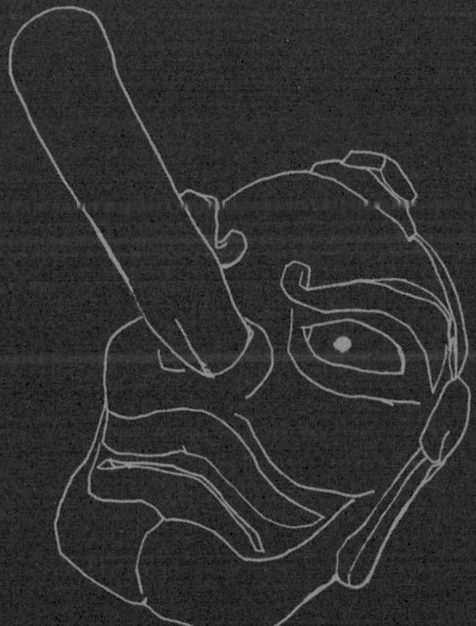

그리고 후쿠지로는 건너편의 잡화점으로 갔습니다. 잡화점에는 요괴의 칫솔이나 이쑤시개, 수건, 바지, 앞치마까지 요괴들의 모든 용품을 팔고 있었습니다.

후쿠지로가 아장아장 걸어가자 잡화점 여주인은 무서워하며 도망가려고 했습니다. 여주인은 악몽을 먹고 산다는 몽식맥夢食貘처럼 멋지게 생긴 요괴였지만, 작고 주름투성이인 후쿠지로를 보자 완전히 겁을 먹었습니다.

"아줌마, 후쿠지로 성냥 사 줘."

여주인은 간신히 마음을 가라앉히고 말했습니다.

"하나에 얼마입니까?"

"10엔."

여주인은 울상을 지었습니다.

"자, 사 줘. 사지 않으면 춤을 출 거야."

"사겠어요, 사겠어요. 춤은 필요 없습니다. 여기, 10엔."

여주인은 얼굴이 새파래져 부들부들 떨며 금고에서 돈을 그러모아 10엔을 꺼냈습니다.

"흥, 고마워."

후쿠지로는 가게를 나왔습니다.

그리고 이번에는 옆에 있는 양조장으로 들어갔습니다. 구경꾼들은 왁자지껄하게 따라갔습니다. 양조장 주인아저씨도 역시 벌벌 떨면서 10엔을 냈습니다.

그 옆은 숯가게였는데, 그곳에서도 주인은 노란색 얼굴이 초록색이 되도록 떨면서 10엔에 성냥을 하나 샀습니다.

"이거 안 되겠군, 정말 괘씸한 놈이야. 저런 나쁜 자가 시내를 멋대로 돌아다닌다는 것은 나의 수치야. 당장 저자를 단단히 묶어라!"

펜넨넨넨넨 네네무는 부하 검사에게 명령했습니다. 검사 한 명이 숯가게에서 막 나오던 후쿠지로를 곧장 붙잡아 열 번 정도 꽁꽁 묶었습니다. 펜넨넨넨넨 네네무는 요괴들을 헤치고 앞으로 나가 말했습니다.

"그대는 불쾌하게 생긴 얼굴과 몸을 수단으로 삼아, 집집이 돌며 하나에 1전인 성냥을 10엔씩 강매하고 있다. 나쁜 자다. 감옥으로 연행할 테니 그런 줄 알아라!"

그러자 그 불쾌하게 생긴 아이 요괴는 울기 시작했습니다.

"경찰 아저씨. 그건 너무해요. 아무리 비싸게 받아도 저는 1전도 갖지 않는 걸요. 두목이 몽땅 가져간다고요. 용서해주세요, 용서해주세요."

네네무가 말했습니다.

"그래? 그러면 너는 날마다 끌려다니면서 성냥만 팔고 있는 거니?"

"네, 맞아요. 저를 앞에 내세우고 힘든 일만 시켜요. 밥도 제대로 주지 않아요. 빨리 두목을 잡아주세요. 빨리요, 빨리."

불쾌하게 생긴 아이는 갑자기 힘이 나서 말했습니다.

네네무가 말했습니다.

"저 차에 있는 자를 끌어내라."

경찰 세 명이 날아가 차에 턱 하니 앉아있던 검고 건장한 요괴를 꽁꽁 묶었습니다. 네네무는 불쾌하게 생긴 아이와 함께 그쪽으로 갔습니다.

"이놈! 이렇게 불쌍한 아이를 내세워 1전짜리 성냥을 10엔에 팔다니. 당장 감옥으로 보내겠다!"

두목은 울상을 지으며 황급히 말했습니다.

"나리, 그건 너무 하십니다. 저는 날마다 온종일 돌아다니지만 간신히 밥이나 먹을 정도밖에 받지 않습니다. 나머지는 모두 두목이 가져갑니다."

"흠, 그래? 그 두목은 어디 있는가?"

"저쪽에 있습니다."

"어디?"

"저쪽 길모퉁이에서 하늘을 보고 하품을 하는 자입니다."

"알았다. 저자를 묶어라!"

모퉁이에 있던 남자는 밧줄에 묶인 채 놀라서 입을 뻐끔뻐끔했습니다.

네네무는 아이 요괴와 두목을 데리고 그쪽으로 가서 말했습니다.

"너는 몹시 나쁜 놈이다! 어떤 변명도 필요 없어. 감옥에 집어넣어!"

"이건 너무합니다. 도대체 무슨 일입니까? 하하하, 후쿠지로도 탄이치도 묶여있군. 그 일이라면 저는 단지 감독의 명령으로 차를 지키고 있을 뿐입니다. 저는 일당 30전 외에는 단 일 전도 받지 않습니다."

"흠. 정말 기묘한 사건이군. 좋아! 그대의 감독은 어디 있나, 말해!"

"저쪽 전봇대 아래에 서서 졸고 있는 자입니다."

"그래? 알았다. 저기 전봇대 아래에 있는 자를 묶어라!"

경찰과 검사가 곧바로 날아가려고 했습니다. 그때 네네무는 문득 저 너머로 거의 다섯 걸음 간격으로 하품을 하는 자, 팔짱을 끼고 있는 자, 멍하니 서 있는 자 등이 끝없이 이어지고 있는 것을 보았습니다. 네네무는 말했습니다.

"잠깐 기다려. 저쪽에도 감독들이 잔뜩 있다. 좋아! 순서대로 모두 묶어와. 가장 끝에 있는 자를 절대 놓치지 않도록. 자, 가라!"

열 명의 검사와 열 명의 경찰이 연기처럼 그쪽으로 달려갔습니다. 순식간에 감독들이 모두 꽁꽁 묶였으며 15분도 되지 않아 서른 명의 요괴가 일렬로 줄줄 끌려왔습니다.

"가장 끝에 있던 자가 이 자인가?"

네네무가 가장 상류층 복장을 한 요괴를 가리켰습니다.

"그렇습니다."

모두 입을 모아 대답했습니다.

"알았다. 이봐, 당신은 저런 불쌍한 아이를 이용해서 1전짜리 성냥을 10엔에 판 이유가 무엇이냐? 게다가 서른두 명이나 이용해서 자신의 악행을 숨기려고 하다니 실로 괘씸하구나. 자, 말해 보거라."

그런데 초록색의 상류층 요괴는 입을 삐죽 내밀 뿐 전혀 반성하는 기미도 없었습니다.

"무례하군. 나는 그런 일 한 적 없어. 단지 120년 전에 이자에게 9엔을 빌려줬는데 지금은 이미 5천 엔이 넘었어. 그래서 이자의 뒤를 따라 걸으면서 날마다 하루에 30엔씩 받고 있을 뿐이야."

그러면서 자기 옆에 있는 빨간 상류층 요괴를 가리켰습니다.

그러자 그 빨간 상류층 요괴가 말했습니다.

"그자 말이 맞아. 나는 그자에게 매일 30엔씩 갚고 있어. 갚아도 갚아도 원금을 불어나기만 해. 그건 그렇고……. 나는 이 옆에 있는 자에게 140년 전에 상당한 돈을 빌려줬기 때문에 날마다 이자를 따라다니면서 50엔씩 받고 있는 거야. 성냥에 관해서는 나는 전혀 몰라."

그리고 자기 앞에 있는 파란색 상류층 요괴를 가리켰습니다. 그러자 파란 요괴가 말했습니다.

"그자 말이 맞아. 나는 매일 50엔씩 갚고 있어. 그리고 나는 이 앞 사람에게 2백 년 전에 아주 많은 돈을 빌려줬기 때문에 매일 따라다니면서 1백 엔씩 받고 있을 뿐이야."

지적을 받은 노란색 상류층 요괴가 말했습니다.

"그래, 그자 말대로야. 그리고 나는 이 앞에 있는 자에게 예전에 엄청난 돈을 빌려줬기 때문에 매일 따라다니면서 3백 엔씩 받고 있어."

"흐음……. 대충 알겠군. 나머지는 빌려준 연도와 돈만 말해."

네네무가 말했습니다.

"250년, 오백 엔."

"300년, 천 엔."

"301년, 천칠 엔."

"302년, 천팔 엔."

"303년, 천구 엔."

"304년, 천십 엔."

네네무는 재빠르게 계산했습니다.

"이제 됐다. 제30번. 전봇대에서 졸던 자, 자네는 천30엔을 받고 있지?"

"네, 맞습니다. 명석하시군요."

그때 아까 길모퉁이에 서서 하품을 하고 있었던 감독이 말했습니다.

"어떻습니까? 제 말이 맞죠? 저는 매일 천30엔 30전을 받아 천30엔을 이자에게 바칩니다."

네네무가 말했습니다.

"그렇군. 그러면 도대체 누가 후쿠지로에게 이 일을 시키고 있는 거지?"

"저는 모릅니다. 정말 모릅니다"라고 모두 동시에 말했습니다. 그러자 네네무는 잠시 고민을 하더니 말했습니다.

"알겠다. 그러면 후쿠지로가 성냥을 팔고 있다는 사실을 아는 자는 손을 들어라."

검고 건장한 탄이치를 시작으로 순서대로 열 명이 손을 들었습니다.

"좋았어. 그러면 열 번째인 당신이 가장 나쁘다. 감옥으로 가라!"

"아니요, 천만에요. 나는 단지 후쿠지로가 성냥을 파는 것을 멀리서 보고 있었을 뿐입니다. 그것을 10엔에 파는 그런 어처구니없는 짓을 하는지는 전혀 몰랐습니다."

"이건 정말 불쾌한 사건이군. 알겠다. 그러면 후쿠지로가 성냥을 10엔에 판다는 것을 알고 있는 자는 손을 들어라."

검고 건장한 탄이치를 시작으로 단 세 명만이 손을 들었습니다.

"그렇다면 너다. 감옥에 넣어라."

네네무가 말했습니다.

"그건 아까도 말씀드렸습니다. 저는 단지 명령에 따라 보고 있기만 했을 뿐입니다."

"그렇다면 너는 10엔에 파는 것은 알고 있었지만 단지 명령에 따르고 있었을 뿐이라는 것이군. 그리고 그다음 자는 명령은 했다, 하지만 10엔에 팔라고 한 적은 없으며 또한 10엔에 팔고 있다고는 생각도 하지 못했다, 단지 후쿠지로가 가게를 아장아장 드나들기만 하는데 이렇게 돈이 벌리는구나 하고 생각하고 있었다는 얘기지?"

"네, 정말 명석하십니다."

두 사람이 동시에 말했습니다.

"좋아, 알겠다. 내 말을 잘 들어라. 이것은 나쁜 일이 계속 쌓이고 쌓여 이런 상황에 이른 것이다. 백 년, 이백 년도 전에 빌린 돈의 이자를 그렇게 상류층 복장을 하고 날마다 따라다닌다는 것은 용서할 수 없다. 특히 그것이 서른 명이나 이어지고 있다는 것은 도저히 용납할 수 없다. 너희는 매일 하품이나 하면서 졸다가 식사시간만 되면 곧바로 근처 식당으로 들어갔다가 서둘러 나와서는 앞에 있는 자가 멀리 가지 않았는지를 확인하고 나서야 안심한다니……. 실로 극악무도 하다. 그리고 자기가 돈을 버는 것이 아니라고 변명을 하면서 나쁜 짓을 서슴지 않는 것도 옳지 않다. 따라서 모두가 나쁘다. 모두에게 벌을 주지 않으면 안 된다. 하지만 모두를 처벌하는 것은 너무 가혹하니까 이렇게 하기로 하자. 모두 동시에 지금 일을 그만두는 것이다. 그리고 후쿠지로는 내가 장난감 공장의 작은 방에서라도 혼자 일을 할 수 있게 하고 때때로 과자라도 먹을 수 있도록 하겠다. 다른 자들은 모두 건강해 보이니까 각자 원하는 일을 찾도록 해라. 만약 도저히 일을 찾을 수 없다면 나에게 의논을 하러 오도록."

"알겠습니다. 감사합니다."

요괴들은 후쿠지로를 남겨둔 채 붉은 산처럼 몰려있던 구경꾼들을 헤치고 뿔뿔이 흩어져 도망갔습니다. 그리고 네네무는 검사 한 명을 시켜 후쿠지로를 종이호랑이를 만드는 공장으로 보냈습니다.

구경꾼들은 기뻐하며 함성을 질렀습니다.

"훌륭한 재판장이다, 훌륭한 재판장이야!"

그리고 네네무는 다시 시찰을 시작했습니다. 조금 가다 보니 길 오른쪽에 진흙으로 지은 커다란 집이 있었고 '세계경찰장 관저'라는 간판이 세워져 있었습니다.

"잠깐 들어가 보지."

네네무는 현관 앞에 섰습니다. 그러자 집 안에서 갑자기 웅성웅성하는 소리가 들리더니 경찰장이 앞장서서 안내를 했습니다. 관저 안의 시설을 한 번 둘러본 네네무는 테이블을 사이에 두고 경찰장과 마주 앉았습니다. 경찰장은 신문만 한 명함을 꺼내 펼치더니 네네무에게 공손하게 건넸습니다. 명함에는 '켄켄켄켄켄켄 구에쿠 경찰장'이라고 쓰여 있었습니다. 네네무는 명함을 보고 물었습니다.

"구에쿠? 아무래도 들어본 이름인데. 조금 뜬금없지만 당신은 혹시 이 근처의 농가 출신인가요?"

그러자 경찰장은 깜짝 놀라며 대답했습니다.

"정말 명석하시군요. 맞습니다."

"그렇다면 집에서 무단가출을 한 구에쿠가 맞군요. 어머니께서 크게 슬퍼하며 울고 계십니다."

"아니 전혀 그렇지 않습니다. 사실 어젯밤에도 전보를 쳤습니다. 사실 가출을 한 것도 아닙니다. 엊그제 아침, 잠시 볼일이 있어서 대학교의 잡무실에 갔었는데 마침 푸피보 박사의 강의에 이끌려 어제까지 사흘 동안 강의를 듣고 낙제를 하면서 공부를 하고 있었습니다. 어젯밤 간신히 합격해서 이곳에 부임되었습니다."

"하하하하. 그렇습니까. 훌륭하군요. 전보는 보내셨다고 했지요?"

"네."

네네무는 무척 감동했으며 경찰장의 집을 나와 다시 시찰을 돈 후 점심시간 즈음에는 요괴 세계재판장의 관저로 돌아왔습니다. 점심은 짚오믈렛이었습니다.

펜넨넨넨넨 네네무의 안심

요괴의 세계재판장인 펜넨넨넨넨 네네무의 평판은 이제 굉장해졌습니다. 이 세계가 처음 하나의 물벼룩에서 시작해 점점 가지가 생기고 다리가 나오면서 진화하기 시작한 이래, 이런 명판관은 실로 처음이라고 모두가 말했습니다.

샤론이라는 고리대금업자 요괴조차도 '아, 정말로 펜넨넨넨넨 네네무님은 명판관이야. 대니님이 다시 나타난 듯해, 아니 대니님보다 훨씬 뛰어나' 하고 칭찬할 정도였습니다.

요괴 세계장은 날마다 지위 하나씩을 주고 훈장을 보내왔기 때문에 지금은 그 지위를 읽는 데만도 두 시간이 걸렸으며, 훈장은 네네무 방 벽에 가득 차게 되었습니다. 행사가 있어서 네네무가 개회식 인사라도 하게 되면 그 지위를 읽는 것이 힘들었기 때문에 지위를 서른 개로 나누어서 서른 명의 부하에게 동시에 읽도록 했지만, 그래도 역시 4분은 걸렸습니다. 훈장도 마찬가지였습니다. 아무리 해도 네네무의 가슴에 다 달 수 없었기 때문에 네네무의 예복 상의는 가슴부터 길이 10미터나 되는 천이 이어져 있었고 그곳에 훈장을 달아 서른 명의 부하들이 그 천을 들고 졸졸 따라갔습니다. 네네무는 이처럼 큰 명예를 얻었고, 여러분도 아시다시피 푸피보 박사 외에는 그 누구도 결코 먹어서는 안 되는 짚오믈렛을 네네무만은 먹을 수 있었습니다. 그러므로 누가 생각해도 이보다 더 행복할 수는 없는 생활이었지만, 사실 네네무는 전혀 즐겁지 않았습니다. 왜냐하면 네네무가 여덟 살이 되었던 기근이 심했던 그 해, '오오 호이호이, 오오 호이호이' 하고 흥얼거리던 요괴에게 과자 바구니에 담겨 납치되었던 여동생 마미미가 잠시도 머릿속을 떠나지 않았기 때문이었습니다.

그래서 네네무는 어느 날, 테이블의 벨을 띠링 울려 부하 검사 한 명을 불렀습니다.

"자네에게 조금 묻고 싶은 것이 있네만."

"무엇입니까?"

"무릎과 발꿈치의 뼈가 아직 굳지 않은 작은 여자아이를 이용하는 장사는 도대체 어떤 장사지?"

검사는 잠시 생각한 후 대답했습니다.

"아마도 요괴 마술일 것입니다. 요괴 마술사가 변신술이라고 해서 열두세 살 정도의 여자아이를 어떤 때는 개 모습으로, 어떤 때는 토끼 모습으로 떡 반죽하듯 늘리기도 하고, 둥글게 빚기도 하고, 때론

귀를 붙였다가 떼는 것을 몇 번 보았습니다."

"그런가? 그러면 그런 마술사들은 세계에 몇 명 정도 있지?"

"네. 작년 조사로는 마술을 직업으로 하는 자는 쉰아홉 명입니다만, 지금은 상당히 감소한 것으로 알고 있습니다."

"그런가? 그런 떡 반죽 같은 마술은 이 세계가 아직 민달팽이로 이루어졌을 때의 풍습이야. 잠깐 시찰을 나가보지. 상황에 따라서는 금지해야 할 거야."

네네무는 부하 검사를 동반한 채 오늘도 거리로 나갔습니다. 그리고 검사의 안내로 곧장 마술공연장이 있는 곳으로 갔습니다. 마침 마술은 최고조에 달해 있었습니다.

네네무는 검사와 함께 안으로 들어갔습니다. 악대의 연주가 화려하게 울리고 있었습니다. 번쩍이는 강철 팔목을 지닌 파란 요괴와 하얀 요괴가 전기 결투라는 것을 하고 있었습니다. 검이 차캉차캉 울릴 때마다 파란 불꽃이 빗자루처럼 튀어나와 두 사람의 얼굴을 눈부시게 비추었고 관객들은 모두 조마조마해하고 있었습니다.

"제법 용감하군."

네네무는 말했습니다.

그러는 동안 마침내 파악하는 소리가 나더니 한쪽 요괴가 어깨에서 가슴, 허리까지 쓱 잘려 몸이 둘로 갈라진 채 쿵하고 바닥에 쓰러졌습니다.

승리한 요괴는 어깨를 으쓱하며 칼을 높이 들어 세 번을 돌리고 보라색의 강렬한 불꽃을 쏜 후 분장실로 들어갔습니다.

그러자 둘로 잘려 쓰러져 있던 요괴의 몸이 철컥하고 다시 하나가 되더니 순식간에 상처가 아물었습니다. 요괴는 킬킬킬 웃으면서 일어나더니 고개를 아주 조금 숙여 인사를 했습니다.

"아직 상처가 완전히 붙지 않아서 인사가 변변치 못했어요. 미안합니다."

그리고 다시 킬킬킬 웃더니 역시 분장실로 들어갔습니다.

징, 징, 지잉— 하고 징이 울렸습니다. 이번에는 하얀 식탁보가 덮인 테이블과 의자가 나타났습니다. 눈 주위를 시커멓게 칠한 젊은 요괴가 입을 삐죽 내밀며 테이블에 앉았습니다. 하얀 앞치마를 두른 종업원이 지름 1미터가 넘는 새하얀 접시를 공손하게 들고 와서 테이블 위에 놓았습니다.

"포크!"

의자에 앉아있던 요괴가 테이블을 두드리며 소리쳤습니다.

"네, 이런 큰 실례를 범했습니다. 지금 당장 가져오겠습니다."

종업원은 60센티미터나 되는 포크를 가지고 왔습니다.

"나이프!"

젊은 요괴는 다시 테이블을 두드리며 소리쳤습니다.

"네, 이런 큰 실례를 범했습니다. 지금 당장 가져오겠습니다."

종업원은 무대 뒤로 가서 길이 60센티미터나 되는 나이프를 가져왔습니다. 그런데 그 나이프를 테이블 위에 올리자 곧바로 칼날이 휙 휘어지고 말았습니다.

"이런 건 안 돼!"

의자에 앉아있던 젊은 요괴는 나이프를 바닥에 던졌습니다.

나이프는 휘익휘익 바닥에 떨어졌고 빨간 불이 화악 일더니 사라졌습니다.

"네, 이런 큰 실례를 범했습니다. 지금의 나이프는 광고용입니다. 진짜 훌륭한 나이프를 가지고 오겠습니다."

종업원은 물러났습니다.

그리고 네네무도 검사도 관객들도 모두 놀라고 말았습니다. 언제, 어떻게 나타났는지, 엄청나게 커다란 파란 요괴가 테이블의 접시 위에서 책상다리를 하고 앉아 시치미를 떼고는 의자에 앉아있는 젊은 요괴를 내려다보고 있었던 것입니다. 파란 요괴는 조용히 관객들을 돌아보았습니다. 눈 주위가 새빨갰습니다. 갑자기 관객들이 와아— 하고 소리쳤습니다.

"텐 텐텐텐 테지마! 잘한다!"

"오우, 대단한걸. 테지마!"

테지마라고 불린 접시 위의 커다란 요괴는 가만히 다시 얼굴을 돌려 의자에 앉아있는 젊은 요괴를 바라보았습니다. 그리고 두 요괴는 마치 두 마리의 사자처럼 서로를 뚫어지게 노려보았습니다. 관객들은 모두 일어서 있었습니다.

"테지마! 지지마! 확실하게 해치워."

"확실하게 해치워, 테지마! 지면 잡아먹혀!"

한바탕 소동이 끝나자 이번에는 조용해졌습니다. 그러는 동안 의자에 앉아있던 젊은 요괴는 눈이 아파졌는지 마침내 눈을 한 번 깜박였습니다. 접시 위의 테지마는 젊은 요괴를 향해 조금씩 얼굴을 들이밀었습니다. 젊은 요괴는 다시 눈을 연속해서 다섯 번을 깜박이더니 마침내 참을 수 없게 된 듯 양손으로 눈을 감쌌습니다. 접시 위의 요괴는 침착하게 얼굴을 내밀었습니다. 젊은 요괴는 의자에서 꽈당 하고 떨어졌습니다. 테지마는 접시 위에 우뚝 서더니 접시에서 휘익 뛰어내렸습니다. 그리고 의자에 털썩 앉더니 바닥에 쓰러져 있는 젊은 요괴를 거뜬하게 집어 접시에 올려놓았습니다.

그때 종업원이 금으로 만든 듯한 나이프를 가져와 테이블 위에 놓았습니다. 테지마는 살짝 고개를 끄덕이고는 주머니에서 지갑을 꺼내 종업원에게 지폐를 한 장 쥐여주었습니다.

"이번 손님은 제법 손이 크군."

요괴 종업원은 중얼거리면서 무대 뒤로 들어갔습니다. 그리고 테지마는 나이프를 들어 접시 위의 요괴를 쓱쓱 잘라 포크로 찍어 쩝쩝 먹었습니다.

그때 후우하는 소리가 나더니 잡아먹혔어야 할 젊은 요괴가 바닥에서 춤을 추기 시작했습니다.

"오, 제법 능숙해졌는걸."

테지마는 젊은 요괴의 손을 잡고 대여섯 번 흔들었습니다.

"테지마, 테지마!"

"잘한다, 테지마!"

사람들은 모두 환호성을 질렀습니다.

무대 위의 두 사람은 손을 잡은 채 꾸벅 인사를 하고는 무대 뒤로 물러났습니다.

징, 징, 지잉— 하고 징이 다시 울렸습니다.

무대가 달빛처럼 파랗게 변했습니다. 그리고 점점 나른한 봄 같은 분홍색으로 바뀌었습니다.

커다란 삽을 들거나 반짝이는 포크를 멘 새까만 옷을 입은 요괴가 좌우에서 열 명이 나왔습니다. 그리고 요괴 세계의 〈농부의 노래〉를 부르면서 밭을 갈고 씨를 뿌리는 흉내를 내기 시작했습니다.

요괴 해님의 빛은 쨍쨍쨍
요괴 보리는 쑥쑥쑥
종달새는 찌찍찌찍
포크는 반짝반짝

그러자 갑자기 바닥에서 커다란 초록색 보리싹이 쏙쏙쏙쏙 돋아나더니 순식간에 훌륭한 누런 이삭을 내밀고 작고 흰 꽃을 피웠습니다. 무대는 불타듯 붉게 빛났습니다.

요괴 해님의 뿔은 짱짱짱
요괴 보리는 사라락사라락
솔개는 토로로토로로
가마솥은 번쩍번쩍

모두 발을 구르며 노래를 불렀습니다. 이삭은 순식간에 훌륭하게 여물어 고개를 숙였습니다. 검은 옷의 요괴들은 어느새 커다란 낫을 들고 보리를 쓱싹쓱싹 베기 시작했습니다. 노래를 부르고 춤을 추면서 보리를 베었습니다. 순식간에 보리 다발이 무대 중앙에 산처럼 쌓였습니다.

요괴 해님의 뿔은 창창창
요괴 보리는 쓱싹쓱싹
까마귀는 까아악까아악
풍구 소리는 투타타투우

요괴들은 어느새 막대기를 들고 있었습니다. 그리고 보리 다발을 탁탁 두들기자마자 어느새 알맹이가 떨어졌습니다. 보리껍질은 푸른 불꽃을 피우며 활활 타올랐고 노란색 보리알맹이만 작은 산을 이루며 남았습니다. 요괴들은 어느새 보리를 절구에 넣고 있었습니다. 커다란 풍구는 벌써 투우투우 소리를 내며 돌고 있었습니다.

무대가 갑자기 투명한 노란색이 되었습니다. 아름다운 해바라기 꽃이 뒤쪽에 쭉 늘어서서 빛나고 있습니다. 그리고 파란색과 감색, 노란색 등 갖가지 색유리로 만들어진 날벌레가 물결을 이루기도 하고 소용돌이를 만들기도 하면서 반짝반짝반짝 날아다녔습니다.

뒤쪽의 까만 벨벳 막이 양쪽으로 스르륵 열리고 감색 얼굴에 불같은 머리카락을 지닌 어여쁜 여자아이가 하늘거리는 새하얀 옷에 보석을 가득 단 채 파랑과 노랑의 불꽃처럼 춤을 추며 뛰어나왔습니다. 관객들은 모두 미친 고래처럼 외쳤습니다.

"게텐! 게텐!"

여자아이는 웃으며 고개를 숙여 관객들에게 인사를 한 후 무대 앞으로 나왔습니다.

검은 요괴들은 모두 보리알을 주웠습니다.

여자아이도 대여섯 알의 보리알을 주워 관객들을 향해 던졌습니다. 보리알은 떨어지면서 모두 새하얀 진주로 변했습니다.

"자, 던져!"

열 명의 검은 요괴들은 모두 게텐의 흉내를 내며 보리알을 던졌습니다. 퐁퐁퐁퐁하고 진주비가 관객들의 머리 위로 쏟아졌습니다.

여자아이는 웃으면서 나지막이 주문을 외우듯 노래를 부르면서 요괴들을 지휘하고 있습니다.

펜넨넨넨넨 네네무는 그 여자아이의 얼굴을 뚫어지게 보았습니다. 그 여자아이는 분명히 펜넨넨넨넨 마미미였던 것입니다. 네네무는 도저히 참지 못하고 크게 소리쳤습니다.

"마미미, 마미미! 나야, 네네무야!"

여자아이는 깜짝 놀라 네네무 쪽을 보았습니다. 그리고 무언가 소리쳤지만 목소리가 갈라져 네네무에게 들리지 않았습니다. 네네무는 다시 외쳤습니다.

"나야, 네네무야!"

마미미는 머리부터 발끝까지 불에 데인 듯 펄쩍 뛰더니 무대에서 뛰어내리려고 했습니다. 검은 조수 요괴들이 보리알 던지는 것을 멈추고 여기저기에서 달려와 마미미를 꼭 붙잡았습니다.

"마미미! 나야, 네네무야!"

네네무는 무대 위로 뛰어 올라갔습니다.

테지마가 노란색의 헐렁한 가운을 입고 무대 뒤에서 아주 침착한 모습으로 나왔습니다.

"시끄럽군. 무슨 일이야? 이런? 당신은 왜 무대로 올라온 거야?"

네네무는 테지마를 뚫어지게 바라보았습니다. 그 요괴는 바로 기근이 들었던 해에 마미미를 납치해 간 검은 남자였습니다.

"닥쳐! 잊었나? 나는 기근이 들던 그 해 숲에 있었던 아이다. 그리고 나는 지금 세계재판장이다."

"그거 무척 잘 됐군. 그래서 그때 내가 남자아이는 강하니까 괜찮다고 했던 것이다. 네 동생을 보렴. 이렇게 훌륭해졌어. 이미 스타가 되었다고. 너도 재판장이라면 제대로 판단해서 사례를 해야지."

"하지만 너는 왜 떡 반죽 마술을 했지?"

"이런…… 말도 안 돼. 그건 아주 야만적인 풍습이야. 이 세계가 아직 민달팽이로 이루어져 있을 적의 풍습이지."

"그렇다면 네가 있는 곳에서는 떡 반죽 마술을 하지 않는다는 말인가?"

"물론이지. 우리는 전부 미학으로 이루어져 있네. 모두 미학에 바탕을 두고 있다고."

"그래, 자네는 훌륭하군. 그러면 마미미를 돌려주게나."

"물론이지. 데리고 가게나. 하지만 본인이 원한다면 다시 보내주게."

"알겠다."

어떻습니까. 결국 이렇게 이상한 상황이 되었군요. 이건 테지마 요괴의 격이 높았기 때문입니다.

어쨌든 그래서 펜넨넨넨넨 네네무는 안심했습니다.

펜넨넨넨넨 네네무의 출현

펜넨넨넨넨 네네무는 독립도 했고, 출세도 했으며, 시찰도 했고, 완전히 안심했기 때문에 점점 살도 찌고 목소리도 아주 중후해졌습니다.

대부분의 재판은 네네무가 나가서 의자에 털썩 앉아 말을 하려고 입술만 조금 움직여도 이미 결정되어 버렸습니다.

그러던 어느 일요일 펜넨넨넨넨 네네무는 서른 명의 부하를 데리고 은색의 도포를 휘날리며 언덕으로 올라갔습니다.

백합처럼 생긴 클라레라는 꽃이 새하얗고 눈부시게 빛났으며 언덕에도 골짜기에도 가득 피어 있었습니다. 네네무는 풀 위에 앉아 새파란 하늘을 찬찬히 올려다보았습니다.

부하 검사와 판사들이 네네무의 양쪽으로 원을 만들듯 둥글게 모여 있었습니다.

"어떤가. 정말 좋은 날씨 아닌가. 여기서 보니 우리 세계도 상당히 조용하군."

네네무가 말했습니다.

모두의 그림자가 풀 위로 새까맣게 떨어졌습니다.

"최근에는 분화도 없고 지진도 없으며 하늘은 푸르기만 하군요."

판사 가운데 가장 지위가 높은 새빨간 요괴가 말했습니다.

"그래, 정말 그래. 그런데 어제 산무토리가 크게 울렸다고 하지 않았는가?"

"네, 신문에 실렸습니다. 산무토리라는 것은 저것입니까?"

두 번째로 높은 판사가 파랗게 빛나는 저편 삼각형의 산을 가리켰습니다.

"응, 그렇지. 내 계산에 의하면 아무래도 가까운 시일 내에 분화를 해야 할 듯해. 산무토리 지하의 가스 압력이 90억 기압 이상이 되었어. 게다가 산무토리의 가장 약한 부분은 80억 기압밖에 견딜 수가 없지. 그런데 분화를 하지 않는다는 것은 이상하지 않은가. 내 계산이 틀렸다고는 생각하지 않네."

"그렇군요."

상석 판사를 비롯한 모든 부하가 동시에 고개를 끄덕였습니다. 그때 저편 산무토리의 푸른빛이 흔들흔들 흔들렸습니다. 그리고 옆으로 조금 휘어지는 듯하더니 순식간에 산은 수박을 자른 듯 두 쪽으로 갈라졌으며 노란색과 갈색 연기가 높게 높게 치솟았습니다.

그리고 황금색 용암이 반짝반짝 흘러나와 순식간에 부채꼴로 퍼져갔습니다. 이를 지켜보던 요괴들은 산무토리 쪽을 가리키며 크게 소리쳤습니다.

"와아, 뿜어냈다!"

"다행이군, 다행이야. 마침내 분화했어."

펜넨넨넨넨 네네무는 고귀한 남색 빛으로 반짝이며 조용히 말했습니다.

'쿠─궁 드드드드드드드 그르르.'

그때 처음으로 땅이 파도처럼 흔들렸고 귀가 찢어질 듯한 소리가 울렸습니다. 그러고는 바람이 휘익 불어와 산무토리의 연기는 순식간에 반대편으로 멀어져갔으며 하늘은 더욱 푸르렀고 클라레꽃은 눈부시게 빛났습니다. 상석 판사가 말했습니다.

"재판장님은 정말로 위대해. 이제는 지각까지도 재판장의 신성한 재판에 복종하고 있어."

두 번째 판사가 말했습니다.

"펜넨넨넨넨 네네무 재판장은 정말로 초인적이야. 나는 니체의 철학은 분명 재판장님의 암시를 받고 있는 것으로 생각해."

모두 동시에 외쳤습니다.

"브라보, 네네무 재판장! 브라보, 네네무 재판장!"

네네무는 조용히 웃고 있었습니다. 그 당당한 얼굴은 푸른 하늘보다 빛났고 최고급 유리보다 맑았습니다. 그뿐 아니라 모두의 브라보 소리는 천지에 크게 울렸고 지각이 그르르 흔들렸으며 마침내 그 파도가 산무토리에 이르렀을 무렵 산무토리가 그 영향을 받아 높게 불기둥을 세우며 두 번째 폭발을 했습니다.

'쿠―궁 드드드드드드 그르르.'

그리고 바람이 휘익 불어와 화산탄과 뜨거운 재 등 위험한 모든 것이 위대한 네네무 쪽으로 떨어지지 않도록 산 너머로 쫓아버렸습니다. 네네무는 이때 정말로 기쁨의 절정을 느꼈습니다. 그리고 일어서서 크게 노래를 불렀습니다.

나는 예전에 숲 속에서 다시마를 따고
그 다시마 그물이 하늘로 펼쳐졌을 때
바람 속의 상어 떼와 부딪쳤고
내 손은 흔들흔들 흔들렸지

나는 푸피보 박사의 제자
박사는 내가 제출한 공책을
하품과 함께 꿀꺽 삼켜버렸지
그리고 박사는 창문으로 날아갔어

나는 예전에 마술사 테지마에게
내 여동생을 도둑맞았어
그 마술사 테지마 밑에서
내 여동생은 스타가 되었지

지금 나는 훈장이 천이백 개
짚오믈렛도 이젠 질렸어
내 재판에는 땅도 복종하지
산무토리조차 수박처럼 쪼개졌지

그리고 서른 명의 부하 판사와 검사도 노래에 이끌려 모두 일어서서 '브라보, 펜넨넨넨넨 네네무! 브라보, 펜펜펜펜펜 페네무!' 하고 외치면서 춤을 추기 시작했습니다.

피가로 피가로토 피가롯토

클라레꽃이 반짝반짝 빛났고, 클라레 가지가 툭툭 꺾이고, 모두의 그림자는 마치 전쟁을 하듯 어지럽게 움직였습니다. 저쪽에서는 산무토리가 세 번째 폭발을 하고 있습니다.

'쿠―궁 드드드드드드 그르르.'

황금색 용암이 쏟아지고 새까만 연기가 치솟았습니다.

피가로 피가로토 피가롯토
펜넨넨넨넨 네네무 재판장
그 위엄은 해님의 금 뿔과 같아
한낮 클라레꽃 언덕에 서서
멀리 푸르게 빛나는 산무토리에게 명령하네

푸르게 빛나는 삼각형의 산무토리가
순식간에 불기둥을 하늘로 쏘아 올렸네
바람이 불어 클라레꽃이 반짝이고
펜넨넨넨넨 네네무는 소리 높이 웃는다
브라보, 펜넨넨넨넨 네네무
브라보, 펜펜펜펜펜 페네무

그때 산무토리가 마침 네 번째 폭발을 했습니다.

'쿠─궁 드드드드드드 그르르.'

네네무를 비롯한 요괴 검사도 판사도 모두 정신없이 노래하고 뛰고 춤을 추었습니다.

피가로, 피가로토, 피가롯토
바람이 푸른 하늘을 울리며 지나가면
그 여운이 땅으로 내려와
클라레꽃이 눈부시게 빛나고
우리들의 도포를 휘날리네

조금 전 불어왔던 바람이
이제 산무토리에 이르렀네
그 새까만 연기 기둥이
저편으로 쓰러져 간다
피가로, 피가로토, 피가롯토
브라보, 펜넨넨넨넨 네네무
브라보, 펜펜펜펜펜 페네무

우리들의 함성은 땅을 흔들고
그 울림은 일 분에 25노트
산무토리의 뜨거운 용암에 이르러
마침내 다시 폭발했네
피가로, 피가로토, 피가롯토
피가로, 피가로토, 피가롯토

네네무는 춤을 추고 소리치며 웃고 이리저리 뛰어다녔습니다.

그때 어찌 된 일인지 네네무의 발이 조금 나쁜 쪽으로 미끄러졌습니다. 나쁜 쪽이라는 것은 클라레꽃이 핀 요괴 세계의 들판 조금 뒤쪽, 뒤쪽이라기보다는 조금 앞쪽으로, 그곳은 인간 세계였습니다.

"앗! 재판장님이 경계를 넘어갔다!"

누군가가 날카로운 비명을 지르는 듯했지만, 네네무는 이미 머리가 쿠웅 울리면서 새까맣고 아슬아슬한 바위 위에 서 있었습니다.

바로 앞에는 정말 꿈같이 좁디좁은 길이 회색 이끼 속으로 꾸불꾸불 이어져 있었습니다. 하늘은 새하얗고 한없이 높았으며 가파른 비탈길 뒤쪽은 새하얀 구름 속으로 사라져있었습니다.

조금 전까지 노래를 불렀던 그 요괴 세계의 클라레꽃이 핀 들판은 어디에 있었던 것일까요.

이곳은 네팔에서 티베트로 들어가는 고개의 꼭대기였습니다.

네네무 바로 앞에는 세 개의 장대가 세워져 있었고, 그 위에 가늘고 긴 끈 같은 누더기 조각이 수없이 묶여서 바람에 펄럭펄럭 흔들리고 있었습니다.

네네무는 그것을 보고 오싹해졌습니다.

그것은 바로 이따금 들었던 마귀를 쫓는 부적 깃발이었습니다. 네네무는 도망가기 시작했습니다. 새까맣고 가파른 바위 위로 끝없이 도망갔습니다.

그런데 바로 저쪽에서 두 명의 경비원이 가느다란 목소리로 노래를 부르며 다가오고 있었습니다. 네네무는 당황해서 허우적허우적 버둥거렸습니다. 어떻게 해서든 빨리 요괴 세계로 돌아가려고 했습니다.

경비원들은 이미 네네무를 발견했습니다. 그리고 놀라서 땅에 엎드리더니 알아들을 수 없는 주문을 외우기 시작했습니다.

네네무는 몸이 굳어지기 시작했습니다. 그리고 점점 정신이 흐려지더니 마침내 쿵하고 기절했습니다.

쿠웅.

그리고 얼마 후 네네무는 귓가에서 울리는 소리를 들었습니다.

"재판장님, 재판장님, 정신 차리세요! 재판장님!"

깜짝 놀라 눈을 떠보니 그곳은 아까의 클라레꽃 들판이었습니다.

서른 명의 부하들이 주위에 모여 무척 걱정스러운 듯 바라보고 있었습니다.

"아아, 난 어떻게 된 거지?"

"지금 막 하늘에서 떨어져 내려오셨습니다. 몸은 괜찮으십니까?"

수석 판사가 물었습니다.

"아, 고마워. 이젠 괜찮아. 하지만 결국 나는 인간 세계에 출현을 해버렸어. 나는 오늘 나 자신을 재판하지 않으면 안 돼. 아아, 나는 사퇴를 하겠네. 그리고 내일부터 백 일 동안 요괴 대학교의 청소를 하겠어. 아아, 모든 것이 끝났어."

네네무의 눈에서는 저절로 눈물이 흘렀습니다. 서른 명의 부하도 함께 큰 소리로 울었습니다. 그 소리는 크르르르— 하고 땅에 파도를 일으키고 그 파도가 저편 산무토리에 이르렀을 때 산무토리가 빨간 불기둥을 일으키며 다섯 번째 폭발을 했습니다.

'쿠—궁 드드드드드드.'

바람이 휘익 불어와 꺾인 클라레꽃이 부들부들 흔들렸습니다.

폴라노 광장

ポラーノの広場

전 17등관 레오노 큐스트 기록
미야자와 겐지 역술

그 당시 나는 모리오 시의 박물국에서 근무하고 있었습니다.

18등관이었기 때문에 관청 내에서도 한참 하위직이었으며 월급도 쥐꼬리만 했지만, 담당 업무가 원래 좋아했던 표본채집과 정리였기 때문에 나는 매일 무척이나 즐겁게 일했습니다. 특히 그 당시 모리오 시에서는 경마장을 식물원으로 변경했는데, 주변에 아카시아를 심은 멋지고 넓은 땅에 매표소와 신호소 건물까지 그대로 우리 관청의 소속이 되었습니다. 나는 곧바로 할부로 산 작은 축음기와 스무 장의 레코드를 들고 숙직이라는 명목하에 그 경비실에 혼자 살게 되었습니다. 나는 말을 두는 장소에 판자로 작은 칸막이를 만들어 산양 한 마리를 키웠습니다. 매일 산양의 젖을 짜서 차가운 빵을 적셔 먹었고, 서류와 잡지를 넣은 검은 가죽 가방을 들고 깨끗이 닦은 구두를 신고 포플러나무 그림자를 성큼성큼 건너 관청으로 출근했습니다. 이하토브의 투명한 바람, 여름에도 차가움을 간직한 낮고 푸른 하늘, 아름다운 숲으로 장식된 모리오 시, 교외의 반짝반짝 빛나는 풀들의 물결.

그 속에서 함께했던 많은 사람…… 파제로와 로자로, 양치기 미로, 빨간 얼굴의 아이들, 지주인 테모, 살쾡이 박사 보간트 데스투파고 등. 지금 이 어둡고 커다란 석조건물 안에서 그들을 떠올리면 모두 오래전의 그리운 푸른 환등처럼 여겨집니다. 이제 저는 몇 개의 소제

목을 달면서 조용히 이하토브의 그 해 5월부터 10월까지를 기록하겠습니다.

도망간 산양

오월의 마지막 일요일이었습니다. 나는 시끄러운 시의 교회 종소리에 눈을 떴습니다. 이미 해는 꽤 높이 올라 있었고, 주위는 온통 반짝이고 있었습니다. 시계를 보니 정확히 6시였습니다. 나는 재빨리 조끼만 걸치고 산양을 보러 갔습니다. 그러나 마구간은 짚만이 움푹 패어 있을 뿐 쥐 죽은 듯 조용했으며, 짧은 뿔도 하얀 수염도 보이지 않았습니다.

'날씨가 아주 좋아서 대장 혼자 나갔나.'

나는 웃음을 머금으며 건너편의 신호소부터 늘 산양을 뛰어놀게 했던 차도 안쪽의 들판, 포플러 사이로 얼굴을 내밀고 있는 외곽의 하얀 교회 탑까지 빙 둘러보았습니다. 그렇지만 어디에도 그 하얀 머리도, 등도 보이지 않았습니다. 마구간을 다시 한 바퀴 둘러보았지만 역시 어디에도 없었습니다.

'산양도 개나 말처럼 이전에 있던 곳이나 왔던 길을 기억해서 돌아가는 경우가 있나?'

나는 혼자서 생각했습니다. 그렇게 생각하자 빨리 사실을 알고 싶어 조바심이 났습니다. 그렇지만 관청과 달리 경마장에는 연배 있는 박식한 서기도 없었고, 그런 내용이 담겨 있는 사전도 없었기 때문에 나는 어쩔 수 없이 차도를 반쯤 지나 이전에 산양이 마을 사람들에게 끌려왔던 길 그대로 들판 쪽으로 걷기 시작했습니다.

그 부근의 밭에서는 귀리도 호밀도 이미 싹을 내밀고 있었고, 무언가를 심기 위해 새롭게 갈아놓은 곳도 있었습니다.

그리고 어느새 나는 마을에서 서남쪽에 있는 동네로 가는 길로 들어와 있었습니다.

맞은편에서는 검은 옷에 하얀 수건을 두른 농부 아낙네들이 떼를 지어 걸어오고 있었습니다. 나는 문득 정신을 차리고 그만 돌아가야겠다고 생각했습니다. 눈뜨자마자 세수도 하지 않은 채 모자도 쓰지 않고 달랑 조끼만 걸치고 산양이 있는지도 확실하지 않은 넓은 밭 한가운데로 뛰어들어와 있었던 것입니다. 그렇지만 그때는 이미 돌아가기도 어려운 상황이었습니다. 맞은편 사람들은 이미 얼굴이 보이는 곳까지 와있었기 때문이었습니다. 나는 단념하고 힘차게 걸어가 인사를 한 후 물었습니다.

"길 잃은 산양이 이쪽으로 오지 않았습니까?"

아주머니들은 모두 멈춰 섰습니다. 교회에 가는 길이었던 듯 성경책도 들고 있었습니다.

"산양 한 마리가 길을 잃고 이쪽으로 갔습니다만…… 보지 못하셨나요?"

아주머니들은 서로의 얼굴을 바라보았습니다. 그리고 한 사람이 대답했습니다.

"글쎄요. 저희는 길을 따라 똑바로 왔기 때문에요."

그렇습니다. 산양이 길을 잃고 나갔을 때 사람처럼 길을 따라 걷는 것이 아니었습니다. 나는 인사를 했습니다.

"네, 감사합니다."

아주머니들은 가버렸습니다. 그만 돌아가려고 생각했지만 지금 돌아가면 그 아주머니들을 다시 지나쳐가야 해서 산책이라고 생각하고 조금 더 가기로 했습니다. 그렇다고는 해도 참 대책 없는 산책이군, 나는 혼자 쓴웃음을 지었습니다. 그때 저쪽에서 스물대여섯 정도 되어 보이는 젊은이와 열일곱 정도의 아이가 작은 삽을 메고 왔습니다. 이왕 이렇게 된 거 닥치는 대로 물어보자, 나는 다시 인사를 했습니다.

"산양 한 마리가 길을 잃고 이쪽으로 왔습니다만, 혹시 못 보셨나요?"

"산양이라고요? 못 봤는데요. 끌고 오다 놓쳤나요?"

"아닙니다. 마구간에서 도망갔습니다. 여하튼 고맙습니다."

나는 인사를 하고 다시 걷기 시작했습니다. 그러자 그 아이가 뒤에서 말했습니다.

"아, 저기 누가 오는데. 저게 그 산양 아닐까요?"

나는 뒤돌아서 아이가 가리키는 쪽을 보았습니다.

"파제로네. 근데 저게 산양인가?"

"산양이야. 아, 분명 그 산양일 거야. 파제로가 지금 산양 같은 걸 데리고 다닐 이유가 없잖아."

그것은 분명 산양이었습니다. 그렇지만 마을로 팔러 가는 다른 산양인지도 모르기 때문에 일단 안내도가 있는 곳까지 가보기로 했습니다. 볼이 빨갛고 조끼만 걸친 열일곱 정도의 아이가 왠지 내 것으로 보이는 암컷 산양의 목에 혁대를 채운 채 그 끝을 잡고 웃으면서 내게 다가왔습니다. 아무래도 내 산양인 듯했지만 뭐라고 말해야 할지, 생각하면서 나는 멈춰 섰습니다. 그러자 아이도 멈춰 서서 내게 인사를 했습니다.

"이 산양은 당신 것이죠?"

"그런 것 같은데."

"내가 밖에 나왔더니 혼자서 길을 헤매고 있었어요."

"산양도 개처럼 한 번 걸었던 길을 기억하는 건가?"

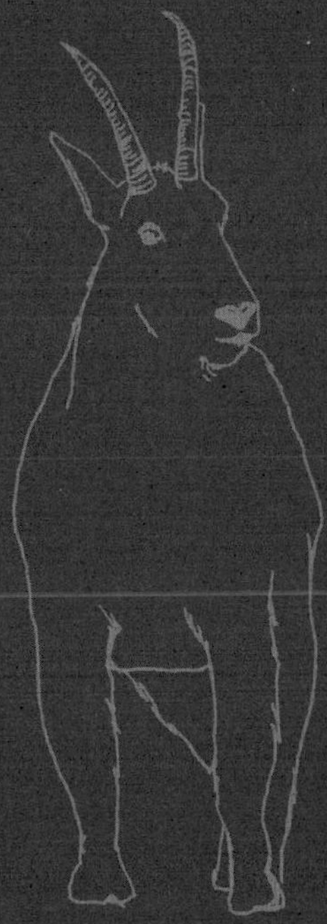

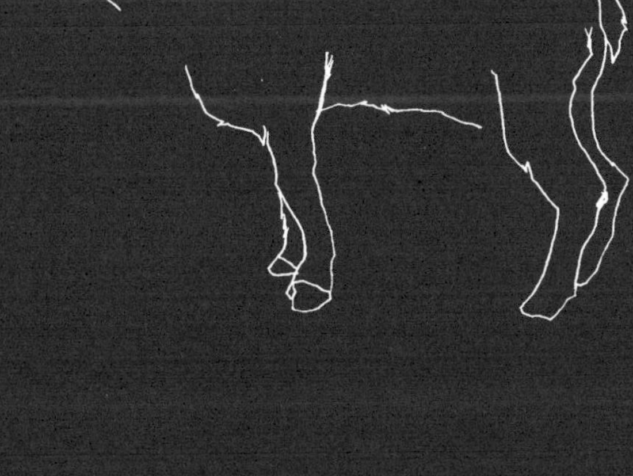

"기억하고말고요. 자, 받으세요."

"아, 정말 고맙구나. 난 세수도 못하고 찾으러 나왔단다."

"그렇게 멀리서 왔나요?"

"아, 난 경마장에 있단다."

"경마장부터 오신 건가요?"

아이는 산양의 목에서 혁대를 풀며 밭 너머로 아지랑이처럼 반짝반짝 어른거리는, 이제 막 푸른빛이 돌기 시작한 채 늘어서 있는 아카시아나무를 보았습니다.

"상당히 멀리까지 왔지."

"네. 그러면 전 이쪽으로 갈게요. 안녕히 가세요."

"아, 잠깐만. 무언가 답례를 하고 싶은데 지금 아무것도 없구나."

"아니에요. 필요 없어요. 산양을 데리고 걷는 것도 재미있었는걸요."

"하지만 내가 마음이 편하질 않아. 아, 맞다! 체인은 필요 없니?"

나는 시계의 체인은 없어도 된다고 생각하면서 은으로 된 체인을 풀었습니다.

"아니에요."

"자석도 붙어 있단다."

그러자 아이는 갑자기 관심을 보였지만, 이내 원래의 표정으로 돌아가 멍하니 중얼거렸습니다.

"아니야, 자석으로는 찾을 수 없어."

"자석으로 찾을 수 없다니?"

나는 깜짝 놀라 물었습니다.

"아."

아이는 무언가 마음속에 감추고 있던 것을 들킨 듯 조금 당황했습니다.

"무엇을 찾는다는 거니?"

아이는 잠시 주저했지만 결국 결심한 듯 말했습니다.

"폴라노 광장이요."

"폴라노 광장? 어? 들어본 적이 있는 듯한데. 뭐였더라? 폴라노 광장이라……."

"옛날이야기지만 요즘 다시 돌고 있어요."

"아, 맞다. 나도 어렸을 때 자주 들었었어. 들판 한가운데에서 축제를 하는 곳이지? 토끼풀꽃의 번호를 세면서 찾아가는 거 맞지?"

"아, 그건 옛날이야기에요. 하지만 아무래도 지금도 있는 듯해요."

"왜?"

"왜냐하면 저희가 밤에 들판에 나가면 어디선가 그런 소리가 들리는걸요."

"소리가 들리는 방향으로 가보면 알지 않겠니?"

"다 같이 몇 번이나 갔었지만 알 수 없었어요."

"하지만 소리가 들리는 정도라면 그렇게 멀지 않을 텐데?"

"아니에요, 이하토브 들판은 넓어요. 안개가 낀 날에는 양치기 미로도 길을 잃어요."

"그렇구나. 하지만 지도도 있으니까."

"들판의 지도가 생겼나요?"

"그래. 아마 네 장 정도로 만들어져 있을 거야."

"그 지도를 보면 길이나 숲도 모두 알 수 있나요?"

"조금 변한 부분도 있겠지만 뭐, 대체적으로는 알 수 있을 거야. 자, 답례로 그 지도를 사서 보내줄까?"

"네."

아이는 얼굴이 빨개져서 대답했습니다.

"넌 이름이 파제로라고 했지? 주소는 어디로 적을까?"

"제가 시간 날 때 아저씨에게 갈게요."

"시간 날 때라…… 오늘도 괜찮단다."

"전 일이 있어요."

"오늘은 일요일이잖아."

"아니요, 제게 일요일은 없어요."

"왜?"

"일을 하지 않으면 안 되니까요."

"일이라는 건 네 일이니?"

"주인집 일이요. 모두 이미 논두렁에서 일하고 있어요. 밀을 베고 있어요."

"그러면 너는 주인에게 고용되어 있겠구나."

"네."

"아버님은?"

"없어요."

"형이나 뭐 형제는?"

"누나가 있어요."

"어디에?"

"주인집에 같이 있어요."

"그렇구나."

"그렇지만 누나는 살쾡이 박사에게 가게 될지도 몰라요."

"무슨 소리냐. 살쾡이 박사라니?"

"별명이에요. 진짜 이름은 데스투파고라고 해요."

"데스투파고? 보간트 데스투파고말이니? 현의원인?"

"네."

"그 사람 질이 안 좋은데. 그 사람 집이 이쪽에 있니?"

"네, 주인집에서 보여……."

"야, 거기! 뭘 꾸물대고 있는 거야?"

그때 뒤에서 커다란 목소리가 들렸습니다. 돌아보니 빨강 모자를 쓴 다부져 보이는 늙은 농부 한 명이 가죽 채찍을 들고 화를 내며 서 있었습니다.

"지금쯤 한 차례 끝냈으려니 하고 와봤더니 아직도 이런 곳에 서서 수다나 떨고 있고. 빨리 일하러 가!"

"네, 그러면 안녕히 계세요."

"그래, 잘 가라. 난 5시 반에는 늘 관청에서 돌아와 경마장에 있단다."

"네."

파제로는 물통과 괭이를 들고 서둘러 건너편 길로 갔습니다. 농부는 이번에는 나를 향해 소리쳤습니다.

"당신! 어디 사람인지 모르겠지만 앞으로 우리 일에 필요 없는 참견은 하지 마쇼."

"아니요, 전 산양이 도망가서 찾으러 왔는데 저 아이가 데려다 줘서 감사의 말을 하고 있었습니다."

"아, 필요 없소. 산양이라는 건 어차피 다리가 있으니 걸어왔겠지. 야, 파제로! 뛰어 가, 바보 같은 놈, 뛰어가라니까!"

농부는 얼굴이 벌겋게 달아오른 채 손을 올려 가죽 채찍을 휘둘렀습니다.

"사람에게 가죽 채찍을 쓰다니 너무 심하지 않습니까?"

농부는 일부러 얼굴을 들이밀며 말했습니다.

"이 채찍 말이요? 지금 이 채찍을 말한 건가요? 이 채찍은 말이죠, 사람에게 쓰는 게 아니라 말을 모는 채찍이요. 저쪽에 말이 네 마리 있거든요. 보쇼, 이렇게 말이죠."

농부는 내 얼굴 앞에서 휘익휘익하고 거칠게 채찍을 휘둘렀습니다. 나는 화가 나서 피가 머리로 솟구쳤습니다. 그렇지만 지금 싸울 때가 아니라고 마음을 고쳐먹고 산양이 있는 곳을 바라보았습니다. 산양은 이곳저곳 풀을 뜯으며 저만치 가 있었습니다. 농부는 파제로가 간 방향으로 갔고 나도 산양이 있는 쪽으로 발걸음을 옮기기 시작했습니다. 산양이 있는 곳까지 가서 뒤를 돌아보니 밭 가득히 감색의 지평선까지 어른거리는 아지랑이 때문인지 농부의 빨강 모자도 모두 흔들흔들 일그러져 있었습니다. 그 너머는 한층 강렬한 아지랑이 속에서 번쩍하고 하얗게 빛나는 농기구와 검은 그림자처럼 걷고 있는 말과 파제로인지 아니면 다른 아이인지가 계속해서 손을 저으며 말을 몰고 있는 것을 나는 보았습니다.

토끼풀의 불빛

그로부터 딱 열흘이 지난 밤, 내가 관청에서 돌아와 와이셔츠 소매를 풀고 있는데 갑자기 파제로가 문으로 얼굴을 내밀었습니다. 그리고 놀라고 있는 나에게 인사를 했습니다.

"마침내 왔어요, 안녕하세요."

"아, 저번에는 고마웠어. 지도는 준비해 두었단다. 지금도 그 소리가 들리니?"

"물론 들려요. 어젯밤에는 아주 심했어요. 오늘 밤에는 꼭 찾아보려고 양치기 미로와 같이 나왔어요."

"집은 괜찮니?"

"뭐."

파제로는 왠지 조금 모호하게 대답했습니다.

"너희 주인은 상당히 무서운 사람이더구나. 이름이 뭐니?"

"테모라고 해요."

"테모라……. 역시 들어본 적이 있는 이름이구나."

"들어봤을지도 몰라요. 여기저기 관청에 과일이나 채소 등을 납품하고 있거든요."

"그렇구나. 여하튼 지도는 이거야."

나는 사두었던 지도를 문 앞에 펼쳤습니다.

"미로도 불러도 될까요?"

"누가 왔니? 부르렴."

"미로, 들어와, 지도를 보자."

그러자 산양 우리 안에서 파제로보다 세 살 정도 많은, 행전까지 차고 낡은 푸른색 가죽 상의를 입은 인상 좋은 젊은이가 나와 내게 인사를 했습니다.

"앗, 난 지도를 잘 모르는데. 어느 쪽이 서쪽이지?"

"위쪽이 북쪽이야. 이렇게 놓고 봐."

파제로는 뒤쪽의 풍경에 맞춰 지도를 바닥에 놓았습니다.

"자, 이쪽이 동쪽이고 이쪽이 서쪽이야. 지금 우리가 있는 곳은 여기야. 여기 둥그런 경마장이 이곳이야."

"건류 공장은 어디지?"

미로가 말했습니다.

"이 지도에는 나와 있지 않네. 여기일 거 같은데."

나는 다른 지도를 펼쳤습니다.

"안 나왔네. 언제 생긴 거니?"

"작년에요."

"그러면 없어. 이 지도는 훨씬 이전에 측량한 것이야. 그 공장은 어떤 곳에 있니?"

"무라도 숲 근방이요."

"아, 이곳인가? 무슨 나무지? 졸참나무나 자작나무 같은데. 가문비나무나 사이프러스는 아니야."

"졸참나무랑 자작나무에요. 아, 여긴가? 제 생각에는요, 어젯밤 소리는 여기서 난 것 같아요."

"가자, 가자, 가보자."

파제로는 이미 지도를 들고 벌떡 일어났습니다.

"나도 같이 가도 괜찮겠니?"

"그럼요. 저도 그렇게 말하고 싶었어요."

"그럼 나도 가자. 조금만 기다려."

나는 서둘러 준비를 했습니다. 어차피 달이 뜨겠지만 지도를 봐야 하므로 유리초롱도 챙겼습니다.

"자, 가자."

나는 문을 쾅 닫고 파제로와 미로의 뒤에 섰습니다.

해는 이미 져서 하늘은 오래된 푸른 연못처럼 변해있었습니다. 주변의 풀들도 아카시아나무도 하루 중 가장 푸르게 보이는 때였습니다.

우리는 이미 경마장 한가운데를 횡단해서 들판을 향해 뻗어있는 작은 길로 들어섰습니다. 뒤를 돌아보니 내가 있던 곳이 노란색으로 아주 조그맣게 빛나고 있었습니다.

"폴라노 광장에 가면 무엇이 있다고 하니?"

나는 미로를 따라가면서 파제로에게 물었습니다.

"오케스트라도 있고 술도 있고 무엇이든 있다고 해요. 나는 술 같은 건 마시고 싶지 않지만 모두 데리고 가고 싶어요."

"맞아, 그렇다고 했어. 나도 어렸을 때 그렇게 들었어."

"게다가 그곳에 가면 누구라도 노래를 훌륭하게 부를 수 있다고 해요."

"그래, 맞아. 그랬어. 하지만 그런 곳이 정말로 지금도 있을까."

"소리가 들리는 걸요. 나는 아무것도 필요 없지만 노래를 잘 부르고 싶어요. 미로, 너도 그렇지?"

"응."

미로도 고개를 끄덕였습니다.

미로는 원래 노래를 꽤 잘할 것이라고 나는 생각했습니다.

"내가 어렸을 때는 언제나 이 시간쯤에는 들판에 놀러 나갔어요."

파제로가 말했습니다.

"그랬구나."

"그러면 엄마가 '갔다 오렴, 올빼미에게 속지 않도록 조심해' 하고 말했어요."

"뭐라고 하셨다고?"

"엄마가요, '갔다 오렴, 올빼미에게 속지 않도록 조심해' 하고 말했어요."

"올빼미?"

"네. 올빼미요. 그건 말이죠. 제가 어렸을 때…… 그러니까 요만큼 작았을 때 들판에 나갔을 때였어요. 멀리서 '누군가 먹었다, 누군가 먹었다' 하고 말하는 거예요. 그것이 올빼미였어요. 나는 아주 어렸기 때문에 의심 없이 따라갔어요. 그리고 숲에 들어가 길을 잃고는 울었어요. 그 이후부터는 엄마가 늘 그렇게 말씀하셨어요."

"엄마는 지금 어디 계시는데?"

나는 요전의 이야기를 떠올리며, 조심스럽게 물었습니다.

"없어요."

파제로는 슬픈 듯 말했습니다.

"저번에 누나가 데스투파고의 집에 갈지도 모른다고 했었지?"

"네. 누나는 가기 싫어해요. 하지만 주인이 가라고 해요."

"테모가 말이니?"

"네. 주인은 살쾡이 박사를 무서워하거든요."

"왜 살쾡이 박사라고 부르는 거니?"

"전 잘 몰라요. 미로야, 너는 알아?"

"응."

미로는 이쪽을 돌아보며 말했습니다.

"그 사람은 살쾡이를 잡아서 외국으로 돌아다니며 장사를 한다고 해."

"살쾡이를? 그러면 동물원에 파는 건가?"

"동물원이 아닐걸요."

미로도 잘 모르겠다는 듯 입을 다물었습니다.

그때 주변은 이미 어둠이 가득 내려와 있었으며, 서쪽 지평선 위쪽이 오래된 연못의 물빛처럼 푸르게 빛나고 있었고 주변의 풀들도 검푸르게 변해있었습니다.

"앗, 토끼풀의 불이 켜졌어!"

파제로가 외쳤습니다.

정말로 건너편 검은 풀숲 속에 조그마한 둥근 초롱 같은 하얀 토끼풀꽃이 곳곳에 피어 있었고 그곳에는 진한 벌꿀 향기가 가득했습니다.

"저 불은 말이죠, 옆에서 자세히 보면 작은 나방 모양의 푸르스름

한 빛이 모여 있어요."

"그래? 난 그냥 하나의 빛이라고 생각하고 있었어."

"자, 보세요. 제 말이 맞죠? 게다가 번호가 붙어 있어요."

우리는 웅크리고 앉아 꽃을 보았습니다. 정말로 하나하나의 꽃에는 그렇게 생각하면 그렇게 보일 수도 있는 작은 갈색의 숫자 같은 것이 쓰여 있었습니다.

"미로, 몇 번이야?"

"1,256인가? 아니 17,058인가?"

"그렇게 정확하게 쓰여 있니?"

나는 아무리 해도 그렇게 확실하게 읽을 수가 없었습니다. 그렇지만 꽃의 빛은 이곳에도 저곳에도 주변에 가득했습니다.

"3,866……. 5천까지 세면 되니까 폴라노 광장은 분명히 이 근방일 거야."

"하지만 네가 얘기한 좋은 소리는 전혀 들리지 않잖아."

"이제 곧 들릴 거예요. 이 꽃은 2,556이다."

"숫자를 세는 걸로는 찾기 어려울 거야."

결국 나는 말했습니다.

"왜요?"

파제로도 미로도 똑바로 서서 나를 보고 있었습니다.

"왜라니. 일단 나는 꽃에 그런 숫자가 쓰여 있는 것이 아니라 우리 눈의 착각이라고 생각해. 만약 정말로 지금 그 소리가 들린다면 곧바로 그쪽을 향해 가는 것이 가장 옳다고 생각해. 여하튼 조금 더 앞쪽으로 가지 않을래? 이 주변은 나도 몇 번이나 왔던 곳이니까. 이곳은 아직 그 갈림길에서 정확히 북쪽으로 조금 왔을 뿐이야. 무라도 숲은 아직 한참 가야 할 거야. 그렇지, 미로?"

"한참 가야 하고말고요."

"자, 가자. 조금 더 가서 꽃의 번호를 봐봐. 분명 2천이나 3천일 테니까."

미로는 고개를 끄덕이며 걷기 시작했습니다. 파제로도 말없이 따라갔습니다. 우리는 푸르스름한 빛을 가득 밝힌 채 저편으로 마치 신비한 직물처럼 수많은 줄무늬를 이루고 있는 들판을 말없이 계속해서 걸었습니다.

그 들판 언저리의 새까만 지평선 위에서는 하늘이 점점 진한 검푸른 색으로 변했고 몇 개의 작은 별도 떠올랐으며, 주변의 공기도 점점 달콤해졌습니다. 그러는 동안에 우리들의 그림자가 왠지 앞쪽으로 드리워지는 듯해 뒤를 돌아보니, 아아, 저 멀리 모리오 시의 희미한 불빛 속에서 음력 열엿새의 푸른 달이 기이하게 납작한 모습으로 반쯤 떠올라 있었습니다. 우리는 저절로 탄성이 나왔습니다. 파제로는 달에게 인사를 하듯 두 팔을 벌리며 뛰어올랐습니다.

갑자기 푸르스름한 빛으로 뽀얘진 들판 저편에서 첼로나 베이스의 나지막한 울림이 들리기 시작했습니다.

"맞죠? 네? 그렇죠?"

파제로가 내 손을 치며 말했습니다.

나도 똑바로 서서 귀를 기울였습니다. 소리는 중얼거리듯 조용하게 조용하게 울리고 있습니다. 그렇지만 도대체 어느 방향에서 나는 소리인지 알 수 없었던 나는 멍하니 서 있었습니다. 남쪽에서도 서쪽에서도 북쪽에서도 우리가 온 방향에서도 들리는 듯했고, 어찌 보면 땅속에서도 들리는 듯했습니다. 그 소리는 높아지기도 했고 낮아지기도 했으며 즐거운 듯, 즐거운 듯 울리고 있었습니다.

그리고 그 소리는 또한 한두 개가 아닌 듯했습니다. 사라졌다가는 서로 엉키기도 했고 합쳐지기도 하는 등 뭐라고 표현할 수가 없었습니다.

"정말 옛날에 전해지던 이야기랑 똑같네. 난 더는 모르겠어."

"이 근처도 번호는 역시 3,300 정도예요."

달이 떠서 더욱 밝아진 토끼풀의 빛을 살펴보며 파제로가 말했습니다.

"번호 같은 건 도움이 안 돼."

나도 쭈그려 앉았습니다.

그때 나는 하나의 토끼풀 빛에서 다른 토끼풀로 이동하는 검고 작은 벌을 보았습니다.

"아, 벌이었구나. 보렴, 아까부터 소리가 울리기 시작했던 건 달이 뜨자 벌이 활동을 시작했기 때문이야. 보렴, 이미 벌이 들판에 가득하잖니?"

나는 아이들이 이해했을 것으로 생각했지만, 미로도 파제로도 입을 다문 채 좀처럼 인정을 하지 않았습니다.

"벌일 거야. 그래서 들판 어디에서 나는 소리인지 알 수 없었던 거야."

미로가 마침내 입을 열었습니다.

"그렇지 않아요. 나도 아주 오래전부터 벌은 알고 있어요. 하지만 지난밤에는 더 확실하게 사람의 웃음소리까지 들렸어요."

"사람의 웃음소리는 굵은 소리였니?"

"아니요."

"그렇구나."

나는 다시 뭐가 뭔지 알 수 없어서 팔짱을 낀 채 일어났습니다.

그때였습니다. 들판 저 멀리 서북쪽에서 부웅— 하는 트롬본이나 베이스 소리가 확실하게 들려왔습니다. 나는 재빨리 그쪽을 돌아보았습니다. 그러자 다시 서쪽에서도 들려왔습니다. 나는 저절로 몸이 떨려왔습니다. 누군가 들판 전체에 마술이라도 걸어놓은 것인지 아니면 예부터 전해지는 말 그대로 낮에는 아무것도 없는 들판 한가운데에 신비하게도 즐거운 폴라노 광장이 만들어지는 것인지 알 수 없었습니다. 나는 오히려 관청에서 표본의 이름표를 달거나 소장에게 서류를 제출하는 등 낮시간의 일이 다른 세상의 일처럼 느껴졌습니다.

"역시 무언가가 있는 것 같군."

"있다니까요. 게다가 겨우 이 정도가 아닌 걸요."

"이렇게 방향을 알 수 없다면 역시 전해지는 얘기대로 빛의 번호를 읽으며 가는 수밖에 없겠는걸. 그런데 도대체 어디까지 읽어야 폴라노 광장에 도착할 수 있는 거니?"

"5천이요."

"5천? 이 부근은 얼마라고 했지?"

"3천 정도요."

"그러면 북쪽으로 가야 숫자가 늘어나는지, 서쪽으로 가야 늘어나는지 조사해볼까?"

그때였습니다.

"하하핫. 너희도 폴라노 광장에 가고 있는 건가?"

뒤에서 커다란 목소리로 웃는 사람이 있었습니다.

"뭐야, 살쾡이의 마차꾼 주제에."

미로가 말했습니다.

"셋이 기어 다니면서 빛의 숫자를 세고 있군. 하하핫."

다리가 굽은 애꾸눈 할아버지는 윗옷 주머니에 손을 넣은 채 다시 크게 웃었습니다.

“그래요, 세고 있어요. 그러면 할아버지는 알고 있다는 건가요? 지금도 폴라노 광장이 있는지?”

파제로가 물었습니다.

“있지. 있기는 있지만 너희가 그렇게 기어 다니면서 꽃의 숫자를 세며 가는 그런 폴라노 광장은 없어.”

“그러면 어떤 곳이 있는데요?”

“더 좋은 곳이 있지.”

“어떤 곳인데요?”

“뭐, 너희하고는 상관없어.”

할아버지는 꺼억하는 소리를 냈습니다.

“할아버지는 항상 가나요?”

“가지 않을 이유가 없지. 좋은 곳이니까.”

“할아버지는 오늘 밤 취하셨네요.”

“아, 고급 볏짚 술을 마셨거든.”

할아버지는 다시 꺼억하는 소리를 냈습니다.

“우리는 갈 수 없나요?”

“갈 수 없어. 앗! 안 돼. 결국 악마에게 당했어!”

할아버지는 이마를 누르며 비틀거렸습니다. 투구벌레가 날아와 부딪힌 듯했습니다.

미로가 말했습니다.

“할아버지, 폴라노 광장이 있는 방향을 가르쳐주면 우리가 할아버지에게 악마의 노래를 들려줄게요.”

“재수 없는 소리! 좀더 기어 다녀 보시지.”

할아버지는 몹시 화를 내며 토끼풀 위를 성큼성큼 걸어 남쪽으로 가버렸습니다.

"할아버지, 기다려요! 또 말을 시원한 곳으로 데려가 줄게요."

파제로가 외쳤지만, 할아버지는 성큼성큼 가버렸습니다. 미로는 한동안 말없이 있었지만 결국 참지 못하겠다는 듯 말했습니다.

"야, 나 노래할 거야."

파제로는 그럴 기분이 아닌 듯했지만, 나는 이전부터 미로가 노래를 잘할 것이라고 생각하고 있었기 때문에 손뼉을 쳤습니다. 미로는 겉옷과 셔츠의 단추를 풀더니 숨을 조금 들이마셨습니다.

무턱대고 돌진하는 투구벌레
달빛도 토끼풀이 밝히는 빛도
눈에 들어오지 않고
무턱대고 날아와
살쾡이의 마차꾼에 부딪혀
당황해서 비틀비틀
떨어질 뻔하다가 간신히 멈춰
서둘러 투구를 다시 쓰고
달빛도 토끼풀이 밝히는 빛도
눈에 들어오지 않고
엉뚱한 방향으로 날아간다

그때 할아버지가 가버린 쪽에서 누군가가 가늘고 높은 목소리로 '파제로! 파제로!' 하고 부르는 듯했습니다.

"아, 누나, 지금 가."

파제로가 그쪽을 향해 크게 외쳤습니다. 그러자 그쪽의 목소리가 끊겼습니다.

"안 되겠어. 분명 주인이 찾고 있는 거야. 빨리 숲까지 가봤다면 좋았을걸."

미로가 갑자기 기운은 되찾고 빠르게 말했습니다.

"괜찮아. 난 말이지 아무래도 저 마차꾼의 마을에 있는 건어물가게의 아저씨들이 수상하다고 생각했어. 최근에는 늘 술에 취해 있거든. 분명 그 사람들이 폴라노 광장을 알고 있을 거야. 게다가 난 들판에서 이상한 모양으로 건초를 쌓은 짐마차를 몇 번이나 만났어. 파제로, 넌 아무것도 모르는 척하고 오늘 밤에는 집으로 돌아가서 자. 내가 반드시 대엿새 안에 폴라노 광장을 찾아낼 테니까."

"그래? 난 잘 모르겠는데."

그때 다시 목소리가 들렸습니다.

"파제로, 얼른 와. 심부름하러 마을에 가야 해."

"아, 지금 가. 난 곧장 주인한테 가야 하는데, 아저씨 혼자 경마장으로 돌아갈 수 있어요?"

"그럼, 갈 수 있지. 이곳은 낮에 여러 번 왔던 곳이야. 자, 지도는 줄게."

"네, 미로에게 주세요. 전 낮에는 들판에 올 시간이 없어요."

그때 저편의 토끼풀꽃과 달빛 사이에 아름다운 아가씨가 서 있었습니다. 파제로가 말했습니다.

"누나, 이 사람이야. 지도를 얻었어."

그 아가씨는 이쪽으로 나오지 않고 말없이 고개를 숙였습니다. 나도 말없이 고개를 숙였습니다.

"그럼 조심히 가세요. 전 빨리 가야 해요."

파제로는 달리기 시작했습니다. 로자로는 다시 한번 우리에게 고개를 숙이고 서둘러 갔습니다. 미로는 말없이 북쪽을 향한 채 귀에 손바닥을 대고 있었습니다. 그리고 나는 폴라노 광장은 바로 이런 장소 그대로를 말하는 것이다, 마차꾼이나 미로나 아직 꿈에서 깨지 않은 것이다, 하는 생각이 들었습니다.

"미로, 네 노래는 훌륭해. 굳이 폴라노 광장까지 가서 배우지 않아도 돼. 그럼, 잘 가거라."

미로는 공손하게 인사를 했습니다. 그리고 나는 그 아름다운 들판에서 가슴 가득 벌꿀 향기를 담으며 집으로 돌아갔습니다.

폴라노 광장

그로부터 딱 닷새가 되던 화요일 저녁이었습니다. 그날 나는 관청에서 죽은 북극곰을 박제할지에 대해 동료와 격하게 의견충돌을 했기 때문에 상당히 신경이 곤두서있었습니다. 그래서 기분 전환을 위해 타르타르산을 차가운 물에 섞어 마시고 있었습니다. 그런데 그때 저 멀리서 투명한 휘파람 소리가 들렸습니다. 그 곡조는 확실히 파제로가 산양을 데리고 왔을 때나 들판에서 서둘러 돌아갔을 때의 느낌과 똑같았기 때문에, 나도 모르게 '마침내 왔구나' 하고 중얼거렸습니다.

역시 파제로였습니다. 내가 아직 타르타르산을 다 마시기도 전에 이미 얼굴이 새빨개져 문 앞에 서 있었습니다.

"마침내 알아냈어요. 제가 어젯밤에 갈 때 확실하게 방향을 표시해두었어요. 지도로 봐도 알 수 있어요. 오늘 밤이라면 분명 폴라노 광장에 갈 수 있어요. 미로는 낮부터 가 있다가 우리를 마중하러 나온다고 약속했어요. 제가 가봐서 정말이라면 내일 모두 데리고 갈 거예요."

나도 덩달아 가슴이 뛰었습니다.

"그래? 나도 가자. 어떤 차림으로 가면 좋을까? 어떤 사람들이 와 있을까?"

"어떤 차림이든 상관없어요. 빨리 가요. 어떤 사람들이 와있는지는 나도 몰라요."

나는 서둘러 넥타이를 매고 새 여름 모자를 쓰고 밖으로 나갔습니다. 우리가 이전에 헤어졌던 곳까지 왔을 즈음에는 마침 저녁의 푸른 빛이 토끼풀을 향해 부옇게 쏟아지고 있었으며, 토끼풀 잎의 손톱자국 같은 무늬도 이미 보이지 않게 될 때였습니다. 파제로는 발돋움을 한 채 한동안 이곳저곳을 둘러보더니 갑자기 맞은편 쪽으로 달려갔습니다. 파제로는 한참 후 갑자기 멈춰 섰습니다.

"아, 이거다! 보세요."

그곳에는 파제로가 만든 듯 마분지로 만든 화살표가 붙어있는 막대가 세워져 있었고, 그 화살표는 서북 방향을 가리키고 있었습니다.

"자, 이쪽으로 가면 돼요. 저쪽에 작은 자작나무 두 그루가 있을 거예요. 그곳이 다음 목적지예요. 어두워지기 전에 빨리 가요."

파제로는 성큼성큼 달리기 시작했습니다.

그곳에는 정말로 이미 토끼풀 불빛이 나타나기 시작하고 있었습니다. 나는 다시 파제로 뒤를 따라 달렸습니다.

"빨리 가요, 빨리. 살쾡이의 마차꾼에게 발각되면 귀찮아져요."

파제로는 뒤돌아보며 이런 말을 하면서 계속 달렸습니다.

그렇지만 아까 본 두 그루의 자작나무까지는 그렇게 가깝지 않았습니다.

파제로는 아주 잘 달렸습니다.

나도 꽤 힘을 다해 달렸습니다.

마침내 그곳에 도착해서 파제로가 멈췄을 때는 이미 주변은 완전히 밤이 되어 있었고 자작나무도 새까만 모습으로 하늘을 향해 솟아 있었습니다.

토끼풀꽃은 그 맞은편에서 마치 진짜 석영램프처럼 밝게 빛나고 있었습니다.

그리고 자세히 보면 이전에 모두가 말했듯이 하나하나의 불빛은 작은 하얀 나방 모습이었으며 정말로 멋지게 빛나고 있었습니다. 곳곳에는 높게 솟은 빨간 빛도 환하게 빛나고 있었으며 가지에는 초록색의 싱싱한 잎이 달려있었습니다. 파제로는 재빨리 자작나무 위로 올라갔습니다. 그리고 한참 동안 들판의 서쪽을 바라보더니 갑자기 가지에 매달려 뛰어내렸습니다.

"다음 표시가 더는 보이지 않아요. 하지만 광장은 이곳에서 곧장 서쪽을 향해 있기 때문에 저기 구름이 조금 밝게 보이는 곳을 기준으로 삼고 가면 돼요. 그렇게 멀지 않아요."

우리는 다시 걷기 시작했습니다. 갑자기 어디선가 투구벌레의 강철색 날개가 공중에서 파닥이는 듯 윙윙하는 소리가 가득 들려왔습니다.

그리고 그 소리에 섞여 다른 악기 소리와 사람들의 시끌벅적한 소리가 언뜻언뜻 들려오다가 다시 사라지곤 했습니다.

파제로가 갑자기 멈춰 서서 내 팔을 잡으며 들판의 서쪽 끝을 가리켰습니다. 이마에 손을 얹고 가리키는 쪽을 본 나는 비틀거리며 눈을 비볐습니다. 그곳에는 무슨 나무인지 알 수 없는 일고여덟 그루의 나무가 자신의 몸에서 저절로 빛이라도 뿜어내는 듯 파랗게 빛나고 있었고 주변의 하늘도 희미하게 밝아져 있었던 것입니다.

"파제로니?"

저쪽에서 갑자기 목소리가 들렸습니다.

"응, 왔어. 하고 있어?"

"하고 있어. 엄청나게 떠들썩해. 살쾡이의 마차꾼도 와있는 듯해."

"살쾡이의 마차꾼?"

파제로는 움찔하는 듯했습니다.

"하지만 함께 가자. 폴라노 광장은 발견한 사람이라면 누구라도 가도 되는 곳이니까."

"좋아, 가자."

파제로는 단호하게 말했습니다.

우리는 그 불빛을 향해 걸었습니다.

미로와 파제로는 무언가 상당히 걱정스러운 듯 전혀 말을 하지 않았습니다. 그러자 이번에는 내가 기운이 나기 시작했습니다. 정말로 옛날이야기 그대로의 일이 진짜로 있을까 아니면 다른 곳일까, 살쾡이의 마차꾼은 이곳에 와서 무엇을 하고 있을까. 궁금해서 도저히 견딜 수가 없었습니다. 특히 그날 나는 남은 월급의 절반 이상을 갖고 있었고, 만약 돈을 내야 한다면 파제로와 미로에게 맛있는 것을 사줄 정도는 충분하다고 생각하고 있었던 것입니다.

"괜찮아. 이번에는 나를 따라오렴. 살쾡이의 마차꾼 따위 조금도 무서울 거 없어."

나는 앞장서서 성큼성큼 걸어갔습니다. 투구벌레의 날갯소리는 점점 커졌고 푸른 나무는 그 가지 하나하나까지 확실하게 보이기 시작했습니다. 나무 아래에서는 하얀 셔츠와 검은 그림자가 어른거리며 왔다 갔다 하고 있었습니다. 누군가 한 손을 들고 무언가를 이야기하고 있는 모습도 보였습니다.

마침내 가까이 다가간 나는 이곳이야말로 진짜 폴라노 광장이라고 생각했습니다. 아까 푸르게 빛나던 것은 상당히 큰 오리나무였는데, 그 가지 끝에는 수많은 오색 끈이 매달려 있었고 잎까지 반짝반짝 빛나며 흔들리고 있었습니다. 그 위에는 온갖 종류의 나비와 나방이 줄을 지어 빙빙 원을 그리고 있었습니다.

아름다운 여름 하늘의 은하수는 우리가 온 방향에서 점점 저쪽으로 돌아가고 있었고, 남쪽의 새까만 지평선 위에서는 무언가가 폭발을 한 듯 뿌옇게 덮여 있었습니다. 토끼풀의 향기와 갖가지 과일 냄새, 웃음소리 속에서 사람들은 마침내 무리를 이루어 춤을 추기 시작했습니다. 단원들은 고작 일고여덟 명 정도였지만, 진짜 오케스트라처럼 유쾌하게 왈츠를 연주하기 시작했습니다. 춤이 한 판 끝나자 모두 각각 흩어져 컵을 들었습니다. 그리고 와아— 하고 외치며 잔을 비우고 있었습니다. 그 외치는 소리 속에서는 왠지 '데스투파고 만세' 하는 소리가 들리는 듯했습니다.

"저 사람이 살쾡이 박사야."

파제로가 건너편 테이블에 혼자 앉아 술을 들이켜고 있는 노란 줄무늬 셔츠와 빨간 가죽 상의를 입은 어깨 넓은 남자를 가리켰습니다.

예닐곱 명이 색종이 조각과 끈을 던지자 그것은 눈처럼 또는 꽃처럼 반짝반짝 빛나며 그 주변에 떨어졌습니다.

어느새 광장 앞까지 온 우리는 멈춰 섰습니다.

바로 그때 데스투파고가 컵을 들고 일어섰습니다.

"이봐, 왜 내게 술을 따르지 않는 건가?"

그러자 하얀 옷을 입은 사환이 당황해서 달려왔습니다.

"아이고 죄송합니다. 앉아 계셔서 그만."

"앉아 계시든 서 계시든 나는 나 아닌가. 뭐, 좋아. 사람들이 나, 이 사람을 위해 건배하자고 하는군. 좋아, 좋아. 거…… 거…… 건배!"

그리고 모두 잔을 비웠습니다.

나는 겁이 나서 그만 돌아갈까도 생각했지만, 아까 파제로와 미로에게 했던 얘기도 있어서 도망갈 수도 없었습니다. 될 대로 되라는 심정으로 두 사람을 데리고 모자를 벗으면서 빛 속으로 들어갔습니다. 그러자 모두 일제히 입을 다물고 이상하다는 표정으로 우리를 보았습니다. 그러더니 데스투파고를 보았습니다.

그러자 데스투파고는 조금 고개를 갸웃거리며 생각에 잠겼습니다. 나를 본 적이 있지만 생각이 나지 않는 듯했습니다. 그러자 여름 프록코트를 입은 남자 한 명이 데스투파고 옆으로 가더니 귓속말을 했습니다. 데스투파고는 언짢은 시선으로 잠시 우리를 보더니 어쩔 수 없다는 듯 고개를 끄덕였습니다.

그리고 마찬가지로 프록코트를 입은 테모가 와있었습니다. 테모는 손잡이가 있는 유리잔 세 개를 들고 말없이 우리 쪽으로 왔습니다. 그리고 파제로에게 잔을 건네면서 무섭게 노려보았습니다. 파제로는 비틀비틀 뒷걸음을 쳤습니다. 사환이 곁에서 상표가 없는 커다란 병에 담긴 술을 따르려고 했습니다. 지금까지 사람들이 마시고 있던 술이었습니다. 나는 말했습니다.

"아니, 우리는 술을 마시지 않으니까 탄산수라도 줘."

"탄산수는 없습니다."

"그러면 그냥 물을 줘."

어찌 된 일인지 사람들은 모두 입을 다문 채 얼굴에 구멍이 뚫릴 정도로 우리만 보고 있었습니다. 나도 조금 쑥스러워졌습니다.

"안 됩니다. 데스투파고 씨는 손님에게 물 따위를 대접하지 않습니다."

테모가 말했습니다.

"대접을 받고 싶다는 것이 아닙니다. 들판 한가운데에서 토끼풀의 불빛을 세며 도착한 폴라노 광장에서 목이 말라 물을 마시고 싶은 것뿐입니다."

이미 내친걸음이니 어쩔 수 없다는 생각에 나는 확실하게 말했습니다.

"토끼풀의 빛? 아하하."

테모는 웃기 시작했습니다. 데스투파고도 웃었습니다. 모두 그 뒤를 따라 웃었습니다.

"안됐지만 폴라노 광장도 데스투파고 씨의 것이야."

테모가 나지막이 말했습니다. 그때 살쾡이 박사가 말했습니다.

"됐어, 됐어. 뭐, 원한다면 물을 줘. 하지만 물이나 마시는 놈들이 온다면 폴라노 광장도 조금 시시해지는군."

"네."

테모는 데스투파고에게 고개를 숙인 후 파제로에게 슬며시 말했습니다.

"파제로, 뭐 하러 온 거냐? 빨리 돌아가. 돌아가면 서 있지도 못할 정도로 두들겨 패줄 테니까 각오해."

파제로는 다시 뒷걸음질을 쳤습니다.

"그 아이는 누구냐?"

데스투파고가 물었습니다.

"로자로의 동생입니다."

테모가 고개를 숙이고 대답했습니다. 그러자 데스투파고는 말없이 등을 돌려버렸습니다. 그때 악단이 민요풍의 곡을 연주하기 시작했습니다. 사람들이 다시 원을 만들어 춤을 추려고 하자 데스투파고가 말했습니다.

"어이, 이봐! 그거 말고 그 〈캣츠 위스커The Cat's Whiskers〉를 듣고 싶군."

그러자 첼로 연주자가 대답했습니다.

"그 곡은 지금 악보가 다 없습니다만……."

그러자 이미 상당히 취해 있던 데스투파고가 말했습니다.

"하, 라, 고! 해! 하라면 하는 거야."

악단은 어쩔 수 없이 악보 하나를 같이 보며 〈캣츠 위스커〉를 연주하기 시작했습니다.

사람들도 어쩔 수 없이 음악에 맞춰 춤을 추기 시작했습니다. 그러자 데스투파고도 춤을 추기 시작했습니다. 그런데 사람들과 함께 춤을 추는 것이 아니라 일부러 방해하려는 듯이 비틀비틀 돌아다녔습니다.

사람들은 질려서 점점 춤을 멈추더니 데스투파고 주위에 빙 둘러서 있었습니다. 그러자 데스투파고는 혼자 희룽거리며 춤을 추기 시작했습니다. 결국에는 사람들 앞을 밟듯이 지나가기도 하고 갑자기 싸움이라도 걸듯 뛰어오르기도 했으며, 사람들은 그때마다 술렁술렁 도망을 갔습니다. 여름 프록코트를 입은 아까의 그 신사가 걱정스러운 듯 손을 비비며 무언가를 이야기하려고 했지만 데스투파고는 그마저도 겁을 주어 물러나게 했습니다. 악단은 한동안 어쩔 수 없이 연주를 하고 있었지만 결국 어이가 없다는 듯 멈춰버렸습니다. 그러자 데스투파고도 지쳤는지 의자에 앉았습니다.

"어이, 술 따라."

그러고는 다시 연속해서 두 잔을 비웠습니다.

그러자 미로의 동료인 듯한 두 사람이 나와 미로에게 말했습니다.

"이봐, 미로. 너도 모처럼 왔는데 노래 한 곡 불러 줘."

"사람들은 아까부터 노래 부르고 춤추느라 지금은 지쳐 있거든."

미로는 '안 돼' 하면서 손을 저었지만, 사실 처음부터 노래를 부르고 싶어서 온데다가 특히 악단 사람들이 노래를 부르면 반주를 하겠다는 신호를 했기 때문에 미로는 얼굴빛이 장밋빛으로 밝아졌고 눈도 반짝였으며 호흡도 빨라졌습니다.

나도 옆에서 거들었습니다.

"해봐, 해봐. 멋지게 해봐."

그러자 미로는 마침내 결심이 선 듯 갑자기 목을 풀더니 오리나무 아래에 있는 빈 상자 위에 섰습니다. 첼로 연주자가 웃으면서 물었습니다.

"무슨 곡을 할까요?"

"〈플로우 젠틀리Flow Gently〉를 해 주세요."

"〈플로우 젠틀리〉는 악보도 없고 오래된 노래인데."

단원들은 웃더니 서로 얼굴을 마주 보며 의논을 했습니다.

"그러면 클라리넷 연주자밖에 아는 사람이 없으니까 클라리넷하고 북으로 박자만 맞추겠습니다. 괜찮다면 두 번째 음절부터 따라서 부르세요."

모두 짝짝짝하고 손뼉을 쳤습니다. 테모도 고개를 기울이며 어디 들어보자 하는 듯한 자세를 취했습니다. 악단이 연주를 시작하자 미로가 노래를 부르기 시작했습니다.

오늘 아침 여섯 시 무렵　　발트라발라의
고개를 내가　　넘으려고 하자
아침 안개가 그때　　마침 사라지기 시작했고
한 그루의 밤나무는　　후광을 발하고 있었네
내가 꼭대기의　　바위에 앉아
아침밥인 딱딱한 빵을　　씹으려고 하자
그 밤나무가 갑자기　　흔들리기 시작하더니

내려온 것은　　　　　　　　두 마리의 전기 다람쥐
나는 서둘러서……

"어이, 어이. 틀리면 안 되지."

살쾡이 박사가 갑자기 소리쳤습니다.

"뭐라고요?"

미로는 어안이 벙벙해져 말했습니다.

"오늘 아침 발트라발라 고개에 전기 다람쥐 따위가 있었을 리 없어. 그건 족제비를 잘못 본 걸 거야. 조금 더 잘 생각해서 노래했으면 하네."

"그딴 건 어찌 됐든 상관없잖아."

미로는 화가 나서 단상에서 내려왔습니다. 그러자 살쾡이 박사가 일어났습니다.

"이번에는 내가 불러보지. 이봐, 악단! 〈인 더 굿 서머 타임In the Good Summer Time〉을 연주해."

악단은 이 곡을 여러 번 연주했던 듯 곧바로 연주를 시작했습니다. 살쾡이 박사는 뜻밖에도 노래를 잘 불렀습니다.

클로버꽃이　　　　피는 밤에
폴라노 광장의　　　여름 축제
폴라노 광장의　　　여름 축제
술을 마시지 않고　　물을 마시는
그런 녀석들이　　　찾아오면
폴라노 광장도　　　아침이 되어버리네
폴라노 광장도　　　시시해지네

파제로는 울음을 터뜨릴 듯한 표정으로 입을 꼭 다물고 있었지만, 노래가 끝나자 내가 붙잡을 시간도 없이 단상으로 달려 올라갔습니다.

"나도 노래를 하겠습니다. 지금 곡을 연주해주세요."

악단은 다시 연주를 시작했습니다. 그러자 살쾡이 박사가 말했습니다.

"오, 이거 재밌겠는걸."

그리고 다시 커다란 컵으로 두 잔을 들이켰습니다.

파제로는 힘껏 노래를 부르기 시작했습니다.

클로버꽃의　　　　향기가 퍼지는 밤에는
폴라노 광장의　　　여름 축제
폴라노 광장의　　　여름 축제
술버릇이 나쁜　　　살쾡이가
노란색 셔츠를 입고　찾아오면
폴라노 광장에　　　비가 내린다
폴라노 광장에　　　비가 내린다

데스투바고가 울컥 화를 내며 일어섰습니다.

"이런 무례한 자식! 결투를 하자, 결투를!"

나도 벌떡 일어나 파제로 앞을 막아서며 감쌌습니다.

"바보 같은 소리를 하는군. 당신이 먼저 악담을 했잖아. 이런 꼬마에게 결투라니 말이 되나? 내가 상대해주지."

"흥, 당신이 나설 자리가 아니야. 물러서 있어. 이 녀석이 바로 나, 명예로운 현의원인 나를 모독했다. 그래서 나는 이 녀석에게 결투를 신청한 것이다."

"아니지, 당신이 내 욕을 했기 때문이지. 나는 당신에게 결투를 신청한다. 아까부터 보니 당신은 마치 이곳이 당신 혼자의 들판인양 으스대고 있더군. 자, 권총과 칼 중에서 선택해라."

그러자 데스투파고는 갑자기 술을 벌컥벌컥 마셨습니다.

'아, 파제로가 나서도 이기겠군. 이 자식은 아주 약해빠졌어.'

나는 마음속으로 슬며시 웃었습니다.

예상대로 데스투파고는 허풍을 떨며 소리치기 시작했습니다.

"닥쳐. 당신은 결투 방법도 모르나?"

"좋다. 술을 마시지 않으면 말도 못하는 그런 비겁한 녀석의 상대로는 아이라도 충분하다. 자, 파제로, 확실하게 보여줘. 이런 녀석은 들판의 송충이야. 내가 뒤에서 보고 있을 테니까 흠씬 두들겨 패주라고."

"좋아, 이봐, 누가 내 입회인이 되어 줘."

그때 아까의 여름 프록코트를 입은 신사가 나왔습니다.

"자, 자, 당신이 이런 아이를 상대해서는 안 됩니다. 오늘 밤은 중요한 날이니까, 부디."

그러자 살쾡이 박사는 갑자기 그 신사를 후려쳤습니다.

"시끄러워! 그 정도는 알고 있어. 닥치고 있어. 이봐, 누가 내 시중을 들어. 테모!"

"아, 부디 용서해 주세요. 나중에 제가 확실하게 혼내주겠습니다."

"시끄러워! 어이, 크로노, 네가 해라."

크로노라고 불린 농부로 보이는 남자는 사람들 뒤로 숨으며 말했습니다.

"난 아니에요."

"겁쟁이 같은 놈! 어이, 포쇼, 네가 해."

"전 도저히 못 하겠어요."

"좋아, 입회인 따위 필요 없어. 자, 준비해."

나는 파제로의 윗옷을 벗겨주며 말했습니다.

"당신도 빨리 준비해."

"검이든 대포든 원하는 것을 갖고 와."

데스투파고의 말에 나는 '그런 것이 어디에 있다는 거야' 하고 생각하면서 대답했습니다.

"어느 쪽이든 당신이 원하는 걸로 해."

"좋아, 어이 사환! 검 두 자루를 갖고 와."

그러자 사환이 기다렸다는 듯이 말했습니다.

"이런 들판에 검은 없습니다. 나이프로는 안 될까요?"

그러자 데스투파고는 안심하는 표정을 감추려는 듯 큰 목소리로 말했습니다.

"좋아, 그거라도 갖고 와!"

"알겠습니다."

사환이 식사에 쓰는 나이프를 두 개 가져와서 데스투파고에게 공손히 건넸습니다. 완전히 연극을 하는군, 하고 나는 생각했습니다. 그런데 데스투파고는 사뭇 진지하게 칼날을 살펴보며 말했습니다.

"자, 어느 쪽이든 원하는 쪽을 잡아."

그러고는 두 개의 나이프를 모두 파제로에게 건넸습니다.

파제로는 곧바로 그 중 하나를 데스투파고의 발밑에 던져 돌려주었습니다. 데스투파고는 그 나이프를 주웠습니다.

그리고 내가 한가운데로 나갔습니다.

"준비됐나? 결투 규칙에 따른다. 붙어 싸우는 것은 금지. 자, 하나, 둘, 셋, 시작!"

그러자 시시하게도 데스투파고는 그 짧은 나이프를 검처럼 들고 열심히 파제로의 가슴을 겨냥하며 뒷걸음질쳤지만, 파제로는 단도를 쥐듯 손잡이를 쥐고 데스투파고의 손목을 겨냥했기 때문에 겨우 세 번 빙글빙글 돌더니 데스투파고는 갑자기 나이프를 떨어뜨리고는 왼손으로 오른쪽 손목을 감쌌습니다.

"이런, 이런, 당했다. 누구 요오드포름 가진 사람 없나? 과산화수소는 없나? 내가 당했다, 당했어!"

그리고 의자에 털썩 앉아버렸습니다. 나는 웃었습니다.

"약 이름을 잘도 알고 계시는군. 누가 물 좀 가져다주세요."

그런데 그 물을 미로가 가지고 왔습니다. 그리고 물뿌리개로 좌악 뿌렸기 때문에 데스투파고는 무릎에서 가슴까지 흠뻑 젖은 채 일어났습니다.

그리고 불편한 심기를 감추려는 듯 기세 좋게 말했습니다.

"에헴, 나는 이것으로 실례하겠네. 모두 실컷 즐기시게."

그리고 재빨리 들판 속으로 달려갔습니다.

그러자 테모와 여름 프록코트, 그리고 네댓 명이 급히 뒤를 쫓아 달려갔습니다.

그들이 가버리자 갑자기 모두 활기를 되찾았습니다.

"오, 파제로. 아주 잘했어. 이 분은 대체 누구시지?"

"경마장에 사는 사람이에요."

마침내 나는 물어보았습니다.

"도대체 오늘 밤은 무슨 일인가요?"

"별거 아닙니다. 살쾡이 자식, 내년 선거 준비하는 거죠. 공짜로 술을 마실 수 있는 폴라노 광장을 잘도 생각해냈어요."

"봄부터 이런 식으로 계속해서 사람들을 모아 술을 먹였어요."

"그 술도 그건가요?"

"그 자식 이야기는 그만하죠. 한잔합시다."

"아니요, 우리는 술을 마시지 않습니다."

"그럼 편한 대로 하쇼."

나는 이제 참을 수 없을 만큼 그곳이 싫어졌습니다.

"어이, 파제로 가자. 돌아가자."

나는 갑자기 들판으로 달려가기 시작했습니다. 파제로가 곧바로 따라왔습니다. 사람들은 뒤에서 아직도 시끌벅적 떠들고 있습니다. 다시 악단도 연주를 시작했습니다. 누군가가 연설을 하는 소리도 들렸습니다. 파제로와 나는 모리오 시 방향의 희미한 불빛을 향해 클로버 빛 속을 서둘러 갔습니다. 그때 음력 스무날의 달이 옆으로 길게 뻗은 검은 구름 위로 조용히, 파랗게 떠올랐습니다. 뒤돌아보니 이미 그 오리나무의 불빛도 작아졌고 은하수는 서쪽으로 멀리 돌아갔으며, 전갈자리의 붉은 별이 완전히 남쪽으로 와있었습니다.

우리는 곧 요전에 셋이서 헤어졌던 장소 부근에 도착했습니다.

나는 문득 걱정되어 물었습니다.

"넌 테모가 있는 곳으로 돌아갈 거니?"

"돌아가야죠. 누나가 있는 걸요."

파제로는 무척이나 슬픈 듯한 목멘 소리로 말했습니다.

"그래. 하지만 괴롭힘을 당할 텐데."

"내가 가지 않으면 누나가 더 괴롭힘을 당할 거예요."

파제로는 결국 울음을 터뜨렸습니다.

"나도 같이 갈까?"

"안 돼요."

파제로는 다시 한참을 울고 있었습니다.

"우리 집으로 갈래?"

"안 돼요."

"그러면 어떻게 하니?"

파제로는 한동안 말없이 있다가 갑자기 기운이 난 듯 말했습니다.

"아니에요. 괜찮아요. 테모는 나를 심하게 괴롭히지는 않아요."

이것은 공무원들의 버릇입니다만 파제로가 그렇게 말한다면 괜찮겠지, 하고 생각해버리고는 내일 해야 할 일 등을 멍하니 떠올리고 있었습니다.

"그렇다면 다행이구나. 무슨 일이 있으면 찾아오렴."

"네. 누나 일로 부탁하러 갈지도 몰라요."

"아, 언제든지 오렴."

"그러면 안녕히 가세요."

파제로는 클로버 속에 검은 그림자를 길게 끌며 남쪽으로 갔습니다. 나는 계속 뒤를 돌아보면서 돌아왔습니다.

집으로 돌아와 보니 책상 위에는 저녁에 마시던 타르타르산 컵이 그대로 놓여 있었고 전등은 켜진 채였으며 자명종의 시곗바늘은 2시를 가리키고 있었습니다.

경찰서

그런데 그다음 다음 날의 오후였습니다. 관청의 책상에서 낡은 장부를 옮겨 적고 있었는데 사환이 와서 내 어깨를 콕콕 찌르며 말했습니다.

"소장님이 지금 오라는데요."

나는 곧바로 펜을 놓고 사람들이 앉아있는 의자 사이를 지나 방문을 열고 소장실로 들어갔습니다.

그러자 소장은 한 장의 종잇조각을 들고 문을 열기 전부터 무서운 표정을 지은 채 내 쪽을 보고 있었습니다. 내가 앞으로 가서 공손하게 인사를 하자 다시 가만히 내 모습을 지켜보더니 말없이 그 종잇조각을 건넸습니다.

이하토브 경찰 제3256호
조사할 것이 있으니 오늘 오후 3시 본 경찰서 인사과로 출두 바람.
1927년 6월 29일
제18등관 레오노 큐스트 귀하

내용을 읽어 본 나는 '아, 그 데스투파고의 일이군, 이거 재미있겠는걸' 하면서 마음속으로 웃었습니다. 그러자 말없이 내 표정을 보고 있던 소장이 물었습니다.

"짚이는 것이 있나?"

"네, 있습니다."

나는 두 팔을 바로 하고 대답했습니다.

소장은 안심한 듯 마침내 표정을 누그러뜨리고 슬쩍 시계를 올려다보았습니다.

"알았다, 얼른 가보도록."

나는 다시 공손하게 인사를 하고 방을 나왔습니다. 그리고 자리에 돌아가 책상 위를 정리한 후 살며시 관청을 나왔습니다. 커다란 벚꽃 가로수 밑을 지나 빨간 벽돌 건물의 경찰서 앞에 서자 나도 조금은 긴장이 되었습니다. 그렇지만 아무런 나쁜 짓도 하지 않았으니 겁먹을 것 없다고 스스로 다독이며 현관 정면에 있는 접수처에 가서 당당하게 말했습니다.

"연락을 받고 왔습니다만…… 레오노 큐스트입니다."

그러자 접수를 담당하던 순경은 말없이 장부를 대여섯 장 넘겨보더니 말했습니다.

"아, 실종자 건이군요. 인사과로 가세요. 저기 왼쪽 입구로 들어가서 기다리세요."

실종자 건이라니 무슨 일일까? 결투 건이 아니었나? 게다가 결투 건이라고 해야 칼날이 무딘 식사용 나이프로 한 것인데 데스투파고가 피를 흘렸는지조차 알 수 없는 정도인데…… 무언가 착오가 있었나 보군. 나는 이런저런 생각을 하며 방으로 들어갔습니다. 창문이 일곱 개나 있는 넓은 방이었지만 안은 텅 비어 있었고, 구석에는 살쾡이 박사의 마차꾼이 몸을 한껏 경직시킨 채 새파랗게 질린 이상한 얼굴로 의자에서 기다리고 있었습니다.

"아, 할아버지 안녕하세요. 할아버지도 호출을 받으셨나요?"

나는 옆으로 가서 웃으면서 인사를 했습니다.

그러자 할아버지는 이런 악당과 얘기했다가는 큰일이라도 난다는 듯, 도망갈 곳을 찾기라도 하는 듯 허둥지둥 일어나더니 다시 털썩 주저앉았습니다. 나는 다시 물었습니다.

"할아버지의 주인은 오지 않으셨습니까?"

"당연히 오지 않으셨지."

할아버지는 겨우 대답했지만 그러고는 부들부들 몸을 떨었습니다. 나는 다시 웃으면서 물었습니다.

"도대체 어떻게 된 겁니까?"

"지금 조사를 받고 있어."

"누가요?"

나는 깜짝 놀라서 물었습니다.

"로자로."

"로자로? 왜요?"

나도 이미 웃음기가 완전히 가셨습니다.

"파제로가 없어졌으니까."

"파제로?"

나도 모르게 큰 소리로 외쳤습니다.

'아, 그날 밤 돌아가는 길에 파제로에게 무슨 일이 있었구나…….'

그때 갑자기 안쪽 문이 쾅하고 열렸습니다.

"이야기하면 안 돼! 소환인은 서로 이야기를 나누면 안 돼. 어이, 당신은 이쪽으로 들어와 있어."

할아버지는 비틀비틀 일어나 옆방으로 갔습니다. 이야기를 듣고 보니 정말로 옆방에서는 로자로가 누군가에게 조사를 받고 있는 듯 아까부터 조용히 무언가를 반복해서 말하고 있는 소리가 들렸습니다. 나는 가슴이 미어지는 듯했습니다.

파제로가 없다…… 파제로가 없다. 그 반달의 파란 달빛 아래서 결투에 이긴 후 뭐라고 표현할 수 없는 암담한 기분을 느끼며, 클로버의 푸르스름한 빛 위에 그림자를 길게 길게 끌며 힘없이 돌아가는 파제로. 그곳에 마직으로 된 여름 외투의 깃을 세운 데스투파고가 서너 명의 부하를 데리고 숨어서 기다리고 있다, 파제로가 그들을 보고 멈춰 서자 그들은 웃으면서 조용히 옆으로 다가간다, 갑자기 한 사람이 파제로를 후려갈긴다, 모두 달려들어 허공에 손을 휘두르는 파제로를 걷어차고 밟는다, 파제로의 움직임이 멈춘다. 데스투파고는 그런 파제로를 다시 마구 짓밟는다, "이런! 이제 어쩔 수 없군. 들고 가! 들고 가!" 하고 데스투파고가 말한다, 부하들은 파제로를 건류 공장의 가마솥에 넣는다…… 나는 혼자 상상하다가 무서워서 눈을 떴습니다.

'아, 그때 나는 왜 그대로 집에 돌아가서 잠을 잤던 걸까, 왜 나는 걱정하고 안절부절해야 하는 시간에 태평스럽게 잠을 자고 있었던 것일까. 게다가 그 상냥하고 아름다운 로자로가 지금 옆방에서 위협을 받으며 신문을 당하고 있다니.'

나는 참을 수가 없어서 몇 번이고 그 방을 빙글빙글 돌았습니다. 창밖의 벚꽃나무 너머로 많은 사람이 지나다니고 있었습니다. 나는 그 사람들 하나하나가 데스투파고나 파제로로 여겨져 참을 수가 없었습니다. 사냥 모자를 깊게 눌러 쓴 소년이 지나가면 파제로가 도망쳐서 몰래 이곳을 지나가고 있나 하는 생각이 들었고, 뚱뚱한 사람을 보면 데스투파고가 일부러 저런 변장을 해서 몰래 상황을 살피고 있는 것으로 생각했습니다. 갑자기 나는 머릿속이 텅 비는 듯했습니다. 옆방에서 희미하게 흐느끼는 소리가 들렸고 그 후 버럭 소리를 지르며 위협하듯 발을 쿵하고 구르는 소리가 들렸던 것입니다. 나는 문을 열고 뛰어들어가려고 했지만 다시 한동안 조용해지더니 잠시 후 문손잡이가 힘없이 찰칵하고 돌아갔습니다. 그리고 로자로가 눈을 크게 뜬 채 비틀거리듯 나왔습니다.

나는 뭐라고 얘기를 해야 좋을지 몰라서 허둥대고 있었습니다. 그러자 로자로가 말없이 가볍게 고개를 숙이고는 내 앞을 지나쳐 밖으로 나갔습니다. 문득 돌아보니 아까의 그 경관인지 순경인지 하는 사람이 문으로 고개를 내밀고 로자로가 나가는 것을 보고 있었습니다. 내가 경관을 쳐다보자 그는 얼굴을 쏙 빼고는 문을 닫았습니다. 안에서는 이번에는 살쾡이 박사의 마차꾼이 무언가 신문을 받고 있는 듯, 이따금 고성이 울리고 마차꾼의 떨리는 목소리가 들렸습니다. 나는 기다리는 동안에 생각을 확실하게 정리하려고 했지만, 모든 게 뒤죽박죽이 되어 도저히 할 수 없었습니다. 여하튼 담당자에게 솔직하게 털어놓고 이야기하는 것이 가장 좋은 방법이라고 결론짓고 가만히 앉아서 마음을 가라앉히고 있었습니다. 그러자 잠시 후 아까의 그 문이 찰칵하고 열리더니 마차꾼이 새파래진 얼굴로 비틀거리며 나왔습니다. 그리고 아까의 그 경관이 다시 얼굴을 내밀며 말했습니다.

"제18등관, 레오노 큐스트 씨가 당신입니까?"

"그렇습니다."

"그러면 이쪽으로."

나는 방으로 들어갔습니다. 그곳에는 경관으로 보이는 수염을 멋지게 기른 또 한 사람이 정면에 있는 책상에 서류를 올려놓은 채, 이제 막 하품을 하던 참이었다는 듯 눈을 깜박깜박하면서 나를 보고 있었습니다.

"그쪽에 앉으십시오."

나는 가볍게 고개를 숙이고 경관 앞에 앉았습니다.

"자네가 레오노 큐스트 군인가?"

"그렇습니다."

"직업, 국가공무원. 직급, 18등관, 나이, 본적, 현주소, 모두 맞나?"

경관은 내 이름 등 여러 가지가 적혀 있는 서류를 보여주었습니다.

"그렇습니다."

"그러면 물어보겠네. 자네는 테모 씨의 농부 파제로를 어디에 숨겼나?"

"농부 파제로?"

나는 고개를 갸우뚱했습니다.

"농부야. 열여섯 살 이상은 아이라도 농부다."

경관은 귀찮다는 듯 그렇게 말했습니다.

“자네는 파제로를 어딘가에 감춰두고 있지?”

“아닙니다. 나는 그제 밤 경마장 서쪽에서 헤어진 뒤로 보지 못했습니다.”

“거짓말을 하면 그것도 죄에 속해.”

“아닙니다. 그때는 음력 스무날의 달도 떠있었고 들판에는 클로버 빛이 가득했습니다.”

“그런 게 증거가 되겠나? 우리는 그런 것까지 적고 앉아있을 여유가 없어.”

“거짓말이라고 생각된다면 어디든지 수색해보면 알 겁니다.”

“수색을 하든 안 하든 우리 마음이다. 네가 숨겼지?”

“모르는 일입니다.”

“기소한다!”

“마음대로 하세요.”

두 경관은 얼굴을 마주 보았습니다.

“그러면 묻겠네만 자네는 파제로와 어떻게 알게 되었지?”

“파제로가 도망간 내 산양을 잡아 주었습니다.”

“음, 그건 언제 어디서지?”

“5월의 마지막 일요일, 그러니까 27일인가요.?”

“맞아, 27일. 어디서?”

“그 도로 이름이 뭐더라? 교회 옆에서 마을로 나가는 도로를 1킬로미터 정도 지나는 부근입니다.”

“음. 그리고 자네는 파제로를 데리고 마을의 가든파티에 침입했군.”

“침입이 아닙니다. 환했고 여러 가지 소리가 들렸기 때문에 가본 것입니다.”

"그다음에는 어떻게 했나?"

"우리가 술을 마시지 않는다고 테모는 화를 냈습니다."

"넌 테모와 언제부터 알았나?"

"파제로와 알게 되었을 때입니다. 그때 테모는 파제로의 일할 시간을 내가 방해했다며 내 얼굴 앞에서 가죽 채찍을 휘둘렀습니다."

"그것뿐인가?"

"네."

"그다음에는 가든파티에서 어떤 일이 있었지?"

나는 폴라노 광장에서 있었던 이야기를 전부 했고, 한 사람이 그것을 계속해서 받아 적었습니다. 경관이 말했습니다.

"자네는 파제로가 없어졌다는 사실을 아까까지 몰랐나?"

"네."

"무언가 증거를 댈 수 있나?"

"네. 그러니까 어제와 오늘 관청에서의 업무를 보시면 알 수 있습니다. 나는 그것으로 다 끝난 건 줄 알고 가뿐한 마음으로 일을 하고 있었던 것입니다."

"그것도 증거가 되지 않아. 이봐, 자네, 시치미 좀 작작 떼지. 테모 씨가 수색신고서를 제출했어. 자네가 지금 파제로의 소재지를 털어놓는다면 덮어줄 수도 있어. 그렇지 않으면 너한테 좋을 게 없을 거야."

"정말 전혀 모릅니다. 당신들도 업무상 조사하는 것이겠지만 제 목소리나 표정을 잘 보십시오. 이래도 모르시겠습니까?"

나는 조금 화가 나서 단숨에 말했습니다.

그러자 두 사람은 다시 얼굴을 마주 보았습니다. 이제 될 대로 되라, 하는 심정으로 나는 계속해서 이야기했습니다.

"나를 부르기 전에 왜 먼저 데스투파고를 부르지 않았습니까? 누가 생각해도 파제로가 없어진 것은 데스투파고의 짓입니다. 설마 살인까지는 하지 않았겠지만……."

"데스투파고 씨는 없어."

나는 깜짝 놀랐습니다.

'아, 파제로는 계획적이었든 실수였든 누군가에게 살해되었을지도 몰라.'

"자네의 진술은 여러 가지 점에서 테모 씨의 진술과 달라. 그러나 우리는 그것이 당연하다고 생각해. 지금 조서를 읽을 테니까 자네가 말한 내용과 다른 부분이 없는지 잘 듣도록."

경관 한 사람이 읽기 시작했습니다.

"맞습니다."

나는 파제로를 생각하면서 건성으로 대답했습니다.

"이곳에 서명하도록."

나는 서류 끝에 서명을 했습니다.

"그러면 돌아가도 좋아. 내일 다시 부를 테니까."

경관이 말했지만 나는 너무 걱정이 되어 참을 수가 없었습니다.

"파제로는 어떻게 되었습니까? 왜 데스투파고를 체포하지 않습니까?"

"자네가 참견할 일이 아니야."

"도대체 파제로는 어떻게 된 겁니까?"

"그렇게 걱정이 되면 자네도 찾아보도록. 자, 돌아가."

두 사람은 이미 지쳤는지 빨리 끝내고 싶은 듯했습니다. 나는 이미 불이 켜진 경찰서를 정신없이 뛰어나왔습니다. 그러자 그 푸른 저녁 안갯속에서 로자로가 출구의 벚꽃나무 기둥에 힘없이 기댄 채 슬픈 듯 먼 하늘을 보고 있었습니다. 나도 모르게 로자로를 향해 달려갔습니다.

"당신이 로자로 씨이죠? 나는 어디를 찾아보면 될까요?"

로자로가 바닥을 내려다보며 말했습니다.

"분명 멀리 있을 거예요. 만약 살아있다면……."

"제 잘못입니다. 하지만 반드시 찾아내겠습니다."

"네."

"데스투파고는 없습니까?"

"없어요."

"마차꾼은?"

"보지 못했어요."

"당신 주인은 알고 있지 않나요?"

"네."

"일부러 수색신고를 한 것이겠죠?"

"아니에요. 경찰에서도 사람이 나와 조사했어요."

"이제 주인집으로 가십니까?"

"네."

"거기까지 함께 갑시다."

우리는 걷기 시작했습니다. 나는 이런저런 이야기를 걸어보았지만 로자로는 무척이나 슬픈 듯 한두 마디밖에 대답하지 않았기 때문에, 나는 아무리 해도 파제로와 두 사람의 일에 대해 끼어들 수가 없었습니다. 그리고 어느덧 이전에 산양을 붙잡았던 곳까지 왔습니다.

"거의 다 왔어요."

로자로는 먼저 인사를 하고는 가버렸습니다.

나는 쓸쓸함과 걱정으로 가슴이 터질 듯했습니다. 그리고 그날부터 매일 밤마다 파제로를 찾으러 들판으로 나갔습니다. 일요일에는 낮에도 나갔습니다. 특히 이전에 파제로와 헤어졌던 부근부터 테모의 집 사이에 무언가가 떨어져 있지는 않은지 찾아보기도 했고, 클로버꽃에 데스투파고와 파제로의 발자국이 남아있지는 않은지 둘러보기도 했으며 데스투파고의 집에서 무슨 소리가 들리지는 않을까 며칠 밤이고 그 주변을 돌아다녔습니다.

두 그루의 자작나무가 있던 곳에서 폴라노 광장까지도 몇 번이고 갔습니다. 그러는 동안 클로버꽃은 점점 시들어 갈색이 되었고, 폴라노 광장의 오리나무에는 찢기고 색이 바랜 오색 줄이 몇 가닥 걸려 있을 뿐, 미로조차도 만나지 못했습니다. 경찰에서는 그 이후로 호출이 없었기 때문에 직접 가서 어떻게 되었는지 묻기도 했지만, 경찰은 아직 단서가 없지만 파제로도 데스투파고도 걱정할 것은 없다는 소리만 했습니다. 그리고 나도 익숙해진 것인지 지친 것인지 알 수 없었지만, 어쩐지 파제로는 파제로대로 분명히 어딘가에 있을 것 같다는 기분이 들기 시작했습니다.

센다드 시의 독나방

그리고 날씨가 점점 더워졌습니다. 관청 창문에는 노란 차양도 달렸고 옆방 소장실에는 전기회사가 기증한 지름 70센티미터의 커다란 선풍기도 설치되었습니다. 너무 더운 날의 오후에는 소장이 스스로 일어나 방 사이의 문을 열어놓기도 했습니다.

"자, 여러분도 선풍기 바람 좀 쐬도록."

그러자 대형 선풍기에서 바람이 쌩쌩 불어왔습니다. 원래 내 자리는 바람이 통하는 길에서 조금 벗어나 있었기 때문에 특별히 시원했던 것은 아니지만, 그래도 건너편의 서류와 테이블보가 내는 팔락팔락 소리는 사실 유쾌했습니다. 그럼에도 그러한 일 중간중간에 문득 파제로가 떠오르면 가슴이 확 뜨거워져 어떻게 해야 좋을지 알 수 없었습니다. 여하튼 그 7월 내내 내가 한 일은 다음과 같은 일이었습니다.

— 북극곰 박제 방법을 테라키 표본제작소에 조회하는 건
— 야쿠샤 산 정상의 화산탄 운반비용 견적 건
— 식물표본 퇴색 조사 건
— 새 번호표 2천 3백 장 제작 건

그리고 8월이 시작되었습니다. 그 8월 2일의 오후, 내가 꾸벅꾸벅 졸면서 중국 한나라 시대의 돌에 새겨진 그림의 설명을 옮겨 적고 있는데 사환이 갑자기 뒤에서 내 목덜미를 치며 말했습니다.

"소장님이 불러요."

내가 조금 화가 나서 돌아보니 사환은 다시 거만하게 말했습니다.

"소장님이 당장 오라는데요."

나는 대답도 하지 않고 입을 다문 채 사람들의 의자 뒤쪽을 지나 소장실의 문을 열고 공손하게 들어갔습니다.

소장은 선풍기 바람을 쐬면서 살찐 하얀 팔목에 턱을 괴고 신문을 읽고 있었습니다. 내가 가자 나른한 듯 눈을 조금 들더니 책상 위의 메모꽂이에서 한 장의 명령서를 내게 주었습니다. 출장명령서에는 다음과 같이 적혀 있었습니다.

'해안 조류의 알 채집을 위해 8월 3일부터 스무여드레 동안 이하토브 해안지방으로 출장을 명한다.'

나는 완전히 싱글벙글했습니다.

암초가 많은 아름다운 이하토브 해안에 가서 요즘 있을 리도 없는 알을 찾으라고 하는 것은 위로휴가를 보내주겠다는 의미다. 내가 그 정도로 소장님과 다른 사람들에게 열심히 일하는 것으로 보였나 보군. '고맙습니다. 고맙습니다' 하고 나는 마음속으로 환호성을 질렀습니다. 소장님은 내 얼굴을 보지도 않고 여전히 신문을 보면서 딱 한마디만 했습니다.

"회계부에 가서 경비를 받도록."

나는 정중하게 고개를 숙이고 방을 나왔습니다. 그리고 그 명령서를 직원들 한 사람 한 사람에게 보여주면서 인사를 하고 마지막으로 회계부로 갔습니다. 회계부의 노인은 조금 떨떠름한 표정을 지었지만, 말없이 내 도장을 받고는 큰 액수의 지폐를 여덟 장이나 건네주었습니다. 나는 집에 돌아와서 갖고 있던 레코드를 모두 마을의 골동품 시계방에 팔아버렸습니다. 그리고 창이 큰 파나마 모자와 달걀 색의 마직 옷을 샀습니다.

다음 날 아침 나는 경비실에 자물쇠를 확실하게 채우고, 첫 기차로 이하토브 해안의 가장 북쪽에 있는 사모 마을로 갔습니다. 그 60리의 해안을 마을에서 마을로, 곶에서 곶으로, 암초에서 암초로, 해초를 건조하기도 하고 암석의 표본을 뜨기도 하고 오래된 동굴이나 표본이 될 만한 지형을 사진과 스케치로 담아 계속해서 관청으로 보내면서 이십여 일 동안 계속해서 남쪽으로 옮겨갔습니다. 해안 사람들은 나 같은 하급 공무원도 무척 신기해하며 어디를 가든 환영해주었습니다. 바다 가운데 있는 암초로 건너가려고 하자 사람들은 배에 빨강과 노랑 깃발을 세우고 열여섯 명이나 되는 사람들이 노를 저어주었습니다. 밤에는 내가 묵는 여관 앞에서 화톳불을 피우며 여러 가지 춤을 보여주기도 했습니다. 나는 이따금 이대로 죽어도 좋다는 생각을 했습니다. 그렇지만 파제로! 그리고 뜨거운 들판 한가운데에서 지금도 매일 일하고 있을 아름다운 로자로! 지금 내 앞에서 온종일 일하고 지친 몸으로 춤을 추고 노래를 부르는 아가씨들과 청년들을 생각하며 나는 몇 번이나 세차게 머리를 흔들었습니다. '자, 우리는 하지 않으면 안 돼, 확실하게 해내겠어, 모두를 위해' 하고 혼자 마음속으로 다짐했습니다.

그리고 8월 30일 정오 즈음, 나는 작은 기선으로 옆 현인 시오모 항구까지 간 후 기차를 타고 센다드 시로 갔습니다. 31일에 그곳 이과대학의 표본을 볼 수 있도록 해달라는 편지를 중간에 보내두었던 것입니다. 내가 사진기와 짐이 가득 든 배낭을 들고 센다드 정거장에 내린 때는 이제 막 가로등이 켜진 순간이었습니다. 나는 대학 바로 근처 호텔의 셔틀버스에 대여섯 명의 사람들과 함께 탔습니다. 채취해 온 많은 표본을 들고 그 커다란 건물 사이를 버스로 달리는 동안 나는 마치 개선장군이 된 기분이었습니다. 그러나 호텔에 도착해보니 이렇게 더운 날씨에도 창문이 꼭 닫혀있었습니다. 방안이 무척 더웠기 때문에 호텔종업원에게 물었습니다.

"저기요, 어떻게 된 거죠? 창문을 열면 되지 않습니까?"

그러자 종업원은 반들반들한 머리를 조금 쓰다듬으며 대답했습니다.

"네. 정말로 죄송하지만, 이곳에는 독나방이 크게 발생해서 저녁부터는 창문을 열 수 없습니다. 곧 선풍기를 가져오겠습니다."

그렇게 말하고 나가는 종업원의 목에는 정말로 석고를 두른 듯 두꺼운 붕대가 감겨있었고 얼굴도 상당히 부어있었기 때문에 아마도 독나방에게 물린 것이리라 생각했습니다. 그런데 잠시 후 옆방에서 종업원이 손님과 언쟁을 하는 소리가 들렸습니다. 언쟁은 꽤 거칠고 길게 이어졌습니다. 나는 더위와 피로 탓에 완전히 신경이 곤두서있었기 때문에 잠깐 이발소라도 다녀와야겠다고 생각해서 방을 나왔습니다. 그리고 옆방 앞을 지나가려는데 문이 열려있었고 아까의 종업원이 무척 풀이 죽은 기색으로 얼굴을 숙인 채 서 있었습니다. 맞은편에는 머리카락도 수염도 완전히 회색인 살찐 올빼미 같은 할아버지가 안락의자에 퍼져 앉아 선풍기 바람을 쐬면서 종업원을 야단치고 있었습니다.

"종업원이 기본적인 호텔 규정도 모르나?"

나는 '아하, 선풍기 문제로군' 생각하고 쓴웃음을 지으며 그곳을 지나가려는데 사환이 나를 슬쩍 보면서 무척이나 죄송스럽다는 듯 눈을 찡긋해 보였습니다. 나는 그것으로 기분이 완전히 풀렸습니다. 나는 계단을 쿵쿵 밟으며 거리로 나갔습니다.

독나방 이야기를 듣고 거리를 걸으니 아까 정거장에서 호텔로 오는 도중에 여러 가지 이상하게 보였던 풍경도 확실하게 이해가 되었습니다. 인도에는 많은 화톳불 자리가 있었고 사람들은 붕대를 감고 있거나 하얀 천으로 얼굴을 문지르며 걷고 있었습니다. 또한, 버드나무 가로수에는 석유램프가 하나하나 매달려 있었습니다. 나는 이발소로 들어갔습니다. 그 이발소는 제법 큰 이발소였습니다. 한쪽 면은 거울이 아홉 개나 이어져 있어서 가게는 딱 두 배로 넓어 보이게 되어 있었고, 측백나무와 솔송나무 화분이 줄줄이 놓여 있었으며, 구석에서 수석 이발사인 듯 지시를 하는 사람 외에 이발사가 모두 여섯 명이나 있었습니다. 바로 위의 벽에는 커다란 액자가 걸려있었고, 액자에는 네 명의 이발사 이름이 멋지게 적혀 있었고 두 명의 조수 이름이 올라있었습니다.

"머리 모양은 그대로 하면 되겠습니까?"

내가 거울 앞에 있는 하얀 천을 씌운 고급 의자에 앉자 이발사 한 명이 내게 물었습니다.

"네."

나는 내일이면 돌아갈 이하토브의 들판을 생각하면서 멍하니 대답했습니다.

그러자 담당 이발사는 손이 비어 있는 두 사람을 손짓으로 불러 물었습니다.

"어떤가? 손님께서는 이 스타일 그대로 좋다고 하셨는데 자네들 생각은 어떤가?"

두 사람은 내 뒤로 와서 한동안 거울에 비친 내 얼굴을 가만히 바라보더니, 그 중 흰옷을 입은 한 이발사가 팔짱을 낀 채 대답했습니다.

"글쎄요. 손님의 턱이 하얗고 둥글어서 무척 온화해 보이니까 역시 올백보다는 복고풍이 어울릴 것 같은데요."

"응. 나도 그렇게 생각해."

다른 한 사람도 동의했습니다. 나를 담당하는 이발사가 자신도 그렇게 생각하고 있었다는 듯 고개를 끄덕이며 내게 말했습니다.

"어떻습니까? 지금의 머리 모양보다는 복고풍이 손님 얼굴에 더 어울릴 듯합니다만."

"그렇군요. 그렇게 해주세요."

나도 정중하게 말했습니다. 이 사람들은 모두 훌륭한 예술가라고 생각했기 때문이었습니다. 그리고 내 머리 모양은 점점 멋있어졌고 피로도 꽤 풀렸습니다. 이 상태라면 오늘 밤 푹 자고 내일은 대학의 지하에 있는 표본실에서 그쪽 조수와 하루를 보내도 괜찮을 것 같다는 생각이 들어, 기분 좋게 푸른 화분과 이발사의 하얀 손가락의 움직임, 찰칵찰칵 울리는 가위의 그림자를 바라보고 있었습니다.

그런데 갑자기 내 옆에 있는 사람이 아주 큰 소리로 소리를 질렀습니다.

"앗, 안 돼, 안 돼. 잡아줘! 제기랄!"

나는 깜짝 놀라서 그쪽을 보았습니다. 이발사들도 모두 달려갔습니다. 수염을 한쪽만 깎은 채 소리를 지른 사람은 무척 마르기는 했지만, 분명히 데스투파고였습니다. 나는 드디어 잡았다고 생각했습니다. 데스투파고는 나를 보지 못한 채 다시 두려운 듯 얼굴을 찡그렸습니다.

"어디에 닿았습니까?"

수석 이발사가 마직 모닝코트를 입고 커다란 플라스크를 손에 든 채 사람들 사이를 헤치고 나왔습니다. 그러는 동안 두세 명의 이발사들이 포충망으로 노란색의 작은 독나방을 잡았습니다.

"여기야, 여기. 빨리."

데스투파고는 왼쪽 눈 아래를 가리키며 말했습니다.

수석 이발사는 서둘러 플라스크 속의 물을 솜에 적셔 눈 밑을 문질렀습니다.

"이건 무슨 약이야!"

데스투파고가 소리 질렀습니다.

"암모니아 2퍼센트 액입니다."

수석 이발사가 침착하게 대답했습니다.

"암모니아는 효과가 없다고 오늘 아침 신문에 나왔잖아!"

데스투파고는 의자에서 일어났습니다. 데스투파고는 복숭아색 셔츠를 입고 있었습니다.

"어느 신문에서 보셨습니까?"

수석 이발사는 더욱 침착하게 대답했습니다.

"센다드 일일신문."

"잘못된 것입니다. 암모니아의 효과에 대해서는 현 위생과장의 발표도 있었습니다."

"믿을 수 없어."

"그렇습니까? 여하튼 상당히 부어올랐군요."

수석 이발사는 조금 화가 난 듯 휙하고 돌아서서 플라스크를 든 채 저쪽으로 가버렸습니다. 데스투파고는 불같이 화를 냈습니다.

"무례하군. 나는 내일 육군의 수의관들과 중요한 약속이 있다고. 이런 꼴로 가면 그쪽 감정만 상하게 할 뿐이다. 당신 가게를 고소하겠어."

그러고는 빨갛게 부어오르는 뺨을 거울에 비춰보고 있었습니다.

수석 이발사도 화를 내며 말했습니다.

"독나방 따위는 시내 어디든 있어. 길을 걷다가 닿으면 시장을 고소하면 되겠네?"

데스투파고는 마지못해 다시 의자에 앉으며 말했습니다.

"이봐, 빨리 마무리해줘. 빨리."

그리고 점점 이상한 모습으로 변해가는 얼굴에 신경을 쓰면서 남은 절반의 수염을 밀고 있었습니다.

나도 서둘렀습니다. 확실히 내 쪽이 빨리 끝날 것 같았지만, 그래도 만약 저쪽이 먼저 끝난다면 나도 곧바로 일어설 수 있도록 살며시 지갑을 더듬어 큰 은화 한 닢을 꺼내 쥐고 있었습니다. 그런데 어떻게 된 일인지 나보다 나를 담당하는 이발사가 훨씬 서두르고 있었습니다. 그리고 계속해서 시계를 보았습니다.

내 얼굴의 수염을 정말 35초 만에 깎아버렸습니다.

"자, 씻어 드리겠습니다."

나는 데스투파고가 알아보지 못하도록 손으로 얼굴을 가리면서 대리석 세면대 앞에 섰습니다.

이발사는 차가운 물로 내 머리를 씻기며 이따금 손가락으로 얼굴의 물기도 닦아주었습니다.

그때 수석 이발사가 말했습니다.

"자, 이제 1분 남았다. 전기가 들어오는 동안에 중요한 부분은 끝내도록. 그리고 아세틸렌 준비는 되었나?"

"네, 확실히 준비해두었습니다."

하얀 옷을 입은 작은 아이가 대답했습니다.

"가지고 와, 어서! 전기가 꺼진 뒤에는 늦어."

수석 이발사가 말했습니다.

그러자 그 아이는 아세틸렌 등불을 네 개 가져와서 거울 앞에 늘어놓고 물을 붓고 불을 붙였습니다. 아세틸렌은 요란한 소리를 내며 타오르기 시작했습니다. 그때였습니다. 곳곳의 공장에서 동시에 호각소리가 울렸고 아이들은 소리를 질렀으며 교회와 절의 종소리까지 울리기 시작하더니 모든 전등이 꺼졌습니다. 전등을 대신한 아세틸렌 불빛으로 주위가 완전히 파랗게 변했습니다.

그리고 나는 거울에 비친 바닷속 같은 푸른 실내의 거무스름한 투명 유리문 저편에서 옛날의 붉은 인도를 연상시키는 불꽃이 타고 있는 것을 보았습니다. 한 이발사가 계속해서 장작을 넣고 있었던 것입니다.

"오늘 밤에는 독나방도 전멸하겠군."

저쪽에서 누군가가 말했습니다.

"글쎄, 그럴까."

내 옆에 있던 이발사는 내 머리에 향수를 뿌리면서 대답했습니다. 향수병은 주둥이가 금으로 된 고급스러운 것이었습니다. 이발사는 내 얼굴을 다시 한번 닦더니 문쪽을 돌아보며 '잠시 봐 줘' 하고 말했습니다. 문 앞에 서 있던 이발사와 장작불 옆에서 바깥 풍경을 바라보던 이발사들까지 재빨리 내 뒤로 모였습니다. 그리고 거울 속의 내 얼굴을 아주 진지한 자세로 살펴보면서 말했습니다.

"괜찮은 것 같은데."

나는 의자에서 일어나 손에 꼭 쥐고 있어서 따뜻해진 은화 한 닢을 냈습니다. 그리고 커다란 유리문을 나와 거리로 나갔습니다. 데스투파고의 뒤를 쫓으려고 생각했기 때문입니다.

거리에 선 나는 아주 이상한 기분이 들어 가슴이 두근거렸습니다. 커다란 서양식 건물이 늘어선 센다드 시내에는 전등 하나 보이지 않았고, 버드나무 가로수에는 노란색의 커다란 램프가 매달려 있었으며 길거리 곳곳에서는 새빨간 불꽃이 타오르고 있었습니다. 불꽃의 연기는 부드럽고 깊은 밤하늘로 피어올라 카시오페이아까지 흔들리게 했고 거문고자리도 희미하게 깜박였습니다. 그 모습은 머나먼 남쪽 나라의 여름밤 풍경처럼 느껴졌습니다.

나는 이발소 안을 들여다보며 기다리고 있었습니다. 갖가지 날벌레들이 정말로 그 불 속으로 날아드는 것도 보았습니다. 거리 곳곳에서는 붕대를 감거나 천 조각으로 얼굴을 가린 마을 사람들이 불을 피우고 있었습니다.

그러는 동안 나는 저 멀리서 높고 날카로운, 그리고 묘하게 힘이 있는 목소리가 내 쪽으로 다가오는 것을 들었습니다. 목소리의 주인공은 작고 허리가 굽은, 그러나 무척 강건해 보이는 할아버지였습니다. 할아버지는 네 개의 고래 기름 촛불을 꽂은 나무판자를 두 손으

로 받쳐 들고 계속해서 외치고 있었습니다.

"집의 불을 모두 끄세요. 전등을 꺼도 다른 불빛이 있으면 소용이 없습니다. 집 안의 불을 모두 끄세요."

불을 켜고 있는 집이 있으면 그 할아버지는 한 집 한 집 그 문 앞에서 서서 외쳤습니다.

"집 안의 불을 끄세요. 전등을 꺼도 다른 불빛이 있으면 소용이 없어요. 집 안의 불을 끄세요."

그 목소리는 텅 빈 길에 몇 번이고 울리기를 반복하고는 어둠 속으로 사라졌습니다.

그 할아버지는 사람들에게 상당히 존경을 받고 있는 듯했습니다. 할아버지와 마주치는 사람들은 모두 정중하게 인사를 했습니다. 할아버지는 더욱 힘을 주어 외치고 다녔습니다.

"집 안의 불을 모두 끄세요. 전등을 꺼도 다른 불빛이 있으면 소용이 없습니다. 집 안의 불을 모두 끄세요. 아, 안녕하세요."

그리고 중간중간 주변 사람들의 인사에 답례를 했습니다.

"저 사람은 누구입니까?"

나는 불을 피우고 있던 이발사에게 물었습니다.

"검술 선생님입니다."

그때 검술 선생님이 이발소 쪽으로 성큼성큼 걸어왔습니다

"가게 안의 불을 끄세요. 전등을 껐어도 다른 불을 켜면 아무런 소용이 없습니다. 빨리 끄세요. 아, 안녕하세요. 그렇군요, 이쪽은 장사 때문에 어쩔 수가 없군요."

"네, 선생님, 안녕하세요. 고생이 많으십니다."

수석 이발사가 나와서 인사를 했습니다.

"오, 안녕하신가요. 엄청난 더위군요."

"네, 정말이지 벌레 때문에 문을 꼭 닫고 있어야 하니 죽을 맛이에요."

"그러게 말이요. 자, 그럼 수고하십시오."

검술 선생님은 다시 외치면서 저쪽으로 성큼성큼 갔습니다.

그 목소리가 점점 멀어지면서 어딘가 마을 모퉁이를 돌고 있는 듯할 때, 그 파란 바닷속 같은 이발소에서 마침내 데스투파고가 나왔습니다. 데스투파고는 잠시 길을 둘러보더니 남쪽을 향해 총총걸음으로 걸어가기 시작했습니다. 나는 등을 돌린 채 불 속으로 떨어지는 나방을 보고 있는 척하다가 곧바로 뒤를 따랐습니다. 데스투파고는 독나방이 닿았기 때문에 무척 불안한 듯했습니다. 게다가 어딘가 무척 풀이 죽어 보였습니다. 나는 뒤를 쫓으면서 왠지 불쌍한 생각이 들었습니다. 데스투파고에게 인사를 하는 사람은 한 사람도 없었으며, 데스투파고 역시 되도록 사람들의 눈에 띄지 않도록 차도와 경계를 이루는 가로수 아래의 그늘진 곳을 따라 걷고 있었기 때문이었습니다.

어차피 데스투파고가 육군 수의사들과 폭넓게 교제를 한다는 소리는 거짓말일 것으로 생각하고 있었습니다. 마침내 데스투파고는 멈춰 서서 한동안 주위를 두리번거리며 둘러보더니 작은 골목으로 들어갔습니다. 나는 모르는 척 성큼성큼 따라갔습니다. 나는 머릿속으로 상황을 확실하게 파악한 후에 데스투파고를 만날지, 경찰서에 가서 이하토브에서 찾고 있는 자라고 신고를 할지 고민하고 있었습니다. 그러나 데스투파고가 집으로 들어가는 것을 보자 그런 생각은 모두 잊은 채 달려갔습니다.

"데스투파고 씨, 오랜만입니다."

데스투파고는 깜짝 놀라며 우뚝 섰지만 나를 보자 도망가려고도 하지 않고 맥없이 그 자리에 서 있었습니다.

"파제로를 찾으러 왔습니다만 부디 넘겨주시기 바랍니다."

데스투파고는 단호하게 두 팔을 휘저었습니다.

"그것은 오해입니다, 오해요. 난 그 아이의 일은 모릅니다."

"그렇다면 당신은 왜 이런 곳에 숨어있습니까?"

데스투파고는 얼굴이 사색이 되었습니다.

"이하토브 경찰에서는 파제로와 함께 당신을 찾고 있습니다. 이미 수배가 내려진 상태입니다. 어차피 오늘 밤에 당신은 체포됩니다. 파제로는 어디 있습니까?"

나는 나도 모르게 거짓말을 했습니다.

데스투파고는 독나방 때문에 붓고 이상해진 얼굴을 외로 꼬며 부들부들 떨더니 알아듣기도 어려울 정도로 빠르게 말했습니다.

"그럴 리가 없어, 그럴 리가 없어. 명예를 걸고, 신사의 명예를 걸고 맹세합니다."

"그렇다면 왜 당신은 이런 곳에 숨었습니까?"

데스투파고는 간신히 떨림을 진정시키고 잠시 생각하더니 마침내 조금 천천히 말했습니다.

"나는 경찰의 소환을 받았을 뿐이고, 여행 신청을 했기 때문에 대리인을 보냈습니다. 거기에 대해서는 서장의 양해도 얻었습니다. 경찰에서는 내게 어떤 혐의도 갖고 있지 않을 것입니다."

"그렇다면 왜 여행 신청까지 해가면서 도망쳤습니까?"

데스투파고는 겨우 침착함을 되찾았습니다.

"일단 들어오세요. 자세하게 말씀드리죠."

데스투파고는 앞장서서 작은 현관문을 밀었습니다. 그러자 아까부터 안쪽에 서서 보고 있었던 듯 할머니 한 분이 맞아주었습니다.

"차를 내주세요."

데스투파고는 곧바로 왼쪽 방으로 들어갔습니다. 나는 괜찮으리라 생각은 했지만, 그래도 혹시 도망가면 안 된다는 생각에 문 앞에서 있었습니다. 데스투파고는 무언가 딸깍딸깍 병이 부딪히는 소리를 내더니 하얀 천으로 얼굴을 누르면서 나왔습니다.

"자, 이쪽으로 오시죠."

나는 응접실로 안내되었습니다. 데스투파고는 마침내 완전히 안정을 되찾았습니다.

"내가 사람들을 피해 이곳으로 와있는 데에는 전혀 다른 사정이 있습니다. 사실 당신도 알고 있겠지만, 내가 사장이 되어 그 숲 속에 목재건류 회사를 세웠습니다. 그런데 그즈음 약품 가격의 변동으로 손실이 점점 커지면서 도저히 어쩔 수 없는 상황이 되었습니다. 나는 여러 가지로 손을 써봤지만 아무리 해도 해결이 되지 않았습니다. 물론 저는 그 사업에 전 재산을 걸었습니다. 그러자 중역회의에서 한 중역이 그 회사를 그대로 양조장으로 바꾸자고 발의를 했고 저도 찬성해서 시험적으로 아주 소량을 만들어 보았는데, 그것을 세무서에 보고하지 않았던 것입니다. 그런데 그것을 빌미로 부하 한 명이 나를 협박했습니다. 그날 밤은 정말로 힘든 상황이었습니다. 그곳에 왔던 사람들은 모두 주주였습니다. 일부러 그곳을 선택했던 것입니다. 그런데 주주의 반감이 상당했었죠. 그래서 나도 자포자기하는 심정으로 그렇게 마구 취해버렸던 것입니다. 그곳에 당신이 나타났던 것이죠."

나는 처음으로 그때의 상황을 확실하게 알게 되었습니다. 그리고 동시에 눈앞에 있는 데스투파고가 불쌍하게도 느껴졌습니다.

"잘 알겠습니다. 그런데 파제로는 어떻게 된 걸까요?"

데스투파고가 말했습니다.

"나는 그 아이를 미워하지 않습니다. 내가 전처럼 상황만 좋다면 보살펴주고 학교에도 보내고 싶습니다. 하지만 그 아이는 분명 어디선가 무엇이든 하고 있을 것입니다. 경찰도 그렇게 보고 있습니다."

나는 갑자기 일어나서 데스투파고에게 작별인사를 했습니다.

"그러면 저는 돌아가겠습니다. 그러나 돌아가서 이 사정을 전하지 않을 수는 없습니다. 그러니 부디 당신은 이곳을 떠나시기 바랍니다."

데스투파고는 힘없이 말했습니다.

"나는 지금 수입이 전혀 없습니다. 부디 이해해주십시오."

내가 고개를 숙여 인사를 한 후 나가려고 하자 데스투파고가 아주 다급하게 물었습니다.

"로자로는 잘 지내고 있습니까?"

"네, 일하고 있는 듯합니다."

나도 왠지 모르게 평상시와는 다른 목소리로 대답했습니다.

바람과 풀 이삭

9월 1일 아침, 나는 여정표와 여러 가지 보고서를 챙겨 들고 관청으로 출근했습니다. 나는 돌아다니며 모두에게 인사를 한 후 소장님이 출근하자마자 문을 노크하고 들어갔습니다.

"돌아왔군. 어땠나?"

소장은 왼손으로 풀어진 단추를 채우며 말했습니다.

"네, 덕분에 어젯밤 잘 돌아왔습니다. 이것은 보고서입니다. 수집한 표본은 정리해서 목록을 만든 후 나중에 가져오겠습니다."

"그래. 그렇게 서두르지 않아도 괜찮아."

소장은 옷깃을 여며 가지런하게 했습니다. 나는 인사를 하고 방을 나왔습니다. 그리고 그날은 도착해있던 짐을 풀고 책상 위에 쌓여 있던 서류를 정리하다 보니 어느새 저녁이 되어 있었습니다. 나도 다른 사람들의 뒤를 따라 관청을 나왔고 예전과 마찬가지로 사원식당에서 식사를 하고 경마장으로 돌아왔습니다. 역시 피곤했었는지 잠시 의자에 앉았다고 생각했는데 어느새 꾸벅꾸벅 졸고 있었습니다. 그 나른한 저녁의 꿈속에서 나는 다시 갈색의 매끄러운 다시마가 널려 있는 이하토브의 암초 사이를 작은 배를 저으며 돌아다니고 있었습니다. 갑자기 배가 흔들흔들 요동치더니 무시무시한 전설 속의 바람의 용이 나타나 나를 바위로 내동댕이쳤고, 그 순간 눈을 떴습니다. 누군가 나를 흔들고 있었던 것입니다.

나는 몇 번이나 눈에 힘을 주고 그 얼굴을 보았습니다. 바로 파제로였습니다.

"앗, 어떻게 된 거니? 언제부터 여기 있었니?"

나는 깜짝 놀라 말했습니다.

"저는요, 8월 10일에 돌아왔어요. 계속 당신이 없었잖아요."

"그래 없었지. 해안으로 출장을 다녀왔거든."

"오늘 밤에 우리 공장으로 와 주세요."

"우리 공장? 뭐가 어떻게 된 거니? 넌 도대체 어디에 갔었던 거고?"

"저는요 센다드 마을에 있는 가죽 염색 공장에 들어갔었어요."

"센다드? 왜 그런 곳까지 갔니? 그리고 지금 다시 센다드에 가자는 거니?"

"아니에요."

"그러면 무슨 말이니? 일단 왜 그런 곳까지 갔던 거니?"

"그날 밤 전 도저히 집에 들어갈 수가 없었어요. 그래서 집을 지나쳐 더 걸었어요. 그러다가 날이 밝았죠. 내가 고민하며 앉아있자 가죽 상인이 지나가다가 자신의 차에 저를 태워주고 먹을 것을 줬어요. 그래서 저는 일을 도와주게 되었고 마침내 센다드로 갔던 거예요."

"그랬구나. 그건 정말 다행이네. 나는 네가 그 초산 공장의 가마솥에라도 던져져 죽은 줄 알았단다."

"전 그곳에서 기술자의 조수를 했어요. 그 사람은 제게 무엇이든 가르쳐 주었어요. 약품에 대해서도 모두 가르쳐주었고요. 전 이제 무두질이나 염색 등 가죽에 관해서는 무엇이든 할 수 있어요."

"그리고 어떻게 해서 돌아온 거니?"

"경찰이 찾아냈어요. 하지만 그렇게 혼나지는 않았어요."

"주인은 뭐라고 하든?"

"이제 어디를 가든 상관없으니까 멋대로 하라고요."

"그래서 어떻게 할 거니?"

"노인들이 말이죠, 무라드 숲의 공장에서 가죽 일을 하라고 해요."

"할 수 있겠어?"

"그럼요. 게다가 미로는 햄을 만들 수 있으니까요. 같이 하는 거예요."

"누나는?"

"누나도 공장에 와요."

"그랬구나."

"자, 가요. 오늘 밤에도 누군가 와있어요."

나는 갑자기 피곤함도 잊고 일어섰습니다.

"그래 가자. 그런데 공장은 머니?"

"이전의 폴라노 광장에서 조금 더 가요."

"조금 멀구나. 하지만 가보자."

나는 재빨리 여행했을 때와 같은 차림을 하고 함께 집을 나왔습니다. 파제로는 다시 달리기 시작했습니다.

누런 구름이 거칠게 번쩍이며 남쪽에서 북쪽으로 날아가고 있었습니다. 그렇지만 들판은 바람도 없이 고요했으며, 단지 갖가지 풀들이 이삭을 높게 드리우고 있거나 이상하게 얽혀있을 뿐이었습니다. 여름의 클로버는 모두 다갈색으로 시들어있었고, 세 장의 잎조차 무척 조그맣게 쪼그라들어 있는 듯이 느껴졌습니다.

그때 나는 커다란 낫을 든 두 농부가 우리 앞을 가로지르듯 지나가는 것을 보았습니다. 그 두 사람도 우리 쪽을 본 듯 무언가 이야기를 주고받으며 멈춰 서서 우리가 오기를 기다리고 있는 듯했습니다. 우리도 발걸음을 서둘렀습니다.

"아, 당신 돌아왔군요. 무사해서 다행입니다."

한 사람이 내게 인사를 했습니다.

예전에 폴라노 광장에서 데스투파고가 입회인을 하라고 말하자 도망갔던 남자인 듯했습니다.

"네, 고맙습니다. 파제로도 돌아왔으니 모든 게 원래대로 되었네요."

"살쾡이 박사가 없잖아요."

"살쾡이 박사? 데스투파고 말인가요? 전 센다드에서 데스투파고를 만났습니다. 완전히 몰락해서 불쌍할 정도였습니다."

"아닐 겁니다. 데스투파고가 몰락할 리가 있습니까? 센다드 마을에 많은 토지를 갖고 있어요."

"하지만 재산은 모두 건류 공장에 투자했다고 하던데요."

"도대체 무엇 때문에 그 살쾡이 박사가 그런 일을 했겠습니까? 회사의 주식이 휴짓조각이나 다름없어지자 그 친구가 도망가버린 겁니다."

"글쎄요…… 어떤 중역이 양조업으로 바꾸자고 했는데 절차를 빠뜨려서 그 책임을 졌다고 했습니다만……."

"그런 말도 안 되는. 술을 만들자고 한 것도 모두 그 친구의 생각이었습니다."

"하지만 시험적으로 아주 조금 만들었을 뿐 아닙니까?"

"당신은 완전히 속았군요. 그 공장에서 초산이라고 속이고 통에 채워 출하했던 것은 모두 고급 혼합주였죠. 나쁜 것은 독성이 강한 메틸알코올도 섞었다는 점이죠. 그 밀주를 2년이나 만들고 있었습니다."

"그러면 폴라노 광장에서 마셨던 것도?"

"그렇다니까요. 뭐라 해도 그 친구는 정말 뻔뻔한 놈입니다. 다른 사람들도 모두 약점이 있기 때문에 뭐 그대로 눈물을 머금고 참고 있죠. 단지 이번에는 그 공장을 모두 함께 여러 용도로 사용해서 가능한 한 서로에게 필요한 것을 만들려고 하고 있는 겁니다."

"그런가요? 파제로도 무언가 하나요?"

"네, 뭐 특별히 새로운 자본이 필요한 것도 아니어서 가죽을 무두질하거나 햄을 만들기도 하고 밤을 쪄서 건조하는 등의 일들을 여러 가지로 하겠다고 합니다."

"이제 그만 가요."

파제로가 나를 툭 쳤습니다.

"그럼 또 뵙겠습니다."

"안녕히 가세요."

나는 발걸음을 옮기면서 데스투파고의 말이 진실인지, 다른 사람들의 말이 진실인지 모르겠다는 생각을 했습니다.

우리는 계속해서 달렸습니다.

"봐요. 저기에 불빛이 하나 있죠?"

파제로가 잠시 멈춰 서서 오른쪽 풀 속을 가리켰습니다. 풀 이삭

그늘에 작디작은 클로버꽃이 푸르스름한 색으로 외롭게 빛나고 있었습니다.

갑자기 맞은편에서 바람이 휘익 불어오자 사방에 가득한 검은 풀이삭들이 일렁였고 옷깃 사이로 그 차가운 바람이 온몸에 가득 잠겨왔습니다.

"후우— 가을이구나."

나는 크게 숨을 쉬었습니다.

파제로는 어느새 웃옷을 벗어 옆구리에 끼고 있었습니다.

"다른 불빛은 모두 사라졌지만……."

바람이 휘익 불어와 파제로의 목소리를 데리고 가버렸기 때문에 마지막에는 뭐라고 했는지 알 수 없었습니다.

"곧바로 가면 돼, 곧바로. 난 그 이후에도 몇 번이나 왔었기 때문에 알고 있어."

나는 바람 속에서도 들릴 수 있도록 파제로 가까이에 가서 말했습니다. 파제로는 가볍게 고개를 끄덕이고 다시 달리기 시작했습니다. 저녁 무렵의 어둠 속에서 그 하얀 셔츠만 어렴풋이 흔들리면서 달렸습니다.

우리는 곧 저 멀리 들판 끝에서 푸르스름하게 빛나는 다섯 개의 빛과 그 위에 어렴풋이 우산처럼 파랗게 빛나고 있는 이전의 오리나무를 보았습니다. 더욱 다가가자 오리나무 잎은 바람에 밀려 계속해서 솟아오르고 있는 듯 보였으며, 가지와 가지가 부딪혀 스스로 푸르스름한 빛을 내고 있는 듯이 보인다는 것도 알게 되었습니다. 또한, 그 아래에 다섯 명의 검은 그림자가 물고기를 잡을 때 사용하는 아세틸렌 등불을 들고 서 있는 것도 보였습니다. 오늘 밤에는 광장에 테이블도 의자도 없었습니다. 단지 빈 상자 하나가 있었을 뿐이었습니다. 그리고 이전에 만났던, 어깨가 둥근 미로가 커다란 모자를 쓰고 이쪽으로 다가왔습니다.

"마침내 오셨군요. 안녕하세요, 좋은 밤입니다."

미로는 내게 인사를 했습니다. 모두 기다리고 있었던 듯 입을 모아 말했습니다. 우리는 그대로 광장을 지나 계속해서 발걸음을 재촉했습니다.

들판의 풀은 점점 거칠어졌고 이곳저곳에서 검은 덤불도 바람에 울렸으며, 가끔 떡갈나무인지 자작나무인지가 하늘을 향해 시커멓게 서서 사락사락사락 흔들리고 있었습니다. 그리고 어느새 우리는 좁은 길을 한 줄로 걷고 있었습니다.

"거의 다 왔어요."

파제로가 맨 앞에서 큰 소리로 외쳤습니다.

길 양쪽은 어느새 완전히 숲이 되어 있었습니다. 그리고 30분 정도 말없이 걸어가자 톱밥 같은 냄새가 확 풍기더니 바로 눈앞에 회색의 좁고 긴 지붕이 보였습니다.

"누구 있어요?"

파제로가 소리쳤습니다. 그 커다랗고 검은 건물 창으로 희미한 불빛이 비치고 있었습니다.

"큐스트 씨가 오셨어!"

미로가 크게 소리쳤습니다.

"어서 와!"

안에서도 누군가가 대답을 했습니다.

우리는 그 건물 안으로 들어갔습니다. 그곳에는 커다란 철제 가마가 스핑크스처럼 문쪽을 향해 놓여 있었고, 토방에는 커다란 질그릇이 가득 줄지어 있었습니다.

"아, 안녕하세요."

맨발의 한 노인이 토방에서 내게 인사를 했습니다.

"이것이 건조보일러예요."

파제로가 말했습니다.

"여기서 몇 명이 일했다고?"

나는 물었습니다.

"그러니까…… 활발하게 돌아갈 때는 서른 명까지 있었죠."

미로가 대답했습니다.

"왜 망하게 된 거야?"

사람들은 서로의 얼굴을 마주 보았습니다. 아까의 노인이 대답했습니다.

"약품의 가격이 내려갔기 때문이죠."

"그랬었구나. 그렇게 수지가 안 맞나?"

"그런데 이봐, 파제로. 내 생각엔 역시 이 가마로 초산을 만드는 것이 좋을 듯해. 그때는 회사라고 해서 너무 많은 사람이 했기 때문에 손해가 났지만, 우리끼리만 하면 분명 품삯은 나올 거야. 마을의 약국에서도 열 병이든 스무 병이든 사겠다고 할 거야."

"맞아요!"

파제로가 말했습니다.

"이 아래에서 지핀 연기를 술을 만드는 옆 밀실로 지나가게 하고 그곳에서 햄을 만들면 되겠어요."

"사토도 그렇게 말했어요. 여하튼 이 가마에 넣으면 목탄은 그대로 쓸 수 있고, 햄도 팔 정도는 아니라도 서로 나눌 수는 있을 거예요."

"좋았어, 해보자. 큐스트, 종종 와서 봐줄 수 있지?"

"네. 축산업 쪽에도 임산업 쪽에도 친구들이 있으니까 폴라노 광장 이야기를 해서 모두 불러올게요."

"그래, 우리는 모두 열심히 폴라노 광장을 찾아왔었지. 하지만 간신히 찾은 폴라노 광장은 선거를 위한 술판이었어. 그렇지만 옛날의 진짜 폴라노 광장이 아직 어딘가에 있을 듯한 기분이 계속 들어."

"그러니까 앞으로 우리가 우리들의 손으로 폴라노 광장을 만들어 보지 않겠나?"

"그래, 그렇게 비겁하고 꼴불견인, 일부러 자신을 기만하는 그런 폴라노 과장이 아니라 밤에 그곳에 가서 노래를 부르면, 또 그곳에서 바람을 맞으면 다시 힘이 솟고 다음날 일하는 내내 활기차고 재미있어지는, 그런 폴라노 광장을 우리 함께 만들자."

"분명히 할 수 있다고 생각해. 왜냐하면 우리가 지금 그것을 원하고 있으니까."

"좋아, 해보겠어. 난 벌써 가죽 열한 장을 저곳에 담가 두었고, 한 솥 분량의 나무는 이미 저곳에 만들어놨어. 오늘 밤은 새로운 폴라노 광장의 개장식이야!"

"그러면 술을 마시지 말고 물을 마시면서 할까?"

노인의 말에 모두 와아— 하고 웃었습니다.

"좋아! 하자. 밖으로 나가자. 미로, 내가 물을 퍼올 테니까 넌 선반에서 컵을 꺼내."

파제로는 양동이를 들고 밖으로 나갔습니다.

사람들은 아세틸렌 등불을 들고 공장 밖에 있는 잔디밭으로 나왔습니다.

모두 풀밭 위에 동그랗게 모여 앉았습니다. 미로는 사람들에게 컵을 건네주었습니다. 파제로는 양동이를 힘겨운 듯 들고 와서 '자, 컵을 씻으세요' 하면서 국자로 사람들의 컵에 물을 따랐습니다. 나는 물이 차가워서 부르르 떨었습니다. 사람들은 손가락으로 컵을 쓱쓱 씻었습니다.

"자, 다시 씻으세요."

파제로가 말하면서 다시 물을 따랐습니다.

사람들은 앞의 물을 풀 위에 버리고 다시 물로 헹궜습니다.

"다시 한번 씻으세요. 컵에는 전에 마신 술 냄새가 남아있으니까요."

파제로가 다시 물을 따랐습니다.

"파제로, 오늘 밤 내내 컵만 씻는 거 아닌가?"

초산을 만들고 있던 노인이 말했습니다. 사람들은 또 와아— 하고 웃었습니다.

"이번에는 마시는 겁니다. 차가워요."

파제로는 다시 사람들에게 물을 따랐습니다. 컵은 차갑고 하얗게 빛났으며 바람에 심하게 일렁였습니다.

"자, 마시자. 하나, 둘, 셋!"

모두 꿀꺽하고 마셨습니다. 나도 물을 마시고 몸을 흠칫 떨었습니다.

"그러면 제가 노래를 할게요. 폴라노 광장의 노래입니다."

클로버꽃이 지는 밤은
폴라노 광장의 가을 축제
폴라노 광장의 가을의 축제
물을 마시지 않고 술을 마시는
그런 녀석이 으스대고 있으면
폴라노 광장에는 날이 밝지 않는다
폴라노 광장에는 아침이 오지 않는다

사람들은 모두 손뼉을 치며 웃었습니다. 그 소리도 곧 바람이 휘익 불어와 이전의 폴라노 광장 쪽으로 가지고 갔습니다.

"나도 노래하겠습니다."

미로가 말했습니다.

클로버꽃이 지는 밤은
폴라노 광장의 가을 축제
폴라노 광장의 가을의 축제
술버릇 나쁜 살쾡이는
노란 셔츠를 입고 멀리 도망갔네
폴라노 광장은 아침이 된다
폴라노 광장은 날이 밝는다

"자, 외칩시다! 새로운 폴라노 광장을 위해. 만세!"

나는 모자를 높게 흔들며 소리쳤습니다.

"만세—!"

그리고 우리는 새카만 숲을 지나고 아까의 떡갈나무가 듬성듬성 있는 곳을 지나 과거의 폴라노 광장에 도착했습니다.

그곳에는 늘 있던 오리나무가 바람에 밀릴 때마다 파랗게 빛나고 있었습니다.

우리들의 그림자는 아세틸렌 등불에 흔들리는 풀의 물결 속으로 떨어졌고, 우리는 마치 각자가 거대한 강을 헤쳐 가는 기선 같은 기분이 들었습니다.

우리는 늘 헤어지는 장소에 도착했습니다. 그곳에는 정말로 작은 클로버 빛 하나가 다시 빛나고 있었습니다. 나는 그 클로버를 꺾어 옷깃에 꽂았습니다.

"그러면 안녕히 가세요. 또 오겠습니다."

파제로는 말하면서 사람들과 함께 모자를 흔들었습니다. 다른 사람들도 뭐라고 외치는 듯했지만, 그 소리는 바람이 가져가 버려 들리지 않았습니다. 그리고 나도 걸었고, 사람들도 저쪽으로 걸어갔으며, 바람 속의 그 파란 아세틸렌 등불과 검은 그림자가 점점 작아졌습니다.

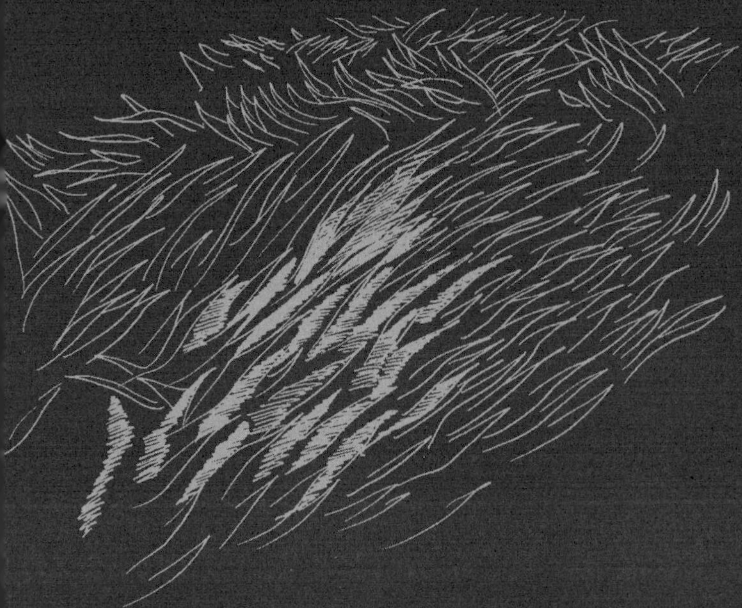

★ ★ ★

그로부터 딱 7년이 지났습니다. 파제로 일행의 조합은 처음에는 그다지 순조롭지 않은 듯했지만 그럼에도 어쨌든 즐겁게 지속할 수 있었습니다.

나는 그 뒤 여러 번 놀러 가기도 했고 문의가 있을 때마다 친구들에게 조언을 구하기도 했습니다. 그로부터 3년 뒤에는 마침내 훌륭한 하나의 산업조합을 만들었고 그곳에서 만든 햄과 가죽과 초산과 오트밀은 모리오 시와 센다드 시는 물론이고 전국적으로 넓게 진출했습니다. 그리고 나는 그 3년째 해에 업무상 결국 모리오 시를 떠나게 되었고, 대학의 조수가 되기도 했으며 농업시험장의 기수가 되기도 했습니다. 그리고 어제, 친구도 없는 이 변화하면서도 황량한 도키오 시의 요란한 윤전기 소리가 들리는 옆방에서 내 분량인 쉰 줄의 칸에 아주 진귀한 박물 관련 사건을 메우면서 한 통의 우편물을 받았습니다.

그것은 한 장의 두꺼운 종이에 인쇄된, 누구나 손에 들고 부를 수 있게 한 악보였습니다. 종이에는 노래가 적혀 있었습니다.

폴라노 광장의 노래

클로버 빛을 밝힌 밤의 광장
예전의 라르고를 돌려 부르며
구름도 뒤흔드는 밤바람에 잊고
수확이 다가온 시기에
세월도 잊었네

진실한 소망에 다투더라도
은하수 저편에서 함께 웃으며
모든 번뇌를 태워버리고
영광스러운 세계를 함께 만들자

나는 이 악보는 분명히 파제로가 만들었을 것으로 생각했습니다. 왜냐하면 그 악보에는 파제로가 들판에서 항상 휘파람을 불었던, 그 곡조가 그대로 들어있었기 때문입니다. 그렇지만 가사를 쓴 사람은 미로인지 로자로인지 아니면 다른 누구인지 나는 구별할 수 없었습니다.

해설

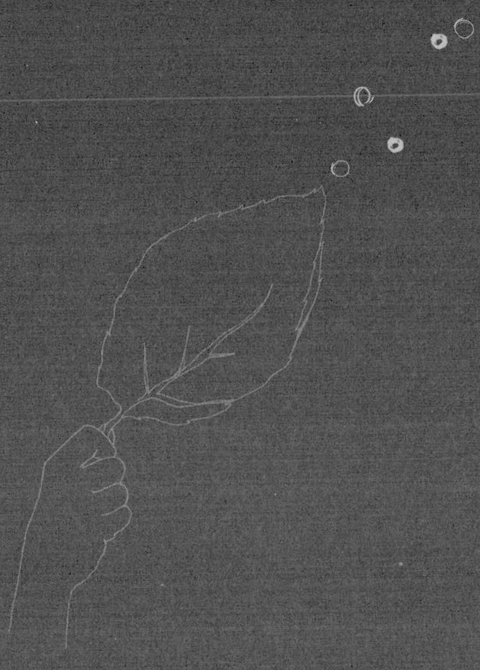

어릴 적 천문대 견학을 하고 난 후, 밤하늘 가득한 별자리 꿈을 꾼 적이 있다. 천문대에서 본 별자리보다 물론 꿈속의 별자리가 더 선명하고 아름다웠다. 기억되는 가장 아름다운 꿈이다. 그러나 필자의 꿈속에서는 새를 잡는 사람도 은빛 억새와 은하수도 없었다.

미야자와 겐지는 〈은하철도의 밤〉 〈주문이 많은 요리점〉 등으로 대표되는 동화작가로 알려졌다. 은하를 여행하는 환상적인 작품 구조나 동식물을 의인화한 우화적인 요소 때문에 아동을 대상으로 하는 동화로 여겨지기도 하지만, 사실 그의 작품은 과학과 종교와 철학이 담긴, 오히려 아동들이 접하기에 어려운 작품들이 더 많다.

작가가 남긴 글들은 동화로 분류되는 1백여 편의 작품 외에도 4백여 편의 시와 노래가 있다. 게다가 그 방대한 분량의 원고에는 몇 번씩 수정을 하고 가필을 한 더 많은 이고異稿들이 있다. 농업, 천문학, 광석, 에스페란토, 첼로에 이르기까지 정말 엄청나다고밖에 할 수 없는 학구열이 그 많은 작품의 원천이 되었음은 당연하다. 그런데 작가가 살았던 생은 겨우 37년, 그가 작품 활동을 했을 기간은 20년 안쪽이다. 자연과 사람에 대한 연민과 자기희생적인 마음으로, 길지 않은 생애를 살았던 작가의 열정에 숙연해질 뿐이다.

긴 시간 번역한 작품 하나하나를 새로이 읽어보며, 독자의 한 사람으로서 해설이 아닌 감상을 전해본다.

은하수처럼 몽환적인 공간

산골의 작은 학교에 바람처럼 나타난 전학생은 보통 아이인 다카다 사부로일까, 아니면 바람의 정령인 '바람의 마타사부로'일까. 항상 자연의 숨소리를 들으며 자연과 감응하는 산골 아이들의 환상에 기댄, 몽환적인 느낌의 단편 **〈바람의 마타사부로〉**는 유년시절의 아름다운 한 장면을 떠올리게 한다.

산속 오두막으로 스며드는 아침 햇살 속에서 잠을 깬 두 소년과 아버지의 평화로운 아침으로 시작되는 **〈빛의 맨발〉**도 도입부만 보면 무척이나 아름다운 풍경이 이어질 듯하다. 동생 나라오의 불길한 꿈 이야기에서도 비극을 예견하기 어려울 정도로 그 풍경은 아름답고 따스하다. 그러나 햇살은 눈보라 속에서 힘을 잃고 두 소년은 어느덧 불길한 '어스름의 나라'에 와있다. 죽음을 향한 처절한 여정과 동생을 위해 채찍에 몸을 던지는 형 이치로의 애틋한 마음에 말 그대로 가슴이 옥죄여 온다. 그리고 다시 빛이 힘을 갖게 되는 극락세계 '빛의 맨발'. 《법화경》의 〈제16 여래수량품〉의 서경을 원형으로 묘사한 극락세계는 겐지 자신 또는 모든 남은 이의 죄책감과 고통을 치유하고 위안하는 공간이다. 그리고 비교적 초기 작품인 〈빛의 맨발〉은 사랑하는 사람을 남겨두고 주인공 홀로 현세로 돌아오는 설정을 통해 〈은하철도의 밤〉을 예고하고 있다.

미야자와 겐지의 대표작 **〈은하철도의 밤〉**은 조반니와 캄파넬라가 은하의 별자리를 따라 기차여행을 하는 이야기다. 하늘의 강 은하수를 따라 은빛 억새가 너울대는, 환상적이고 몽환적인 분위기가 가득한 이 작품은 그러나 예쁜 꿈같은 이야기가 아니다. 여행 내내 왠지 모를 슬픔과 그리움에 가슴 아파하는 조반니. 그 슬픔은 사랑하는 이를 떠나보내야 하는 남은 이의 아픔이었다. 그래서 〈은하철도의 밤〉

은 예쁜 동화가 아니다. 잠에서 깨고 나면 베갯잇이 흠뻑 젖어 있는 듯한, 슬프고 애달픈 꿈이다.

미야자와 겐지의 작품에서 별은 행복의 상징이기도 하다. 못생겼는데다가 밤매라는 별명을 갖고 있다는 이유로 쏙독새를 괴롭히던 매에게 작가는 별다른 벌을 주지 않는다. 그 대신 쏙독새를 밤하늘의 별 **〈쏙독새의 별〉**로 만들어줌으로써 겐지만의 해피엔드를 만들어 낸다. 〈은하철도의 밤〉에도 등장했던 **〈쌍둥이별〉**에서는 난폭한 전갈과 혜성의 방해에도 무사히 밤하늘을 지키며 피리를 부는 포세동자와 춘세동자의 모습으로 행복한 정경을 그려냈다.

이상한 나라의 동화

모든 생물과 무생물을 어우르는 자연과의 교감은 겐지 작품의 큰 줄기를 이루는 주제다. 아름다운 무지개를 사모하는 개머루의 애절한 고백 **〈개머루와 무지개〉**는 겐지의 작품 중에서 드물게 연애감정을 표현한 작품으로 보고 있지만, 그 외의 작품 대부분은 겐지의 자연에 대한 따뜻하고 애정 어린 시선이 주를 이룬다. 이들 작품은 그래서 때로는 코믹하게 때로는 익살스럽게 유쾌한 웃음을 준다.

두 사냥꾼이 숲 속에서 길을 잃고 허기에 지친 채 발견한 **〈주문이 많은 음식점〉**은 마치 추리소설을 읽듯 그 전개가 궁금해지는 코믹한 반전 동화다. **〈검은 포도〉** 역시 순진한 송아지가 여우의 꼬임에 넘어가 저지르는 어설픈 도둑질로 웃음을 주는데, 여우의 교활한 사기꾼 캐릭터는 동서고금 공통인 듯하다. 그러나 자연과의 교감에 뛰어났던 겐지에게는 여우의 억울함이 들렸을까. **〈눈길 건너기〉**에서 여우들은 자신들은 절대 인간을 속이지 않는다고 항변하고, 자신들을 믿어주는 인간 아이에게 환호한다. 하지만 **〈바라우미초등학교〉**의 여우 학생들을 보면, 여전히 짓궂은 장난을 즐기는 시치미 떼기의 선수들이다. 아기 토끼 호로이는 종달새의 목숨을 구하고 신비의 보석 **〈조개불〉**을 얻게 되지만, 결국 여우의 꼬임에 넘어가 조개불을 잃게 된다.

그리고 겐지가 사랑하는 동식물들을 품고 있는 것은 숲이다. 숲은 수많은 작품의 배경이 되기도 하고, 때로는 주인공이 되기도 한다. 사람들이 새롭게 삶의 터전을 일궈가면서 숲과 대화하고 교류하는 모습을 그린 **〈늑대 숲, 소쿠리 숲, 도둑 숲〉**은 숲이 주인공이다. 그러나 이 주인공들은 웅장하고 경이로운 자연의 일부가 아니라 경단을 주지 않는다고 토라지고 장난을 치는 인간적인 숲이다. **〈깊은 숲 속〉**에서 나는 능청스러운 올빼미를 어르고 달래는 심리전을 펼치며 올빼미가 들려주는 솔개의 염색가게 이야기를 듣는다. 또한, 나무꾼을 미워하는 떡갈나무들이 발을 걸기도 하고 조롱의 노래를 부르는 **〈떡갈나무 숲의 밤〉**에는 유쾌한 유머가 가득하다. 금성음악단의 **〈첼리스트 고슈〉**는 서투른 실력으로 단장에게 매일 혼이 나지만, 그의 첼로 소리는 숲 속 동물들을 치유해주는 치료제가 되고, 다시 그 동물들의 도움을 받아 고슈는 훌륭한 연주자가 된다.

겐지가 자연과의 교감을 이루며 따뜻하고 애정 어린 시선으로 묘사한 이상한 나라의 동화들은 이렇듯 따뜻하고 유쾌하지만, 인간과 자연은 때로 숙적이 될 수밖에 없는 숙명에 놓이기도 한다.

사냥꾼 고주로는 자신과 가족의 생계유지를 위해 곰을 죽이지만, 곰의 말을 알아들을 수 있을 정도로 교감을 나누고 있다. 곰 역시도 고주로와의 관계를 숙명으로 받아들일 뿐 절대 미워하지 않으며, 고주로를 위해 자신의 몸을 바치는 곰조차 있다. 그리고 고주로의 외로운 죽음을 지켜주는 **〈나메토코 산의 곰〉**들. 그러나 고주로의 숙명은 곰과의 관계에만 있지 않다. 산속에서는 누구보다 호기로운 고주로지만, 마을에만 나가면 비참할 만큼 초라하고 힘없는 모습을 보인다. 말도 안 되는 푼돈에 불쌍한 곰들의 가죽을 넘기면서도 잡화상 주인에게 고개를 숙이는 모습은 고주로의 또 다른 숙명을 보여준다.

경제적으로 부유한 집안에서 태어난 겐지가 불평등한 사회를 보며 느꼈던 죄책감은 이렇게 그의 작품 곳곳에서 드러난다. 탐욕스러운 참개구리가 즐거운 일꾼 청개구리들을 술로 유혹한 후 강제노역을 시키는 **〈카이로단장〉**, 관료주의의 적나라한 모습을 보여주는 **〈고양이 사무소〉**는 사실 지나치리만큼 직설적으로 인간세상을 풍자한다.

모두가 꿈꾸는 세상, 이하토브

겐지는 출생 전후에 발생했던 산리쿠 지진과 리쿠우 지진, 그리고 반복적인 냉해와 기근으로 이어지는 농민들의 척박한 삶을 보며 연민을 느껴왔다. 그래서 평생 농업과 광물, 지진에 대해 끊임없는 연구를 했으며, 자신이 꿈꾸는 세상을 작품 속 이하토브에 담고 있다.

겐지의 고향인 이와테 현은 특히 냉습한 북동풍으로 심각한 냉해가 반복되었던 지역이었는데, 겐지의 많은 작품에 등장하는 이하토브는 그런 이와테 현을 모티브로 해서 만든 가공의 이상향이다.

〈폴라노 광장〉은 이상향 이하토브에서 있었던 일을 기록형식으로 담고 있는 작품이다. 하급 공무원인 큐스트는 이하토브에서 근무하던 중 전설의 '폴라노 광장'을 발견하지만, 모두가 행복해야 할 축제의 폴라노 광장은 탐욕과 거짓으로 얼룩진 가짜 광장이었다. 이후 마을의 젊은이들은 즐겁게 일하면서 함께 소박한 행복을 나눌 수 있는 산업조합을 만들었고, 큐스트는 '폴라노 광장'의 악보를 보며 그곳의 추억을 떠올린다. 이렇듯 〈폴라노 광장〉은 겐지가 자신의 이상향을 구체적으로 제시한 작품이다.

반면 **〈구스코 부도리의 전기〉**는 겐지가 살고자 했던 삶이 담겨 있는 작품이다. 냉해와 흉작, 그리고 기근으로 이어지는 척박한 농민의 삶이 고스란히 담겨 있는 이 작품 속에서 겐지는 구스코 부도리를 통해 자신이 해왔던 일, 하고 싶었던 일을 그리고 있다. 가상의 곡물 오리자의 풍작과 농민들의 수고를 덜어줄 수 있는 비료 비를 성공적으로 마친 부도리는 끝으로 자신의 몸을 희생해 다시 한번 찾아온 냉해의 피해를 막아낸다. 겐지가 37세의 나이로 생을 마감하기 전날까지도 밤늦도록 농민들에게 비료 상담을 해주었던 사실을 떠올리면 부도리는 자연스럽게 겐지의 모습이 된다. 꿈처럼 아름다운 자연의 모습은 없지만, 자기희생의 아름다운 마음이 담겨 있어 그 어떤 작품보다 아름답게 느껴지는 단편이다. 그 이전에 쓰인 **〈펜넨넨넨넨 네네무의 전기〉**는 〈구스코 부도리의 전기〉의 구도와 비슷해서 그 전신이 되는 작품으로 보기도 한다. 그러나 비슷한 구도로 시작된 두 이야기는 전혀 다른 전개를 보인다. 초기 작품군에 속하는 〈펜넨넨넨넨 네네무의 전기〉는 요괴 세상이라는 허구적 공간을 이용해 대담한 상상력을 펼쳐 보인 작품으로, 자만심과 유혹 때문에 추락하는 주인공 네네무는 부도리와는 사뭇 다른 모습이다.

박정임

미야자와 겐지 전집 2

미야자와 겐지 전집 3

스케치 1 ★ 수선월의 4일

- 도토리와 들고양이 どんぐりと山猫
- 까마귀의 북두칠성 烏の北斗七星
- 수선월의 4일 水仙月の四日
- 산도깨비의 4월 山男の四月
- 달밤의 전봇대 月夜のでんしんばしら
- 사슴 춤의 기원 鹿踊りのはじまり

스케치 2 ★ 재두루미와 달리아

- 돌배 やまなし
- 재두루미와 달리아 まなづるとダァリヤ
- 할미꽃 おきなぐさ
- 말리브랑과 소녀 マリヴロンと少女
- 노송나무와 개양귀비 ひのきとひなげし
- 밭 가장자리 畑のへり
- 아침에 관한 동화적 구도 朝に就ての童話的構図
- 은행 いちょうの実

스케치 3 ★ 새장 선생과 후 쥐

- 호리쿠마학교를 졸업한 세 학생 洞熊学校を卒業した三人
- 체 쥐 ツェねずみ
- 쿤 쥐 クンねずみ
- 새장 선생과 후 쥐 鳥箱先生とフゥねずみ
- 개구리의 고무신 蛙のゴム靴

스케치 4 ★ 시그널과 시그널레스

- 빙하쥐 모피 氷河鼠の毛皮
- 시그널과 시그널레스 シグナルとシグレス
- 축제의 밤 祭の晩
- 다다미 동자 이야기 ざしき童子のはなし
- 돗코베토라코 とっこべとら子
- 마음씨 고운 화산탄 気のいい火山弾
- 겐주공원의 숲 虔十公園林

스케치 5 ★ 26일 밤

- 오츠벨과 코끼리 オツベルと象
- 노란 토마토 黄いろのトマト
- 나라노키 박사의 노숙 楢ノ木大学士の野宿
- 가돌프의 백합 ガドルフの百合
- 달밤의 짐승 月夜のけだもの
- 잘 듣는 약과 훌륭한 약 よく利く薬とえらい薬
- 잔나비걸상 さるのこしかけ
- 토신과 여우 土神と狐
- 26일 밤 二十六夜

미완성 작품

- 말의 두건 馬の頭巾
- 바키치의 직업 バキチの仕事
- 몽당연필 みぢかい木ぺん
- 사할린과 8월 サガレンと八月
- 학자 아람하라드가 본 옷 学者アラムハラドの見た着物
- 짐승들의 운동회 けだもの運動会

미야자와 겐지 전집 1

宮沢賢治全集

펴낸날 | 2018년 08월 07일 · 초판 1쇄

지은이 | 미야자와 겐지　옮긴이 | 박정임
그린이 | 이정우　디자인 | design Vita
펴낸이 | 오승준

펴낸곳 | 도서출판 너머
전화 | 070-8276-6842　팩스 | 070-7610-6843
주소 | 서울시 송파구 올림픽로 203 잠실중앙상가 B1, 1-2호

출판등록 | 2004년 5월 10일(제2016-000114호)

이메일 | thebeyonds@gmail.com
블로그 | http://blog.naver.com/thebeyond

ISBN 979-11-89243-02-9 04830 | 979-11-89243-01-2(세트)

* 잘못된 책은 바꾸어 드립니다.
* 책값은 뒤표지에 있습니다.

이 도서의 국립중앙도서관 출판예정도서목록(CIP)은 서지정보유통지원시스템 홈페이지
(http://seoji.nl.go.kr)와 국가자료공동목록시스템(http://www.nl.go.kr/kolisnet)에서 이용하실 수 있습니다.
(CIP제어번호: CIP2018018760)